蔡东藩历朝通俗演义

绣像本

第八部

元史通俗演义

蔡东藩 著

中华书局

图书在版编目（CIP）数据

元史通俗演义 / 蔡东藩著. —北京：中华书局，
2015.7（2021.3 重印）

（蔡东藩历朝通俗演义）

ISBN 978-7-101-10617-6

Ⅰ. 元… Ⅱ. 蔡… Ⅲ. 章回小说—中国—现代
Ⅳ. I246.4

中国版本图书馆 CIP 数据核字（2014）第 282125 号

书　　名　元史通俗演义
著　　者　蔡东藩
丛 书 名　蔡东藩历朝通俗演义
责任编辑　李少英
出版发行　中华书局
　　　　　（北京市丰台区太平桥西里 38 号　100073）
　　　　　http://www.zhbc.com.cn
　　　　　E-mail:zhbc@zhbc.com.cn
印　　刷　中煤（北京）印务有限公司
版　　次　2015 年 7 月北京第 1 版
　　　　　2021 年 3 月北京第 3 次印刷
规　　格　开本/880×1230 毫米　1/32
　　　　　印张 14½　字数 340 千字
印　　数　15001－19000 册
国际书号　ISBN 978-7-101-10617-6
定　　价　28.00 元

出版说明

　　历史演义，是指以史实为基础，加入一定的艺术虚构，多以章回体的形式，用通俗的语言，讲述王朝兴废、朝代更替等历史事件的小说。历史演义由宋代的讲史话本发展而来，这一名称大致出现于元末明初。罗贯中将陈寿的《三国志》通俗化为《三国演义》，影响巨大，由此出现了很多效仿作品，如《列国志传》《东西晋演义》《南北史演义》《大宋中兴通俗演义》和《隋唐演义》等。这些历史演义故事性强，行文通俗，深受民众的喜爱。

　　民国时期最有分量的历史演义小说，当属蔡东藩先生的"历朝通俗演义"。蔡东藩（1877—1945），名郕（chéng），字椿寿，号东藩，著作署名亦作东帆或东飘（飘为"帆"的异体字），浙江萧山临浦镇人，是中国近现代著名历史演义小说家和史学家，他被称为"中国近现代历史小说史上'正史演义'创作的集大成者"。

　　蔡东藩先生历十年寒暑，用600余万言的煌煌巨著，记述了上起秦始皇、下迄民国（1920年）二千一百六十六年间中国发生的重大历史事件和重要历史人物。他创作的"历朝通俗演义"按著述时间排序为：《清史演义》（1916年）、《元史演义》（1920年）、《明史演义》（1920年）、《民国演义》（1921年）、《宋史演义》（1922年）、《唐史演义》（1922年）、《五代史演义》（1923年）、《南北史演义》（1924年）、《两晋演义》（1924年）、《前汉演义》（1925年）、《后汉演义》（1926

年）。这11部书，初版由上海会文堂新记书局印行，全套均为有光纸石印插图本。1935年，新记书局把这套书连同许廑父续写的《民国演义》后四十回，全部改排为铅印本，分装44册，总名为"古今通俗演义"。出版后广受欢迎，时江苏省立南京中学校长张海澄致函会文堂说："《历朝通俗演义》于中等学校学生文史知识，裨益匪浅，特采作课外补充读物。"毛泽东同志在红军长征到达延安后不久，专门致电党中央派驻在西安工作的联络局局长李克农代买这套书，后来将其带到北京，置于卧室床头，以便随时翻阅。

百年来"历朝通俗演义"一版再版，名称也有"古今通俗演义""二十四史通俗演义""中国历代通俗演义""中国历代演义"和"中国历史通俗演义"等改变。这套书之所以受到各个时期的读者喜爱，与作者蔡东藩先生"以正史为经，务求确凿；以轶闻为纬，不尚虚诬"的创作原则和"文不尚虚，语惟从俗"的艺术特色密不可分。

我们这次整理出版"历朝通俗演义"，以1935年上海会文堂新记书局出版的铅印本为底本，参考了其他版本，做了比较细致的审校，订正了原书中明显的讹误。书中保留了蔡东藩先生的全部注释、夹批和后评，并用不同颜色、不同字体字号加以区别。为方便普通读者，我们以2013年6月国家颁布的《通用规范汉字表》为参考，给三级及三级字表之外的字加注了拼音。同时，为保存原版风貌，收录了石印线装本中的全部人物绣像和插图。

由于作者受所处历史时代和传统观念的影响，书中对妇女地位、农民起义、民族关系、中外关系等问题有一些局限性的观点。我们相信，今天的读者对此自有理解，不至苛求前人。

中华书局

2015年6月

自　序

　　古史之美且备者多矣，而元史独多缺憾，非史官之失职也，文献不足征耳。元起朔漠，本乏纪录。开国以后，即略有载籍，而语不雅驯，专属蒙文土语，搢绅先生难言之。逮世祖朝，始有实录，相沿至于宁宗，共十有三朝。然在世祖以前，仍多阙略，世祖以后，则往往详于记善，略于惩恶，史为国讳，无足怪也。元亡明兴，洪武二年，得元十三朝实录，命修《元史》，以李善长为监修，宋濂、王祎为总裁，二月开局，八月书成。惟顺帝一朝，史犹未备。又命儒士欧阳佑等，往北平采遗事，明年二月，重开史局，阅六月书成，颁行后，已有窃窃然滋议者。盖其时距元之亡，第阅二三年，私家著述，鲜有所闻，无由裒合众说，核定异同。观徐一夔与王祎书，谓"考史莫备于日历及起居注，元不置日历，不设起居注，惟中书时政科遣一文学掾掌之，以事付史馆，即据以修实录，其于史事已多疏略。至顺帝一朝，且无实录可据，惟凭采访以足成之，恐事未必核，言未必驯，首尾未必贯穿"云云。然则元史之仓卒告成，不克完善，在徐氏已豫知之矣。厥后商辂等续撰《纲目》，薛应旂复作《通鉴》，陈邦瞻又著《纪事本末》，体制不同，而所采事实，不出正史之外，其阙漏固犹昔也。他若《皇元圣武亲征录》，记太祖、太宗事，《元秘史》亦如之，语仍鄙俚，脱略亦多。《丙子平宋录》记世祖事，《庚申外史》记顺帝事，一斑之窥，无补全史。而《元朝名臣事略》，暨《元儒考略》等书，更无论已。自明迄今，又阅两朝，后人所作，可为

《元史》之考证者，惟《蒙鞑备录》《蒙古源流》及《元史译文证补》等书。《元史译文证补》出自近年，系清侍郎洪钧所辑，谓从西书辗转译成，其足正《元史》之阙误者颇多，顾仅至定、宪二宗而止。《蒙鞑备录》及《蒙古源流》亦一秘史类耳。明清二代多宿儒，容有钩隐索沉，独成善本，惜鄙人见闻局隘，未能一一尽窥也。本年春，以橐笔之暇，偶阅东西洋史籍译本，于蒙古西征时，较中史为详，且于四汗分封，及其存亡始末，亦足补中史之阙，倘所谓礼失求野者非耶？不揣谫(jiǎn)陋，窃欲融合中西史籍，编成元代野乘以资参考。寻以材力未逮，戏成演义，都六十回，事皆有本，不敢臆造，语则从俗，不欲求深。而于元代先世及深宫轶事、外域异闻，凡正史之所已载者，酌量援引，或详或略，正史之所未载者，则旁征博采，多半演入。茶余酒后，取而阅之，非特足供消遣，抑亦藉广见闻，海内大雅，其毋笑我芜杂乎？是为序。

中华民国九年一月古越蔡东帆自识于海上寓庐

元代世系图

❶太祖帖木真[在位二十二年]——❷太宗窝阔台[在位十三年]——❸定宗贵由[在位三年]

拖雷[追号 睿宗]——❹宪宗蒙哥[在位九年]

❺世祖忽必烈[在位三十五年]——太子真金[追号 裕宗]

❻成宗铁木耳[在位十三年]

甘麻剌[追号 显宗]——❿泰定帝也孙铁木儿[在位五年]

答剌麻八剌[追号 顺宗]——❼武宗海山[在位四年]——⓫明宗和世㻋(㻋)[在位六月]——⓭宁宗懿璘质班[在位二月]

⓬文宗图帖睦尔[在位三年]——⓮顺帝妥欢帖睦尔[在位三十六年]

❽仁宗爱育黎拔力八达[在位十年]——❾英宗硕德八剌[在位五年]

訶額侖

阿蘭郭幹

也速該

太祖后孛兒帖　元太祖帖木真　別勒古台　合撤台

元太宗窩濶台

乃馬真后

耶律楚材

元憲宗蒙哥　　定宗姪失列門　　定宗后海迷失　　元定宗貴由

元世祖忽必烈　　　廉希憲　　太子真金　　拔思巴

許衡

元仁宗愛育黎拔力八達

元成宗鐵木耳

海都

元武宗海山

元英宗碩德八剌

拜住

鐵失

鐵木迭兒

元泰定帝也孫鐵木兒

元明宗和世㻋

元寧宗懿璘質班

元文宗圖帖睦爾

太子阿速吉八

元順帝妥懽帖睦爾

奇皇后

哈麻

脱脱

方國珍

明太祖朱元璋

張士誠

陳友諒

韓林兒

目　录

第一回

感白光孀姝成孕　劫红颜异儿得妻

"成则为王，败则为寇"，无论古今中外，统是这般见解，这般称呼；这也是成败衡人的通例。起语已涵盖一切。惟我中国自黄帝以后，帝有五，王有三，历秦、汉、晋、南北朝，及隋、唐、五季、南北宋，虽未尝一姓，毕竟是汉族相传，改姓不改族。其间或有戎狄蛮貊，入寇中原，然亦忽盛忽衰，自来自去，如獯鬻(Xūnyù)，如猃狁，如匈奴，不过侵略朔方，没有甚么猖獗。后来五胡、契丹、女真铁骑南来，横行腹地，好算得威焰熏天，无人敢当，但终不能统一中国。几疑天限南北，地判华夷，中原全境，只有汉族可为君长，他族不能羼入的。谁知南宋告终，厓山尽覆，赵氏一块肉，淹入贝宫，赤胆忠心的陆秀夫、张世杰、文天祥，或溺死，或被杀，荡荡中原，竟被那蒙古大汗，囊括以去。一朝天子一朝臣，居然做了八十九年的中国皇帝，这真是有史以来的创局！有说的是天命，有说的是人事，小子也莫明其妙，只好就史论史，把蒙古兴亡的事实，演出一部元朝小说来，诸君细阅一周，自能辨明天命人事的关系了！暗中注重人事，为现今国民下一针砭，是有心爱国之谈。

且说蒙古源流，本为唐朝时候的室韦分部，向居中国北方，打猎为生，自成部落。嗣后与邻部构衅，屡战屡败，弄到全军覆没，只剩了男女数人，逃入山中。那山名叫阿儿格乃衮，层峦叠嶂，高可蠡天，惟一径可通出入，中有平地一大方，土壤肥美，水草茂盛。不亚桃源。男女数人，遂借此居住，自相配偶，不到几年，生了好几个男女。有一男子名叫乞颜，生得膂力过人，所有毒虫猛兽，遇着了他，无不应手立毙。他的后裔，独称繁盛。有此大力，宜善生殖。土人叫他作乞要特，"乞要"即"乞颜"的变音，特字便是统类的意义。种类既多，转嫌地狭，苦于旧径芜塞，日思开辟。为出山计，辗转觅得铁矿，洞穴深邃，大众伐木炽炭，篝火穴中，又宰了七十二牛,剖革为筒,吹风助火,渐渐的铁石尽熔,前此羊肠曲径,坍的坍,塌的塌,忽变作康庄大道,因此衢路遂辟。不藉五丁,竟辟蚕丛,蜀主不能专美于前。

数十传后,出了一个朵奔巴延,《元史》作托奔默尔根,《秘史》作朵奔蔑儿干。尝随乃兄都蛙锁豁儿出外游牧。一日到了不儿罕山,但见丛林夹道,古木参天,隐隐将大山笼住。都蛙锁豁儿向朵奔巴延道:"兄弟! 你看前面的大山,比咱们居住地,好歹如何?"朵奔巴延道:"这山好得多哩。咱们趁着闲暇,去逛一会子何如?"都蛙锁豁儿称善,遂携手同行,一重一重的走将进去。到了险峻陡峭的地方,不得已援着木,扳着藤,猱升而上,费了好些气力,竟至山巅。兄弟两人,拣了一块平坦的磐石,小坐片刻。四面瞭望,烟云缭绕,岫屿回环,仿佛别有天地。俯视有两河萦带,支流错杂,映着那山林景色,倍觉鲜妍。好一幅画图。

朵奔巴延看了许久,忽跃起道:"阿哥! 这座大山的形势,好得很! 好得很! 咱们不如迁居此地,请阿哥酌夺!"说了数语,未闻回答,朵奔巴延不觉焦躁起来,复叫了数声哥哥,方闻得一语道:"你不要忙! 待我看明再说!"

朵奔巴延道:"看甚么?"都蛙锁豁儿道:"你不见山下有一群行人么?"朵奔巴延道:"行人不行人,管他做甚!"都蛙锁豁儿道:"那行人里面,有一个好女儿!"朵奔巴延不待说毕,便说道:"哥哥痴了! 莫非想那女子作妻室么?"都蛙锁豁儿道:"不是这般说,我已有妻,那女儿若未曾嫁人,我去与她说亲,配你可好么?"朵奔巴延道:"远远的恰有几个人影,如何辨别妍媸?"都蛙锁豁儿道:"你若不信,你自去看明!"朵奔巴延少年好色,闻着有美女子,便大着步跑至山下去了。

看官到此,未免有一疑问,都蛙锁豁儿见有好女,何故朵奔巴延独云见得不清? 原来都蛙锁豁儿一目独明,能望至数里以外,所以部人叫他一只眼。他能见人所未见,所以命弟探验真实,自己亦慢步下来。

那时朵奔巴延,一口气跑到山下,果见前面来了一丛百姓,内有一辆黑车,坐着一位齐齐整整、袅袅婷婷的美人儿。想是天仙来了。不由的瞅了几眼,那美人似已觉着,也睁着秋波,对朵奔巴延睃了一睃。像煞吊膀子,可想这美人身品。朵奔巴延竟呆呆立住。等到美人已近面前,他尚目不转睛，一味的痴望。忽觉得背后被击一掌，方扭身转看，击掌的不是别人，就是那亲哥哥都蛙锁豁儿。他也不遑细问，复转身去看着美人，但听得背后朗声道："你敢是痴么！何不问她来历？"朵奔巴延经这一语，方把痴迷提醒，忙向前问道："你们这等人，从哪里来的？"有一老者答道："我等是豁里刺儿台蔑儿干一家。当初便是巴儿忽真地面的主人。"朵奔巴延道："这年轻女子，是你何人？"那老者道："是我外孙女儿。"朵奔巴延道："她叫甚么名字？"那老者道："我名巴尔忽歹簸尔干。只生一个女儿，名巴儿忽真豁呵，嫁与豁里秃马敦的官人。"朵奔巴延听了这语，不觉长叹道："晦气！晦气！"便转身向都蛙锁豁儿道："这事不成，咱们回去罢！"活绘出少年性急。

都蛙锁豁儿道："你听得未曾清楚，为何便说不成？"朵奔巴延道："他说的名字，什么巴儿豁儿，我恰记不得许多，只他女是确曾嫁过了。"都蛙锁豁儿道："瞎说！他说的是他女儿，并不是他外孙女儿！"朵奔巴延想了一想，才觉兄言果确。便道："阿哥耳目聪明，还是请阿哥问他为是。"于是都蛙锁豁儿前行一步，与老者行了礼。问明底细，方知美人的名字，叫作阿兰郭斡。旧作阿兰果火，《元史》作阿伦果斡，《秘史》作阿兰豁阿。且由老者详述来历。因豁里秃马敦地面，禁捕貂鼠等物，所以投奔至此。都蛙锁豁儿道："这山已有主人么？"那老者道："这山的主人，叫作晒赤伯颜。"都蛙锁豁儿道："这也罢，但不知你外孙女儿曾否字人？"老者答称尚未，都蛙锁豁儿便为弟求亲。老者约略问了姓氏家居，去对那外孙女儿说明。

这时候的朵奔巴延，眼睁睁望着美人儿，只望她立刻允许，谁知这美人偏低头无语。故作反笔，妙。寻由老者说了数语，那美人竟脸泛桃花，越觉娇艳，好一歇，急杀朵奔巴延。方蒙这美人点首。蒙字妙。朵奔巴延喜出望外，不待老者回报，急移步走至老者前，欲向老者行甥舅礼，不意被乃兄伸手拦住。朵奔巴延退了一二步，心中还恨着阿哥。嗣经老者与都蛙锁豁儿说明允意，才由都蛙锁豁儿叫过朵奔巴延，谒过老者。复订明迎婚日期，方分手告别。

朵奔巴延在途次语兄道："他既肯把好女儿嫁我，为何今日不缴与我们，恰还要捱延日子？"急色儿。都蛙锁豁儿道："你不是强盗，难道便抢劫不成！"朵奔巴延才噤口无言。

过了数天，都蛙锁豁儿检出鹿皮二张，豹皮二张，狐皮二张，鼠獭皮数张，装入车中，令朵奔巴延着了喜服，率着车辆仆役，至不儿罕山迎婚。自昼至夕，已将美人儿迎回，对天行过夫妇礼，拥入房帏。这一夜的欢娱，不消细述。嗣后一索得男，再索复得男，长子取名布儿古讷特，次子取名伯古讷特。《元史》作布固合塔台及博克多萨勒，《蒙古源流》作伯勒格特依及伯衮德依。两儿尚未长成，不意乃兄都蛙锁豁儿竟一病身亡。

都蛙锁豁儿生有四子，统是倔强得很，不把那朵奔巴延作亲叔叔般看待，朵奔巴延气愤填胸，带着一妻二子，至兄墓前哭了一场，便往不儿罕山居住。昼逐牲犬，夜对妻孥，倒也快活自由。老天无意做人美，偏偏过了数年，朵奔巴延受了感冒，竟尔卧床不起。临终时，与娇妻爱子，诀了永别，又把那善后事宜，嘱托那襟夫玛哈赉，一声长叹，奄然逝世了。人人有此结果，何苦贪色贪财。

朵奔巴延既死，那阿兰郭斡青年寡偶，寂寂家居，免不得独坐神伤，唏嘘终日。幸亏玛哈赉体心着意，时常来往，所有家事一切，尽由他代为筹办，所以阿兰郭斡尚没有什么苦况，做日和尚撞日钟，也觉得破涕为笑了。寓意于微。

转瞬一年，阿兰郭斡的肚腹，居然膨胀起来，俄而越胀越大，某夕，竟产下一男。说也奇怪，所生男子，尚未断乳，阿兰郭斡腹胀如故，又复产了一男。旁人议论纷纷，那阿兰郭斡毫不在意，以生以养，与从前夫在时无异。偏这肚中又要作怪，膨胀十月，又举一男，临产时，祥光满室，觉有神异。乳儿啼声，亦异常人。阿兰郭斡很是欣慰，先生子名不衮哈搭吉，次生子名不固撒儿只，第三子名孛端察儿。蒙古人种，目睛多作栗黄色，独孛端察儿灰色目睛，甫越周年，即举止不凡，所以阿兰郭斡格外钟爱。

独古讷特两兄弟，年已长成，背地里很是不平，尝私语道："我母无亲房兄弟，又无丈夫，为何生了这三个儿子？家内独有襟丈往来，莫不是他生的么？"说着时，被阿兰郭斡闻知，便叫二子一同入房，密语道："你等道我无夫生子，必与他人有私情么？哪里知道三个儿子，是从天所生的！我自你父亡后，并没有什么坏心，惟每夜有黄白色人，从天窗隙处进来，将我腹屡次摩擎，把他的光明，透入我腹，因此怀着了孕，连生三男，看来这三子不是凡人，久后他们做了帝王，你两人才识得是天赐！"欺人乎？欺己乎？

古讷特两兄弟，彼此相觑，不出一词。阿兰郭斡复道："你以为我捏谎么？我如不耐寡居，何妨再醮，乃作此暧昧情事！你若不信，试伺我数夕，自知真假！"古讷特兄弟应声而出。是夕，果见有白光闪入母寝，至黎明方出。于是古讷特兄弟也有些迷信起来。我却不信。

到了孛端察儿已越十龄，阿兰郭斡烹羊炰（páo）羔，斗酒自劳，一面令五子列坐侍饮。酒半酣，便语五子道："我已老了，不能与你等时常同饮，但你五人都是我一个肚皮里生的，将来须要和睦度日，幸勿争闹！"语至此，顾着孛端察儿道："你去携五支箭来！"孛端察儿奉命而往，不一刻即将五支箭呈奉。阿兰郭斡即命余子起立，教他各折一箭，五人应手而断。阿兰郭斡复令把五支箭竿，束在一处，更叫他轮流折箭。五人按次轮着，统不能折。阿兰郭斡微笑道："这就是单者易折，众则难摧的语意。"《魏书·吐谷浑传》，其主阿豺曾有此语，不识阿兰郭斡何亦知此。五子拱手听命。

又越数年。阿兰郭斡出外游玩，偶然受了风寒，遂致发寒发热。起初还可勉强支持，过了数日，已是困顿床褥，羸弱不堪。阿兰郭斡自知不起，叫五人齐至床侧，便道："我也没有甚么嘱咐，但折箭的事情，你等须要切记，不可忘怀！"言讫，瞑目而逝。想是神人召去。

五子备办丧礼，将母尸殡葬毕，长子布儿古讷特，创议分析，把所有家资，作四股均派，只将孛端察儿一人搁起，分毫不给。孛端察儿道："我也是母亲所生的，如何四兄统有家产，我独向隅！"布儿古讷特道："你年尚少，没有分授家产的资格。家中有一匹秃尾马，给你就是！你的饮食，由我四家担任。何如？"孛端察儿尚欲争论，偏那诸兄齐声赞同，料知彼众我寡，争亦无益。

勉强同住了数月，见哥嫂等都甚冷淡，不由的懊恼道："我这里长住做甚么？我不如自去寻生，死也可，活也可！"颇有丈夫气。遂把秃尾马牵出，腾身上马，负着弓矢，挟着刀剑，顺了斡难河流，扬长而去。

到了巴尔图鄂拉，鄂拉，蒙古语，山也。望见草木畅茂，山环水绕，倒也是个幽静的地方。他便下了骑，将秃尾马拴着树旁。探怀取刀，顺手斩除草木，用木作架，披草作瓦，费了一昼夜工夫，竟筑起一间草舍。腰间幸带有干粮，随便充饥。次日出外瞭望，遥见有一只黄鹰，攫着野鸳，任情吞噬，他眉头一皱，计上心来，就拔了几根马尾，结成一条绳子，随手作圈，静悄悄的蹑至黄鹰背后；巧值黄鹰昂起头来，他顺手放绳，把鹰头圈住，牵至手中，捧住黄鹰道："我孑身无依，得了你，好与我做个伙伴，我取些野物养你，你也取些野物养我，可好么？"黄鹰似解他语言，垂首听命。孛端察儿遂携鹰归来，见山麓有一狼，含住野物，跟跄奔趋。他就从背后取出短箭，拈弓搭着，飕的一声，将狼射倒，随取了死狼，并由狼吃残的野物，一并挟着，返至草舍。一面用薪煨狼，聊当粮食，一面将狼残野物，拏给黄鹰。这黄鹰儿恰也驯顺，一拏数日，竟与孛端察儿相依如友。有时飞至野外，搏取食物，即衔给孛端察儿。孛端察儿欣慰非常，与黄鹰生熟分食。

转瞬间已过残冬，到了春间，野鸳齐来，多被黄鹰搏住，每日可数十翼，吃不胜吃，往往挂在树上，由它干腊。只有时思饮马乳，一时无从置办。孛端察儿登高遥望，见山后有一丛民居，差不多有数十家，便徒步前行，径造该处乞奶浆。该处的人民，起初不肯，嗣经孛端察儿与他熟商，愿以野物相易,因得邀他应允。自是无日不至该地,只两造名姓,彼此未悉。

适同母兄不衮哈搭吉忆念幼弟,前来寻觅。先至该地探问,居民说有此人,惜未识姓氏住址。不衮哈搭吉尚在盘诘,不期有一伟少年,臂着鹰,跨着马,得得而至。那居民哗然道:"来了来了!"不衮哈搭吉回首一望,那少年不是别人,便是幼弟孛端察儿。当下两人大喜,握手相见,各叙别后情形。不衮哈搭吉劝弟回家。孛端察儿先辞后允,遂与不衮哈搭吉返至草舍,约略收拾,即日起行。自此该地无孛端察儿踪迹。

谁知过了数日,该地有一怀妊妇人,正在河中汲水。忽见孛端察儿带了壮士数名,急行而来,妇人阻住道:"你莫非又来吃马奶么?"孛端察儿道:"不是,我邀你到我家去。"妇人道:"邀我去做什么?"正诘问间,不防孛端察儿伸出两手,竟将她抱了过去,那时连忙叫喊,已是不及。奇兀得很。小子尝吟成一诗道:

> 天道非真善者昌,胡儿得志便猖狂。
>
> 强权世界由来久,盗贼居然育帝王!

未知这妇人性命如何?且看下回分解。

妻得儿异颜红劫

　　本回为全书弁冕,叙述蒙古源流,为有元之所自始,按《元史·太祖本纪》,载阿抡果斡(即阿兰郭斡)事,谓其夫亡寡居,夜寝帐中,梦白光自天窗入,化为金色神人,来趋卧榻,惊觉遂有娠,产一子名孛端察儿。《源流》谓梦一伟男与之共寝,久之生三子。《秘史》谓黄白色人,将肚皮摩挲。是姑勿论,惟史家于帝王肇兴,必述其祖宗之瑞应。姜嫄履敏,刘媪梦神,真耶幻耶? 未足尽信。本书即人论人,就事叙事,言外寓意,不即不离,至描摹朵奔巴延,暨孛端察儿处,尤觉得一片天真,口吻俱肖。庸庸者多厚福,意者其或然欤! 末后一结,兔起鹘落,益令人匪夷所思。

第二回

拥众称尊创始立国　班师奏凯复庆生男

　　却说孛端察儿抱住该妇,疾行而归,该地居民,闻有暴客,竞来趋视。不意强人蜂拥到来,各执着明晃晃的刀仗,大声呐喊:动者斩,不动者免死。居民见这情形,都错愕不知所为。有几个眼快脚长,转身逃走,被那强人大步赶上,刀剑齐下,统变作身首两分。大众格外恟(xiōng)惧,只好遵令不动。强人遂把他一一反剪,复将该民家产牲畜,劫掠殆尽,方带了人物,一概回寨。

　　看官到此,几不辨强徒何来,待小子一一交代。原来孛端察儿随兄归去时,途次语兄道:"人身有头,衣裳有领,无头不成人,无领不成衣。"奇语。不衮哈搭吉茫然莫辨,待孛端察儿念了好几遍,方诘问道:"你念什么咒语?"孛端察儿答道:"我说的不是咒语,乃是目前的好计。"不衮哈搭吉续问底细,孛端察儿道:"哥哥你到过的地方,虽有一丛百姓,却无头领管束,若把他子女财产,统去掳来,那时有妻妾,有奴隶,有财宝,岂不是快活一生么!"确是盗贼思想。不衮哈搭吉道:"你说亦是,待回去与弟兄商量。"

　　孛端察儿非常高兴,与阿哥急趋到家,既入门,见了布儿古讷特等人,不但忘却前仇,便提议抢劫的事情,布儿古讷特素性嗜利,连忙称善。顿时兴起家甲,命孛端察儿做头哨,不衮哈搭吉及不固撒儿只做二哨,自己与同母弟伯古讷特做后哨,陆续前进。孛端察儿趋入该地,先将一孕妇抢劫归来,至不衮哈搭吉兄弟,暨布儿古讷特兄弟,扫尽民居,返入寨中。检点手下从人,不缺一名,只少了孛端察儿。当下问明妻女,方知孛端察儿早已驰归,与抱住的妇人,入帐取乐去了。

　　布儿古讷特道:"且暂由他,现在是发落该民要紧。"当下命家役牵入俘房,问他愿充仆役否,该民被他威吓,统已神疲骨软,只好唯唯听命。布儿古讷特便命放绑,令他散住帐外,静候号令,该民含泪趋出。复将抢来的家产牲畜,安置停当。

是时孛端察儿方慢慢的踱将出来。大约是疲倦了。布儿古讷特道:"你好!你好!青天白日,便做那鸳鸯勾当!"孛端察儿道:"哥哥等都有嫂子,难道为弟的不能纳妇?"布儿古讷特正思回答,忽见一妇人徐步至前,红颜半晕,绿鬓微松,只腹间稍稍隆起,未免有些困顿情状。布儿古讷特道:"好一个妇人,不愧做我弟妇!"言下便问她名氏,那妇人便喘吁吁的答道:喘吁吁三字,摹绘最佳。"我叫作勃端哈屯,是札儿赤兀人氏。"说着时,已由孛端察儿叫她拜见诸兄,妇人勉强行过了礼,即返入后帐。

布儿古讷特道:"你有这个美妇,我等没有,奈何!"孛端察儿道:"俘虏中也有几个好妇女,何不叫她入侍?"布儿古讷特道:"不错!"便与兄弟四人,出了帐,拣了几名美人儿,带回侍寝。胡俗妇女,本没有甚么名节,况经他威胁势迫,哪里还敢抗拒,只好由他拥抱寻欢。可见世人不能独立,做了他族的奴隶,男为人役,女为人妾,是万万不能逃避的!暮鼓晨钟,请大众听着。

这且休表。且说孛端察儿的妻室,怀孕满月,生下一子,名札只剌歹。《源流》作斡齐尔台。旋由孛端察儿所产,再生一男,名巴阿里歹。两男生后,那妇人华色已衰,孛端察儿又从他处娶了一妇,复把那陪嫁来的女佣,据为己妾。任情纵欲,有何道德。后妻生子合必赤。妾生子沾兀列歹。合必赤子名土敦迈宁。《秘史》作篾年土敦。土敦迈宁生子甚多,约有八九人。《元史》谓八子,《译文证补》谓九子。嗣是滋生日蕃,氏族愈众。五传至哈不勒,拓土开疆,威势颇盛,各族推他为蒙古部长,称名哈不勒汗。

是时金邦全盛,并有辽地,复兴兵南下,据三镇,中山、太原、河间三镇。入两河,直捣宋都,掳徽、钦二帝,且追宋高宗至杭州,一意前进,不暇后顾。哈不勒汗乘这机会,拥众称尊,隐隐有雄长朔方的意思。金主晟闻他英名,遣使宣召,命他入朝。哈不勒汗遂带着壮士数名,乘了骏马,趋入金京。谒见毕,金主晟见他状貌魁梧,颇加敬礼。每赐宴,饬臣下殷勤款待。哈不勒汗恐饮食中毒,尝托词沐浴,离席至他处,呕吐食物,乃复入席。因此百觥不醉，八簋无余。金人多以豪饮善啖，非常诧异。

一日在殿上筵宴。哈不勒汗连飞数十觞，遂有醉意，不觉酒兴大发，手舞足蹈起来。舞蹈才罢，复大着步直至帝座，捋金主须。不脱野蛮旧习。那时廷臣的呼叱声、剑佩声，杂沓一堂，都欲来杀哈不勒汗。亏得金主度量过人，和颜悦色道："你且去入席，不要上来！"哈不勒汗方才知过，惶恐谢罪。金主复谕道："这是小小失仪，不足为罪。"当下赐他帛数端，马数匹，令即返辔。哈不勒汗称谢而出，便扬鞭就道，直回故寨。无如金邦的大臣，统说哈不勒汗怀有歹意，此时不除，必为后患。金主初欲怀柔远人，厚赠遣归，嗣被廷臣怂恿，众口一词，也未免有些怀疑，遂遣将士兼程前进，追还哈不勒汗。哪知哈不勒汗已有戒心，早风驰电掣的回到寨中。待至金使到来，他却抗颜对使道："你国是堂堂的大国，你主是堂堂的君长，昨日遣我归，今又令我去，出尔反尔，是何道理！这等叫做乱命，我不便依从！"这言颇有至理。金将见他辞意强横，只好怏怏而归。

不数日，金使又到，适值哈不勒汗出猎未返，他妇翁吉拉特氏率众欢迎，把自居的新帐，让金使暂住。至哈不勒汗归来，闻着这事，便语他妻室及部众道："金使到此，定是又来召我，欲除我以绝后患。我与他不能两立，有他无我，有我无他。为今日计，不如将他杀却，先泄我忿！"部众不答，哈不勒汗道："你等莫非怀有异心么？你等若不助我杀金使，我当先杀你等！"言毕，怒发直竖，须眉戟张，部众忙称遵命。哈不勒汗遂一马当先，驰入帐中，手起刀落，把金使砍为两段。金使的侍从，出来抗拒，被部众一同赶上，杀得一个不留。先下手为强。

这消息传达金廷，金主大怒，遣万户胡沙虎率兵往讨。胡沙虎本是个没用的家伙，一入蒙古境内，不谙道里，不知兵法，只是一味的乱撞。那哈不勒汗很是能耐，率部众避伏山中，坚壁不出。胡沙虎往来蒙地，不见一人，日久粮尽，只好勒兵回国。不意出了蒙境，那蒙兵却漫山遍野的追来。看官，你想这时的胡沙虎还有心恋战么？当时你逃我窜，被蒙古兵大杀一阵，可怜血流山谷，尸积道涂，胡沙虎勒马先逃，还算保全首领。金人出手就是献丑，已为金亡元兴张本。哈不勒汗得此大胜，遂仇视金邦，益发秣马厉兵，专待金兵再到，与他厮杀。会金主晟谢世，从孙亶嗣位，因从叔挞懒专权，与叔父兀术密谋，诱杀挞懒。挞懒遗族逃往漠北，至哈不勒

汗处乞师复仇。哈不勒汗有隙可乘,自然应允。嗣是连寇金边,把西平、河北二十七团寨,陆续攻取。金主亶闻边疆被侵,遂与南宋议和,催归将士,专顾北防。*螳螂捕蝉,不知黄雀已在其后。*其时金邦的百战能臣,要算皇叔兀术。自南归国,奉了主命,出征蒙古。满望马到成功,谁知大小数十战,迁移一二年,犹是胜负未分,相持莫决。*语所谓强弩之末,不能穿鲁缟者,兀术是已。*兀术恐师老财匮,致蹈胡沙虎覆辙,遂决计议和:把西平、河北二十七团寨,尽行割与,又每岁给他牛羊若干头,米豆若干斛;并册哈不勒为蒙兀国王,方得罢兵修好。这是宋高宗绍兴十七年间的事情。*有史可考,乃编年以清眉目。*

哈不勒汗生有七子,到年老病危时,偏叫他从弟俺巴该进来,奉承国统,又嘱诸子敬奉从叔,不得违命。诸子一律遵嘱,哈不勒汗才瞑目去世了。

俺巴该嗣立后,国势如旧。会哈不勒汗的妻弟,名叫赛因特斤,偶罹疾病,往邻近塔塔儿部,聘一巫者疗治,日久无效,竟至殁世。家众因巫者无灵,将他斩首。塔塔儿人不肯干休,遂兴兵复仇。哈不勒汗七子,闻母

族被兵,立率部众往援。两下酣斗起来,哈不勒汗第六子合丹,《秘史》
作合答安。骁健善战,手持长枪一杆,所向无前。塔塔儿酋木秃儿不及防
备,竟被合丹刺于马下。幸部众奋力抢救,方得暂保性命。医治一载,才
得痊愈,再发兵进攻,鏖战两次,丝毫不能取胜。到着末的一战,塔塔儿部
大败,木秃儿仍死于合丹手下。

　　塔塔儿人阴图雪愤,阳为乞和,一味甘言重币,来哄这俺巴该。俺巴
该信以为真,竟与塔塔儿结亲,愿将爱女嫁与该部嗣酋,仇人之子,招为女
夫,俺巴该也太不小心。自己送女成礼。到了塔塔儿部,不防伏兵四起,
将父女一概掳去。哈不勒汗长子斡勤巴儿哈合闻俺巴该被抢,忙至塔塔
儿部索还,并责他无礼。塔塔儿部不由分说,复将斡勤巴儿哈合拘住,一
并送与金邦。

　　金人正怀宿忿,将俺巴该钉住木驴背上,令他辗转惨毙。俺巴该令从
人布勒格赤,告金主道:"你不能以武力获我,徒藉他人手下,置我死地。
又用这般惨刑,我死,我的子侄很多,必来复仇。"金主大怒,把斡勤巴儿
哈合亦加死刑。并纵布勒格赤使还,令他归告族众,速即倾国前来,决一
雌雄。

　　布勒格赤归国,会议复仇,立哈不勒第四子忽都剌哈为汗,合寨齐起,
攻入金界。金人杀他不过,高垒固守。忽都剌哈汗屡攻不克,方大掠而
归。蒙俗以尚武为本旨。忽都剌哈汗勇武绝伦,力能折人为两截,每食能
尽一羊,声大如洪钟,每唱蒙兀歌,隔七岭犹闻彼声,因此嗣位数年,威名
益振。他于子侄辈中,独爱也速该。《元名》作伊苏克依。尝谓此儿英武,
不亚自己,遂有传统的意思。

　　也速该父名把儿坛把阿秃儿,系哈不勒汗次子,忽都剌哈汗仲兄。把
儿坛生四男,长名蒙格秃乞颜,次名捏坤太石,三子即也速该,最幼的名答
里台斡赤斤。也速该少有膂力,善骑射。能弯七石弓,也是个杀人不翻眼
的魔星。他平时尝在斡难河畔游猎,所得禽兽,比他人为多。到年将弱冠
时,想得个美貌妇女,作为配偶,无如部落中少有丽妹,所以因循迁延。

　　一日,又往斡难河放鹰,遇着一男骑马,一妇乘车,从河曲行来。那
妇人生得秋水为眉,芙蓉为骨,映入也速该眼中,确是生平罕见。冶容诲
淫。他即迎上前道:"你等是何方的人民? 来此做甚?"那男子道:"我

是蔑里吉部人，《元史》称蔑里吉为默尔奇斯。名叫客赤列都。"复指着妇人道："这是你何人？"那男子道："这是我的妻室。"也速该怀着鬼胎，便撒谎道："我有话与你细说，你且少待，我去去就来。"那男子正要问他缘故，他已三脚两步似飞的去了。

不一刻，遥见也速该率着壮士两人，疾奔而来。那男子不觉心慌，忙语妇人道："他有三人同来，未知吉凶若何？"妇人远远一瞧，也觉得着急起来，便道："我看那三人的颜色，好生不善，恐要害你性命。你快走去！你若有性命呵，似我这般妇女很多哩，将来再娶一个，就唤作我的名字便是。"说罢，就脱下衣衫，与男子做个纪念。那男子方才接着，也速该三人已到，男子拨马就走。也速该令弟守着妇人，自与仲兄捏坤太石赶这男子，跑过七个山头，那男子已去远了。

也速该偕兄同返，牵住妇人的乘车，令兄先行，饬弟后随。那妇人带哭带语道："我的丈夫向来家居，不曾受着什么惊慌。如今被你等逐走，扒山过岭，何等艰难。你等良心上如何过得下去！"也速该笑道："我的良心是最好的，逐去你的丈夫，再还你的好丈夫！"调侃得趣。那妇人越加号啕，几乎把河内的川流、山边的林木，都振动了。答里台斡勒赤斤道："你丈夫岭过得多了，水也渡得多了，你哭呵，他也不回头寻你，就使来寻，也是不得见了。你住声，休要哭！咱们总不亏待你！"妇人方渐渐止啼。

到了帐中，也速该便去禀知忽都剌哈汗。忽都剌哈汗道："好！好！就给你为妻罢。"那妇人又哭将起来。忽都剌哈汗道："我是此处国王，他是我的爱侄，将来我死后，他便接我的位置，你给他为妻，岂不是现成的夫人么！"妇人闻着夫人两字，心中也转悲为喜，眼中的珠泪，立刻停止。到底水性杨花。当下忽都剌哈汗令该妇入后帐整妆，安排与也速该成婚。也速该喜不自禁，至与该妇交拜后，挽入洞房，灯下细瞧，比初见时更为美艳。那时迫不及待，便拥该妇同寝。欢会后问妇姓名，方知叫作诃额仑。《元史》作谔楞，《源流》作乌格楞。自此朝欢暮乐，几度春风，竟由诃额仑结下珠胎，生出一个大名鼎鼎的人物来。迤逦写来，与朵奔巴延暨字端察儿得妇时，又另是一种笔墨。

忽都剌哈汗因伐金无功，复思往讨塔塔儿部。也速该愿为前锋，当即点齐部众，浩浩荡荡的杀奔塔塔儿部。塔塔儿部恰也预防，闻报也速该到来，忙令帖木真兀格及库鲁不花两头目，率众抵御。也速该怒马直前，无人敢当。帖木真出来阻拦，与也速该战了数合，一声吆喝，已被也速该只手擒来。库鲁不花急忙趋救，也速该故意奔还。等到库鲁不花追至马后，他却扭转身来，将手中握定的长枪，刺入库鲁不花的马腹，那马受伤坠地，眼见得库鲁不花也随仆地下。蒙古部众，霎时齐集，将库鲁不花活擒了去。那时塔塔儿部大加恫惧，忙选了两员健将，前来抵敌，一个名叫阔湍巴剌合，一个名叫扎里不花。两将颇有智勇，料知也速该艺力过人，不可小觑，便用了坚壁清野的法子，来困也速该。的是好计。也速该无计可施，愤急的了不得，会后队兵到，又会同进攻，也是没效。俄闻忽都剌哈汗罹疾，只得奏凯班师。

　　到了迭里温盘陀山，见他阿弟到来，向也速该贺喜。也速该道："出师多日，只拿住敌酋两名，不能报我大仇，有何足贺！"阿弟道："擒住敌人，已是可喜，还有一桩绝大的喜事，我的嫂子，已产下一个麟儿了！"也速该道："果真么？"小子又有一诗道：

班师奏凯俊俊庆生男

天生英物正堪夸,铁血只凭赤手拿。

古有名言今益信,深山大泽出龙蛇。

欲知也速该得子情形,且由下回交代。

抢掠劫夺,是蒙族惯技,如字端察儿以下,何一不作如是观!惟哈不勒汗粗豪阔达,颇有英雄气象,所以蒙兀得以建国。也速该劫妇怀胎,偏产出一大人物,岂朔方果为王气所钟耶?本回夹叙夹写,斐然成章,而命意则全为成吉思汗蓄势。如看山然,下有要穴,则上必有层峦叠嶂;如观水然,后有洪波,则前必有曲涧重溪。大笔淋漓,不落小家气象。

第三回

女丈夫执旗招叛众　小英雄逃难遇救星

却说也速该班师回国,也速该的兄弟,及妻室诃额仑,统远道出迎,至迭里温盘陀山前,诃额仑忽然腹痛,料将生产,遂就山脚边暂息。不多时,即行分娩,产了一个头角峥嵘的婴儿,大众都目为英物。还有一种怪异,这婴孩初出母胎,他右手却握得甚紧,由旁人启视,乃是一握赤血,其色如肝,其坚如石,大家莫识由来,只说他是吉祥预兆。*分明是个杀星。*是儿生后,巧值也速该到来。由他阿弟详报,也速该似信非信,忙即过视诃额仑母子。诃额仑虽觉疲倦,犹幸丰姿如旧,及瞧这婴儿形状,果然奇伟异常,双目且炯炯有光。也速该不禁大喜,便道:"我此番出征,第一仗便擒住帖木真,是我生平第一快事。今得此儿,也不妨取名帖木真,*亦作铁木真,《元史》作特种津。*留作后来纪念。"大众很是赞成。

当下挈眷同归,省视忽都剌哈汗疾病,已觉危急万分,也速该不觉泪下。*就是喜极生悲的影子。*忽都剌哈汗执也速该手,凄然道:"我与你要永诀了! 国事待你作主,你不要畏缩,也不要莽撞,方好哩! "也速该应允了,复将俘敌及产子情状,略略陈明,忽都剌哈汗也觉心慰。也速该暂行退出,忽都剌哈汗即于是夕死了。

丧葬已毕,也速该统辖各族,远近都惮他威武,不敢妨命,因此也速该逍遥自在,闲着时,尝左拥娇妻,右抱雏儿,享这人间幸福。*诃额仑此时,想只有笑无哭了。*陆续生下三男,一名合撒儿,一名合赤温,一名帖木格。后复生了一女,取名帖木仑。也速该自合撒儿生后,曾别纳一妇,生一男子,名别勒古台,因此也速该共有五儿。

至帖木真九岁时,也速该引他出游,拟往诃额仑母家,拣一个好女郎,与帖木真订婚。行至扯克撒儿山及赤忽儿古山间,遇着弘吉剌族人德薛禅,*《源流》作岱彻辰。*两下攀谈,颇觉投契。也速该便将择妇的意思,与他表明。德薛禅道:"我昨夜得了一梦,煞是奇异,莫非应在你的郎君!"语甚突兀。也速该问是何梦,德薛禅道:"我梦见一官人,两手擎着日月,飞至我手上立住。"愈语愈奇。也速该道:"这官人将日月擎来,料是畀汝,汝的后福不浅哩。"德薛禅道:"我的后福,要全仗你的郎君。"也速该惊异起来,德薛禅道:"你不要怪我说谎,我梦中所见的官人,状貌与郎君相似。如蒙不弃,我有爱女字儿帖,愿为郎君妇。他日我家子孙,再生好女,更世世献与你皇帝家,怕不做后妃不成!"说得也速该笑容可掬,便欲至他家内,亲视彼女。

当由德薛禅引路,导入家中,德薛禅即命爱女出见,娇小年华,已饶丰韵。也速该大喜,即问她年龄,比帖木真只大一岁。当命留下从马,作为聘礼。叙帖木真聘妇事,笔法又是一变。便欲率子告辞,德薛禅苦苦留住,宿了一宵。

翌日,也速该启行,欲挈他爱女同去。德薛禅道:"我只有一二子女,现时不忍分离,闻亲家多福多男,何不将郎君暂留这里,伴我寂寥?亲家若不忍别子,我亦何忍别女哩!"也速该被他一激,便道:"我儿留在你家,亦属何妨!只年轻胆小,事事须要照管哩。"德薛禅道:"你的儿,我的女婿,还要什么客气!"

也速该留下帖木真,上马即行,回到扯克撒儿山附近,见有塔塔儿部人,设帐陈筵,颇觉丰盛。正在瞧着,已有塔塔儿人遮住马头,邀他入席。也速该生性粗豪,且因途中饥渴,遂不管什么好歹,竟下马入宴。酒酣起谢,跨马而去,途次觉隐隐腹痛,还道是偶感风寒。谁知到了帐中,腹中更搅痛的了不得。一连三日,医药无效。可为贪食者戒。不觉猛悟道:"我中毒了!"至此才知中毒,可谓有勇无智。忙叫族人蒙力克进内。与他说道:"你父察剌哈老人,很是忠诚,你也当似父一般。我儿子帖木真,在弘吉剌家做了女婿,我送子回来,途中被塔塔儿人毒害。你去领回我儿,快去!快快去!"

蒙力克三脚两步的去召帖木真,至帖木真回来,可怜也速该已早登鬼箓,只剩遗骸!史称帖木真十二岁遭父丧,此本《秘史》叙述。当下号啕大哭,他母亲诃额仑,本哭个不休,又要哭了,毕竟红颜命薄。至此转来劝住帖木真。殓葬后,嫠妇孤儿,空帏相吊,好不伤心!各族人且欺他孤寡,多半不去理会；只有蒙力克父子，仍遵也速该遗言，留心照拂。诃额仑以下，很是感激。一死一生，乃见交情。

是时俺巴该派下，族类蕃滋，自成部落，叫作泰赤乌部。《元史》作泰楚特，《秘史》泰亦赤兀惕姓氏。也速该在时，尚服管辖，祭祀一切，彼此皆跻堂称觥，不分畛域。也速该殁后一年，适遇春祭，诃额仑去得落后，就被他屏斥回来，连胙肉亦不给与。诃额仑愤着道："也速该原是死了，我的儿子，怕不长大么？为甚把胙肉一份子也不给我？"这语传到泰赤乌部，俺巴该尚有两个妻妾，竟向着部众道："诃额仑太不成人！我等祭祀，难道定要请她！自今以后，我族休要睬她母子，看她母子怎生对待！"活肖妇女口吻。嗣是与诃额仑母子绝对不和，并且笼络也速该族人，叫他弃此就彼。各族统趋附泰赤乌部。也速该部下，也未免受他羁縻。

时有哈不勒汗少子脱朵延，《元史》作托多呼尔察。系帖木真叔祖行，向为也速该所信任，至此亦叛归泰赤乌部。帖木真苦留不从，察剌哈老人亦竭力挽留。脱朵延道："水已干了，石已碎了，我留此做甚？"察剌哈尚揽袪苦劝，恼动了脱朵延，竟取了一柄长枪，向察剌哈乱戳。察剌哈急忙避开，背上已中了一枪，负痛归家，脱朵延率众自去。

帖木真闻察剌哈受伤，忙至彼家探视。察剌哈忍着痛，对帖木真道："你父去世未久，各亲族多半叛离。我劝脱朵延休去，被他枪伤。我死不足惜，奈你母子孤栖，如何过得下去！"说着，不禁垂泪。伤心语，我亦不忍闻。

帖木真大哭而出，禀告母亲诃额仑。诃额仑竖起柳眉，睁开凤目，勃然道："彼等欺我太甚！我老娘虽是妇女，难道真一些儿没用么！"便携着帖木真，出召族众，尚有数十人，勉以忠义，令他追还叛人。

诃额仑亲自上马，手持旄纛一大杆，在后压队，并叫从人携了长枪，整备厮杀。说时迟，那时快，脱朵延带去的族众，已被诃额仑追着。诃额仑大呼道："叛众听着！"其声喤喤。脱朵延等闻声转来，见诃额仑面带杀气，妩媚中现出英武形状，想是从也速该处学来。不由得惊愕起来。诃额仑遥指脱朵延道："你是我家的尊长，为什么舍我他去？我先夫也速该不曾薄待你，我母子且要仗你扶持！别人可去，你也这般，如何对我先人于地下！"脱朵延无言可答，只管拨马自走，那族众也思随往。诃额仑愈加

执旗招叛众
女夫夫

性起,叫从人递过了枪,自己加鞭驰上,冲入叛众队间,横着枪杆,将叛众拦住一半。好一个娧婳(guǐhuà)将军,所谓一夫拼命,万夫莫当者是也,妇女且然,况乎男子汉。喝声道:"休走!老娘来与你拼命!"那叛众不曾见诃额仑有此胆力,还道她藏着不用,此次方出来显技,几吓得面面相觑,诃额仑见他有些疑惧,又略霁怒颜道:"倘你等叔伯子弟们尚有忠心,不愿向我还手,我深是感念你们!你休与脱朵延同一般见识,须知瓦片尚有翻身日子,你不记念先夫也速该情谊,也须怜我母子数人。效力数年,待我儿郎们有日长成,或者也与先夫一般武艺,知恩必报,衔仇必复。你叔伯子弟们,试一细想,来去任便!"说罢,令帖木真下马,跪在地上,向众哭拜。临之以威,动之以情,不怕叛众不入彀中。叛众睹这情状,不由的心软神移,也答拜道:"愿效死力!"于是前行的已经过去,后行的统同随回。

到家后,闻察剌哈老人已死,母子统去吊丧,大哭一场。族众见她推诚置腹,方渐渐有些归心诃额仑。怎奈泰赤乌部聚众日多,仇视诃额仑母子,亦日益加甚。诃额仑恐遭毒手,每教她五子协力同心,缓缓儿的复仇雪恨。她尝操作蒙语道:"除影儿外无伴党,除尾子外无鞭子。"两语意义，是譬如影不离形，尾不离身，要她五子不可拆开。因此帖木真兄弟，时常忆着，很是和睦，同居数年，内外无事。

一日，兄弟妹六人，同往山中游猎，不料遇着泰赤乌部的伴当，如黄鹰捕雀一般，来拿帖木真。别勒古台望见了，连忙将弟妹藏在壑内，自与两兄弯弓射斗。泰赤乌人欺他年幼，哪里放在心上，不防弦声一响，为首的被他射倒，余众望将过去，这放箭的不是别人，就是别勒古台。写别勒古台智勇，为后文立功张本。众人都向他摇手，大声叫着："我不来掳你，只将你哥哥帖木真来！"帖木真闻他指名追索，不禁心慌，忙上马窜去。

泰赤乌人舍了别勒古台等，只望帖木真后追。帖木真逃至帖儿古捏山，钻入丛林，泰赤乌人不敢进蹑，只是四围守着。帖木真一住三日，只寻些果实充饥。当下耐不住饥渴，牵马出来，忽听得扑塌一声，马鞍坠地。帖木真自叹道："这是天父止我，叫我不要前行！"可见蒙人迷信宗教。复回去住了三日。又想出来，行了数步，蓦见一大石挡住去路，又踌躇莫决道："莫非老天还叫我休出么？"又回去住了三日。实饥渴得了不得，遂硬着心肠道："去也死，留也死，不如出去！"遂牵马径出，将堵住的大石，用力拨开，徐步下山。猛听得一声胡哨，顿时手忙脚乱，连人带马跌入陷坑，两边垂下铙钩，把他人马扎起，待帖木真张目旁顾，已是身子被缚，左右都是泰赤乌人。一险。捕一孩童如搏虎一般，并非泰赤乌人没用，实为帖木真隐留声价。

帖木真叹了口气，束手待毙，可巧时当首夏，泰赤乌部依着故例，在斡难河畔筵宴，无暇把帖木真处死，只将他枷住营中，令一弱卒守着。帖木真默想道："此时不走，更待何时。"便两手捧着枷，突至弱卒身前，将枷撞去。弱卒不及预防，被他打倒，就脱身逃走。绝处逢生。一口气奔了数里，身子疲乏不堪，便在树林内小坐。嗣怕泰赤乌人追至，想了一计，躲在河水内溜道中，只把面目露出，暂且休息。正倦寐间，忽有人叫道："帖木真，你为何蹲在水内？"帖木真觉着，把双眼一擦，启目视之，乃是一个泰赤乌部家人，名叫锁儿罕失剌，不由得失声道："啊哟！"二险。还是锁儿罕失剌道："你不要慌！你出来便是。"帖木真方才动身，拖泥带水的走至岸上。锁儿罕失剌愀然道："看你这童儿，煞是可怜，我不忍将你加害。你快去！自寻你母亲兄弟，若见着别人，休说与我相见！"言讫自去。

小英雄逃难遇救星

帖木真暗想：自己已困惫异常，不能急奔，倘或再遇泰赤乌人，恐没有第二个锁儿罕，不如静悄悄的跟着了他，到他家里，求他设法救我。主见已定，便蹑迹前行。锁儿罕才入家门，帖木真也已赶到。锁儿罕见了帖木真，大惊道："你为何不听我言，无故到此？"帖木真垂泪道："我肚已饿极了，口已渴极了，马儿又没有了，哪里还能远行！只求你老人家救我！"

锁儿罕尚在迟疑，室内走出了两个少年，便问道："这就是帖木真么？雀被鹯（zhān）逐，树儿草儿，尚能把它藏匿，难道我们父子，反不如草木！阿爹须救他为是。"锁儿罕点着了头，忙唤帖木真入内，给他马奶麦饵等物。帖木真饱餐一顿，竭诚拜谢。问了两少年名字，长的名沈白，次的名赤老温。《源流》作齐拉滚，即后文四杰之一。帖木真道："我若有得志的日子，定当报答老丈鸿恩，及两位哥哥的大德。"志不在小，确是奇童。

言未已，忽又有一少女来前，由锁儿罕命她相见。帖木真见她娇小可人，颇生爱慕。只听锁儿罕道："这是我的小女儿，叫作合答安，你在此恐人察觉，不如暂匿在羊毛车中，叫我小女看着。如有饥渴事情，可与我女说明。"又转向女子道："他如要饮食,你可取来给他。"女子遵嘱,导帖木真至羊毛车旁,开了车门,先搬出无数羊毛,方令帖木真入匣,再将羊毛搬入,把他掩住。这时天气方暑,帖木真连声呼热。女子恰娇声嘱道："休叫休叫! 你要保全性命,还须忍耐方好!"帖木真闻言,才不敢出声。

到了夜间,女子取进饮食,将羊毛拨开,俾他充腹,那时彼此问答,很觉投机。帖木真忽叹道："可惜! 可惜!"女子道："你说什么?"帖木真道："可惜我聘过了妻!"言下有垂涎意,暗为后文伏线。那女子听了,垂着脸道："你不要乱想! 今夜想无人来此,便可卧在羊毛上面,我与你车门开着,小觉凉快。"帖木真应着,看那女子徐步而去,辗转凝思,几难成寐。未曾脱险,遂思少艾,可见胡儿好色。入后勉抑情肠,方朦胧睡去。约莫睡了三四个时辰,猛听鸡声报晓,未免吃了一惊,静候了好一刻,忽见那女子跟跄奔来道："不好了! 不好了! 外面有人来捉你了! 快快将羊毛掩住!"三险。小子述此,曾有一诗咏帖木真云:

> 不经患难不成才,劳饿始邀大任来。
>
> 试忆羊毛车上苦,少年蹉跌莫心灰。

未知帖木真果被捉住否,且至下回说明。

是回为寡妇孤儿合传,见得孤寡之伦,易受人欺,可为世态炎凉,作一榜样。惟寡妇孤儿之卒被人欺者,虽由人情之叵测,亦缘一己之庸愚。试看诃额仑之临危思奋,居然截住逃亡;帖木真之情急智生,到底得离险难。人贵自立,如寻常儿女之哭泣穷途,自经沟渎而莫之知者,果何补耶! 读此应为之一叹,复为之一奋。

第四回

追失马幸遇良朋　喜乘龙送归佳偶

却说帖木真匿身羊毛车内,被那女子一吓,险些儿魂胆飞扬,忙向女子道:"好妹子! 你与我羊毛盖住,休被歹人看见,我心内一慌,连手足都麻木不仁了。"应有这般情景,但也亏作书人描摹。女子闻言,急将羊毛乱扯,扯出了一大堆,叫帖木真钻入车后,外面即将羊毛堵住,复将车门关好,跑着腿走了。女子方去,外面已有人进来,大声道:"莫非藏在车内? 快待我一搜!"话才毕,车门已被他开着,窸窸窣窣的掀这羊毛。四险,我为帖木真捏一把汗。帖木真缩作一团,屏着气息,不敢少动,只听着锁儿罕道:"似这般热天气,羊毛内如何藏人? 热也要热死的了。"

语后片刻,方闻得大众散去。从帖木真耳中听出,用意深入一层。帖木真默念道:"谢天谢地谢菩萨!"谐语。念了好几遍,又闻有人唤他出来,声音确肖那女子,才敢拨开羊毛,下车出见。锁儿罕也踱入道:"好险吓! 不知谁人漏着消息,说你躲住我家,来了好几个人,到处搜索,险些儿把我的父子性命,也收拾在你手里! 幸亏天神保佑,瞒过一时,看你不便常住我家,早些儿去寻你母亲兄弟去!"又叫他次子入内,嘱道:"马房内有一只没鞍的骡子,你去牵来,送他骑坐,可以代步。"复命那女儿道:"厨下有煮熟的肥羔儿,并马奶一盂,你去盛在一皮筒内,给他路上饮食。"两人遵命而出,不一时,陆续取到。锁儿罕又命长子取弓一张,箭两支,交给帖木真道:"这是你防身的要械,你与那皮筒内的食物,统负在肩上,就此去罢!"帖木真扑身便拜,锁儿罕道:"你不必多礼,我看你少年智勇,将来定是过人,所以冒险救你。你不要富贵忘我!"帖木真跪着道:"你是我重生的父母,有日出头,必当报德,如或负心,皇天不佑!"说罢,复拜了数拜。有此义人,我亦愿为叩首。锁儿罕把他扶起,他又对着赤老温弟兄,屈膝行礼。起身后,复向女子合答安也一屈膝,并说道:"你为我提心吊胆,愁暖防饥,我终身不敢忘你!"女子连忙避开,当由帖木真偷眼瞧着,桃腮晕采,柳眼含娇,不由得恋恋不舍。是前生注就了姻缘,统为后文伏笔。还是锁儿罕催他速行,才负了弓箭等物,一步一步的挨出了门,跨上骡子,加鞭而去。

行了数武,尚勒马回头,望那锁儿罕家门。见那少女也是倚门望着,描摹殆尽。硬着头与她遥别。顺了斡难河流,飞驰疾奔,途中幸没遇着歹人,经过别帖儿山,行到豁儿出恢山,只听有人拍手道:"哥哥来了!"停鞭四望,遥见山南有一簇行人,不是别个,就是他母亲兄弟。当即下了骡子,相见时,各叙前情,母子相抱大哭。合撒儿劝阻道:"我等记念哥哥,日日来此探望,今日幸得相见,喜欢的了不得,如何哭将起来!"母子闻言,才止住了哭声。

数人相偕归来,至不儿罕山前,有一座古连勒古岭,内有桑沽儿河,又有个青海子,与泊同义。貔狸甚多,形似鼠,肉味很美。帖木真望着道:"我等就在这里居住,一则此地不让故居,二则也可防敌毒害。"蒙俗逐水草而居,所以随地可住。诃额仑道:"也好!"便寻了一块旷地,扎住营帐,把故居的人物骡马,都移徙过来。也速该遗有好马八匹,帖木真很是爱重,朝夕喂饲,统养得雄骏异常。

某日午间,那马房内的八匹好马,统被歹人窃去,只有老马一匹,由别勒古台骑去捕兽,未曾被窃。帖木真正在着忙,见别勒古台猎兽回来,忙与他说明。别勒古台道:"我追去!"合撒儿道:"你不能,我追去!"帖木真道:"你两人都尚童稚,不如我去!"手足之情可见。就携了弓箭,骑着那匹老马,蹑着八马踪迹,向北疾追。行了一日一夜,天色大明,方遇着一少年,在旷野中挤马乳,便拱手问道:"你可见有马八么?"那少年道:"日未出时,曾有八匹马驰过。"帖木真道:"八匹马是我遗产,被人窃去,所以来追。"那少年把他注视一回,便道:"看你面色,似带饥渴,所骑的马,也已困乏,不如少歇,饮点马乳,我伴着你,同追去。何如?"

帖木真大喜,下了骑,即在少年手中接过皮筒,饮了马乳。少年也不回家,就将挤乳的皮筒,用草盖好,把帖木真骑的马放了。自己适有两马,一匹黑脊白腹的,牵给帖木真骑住,还有一匹黄马,作了自己坐骑。一先一后,揽辔长驱。途次由帖木真问他姓氏,他说我父名纳忽伯颜,我名博

尔术, *亦四杰之一,《秘史》作孛斡儿出。*乃孛端察儿后人。帖木真道:
"孛端察儿是我十世前远祖,我与你恰同出一源,今日又劳你助我,我很
是感谢你!"博尔术道:"男子的艰难,都是一般,况你我本出同宗,理应
为你效力!" *以视同室操戈者相去何如?* 两人有说有话,倒也不嫌寂寞。

行了三日,方见有一个部落,外有圈子,羁着这八匹骏马。帖木真语
博尔术道:"同伴,你这里立着,我去把那马牵来。"博尔术道:"我既与你
作伴来了,如何叫我立着! 我与你一同进去。"说着,即抢先赶入,把八匹
马一齐放出,交给帖木真。帖木真让马先行,自与博尔术并辔南归。

甫启程,那边部众来追,博尔术道:"贼人到了,你快将弓箭给我,待
我射退了他。"帖木真道:"你与我驱马先行,我与他厮杀一番!" *曲写二
人好胜心,然临敌争先,统是英雄的气概。*博尔术应着,驱马先走。是时
日影西沉,天色已暝,帖木真弯弓而待。见后面有一骑白马的人,执着套
马竿,大呼休走! 声尚未绝,那帖木真的箭干,早已搭在弓上,顺风而去,
射倒那人。帖木真拨马奔回,会着博尔术,倍道前行。

又越三昼夜,方到博尔术家。博尔术父纳忽伯颜正在门外瞭望,见博尔术到来,垂着泪道:"我只生你一个人,为什么见了好伴当,便随他同去,不来通报一声?"博尔术下马无言,帖木真忙滚鞍拜谒道:"郎君义士,怜我失马,所以不及禀明,同我追去。幸得马归来,我愿代他受罪!"纳忽伯颜扶着帖木真道:"你不要错怪,我因儿子失踪,着急了好几日,今见了面,由喜生怨,乃有此言,望你见谅!"帖木真道:"太谦了!我不敢当!"随顾着博尔术道:"不是你呵,这马如何可得?我两人可以分用,你要多少?"博尔术道:"我见你辛苦艰难,所以愿效臂助,难道是羡你的马么!我父亲只生了我,所有家财,尽够使用,我若再要你的马,不就如那贼子不成!"施恩不望报,固不愧为义士。帖木真不敢再言,便欲告辞,博尔术挽着了他,同赴原处,将原盖下的皮筒,取了回去。到家内宰一肥羔,烧熟了,用皮裹着,同皮筒内的马奶,一并送给帖木真,作为行粮。

看官,前叙锁儿罕送帖木真时,也是赠他马奶儿,肥羔儿,今番博尔术送行,又是如此,莫不是蒙人只有这等礼物么?小子尝阅《蒙鞑备录》,方知蒙地宜牧羊马,凡一牝马的乳,可饱三人,出行时止饮马乳,或宰羊为粮。本书据实叙录,因复有此复笔。看官休要嫌我陈腐哩。百忙中叙此闲文,这是作者自鸣。

闲文少表。且说帖木真接受厚赠,谢了又谢,即与他父子告辞,抽身欲行。纳忽伯颜语博尔术道:"你须送他一程。"帖木真忙称不敢,纳忽伯颜道:"你两人统是青年,此后须互为看顾,毋得相弃!"纳忽伯颜也是识人。帖木真道:"这个自然!"那时博尔术已代为牵马,向前徐行,帖木真也只好由他。遂别了纳忽伯颜,与博尔术徒步相随,彼此谈了一回家况,不觉已行过数里。帖木真方拦住博尔术,不令前进,两人临歧握手,各言珍重而别。惺惺惜惺惺。

博尔术去后,帖木真就从八马中选了一匹,跨上马鞍,跑回桑沽儿河边的家中。他母亲兄弟,正在悬念,见他得马归来,甚是忻慰。安逸了好几年,诃额仑语帖木真道:"你的年纪也渐大了,曾记你父在日,为了你的婚事,归途中毒,以致身亡,遗下我母子数人,几经艰险,受尽苦辛,目下算还无恙。想德薛禅亲家,也应惦念着你,你好去探望他呵。若他允成婚礼,倒也了结一桩事情,且家中多个妇女,也好替我作个帮手。"语未毕,那别勒古台在旁说道："儿愿随阿哥同去。"*异母兄弟，如此亲热，恰是难得。* 诃额仑道："也好，你就同去罢。"

次日，帖木真弟兄带了行粮，辞别萱帏，骑着马先后登途。经过青山绿水，也不暇游览，专望弘吉剌氏住处，顺道进发。约两三日，已到德薛禅家。德薛禅见女夫到来，很是喜悦，复与别勒古台相见。彼此寒暄已毕，随即筵宴，德薛禅向帖木真道："我闻泰赤乌部尝嫉妒你，我好生愁着，今得再会，真是天幸！"帖木真就将前时经过的艰苦，备述一遍。德薛禅道："吃得苦中苦，方为人上人，你此后当发迹了。"别勒古台复将母意约略陈明。德薛禅道："男女俱已长大了，今夕就好成婚哩。"*北人心肠，恰是坦率。* 便命他妻室搠坛出见。帖木真弟兄又避席行礼。搠坛语帖木真道："好几年不见，长成得这般身材，令我心慰！"复指别勒古台，与帖木真道："这是你的弟兄么？也是一个少年英雄！"两人称谢。席散后即安排婚礼。到了晚间，布置已妥，德薛禅即命女儿孛儿帖换了装，登堂与帖木真行交拜礼。礼成，夫妇同入内帐，彼此相觑，一个是雄赳赳的好汉，气象不凡，一个是玉亭亭的丽姿，容止不俗。两下里统是欢洽，携手入帏，卿卿我我。大家都是过来人，不庸小子赘说了。

过了三朝，帖木真恐母亲悬念，便思归家。德薛禅道："你既思亲欲归，我也不好强留。但我女既为你妇，亦须同去谒见你母，稍尽妇道，我明日送你就道好了。"帖木真道："有弟兄同伴，路上可以无虞，不敢劳动尊驾！"搠坛道："我也要送女儿去，乘便与亲家母相见。"帖木真劝他不住，只得由他。

翌晨，行李办齐，便即启程。德薛禅与帖木真兄弟骑马先行，搠坛母女，乘辂车后随。到了克鲁伦河，距帖木真家不远，德薛禅就此折回。搠坛直送至帖木真家，见了诃额仑，不免有一番周旋，又命女儿孛儿帖行谒姑礼。诃额仑见她戴着高帽，衣着红衣，楚楚丰姿，不亚当年自己，心中很是喜慰。那孛儿帖不慌不忙，先遵着蒙古俗例，手持羊尾油，对灶三叩头，就用油入灶燃着，叫作祭灶礼；然后拜见诃额仑，一跪一叩。诃额仑受了半礼。复见过合撒儿等，各送一衣为赘。*就蒙古俗例作为点缀语，小说中固不可少。* 另有一件黑貂鼠袄，也是孛儿帖带来。帖木真见了，便去禀知诃额仑道："这件袄子，是稀有的珍品。我父在日，曾帮助克烈《元史》

作克埒。部恢复旧土,克烈部汪罕《元史》作汪汗。与我父很是莫逆,结了同盟。我目下尚在穷途,还须仗人扶持,我想把这袄献与汪罕去。"《本纪》汪罕之父忽儿扎卒,汪罕嗣位,多杀戮昆弟,其叔父菊儿逐之于哈剌温隘,汪罕仅以百骑走奔也速该。也速该率兵逐菊儿,夺还部众,归汪罕,汪罕德之,遂与同盟。诃额仑点头称善。

　　至掇坛归去后,帖木真复徙帐克鲁伦河,叫兄弟妻室,奉着诃额仑居住,自己偕别勒古台,携着黑貂鼠袄,竟往见汪罕。汪罕脱里,晤着他兄弟二人,颇表欢迎。帖木真将袄子呈上,并说道:"你老人家与我父亲从前很是投契,刻见你老人家与见我父亲一般!今来此无物孝敬,只有妻室带来袄子一件,乃是上见公姑的贽仪,特转奉与你老人家!"措词颇善。脱里大喜,收了袄子,并问他目前情状。待帖木真答述毕,便道:"你离散的百姓,我当与你收拾;逃亡的百姓,我当与你完聚。你不要耽忧,我总替你帮忙呢!"帖木真碰头称谢。一住数天,告辞而别,脱里也畀他赆(jìn)仪,在途奔波了数日,方得回家休息。忽外边走进一老媪道:"帐外有呼喊声、蹴踏声,不知为着甚事?"帖木真惊起道:"莫非泰赤乌人又来了?如何是

好！"正是：

　　　　一年被蛇咬，三年烂稻索。

　　　　厄运尚侵寻，剥极才遇复。

　　毕竟来者为谁，且着下回分解。

　　霸王创业，必有良辅随之，而微贱时所得之友，尤为足恃。盖彼此情性，相习已久，向无猜忌之嫌，遂得保全后日，如帖木真之与博尔术是也。但博尔术初遇帖木真，见其追马情急，即愿与偕行，此非有特别之远识，及独具之侠义，亦岂肯骤尔出此？至德薛禅之字女于先，嫁女于后，不以贫富贵贱之异辙，遂异初心，是皆所谓久要不忘者，谁谓胡儿无信义耶？读此回，殊令人低徊不置！

第五回

合浦还珠三军奏凯　穹庐返幕各族投诚

　　却说帖木真闻帐外有变,料是歹人到来,忙令母亲兄弟等,暂行趋避。仓猝不及备装,大家牵了马匹,跨鞍便逃。诃额仑也抱了女儿,上马急行。帖木真又命妻室孛儿帖,与进报的老妇同乘一车,拟奔上不儿罕山。谁知一出帐外,那边来的敌人,已似蜂攒蚁拥,辨不出有若干名。帖木真甚是惊慌,只护着老母弱妹,疾走登山,那妻室孛儿帖的车子,竟相离的很远了。仿佛似刘先主之走长板坡。孛儿帖正在张皇,已被敌人追到,喝声道:"车中有甚么人?"那老妇战兢兢的答道:"车内除我一人外,只有羊毛。"一敌人道:"羊毛也罢!"又有一人道:"兄弟们何不下马一看!"那人遂下了骑,把车门拉开,见里面坐着一个年轻妇人,已抖作一团,不由的笑着道:"好一团柔软的羊毛!"说未毕,已将孛儿帖拖出,驼在背上,扬长去了。帖木真的祖父,专掳人妻,不料他子孙的妻室,亦遭人掳。

　　那时帖木真尚未知妻室被掳,只挈了母亲兄弟,藏在深林里面,只听山前山后,呼喊的声接连不断。等到天色将昏,方敢探头出望,才一瞭着,见敌人正在斜刺里趋过。还幸他已背着,不为所见。但闻得喧嚷声道:"夺我诃额仑的仇恨,至今未忘!可恨帖木真那厮,窜伏山中,无从搜获,现在只拿住他的妻,也算泄我的一半忿恨!"说讫,下山去了。只可怜这帖木真,如鸟失侣,似兽失群,还要藏头匿脑,一声儿不敢反唇。

　　是晚在丛林中歇了一宿。次日,方令别勒古台在山前后探察。返报敌人已去,帖木真尚不敢出来。正是惊弓之鸟。接连住了三日,探得敌人果已去远,方才与母亲兄弟整辔下山。到了山麓,椎着胸哭告山神道:"我家神灵庇护,得延性命,久后当时常祭祀,报你山神大德!就是我的子子孙孙,也应一般祭祀。"说着,已屈膝跪拜,拜了九次,跪了九次,又将马奶子酒奠了。

看官，你道这敌人究是何人？听他的语意，便可晓得是蔑里吉部人。帖木真的母亲诃额仑，本是蔑里吉人客赤列都妻，由也速该抢劫得来，此次特纠众报复，掳了孛儿帖去讫。

帖木真穷极无奈，只有去求克烈部长，救他妻室。当下与合撒儿、别勒古台两弟，倍道至克烈部，见了部长脱里，便哭拜道："我的妻，被蔑里吉人掳去了！"脱里道："有这等事么？我助你去灭那仇人，夺还你妻。你可奉了我命，去通知札木合兄弟，他在喀尔喀河上流，你去教他发兵二万，做你左臂；我这里也起二万军马，做你右臂，不怕蔑里吉不灭，你妻不还！"

帖木真叩谢而出。即语合撒儿道："札木合也是我族的尊长，幼小时与我作伴过的；且他与汪罕邻好，此去乞救，想必肯来助我。"合撒儿道："我愿去走一遭，哥哥不必去！"言毕挺身欲走。好弟兄。帖木真又语别勒古台道："看来这番动众，不灭蔑里吉不休，我的好伴当博尔术，你可替我邀来，做个帮手！"别勒古台应命，临行时，帖木真示他路径，当即去讫。

帖木真走回家内候着。不两日，别勒古台已与博尔术同来，帖木真正在接着，见合撒儿亦到，便向帖木真道："札木合已允起兵，约汪罕兵及我等弟兄，在不儿罕山相会。"帖木真道："照这般说，须要去通报汪罕。"合撒儿道："我已去过了。汪罕大兵也即日就道哩。"帖木真大喜道："这么快！我有这般好弟兄，总算是天赐我的！倘得你嫂子重还，我夫妇当向你磕头。"兄弟同心，不患不兴。合撒儿道："哪有兄嫂拜弟叔的道理！这且休谈，我等快带了粮械，去会两部的大军。"

于是帖木真、合撒儿、别勒古台三人，整鞭前往，令博尔术为伴。到了不儿罕山下停了一宿，但见风飘飘的旗影，密层层的军队，自北而来，忙上前欢迎，乃是札木合兄弟，率着大军，兼程而至。两下相见，很是欢洽，只汪罕兵马，尚未见到。过了一日，仍是杳然。又过一日，还是杳然。帖木真非常焦急，直至第三日午间，方有别部兵到来。札木合恐是敌军，饬军士整队立着。那边过来的军士，也举着军械，步步相逼，及相距咫尺，才都认得是约会的兵士。札木合见了汪罕，便嚷道："我与你约定日期，风雨无阻,你为何误限三日?"脱里道:"我稍有事情,因此逾限!"札木合道:"这个不依,咱们说过的话儿,如宣誓一般,你误期应即加罚!"脱里有些不悦起来。纠集时已伏参商之意,隐为下文伏线。还是帖木真从旁调停,才归和好,于是逐队进发。

札木合道:"蔑里吉部共有三族,分居各地:住在布拉克地方的头目,叫作脱黑脱阿;住在斡儿寒河的头目,叫作歹亦儿兀孙;住在合剌只旷野的地方,叫作合阿台答儿马剌。我闻得脱黑脱阿,就是客赤列都的阿哥,他为弟妇报怨,所以与帖木真为难。查布拉克卡伦蒙古屯戍之所曰卡伦。就在这不儿罕山背后,我等不如越山过去,潜兵夜袭,乘他不备,掳他净尽,岂不是好什么!"帖木真欣然答道:"果然好计。我弟兄愿充头哨!"实是寻妻性急。札木合道:"很好!"帖木真弟兄遂与博尔术控马登山,大众跟着。

不一日,尽到山后。削木为筏,渡过勤勒豁河,便至布拉克卡伦,乘夜突入,将帐内所有的大小男妇,尽行拿住。天明检视俘虏,并没有脱黑脱阿,连帖木真的妻室孛儿帖,也不见下落。帖木真把俘虏唤来,挨次讯明,问到一个老妇,乃是脱黑脱阿的正妻,她答道:"夜间有打鱼捕兽的人,前来报知,说你等大军,已渡河过来,那时脱黑脱阿忙至斡儿寒河,去看歹亦儿兀孙去了。我等逃避不及,所以被掳。"可见札木合的计尚未尽善。帖木真道:"我的妻子孛儿帖,你见过么?"老妇道:"孛儿帖便是你妻么?日前劫到此处,本为报客赤列都的宿仇。因客赤列都前已亡过,所以拟给他阿弟赤勒格儿为妻。"帖木真惊问道:"已成婚么?"我亦要问。老妇半晌道:"尚未。"以含糊出之,耐人意味。帖木真复道:"现在到哪里去?"老妇道:"想与百姓们同走去了。"

帖木真匆匆上马,自寻孛儿帖。这边两部大军,先到斡儿寒河,去拿歹亦儿兀孙,谁知已与脱黑脱阿作伴逃走,只遗下子女牲畜,被两军抢得精光。转入合剌只地方,那合阿台答儿马剌才闻着消息,思挈家属遁逃,不意被两军截住,凭他如何勇悍,也只好束手成擒。家族们更不必说,好似牵羊一般,一古脑儿由他牵出。两军欢跃回营,独帖木真未到。

且说帖木真上马加鞭,疾趋数里,沿途遇着难民逃奔,便留心探望,眼中只有那蓬头跣足的妇女,并没有这娇娇滴滴的妻室,他心里很是焦急。

不知不觉的行了多少路程,但见遍地苍凉,杳无人迹,不禁失声道:"我跑得太快,连难民统已落后了,此地荒僻得很,鬼物都找不出一个,哪里有我的娇妻,不如回去再寻!"

当下勒马便回,行到薛凉格河,又遇见难民若干,仍然没有妻儿形迹。他坐在马上,忍不住号哭道:"我的妻,你难道已死么?我的妻孛儿帖,你死得好苦!"随哭随叫,顿引出一个人来,上前扯住缰绳,俯视之,乃是一个白发皤皤的老妪。总道是孛儿帖,谁知恰还未是,这是作者故作跌笔。便道:"你做甚么?"老妪道:"小主人,你难道不认得我么!"帖木真拭目一看,方认得是与妻偕行的老媪,忙下骑问道:"我的妻尚在么?"老妪道:"方才是同逃出来的,为被军民一挤,竟离散了。"帖木真跌足道:"如此奈何!"老妪道:"总在这等地方。"

帖木真也不及上马,忙牵着缰随老妪同行。四处张望,见河边坐着一个妇人,临流啼哭。老妪遥指道:"她可是么?"帖木真闻言,舍了马,飞身似的走到河旁,果然坐着的妇人是日夜记念的孛儿帖!便牵着她手道:"我的妻,你为我受苦了!"

孛儿帖见丈夫到来，心中无限欢喜，那眼中的珠泪，反较前流得越多了。*应有此状，亏他摹写。* 帖木真也洒了几点英雄泪，便道："快回去罢！"遂将孛儿帖扶起，循原路会着老妪。幸马儿由老妪牵着，未曾纵逸，当将孛儿帖挽上了马，自与老妪步行回寨。

这时候，合撒儿等已带部众数十名，前来寻兄，途次相遇，欢迎回来。脱里、札木合接着，统为庆贺。帖木真称谢不尽。是日大开筵宴，畅饮尽欢。夜间便把那掳来的妇女，除有姿色的，归与部酋受用，其余都分给两部头目，好做妻的做了妻，不好做妻的做了奴婢。*蔑里吉的妇女，不知是晦气，抑是运气？* 只帖木真恰爱着一个五岁的小儿，名叫曲出，乃是蔑里吉部酋撇下的小儿子，面目皓秀，衣履鲜明，口齿亦颇伶俐。帖木真携着他道："你给我做了养子罢！"曲出煞是聪明，便呼帖木真为爷，孛儿帖为娘，这也不在话下。

次日，札木合、脱里合议，把所得的牲畜器械等，作三股均分，帖木真应得一股。他恰嚷着道："汪罕是父亲行，札木合是尊长行，你两人怜我穷苦，兴兵报仇，所以蔑里吉部被我残毁，我的妻也得生还，两丈鸿恩，铭感无已，何敢再受此物！"札木合不从，定要给他，帖木真辞多受少，方无异言。于是拔寨起行，把自阿台以下的仇人，统行剪缚，带了回去。行至忽勒答合儿崖前，旷地甚多，就将大军扎住。札木合语帖木真道："我与你从幼相交，曾在这处，同击髀石为戏，*蒙俗多以髀石击兽。* 我给你一块狍子髀石，你与我一个铜铸的髀石，现虽相隔多年，你我交情，应如前日！*回应帖木真前言。* 我就在这处设下营帐，你也去把母亲兄弟接来，彼此同住数年，岂不是好！"帖木真大喜，便令合撒儿兄弟去接他母亲弟妹，惟汪罕部长脱里，告辞回去。

过了两日，合撒儿等奉着诃额仑到营。嗣是与札木合同帐居住，相亲相爱，住了一年有余。时当孟夏，草木阴浓。札木合与帖木真揽辔出游，越山过岭，到了最高的峰峦，两人并马立着。札木合扬鞭得意道："我看这朔漠地方，野兽虽多，恰没有绝大貔貅，若有了一头，怕不将羊儿羔儿吃个净尽！"*自命非凡。* 帖木真含糊答应，回营后对着母亲诃额仑，把札木合所说的话，述了一遍，随道："我不晓得他是甚么意思？一时不好回答，特来问明母亲。"诃额仑尚未及答，孛儿帖道："这句话，便是自己想作貔

猱哩,有人曾说他厌故喜新,如今咱们与他相住年余,怕他已有厌意,听他的言语,莫非要图害咱们。咱们不如见机而作,趁着这交情未绝的时候,好好儿地分手,何如?"也有见识。诃额仑点头称善。帖木真听了妻言,隔宿便去语札木合道:"我母亲欲返视故帐,我只好奉母亲命,伴着了去。"札木合道:"你想回去么?莫非我慢你不成!"言下有不满意。帖木真忙道:"这话从何处说来?暂时告别,后再相见!"札木合道:"要去便去!"

帖木真应声而出,随即点齐行装,与母妻弟妹等,领了数十名伴当,即日启程,从间道回桑沽儿河。途遇泰赤乌人,泰赤乌人疑帖木真进攻,慌忙散走,撇下一个阔阔出名字的小儿,由帖木真伴当牵来。帖木真瞧着道:"这儿颇与曲出相似,好做第二个养子,服侍我的母亲。"当下禀知诃额仑,诃额仑倒也心喜。到了桑沽儿河故帐,那时伴当较多,牲畜亦众,帖木真遂蓄着大志,镇日里招兵养马,想建一个大部落起来。稍稍得手,便思建竖,自古英雄,大抵如此。自是从前散去的部众,亦逐渐归来。帖木真不责前愆,反加优待,因此远近闻风,争相趋附。到三四年后,帖木真帐下各部族，差不多有三四万人，比也速该在日倍加兴旺了。大众遂推戴帖木真为部长，分职任事，居然一王者开创气象。小子有诗赞他道：

> 有基可借即称雄，豪杰凡庸迥不同。
>
> 大好男儿须自立，莫将通塞诿天公！

欲知此后情事，且至下回表明。

　　汪罕、札木合助帖木真袭蔑里吉部，不可谓非厚谊，然汪罕误期三日，已是未足践信。若札木合遵约而来，报捷而返，及至中途设帐，与帖木真同居年余，厚谊如此，宜可历久不渝矣。乃得志即骄，片言肇衅，以致帖木真怀疑自去，卒致凶终隙末。为札木合计，毋乃拙欤！或谓帖木真之去，由于孛儿帖之一言，妇言是用，不顾友谊，幸其后侥幸战胜，才得自固，否则未有不因此偾事者。是说虽似，然寄人篱下，何时独立，有忽勒答、合儿崖之走，而后有桑沽儿河畔之兴，是妇言亦非全未可从者。要之求人不如求己，他乡何似故乡，丈夫子发愤其所为天下雄，安在无土不王，观此而古语益信。

第六回

帖木真独胜诸部　札木合复兴联军

却说帖木真为部长后，招携怀远，举贤任能，命汪古儿、雪亦客秃、合答安答勒都儿三人司膳，元重内膳之选，非笃敬素著者不得为之，语见《元史·石抹明里传》。迭该管牧放羊只，古出沽儿修造车辆，朵歹管理家内人口，忽必来、赤勒古台、脱忽剌温同弟合撤儿带刀，合勒剌歹同弟别勒古台驭马，阿儿该、塔该、速客该、察兀儿罕主应对，速别额台勇士掌兵戎。又因博尔术为患难初交，始终相倚，特擢为帐下总管。处置已毕，遂遣塔该、速客该往见汪罕，合撤儿、阿儿该、察兀尔罕往见札木合。及两处回报，汪罕却没甚异言，不过要帖木真休忘前谊。独札木合语带蹊跷，尚记着中道分离的嫌隙。帖木真道："由他罢，我总不首去败盟。倘他来寻我起衅，我也不便让他，但教大家先自防着，随机应变方好哩。"预备不虞，实是要诀。

大众应命，各自振刷精神，缮车马，搜卒乘，预防不测。果然不出两年，撒阿里地方，为了夺马启衅，伤着两边和谊，竟闹出一场大战祸来。笔大如椽。原来撒阿里地以萨里河得名，在蔑里吉部西南境，旧为忽都剌哈汗长子拙赤所居。忽都剌哈汗为也速该之叔，则其长子拙赤，应即为帖木真之叔父行。他尝令部众牧马野外，忽来了别部歹人，将他马夺去数匹，部众不敢抵敌，前去报知拙赤。拙赤愤甚，忙出帐外，也不及跨马，竟独自一人，持着弓箭，追赶前去。胡儿大都有胆。自朝至暮，行了数十里，天已傍晚，方见有数人牵马前来，那马正是自己的牧群。因念众寡不敌，静悄悄的跟着后面，等到日色昏黑，他却抢上一步，弯弓搭箭，把为首的射倒。蓦然间大喊一声，山谷震应，那边的伴当不知有若干追人，霎时四散。拙赤将马赶回。拙赤颇能。

看官，你道射倒的乃是何人！便是札木合的弟秃台察儿。札木合闻报，不禁悲愤道："帖木真背恩负义，我已思除灭了他。今他的族众，又射杀我阿弟，此仇不报，算甚么人！"随即四处遣使，约了塔塔儿部、泰赤乌部，及邻近各部落，共十三部，塔塔儿、泰赤乌两部为帖木真世仇，所以特书。合兵三万，杀奔至桑沽儿河来。

帖木真尚未闻知，亏得乞剌思种人孛徒，先已来归。他父捏坤，闻着札木合出兵消息，忙遣木勒客脱、塔黑两人，由僻径奔报帖木真。帖木真正在古连勒古山游猎，古连勒古山，即桑沽儿河所出。得这警报，连忙纠集部众，把所有的亲族故旧，侍从仆役，统行征发，共得了三万人，分作十三翼。以三万人对三万人，以十三翼敌十三部，这是开卷以后第一次大战。连老母诃额仑也著了戎服，跨着骏马，偕帖木真起行。老英雄，又出风头。

到了巴勒朱思的旷野，遥见敌军已逾岭前来，如电掣雷奔一般，瞬息可至。帖木真忙饬各军扎住阵脚，严防冲突。说时迟，那时快，这边的部众，方才立住，那边的敌军，已是趋到。两边仓猝交绥，恁你帖木真甚么能耐，抵不住那锐气勃张、蛮触敢死的敌人。帖木真知事不妙，且战且退，不意敌人紧紧随着，你退我进，直逼至斡难河畔。帖木真各军，驰入一山谷中，由博尔术断后，堵住谷口，方得休兵。当下检点部众，伤亡的恰也不少，幸退兵尚有秩序，不致纷散。帖木真怏怏不乐，还是博尔术献议道："敌人此来，气焰方盛，利在速战，我军只好暂让一阵，休与角逐，待他师老力衰，各怀退志，那时我军一齐掩杀，定获全胜！"不愧为四杰之一。

帖木真依了他计，便集众固守，相戒妄动。札木合数次来争，都被博尔术选着箭手，一一射退。凡胡俗行兵，不带粮饷，专靠着沿途掳掠，或猎些飞禽走兽，充做军食。此时札木合所率各部，无从抢夺，军士未免饥饿，遂四处去觅野物，镇日里不在营中。博尔术登高瞭望，只见敌军相率游猎，东一队，西一群，势如散沙，随即入帐禀帖木真道："敌人已懈散了，我等正好乘此掩击哩。"帖木真遂命各翼备好战具，一律杀出。

这时札木合正在帐中，遥听得胡哨一声，忙出帐探视，只见侦骑来报道："帖木真来了！"先声夺人。札木合急号令军士，速出抵御，怎奈部下多四出猎兽，一时不及归来。那帖木真的大军，已如秋日的大潮，汹涌澎湃，滚入营来，弄得札木合心慌意乱，手足无措，余十二部中的头目，也

帖木真獮猎胜诸部

不知所为。朵儿班部、散只兀部、哈答斤部,先自奔溃,就是札木合的部众,也被他摇动,窜去一半。看官,你想此时的札木合,还能支持得住么?三十六着,走为上着,忙拣了一个好马,从帐后逃去。札木合一逃,全军无主,还有哪个向前抵当!霎时间云散风流,只剩了一座空帐。帖木真部下十三翼军,已养足全力,锐不可当,将敌帐推倒后,尽力追赶,碰着一个杀一个,打倒一个捆一个。那札木合带来的十三部众,抱头鼠窜,只恨爹娘生了脚短,逃生不及,白白的送了性命!**趣语!**

　　帖木真赶了三十里,方鸣金收军。大众统来报功,除首级数千颗外,还有俘虏数千名。帖木真圆着眼道:"这等罪犯,一刀两段,还是给他便宜,快去拿鼎镬来,烹杀了他!"蒙俗最喜烹人,奉了这命,竟去取出七十只大锅,先将兽油煮沸,然后把俘虏洗剥,一一掷入,可怜这种俘虏,随锅旋转,不到一刻,便似那油炸的羊儿羔儿!**羔羊是宰后就烹,人非禽兽,乃活遭烹杀。**大众还拍手称快。俘虏烹毕,都唱着凯歌,同返故帐。于是威声大振,附近的兀鲁特、布鲁特两族,亦来投诚。

　　一日,帖木真率领侍从,至西北出猎,遇泰赤乌部下的朱里耶人。侍从语帖木真道："这是咱们的仇人，请主子出令，捕他一个净尽。"帖木真道："他既不来加害咱们，咱们去捕他做甚？"朱里耶人初颇疑惧，嗣见帖木真无心害他，也到围场旁参观。帖木真问道："你等在此做甚么？"朱里耶人道："泰赤乌部尝虐待我等，我等流离困苦，所以到此。"帖木真问有粮食否，答云不足。及问有营帐否，答云没有。帖木真道："你等既无营帐，不妨与我同宿，明日猎得野物，我愿分给与你。"朱里耶人欢跃应命。帖木真果践前言，且教侍从好生看待，不得有违。于是朱里耶人非常感激，都说泰赤乌无道，惟帖木真衣人以己衣，乘人以己马，真是一个大度的主子，不如弃了泰赤乌，往投帖木真为是。这语传入泰赤乌部，赤老温先闻风来归。帖木真感念旧谊，应第三回。待他与博尔术相似。还有勇士哲别，素称善射，当巴勒朱思开战时，曾为泰赤乌部酋布答效力，射毙帖木真的战马，至是亦因赤老温为先容，投入帖木真帐下。哲别亦元朝名将，故特表明。帖木真不念前嫌，推诚相与。齐桓公用管仲，唐太宗用魏征同是此意。此后邻近的小部落，多挈了妻孥，投奔帖木真。帖木真很是喜慰，便命在斡难河畔，开筵庆贺。

先是巴勒朱思开仗，帖木真的从兄弟薛撤别吉，亦从战有功。薛撤别吉有两母，大母名忽儿真，次母名也别该，帖木真俱邀她与宴，伴着那母亲诃额仑。司膳官失乞儿于诃额仑前奉酒毕，次至也别该前行酒，又次至忽儿真，但觉得扑剌一声，失乞儿面上已着了一掌。失乞儿莫明其妙，只见忽儿真投着袂道："你为何不先至我处行酒，却谄奉那小娘子？"真是妒妇的口角。失乞儿大哭而出，诃额仑嘿（mò）然无言，帖木真从旁解劝，才算终席。

不料一波未平，一波又起。薛撤别吉的侍役，从帐外私盗马缰，别勒古台见了，把他拿住。忽刺斜里闪出一人，拔剑砍来，别勒古台连忙躲让，那右肩已被斫着，鲜血直流，便忍痛问那人道："你是何人？"那人道："我叫播里，为薛撤别吉掌马。"别勒古台的左右闻了这语，都嚷道："如此无礼，快杀了他！"别勒古台拦住道："我伤未甚，不可由我开衅。我且去通知薛撤别吉，教他辨明曲直。"言未已，薛撤别吉已出来了。别勒古台正思表明，他却不分皂白，大声喝道："你何故欺我仆从？"说得别勒古台气愤填胸，便去折着一截树枝，来与薛撤别吉决斗。薛撤别吉也不肯稍让,拾着一条木棍,抵敌别勒古台。酣斗了好一歇,薛撤别吉败下了,夺路而去。别勒古台走入帐中,又闻忽儿真掌挞司厨,便阻住忽儿真,不容她回去。

正争论间,忽有探马入报,金主遣丞相完颜襄,去攻塔塔儿部。帖木真道:"塔塔儿害我祖父,大仇未报,如今正好趁这机会,前去夹攻。"正说着,薛撤别吉遣人议和,并迓忽儿真。帖木真语来使道:"薛撤别吉既自知罪,还有何说? 他母便偕你同回。你去与薛撤别吉说明,我拟攻塔塔儿部,叫他率兵来会,不得误期! "使者奉命,偕忽儿真去讫。

帖木真待至六日,薛撤别吉杳无音信,便自率军前往。至浯勒札河,与金兵前后夹攻,破了塔塔儿部营帐,击毙部酋摩勤苏里徒。金丞相完颜襄晤着道:"塔塔儿无故叛我,所以率兵北征。今幸得汝相助,击死叛酋。我当奏闻我主,授你为招讨官。你此后当为我邦效力! "帖木真应着,金丞相自回去了。帖木真复入塔塔儿帐中,搜得一个婴儿,乘着银摇车,裹着金绣被,便将他牵来。见他头角峥嵘,命为第三个养子,取名失吉忽秃忽。《元史》作忽都忽。随即凯旋。不期薛撤别吉潜兵来袭,把那最后老弱残兵,杀了十名,夺了五十人的衣服马匹,扬长去了。

帖木真闻报,大怒道:"前日薛撤别吉在斡难河畔与宴,他的母将我厨子打了,又将别勒古台的肩甲斫破了,我为他是同族,格外原谅,与他修和,叫他前来合攻塔塔儿仇人。他不来倒也罢了,反将我老小部卒,杀的杀,掳的掳,真正岂有此理! "遂带着军马,越过沙漠,到客鲁伦河上游,攻入薛撤别吉帐中。薛撤别吉已挈眷属逃去,只掳了他的部众,收兵而回。

越数月,帖木真余怒未息,又率兵往讨,追薛撤别吉至迭列秃口,把他擒住,亲数罪状,推出斩首,并杀其弟泰出勒,惟赦他家属。又见他子博尔忽,《秘史》作孛罗兀勒。少年英迈,取为养子,后以善战著名。亦四杰之一。归途遇着札剌赤儿种人,名叫古温豁阿,《元史》作孔温窟哇。引着数子来归。有一子名木华黎,《秘史》作木合黎,《源流》作摩和赉,《通鉴辑览》作穆呼哩,亦为四杰之一。智勇过人,嗣经帖木真宠任,与博尔术、赤老温等一般优待。这且慢表。

且说札木合自败退后,愤闷异常。日思纠合邻部,再与帖木真决一雌雄。闻西南乃蛮部土壤辽阔，独霸一方，遂去纳币通好，愿约攻帖木真。乃蛮部在天山附近，部长名太亦布哈，《通鉴辑览》作迪延汗。曾受金封爵，称为大王。胡俗呼大王为汗，因连类称他为大王汗，蒙人以讹传讹，竟叫他作太阳汗。太阳汗有弟，名古出古敦，与兄交恶，分部而治，自称不亦鲁黑汗。会札木合使至，太阳汗犹迟疑未决，不亦鲁黑汗愿发兵相助，出师至乞湿勒巴失海子。海子亦称淖尔，为蒙古语，犹华人之言湖也。帖木真闻报，用了先发制人的计策，邀集汪罕部落，从间道出袭不亦鲁黑汗，不亦鲁黑汗仓猝无备，全军溃散。帖木真等得胜告归。

那时哈答斤部、散只兀部、朵鲁班部、弘吉剌部闻帖木真强盛，统怀恐惧，大会于阿雷泉，杀了一牛、一羊、一马，祭告天地，歃血为誓，结了攻守同盟的密约。札木合乘机联络，遂由各部公议，推札木合为古儿汗。还有泰赤乌、蔑里吉两部酋，以及乃蛮部不亦鲁黑汗，也思报怨，来会札木合。就是塔塔儿部余族，另立部长，趁着各部大会，兼程赶到。大众齐至秃拉河，由札木合作为盟主，与各部酋对天设誓道："我等齐心协力，共击帖木真，倘或私泄机谋，及阴怀异志，将来如颓土断木一般！"誓毕，共举足踏岸，挥刀斫林，作为警戒的榜样。是谓庸人自扰。遂各出军马，衔枚夜进，来袭帖木真营帐。

偏偏豁罗剌思种人豁里歹，与帖木真出自同族，驰往告变。帖木真连忙戒备，一面遣使约汪罕，令速出师，同击札木合联军。汪罕脱里率兵到客鲁伦河，帖木真已勒马待着，两下相见，共议军情。脱里道："敌军潜来，心怀叵测，须多设哨探方好哩。"帖木真道："我已派部下阿勒坛等，去做头哨了。"脱里道："我也应派人前去。"当下叫他子鲜昆为前行，带领部众一队，分头侦探，自与帖木真缓缓前进。

过了一宿，当由阿勒坛来报道："敌兵前锋，已到阔奕坛野中了。"帖木真道："阔奕坛距此不远，我军应否迎战？"脱里道："鲜昆不知何处去了？如何尚未来报？"阿勒坛道："鲜昆么？闻他已前去迎仗了！"帖木真急着道："鲜昆轻进，恐遭毒手，我等应快去援他！"脱里不信阿勒坛，帖木真独急援鲜昆，后日成败之机，已伏于此。于是两军疾驰，径向阔奕坛原野进发。

这时候，札木合的联军已整队前来。乃蛮部酋不亦鲁黑汗仗着自己

骁勇，充作前锋统领，*你前时如何溃散，此时恰又来当冲。*望见汪罕前队军马，只寥寥数百人，*便是鲜昆军。*不由的笑着道："这几个敌兵，不值我一扫！"*慢着！*正拟遣众掩击，忽望见尘头大起，脱里、帖木真两军，滚滚前来，又不禁变喜为惧，便愕然道："我等想乘他不备，如何他已前知？"*忽喜忽惧，恰肖莽夫情状。*

方疑虑间，札木合后军已到，不亦鲁黑汗忙去报闻。札木合道："无妨，蔑里吉部酋的儿子忽都，能呼风唤雨，只叫他作起法来，迷住敌军，我等便可掩杀了！"不亦鲁黑汗道："这是一种巫术，我也粗能行使。"札木合喜道："快快行去！"不亦鲁黑汗遂邀同忽都，用了净水一盆，各从怀中取出石子数枚，大的似鸡卵，小的似棋子，浸着水中，两人遂望空祷诵。不知念着什么咒语，咕哩咕噜了好一回，果然那风师雨伯，似听他驱使，霎时间狂飚大作，天地为昏，滴滴沥沥的雨声也逐渐下来了！*各史籍中，曾有此事，不比那无稽小说，凭空捏造。*小子恰为帖木真等捏一把汗，遂口占一绝云：

祷风祭雨本虚词，谁料胡巫果有之！

可惜问天天不佑，一番祈祷转罹危。

毕竟胜负如何？ 且看下回续表。

札木合两次兴师，俱联合十余部，来攻帖木真，此正帖木真兴亡之一大关键。第一次迎战，用博尔术之谋，依险自固，老敌师而后击之，卒以致胜，是所赖者为人谋。第二次迎战，敌人挟术以自鸣，几若无谋可恃，然观下回之反风逆雨，而制胜之机，仍在帖木真，是所赖者为天意。天与之，人归之，虽欲不兴得乎？ 本回上半段，叙斡难河畔之胜，归功人谋，故中间插入各事，所有录故释嫌，赦孥恤孤之举，俱一一载入，以见帖木真之善于用人；下半段叙阔弈坛之战，得半而止，独见首不见尾，此是作者蓄笔处，亦即是示奇处。名家小说往往有此，否则，便无气焰，亦乌足动目耶！

第七回

报旧恨重遇丽姝　复前仇叠逢美妇

却说不亦鲁黑汗等用石浸水，默持密咒，果然风雨并至。看官到此，未免怀疑。小子尝阅方观承诗注，谓蒙古西域祈雨，用楂达石浸水中，咒之辄验。楂达石产驼羊腹内，或圆或扁，色有黄白。驼羊产此，往往羸瘦，生剖得者尤灵。就是陶宗仪《辍耕录》，也有此说。元元本本，殚见洽闻，是小说中独开生面。小子未曾见过此石，大约如牛黄、狗宝等类，独蕴异宝，所以有此灵怪。

闲文少表。单说札木合见了风雨，心中大喜，忙勒令各军静待，眼巴巴的望着对面。一俟帖木真等阵势自乱，便掩杀过去，好教他片甲不回。那边帖木真正思对仗，忽觉阴霾四布，咫尺莫辨，骤风狂雨，迎面飘来，免不得有些惊慌，只饬令部众严行防守。那汪罕部下，却有些鼓噪起来，脱里禁止不住。帖木真也恐牵动全军，急上加急。蓦然间风势一转，雨点随飞，都向札木合联军飘荡过去。札木合正在得意，不防有此变幻，忙与不亦鲁黑汗等商议。怎奈不亦鲁黑汗等，只能祈风祷雨，恰不能迎雨反风，只得呆呆的望着天空，一言不答。无如对面的敌军，已是喊杀连天，摇旗疾至。札木合满腹喜欢，都变着愁云惨雾，不禁仰天叹道："天神呵！何故保佑帖木真那厮，独不保佑我呢？"言未毕，见军中已皆倒退，料已禁止不住，只好拨马而逃。幸亏得是逃惯，倒还没有甚么。那时各部酋都已股栗，还有何心恋战，自然一哄儿走了。于是全军大溃，有被斫的，有受缚的，有坠崖的，有落涧的，有互相践踏的，有自相残杀的，统共不知死了若干，伤了若干。

帖木真想乘此灭泰赤乌部，便请脱里追札木合，自率众追泰赤乌人。泰赤乌部酋阿兀出把阿秃儿走了一程，见帖木真追来，复收拾败残兵马，返身迎战。怎奈军心已乱，屡战屡败，只得顾着性命，乘夜再走。那部众不及随上，多被帖木真军掳掠过来。

帖木真忽忆着锁儿罕情谊，自去找寻。到了岭间，蓦听得有一种娇音，在岭上叫着道："帖木真救我！"帖木真望将过去，乃是一个穿红的妇人。忙饬随身的部卒，上前讯明，回报是锁儿罕女儿，名叫合答安。帖木真闻着合答安三字，抢步行去。到了合答安前，见她形神虽改，丰采依然，便问道："你何故在此？"合答安道："我的夫被军人逐走了，我见你跨马前来，所以叫你救我！"帖木真大喜道："快随我前去！"邂逅相逢，适我愿兮。说着，便叫部卒牵过一骑，自扶合答安上马，并辔下山。合答安在途间，尚口口声声叫帖木真饬寻丈夫。帖木真含糊应着，一面令部卒传着军令，饬大众就此下营。

设帐已毕，却无心检点俘虏，只令部众留意巡逻，严防不测。是晚在后帐备好酒筵，挽合答安并坐畅饮。合答安不好就坐，只在帖木真座旁侍着。帖木真情不自禁，竟将她搂入怀中，令坐膝上，低声与语道："我从前避难你家，承你殷勤侍奉，此心耿耿不忘！早思与你结为夫妇，只因我那时艰险万状，连一聘就的妻室，尚不知何日可娶，所以不敢启口。目今我

为部长，又与你幸得再逢，看来这凤世姻缘，总当配合哩！"合答安道：
"你已有妻，我已有夫，如何配合？"帖木真道："我为一部主子，多娶几
个夫人，算做甚么？你的丈夫闻已被军人杀死了，剩你孤身只影，正好与
我做个第二夫人！"合答安闻丈夫已死，不禁泪下。帖木真道："你记念
着丈夫么？人死不能重生，还要念他做甚！"*眼前的丈夫，比前日的丈*
*夫好得许多，合答安真是多哭。*说着时，并替她拭泪。合答安心中，好似
小鹿儿乱撞，不知所为。帖木真恰欢饮了数大觥，乘着酒兴，拥合答安入
寝。昔与共患难，今与共安乐，总算是有情有义的好男儿。*意在言外。*

翌日，合答安的父亲锁儿罕，也入帐来见。*来做国丈了。*帖木真迎
着道："你父子待我有恩，我日夕厪(qín)念，你如何此时才来？"锁儿罕
道："我心早倚仗着你，所以命次儿先来归附。我若也是早来，恐此间部
酋不依，戮我全家，所以迟迟吾行。"帖木真道："昔日厚恩，今当图报！我
帖木真不是负心人，教你老人家放心！"*子为人臣，女为人妾，好算是知*
*恩报恩。*锁儿罕称谢，帖木真命拔帐齐回。

到了客鲁伦河上流，饬部卒探听汪罕消息。及返报，方知札木合被
追，穷蹙无归，已投降汪罕，汪罕收兵自回去了。帖木真道："他何不遣人
报我！"*言下有不悦意。*别勒古台在旁说道："汪罕既已回兵，咱们也不
必过问。惟塔塔儿是我世仇，我正好乘胜进攻，除灭了他！"帖木真道：
"且回去休息数日，往讨未迟！"

过了一月，帖木真发兵攻塔塔儿部。塔塔儿部已早防着，纠集族众，
决一死战。帖木真闻知敌人势众，倒也不敢轻敌，当下号令诸军，约法三
章。第一条，临战时不得专掠财物；第二条，战胜后亦不得贪财，待部署
妥定，方将敌人财物，按功给赏；第三条，军马进退，都须遵军帅命令，不
奉命者斩，既退后，再令翻身力战，仍须前进，有畏缩不前者斩。军令既
肃，壁垒一新，接连与塔塔儿部战了数次。塔塔儿人虽然奋力上前，怎奈
寡不敌众，弱不敌强，终被那帖木真占了胜着，弄到一败涂地。塔塔儿部
酋依然逃去，*塔塔儿前已屡败，势不能敌帖木真，所以叙笔从略。*帖木真
军追赶不及，方才收军。检查帐下，只阿勒坛、火察儿、答力台三人违令，
私劫财物。帖木真愤甚，令哲别、忽必来两将，把他三人传入，申明军法，
拟令加刑。部下都屈膝哀求，代他乞免。帖木真道："你三人与我祖父同

出一源，我也何忍罪你，但你等既立我为部长，并誓遵我令，我自不敢以私废公。现由大众替你乞免，你等应悔过效诚，将功赎罪！"言讫，又命哲别、忽必来道："你去把他所得财物，取来充公，休得代他隐饰！"哲别、忽必来依令而行，阿勒坛等亦退出帐外，未免快快失望。为后文往投汪罕张本。原来阿勒坛系忽都剌哈汗次子，是帖木真从叔；火察儿系也速该亲侄，是帖木真从弟；答力台系也速该胞弟，是帖木真叔父。帖木真做部长时，阿勒坛等首先推戴，愿遵命令，所以帖木真记在胸中，有此劝勉。那三人颇自恃功高，背誓负约，这也是人心难料，防不胜防了。

帖木真召集宗族，与他们密议道："塔塔儿的仇怨，我所切记，今幸战胜了他，他所有的百姓，男子尽行诛戮，妇女各分做奴婢使用，方可报仇雪恨。"族众相率赞成。议定后，别勒古台出来，塔塔儿人也客扯连与别勒古台向颇认识，便问商着何事，别勒古台把真情说了，也客扯连便去传报塔塔儿人。塔塔儿人自知迟早一死，索性拼着了命，来攻帖木真营帐，亏得帖木真尚有防备，急命部下出来敌住，塔塔儿人杀他不过，复一哄儿走到山边，倚山立寨，负隅死守。帖木真率军进攻，足足相持两日，方将山寨攻破。那时，塔塔儿人除妇女外，各执一刀，乱斫乱砍，彼此杀伤，几至相等。所谓困兽犹斗。及至塔塔儿的男子，丧亡殆尽，那时帖木真部下，也好多死伤了。

帖木真查得泄漏军机，乃是别勒古台一人所致，便命别勒古台去拿也客扯连。别勒古台去了半晌，返报也客扯连查无下落，大约已死在乱军中，只有他一个女儿，现已掳到。帖木真不待说毕，便怒道："为你泄了一语，累得军马死伤，此后会议大事，你不准进来！"别勒古台唯唯遵命。帖木真复道："你掳来的女子现在何处？"别勒古台道："在帐外，我去押她进来。"

当下把那女押入帐中，衣冠颠倒，发鬓蓬松，战兢兢的跪在地上。帖木真喝声道："你父陷死咱们多人，就是碎尸万段，不足偿我部下的生命。你既是他的女儿，也应斩首！"那女子更觳觫万状，抖做一团，勉强说了饶命二字。谁知才一开口，那种天生的娇喉，已似笙簧一般，送入帖木真耳中。帖木真不禁动了情肠，便道："你想我饶命么？你且抬起头来！"那女子闻言，慢慢儿的举首。由帖木真瞧将过去，只见她愁眉半锁,泪眼微抬,仿佛是带雨海棠,约略似欺风杨柳。便默想道:"似这般俊俏的面庞,恐我那两个妻室,也不能及她。"随语道:"要我饶你的命,除非做我的姜婢!"那女道:"果蒙赦宥,愿侍帐下!"*此女无耻。*帖木真喜道:"很好!你且至帐后梳洗去罢。"

说至此,当有帐后婢媪,前来搀扶那女,冉冉进去。帖木真才命别勒古台退出,复将营中应办的事情,嘱咐诸将,然后至帐后休息。才入后帐,那女子已前来迎着,由帖木真携住她的纤手,赏鉴了好一回,只觉得丰容盛鬋(jiǎn),妆抹皆宜,*新妆如绘。*因柔声问着道:"你叫什么名字?"那女子道:"我叫作也速干。"帖木真道:"好一个也速干!"那女子把头一低,拈着腰带,一种娇羞的态度,几乎有笔难描。*是一种淫妇腔。*帖木真携她并坐,便道:"你的父亲,实是有罪,你可怨我么?"*比初见时言语如出两人。*也速干答称不敢。帖木真笑道:"你若做我的姜婢,未免有屈美人,我今夜便封你作夫人罢!"也速干屈膝称谢,*绝不推辞,想是待嫁久矣。*帖木真即与她开饮,共牢合卺(jǐn),情话喁喁,自傍晚起,直饮到昏黄月上,刁斗声迟,随令婢役等撤去酒肴,催也速干卸了艳妆,同入鸳帏,饱尝滋味。*写也速干共寝时,与合答安不同,是为各人顾着身分。*

翌晨,也速干先行起来,安排妆束。帖木真也醒着了,也速干过去侍奉,但见帖木真睁着两眼,觑着自己的面庞,一声儿不出口。*情魔缠住了。*也速干不觉嫣然道:"看了一夜,尚未清楚么?"*恐不止相看而已。*帖木真道:"你的芳容,令人百看不厌!"也速干道:"堂堂一个部长,眼孔儿偏这么小,对我尚这般模样,若见了我的妹子也遂,恐怕要发狂了!"帖木真忙道:"你的妹子在哪里?"也速干道:"才与她夫婿成亲,现不知何处去了。"*背父事仇,已是腼颜,还要添个妹子,不知她是何心肝!*帖木真道:"你妹子果有美色,不难找寻。"当即出帐命亲卒去寻也遂,嘱咐道:"你如见绝色的妇女,便是那人。"

去了半日,那亲卒已牵一美妇进来。帖木真瞧着,芙蓉为面,秋水为眸,肤如凝脂,领如蝤蛴(qiúqí),状貌颇肖也速干,至绰约轻盈,又比也速干似胜一筹。便问道:"你可名也遂么?"那妇答声称是。帖木真道:"妙极了!你姊已在后帐,可进去一会。"也遂便入晤也速干,也速干便邀她同嫁帖木真。也遂道:"我的丈夫,被他军人逐走了,我很是怀念,你为何叫我嫁那仇人？"也速干道："我塔塔儿人先去毒他父亲，所以反受其毒。他现在富贵得很，威武得很，嫁了他，有什么不好？胜似嫁那亡国奴哩！"也遂默然无语。已动心了。也速干又劝她数语，也遂道："他既为部长，年又盛强，料他早有妻子，我如何做他妾媵？"心已默许，不过想做正妻耳。也速干道："闻他已有一两个妻室，别人的心思，我不能料，若我的位置，情愿让与阿妹！"也遂徐答道："且待再商！"

　　语未毕，只听得一人接着道："还要商议甚么？好一位姊姊，位置且让与妹子，做妹子的总要领情哩。"我亦云然。说至此，帐已揭开，龙行虎步的帖木真已扬眉进来。也遂慌忙失措，忙避至阿姊背后，不意阿姊反将她推出，正与帖木真撞个满怀，帖木真顺手揽住，也速干乘隙走出。看官，你想一个怯弱的妇女，如何能抗拒强人？若非殉节丧身，定然是随缘凑合，任人戏弄了。又是一种笔墨。

　　越日，帖木真升帐，令也遂侍右，也速干侍左，欲要好，大做小，也速干想明此理。各部众都上前庆贺。帖木真很是欣慰，不意也遂独短叹长吁，几乎要流下泪来。帖木真顾着，暗暗生疑，随叫木华黎传令，饬大众分部

站立。众人依令行着，只有一个目光灼灼的少年，形色仓皇，孑身立着。怪不得他。帖木真问他是甚么人。那人道："我是也遂的夫婿。"直言不讳，难道想还你妻儿？ 帖木真怒道："你是仇人子孙，我倒不来拿你，你反自来送死，左右将他推出去！斩首完结。"不一刻，已将首级呈上。也遂从旁窥着，禁不住泪珠莹莹，退入后，呜呜咽咽的哭了片刻，由也速干从旁婉劝，方才止泪。后来境过情忘，也乐得安享荣华了。这是妇女最坏处。

帖木真凯旋后，复思讨蔑里吉部。忽有人报蔑里吉人已由汪罕部下自行剿捕，把他部酋脱黑脱阿逐去，杀了他长子，掳了他妻孥，并人物牲畜，满载而归了。帖木真迟疑半晌，方道："由他去罢！"第二次生嫌。小子有诗咏道：

> 交邻有道莫贪财，利欲由来是祸胎。
>
> 谁酿厉阶生衅隙，蒙疆又复起兵灾。

后来帖木真与汪罕曾否失和，且至下回分解。

前回多叙战事，写得如火如荼，本回多述私情，写得又惊又爱。此如戏角登台，有武戏即有文戏，武戏必用几个武生，文戏必杂几个旦角，英雄儿女，陆续演出，方能使阅者赓目。小说亦然，然或词笔复沓，连篇一律，则味同嚼蜡，亦乏趣味。作者于帖木真得三美时，语意迭变，为个人各占身分，即为本书焕出精神，是即文字夺色处。

第八回

四杰赴援以德报怨　　一夫拼命用少胜多

　　却说汪罕大掠蔑里吉部，得了无数子女牲畜回去享受，并没有遗赠帖木真，也未尝遣使报闻。帖木真尚是耐着，约汪罕去攻乃蛮。汪罕总算引兵到来，两军复整队出塞。闻不亦鲁黑汗在额鲁特地方，当即杀将过去。不亦鲁黑汗料不能敌，竟闻风远扬，越过阿尔泰山去了。帖木真麾众穷追，擒住他部目也的脱字鲁，讯知不亦鲁黑汗已是远遁，只得收队回营。谁知甫到半途，突来了乃蛮余众，由曲薛吾、撒八刺两头目统带，掩袭帖木真。帖木真驰入汪罕军，与汪罕再约迎战，汪罕自然应允。因天色已晚，两军各分驻营中，按兵静守了。

　　次日黎明，帖木真部下齐起，整备开仗。遥望汪罕营帐，上面有飞鸟往来，不觉惊诧异常。急命军士探明，返报汪罕营内，灯火犹明，只帐下却无一人！怪极！帖木真道："莫非他去了不成，我与他联军而来，他弃我远适，转足扰我军心，我不如暂行退兵，待探听确实，再来未迟！"是亦所谓临事知惧者。嗣后探得汪罕系信札木合谗言，谓帖木真后必为变，因此不谋而去。回应札木合投降汪罕事。帖木真虽恨那汪罕，然犹因他误信谗人，曲为含忍。这是第三次生嫌。

　　未几，忽有人报称汪罕的部众，被乃蛮、曲薛吾等从后追袭，掠去辎重，连那儿子鲜昆的妻孥，也被劫去了。帖木真道："谁叫他弃我归去？"言未已，又有人来报，汪罕遣使乞援。帖木真道："着他进来！"汪罕使入见，详述本部被掳情形，并言蔑里吉酋两子先已作本部俘虏，今亦逃去。现虽遣将追击乃蛮，终恐不足胜敌。且闻贵部有四良将，所以特来求援，请速令四将与我同去！帖木真笑道："前弃我，今求我，是何用心？"来使道："前日误信谗言，所以速返，若贵部肯再发援兵，助我部酋，此后自感激不浅，就使有十个札木合，也无从进谗了。"来使颇善辞令。

帖木真道："我与你部酋，情谊本不亚父子，都因部下谗间，因此生疑。现既情急待援，我便叫四良将与你同去，何如？"来使称谢。于是命木华黎、博尔术、赤老温、博尔忽四杰，带着军马，随使同去。

行到阿尔泰山附近，遥闻喊声震地，鼓角喧天，料知前途定在开仗。登山瞭望，见汪罕部兵，被乃蛮军杀得大败亏输，七零八落的逃下阵来。木华黎等急忙下山，率兵驰去。那时汪罕已丧了二将，首领鲜昆，马腿中箭，险些儿被敌人擒去。正危急间，木华黎等已到，便救出鲜昆，上前迎战。乃蛮头目曲薛吾等，虽已战胜，也未免乏力，怎经得一支生力军，似生龙活虎一般，见人便杀，逢马便刺！不到几合，曲薛吾部下，渐渐却退，木华黎等愈战愈勇，把敌人杀得四散奔逃。曲薛吾等管命要紧，也只得弃了辎重，落荒遁去。鲜昆的妻子，及一切被掠人物，统已夺转，交鲜昆带回。

鲜昆返报脱里，脱里大喜道："从前帖木真的父亲，尝救我的危难，今帖木真又差四杰救我，他父子两个，真是天地间的好人！我今年已老了，此恩此德，如何报得！"*本心未尝犆(gù)亡，如何后复变计。*随命使召见四杰，只博尔术前往。脱里奖他忠义，赠他锦衣一袭，金樽十具，复语道：

"我年已迈,将来这百姓,不知教谁人管领! 我诸弟多无德行,只有一子鲜昆,也如没有一般。你回去与你主说,倘不忘前好,肯与鲜昆结为兄弟,使我得有二子,我也好安心了!" 博尔术奉命返报,帖木真道:"我固视他为父,他未必视我如子,既已感恩悔过,我与鲜昆做弟兄,有何不可!" 遂遣使再报汪罕,约会于土兀剌河,重修和好。脱里如约守候,帖木真当即前去,便在土兀剌河岸,置酒高会,两下欢饮,甚是和洽,遂双方订约,对敌时一同对敌,出猎时一同出猎,不可听信谗言! 必须对面晤谈,方可相信。约既定,帖木真遂认脱里为义父,鲜昆为义弟,告别而回。

既而帖木真欲与汪罕结为婚姻,拟为长子术赤求婚脱里女抄儿伯姬。帖木真既认脱里为父,如何求其女为子妇? 鲜昆子秃撒哈,亦欲求帖木真长女火真别姬为妻。帖木真以他女肯为子妇,己女亦不妨遣嫁。独鲜昆不乐,勃然道:"我的女儿到他家去,向北立着;他的女儿到我家来,面南高坐,这如何使得。"于是婚议未谐。第四次生嫌。

札木合又乘隙思逞,密通阿勒坛、火察儿、答力台三人,令他背叛帖木真,归顺汪罕。三人素怀怨望,应上回。竟听了札木合的哄诱,潜归汪罕去讫。札木合遂语鲜昆道:"帖木真为婚事未谐,与乃蛮部太阳汗私相往来,恐将图害汪罕。"鲜昆初尚不信,经阿勒坛等三人来作口证,鲜昆遂差人告脱里道:"札木合闻知帖木真将害我等,宜乘他未发,先行除他!"脱里道:"帖木真既与我为父子,为甚么反复无常? 若果他有此歹心,天亦不肯佑他! 札木合的说话,不可相信的!"

越数日,鲜昆又自陈父前,谓他的部下阿勒坛等前来投诚,亦这般通报,父亲何故不信? 脱里道:"他屡次救我,我不应负他。况我来日无多,但教我的骸骨,安置一处,我死了亦是瞑目! 你要甚么干,你自去干着,总要谨慎方好哩!"既云不应负他,又云你自去干着,真是老悖得很。

鲜昆便与阿勒坛等,商量一条毒计出来。看官,你道是甚么毒计? 原来是佯为许婚,诱擒帖木真的法儿。既定议,即差人去请帖木真前来与宴,面订婚约。帖木真坦然不疑,只带了十骑,即日起行。道过明里也赤哥家中,暂时小憩。明里也赤哥尝隶帖木真麾下,至是告老还乡,与帖木真会着。帖木真即述赴宴的原因,明里也赤哥道:"闻鲜昆前日妄自尊大,不欲许婚,今何故请吃许婚筵席,莫非其中有诈? 不若以马疲道远为词，遣使代往，免致疏虞！"*幸有此谏。*

帖木真许诺，乃遣不合台、乞刺台两人赴席，自率八骑径归，静待不合台、乞刺台返报。孰意两日不至，乃复率数百骑西行，至中途候着。忽来了快足一名，说有机密事求见。当由部众唤入，那人向帖木真道："我是汪罕部下的牧人，名叫乞失里，因闻鲜昆无信，阳允婚事，阴设机谋，现已留下贵使，发兵掩袭。我恨他居心叵测，特来告变。贵部快整备对敌，他的军马就要到了！"帖木真惊道："我手下不过数百人，哪能敌得住大队军马，我等回帐不及，快至附近山中，避他兵锋！"言毕，即刻拔营。行里许，至温都尔山，登山西望，没有什么动静，稍稍放心。是晚便在山后住宿。

天将明，帖木真侄儿阿勒赤歹，*合赤温子。*正在山上放马，适见敌军大至，慌忙报知帖木真。*帖木真等住宿山后，所以未曾闻知。*帖木真仓猝备战，恐寡不敌众，特集麾下商议。大众面面相觑，独畏答儿奋然道："兵在精不在多，将在谋不在勇，为主子计，急发一前队，从山后绕出山前，扼敌背后，再由主子率兵，截他前面，前后夹攻，不患不胜！"帖木真点首，便命术撒带做先锋，叫他引兵前去。术撒带置若罔闻，只用马鞭擦着马鬃，嘿不发声。畏答儿从旁瞧着，便道："我愿前去！万一阵殁，有三个黄口小儿，求主子格外抚恤！"帖木真道："这个自然！天佑着你，当亦不至失利。"*蒙古专信天鬼，所以每事称天。*畏答儿正要前行，帐下闪出折里麦道："我亦愿去！"折里麦素随帖木真麾下，也是个患难至交，至此愿奋勇前敌，帖木真自然应允，并语他道："你与畏答儿同去，彼此互为援应，我很为放怀。到底是多年老友，安危与共呢！"*遣将不如激将。*两将分军去讫。

帐下闻帖木真夸他忠勇，不由得愤激起来，大家到帖木真前，愿决死战，连术撒带也摩拳擦掌，有志偕行。*正要你等如此。*帖木真即命术撒带辖着前队，自己押着后队，齐到山前立阵。

是时畏答儿等已绕出山前，正遇汪罕先锋只儿斤执着大刀，迎面冲来。畏答儿也不与答话，便握刀与战。只儿斤是有名勇士，刀法很熟，畏答儿抖擞精神，与他相持。正在难解难分的时候，那畏答儿部下的军士，都大刀阔斧，向只儿斤军中冲杀过去。只儿斤军忙来阻挡，不料敌人统不畏死，好似疯狗狂噬，这边拦着，冲破那边，那边拦着，复冲破这边，阵势被他牵动，不由的退了下去。只儿斤不敢恋战，也虚晃一刀走了。畏答儿不肯舍去，策马力追，折里麦亦率众随上。那汪罕第二队兵又到，头目叫作秃别干。只儿斤见后援已到，复拨转马头，返身奋斗。折里麦恐畏答儿力乏，忙上前接着。秃别干亦杀将上前，当由畏答儿迎战。汪罕兵势越盛，畏答儿尚只孤军，心中一怯，刀法未免一松，被秃别干举枪刺来，巧中马腹，那马负痛奔回，畏答儿驾驭不住，被马掀倒地上。秃别干赶上数步，便用长枪来刺畏答儿，不防前面突来一将，将秃别干枪杆挑着，豁剌一响，连秃别干一支长枪，竟飞向天空去了。句法奇兀。秃别干剩了空手，忙拨马回奔。那将便救起畏答儿，复由敌人中夺下一马，令畏答儿乘着。畏答儿略略休息，又杀入敌阵去了。看官，你道那将是什么人，便是术撒带部下的前锋，名叫兀鲁，力大无穷，所以吓退秃别干，救了畏答儿。兀鲁去追秃别干，汪罕第三队援兵又到，为首的叫作董哀，当下来截住兀鲁。又是一场恶战，术撒带驱兵进援，大家努力，把董哀杀退。董哀方才退去，汪罕勇士火力失烈门，复领着第四队军来了。句法又变。术撒带大喝道："杀不尽的死囚！快上来试吾宝刀！"火力失烈门并不回答，便恶狠狠的携着双锤，来击术撒带。术撒带用枪一挡，觉来势很是沉重，料他有些勇力，遂格外留神，与他厮杀，大战数十合，不分胜负。兀鲁见术撒带战他不下，也拨马来助。火力失烈门毫不畏怯，又战了好几合，忽见对面阵中，竖着最高的旌纛，料知帖木真亲自到来，他竟撇下术撒带等，来捣中军。术撒带等正思转截，那汪罕太子鲜昆又率大军前来接应。这时术撒带等，只好抵敌鲜昆，不能回顾帖木真。帖木真身旁，幸有博尔术、博尔忽两将，见火力失烈门踹入，急上前对仗。两将是有名人物，双战火力失烈门，尚不过杀个平手，恼了帖木真三子窝阔台，也奋身出斗，把他围住。火力失烈门恐怕有失，眉头一皱，计上心来，竟向博尔忽当头一锤，博尔忽把头避开，马亦随动，火力失烈门乘这机会，跳出圈外，望后便走。博尔术等哪里肯舍，相率追去。那火力失烈门引他驰入大军，复翻身来战，霎时间各军齐上，把博尔术等困住垓心。博尔术等虽知中计，无如事到其间，无可奈何，只得拼命鏖战，与他争个你死我活！逐层写来，变幻不测。于是两军齐会，汪罕的兵胜过帖木真军五六倍，帖木真军，人自为战，不管什么好歹，统将爹娘所生的气力，一齐用出，尚杀不退汪罕军。

鲜昆下令道："今日不擒住帖木真，不得退军！"语才毕，忽有一箭射来，不偏不倚，正中鲜昆面上。鲜昆叫了一声，向后便倒，伏鞍而走。这支箭系由术撒带发出，幸得射着，遂趁势追赶鲜昆。鲜昆军恰尚不乱，且战且走。术撒带追了一程，恐前途遇伏，中道旋师。帖木真望见敌兵渐退，亦遣使止住各将，不得穷追。于是各将皆敛兵归还。畏答儿独捧着头颅，狼狈回来。帖木真问他何故，畏答儿道："我因闻旋师的命令，免胄断后，不意脑后中了流矢，痛不可忍。因此抱头趋归。"帖木真垂泪道："我军这仗血战，全由你首告奋勇，激动众心，因得以寡敌众，侥幸不败。你乃中着流矢，教我也觉痛心！"遂与并辔回营，亲与敷药，令他入帐卧着。自己检点将士，伤亡虽有数十人，还幸不至大损。惟博尔术、博尔忽及窝阔台三人，尚未见到，忙令兀鲁、折里麦等带着数十骑，前去找寻。

看官，上文说他三人被火力失烈门率军围着，两下恶斗。这时两军皆退，三人尚没有回营，莫非阵殁了不成？看官不要性急，待小子补叙出来。原来博尔术、博尔忽及窝阔台三人，被火力失烈门引兵围住，正在万分危急的时候，幸亏术撒带射中鲜昆，各军多已退去，火力失烈门亦被牵着,不免顾此失彼,三人遂并力上前,夺路而走,及至杀出重围。人已困了,马也乏了,窝阔台且项上中箭,鲜血直流,由博尔忽将他颈血咂去,拣一僻静的地方,歇了一宿,方才回来。那时兀鲁、折里麦等,足足找寻了一夜,始得会着。小子有诗叹道:

> 天开杀运出胡儿,奔命疆场苦不辞。
>
> 待到功成身已老,白头徒忆少年时!

欲知后事如何,且由下回交代。

　　帖木真之待汪罕,不可谓不厚,而汪罕则时怀猜忌,谋害帖木真,天道有知,宁肯佑之! 当鲜昆妻子被掠之时,若非四杰赴援,则被掠者何自归还? 乃不思报德,阳许婚而阴设阱,诱帖木真而帖木真不至。鲜昆当日,宜亦因计之未成,而幡然悔悟,藉以弭衅可也,不此之图,犹欲潜师掩袭,出其不备,彼自以为得计,而其如天意之不容何哉! 史称温都尔山之役,为帖木真一生有名战事,蒙古人至今称道之。作者叙述此战,亦觉精警绝伦,文生事耶,事生文耶! 有是事不可无是文,读罢当浮一大白!

第九回

责汪罕潜师劫寨　杀脱里忒力兴兵

却说博尔术、博尔忽及窝阔台三人回营，由帖木真慰劳毕，博尔忽道："汪罕的兵众，虽已暂退，然声势尚盛，倘若再来，终恐众寡不敌，须要别筹良策为是！"帖木真半晌无言，木华黎道："咱们一面移营，一面招集部众，待兵势已厚，再与汪罕赌个雌雄。若破了汪罕，乃蛮也独立不住，怕不为我所灭！那时北据朔漠，南图中原，王业亦不难成呢！"志大言大，后来帖木真进取之策，实本此言，可见兴国全在得人。帖木真鼓掌称善，当即拔营东走，竟至巴儿渚纳，即班珠尔河。暂避军锋。天寒水涸，河流皆浊，帖木真慷慨酌水，与麾下将士，设誓河旁，凄然道："咱们患难与共，安乐亦与共，若日久相负，天诛地灭！"将士闻言，争愿如约，欢呼声达数里。

当下命将士招集部众，不数日，部众渐集，计得四千六百人。帖木真分作两队，一队命兀鲁领着，一队由自己统带。镇日里行围打猎，贮作军粮。畏答儿疮口未痊，亦随着猎兽，帖木真阻他不从，积劳之下，疮口复裂，竟致身亡。帖木真将他遗骸葬在呼恰乌尔山，亲自致祭，大哭一场。军士见主子厚情，各感泣图报。帖木真见兵气复扬，遂令兀鲁等出河东，自率兵出河西，约至弘吉剌部会齐。

既到弘吉剌部，便命兀鲁去向部酋道："咱们与贵部本属姻亲，今如相从，愿修旧好；否则请以兵来，一决胜负！"那部酋叫作帖儿格阿蔑勒，料非帖木真敌手，便前来请附。帖木真与他相见，彼此叙了姻谊，两情颇洽。这姻谊出自何处？原来帖木真的母亲诃额仑及妻室孛儿帖，统是弘吉剌氏，所以有此情好。弘吉剌部在蒙古东南，他既愿为役属，东顾可无忧了。帖木真便率领全军，向西进发，至统格黎河边下营，遣阿儿该、速客该两人，驰告汪罕，大略道：

父汪罕！汝叔古儿罕,即《本纪》菊儿。尝责汝残害宗亲之罪,逐汝至哈剌温之隘,汝仅遗数人相从,斯时救汝者何人？乃我父也。我父为汝逐汝叔,夺还部众,以复于汝,由是结为昆弟,我因尊汝为父。此有德于汝者一也！父汪罕！汝来就我,我不及半日而使汝得食,不及一月而使汝得衣。人问此何以故？汝宜告之曰：在木里察之役,大掠蔑里吉之辎重牧群,悉以与汝,故不及半日而饥者饱,不及一月而裸者衣。此有德于汝者二也！曩者我与汝合讨乃蛮,汝不告我而自去,其后乘我攻塔塔儿部,汝又自往掠蔑里吉,虏其妻孥,取其财物牲畜,而无丝毫遗我,我以父子之谊,未尝过问。此有德于汝者三也！汝为乃蛮部将所掩袭,失子妇,丧辎重,乞援于我。我令木华黎、博尔术、博尔忽、赤老温四良将,夺还所掠以致于汝。此有德于汝者四也！昔者我等在兀剌河滨两下宴会,立有明约：譬如有毒牙之蛇,在我二人中经过,我二人必不为所中伤,必以唇舌互相剖诉,未剖诉之先,不可遽离。今有人于我二人构谗,汝并未询察,而即离我,何也？往者我讨朵儿班、塔塔儿、哈答斤、散只兀、弘吉剌诸部,如海东鹫鸟之于鹅雁,见无不获,获则必致汝。汝屡有所得而顾忘之乎？此有德于汝者五也！父汪罕！汝之所以遇我者,何一可如我之遇汝？汝何为恐惧我乎？汝何为不自安乎？汝何为不使汝子汝妇得宁寝乎？我为汝子,曾未嫌所得之少,而更欲其多者；嫌所得之恶,而更欲其美者。譬如车有二轮,去其一则牛不能行,遗车于道,则车中之物将为盗有；系车于牛,则牛困守于此将至饿毙；强欲其行而鞭棰之,牛亦惟破额折项,跳跃力尽而已！以我二人方之,我非车之一轮乎？言尽于此,请明察之！

又传谕阿勒坛、火察儿等道：

汝等嫉我如仇,将仍留我地上乎？抑埋我地下乎？汝火察儿,为我捏坤太石之子,曾劝汝为主而汝不从；汝阿勒坛,为我忽都剌哈汗之子,又劝汝为主而汝亦不从。汝等必以让我,我由汝等推戴,故思保祖宗之土地,守先世之风俗,不使废坠。我既为主,则我之心,必以俘掠之营帐牛马,男女丁口,悉分于汝；郊原之兽,合围之以与汝；山薮之兽,驱迫之以向汝也。今汝乃弃我而从汪罕,毋再有始无终,增人笑骂！三河之地，三河指土拉河、鄂尔昆河、色楞格河，皆为汪罕所居地。汝与汪罕慎守之，勿令他人居也！

又传语鲜昆道：

> 我为汝父之义儿，汝为汝父之亲子，我父之待尔我，固如一也，汝以为我将图汝，而顾先发制人乎？汝父老矣！得亲顺亲，惟汝是赖，汝若妒心未除，岂于汝父在时，即思南面为主，贻汝父忧乎？汝能知过，请遣使修好；否则亦静以听命，毋尚阴谋！

汪罕脱里见着二使，倒也不说什么，只说着我无心去害帖木真。阿勒坛、火察儿等模棱两可。惟鲜昆独愤然道："他称我为姻亲，怎么又常骂我？他称我父为父，怎么又骂我父为忘恩负义？我无暇同他细辩，只有战了一仗罢！我胜了，他让我；他胜了，我让他！还要遣甚么差使，讲甚么说话！"真是一个蛮牛。

言毕，即令部目必勒格别乞脱道："你与我竖着旄纛，备着鼓角，将军马器械，一一办齐，好与那帖木真厮杀哩！"

阿儿该等见汪罕无意修好，随即回报帖木真。帖木真因汪罕势大，未免有些疑虑起来，木华黎道："主子休怕！我有一计，管教汪罕败亡。"帖木真急忙问计，木华黎令屏去左右，遂与帖木真附耳道："如此！如此！"不说明妙。喜得帖木真手舞足蹈，当下将营寨撤退，趋回巴勒渚纳。途遇豁鲁刺思人搠斡思察罕等叩马投诚，又有回回教徒阿三，亦自居延海来降，帖木真一律优待。

到了巴勒渚纳，忽见其弟合撒儿狼狈而来。帖木真问故，合撒儿道："我因收拾营帐，迟走一步，不料汪罕竟遣兵来袭，将我妻子掳去，若非我走得快，险些儿也被掳了。"帖木真奋然道："汪罕如此可恶！我当即率兵前去，夺回你的妻子，何如？"旁边闪出木华黎道："不可！主子难道忘记前言么？"帖木真道："他掳我弟妇，并我侄儿，我难道罢了不成！"木华黎道："咱们自有良策，不但被掳的人可以归还，就是他的妻子，我也要掳她过来。"帖木真道："你既有此良谋，我便由你做去。"木华黎遂挽了合撒儿手，同入帐后，两人商议了一番，便照计行事。葫芦里卖什么药？

不数日，闻报答力台来归，帖木真便出帐迎接。答力台碰头谢罪，帖木真亲自扶着，且语道："你既悔过归来，尚有何言？我必不念旧恶！"

答力台道："前由阿儿该等前来传谕,知主子犹念旧好,已拟来归,只因前叛后顺,自思罪大,勉欲立功折赎。今复得木华黎来书,急图变计,密与阿勒坛等商议,除了汪罕,报功未迟,不意被他察觉,遣兵来捕,所以情急奔还,望主子宽恕!"木华黎之计,已见一斑。帖木真道："阿勒坛等已回来么?"答力台道："阿勒坛、火察儿等恐主子不容,已他去了。只有浑八邻与撒哈夷特部、呼真部随我归降,诸乞收录!"帖木真道："来者不拒,你可放心!"当下见了浑八邻等,都用好言抚慰,编入部下。一面整顿军马,自巴勒渚纳出师,将从斡难河进攻汪罕。

甫到中途,忽见合里兀答儿及察兀儿罕两人,跨马来前,后面带着了一个俘虏,不由得惊喜起来,便即命二人就见。二人下骑禀道："日前受头目合撒儿密令,叫我两人去见汪罕。汪罕信我虚言,差了一使,随我回来,我两人把他擒住,来见主子。"帖木真道："你对汪罕如何说法?"二人道："合撒儿头目想了一计,假说是往降汪罕,叫我先去通报,汪罕中了这计,所以命使随来。"

言未已,那合撒儿已从旁闪出,便向二人道："叫来人上来!"二人便将俘虏推至。合撒儿问道："你叫什么名字?"那人道："我叫亦秃儿干。"说到干字,已由合撒儿拔刀出鞘,砉(huā)然一声,将那人斩为两段。奇极怪极。

帖木真惊问道："你何故骤斩他人?"合撒儿道："要他何用,不如枭首!"帖木真道："你莫非想报妻子的仇么?"合撒儿道："妻子的仇怨,原是急思报复,但此等举动,统是木华黎教我这般的。"帖木真道："木华黎专会捣鬼,想其中必有一番妙用!"合撒儿道："木华黎教我遣使伪降,捏称哥哥离我,不知去向;我的妻子,已被父汪罕留着,我也只可来投我父,若能念我前劳,许我自效,我即束手来归。谁意汪罕竟中我诡计,叫了这个送死鬼到来见我,我的刀已闲暇得很,怎么不出出风头?"言毕大笑。木华黎之计,于此尽行叙出。

帖木真道："好计!好计!以后当如何进行?"木华黎时已趋至,便道："他常潜师袭我,我何不学他一着?"总算还报。合里兀答儿道："汪罕不防我起兵,这数日正大开筵席,咱们正好掩袭哩。"木华黎道："事不宜迟,快快前去!"于是不待下营,倍道进发,由合里兀答儿为前

导,沿客鲁伦河西行。将至温都儿山,合里兀答儿道:"汪罕设宴处,就在这山上。"木华黎道:"咱们潜来,他必不备,此番正好灭他净尽,休使他一人漏网!"帖木真道:"他在山上,闻我兵突至,必下山逃走,须断住他的去路方好哩。"木华黎道:"这个自然!"当下命前哨卫上山去,由帖木真自率大队,绕出山后,扼住敌人去路。计画既定,随即进行。是时汪罕脱里正与部众筵宴山上,统吃得酩酊大醉,酒意醺醺,猛听得胡哨一声,千军万马,上山杀来。大众慌忙失措,人不及甲,马不及鞍,哪里还敢抵御敌军!霎时间纷纷四散,统向山后逃走。甫至山麓,不意伏兵齐集,比上山的兵马,多过十倍,大众叫苦不迭,只得硬着头皮,上前厮杀。谁知杀开一层,又是一层,杀开两层,复添两层,整整地打了一日夜,一人不能逃出,只伤亡了好几百名。次日又战,仍然如铜墙铁壁一般,没处钻缝。到了第三日,汪罕的部众,大都困乏,不能再战,只好束手受缚。帖木真大喜,饬部下把汪罕军一齐捆缚定当,由自己检明,单单少了脱里父子。再向各处追寻,茫如捕风,不知去向。又复讯问各俘虏,只有合答黑吉道:"我主子是早已他去了！我因恐主子被擒，特与你战了三日，教他走得远着。我为主子受俘，死也甘心，要杀我就杀，何必多问！"帖木真见他气象赳赳，相貌堂堂，不禁赞叹道："好男子！报主尽忠，见危致命！但我并非要灭汪罕，实因汪罕负我太甚，就使拿住汪罕脱里，我也何忍杀他！你如肯谅我苦衷，我不但不忍杀你，且要将你重用！"说着，便下了座，亲与解缚，合答黑吉感他情义，遂俯首归诚了。帖木真善于用人。此时合撒儿的妻子，早由合撒儿寻着，挈了回来。还有一班被掳的妇女，由帖木真检阅，内有两个绝代丽姝，乃是汪罕的侄女，一名亦巴合，一名莎儿合。亦巴合年长，帖木真纳为侧室；莎儿合年轻，与帖木真四子年龄相仿，便命为四子妇。姊做庶母，妹做子妇，绝好胡俗。其余所得财物，悉数分给功臣。大家欢跃，自在意中，不消细说。是亡国榜样。

且说汪罕脱里领着他儿子鲜昆，从山侧逃走，急急如漏网鱼，累累如丧家狗，走到数十里之遥，回顾已静无声响，方敢少息。脱里仰天叹道："人家与我无嫌，我偏要疑忌他，弄得身败名裂，国亡家破，怨着谁来！"悔已迟了。鲜昆闻言，反怪着父亲多言，顿时面色改变，双目圆睁。脱里道："你闯了这般大祸，还要怪我么？"鲜昆道："你是个老不死的东西！你既偏爱帖木真，你到他家去靠老，我要与你长别了！"该死！言讫自去。剩得脱里一人，孑影凄凉，踽踽前行。走至乃蛮部境上，沿鄂昆河上流过去，偶觉口渴，便取水就饮。谁知来了乃蛮部守将，名叫火力速八赤，疑脱里是个奸细，把他拿住，当下不分皂白，竟赏他一刀两段！还有鲜昆撇了脱里，自往波鲁土伯特部，劫掠为生，经部人驱逐，逃至回疆，被回酋擒住，也将他斩首示众！克烈部从此灭亡。可为背亲负义者鉴。

单说乃蛮部将火力速八赤杀了脱里，即将他首级割下，献与太阳汗。太阳汗道："汪罕是我前辈，他既死了，我也要祭他一祭。"遂将脱里头供在案上，亲酹马奶，作为奠品，复对脱里头笑道："老汪罕多饮一杯，休要客气！"语未毕，那脱里头也觉了一觉，目动口开，似乎也还他一笑。太阳汗不觉大惊，险些儿跌倒地上。帐后走出一个盛妆的妇人，娇声问道："你为什么这般惊慌？"太阳汗视之，乃是爱妻古儿八速，便道："这、这死人头都笑我起来，莫非有祸祟不成！"实是不祥之兆。古儿八速道："好大一个主子，偏怕这个死人头，真正没用！"说着，已轻移裙履，走近

案旁,把脱里头携在手中,扑的一掷,跌得血肉模糊。太阳汗道:"你做什
么?"古儿八速道:"不但这死人头不必怕他,就是灭亡汪罕的鞑子,也要
除绝他方好!"乃蛮素遵回教,所以叫蒙人为鞑子。太阳汗被爱妻一激,
也有些胆壮起来,便将脱里头踏碎。一面向古儿八速道:"那鞑子灭了汪
罕,莫不是要做皇帝么?天上只有一个日,地上如何有两个主子!我去
将鞑子灭了,可好么?"古儿八速道:"灭了鞑子,他有好妇女,你须拿几
个给我,好服侍我洗浴,并替我挤牛羊乳!"慢着,恐怕你要给人。太阳
汗道:"这有何难!"遂召部将卓忽难入帐,语他道:"你到汪古部去,叫
他做我的右手,夹攻帖木真。"卓忽难唯唯遵命,忽有一人入帐道:"不可,
不可!"正是:

> 毕竟倾城由哲妇,空教报国出忠臣。

欲知入帐者为谁,且至下回表明。

《元史》称汪罕为克烈部,所居部落,即唐时回纥地,是汪罕非部名,
乃人名也。然《本纪》又云,汪罕名脱里,受金封爵为王,则汪罕又非人
名。若以汪王同音,罕汗同音,疑汪罕为称王称汗之转声,则应称克烈部

汪罕。何以史文多单称汪罕，未尝兼及克烈乎？《太祖纪》又云："克烈部札阿绀孛者，部长汪罕之弟也。"既云部长，又云汪罕，词义重复。要之蒙汉异音，翻译多讹，本书以汪罕为统称，以脱里为专名，似较明显，非谬误也。

汪罕之亡，为子所误；乃蛮之亡，为妇所误。妇子之言，不可尽信也，如此！然脱里未尝不负恩，太阳汗未尝不好战。祸福无门，人自召之，读此可以知戒，文字犹其余事耳。

第十回

纳忽山屠主亡身　斡难河雄酋称帝

却说太阳汗欲攻帖木真，遣使卓忽难至汪古部，欲与夹击，帐下有一人进谏道："帖木真新灭汪罕，声势很盛，目下非可力敌，只宜厉兵秣马，静待时衅，万万不可妄动呢！"太阳汗瞧着，乃是部下的头目，名叫可克薛兀撒卜剌黑，不禁愤愤道："你晓得什么？我要灭这帖木真，易如反掌哩！"好说大话的人，多是没用。遂不听忠谏，竟遣卓忽难赴汪古部。

看官，这汪古部究在何处？上文未曾说过，此处如何突叙！原来汪古部在蒙古东南，地近长城，已与金邦接壤，向与蒙古异种，世为金属，至是乃蛮欲联为右臂，乃遣使通好。难道是远交近攻之计么？汪古部酋阿剌兀思，既见了卓忽难，默念蒙古路近，乃蛮路远，远水难救近火，不如就近为是。主见既定，遂把卓忽难留住，至卓忽难催索复音，恼动了阿剌兀思，竟把他缚住，送与帖木真，随遣使赍酒六檛(kē)，作为赠品。帖木真大喜，优待来使，临别时，酬以马二千蹄，羊二千角，并使传语道："异日我有天下，必当报汝！汝主有暇，可遣众会讨乃蛮。"来使奉命去讫。

帖木真便集众会议，拟起兵西攻乃蛮。部下议论不一，有说是乃蛮势大，不可轻敌。有说是春天马疲，至秋方可出兵。帖木真弟帖木格道："你等不愿出兵，推说马疲，我的马恰是肥壮，难道你等的马恰都瘦弱么？况乃蛮能攻我，我即能攻乃蛮，胜了他可得大名，可享厚利，胜负本是天定，怕他什么！"还有别勒古台道："乃蛮自恃国大，妄思夺我土地，我苟乘他不备，出兵往攻，就是夺他土地，也是容易哩！"此时木华黎如何不言？帖木真道："两弟所见，与我相同，我就乘此兴师了。"遂整备军马，排齐兵队，克日起行。汪古部亦来会，既到乃蛮境外，至哈勒合河，驻军多日，并没有敌军到来。

一年容易，又是秋风，帖木真决议进兵，祭了旄纛，命忽必来、哲别为前锋，攻入乃蛮。太阳汗亦发兵出战，自约同蔑里吉、塔塔儿、斡亦剌、朵尔班、哈答斤、撒儿助等部落，及汪罕余众，作为后应。两军相遇于杭爱山，往来相逐。适帖木真前哨有一部役，骑着白马，因鞍子翻堕，马惊而逸，突入乃蛮军中，被乃蛮部下拿去。那马很是瘦弱，由太阳汗瞧着，与众谋道："蒙古的马瘦到这般，我若退兵，他必尾追，那时马力益乏，我再与战，定可制胜。"部将火力速八赤道："你父亦难赤汗，生平临阵，只向前进，从没有马尾向人；你今做主子，这般怯敌，倒不如令你妻来，还有些勇气！"对主子恰如此说，可见胡俗又无君臣。太阳汗的儿子，名叫屈曲律，也道："我父似妇人一般，见了这等鞑子，便说退兵，煞是可笑！"又是一个鲜昆。太阳汗听着，老羞成怒，遂命部众进战。

　　帖木真命弟合撒儿管领中军，自临前敌，指挥行阵。太阳汗登岭东望，但见敌阵里面，非常严整，戈铤耀日，旗旄蔽天，不由得惊叹道："怪不得汪罕被灭，这帖木真确是厉害呢！"正说着，只听得鼓角一鸣，敌军排墙而出，来攻本部，本部前哨各军，也出去迎战。你刀我剑，你枪我矛，正杀得天暗地昏，忽又闻了一声胡哨，那敌阵中拥出一大队弓箭手，向本部乱射，羽镞四飞，当者立靡。自己正在惊惶，蓦来了一个部酋，猛叫道："太阳汗快退！帖木真部下的箭手，向是有名，不可轻犯的。"看官，你道这是何人？便是那先投汪罕后投乃蛮的札木合。原来札木合因汪罕败亡，转奔乃蛮部。此时见帖木真势盛，料知乃蛮必败，所以叫太阳汗退走。太阳汗闻言，越发惊心，哪里还忍耐得住，自然麾众西奔。为这一走，遂令军心散乱，被帖木真追杀一阵，竟至七零八落，亏得日色已暮，帖木真已鸣金回军，方才收集败兵，暂就纳忽山崖扎住。此段叙述战事，与前数次又是不同。

　　是晚太阳汗正思就寝，忽报敌营中火光四起，瞭如明星，恐怕要来劫营，须赶紧防备。太阳汗急忙发令，饬部众严装以待。到了夜半，毫无影响，又思解甲息宿，那军探复来报道："敌营中又有火光哩。"太阳汗不能再睡，只好坐以待旦，营中也扰乱了一夜，片刻未曾合眼。

　　一到天明，闻报帖木真已率军前来，太阳汗急带了札木合，上山瞭望，眼光中惟映着敌军杀气，前队有四员大将，威武逼人，差不多如魔家四将一般。便问札木合道："他四将是什么人？"札木合道："他是帖木真部下著名的四狗：一叫忽必来，一叫哲别，一叫折里麦，一叫速不台，统是铜额凿齿，锥舌铁心，专会噬人的。"太阳汗道："果真么？应离远了他！"遂拾级上升，又是数层，回望后来的军，气焰越盛。为首的一员大将，骑着高头骏马，追风般的过来。又问札木合道："那后来的是何人？"札木合道："他叫兀鲁，有万夫不当之勇。帖木真临阵冲锋，常要靠着他哩。"太阳汗道："这也须离远了他，方好！"又走上几层山峦。返顾敌人，最后的押队大帅，龙形虎背，燕颔虬髯，相貌堂堂，威风凛凛，不由得惊叹道："好一个主帅！莫非就是帖木真么？"札木合道："不是帖木真，是哪个？"太阳汗不待说毕，即转身再上，几已走到山峰，方才立着。*如此胆小，安能却敌？本段文字实从《左传》楚共王问伯州犁语脱胎而来，然亦可见札木合之心术。*

札木合尚未随上，语左右道："太阳汗初拟举兵，看蒙古军似小羔儿一般，方谓可食他的肉，剥他的皮；一经瞧着，便吓得什么相似，步步倒退，这等形状，定要被帖木真破灭了。我等须赶紧逃生，免与他一同受死！"说罢，遂率着左右下山，复差人至帖木真军，报称太阳汗实无能为，你等乘此上山，便好把他歼灭了。*反复小人，我所最恨。*

帖木真闻报，心中大喜，重赏来人去讫。原来帖木真本意，正要吓退太阳汗，所以夜间立营，专在营外放火，使他疑虑。日间却耀武扬威，摆着模样，令太阳汗不敢轻视。此时得了札木合的密报，正拟乘机进攻，大众统踊跃得很，巴不得立刻上山。独木华黎进言道："且慢！待至夜间未迟。我军且堵住山口，防他逸出便好哩。"帖木真便在山下扎营布阵。乃蛮兵也来争着，都被帖木真军杀回。当下恼了乃蛮将火力速八赤，一口气跑上山顶，向太阳汗道："帖木真来了，你为何不下山督战？"问了数声，并不见他回答，反叉着腰坐倒地上。火力速八赤道："不能下山督战，只好上山固守，奈何噤不发声？"太阳汗仍然不答。火力速八赤又高声道："你妇古儿八速，已盛妆待你凯旋，你快起来杀敌罢！"*借古儿八速以激之，可见太阳汗平日之怕妻。*语至此，方闻太阳汗缓语道："我、我疲乏极了！明、明日再战。"*等你不得，奈何？*火力速八赤摇头而返，只令部众上山守着。转瞬间，夕阳西下，夜色微茫，帖木真营内毫无动静，乃蛮军因昨宵失睡，未免神志昏迷，多半卧着山前，到黑甜乡去了。不意睡魔未去，强敌纷乘，有几个不曾起立，已做了无头之鬼，有几个方才动身，便做了无足之夫。只有火力速八赤，带着几名勇士，前来拦截，与帖木真军混战多时，恰也丝毫不让，怎奈众志已离，土崩瓦解，单靠这几个力士，济甚么事，眼见得力竭身亡，同登鬼箓了。*火力速八赤实是一个莽夫，乃蛮之亡，彼实主之，惟一死报主，情尚可恕。*

　　帖木真瞧着道："乃蛮部下，有此勇夫，若个个如此，咱们何能取胜？可惜我不能生降他呢！"言下黯然。那时部下争逐乃蛮军，乃蛮军都上山逃走，欲向山顶绕越山后，不防山后统是峭崖，前无去路，后有追兵，只好拼着命逃将下去，十个人跌死八九个，就是侥幸不死，也是断脰（dòu）折胫了。太阳汗尚在山上卧着，缩作一团，被帖木真部下搜着，好似老鹰捕小鸡，一把儿将他抓去。还有杀不尽的乃蛮军士，统跪地乞降。余如朵儿班、塔塔儿、哈儿斤、撒儿助诸部落，亦俱投诚。只太阳汗子屈曲律，及蔑里吉部酋脱黑脱阿，*即《元史》脱脱。*相偕遁去。帖木真率兵穷追，顺道至乃蛮故帐，把子女牲畜尽行夺取，连太阳汗妻古儿八速亦一并拿住。当下升帐，先将太阳汗推入，约略问了数声，太阳汗觳觫万状。帖

木真笑道："这等没用的家伙，留他何用！"命即斩讫。次将古儿八速献
上。*用一献字妙。*不待帖木真开口，便竖着柳眉，振起珠喉道："可恨你
这鞑子！灭我部落，杀我夫主，我也为你所擒，有死而已，何必多问。"说
着，把头向案撞去。*如果撞死，也好保全名节。*不意帖木真已举起双手，
顺势把她头托住，偶觉得一种芬芳沁入心脾，凝眸细盼，蝉鬓鸦鬟，光采
可鉴，再举起她的面庞儿，益发目眩神迷，眼如秋水，脸似朝霞，虽带着几
分颦皱，愈觉得楚楚可怜。不禁失声道："你恨着咱们鞑子，我偏要你做
个鞑婆！"*调侃语不可少。*古儿八速把头移开，垂泪答道："我是乃蛮皇
后呵！怎肯做你妾媵？"*语已软了。*帖木真道："你不肯做妾媵，也有何
难！我便教你做皇后何如？"古儿八速闻了这语，随把帖木真瞟了一眼，
复低着首道："我却不愿！"*这是假话。*帖木真知她芳心已动，便命投降
的妇女拥她入内，一面发落余房，一面安排牺醴，与古儿八速成婚。是夕，
在乃蛮故帐中，同古儿八速行交拜礼，仪制如豪古例。礼毕，大开筵席，与
众共饮。*只有一个古儿八速，是独享的权利。*酒阑席散，帖木真步入帐
后，就搂住古儿八速同入寝帏。古儿八速已不如从前的抗命，半推半就，
又喜又惊，一夜的枕席风光，似比故夫胜过十倍。*以太阳汗比帖木真，强
弱迥殊，宜乎胜过十倍。*嗣是死心塌地，侍奉那帖木真，帖木真也格外爱
宠，比也速干姊妹等，尤加亲昵，这且慢表。

　　且说帖木真既灭了乃蛮，复西追蔑里吉部酋脱黑脱阿。到了喀喇喀
拉额西河，见脱黑脱阿背水而阵，即麾众杀去。战了数十回合，脱黑脱阿
败走。帖木真军赶了一程，擒不住脱黑脱阿，只虏了他的子妇，及他部众
数百人。帖木真见被虏的妇人颇有姿色，问明底细，乃是脱黑脱阿子忽
都的妻室，便唤第三子窝阔台入见，把妇人给他，窝阔台自然心喜，不在话
下。*蒙俗专喜纳再醮妇，不知何故？*正拟率兵再进，忽有蔑里吉部人来献
一个女子，父名答亦儿兀孙，女名忽阑。帖木真道："你为何今日才行献
女？"答亦儿兀孙道："途次为巴阿邻种人诺延所阻，留我住了三宿，因此
来迟。"帖木真道："诺延在哪里？"答亦儿兀孙道："诺延也随来投诚。"
帖木真怒道："诺延留你女儿，敢有什么歹心？"便命左右出帐，去拿诺
延，那女子忽阑道："诺延恐途中有乱兵，所以留住三日，并没有意外邪
心。我的身体，原是完全，若蒙收为婢妾，何妨立即试验！"言未毕，诺延

已由左右推入,也禀着道:"我只一心奉事主人,所有得着美女好马,一律奉献,若有歹心,情愿受死!"帖木真点首,便命答亦儿兀孙及诺延出帐,自己挈着女子忽阑,亲加试验去了。过了半日,帖木真复召诺延入见,与语道:"你果秉性忠诚,我当给你要职。"诺延称谢而出。独答亦儿兀孙未得赏赐,不免失望,暗中联络蔑里吉降众,叛走色楞格河滨,筑寨居住。嗣由帖木真遣将往讨,小小一个营寨,不值大军一扫,霎时间踏成平地。所有叛众,尽作鬼奴。答亦儿兀孙也杳无下落。最不值得。帖木真闻叛徒已平,遂进兵追袭脱黑脱阿。到了阿尔泰山,岁将残腊,便在山下设帐过年。既有古儿八速,复有忽阑女子,途中颇不寂寞。

越岁孟春,闻脱黑脱阿已逃至也儿的石河上,与屈曲律会合,当即整治军马,逐队进发。适斡亦剌部酋忽都哈别乞,穷蹙来降,遂令他作为向导,直至也儿的石河滨。脱黑脱阿等仓猝抵御,战了半日,部下已杀伤过半,势将溃散。那帖木真军恰是厉害,一阵乱箭,竟将脱黑脱阿射死。只有他四子逃免,屈曲律亦带了蔑里吉部余众及乃蛮部遗民,投奔西辽去了。西辽国的源流,后文再详,今且慢表。

且说帖木真既逐去屈曲律等,恐道远师劳,不欲穷追,便下令旋师。临行时忽闻札木合被人拿到,当由帖木真召见来人。来人进告道:"我是札木合的伴当,因惧主子天威,不敢私匿,所以将他拿来!"帖木真尚未回答,只听帐外有喧嚷声,便喝问何事。左右道:"札木合在外面说话哩。"帖木真道:"他说甚么?"左右道:"他说老鸦会拿鸭子,奴婢能拿主人。"帖木真点头道:"说的不错!"便命左右将来人绑出,叫他在札木合面前杀讫。并着合撒儿传语道:"札木合,你我本系故交,我先曾受你的惠,不敢相忘,你何故离了我去?如今既又相会,不妨做我的伴当,我却不是记仇忘恩的!况我与汪罕厮杀,你也曾与汪罕离开,及与乃蛮厮杀,你又将乃蛮实情通告我军,我亦时常惦念,劝你不要多心,留在我帐下罢!"札木合叹道:"我前时与汝主相交,情谊很密,后因被人离间,所以彼此猜疑,我今日羞与汝主相见。汝主已收服各部,大位子定了,从前好做伴时,我不与做伴;如今他为大汗,要我做伴甚么?他若不杀我呵,似肤上虮虱,背上芒刺一般,反教汝主不得心安!天数难逃,大福不再,不如令我自尽罢!"合撒儿入报帖木真,帖木真道:"我本不忍杀他,他欲

自尽，依他便了！"猫哭老鼠假慈悲。札木合即日自杀，帖木真命用厚礼
葬了。当下奏凯东还，到了斡难河故帐，与母妻欢叙，大家畅慰。恐孛儿
帖未免吃醋。宋宁宗开禧三年冬月，大书年月。帖木真大会部族于斡难
河，建着九斿(yóu)白旗，顺风荡漾，上面坐着八面威风的帖木真，两旁侍
从森列，各部酋先后进见，相率庆贺。帖木真起坐答礼，各部酋齐声道：
"主子不要多礼，我等愿同心拥戴，奉为大汗！"帖木真踌躇未决，合撒
儿朗声道："我哥哥威德及人，怎么不好做个统领？我闻中原有皇帝，我
哥哥也称着皇帝，便好了！"快人快语。部众闻言，欢声雷动，统呼着皇
帝万岁！只有一人闪出道："皇帝不可无尊号，据我意见，可加'成吉思'
三字！"众视之，乃是阔阔出，平时好谈休咎，颇有应验。遂同声赞成道：
"很好！"帖木真也甚喜欢，遂择日祭告天地，即大汗位，自称成吉思汗。
"成吉思"三字的意义：成者大也，吉思，最大之称。《元史》作青吉斯。
嗣复在杭爱山下，建了雄都，审度形势，地名叫作喀喇和林。小子叙述至
此，只好把帖木真三字搁起，以后均名成吉思汗，且系以俚句道：

　　旌纛居然建九斿，朔方气象有谁侔？

　　岂真王气钟西北,特降魔王括九州!

欲知以后情形,容至下回再述。

　　乃蛮势力,过于帖木真,卒因主子孱弱,部将粗鲁,以致灭亡。古儿八速激成兵衅,被虏以后,初意尚欲殉节,似非他妇女比,迨闻作皇后,即降志相从,长舌妇之不可恃也如此!以视古力速八赤犹有惭色。可见家有哲妇,尚不莠夫若也。若札木合之反复无常,死当其罪,史录谓札木合权略,次于项籍、田横,而胜于袁绍、公孙瓒,毋乃过于重视耶!惟不愿再事帖木真,较诸奴颜婢膝,犹差一间。作者抑扬尽致,褒贬得宜,而于描摹处尤觉逼真,是小说家,亦良史家也!

第十一回

西夏主献女乞和　蒙古军入关耀武

　　却说成吉思汗即位后,大封功臣,除兄弟封王外,以木华黎为首功,博尔术次之,封他为左右万户,其余诸将,按功给赏,共九十五人,各封千户。又因术撒带临敌敢先,得平汪罕、乃蛮两大部,特命他世统兀鲁兀四千人,又赏他一个特别的禁脔。看官! 你道这禁脔是什么东西? 就是前回说起的汪罕女子亦巴合。亦巴合自被掳后,曾为成吉思汗的侧室,至是不知什么缘故,赐与术撒带。相传亦巴合出帐时,成吉思汗曾语她道:"我不是嫌你无性行,无颜色,亦不曾说你身体不洁,不过因术撒带从征有功,所以将你赐他。"亦巴合嘿然趋出,成吉思汗命将衾资家产,一律带去,只留下一只金杯,作为纪念。自是亦巴合与术撒带遂做长久夫妻了。或说成吉思汗得一恶梦,以亦巴合为不祥,所以拨给,小子终不敢妄断,只就事叙事罢了。想是亦巴合不善房术之故。

　　封赏既毕,再宰牛杀马,大飨群臣。饮至半酣,成吉思汗问木华黎等道:"人生世上,何事算为最乐? "木华黎道:"荡平世界,统一乾坤,这是人生第一乐事。"成吉思汗道:"是的,但尚知其一,不知其二。"博尔术道:"臂名鹰,控骏骑,御华服,乘着暮春天气,出猎旷野,这也是人生乐事呢。"成吉思汗不答。博尔忽道:"鹰鹘在天空搏击飞禽,凭骑仰观,倒也是人生一乐。"成吉思汗仍是不答。忽必来道:"围猎的时候,众兽惊突,瞧着它很是一乐。"成吉思汗摇头道:"你等所说,统不及木华黎的志愿,但我与木华黎有同处,亦有异处。"群臣道:"愿闻主子的乐事! "成吉思汗道:"人生至乐,莫如杀灭仇敌,似摧枯木,夺他的骏马,得他的财物,并把他妻女掠了回来,教她伴着寝室,这是最快乐的事情! "实是一个强盗思想,不知老天何故佑他? 言毕,掀髯大笑。

　　嗣复语木华黎、博尔术道:"平定朔漠,实是汝等功劳。我与汝等,譬如车有辕,身有臂,汝等宜善体我心,始终勿替方好!"木华黎遂进规取中原的计议。成吉思汗点首道:"规画中原,须仗着你呢!"木华黎道:"先图西夏,次图金,再次图宋,逐渐进行,总有成功的日子哩!"<u>名论不刊</u>。成吉思汗道:"就从西夏开手罢!"政策既定,举酒尽欢。看官记着,是年岁次丙寅,即为成吉思汗即位之元年,历史上就称为元太祖元年,蒙古人以寅年肖虎,称为虎儿年,<u>点醒眉目</u>。这且按下。

且说西夏建国,源流甚远,始祖拓跋思恭,乃朔方党项部后裔。唐末黄巢作乱,拓跋思恭入援,以功封夏国公,赐姓李,世称夏州,就在蒙古南境。传至元昊,拓地渐广,僭号称帝,定都兴庆,有雄兵五十万,屡寇宋边。金兴以后,西夏渐衰,且屡有内乱,当李仁孝嗣位时,奸臣擅权,国势岌岌,幸亏金世宗发兵扶助,削平乱事,国乃不亡,只以后专为金属。仁孝殁后,子纯祐嗣,仁孝从弟李安全篡位自主,国中又复不靖。适成吉思汗混一蒙古,有志南下,于是气息奄奄的西夏国,遂首当其冲了。<u>叙明西夏始末,为致亡之因</u>。成吉思汗本拟即日发兵,因初登大位,不免有一番经营,如筑宫室,设堡寨,定官制,正陛仪,统是创始举行,不是一月两月,可办就的。光阴易过,又是一年,拟整顿军马,南攻西夏,俄闻吐麻部作乱,乃命博尔忽率兵往讨。吐麻部在额尔齐斯河附近,系属蒙古西北境。从前成吉思汗族人豁儿赤,自小作伴,尝语成吉思汗道:"你若得做大汗,我要在你的部属内,拣美女三十人,作为妻妾,你休忘怀!"此次成吉思汗果然登位,便命他在降服百姓中,挑选妇女三十个,以践前言。<u>前言原是要践,但以三十人为妻,未免不端</u>。

豁儿赤奉命而行,访得美貌女子,以吐麻部为最多,遂令吐麻部人忽都合别乞到部中去选美女。谁知部民不肯服从,竟将他拿住,送与部酋。适值部酋都剌莎合儿病重去世,由其妻孛脱灰塔儿浑代为管辖,当下将忽都合别乞拘住。豁儿赤闻报,自然去报成吉思汗。成吉思汗即遣博尔忽率兵西征。博尔忽藐视吐麻部,行军时不曾戒备,将到吐麻部,日色已晚,便在林深径杂处扎住营寨。夜间忽起伏兵,竟将博尔忽军冲散,博尔忽措手不及,被吐麻部人杀死。<u>四杰中死了一个</u>。

警报传达成吉思汗,成吉思汗怒气勃勃,便欲自行往讨。木华黎、博尔术齐声谏阻,别荐都鲁伯为大将,引兵再发。都鲁伯惩着前辙,自然格外小心,他在博尔忽殉难地方,设着空营,虚张旗帜,自己却领了健卒,由间道绕入吐麻部。那吐麻部内的女酋,闻知博尔忽杀死,喜得什么相似,在帐中摆着筵席,与众饮酒。*想是再嫁的预兆。*正在兴高采烈的时候,突被那都鲁伯军一拥而入,大家吓得魂飞天外,连躲避都来不及,个个束手就缚。女酋孛脱灰塔儿浑逃入帐后潜藏,正遇那忽都合别乞由都鲁伯军放出,导入搜寻,四面一瞧,已被窥着,当由忽都合别乞把女酋牵出,拦腰一抱,大踏步去了。*得趣。*此外如帐外的百姓,统由都鲁伯军一并拿住,驱至斡难河。成吉思汗遂命豁儿赤就掳来的妇女中,挑了三十人,轮流伴宿。*夜夜换新人,豁儿赤不怕死么?*只女酋孛脱灰塔儿浑赏给了忽都合别乞,忽都合自然称心,女酋亦不得已相从,总算是怨女旷夫,各得其所了。*总算成吉思汗惠泽。*

于是往攻西夏,连拔数城。曾闻西北吉里吉思荒原,有二部遣使通好,一部名伊德尔讷呼,一部名阿勒达尔,皆与乃蛮部接壤,因乃蛮被灭,是以通诚。成吉思汗领兵归国,接见来使。二使献上名鹰,并白骟马、黑貂鼠等,成吉思汗大悦,殷勤款待,遣令去讫。是时成吉思汗已有数女,长女火真别姬,曾议配鲜昆子秃撒哈,*见第八回。*嗣因婚议未谐,别适亦乞剌思人孛徒。次女名扯扯干,年已长成,因忽都阿别乞先来归附,有子名脱亦列赤,令他与次女作配,算作报酬。三女名阿勒海别姬,许字汪古部酋的侄儿镇国。这三女中,要算阿勒海别姬最称明慧,至遣嫁后,镇国多得其助,毋庸细表。

兔儿年过去,龙儿蛇儿年顺次相继,成吉思汗威名震耀西域,回疆的畏兀儿部,亦通使输诚。*《元史》称畏兀儿为辉和尔。*成吉思汗遣使答好,并征他贡献方物。畏兀儿部酋亦都护遂收集金珠缎匹,差使臣阿惕乞剌黑等随来谒见,且向成吉思汗道:"咱们听得皇帝的声名,如云净见日,冰消见水一般,好生喜欢了。若蒙皇帝恩赐,许做藩属,我部主情愿拜为义儿,始终效力!"成吉思汗道:"你主既肯归我,我愿收他做第五个义儿罢。我还有一个好女儿,给他为妻,叫他快来谒我!"阿惕乞剌黑等奉命去后,亦都护果然亲来,成吉思汗便命将庶出女子阿勒敦,许给亦都护。亦都护也不推辞,只说于回国后,差人来迎,至亦都护归去,杳无音信。看官道是何故?乃因亦都护正室,怀着妒忌,不令迎娶,所以蹉跎过去,至窝阔台嗣位,亦都护的正妻已死,方完结嫁娶的事情。*人家的妇女硬夺来做妻妾。自己的女儿偏要给人家作妻妾,我正不解其意。*

这且搁下不提。且说成吉思汗既收服畏兀儿部,遂一心一力地去攻西夏。夏主李安全不得不发兵抵敌,令长子做了元帅,部将高令公做了副手,率兵拒守乌梁海城。蒙古兵一到城下,高令公出城迎战,不到数合,已被蒙古兵活捉了去,余众败入城中。怎禁得敌军猛攻,昼夜不绝,吓得李安全的儿子屁滚尿流,乘夜开了后门,抱头窜去。还有一个西壁氏,系西夏太傅,走了迟一步,又被蒙古军生擒去了。蒙古军夺了乌梁海城,进攻克夷门,如入无人之境。夏将明威令公不管死活,居然带了兵马,前来拦阻,一仗鏖战,复被拿去。*虎头上抓痒。*嗣是无人敢当,竟由蒙古军长驱直入,围攻夏都。李安全惶急得很,一面遣使至金邦乞援,一面召集全国人马,守着城池。蒙古军攻了数次,因城颇坚固,急切不能下,成吉思汗想了一策,命掘坏河防,将城外的河水灌入城中。不意堤防一溃,大水奔流,城中未曾漂没,城外先已泛滥,成吉思汗只得撤围,别遣文臣额特入都招谕。李安全待援未至,不得已与他议款,并把亲生爱女察合献与成吉思

西夏主献女乞和

汗。成吉思汗得了美女，便命她侍寝，枕席之间，欢爱非常，乃暂准西夏和议，撤兵而还。*美人计大有用处。*

李安全迁怒金人，出师攻金邦的葭州，被金将庆山奴所败，遂北诉蒙古，怂恿伐金。*名谓安全，好构兵衅，是谓名不副实。*成吉思汗正拟南略，得了此信，遂练兵秣马，造箭制盾，指日兴师南下。可巧金使到来，说是新君嗣位，特来颁敕，成吉思汗道："新君是何人？"金使道："就是卫王永济。"成吉思汗道："我道中原皇帝，是天上人做的，似这般庸碌人物，也想做着皇帝，真正怪极！"金使道："你曾受大金封爵，今日颁敕到此，理应竭诚拜受，怎么说出这般话来？"*成吉思为招讨官，见前第六回。*成吉思汗怒道："我宗亲俺巴该汗，被你金人活活处死，我正思发兵报仇，你反要我拜受诏敕，忘八混账，快与我滚出去罢！"*俺巴该事见前第二回。*金使快快去讫。原来金主永济是熙宗亶的侄儿，*金主亶亦见第二回。*其间经过三传，*废帝亮，世宗雍，章宗璟。*始由永济嗣立。他本没有甚么威望，从前成吉思献金岁币，曾至静州，与永济相见，因永济孱弱得很，向存轻视，至是闻他嗣位，料他无能为力，不由得笑骂起来。

至金使去讫，遂乘着秋高马肥的时候，率着长子术赤、*《元史》作卓齐特。*次子察合台、*《元史》作察罕台。*三子窝阔台、*《元史》作谔格德依。*统兵数万，祭旗出发。前队由哲别领着，将到乌沙堡，闻报金将通吉迁、嘉努、完颜和硕亦率兵到来。哲别兼程前进，掩入金营，金将不及设备，纷然溃散，哲别遂拔了乌沙堡，遣人至后队报捷。成吉思汗闻前锋得胜，也急趋而至，会同前队军马，径攻金国西京。守将胡沙虎，硬支持了七日，率麾下突围东走，被蒙古兵大杀一阵，伤亡无数。成吉思汗遂取了西京及抚州，复遣他三子分兵略地，把金邦所有的西北诸州，陆续攻下。

金主永济闻胡沙虎败还，别遣招讨使完颜纠坚、监军完颜鄂诺勒等，带着四十万大军，出屯野狐岭，防御成吉思汗。这野狐岭系西北要隘，势甚高峻，雁飞过此，遇风辄堕，俗称此岭隔天，只十八里。金兵就此驻扎，本有一夫当关，万夫莫开的形势，只完颜纠坚，恰仗着一点气力，硬要与蒙古军对垒。麾下有将名明安，进谏道："蒙古势盛，锐不可当，不如屯兵固守，休与他开战！"完颜纠坚道："我奉命敌敌，如何不战！"明安道："既欲开仗，宜速进兵至抚州，攻他不备。"完颜纠坚道："我有马兵二十万，步兵二十万,堂堂正正,与他厮杀一场,免他再来滋扰!"仿佛春秋时的宋襄公。言毕,叱退明安。俄报蒙古兵已到岭西,复叫明安进见,令他诘责蒙古,何故兴兵犯界?迂腐极了。明安趋出,即驰至蒙古营中,入见成吉思汗,自称愿降,把金军虚实,详细上陈。成吉思汗便率领精锐,乘夜进击。那时完颜纠坚尚眼巴巴待着明安回信,不防蒙古兵已经杀到,迅雷不及掩耳,凭你带着四十万大兵,简直是没人中用。况且日落天昏,连自己的军马都分辨不清,接仗的人,自相屠戮,逃走的人,自相践踏,蒙古兵趁势乱杀,闹到天明,已是积尸满野,金兵一个儿都不见了。完颜纠坚固自取其咎,明安为虎作伥,罪更难辞。

　　成吉思汗乘胜驰追,到了宣德州,一鼓而下,复遣前锋哲别,去夺居庸关。这关凭山建筑,是一座天险。哲别到了关下,相度形势,望见山路崎岖,整守完固,倒也不敢轻意,先猛攻了一阵,不损分毫,他却拔寨退去。守将还道他力怯,出兵追袭,谁知半途遇伏,杀得大败回来。及到关前,见关上已插着蒙古旗帜,顿时逃的逃,降的降,看官不必细问,便可晓得是哲别的诡计了。一语表明,省却无数笔墨。

　　哲别既得了居庸关,遂迎成吉思汗入关驻扎。成吉思汗又进兵中都,沿途杀戮甚惨。既到都下,金主永济大恐,欲南徙汴都,亏得卫兵誓死决战,出城鏖斗,战了一日一夜,竟把蒙古兵杀退。成吉思汗乃回驻居庸关,是年已是羊儿年了。元太祖六年。居关数旬,因天已隆冬,免不得人马疲乏,遂留兵守关,自率三子等旋国,再图后举。

　　越年为猴儿年,金降将耶律留哥,故辽人。纠集故辽遗众占踞辽东州郡,自称都元帅,遣使归附蒙古。成吉思汗命居广宁,坐伺金衅。到了夏季,得着军报,金主永济被弑,改立昇王珣,成吉思汗大喜道:"这是天假机缘,不可坐失哩。"原来金主被弑的逆臣,就是西京失守的胡沙虎。自胡沙虎败还,金主把他革职,放归田里,寻复召为右副元帅,镇日驰猎。金主遣使诘责,他便挟嫌倡乱,逼金主永济出宫,把他鸩死,另立昇王珣。于是成吉思汗复分兵三道,浩浩荡荡,杀奔金都。

　　金左副元帅高琪,拒战失利,蒙古兵进薄中都。胡沙虎方染足疾,乘车督战。金卫卒本有些能耐,更兼胡沙虎严厉异常,自然格外奋勇,争先杀敌。蒙古兵虽是厉害,却被他杀死多人,退至十里下寨。翌日,胡沙虎又拟出战,召高琪兵不至,遂矫诏去杀高琪,不料高琪反率兵进来,围住胡沙虎居宅。胡沙虎逾垣欲走,衣襟被墙角牵住,坠地伤股,由高琪兵突入,乱刀斫死。为弑主者鉴。高琪取胡沙虎首,诣阙待罪。金主珣下诏特赦,并宣布胡沙虎罪状,追夺官阶,所有兵士,都归高琪统带,固守都城。成吉思汗也不去力攻,只遣兵分略东南,所至郡邑皆下,凡破金九十余郡,两河山东数千里,尸骸累累,鸡犬为墟。惨不忍闻。

　　蒙古兵将拟再攻中都,成吉思汗不从。只遣使告金主道:"汝山东、河北郡县,尽为我有,汝只有一个燕京,难道我不能踏平么!但天既弱汝,我复迫汝,未免助天为虐,汝能感我仁慈,速发金帛犒军,我亦当归去了!"金主珣犹豫未决,右丞完颜承晖道:"天佑蒙儿,不若与他议和,待他回军,再图补救。"金主珣乃遣承晖乞和,成吉思汗道:"金珠财帛,我军已够用了,只你主应有子女,何不遣来侍我!"故态复萌。承晖唯唯听命,返报金主珣。没奈何将故主永济的女儿,饰为公主,送与成吉思汗;又将金帛童男女各五百,马三千匹,作为犒劳费;再命完颜承晖送蒙古军出居庸关。小子有诗咏道:

一成一败本无常,弱国求和总可伤!

帝女作奴男作仆,空劳稗史记兴亡。

欲知成吉思汗后事,请至下回再阅。

　　成吉思汗之野心,无非欲多得金帛,多得子女而已! 而迫之规取中原者,实出是木华黎。是木华黎之大志,实出成吉思上。乃天偏令成吉思为主,木华黎为臣,无怪老子谓天道不仁,以万物为刍狗也! 西夏方衰,金邦又弱,成吉思汗乘机而起,本即可灭夏亡金,乃以献女之故,俱允和议,是其所耽耽逐逐者,尤在美妇人,天亦何苦令强暴之徒,蹂躏若干妇女耶! 读此回,令人疑愤交集,几欲向天阍而一问之!

第十二回

拔中都分兵南略　立继嗣定议西征

　　却说成吉思汗得了金公主，出关回国。金公主姿色不过平常，成吉思汗因她是大邦女子，待以后礼。且金公主年甫及笄，成吉思年周花甲，成吉思即位之年，已五十二岁，此时已逾八年，正六十岁了。老夫配少女，不得不格外爱宠，令她感恩知报，勉侍巾栉。话休叙烦，单说金主珣闻蒙古兵还，拟迁都汴京，防敌再至。左丞相图克坦镒等力谏不从，遂命完颜承晖为都元帅，与左丞穆延尽忠，奉太子守忠，驻守中都，自率六宫启行。事为成吉思汗所知，愤然道："他既与我修和，何故南徙？我想他必挟嫌怀恨，不过借着和议，作个缓兵的计策，我偏要先发制人，破他诡计呢！"明明是有意为难。于是大阅军马，择日启行。巧值金乣军，乣即乣字，音纠。乣军，所收之军也，《金史兵志》有此名。卓多等，戕杀主帅，击败金都防兵，北走蒙古，遣使请降，成吉思汗命萨木哈、舒穆噜、明安等率兵相会，由卓多导入长城，再围中都。

　　金太子守忠走汴，留完颜承晖及穆延尽忠固守，蒙古兵不能拔，成吉思汗复遣木华黎为后援，率兵南下。先是木华黎随征金都，曾收降史天倪兄弟。天倪，永清人，有从兄名天祥，弟名天安、天泽，皆智勇深沉，足为大用，木华黎倚为心腹，曾荐举天倪为万户，余亦擢为队长。至是又奉命南征，带着天倪等出发，天倪语木华黎道："金弃幽燕，迁都汴梁，最是失算。辽水东西，系金邦咽喉地，我不若夺他北京，略定辽东西诸郡，塞住他的咽喉，那时中都孤立，自然唾手可得了。"

　　木华黎称善，便引兵趋辽西，攻金北京。金守将银青，领兵二十万，出御于和托戍堡，被蒙古兵一阵杀败，逃入城中。部将完颜昔烈、高德玉等，不服银青节制，因将银青杀死，改推寅答虎为帅。木华黎探知消息，遂令史天祥进攻，寅答虎遂以城降。北京既下，辽西诸郡，闻风归附，眼见得中都岌岌，危在旦夕了。*史天倪之计验矣，然亦未免为虎作伥耳。*

　　金留守完颜承晖焦急非常，遣人向汴京告急。金主珣命御史中丞李英等，率师驰援，与蒙古兵遇于霸州。英素嗜酒，驭军无纪，至两下对垒，英尚饮酒百觥，临阵时，骑在马上，东倒西歪，麾下多相视而笑。看官，你想蒙古初兴，军锋甚锐，就使兵精将勇，也恐不能胜他，况遇这个酒湖涂，哪里支撑得住！蒙古兵冲杀过来，势如虓（xiāo）虎，金将遮拦不住，被他杀入中军，李英酒尚未醒，在马上晃了数晃，突然坠地，蒙古兵将，眼明手快，就将他一枪刺死！*一道魂灵驰入酒乡去了。*

　　军中失了主帅，当即溃归，自是中都援绝，内外不通。完颜承晖与穆延尽忠商议，决计死守。尽忠目动言肆，满口糊涂，承晖自知不妙，即辞家庙作遗表，抗论穆延尽忠及左副元帅高琪罪状。付尚书省令史师安石，赍送汴都，自别家人，仰药以殉。*表扬忠节，不没幽光。*穆延尽忠整装南行，将出通元门，金妃嫔等统相率候着，请他挈归。尽忠道："我当先出，与诸妃启途。"诸妃嫔信为真言，让尽忠先出，尽忠带着爱妾等，飘然出城，绝不返顾，可怜众妃嫔进退无路，仓皇失措，待蒙古兵一拥杀入，老丑的俱死

刀下,有几个容色美丽的,统被他扯的扯,抱的抱,调笑取乐去了! 中都一破,宫室被焚,府库财宝,搜掠殆尽,金祖宗的神主,一古脑儿弃掷粪坑,阿骨打有灵,应亦泪下。算作金都燕京的结束。

那时安石赍表至汴,尽忠亦即到来。金主阅表,只追封完颜承晖为广平郡王,赦尽忠不问,反命他作平章政事。失刑如此,安得不亡! 嗣后尽忠谋逆,方才伏法。

话分两头。且说成吉思汗闻燕都得手,遂自率精兵趋潼关。潼关为汴京西塞,势甚险峻,屡攻不下,别遣将由间道入关,为金花帽军所败,乃北还。寻命木华黎统辖燕云,建设行省,并封他为国王,职兼太师,赐誓券金印,且语他道:"我略北方,汝略南方,分途进取,勉立大功!" 木华黎应命,遂自中都调遣兵卒,攻取河东诸州郡,并拔太原城。金元帅乌库哩德升力竭身亡。金降将明安,领偏师趋紫荆关,擒金元帅张柔。柔素任侠,乡曲多慕义相从,金中都副经略苗道润,深加器重,荐为昭义大将军,权署元帅府事。道润为其副贾瑀所害,柔率众报仇,途次忽遇蒙古兵,逆战狼牙岭间,马踬被执。明安闻其名,劝之投诚,柔乃降,更招集部曲,下雄、易、安、保诸州,进兵攻贾瑀。瑀据孔山台坚守,柔围攻兼旬,断其汲道,乃破台获瑀,剖瑀心祭道润,尽有其众,徙治满城。金真定帅武仙,会兵数万来攻。张柔全军适出,帐下只数百人,乃令老弱妇女登城。自率壮士潜出,突攻武仙背后,毁敌攻具。仙军猝不及防,还疑是援兵大至,相率惊愕,旋见后山旗帜飞扬,愈加退缩,遂四散奔逃。柔乘胜追击,伏尸数千,自是威震河朔,凡深、冀以北,镇、定以东,三十余城,次第收取。武仙率兵来争,匝月间经十七战,都得胜仗。张柔算是好汉,然总未免为金室贰臣。武仙穷蹙,又因木华黎遣将夹攻,遂把真定城奉献,乞降军前。木华黎命史天倪权知河北西路兵马事,武仙为副,事且按下再表。为后文武仙戕史天倪张本。

且说乃蛮部被灭后,太阳汗子屈曲律逃奔西辽。西辽国据葱岭东西地,系耶律大石所建,一名黑契丹。从前辽为金灭,余众随皇族耶律大石西走回疆,联合回纥诸部,成一大国,有志恢复,未成而死。再传至孙直鲁克,君临如故,惟东方属部,多叛归蒙古,国势渐衰。适屈曲律奔至,进谒直鲁克,泣请规复。直鲁克正仇视蒙古,且闻屈曲律熟谙东土,因留为帮手,并允乘间出师。直鲁克妃子格儿八速,有女名晃,年才十五,姿首颇佳,屈曲律瞧着,很是艳羡,便格外献媚,日夕趋承。直鲁克年老好诙,渐加宠爱,嗣因屈曲律露求婚意,遂把女儿给他为妻。下手便骗了王女,小人心术可怕。

　　屈曲律既得了王女,权力日盛,暗思东收旧部,袭夺西辽。一层进一层。便入见直鲁克道:"我父虽亡,旧部尚众,目今蒙古侵略南方,无暇西顾,我正可出招溃卒,相率同来,一则可卫我妇翁,二则可报我父仇。"直鲁克大喜,便令屈曲律东行。又中他的诡计了。

　　屈曲律到了东方,乃蛮旧众,果来归附,遂乘势劫掠各部。道遇花剌子模王遣使通好,因邀他密议,使共谋西辽。约以东西夹攻,如获成功,东方归屈曲律,西方归花剌子模。议既定,花剌子模使臣归去,报知国主,兴师前来。看官,你道花剌子模乃是何国? 便是《唐书》所称的货利习弥国,国主名谟罕默德,系突厥后裔,素奉回教,其父伊儿亚尔司兰在日,为西辽所败,岁奉贡币,至谟罕默德嗣立,虽照旧贡献,心中很以为辱。既得屈曲律的密约,哪有不允之理。屈曲律即带领遗众,入攻西辽国都,直鲁克遣将塔尼古,出城迎战,被屈曲律一阵杀退。会花剌子模酋长谟罕默德已到西辽,屈曲律与他会着,再行前进。西辽将塔尼古又出来接仗,谟罕默德与屈曲律前后夹击,杀败塔尼古,并将他生生擒住。

　　西辽都内的守卒,闻报大惧,顿时溃乱,屈曲律乘机杀入,直鲁克不及逃遁,被众围住。屈曲律恰向众人道:"直鲁克是我妇翁,不得加害!"浑身是假。于是留住部众,在外守着,自率数骑入内,谒见直鲁克。直鲁克惊惶无措,便道:"你不要害我,我便让位罢!"屈曲律道:"你是我妻的父亲,就与我父亲一般,怎么教你让位? "好听。直鲁克道:"你不要我让位,如何纠众围我? "屈曲律道:"部众因你年迈,不便行政,教我帮你办事哩。"直鲁克道:"既如此,你去安抚叛众,我便依你说话! "

　　屈曲律遂出抚众人,并与谟罕默德会议,将西部西尔河以南地,让与花剌子模,并除免岁币。谟罕默德如愿而去。屈曲律遂自执国事,阳尊直鲁克为主,所有政务,概不令直鲁克闻知。直鲁克忧恚成病,越岁死了。屈曲律遂继了主位,闻故相女有美色,娶为妃子。这妃子不信回教,劝他从佛,屈曲律方加爱宠,言无不从,便令民间奉佛,不得仍信回教。回教徒阿拉哀丁抗词不屈,屈曲律大怒,把他手足钉住门首,威吓众人。又复暴敛横征,派兵监谤,民间痛苦异常,恨不得有人除他。

这消息传到蒙古,成吉思汗遂差哲别前征。哲别到了西辽,先饬民间各仍旧教,毋庸改易,并将所有苛敛,一律撤免,民间很是欢跃,统来迎接。屈曲律料不能敌,预率眷属遁去。哲别长驱直入,追屈曲律至巴达克山,径路狭隘,苦无可寻,适有牧人前来,询知屈曲律踪迹,便令他前导,搜出屈曲律,请他饮刀,所有眷属,尽作俘虏。于是西辽全土,统为蒙古属部,西境即与花剌子模接壤了。

哲别归国后,蒙古商人往花剌子模,被讹答剌城主掠去金银,一一杀死。成吉思汗遣使诘问,又复被杀,因下令亲征。

是时为成吉思汗十四年六月,成吉思汗将西行,与各皇后话别,只命忽阑夫人从行。忽阑见第十回。也遂皇后道:"主子年已老了,天方盛暑,何苦涉历山川,倒不如遣各皇子去!"也遂岂有妒意耶?抑欲长图快乐耶?成吉思汗道:"我不在军中,总难放心,况我筋力尚强,一时应不至就死,就是死了,也不枉创业一场。"也遂含泪道:"诸皇子中,嫡出的共有四人,主子千秋万岁后,应由何人承统?"成吉思汗半晌道:"你说也是,我宗族大臣,都未曾提起,所以我蹉跎过去。我去问明皇子再说!"

当下出召四子,先问术赤道:"你是我的长子,将来愿否继统?"立嫡以长,古有常经,成吉思汗乃胸无主宰,先行详问,是始基未慎,何以图终。言未毕,察合台勃然道:"父亲何故问他?莫不是要他继统么?他是蔑里吉种带来的,我等如何叫他管辖!"成吉思汗道:"胡说!"察合台道:"我母不是被蔑里吉掳去么?后来返归,途中便生了术赤,父亲可否记得?"补第五回所未及,惟从察合台口中叙出,彰母之丑。成吉思汗尚未答话,那术赤已奋然跃起,突将察合台衣领揪住,厉声道:"我父亲未曾分拣,你敢这般说么?你不过强硬些儿,此外有何技能!我今与你赛射,你若胜我,我便将大指剁去;我与你再赛斗,我若被你击倒,我便死在地下,不起来了!"察合台不肯少让,也把术赤衣领揪住。

正喧嚷间,宗族都前来劝解。阔阔搠思道:"察合台,你为何着忙?你未生时,天下扰扰,互相攻劫,人不安生,所以你贤明的母不幸被掳!似你这般说,岂不伤着你母的心?你父初立国时,与你母亲一同辛苦,将你儿子们抚养成人，你母如日同明，如海同深，你尚未报亲恩，怎么出言不逊！"成吉思汗接着道："察合台，你听着么？术赤明是我的长子，你下次休这般说！"恐怕做元绪公，所以如此抵赖。察合台微笑道："似术赤的气力技能，也不用争执，我与术赤，只愿随父亲效力便了。我弟窝阔台，敦厚谨慎，可奉父教！"成吉思汗闻言，复问术赤。术赤道："察合台已说过了，我照允便是！"成吉思汗道："你兄弟须要亲昵，勿再吵闹，被人耻笑！我看天高地阔，待大功成后，各守封国，岂不更好！"二人无语，成吉思汗又问窝阔台道："你两兄教你继统，你意如何？"窝阔台道："承父亲恩赐，并二兄抬举，但做儿子的也不能遽允！自己没有甚么智力，还好小心行去，只恐后嗣不才，不能承继，奈何？"窝阔台言语近情，较诸两兄粗莽，似胜一筹。但自己未曾嗣立，先已顾到后嗣，虑亦深了。成吉思汗道："你既能小心行事，还有何说！"又问四子拖雷道："你承认否？"拖雷道："我只知饥着便食，倦着便睡，差去征战时便行，此外无他志了！"

　　成吉思汗便召合撒儿、别勒古台、帖木格及侄儿阿勒赤歹道："我母已经去世，我弟合赤温，亦已病亡。母弟之殁，俱从成吉思汗口中叙明，无

非为省文计耳。目下只有三弟，及我弟合赤温子阿勒赤歹，算是最亲骨肉，我今与你等说明：我第三子窝阔台将来接我位子；当使术赤、察合台、拖雷三人各有封土，自守一方。我子原不应违我，但愿你等亦永记勿忘！倘若窝阔台子孙，没有才能，我的子孙，总有一两个好的，可以继立，大家能秉公去私，同心协力，自然国祚延长，他日我死后，也瞑目了！"

合撒儿等应着。成吉思汗因立储已定，遂命哲别为先锋，速不台继之，自率四子及忽阑夫人统着大军为后应，即日启程。又遣使至西夏，命他会师西征。及去使还报，西夏不肯发兵。成吉思汗怒道："他敢小觑我么！待我征服西域，再去剿灭了他！"为后文灭夏张本。于是排齐军马祭旗启行。祝告甫毕，忽觉狂风骤起，黑云密布，转瞬间大雪飘飘，飞舞而下，不到半日，竟着地三尺。成吉思汗怏怏道："现在时当六月，天应炎热，为什么下起雪来？"忽从旁闪出一人道："主子休疑！盛夏时候，骤遇严寒，这是上天肃杀气象，正要吾主奉天申讨哩！"成吉思汗闻言大喜。正是：

> 天道无端开杀运，雪花先已报功成。

毕竟何人作此慰语，俟至下回表明。

金主珣自燕徙汴，固为失算，我能往，寇亦能往，徙都何为者？然成吉思汗之背好兴师，反借徙都为口实，是所谓欲加之罪，何患无辞，非真由徙都而致也。若屈曲律之诱人女，胁人主，种种权术，无非狡诈，及得国以后，且藉势横行，以滋众怒，盖不啻为丛驱雀，而导蒙古以西略者。成吉思汗武力有余，文教不足，观其立储贰时，已开兄弟阋墙之渐，信乎以马上得天下者，不能以马上治也。本文依事直叙，文似拉杂，而暗中恰隐寓线索，阅者可于夹缝中求之！

第十三回

回酋投荒窜死孤岛　雄师追寇穷极遐方

　　却说夏天雨雪，煞是奇怪，独有人谓系杀敌预兆。这人为谁？乃是辽皇族耶律楚材。楚材曾仕金员外郎，博览群书，旁通天文、地理、律历、术数。至蒙古南征，中都残破，适楚材在中都，为成吉思汗所闻知，召为掾属。每有咨询，无不通晓，令他占兆，尤为奇验。成吉思汗称为天赐，言听计从，至是谓雪兆瑞征，自然信而不疑。耶律楚材为蒙古良辅，故叙述独详。

　　当下令楚材随行，发兵西进，楚材复订定军律，所过无犯。至也儿的石河畔，柯模里、畏兀儿、阿力麻里诸部落，皆遣使来会，愿发兵随征。成吉思汗便就此屯驻。过了残腊，至各部兵会齐，方命进兵，直指讹答剌城。城主伊那儿只克，《元史》作哈济尔济兰图。有众数万，缮守完备。成吉思汗屡攻不下，顿师数月；将要破城，又来了花剌子模援军，头目叫作哈拉札，入城助守，城复完固。成吉思汗以顿兵非计，拟分军四攻。乃留察合台、窝阔台一军，围攻讹答剌城；别遣术赤一军，向西北行，攻毡的城；阿剌黑、速客图、托海一军，向东南行，攻白讷克特城；自率第四子拖雷，带着大军，向东北渡忽章河，即西尔河。趋布哈尔城，横断花剌子模援军。

　　四路并举，小子只有一支秃笔，不能兼叙，只好依次写来。察合台、窝阔台一军，奉命留攻，又是数月，城中粮尽援绝，哈拉札意欲出降，伊那儿只克自知万无生理，誓死坚守，两人异议。哈拉札遂夜率亲军，突围出走。察合台奋力穷追，竟将哈拉札擒住。询得城内虚实，立将他斩首示众。当下督兵猛攻，前仆后继，顿把城堞攀毁，鱼贯而入。伊那儿只克巷战不胜，退守内堡，尚相持了一月。怎奈部众食尽力乏，一半饿死，一半战死，只余二卒，还登屋揭瓦，飞掷蒙古军。察合台、窝阔台并马突入，见伊那儿只克握着双刀，单身出来，两人忙将他截住，并饬各兵重重围住。任你伊那儿只克如何凶悍,终被蒙古兵射倒,擒入囚笼,押送至成吉思汗大军,命把生银熔液,灌他口耳,报那杀商戕使的仇怨。用银液杀人,得未曾有,想是因他贪银,故用此刑。

是时术赤徇师西北,先至撒格纳克城,遣畏兀儿部人哈山哈赤入城谕降,被他杀死。术赤大愤,力攻七昼夜,破入城中,屠戮殆尽,留哈山哈赤子为城主。复西陷奥斯恳、八儿真、遏失那斯三城,行近毡的,守将先遁,术赤兵傅城而上,城即被陷。再西拔养吉干城,各置守吏。前叙攻讹答刺军,此叙政毡的军。

惟阿剌黑三将至白讷克特城,一攻即下,随驱城中壮丁,进攻忽毡城。城主帖木儿玛里克守河中小洲,矢石不能及,与城守遥为犄角,并造舟十二艘,裹毡涂泥,抵御火箭。蒙古三将与他战了六七次,不能取胜,且伤亡兵卒千余名。于是遣了急足,向成吉思汗处乞师。适成吉思汗收降布哈城、塔什干城,进兵布哈尔。途次得阿剌黑等军报,遂拨偏师赴援。师至忽毡,阿剌黑等兵力复盛。再督壮丁运石填河,筑堤达洲。玛里克荡舟来争,俱被蒙古兵杀败,没奈何返至洲中,招集各舟,将所有兵士辎重,夤夜装载,拟运往白讷克特城中。谁知阿剌黑等先已防着,用铁索锁住河间,阻他前进。一闻有挺撞声,斫击声,便举起胡哨,号召各军,霎时间两岸军马,齐集如猬,都用强弩猛箭,攒射过来。玛里克料难入城,便舍舟登陆,且战且行。蒙古兵一同赶上,乱戳乱劈,杀伤殆尽,只玛里克走脱。叙阿剌黑等一军。

各路军共报大捷,次第进行,来会大军。那时成吉思汗已拔布哈尔城,追溃卒至阿母河,除投降免死外,一体枭首。成吉思汗亲登回教讲台,传集民人,谕以背约杀使,起兵复仇等情形,并令富民出资犒军。回民力不能抗,只好应命。会闻花剌子模王谟罕默德引兵驻撒马耳干,《元史》作薛迷思干。遂返旆东征,原来撒马耳干在阿母河东,所以成吉思汗大军又自西转来。谟罕默德闻大军将至,先期逃去。城中尚有兵四万,墙堞高固,守具完备,成吉思汗料不易攻,令先围城。既而术赤等三路军马,共集城下,遂四面围攻。城中守兵出战,被成吉思汗用了埋伏计,诱他入险,尽行杀毙。守将阿儿泼引亲卒溃围出走,城中无主,只好乞降。成吉思汗佯许免死,至兵民出来,叫各兵剃发结辫,令入军籍,民仍旧制,到了夜间,潜命部下搜杀降兵,没一个不死刃下。随俘工匠三万名,分隶各营;壮丁三万名,充当奴隶;余民五万,令出金钱二十万,始得安居。部署既定,即命哲别、速不台二将,各率万人追谟罕默德。二将领命去了。

当谟罕默德出走时,因母妻居乌尔鞬赤城,《元史》作玉龙杰赤。与撒马耳干仅隔一阿母河,恐罹兵锋,乃遣使劝母妻速遁。成吉思汗也探悉他的母妻住址,令部下丹尼世们至乌尔鞬赤,语其母道:"你儿子谟罕默德开罪我邦,我所以发兵来讨。你所主地,我不相犯,速遣亲信人前来议和!"那母亲名支尔干,置之不理,将丹尼世们逐出,自领妇女西走。支尔干,故康里部人,康里部旧在阿拉海即忽章、西尔两河潴集处。东北岸,为突厥种族的支部。花剌子模将士多属康里部人,平时仗着母后威势,专横无度,不奉谟罕默德令。谟罕默德自知力弱,因望风溃去。长子札兰丁随父出奔,愿号召部民,扼守阿母河,谟罕默德不从。札兰丁复请自任统帅,任父他避,谟罕默德又不许。其次子屋克丁,向驻义拉克,至是遣人迎父,报称有兵有饷,可以固守,谟罕默德遂决计西进。从兵皆康里人,阴谋叛乱,幸亏谟罕默德先时戒备,宿辄易处,一夕已经他徙,所留空帐,被丛矢攒射,几无遗隙。寻为谟罕默德闻知,心益悚惧,托词出猎,仅带札兰丁及心腹数人,潜往义拉克去了。内部已溃,即从札兰丁言,亦属无补。

哲别、速不台二将昼夜穷追,兵至阿母河,无舟可渡,便下令伐木编筏,内置辎重器械,外裹牛羊兽皮,就马尾系着,驱马泅水,不得沉没。将士攀援以随,全军遂渡。既渡河,分道巡行,哲别趋西北,速不台趋西南,沿路招抚,将至宽甸吉思海滨,即里海。两军复会。谟罕默德已至义拉克,闻蒙古军将到,立即西走。屋克丁差人侦探,据报蒙古军沿海南来,距义拉克不过数十里,他也心惊肉跳,坐立不安,竟行了三十六着中的上着。统是饭桶。

谟罕默德遁至伊兰,住了数日,复东遁马三德兰,行李尽失。马三德兰旧有部酋,为谟罕默德所杀,地亦被并。其子闻仇人到来,纠众报复,杀入谟罕默德帐中,不图谟罕默德已先遁去。可谓善逃。追至宽甸吉思海,见谟罕默德登舟离岸,有三骑踊跃入水,竟至溺毙。在岸上的人,用箭射去,那舟行驶如飞,任他有穿杨百步的能力,也是无从射着。谟罕默德得了生命,亟至东南隅小岛中居住,可怜胸胁中寒,忧悸成疾。濒危时,遗命

　　札兰丁嗣立，把自己的佩剑解下，令他系在腰中。嘱咐已毕，两眼一翻，呜呼哀哉！保全首领，还算幸事。

　　札兰丁把父尸藁葬，再自岛中潜出，东回乌尔鞑赤。这时候，支尔干早遁，尚有守兵六万，大半是康里部人，欲加害札兰丁，札兰丁闻风又遁。道遇帖木儿玛里克，率三百骑西行，遂与他会合，绕道东南，至哥疾宁地方去了。

　　哲别、速不台两军，至马三德兰，探知谟罕默德已窜死海岛，遂勒兵不追。只在马三德兰一带，搜剿余众。忽闻左近伊拉耳堡有谟罕默德母妻等，避匿不出，二将遂率军围堡。堡在万山中间，丛林深箐，阴翳晦暗，两军不便骤进，各远远的围着，只令它水泄不通。这老天亦似助强欺弱，竟尔匝月不雨，堡民无处汲水，口渴欲死，各思出外逃生。无如出来一人，一人被捉，出来两人，一双被捉，及至纷纷出来，二将知已内乱，引军直入堡中，把谟罕默德的母妻女孙一并拿住，当即槛送成吉思汗军前。成吉思汗赦了支尔干，不令她侍寝，想是嫌她老了。只杀了她的幼孙。所有女子四人，一个给了丹尼世们，前日出使一场，总算不枉跋涉。两个给了察合台。察合台留下一女，一女给了部将。颇为慷慨。还有一个，给了前时被杀商人的儿子。以父易妻，也还值得。算是谟罕默德家眷的结局。

哲别、速不台方拟回军，忽接成吉思汗命令，宽甸吉思海北面，有钦察部，曾收纳蔑里吉部的溃卒，应前往致讨，毋遽班师等语。二将不好违慢，只得再接再厉，复向西北杀入。所有战事，容待下文再详。

单说成吉思汗，自平定撒马耳干后，驻跸多日，复至渴石避暑，直到秋季，自率拖雷略南方，别命术赤、察合台、窝阔台，往征乌尔鞑赤。

乌尔鞑赤无主帅，由兵民公推，以康里人库马尔为首领，防御蒙古军。术赤等军将到城下，前哨劫掠牛马。守兵出城抗御，被诱至数里外，中伏败溃。嗣是城内兵民，一意坚守，不复出战。城跨阿母河，垣堞坚厚无匹，猝不可拔。术赤先遣使招降，因城主库马尔不从，乃伐木为桥，令兵三千进攻。不意守兵大出，把三千人困在垓心，杀得片甲不留。术赤急发兵往援，怎奈桥已被毁，前后隔断，只好双眼睁着，静看这三千人，做了无头之鬼！想是屠城之报。

察合台欲乘风纵火，毁他城堞，偏术赤思王此土，不许焚掠，由是兄弟不和，你推我诿。仍是前日积怨。迁延至七月，尚是未下，使人禀报成吉思汗，成吉思汗询得实情，颁敕诘责，改命窝阔台统领诸军。窝阔台即至两兄处，极力和解，乃并力亟攻，数日罔效。寻决河水灌城，城中不免惊忙。窝阔台遂督军掩入，将城攻陷。城主库马尔，犹带领守兵死战七昼夜，至力尽身亡，方才罢手。兵民多被屠戮，只工匠妇女幼稚，算是幸免。术赤留驻城中，察合台、窝阔台赴成吉思汗军去了。

成吉思汗此时正略定阿母河两岸，渡河指塔里寒山，所向征服，分军给拖雷带领，命往呼罗珊地方，荡平各寨，作哲、速二将后援，拖雷自去。成吉思汗进攻塔里寒寨，寨极坚固，四面皆山，士兵非常悍鸷，遇着敌军，统是拼命杀来。蒙古军虽经百战，到底也怕死贪生，战了数仗，些儿没有便宜，反伤亡了无数。成吉思汗亲自督攻，也被寨兵战退。乃就山下扎营，召回拖雷军合攻，待久未至。原来拖雷军北往呼罗珊，沿阿母河西岸进发，所过城寨，剿抚兼施，倒也觉得顺手。既至呼罗珊西北隅，接着成吉思汗召还消息，乃从宽甸吉思海东岸绕还。海南有木乃奚国，素崇回教，由拖雷军大掠一番，再从东南回趋，冲破匿察兀儿及也里等城，方到塔里寒山，与成吉思汗军相会，成吉思汗已待了好几月了。遂合兵再攻坚寨，接连数日，方得毁坏城垣，杀败守卒，步兵尽死，惟骑兵奔溃。约计攻寨起讫日子，共七阅月。大众休息寨中，兼且避暑。与上文渴石避暑又隔一年。察合台、窝阔台，亦领军到来。术赤等攻乌尔鞬赤亦经七月，两两相对，前后接榫。

凉风一至，暑气渐消。看似寻常叙景，实则为过脉要诀。成吉思汗接到侦报，谟罕默德长子札兰丁，在哥疾宁纠集余众，与班里《元史》作班勒纥。城主蔑力克汗《元史》作灭里可汗。联合，声势颇盛。又札兰丁兄弟屋克丁，亦出屯合儿拉耳地方，有众千人。于是再议亲征，南下攻札兰丁，遥命哲别等分兵攻屋克丁。哲别奉谕，遣裨将台马司、台纳司二人，往攻合儿拉耳。屋克丁在合儿拉耳地方尚没有甚么兵力，闻蒙古军又至，便遁入苏吞阿盆脱堡，经台马司等率兵追入，围攻半年，堡破被杀。随笔了结。只札兰丁整备年余，集众六七万，又得蔑力克汗相助，有恃无恐，遂出御蒙古军。成吉思汗统兵南征，逾巴达克山，至八米俺城，围攻未下，乃令养子失吉忽秃忽名见第六回。领前哨军，先向东南进发。忽秃忽到了喀不尔，一作可不里，即今阿富汗都城。正遇着札兰丁，两军会战，自昼至暮，互有杀伤。次日再战，忽秃忽虑众寡不敌，密令军中缚毡像人，置在军后，仿佛似援军一般。临阵时，前面的军士仍照常厮杀，战至半酣，将毡像载着马上，从后推至。札兰丁军果疑有后援，渐渐退却。独札兰丁奋然道："我众甚盛，怕他甚么？"随即分士卒为三队，自率中军，令蔑力克汗率右翼，邻部阿格拉克率左翼，两翼包抄，将忽秃忽军围住。忽秃忽知计已被破，忙令军士视旗所向，冲突敌阵。谁知敌众已四面攒集，似铜墙铁壁一般来困忽秃忽，那时忽秃忽顾命要紧，只好塞着大旗，率众猛突，冲开一条血路，向北而逃。敌骑乘势追杀，死亡无算，军械马匹，亦被夺去不少。自蒙古军出征西域，这次算是第一遭损失。

败报至八米俺，成吉思汗正因爱孙莫图根一作莫阿图堪。攻城中箭，身死含哀。莫图根系察合台子，少年骁勇，骑射皆精。此次阵亡，不但察合台恸哭不休，就是成吉思汗也悲泪不止。忽又接到忽秃忽败报，不禁咬牙切齿，誓将八米俺城攻下，以便赴援。即日督军力攻，亲负矢石，察合台报子心切,不管什么利害,只麾军士登城,城上城下,积尸如山,蒙古兵只是不退。当即移尸作梯,奋勇杀入,把城中所有老幼男女,一律杀死,连牛羊犬马,统共刹毙,并将城垣尽行拆毁,至今斯地尚无人烟,可算得一场惨劫了! 太属不顾人道。

　　成吉思汗不待部署,亟麾军南行,军不及炊,只啖米充饥。途次遇着忽秃忽败军,责他狃(niǔ)胜轻敌,并令忽秃忽导至战处,追溯前日列阵形状,指示阙失,更命倍道进行。到了哥疾宁,闻札兰丁已奔印度河,乃舍城不攻,引军疾追。

　　看官,这札兰丁已战胜忽秃忽军,为什么先期远扬,竟往印度河奔去?原来忽秃忽败北时,曾有骏马一匹为敌所夺,蔑力克与阿格拉克二人皆欲得此马,相争不下,恼得蔑力克性起,突执马鞭,将阿格拉克面上挥了一下,阿格拉克大愤,竟率部众自去。札兰丁失了左臂,未免惶惧,及闻成吉思汗亲来报复,所以先自南奔,蔑力克亦随往。

　　距河里许,回顾后面尘头大起,料是成吉思汗军赶到,自知不及西渡,只好列阵以待,一决雌雄。那成吉思汗大军,煞是厉害,甫经交绥,即握着

大刀阔斧，突入阵中。忽秃忽奉了密谕，猛攻右翼葰力克军。葰力克支持不住，向后倒退，退至印度河畔，不料蒙古军已绕至前面，阻住去路，一时措手不及，被蒙古军刺于马下，眼见得不能活了。

札兰丁又失右臂，势孤力弱，进退彷徨，自晨战至日中，手下仅数百人，幸成吉思汗意欲生擒，饬禁军士放箭，因得突围而出。奔到河边，复被忽秃忽军堵住，顿时上天无路，入地无门，他却穷极智生，竟纵马上一高崖，复将马缰扯起，扑的一跳，连人带马，投入印度河中去了！小子诌着俚句，成七绝一首云：

> 全军弃甲复抛戈，奔命穷途可奈何？
>
> 尽说悬崖宜勒马，谁知纵辔竟投河！

未知札兰丁性命如何？请看官续阅下回。

本回叙成吉思汗西征事，皆在今中央亚细亚境内。《元史》所载甚略。余如《亲征录》《元秘史》《元史译文证补》等书，亦皆错杂不明，令阅者茫如测海，几有望洋之叹。一经作者叙述，逐层分析，依次表明，自觉井井有条，不漏不紊。若并是书而以为难阅，则从前史乘，更不必过问矣！本书所载地理，南北东西各有分别，阅《元史》地图自知。看似容易恰艰辛，阅者幸勿滑过！

第十四回

见角端西域班师　　破钦察归途丧将

却说札兰丁投入印度河，蒙古军瞧着，总道他身入水中，一落数丈，不是跌死，也是淹死，谁料他却不慌不忙，从水中卸了军装，凫水逸去。诸将以穷寇被逃，不禁气愤，争欲赴水追捕，还是成吉思汗力阻，并语诸子道："好一个健儿，是我生平所未曾见过的！若竟被他漏网，必有后患！"部将八剌，愿渡河穷追，成吉思汗允他前行。八剌遂役令兵丁，斩木为筏，渡河南去。成吉思汗复返攻哥疾宁城，城中守将早已遁去，兵民开城迎降。窝阔台奉成吉思汗密谕，伪查户口，教兵民暂住城外，工匠妇女，不得同居。到了晚间，潜带麾下出城，把哥疾宁的兵民一一戮毙，只工匠妇女留作军中使用。专用此计，毋乃残酷。

成吉思汗再沿印度河西岸北行，捕札兰丁余党。闻阿格拉克与他族寻仇，已被杀死，遂乘机荡平各寨，所有丑类，无一孑遗。又因西域一带，叛服无常，索性遣将分兵，四处巡行，遇着携贰的部落，统加屠戮，共杀一百六十万人，方才收刀。民也何辜，遭此荼毒。

嗣得八剌军报，破壁耶堡，进攻木而摊城，因天气酷暑，一时不便开仗，只好扎住营寨，静待秋凉，札兰丁不知去向，俟探实再报等语。成吉思汗道："我意在一劳永逸，所以征战数年，并无退志。现在余孽在逃，不得不再行进取，为山九仞，功亏一篑，如何使得！"耶律楚材婉谏道："札兰丁孤身远窜，谅他亦没有甚么能力；况我军转战西陲，越四五年，威声已经大震，得休便休，还求主子明察！"成吉思汗道："我进彼退，我退彼进，奈何？"耶律楚材道："坚城置吏，要隘屯兵，就使死灰复燃，亦属无妨！"成吉思汗半晌道："且待哲别等军报，再作计较。"耶律楚材不便再说。大众休息数日，接到哲别军消息，已西逾太和岭，即高加索山。战胜钦察援军，进兵阿罗思即俄罗斯去了。成吉思汗道："哲别等远征得

见角端西域班师

手，一时总未能回来，我军守着这地，做甚么事，不如渡河南行，接应八剌，平定印度方好哩！"随即下令再进。

时方盛夏，暑气逼人，印度地方，又在赤道下，益加炎燠，军行数里，便觉气喘神疲，汗流不止。既到印度河，遥见水蒸气磅礴天空，日光被它遮住，对面迷濛，不见有什么影子。军士各下骑饮水，那水的热度似沸，几难入口，都皱着眉，蹙着额，恨不得立刻驰归。耶律楚材复思进谏，忽见河滨来一大兽，身高数丈，形似鹿，尾似马，鼻上有一角，浑身绿色，不觉暗暗惊异。成吉思汗也已瞧着，便语将士道："这等大兽，见所未见，你等快用箭射它！"将士奉令，统执着弓矢，拟向大兽射去。蓦听得一声响亮，酷肖人音，仿佛有"汝主早还"四字。耶律楚材即出阻弓箭手，令他休射，一面到成吉思汗面前。方欲启口，成吉思汗已问道："这是何兽？"耶律楚材道："名叫角端，能作人言，圣人出世，这兽亦出现。它能日驰万八千里，灵异如鬼神，矢石不能伤它。"语至此，成吉思汗复问道："据你说来，这可是瑞兽么？"耶律楚材道："是的！这兽系旄星精灵，好生恶杀，上天降此，所以儆告主子。主子是上天的元子,天下的百姓统是主子的儿子,愿主子上应天心,保全民命!"楚材所说,未必果真,但借异兽以规人主,可谓善谏。成吉思汗方欲答言,又见大兽叫了数声,疾驰而去。随向耶律楚材道:"天意如此,我亦不便进行,不若就此班师罢。"耶律楚材道:"主子奉天而行,便是下民的幸福!"语虽近谏,然谀言最易动听,善谏者宜知之。

当下命师返旆,并遣人渡印度河,促八剌旋师。八剌即日北归,想已眼望久了。会着大军,由北趋东,过阿母河,历布哈尔,回民多叩谒马首。成吉思汗召主教入见。主教名曷世哀甫,谒见毕,详述教规。成吉思汗道:"所言亦是,但我闻回民礼拜,必须赴教祖墓所,回教祖名摩罕默德,墓在麦加城。这也未免太拘。上帝降鉴,何地不明,为甚么限着地域呢?"曷世哀甫不复再辩,唯唯听命。成吉思汗复道:"我已征服此处,此后祈祷,可用我名。你为主教,还有各处教士,尽行豁免赋役,你可替我申谕!"因势利导,谅亦由耶律楚材所教。成吉思汗便在布哈尔暂驻,一面遣使召术赤来会,一面遣使召哲别、速不台班师。

一住数日,复起行东归,经撒马尔干,渡忽章河,令谟罕默德母妻辞别故土。两妇不能抗命,只好向着西方,恸哭一场,复随大军东行。到了叶密尔河,皇孙忽必烈,《元史》作呼必赉。旭烈兀《元史》作辖鲁。来迎。成吉思汗大喜,命二孙侍着行围。二孙皆拖雷子,忽必烈才十一岁,旭烈兀才九岁,随成吉思汗入围场,统能骑马弯弓,发矢命中,忽必烈射杀一兔,旭烈兀射杀一鹿,奉献成吉思汗。成吉思汗喜上添花,遂命将捕获各兽,及西域所得的财宝,大犒三军。嗣复住了数日,待长子术赤,及哲别、速不台,均尚未至,方徐徐的回国去了。归结成吉思汗西征。

且说哲别、速不台二将,北讨钦察,引兵绕宽甸吉思海辗转至太和岭,凿山开道,俾通车骑,适遇钦察部头目玉里吉,及阿速、撒耳柯思等部,集众来御,仓猝间不及整阵,几被敌军迫入险地。哲别、速不台商定一策,遣西域降将曷思麦里至玉里吉军,说是"我等同族,无相害意,不过西征到此,闻岭北有数大部落,特来通好,请勿见疑!"玉里吉等信以为真,麾兵退去。哲、速二将引军出险,登高遥望,犹隐隐见阿速部旗旆。速不台语哲别道:"敌军信我伪言,统已退归,在途必不防备,若就此掩将过去,杀他一个下马威,可好么?"哲别连称妙计,便饬兵士尾追前军。疾行数里,已至阿速部背后，一声呼啸，好似电劈雷轰，猛扑前去。阿速部后队方欲返顾，不料身上都受着急痛，霎时晕厥，纷纷落马。*力避俗套。*前队尚莫明其妙，等到硬箭飞来，长枪戳入，始知有敌到来。正欲拔剑弯弓，那头颅不知何故，已歪倒肩上，手臂不知何故，分作两段，顿时你忙我乱，只好鞭着马，飞着腿，四散奔逃！*语语新颖。*阿速部已经溃散，前面就是钦察部众。玉里吉闻着后面呐喊，惊问何事。大众都摸不着头脑，便命子塔阿儿领着数骑，向后探望，冤冤相凑，与蒙古军相值。方开口问着，已被一枪洞胸，坠骑死了。余骑不值一扫，统赴枉死城中。此时玉里吉待子未回，就勒马悬望。突然间来了蒙古军，错疑塔阿儿导他来会，笑颜迎着，蒙古军不分皂白，枪起刀落，又将玉里吉杀死。*父子同归冥途，不寂寞了。*余众大骇，急忙奔溃，已被蒙古军杀了一半。蒙古军再追数里，前面已寂无一人，料得撒耳柯思部已自扬去，*略去撒耳柯思部，繁简得宜。*当即择地下营。

　　哲、速二将，虽已得胜，终恐深入重地，寡不敌众，遂遣使至术赤处告捷，并请济师。术赤方攻下乌尔鞑赤城，驻军宽甸吉思海东部，*俱回应前回。*闲暇无事，即分兵大半往援。

　　哲别等既得援师，北向至浮而嘎河。*入里海。*适值河冰凝冱（hù），遂履冰徒涉，攻下阿斯塔拉干大埠，纵兵焚掠。会得探报，钦察部酋霍脱思罕领着部众来了。原来霍脱思罕系玉里吉兄长，闻知弟侄阵亡，倾寨前来，意图报复。哲别命曷思麦里诱敌，只准败，不准胜，自与速不台分军埋伏，专候钦察兵到，奋起厮杀。说时迟，那时快，曷思麦里方在出发，钦察兵已是驰到，望见曷思麦里麾下不过数千人，衣履不整，器械无光，统哈哈大笑，不把他望在眼里。曷思麦里恰突出阵前，指挥士卒与钦察前队酣战一场，不分胜负。霍脱思罕见前队战敌不下，便督军齐上，拟包围曷思麦里军，曷思麦里恐陷入重围，乃率兵退走。*曷思麦里之徐徐退走，为哲、速二将埋伏起见，非违命也。*

　　钦察部众只道是蒙古军败退，大众赶先争功，已无军律，曷思麦里令部下抛甲弃杖，惹得追军眼热，统下骑拾取，哲别复回军来争，与钦察部众略斗，便又退走。*恐他不追，所以回军。*此退彼进，到了一座大山，峰崖险峻，岭路崎岖，曷思麦里麾军径入，霎时间都进去了。霍脱思罕报仇心切，又不防有他变，奋力追入。到了山间，峰转路迷，不辨去向。正疑虑间，山上号炮齐起,矢石雨下,忙即下令退军,把后队当作前队,觅路而出。将出山口,被速不台一军堵住,尚没有甚么恐慌,当下麾众夺路,与速不台军鏖战起来,颇也有些起劲。谁知曷思麦里军已从他背后杀到,霍脱思罕顾了前面,不能顾后,顾了后面,不能顾前,才觉手忙脚乱,只好拼了老命,冲开一条血路,出山急走。前后夹攻的蒙古军,只在山内屠杀敌兵,一任霍脱思罕走脱。霍脱思罕急行数里,才敢喘息,检阅兵马,十成中少了六七成,便垂头丧气,向前再行。途穷日暮,夜色凄其,猛听得喊声复起,前后左右,又是蒙古军杀到,险些儿吓落马下!亏得手下尚有健卒数百,尽力保护,以一当百,等到杀透重围,已经十有九死。看官欲问这支蒙古军,只教再阅前文,便自分晓。不言而喻。

且说霍脱思罕走脱后,回入本部,恐蒙古军进攻,无兵可敌,没奈何遁入阿罗思境内。阿罗思就是俄罗斯,唐懿宗初,在北海立国,拓地渐广;北宋时,创行封建制度,分七十部,子孙相继,日事争夺。南俄列邦,有哈力赤部,酋长名密只思腊,系霍脱思罕女夫,粗知兵事,尝战胜同族,意气自豪。闻妻父远来,迎入城中,问明底细,即投袂道:“偌大蒙古,敢如此强横!待我出兵与战,怕不把他踏平呢。”喜说大话的人,最不可靠。

霍脱思罕道:“蒙古将士,很有蛮力,并且诡计多端,防不胜防。幸亏我走得快,才得保全性命,与你重逢。”密只思腊笑道:“他来的只是孤军,我等邻部甚多,一经号召,立集千万,总要与妇翁报仇哩!”于是遣使四出,召集各部酋长会议发兵。计掖甫部酋罗慕,扯耳尼哥部酋司瓦托司拉甫,与密只思腊最是莫逆,一闻消息,赶先驰到。南方各部长也陆续趋至。大众开议,定计出境迎击,毋待敌至。并遣告阿罗思首邦物拉的迷尔部,请他出师协助,分运军粮。部酋攸利第二,也即照允。

不到数日,各部兵均已会齐,共得八万二千人,仗着一股锐气,趋入钦察部。复由霍脱思罕收集残兵,专待蒙古军至,一齐掩杀。那时哲、速二将,已得知阿罗思会帅来御,也未免有些胆怯。是谓临事而惧。想了一计,复遣十人至阿罗思军,由密只思腊召入,问明来意。十人道:“钦察部容纳叛众,所以我军前来,声罪致讨。若与阿罗思诸部素无衅隙,定不相犯;况我国敬信天神,与阿罗思宗教相似,何不助我共敌仇人!”言未毕,霍脱思罕闪出道:“从前我弟玉里吉也信了他的诡话,遭他毒手,我婿

千万不可再信！"密只思腊道："如此可恶，杀了来使再说！"便喝令左右，缚住八人，立即斩首，只令二人回报。

哲别又命二人至阿罗思军，说是两国相争，不斩来使，今无端杀我行人，上天必不眷佑，速即约定战期，与你决一胜负。霍脱思罕又欲杀他，还是密只思腊道："杀他一二人何用，不如借他的口，回报战期！"随命二使道："饶你狗命！快叫你主将前来受死！"二使抱头趋归。想是二人命不该绝，故一再得脱。不然，哲别前次已欺玉里吉，此次又欲欺密只思腊，安得令人信用耶！

密只思腊遣还来使，即麾兵万骑，东渡帖尼博耳河，巧值蒙古裨将哈马贝沿河探望，手下只带数十骑，被密只思腊军一鼓掩来，逃避不及，个个受缚，个个饮刀。哲别闻报，亟命全军东退。伪耶真耶？那时密只思腊越发趾高气扬，追逼蒙古军直至喀勒吉河，遥见蒙古军列营东岸，便在河北扎住阵脚。霍脱思罕亦引兵来会，还有计掖甫扯耳尼哥诸部众，到了河滨，与密只思腊南北列阵。密只思腊轻敌贪功，并未与南军计议，独率北军渡河，来杀蒙古军。蒙古军如何肯让，就在铁儿山附近，枪对枪，刀对刀,大战起来。自午至申,杀伤相当。速不台见钦察军也在敌阵,竟带着锐卒,突入钦察军中,去杀霍脱思罕。钦察军惩着前辙,未战先慌,蓦见蒙古军冲入,立即惊溃。霎时间阵势大乱,密只思腊禁止不住,也只得奔还,急忙渡河西走,令将船只凿沉,人马溺毙,不计其数,后队兵士,不及渡河,眼见得身首两分,到鬼门关上挂号去了! 妙语解颐。

蒙古军乘势渡河,径攻计掫甫、扯耳尼哥等部。各部尚未知密只思腊的胜负,毫不设备,被蒙古军掩至,把他围住,冲突不出。哲、速二将,料他窘迫,诱令纳贿行成,暗中恰四面埋伏,待他出营,却令伏兵齐起,见人便捉,捉不住的,便乱戳乱斫,俘获甚众,歼馘(guó)无算。总计各部酋长伤亡六人,侯七十,兵士十死八九。于是蒙古军置酒欢宴,把生擒的头目缚置地上,覆板为坐具。哲别、速不台以下将领,统在板上高坐,饮酒至数小时,至兴阑席散,板下的俘虏已多压死,只扯耳尼哥部酋尚是活着,哲别令曷思麦里押送至术赤处,斩首示众。想是命中注定,必须过刀。

阿罗思首部攽利第二汗,正遣倅儿康斯但丁引兵南援,行至扯耳尼哥部,闻各部统已战败,慌忙逃归。阿罗思境内,全土震动。哲别再拟进兵,不意二竖为灾,竟染重疾。何止二竖,恐各部枉死鬼都来缠扰。不得已屯兵休养,适成吉思汗遣使亦至,促他班师,当即奉令回辕。到了宽甸吉思海东部,将术赤部兵尽行交还,别后登程,哲别病势越重,竟在中途谢世了! 小子有诗咏哲别道:

> 百战归来力已疲,叙功未及竟长辞。
>
> 男儿裹革虽常事,死后酬庸总不知!

哲别逝世,速不台命部下舁尸,率众东归。欲知后事,请阅下回。

《元史》太祖十九年,帝至东印度国,角端见,班师。《耶律楚材传》亦载及之,别史多辨其讹,且谓太祖未渡印度河,何由至东印度? 是皆史家饰美之词,不足为信。本书两存其说,谓见角端时,适在印度河滨,角端之能作人言与否,不下考实语,独归美于楚材之善谏。是盖独具卓见,较诸坊间所行诸小说,于无可援证之中,且任情捏造者,固大相径庭矣! 下半回叙哲、速二将征钦察事,亦考据备详,不稍夸诞,而演笔则又奇正相生。作者兼历史家、小说家之长,故化板为活,不落恒蹊。

第十五回

灭西夏庸主覆宗　遭大丧新君嗣统

　　却说速不台班师回国，由成吉思汗接着，闻知哲别已殁，悲悼不置，便命哲别子生忽孙为千户，承袭父祀。再遣使颁谕术赤，命他就钦察以东、忽章河以北，新定各部，俱归镇治。至西北未定地方，亦须随时勘定。术赤虽曾奉谕，恰不愿再出征战，只在宽甸吉思海北岸萨莱地，设牙驻帐，游猎度日，一面遣使返报，只称得病，不便他征。成吉思汗亦暂置不问。威及退方，独不能驭众子弟，这是历代雄主通病。

　　惟因西征时曾征师西夏，夏师不至，至此复饬夏主遣子入质，夏主又不从，且闻汪罕余众，多逃匿西夏，心中愈愤，遂议下令亲征，也遂皇后闻着征夏信息，又来劝阻。总是她来出头。成吉思汗不从，也遂道："南方已设国王，为甚么还劳圣驾？"成吉思汗道："国王木华黎已早死了，嗣子孛鲁，虽命他袭封，究竟经验尚少，不及乃父。况现在降将武仙，又复叛我，都元帅史天倪被杀，孛鲁方调兵遣将，出讨叛贼，还有甚么余力去平西夏？"也遂道："主子西征方归，又要南征，虽是龙马精神，不致劳瘁，但士卒亦恐疲乏，总须略畀休息，方可再用！"语颇近理，我亦服之。成吉思汗屈指道："我即大位，已二十年，西北一带，总算平定，只南方尚未收服，必须亲往一遭，就使今冬不征，明春定要往讨哩。"木华黎之殁，武仙之乱，及成吉思汗所历年月，俱就此带出，是即行文时销纳之法。也遂道："明岁主子亲征，须要准我随行哩。"成吉思汗道："忽阑随我西征，尝自谓困乏得很，似你这般身躯，比她还要娇怯，何苦随我南下呢？"也遂道："主子栉风沐雨，妾等安坐深居，自问良心，亦觉愧报，若蒙慨许随行，侍奉左右，就使跋涉间关，亦所甚愿，怕甚么劳苦呢？"成吉思汗喜形于色，且语道："你的阿姊很是谦恭，你又这般忠诚，好一对姊妹花，同侍着我，也算是我的艳福，死也甘心呢！"说一死字，为下文隐伏谶语。说着时，已将也遂抱入怀中,亲狎了一回。是晚并召也速干作伴,做个联床大会,云雨巫山,双双涉历,彼此都极尽欢娱,不劳细说。*插入一段艳情,隐寓乐极生悲之意。*

　　小子叙到此处,又不得不将木华黎去世,及武仙再叛等情,再行表明。*应十一回。*木华黎自得真定后,复连岁出兵,尽得辽河东西、黄河东北诸郡县,复东下齐鲁,西入秦晋,把金邦所有土地占去大半,《元史》推为开国第一功臣。惟屡攻凤翔未下,还至解州,遂得疾,以成吉思汗十八年三月卒。时成吉思汗尚在西域,闻报大恸,追赠鲁国王,谥忠武,其子孛鲁嗣爵。*详叙木华黎生死,以其为第一功臣也。*木华黎既殁,山东州县复起叛蒙古,武仙亦怀着异心,诱杀都元帅史天倪。天倪弟天泽,方奉母归燕,闻变折还,遂遣使至孛鲁处,乞师讨逆。孛鲁命天泽嗣兄统师,并遣兵赴援,与天泽军会,击败武仙。武仙与宋将彭义斌连和,再攻天泽,天泽复发兵与战,擒斩义斌,武仙遁去,后事慢表。*纳入此段,庶不阙略。*

　　且说成吉思汗过了残腊,转瞬孟春,元宵一过,即下令南征,从新整点军马,陆续起行。也遂皇后也着了戎装,铁甲蛮靴,黑骊雕鞍,随在戎跸后面,缓辔行着。*仿佛出塞明妃。*成吉思汗却骑着一匹红鬃马,*红黑相间,煞是好看。*由大众簇拥前去。既到郊外,命部众就地设围,亲自行猎。忽一野豕突出,奔至马前,成吉思汗不慌不忙,仗着平生射技,拈弓搭箭,一发殪豕。心中正在得意,突觉马首昂起,马足乱腾,一时羁勒不住,竟将成吉思汗掀翻马下。*不祥之兆。*

　　部将忙来救护,扶起成吉思汗,易马上坐,尚有些头昏目眩,神志不安,随命大众罢猎,扎住军营。看官,这马无端腾踔,恰是何故?原来被大豕所惊,因致骇跃。惟成吉思汗南征北讨,纵辔多年,已不知驾驭若干马匹;就是所骑的红鬃马,定然天闲上选,偏偏为豕所惊,以致失驭,这也是天不永年的预兆! 是晚成吉思汗即身体违和,生起寒热病来。

　　翌晨,也遂皇后向众将道:"咋夜主子罢疾,南征事不如暂罢,还请大家商议方好。"大众计议一回,自然依了也遂意见,入内奏知成吉思汗。成吉思汗道:"西夏闻我回去,必疑我是怕他,我现在这里养病,先差人到西夏,责他不纳质子,擅容逃人,看他有何话说?"

　　当下遣使至夏,语夏主道:"你前时与我议款,情愿归降,我军出征西域，你却不从；近又不遣子入质，并擅纳汪罕余众，你可知罪么？"是时夏主李安全早死，族子遵顼嗣立，复传位于子德旺。德旺本庸弱无能，闻蒙古使臣诘责，战栗不能言，旁闪出一人道："都是我的主使！要与我厮杀时，你到贺兰山来战；要金银缎匹时，你到西凉来取。此外不必多说，快快走罢！"*好大胆。*

蒙古使回报，成吉思汗勃然起床，喝令大军速进。左右都来谏阻，成吉思汗怒道："他说这般大话，我怎么好回去？就是死了，魂灵儿也要去问他，况我还未曾死哩！"遂扶病上马，直指贺兰山。贺兰山在河套附近，距宁夏府西六十里，夏人倚以为固，树木青白，望如骏马，北人呼骏马为贺兰，所以借此名山。大军到了山前，见夏兵已在山麓扎住，问他领兵的头目，便是前说大话的阿沙敢钵。*我见前文，早欲问他姓名，至此才出现，作者未免促狭。*

阿沙敢钵见有蒙古军，便率众下山，来冲头阵。谁知蒙古兵全然不动，只把硬箭射住，没些儿缝隙可寻，只得退回。好一歇，又复前来冲突，蒙古兵仍用老法子，依旧无效。直至第三次冲突，方听得喇叭一号，营门陡辟，千军万马，如怒潮一般，锐不可当。那边气焰已衰，这边气势正盛，任你阿沙敢钵如何能言，如何大胆，至此阻不胜阻，拦不胜拦，没奈何逃上山寨。蒙古军哪肯干休，就奋力上山，一哄儿杀入寨中，又将阿沙敢钵部下斫死了一大半，阿沙敢钵落荒走了。*彼竭我盈，战无不克，可见成吉思汗善于用兵。*

成吉思汗据了贺兰山，便进拔黑水等城，嗣因天热体衰，在珲楚山避暑。至暑往寒来，复转攻西凉府及绰罗和拉等县，所过皆克，遂逾沙陀至黄河九渡，取雅尔等县，再围灵州。夏主遣兵来援，又被蒙古军击退。陷入灵州城，进次盐州川，天气凛冽，雨雪载途，乃命在行帐度年。转眼间腊尽春回，已是成吉思汗二十二年了。*复书岁次，为成吉思汗道殂张本。*

河冰方泮，成吉思汗即率师渡河，下积石州，破临洮府，据洮河、西宁二州，进攻德顺。西夏节度使马肩龙正坐镇德顺城，颇有威名，闻蒙古兵至，居然开城出战，酣斗三日，蒙古兵受伤不少，马肩龙部下也死了好几百名。因遣人报知夏主，即请济师。时夏主李德旺忧悸成疾，已经去世。*还是侥幸。*国人立他犹子，单名只一睍（xiàn）字。睍尚幼弱，晓得甚么军政,各将士统得过且过,专务趋避,大家穿凿山谷,藏匿财物,行个狡兔营窟的法儿,愚甚痴甚,无怪国亡。便把马肩龙军书搁起。

马肩龙待援不至,自叹道:"城亡与亡,尚有何说?"复坚守了数日,禁不住敌军猛攻,自率左右出城,舍命死斗,至蒙古兵围绕数匝,尚拔刀瞋目,斫死蒙古兵数名,后来箭如飞蝗,身中数矢,遂大叫一声,呕血而亡。不没忠臣。肩龙一死,城中无主,自然被陷。

成吉思汗得了德顺州,复至六盘山避暑,遣将直逼夏都。夏主睍惊惶失措,急召文武会议,哪知所有臣民统向土窟中避难去了。嗣闻土窟中的臣民,又被蒙古兵搜着,财物夺去,身命了结,国亡身亡,土窟非真安乐窝,请后人听着。满野都成白骨,料知都城难保,只好把祖宗传下金佛一尊,并金银器皿及男女马驼等物,皆以九九为数,赍献军前。成吉思汗闻报,定要夏主睍亲自出降。睍已束手无策,复泣告宗庙,出城至六盘山,谒见成吉思汗。成吉思汗止令门外行礼。行礼毕,将他系住帐下,饬将士入徇夏都。将士一入都城,掠了财物,掳了子女,见有美色的佳人,当即恣情污辱,不由她不忍受,连夏主睍的宫眷,也只得横陈榻上,任他戏弄一番。独

耶律楚材取书数部,驼两足,大黄数担,饬兵役携回。后来军士途中遇疫,亏得大黄救命,所活至万人。

闲文休表。且说夏主睍被絷(zhí)三日,由成吉思汗令他改名,叫作失都儿。夏主睍不敢不从,又越日,传令将夏主睍杀了,并把他父母子孙亦命一律处死。夏自元昊称帝,共传十主,历二百有一年而亡。

成吉思汗正欲班师,忽觉寒热交作,哮喘不休。也遂皇后日夕侍奉,所有军医统来诊视,怎奈寿命已终,参苓罔效。弥留时,见也遂皇后在旁,挈她的纤手道:"你侍我有年,没甚错处,今又随我远征,灭了西夏,只望归国以后,与你等再聚数年,共享荣华,不意病入膏肓,无可救药。我死后,你回去告知各皇后,及你阿姊,须要节哀,不必过悲!"也遂不待说毕,早已扑簌簌的垂下泪来。成吉思汗也忍着泪,强说道:"人生如朝露,有甚么伤心处?你与我叫大臣进来!"也遂便传集群臣,各至榻前问疾。成吉思汗道:"我病是不起的了,可惜诸皇子都未随着!术赤在西域死了,我教察合台前去视丧,尚未回来;窝阔台呢,我叫他去攻金国,责贡岁币;拖雷又监守故都,不能远离。目今惟你等随着,算来也都是亲戚故旧,后事全仗你等辅助!窝阔台谨厚性成,我前已命他嗣位,只一时未能回都,你等替我传谕,叫拖雷暂行监国罢了!"诸子远离,统借成吉思汗口中叙出,无非节省闲文,但戎马一生,送终无子,也是可叹!又指也遂皇后道:"她随我征夏,又侍我疾病,劳苦极了,我也无可报她,只西夏的子女玉帛,多分给她一份,不枉她辛苦一场!"群臣齐声遵嘱,成吉思汗静养片刻,复顾群臣道:"还有一桩大事,为我传谕嗣君:西夏已灭,金国势孤,但金国精兵,西集潼关,南据连山,北限大河,此后我军往攻,就使战胜攻取,也恐不能速灭。计惟假道南宋,宋、金世仇,必肯许我,我下兵唐邓,直捣大梁,金都被困,定要征兵潼关,那时缓不济急,已成无用,就使他兵远来,千里赴援,人马疲敝,也不是我的对手,灭金很容易哩!"到死不忘拓地,真不愧为雄主。言讫,遂瞑目不视,悠然而逝了。

总计成吉思汗出世以来,享寿六十六岁。即大汗位,凡二十二年。南征北讨,所向克服,如近今内外蒙古,辽东三省,及中国西北部,并天山南北两路,暨中央亚细亚,阿富汗斯坦,波斯东半部,与高加索山附近部落,俱为成吉思汗所有。史家称其用兵如神,所以灭国四十,遂平西夏。其实是西北一带,各族散处,既没有独立的精神,又没有永久的团体,彼此猜忌,互为仇敌,就使勉强联络,总不免凶终隙末,因此成吉思汗乘时崛起,削平各部。武如四杰,文如耶律楚材,又皆任用得当,就是所立兵制,亦比众不同,小子尝考得大略,随录如左:

（一）蒙古人自幼临狩猎,习骑射,所以骑兵尤精。此等骑兵,每人有乘马三四头,可彼此互代,终日驰骋。

（二）骑兵远行,遇紧急军事,只用马奶及干酪为食,或刺马出血,吞食充饥,可支十日,所以进行甚速。

（三）编定军队,以十递进,每十人为一队,队长叫作十户;十户以上有百户,统十户十人;百户以上有千户,统百户十人;千户以上有万户,万户直隶大汗。此等大小部长,对他部下,各有无限权力,部下无论何事,统须禀命后行,一经驱遣,不得迟误,否则无论贵贱,必加刑罚。

（四）蒙古兵虽经出阵,仍须纳税,必令他妻儿守家,岁完税额,因之频年兴兵,军饷仍不缺乏。

　　这且慢表。且说成吉思汗逝世后，就借行在举丧。窝阔台黉夜奔至，察合台、拖雷等亦陆续到来，三月毕集，乃由蒙古诸王诸将等，大会于吉鲁尔河，承认成吉思汗遗命，奉窝阔台为大汗。看官，这窝阔台嗣统，早经成吉思汗亲口布告，为甚么要开着大会，经过公认呢？这也有个缘故，因成吉思汗在日，也有一条特立的法制：凡蒙古大汗，如当新旧绝续的时候，必须由诸王族诸将，及所属各部酋长，特开公会，议定嗣续，方得继登汗位，这会叫作"库里尔泰会"。自有此制，所以窝阔台虽承遗命，也要经"库里尔泰会"通过呢。详哉言之，实为后文伏线。窝阔台既即位，重用耶律楚材，楚材以旧制简率，未足表示尊严，更请窝阔台汗增修朝仪。窝阔台汗自然乐允，遂由楚材参订仪注，令皇族诸王尊长，皆列班罗拜，共效嵩呼。这就是俗语所谓前人承粮，后人割稻哩。《元史》尊成吉思汗为太祖，窝阔台为太宗，这都是统一中国以后追加的庙号。小子有诗咏成吉思汗道：

　　　　开邦端仗出群材，基业全从百战来。

　　　　试向六盘山下望，一回凭吊一低徊！

　　欲知以后情形，且至下回再表。

　　西夏与金，唇齿之邦也，唇亡齿必寒，夏亡则金曷能保！成吉思汗之南征，志不徒在灭夏，盖已视金为囊中物矣。观其临殁之时，犹嘱及攻金遗策，是可知其成算在胸，预图吞并。脱令稍假以年，则灭金固易易也。不然，窝阔台承父遗嘱，约宋灭金，何以相应如响乎？本回叙成吉思汗事，为成吉思汗衰年之结局，实括成吉思汗毕生之隐衷，彼固一世之雄也，而今安在哉！著书人述元代史，于成吉思汗较详，我知其固有所感矣。

第十六回

将帅迭亡乞盟城下　后妃被劫失守都中

却说窝阔台嗣位为汗,颁定法令,比成吉思汗在日,体制益崇。复承父遗志,以西域封察合台,令他坐镇。西顾既可无忧,乃一意攻金。适金国遣使吊丧,并赠赗(fèng)仪,窝阔台汗语来使道:"汝主久不归降,令我父赍志以殁,我方将出师问罪,区区赗仪,算作甚么!"*金尚立国,遣使吊丧遗赗,亦是应有之仪文,窝阔台汗乃强词夺理,卒以灭金。强国之无公理也久矣,可慨可叹!* 随命发还赗仪,遣归来使。金主珣时已去世,子守绪嗣立,得使人回报,未免悚惧。复遣人赍送金帛,至蒙古庆贺新君,窝阔台汗又不受。至金使去讫,遂召集诸王大臣议事,定计伐金。先是成吉思汗连年出征,所得财物,立即分散,并无丝毫储积;蒙古诸将,尝谓得了人民,毫无用处,不若尽行杀戮,涂膏衅血,灌润草木,作为牧场。独耶律楚材以为未然,至此因伐金议定,遂奏立十路课税所,以充军饷,每路设副使二员,悉用士人。楚材复进陈周、孔道德,且谓以马上得天下,断不可以马上治。窝阔台汗深服是言,由是尚武以外,稍稍尚文,这也不在话下。

且说窝阔台汗既整兵储饷,秣马积刍,遂于即位二年春季,偕皇弟拖雷及拖雷子蒙哥,*《元史》作荅剌扣。* 率众入陕西,连下诸山寨六十余所,进逼凤翔。金主遣平章政事完颜哈达,及伊喇丰阿拉引军赴援,行至中道,闻蒙古兵势甚强,料非敌手,竟逗留不进。至金主屡促进兵,哈达、丰阿拉只是因循推诿。嗣闻蒙古兵分攻潼关,乃禀称潼关被攻,较凤翔为尤急,不如先救潼关,次及凤翔。金主无可奈何,只得依他。他二人便引军赴潼关。潼关本系天险,且早有精兵屯驻,可以固守,哈达等避难就易,所以改道出援。于是凤翔空虚,守了两三月,终被蒙古兵攻陷,只潼关依然未下,拖雷自往督攻,亦不克。

部下有降将李国昌道:"金迁汴将二十年,全仗这潼关、黄河,倚为天险,我军若从间道出宝鸡,绕过汉中,沿汉江进发,直达唐邓,那时攻汴不难了。"拖雷点头称善,便返报窝阔台汗,窝阔台汗道:"从前父亲遗命,曾令我等假道南宋,下兵唐邓,我且遣使至宋邦,向彼假道:彼若允我,进取尤便,否则再用此计未迟。"于是命绰布干为行人,往宋假道。到了沔州,谒见统制张宣,一语不合,竟被张宣杀死。窝阔台汗得着此信,乃命拖雷率骑兵三万人,竟趋宝鸡,攻入大散关,破凤州,屠洋州,出武休东南,围兴元军;复遣别将取大安军路,开鱼鳖山,撤屋为筏,渡嘉陵江,略地至蜀。蜀系宋地,宋制置使桂如渊逃去,被蒙古兵拔取城寨,共四百四十所。拖雷尚不欲绝宋,召使东还,会兵陷饶风关,飞渡汉江,大掠而东。

　　警报如雪片一般,递入汴都,金主守绪,急召宰执台谏入议。大众都说北军远来,旷日需时,劳苦已极,我不如在河南州郡,屯兵坚守,且由汴京备粮数百斛,分道供应;北军欲攻不能,欲战不得,师老食尽,自然退去。看似好计,奈各处不能坚守何。金主守绪叹道:"南渡二十年来,各处人民,破田宅,鬻妻子,豢养军士,只望他杀敌御侮,保卫邦家;今敌至不能迎战,望风披靡,直至京城告急,尚欲以守为战,如此怯弱,何以为国!我已焦思竭虑,必能战然后能守。存亡有天命,总教不负吾民,我心才少安哩!"所言亦是,可惜无补国亡。乃诏诸将出屯襄邓,并促哈达、丰阿拉两帅,速即还援。哈达、丰阿拉驰归。至邓州,别将杨沃衍、禅华善,及前被史天泽杀败的武仙,俱率兵来会。哈达胆子稍壮,麾诸军出,屯顺阳。嗣探悉蒙古兵方渡汉江,部将急欲往截,为丰阿拉所阻。至蒙古兵毕渡,乃进至禹山,分据地势,列阵以待。蒙古兵到了阵前,不发一矢,骤然退去,哈达亦下令收军。诸将请追蒙古军,哈达道:"北军不战自走,定怀诡谋,我若追去,正中彼计!"料敌亦明,无如尚差一着。遂勒马南归,返行里许,忽觉尘雾蔽天,呼啸不绝。哈达忙觅一小山,登岗瞭望,但见蒙古军骑、步相间,分作三队,迅奔前来。哈达叹道:"绕我背后,潜来袭我,正是变生不测,我看他军伍严肃,行列整齐,定是不可轻敌呢!"急忙下山麾兵,拟从旁道走避,怎奈蒙古军已是到来,只好与他对仗。两下厮杀,蒙古军少却,丰阿拉驱兵追去,谁知蒙古军复回马驰突,十荡十决,几乎被他蹂躏,亏得部将富察鼎珠奋力截杀,蒙古兵始退。哈达便沿山扎营,语丰阿拉道:"北兵号三万名,辎重要居一成,今相持二三日,若乘他退兵,出军奋击,不患不胜!"丰阿拉道:"江路已绝,黄河不冰,彼入重地,已无归路,我等可待他自毙,何用追击!"**想已被前日吓慌,故胆怯乃尔。**

翌日,蒙古兵忽不见。逻骑谓已他去,哈达、丰阿拉遂欲返邓州。正在前行,忽斜刺里闪出敌军,竟将金军冲作两截。哈达、丰阿拉忙分兵接战,等到敌军杀退,后面的辎重已是不见。哈达顿足不已,丰阿拉谈笑自若,与哈达并入邓州,收集部兵,伪称大捷。**总是丰阿拉奸猾。**金廷百官,上表庆贺。**丑甚。**

民堡城壁,皆散还乡社,满望烽烟无警,鸡犬不惊。哪知拖雷军尚自留着,窝阔台汗且自河清县白坡镇渡河,进次郑州,遣速不台攻汴城。城中兵民,不意北兵猝至,惊愕万分,金主也惶急异常,忙命翰林学士赵秉文草旨罪己,改元施赦,文中大意,说得声情兼至,凄楚动人,闻者为之泣下。**徒有文辞,何济于事。**

时京城诸军,不盈四万,城周百二十里,未能遍守,只得飞召哈达、丰阿拉军还援汴城。哈达、丰阿拉一行,拖雷即用铁骑三千,追尾金军。金军还击,他偏退去,金军启行,他又来袭,弄得金军不遑休息,且行且战。至黄榆店,雨雪不能进。蒙古将速不台已派兵阻金援师,于是哈达、丰阿拉军,前后被蒙古军遮断。会雪已稍霁,又得汴京危急消息,不得已引军再行。途次遇大树塞道,费着无数兵力,始得通途。既到三峰山,蒙古兵两路齐集,四面蹙围。相持数日,料得金军困惫,恰故意开了一面,纵他奔走。金军果然中计,甫经逸出,被蒙古军夹道奋击,顿时大溃,声如崩山。武仙率三十骑先走,杨沃衍等战死,哈达知大势已去,忙邀丰阿拉面商,拟下马死战,孰料丰阿拉已杳如黄鹤,不知去向!只有禅华善等尚是随着,乃相偕突围,走入钧州。

窝阔台汗在郑州,闻拖雷与金相持,遣琨布哈、齐拉衮等,作为援应。至则金军已溃,遂会兵到钧州城下,合力攻击。未几城陷,哈达匿窟室中,由蒙古军寻着,牵出杀死。且下令招降道:"汝国所恃,地理惟黄河,将帅惟哈达,今哈达被我杀了,黄河被我夺了,此时不降,更待何时!"金军降者半,死者半,独禅华善先匿隐处。至杀掠稍定,竟自至蒙古军前,大声道:"我金国大将,欲进见白事。"蒙古军将他牵住,入见拖雷。拖雷问他姓名,禅华善道:"我名禅华善,系金国忠孝军统领,今日战败,愿即

殉国。只我死乱军中，人将谓我负国家，今日明白死，还算得轰轰烈烈，不愧忠臣！"恰是好汉。拖雷劝他投降，他却眦裂发指，痛口叫骂。恼得拖雷性起，命左右斫他足胫，戳他面目，他尚噀（xùn）血大呼，至死不屈。蒙古将悲他死义，用马奶为奠，对尸祝道："好男儿，他日再生，当令与我作伴！"奠毕，将尸掩埋，不在话下。

只丰阿拉先已远走，被蒙古兵追获，押见拖雷。拖雷亦迫他投诚，反复数百言，丰阿拉恺慨然道："我是金国大臣，只宜死在金国境内！"余无他言，亦被杀死。丰阿拉实是误金，只为金死义，尚堪曲恕。自是金国的健将锐卒，死亡殆尽，汴京已不可为了。潼关守将纳哈塔赫伸，闻哈达等战殁，很是惊慌，竟与秦蓝守将完颜重喜等，率军东遁。神将李平，以潼关降蒙古。蒙古兵长驱直入，追金军于卢氏县。金军已无战志，且因山路积雪，跋涉甚艰，随军又多妇女，哀号盈路，至是为蒙古兵追及，未曾接仗，重喜先下马乞降。蒙古将以重喜不忠，把他斩首。该杀。乌登赫伸引数十骑走山谷间，亦被追骑搜获，一概祭刀。蒙古兵进围洛阳，留守萨哈连背上生疽，不能出战，投濠自尽。兵民推警巡使强伸，登陴死守，历三月余，无懈可击，蒙古军乃退去。

金主守绪因汴城围急，没奈何遣使请和。蒙古将速不台道：“我受命攻城，不知他事。”是时蒙古已创制石炮，运至城下，每城一角，置炮百余，更迭弹击，昼夜不息。幸汴城垣堞坚固，相传五季时周世宗修筑，用虎牢土叠墙，坚密如铁，虽受炮石，不过外面略损，未尝洞穿。金主又募死士千人穴城，由濠径渡，烧他炮座。蒙古兵虽曾防着，究未免百密一疏，因此攻城历十六昼夜，内外死伤，约数十万名，城仍兀然岿峙，不能攻陷。会窝阔台汗欲自郑州还国，因遣使谕金主降，并饬速不台缓攻。速不台乃语城守道：“你主既欲讲和，可出来犒军！”金主乃遣户部侍郎杨居仁出城，带着牛羊酒炙，并金帛珍异，犒给蒙古军，且愿遣子入质蒙古。于是速不台许即退兵，散屯河、洛间，金主封荆王守纯子鄂和为曹王，遣他为质。鄂和不好违慢，涕泣辞去。

金参政喀齐喀以守城为己功，欲率百官入贺。历代亡国，多被若辈所误。金内族思烈道：“城下乞盟，春秋所耻，何足言贺！”喀齐喀反怒道：“社稷不亡，君臣免难，难道不是喜事么？”嗣因金主守绪亦不欲受贺，因而罢议。汴京总算解严。

一波才平，一波又起。蒙古行人唐庆等来答和议，暂就客馆，竟被金飞虎兵头目申福，驰入馆内，将唐庆杀死，并及随官三十余人。和议复绝，蒙古兵又长驱而至，招之使来，曲在金国，政刑如此，安得不亡。金主守绪复飞檄各处勤王。时武仙遁驻留山，收集溃兵十万人，奉檄援汴。还有邓州行省完颜思烈，巩昌统帅完颜仲德，也引兵入援。甫至京水，不虞蒙古兵已先候着，呐一声喊，似狼虎攒羊一般，乱突乱杀，吓得金军胆战心惊，没一个不退走了。

且说窝阔台汗返国后，以金主背和杀使，复亲自出师至居庸关，为拖雷后援。忽得暴疾，昏愦不省人事，乃召师巫卜祝。巫言金国山川神祇，为了军马掳掠，尸骨堆积，以此作祟，应至各山川祷祀，或可禳灾。既而命巫往祷，病仍不愈，且反加重。巫返谓祈祷无益，必须由亲王代死，方可告痊。正说着，窝阔台汗忽开眼索饮，神气似觉清醒，左右以巫言告，窝阔台汗道：“哪个亲王，可为我代？”言未已，忽报拖雷驰来问疾。由窝阔台召人，与述巫言。拖雷道："我父亲肇基择嗣，将我兄弟内，选你做了大汗，我在哥哥跟前，忘着时要你提说，睡着时要你唤醒。如今若失了哥哥，何人提我？何人唤我？且所有百姓，何人管理？不如我代了哥哥罢！我出征数年，屠掠蹂躏，造成无数罪孽，神明示罚，理应殛我，与哥哥无涉！"遂召师巫入告道："我代死罢，你祷告来！"师巫奉命出去。过了片晌，又取水入内，对水诵咒毕，即教拖雷饮讫。拖雷饮着这水，好似饮酒一般，觉得头晕目昏，便向窝阔台汗道："我若果死，遗下孤儿寡妇，全仗哥哥教导！"窝阔台汗应着，拖雷便出宿别寝，是晚竟逝世了。*本段文字，从《秘史》采来，并非著书人捏造，但事之真伪，不可考实，而蒙俗信巫，或有此离奇之史。*拖雷生有六子，长即蒙哥，次名末哥，*一作默尔根。*三名忽都，*一作瑚图克图。*四即忽必烈，五即旭烈兀，六名阿里不哥。*一作阿里克布克。*后来蒙哥、忽必烈，皆嗣大汗位，忽必烈且统一中原，待后慢表。

　　且说拖雷死后，蒙古兵经略中原，要推速不台为主帅。速不台尚未至汴，金主守绪先已东走。原来汴京城内，食粮已尽，括粟民间，不及三万斛，已经满城萧索，饿殍载途。兼且城中大疫，匝月间死数十万人。金主知大势已去，乃集军士于大庆殿，谕以京城食尽，今拟亲出御敌。遂命右丞相萨布、平章博索等，率军扈从，留参政讷苏肯，枢密副使萨尼雅布居守，自与太后皇后妃主等告别，大恸而去。既出城，茫无定向。诸将请往河朔，乃自蒲城东渡河，适大风骤起，后军不能济，蒙古将辉尔古纳追至，杀毙无算，投河自尽者六千余人。金元帅贺德希战死。

　　金主渡河而北，遣博索攻卫州，不意蒙古将史天泽复自真定杀到。博索连忙遁还，走告金主，请速幸归德。金主遂与副元帅阿里哈等六七人，乘夜登舟，潜涉而南，奔归德府。诸军闻金主弃师，沿路四溃。归德总帅什嘉纽勒绲（gǔn），迎见金主，禀告各军怨愤情形，乃归罪博索，枭首伏法。*跋胡疐(zhì)尾，亡象已见，即杀博索，亦属无益。*嗣遣人至汴京，奉迎太后及后妃，谁知汴京里面，又闹出一桩天大的祸案。

　　先是金主守绪出走时，命西面元帅崔立驻守城外。崔立性甚淫狡，潜谋作乱，闻归德有使来迎两宫，他即带兵入城，问讷苏肯及萨呢雅布道："京城危困已极，你等束手坐视，做甚么留守？"二人尚未及答，他即麾兵将二人杀死。随即闯入宫中，向太后王氏道："主子远出，城中不可无

主,何不立卫王子从恪? 他的妹子,曾在北方为后,应十二回。立了他,容
易与北军议和。"太后战栗不能答,崔立遂矫太后旨,遣迎从恪,尊为梁王
监国。自称太师都元帅尚书令郑王,兄弟党羽皆拜官。并托辞金主出外,
索随驾官吏家属,征集妇女至宅中,有姿色者迫令陪寝,每日必十数人,昼
夜裸淫,尚嫌未足。且禁民间嫁娶,闻有美女,即劫入内室,纵情戏狎,稍
有不从,立即加刃。百姓恨如切骨,只有他的爪牙说他功德巍巍,莫与比
伦。名教扫地。正欲建碑勒铭,忽报速不台大军到了。诸将问及战守事
宜,他却从容谈笑道:"我自有计!"是晚,即出诣速不台军前,与速不台
议定降款。还城后,搜括金银犒军,胁迫拷掠,惨无人道,甚至丧心昧良,
卖国求荣,竟把那金太后王氏、皇后图克坦氏,以及梁王从恪、荆王守纯,
暨各宫妃嫔,统送至速不台军,作为犒军的款项。看官,你想毒不毒,凶不
凶呢? 史称荆、梁二王,为速不台所杀,其余后妃人等,押送和林,在途艰
苦万状,比金掳徽、钦时为尤甚。小子叙此,不禁潸然。有诗为证:

> 岂真天道好循环? 北去和林泪血斑。
>
> 回忆徽钦当日事, 先人惨刻后人还。

汴京失陷，后事如何，俟小子下回交代。

金至哀宗，已不可为矣。哈达名为良将，而临阵多疑，不能决断，欲以之敌蒙古军，勇怯悬殊，宜乎其有败无胜也！金主守绪，城下乞盟，遣子入质，应亟筹生聚教训之道，外慎邦交，内固国事，则金虽残弱，尚可图存。乃议和之口血未干，而戕使之衅端又启。申福擅杀，不闻加罪，卒之寇氛又逼，汴京益危，日暮途穷，去将焉适！加以逆臣叛国，背主求荣，后妃可作犒款，都城可作赘仪，虽曰天道好还，前之迫人也如此，后之迫于人也亦如此，然亦何尝非人事致之耶？本回全叙亡金事迹，而金之所以致亡，已跃然纸上。徒谓其录述之详，犹皮相之见也。

第十七回

南北夹攻完颜赤族　东西遣将蒙古张威

　　却说金叛臣崔立既劫后妃等送蒙古军,遂迎速不台入汴城。速不台遣使告捷,且以攻汴日久,士卒多伤,请屠城以雪愤。窝阔台汗欲从其请,亏得耶律楚材多方劝阻,乃令除完颜氏一族外,余皆赦免。是时汴城民居,尚有百四十万户,幸得保全。速不台检查完毕,出城北去,崔立送出城外。及还家,想与妻妾欢聚,谁知寂无一人,忙视金银玉帛,亦已不翼而飞!方知为蒙古兵所劫,顿时大哭不已。妻妾金银,是身外之物,失去尚不足忧,恐怕你的头颅也要失去,奈何!转思汴京尚在我手,既失可以复偿,遂也罢了。慢着!

　　且说金主守绪既到归德,总帅什嘉纽勒绲与富察固纳不合。固纳谓不如北渡,好图恢复。纽勒绲从旁力阻,被固纳麾兵杀死,又将金主幽禁起来。金主愤甚,密与内侍局令宋珪,奉御纽祜禄温缚、乌克逊爱锡等,谋讨固纳。适东北路招讨使乌库哩运米四百斛至归德,劝金主南徙蔡州。金主与固纳商议,固纳力陈不可,且号令军民道:"有敢言南迁者斩!"于是金主与宋珪定计,令温缚、爱锡埋伏左右,佯邀固纳入内议事。固纳不知是计,大踏步进来,甫入门,温缚、爱锡两边杀出,立将固纳刺死。固纳系忠孝军统领,闻固纳被诛,擐(huàn)甲谋变。嗣由金主抚慰,总算暂时安静。金主遂由归德赴蔡州。途次遇雨,泥泞没胫,扈从诸臣,足几尽肿。至亳州,父老拜谒道左,金主传谕道:"国家涵养汝辈,百有余年,我实不德,令汝涂炭,汝等不念我,应念我祖功宗德,毋或忘怀!"父老皆涕泣呼万岁。君臣上下,统是巾帼妇人,济甚么事?

　　留驻一日,又复启行,天气尚是未霁,但觉得风雨沾衣,蒿艾满目。两语已写尽凄凉状况。金主不禁太息道:"生灵尽了!"为之一恸。及入蔡,仪卫萧条,人马困乏。休息数旬,乃令完颜仲德为尚书右丞,统领省院事务。乌库哩镐为御史大夫,富珠哩洛索为签书枢密院事。仲德有文武材,事无巨细,必须躬亲,尝选士括马,缮甲治兵,欲奉金主西幸,依险立国,奈近侍以避危就安,多半娶妻成家,不愿再徙,商贩亦逐渐趋集,金主又得过且过,也命拣选室女,备作嫔嫱,且修建山亭,藉供游览。本是卧薪尝胆之时,乃作宫室妻妾之计,谁谓守绪非亡国主耶!仲德屡次切谏,虽奉谕褒答,究竟良臣苦口,敌不过屠王肉欲,所以形式上虽停土木,禁选女,暗中且仍然照行。仲德无可如何,只得勉力招募,尽人事以听天命。乌库哩镐也怀着忠诚,极思保全残局。无如忠臣行事,往往招忌,媚子谐臣不免在金主面前播弄是非,以致金主将信将疑,日益疏远。镐忧愤成疾,辄不视事。千古同慨。

蒙古将塔察尔布展陷入洛阳,执中京留守强伸。伸不屈被杀。会窝阔台汗遣王楫至京湖,议与南宋协力攻金,许以河南地为报。宋京湖制置使史嵩之闻。是时宋理宗昀嗣立,以金为世仇,正可乘此报复,遂饬史嵩之允议,发兵会攻。王楫返报窝阔台汗,即命塔察尔布展,顺道至襄阳,约击蔡州。金主守绪反遣完颜阿尔岱至宋乞粮。临行时语阿尔岱道:"我不负宋,宋实负我!我自即位以来,常戒边将无犯南界,今乘我疲敝与我失好。须知蒙古灭国四十,遂及西夏。夏亡及我,我亡必及宋,唇亡齿寒,理所必然。若与我连和,贷粮济急,我固不亡,宋亦得安。你可将我言传达,令宋主酌夺!"言虽近理,然不忆你的先人也曾约宋灭辽么?

看官,你想这时的宋朝,方遣将兴师,志吞中原,难道凭金使数语,就肯改了念头么?阿尔岱奉命而去,自然空手而回。金主无奈,只好誓守孤城,听天由命。蒙古将布展先到蔡州,前哨薄城下,被金兵出城奋击,纷纷退去。后队再行攻城,又被金兵杀退。布展不敢进逼,只分筑长垒,为围城计。嗣由宋将孟珙等率兵二万,运米三十万石,来赴蒙古约。布展大喜,与孟珙议定南北分攻,两军各不相犯。于是蒙古兵攻打北面,南宋军攻打南面。城内虽尚有完颜仲德、富珠哩、洛索等人,仗着一股血诚,誓师分御,怎奈北面稍宽,南面又紧,南面稍宽,北面又紧,防了矢石,难防水火,防了水火,难防钩梯。况且外乏救兵,内乏粮草,单要靠这兵民气力,断没有永久不敝的情理。两军分攻不下,复合兵猛攻西城,前仆后继,竟被陷入,幸里面还有内城,由完颜仲德纠集精锐,日夜战御。金主见围城益棘，镇日里以泪洗面，且语侍臣道："我为人主十年，自思无大过恶，死亦何恨！只恨祖宗传祚百年，至我而绝，与古时荒淫暴乱的君主，等为亡国，未免痛心！但古时亡国的主子，往往被人囚絷，或杀或奴，我必不至此，死亦可稍对祖宗，免多出丑。"语语呜咽，然自谓无甚罪恶，实难共信。侍臣俱相向痛哭。金主复以御用器皿赏战士，既而又杀厩马犒军，无如势已孤危，无可图存。

勉强支持了两月，已是残年。越宿为金主守绪着末的一年，就是蒙古窝阔台汗嗣位之第六年。百忙中又点醒岁序，是年为宋理宗端平元年。蔡城上面，黑气沉压，旭日无光。守城的兵民统已面目枯瘠，饥饿不堪，俯视敌军，会饮欢呼，越觉得凄惶万状。金主晨起，巡城一周，咨嗟了好一回，到了晚间，召东西元帅承麟入见，拟即禅位与他。承麟泣拜不敢受，金主道："我把主座让汝，实是不得已的计策！我看此城旦夕难保，自思肌体肥重，不便鞍马驰突，只好以身殉城。汝平日趫（qiáo）捷，且有将略，万一得免，保全宗祚，我死也安心了！"亡国惨语，我不忍闻。承麟尚欲固辞，金主复召集百官，自述己意，大众颇也赞成，于是承麟不得不允，起受玉玺。

翌日，承麟即位，百官亦列班称贺。礼未毕，忽报南城火起，宋军已入城了，完颜仲德忙出去巷战，奈蒙古军亦相继杀到，四面夹攻，声震天地。仲德料不可敌，复返顾金主守绪，但见已悬着梁上，舌出身僵。他即拜了数拜，出语将士道："我主已崩，我将何去？不如赴水而死，随我君于地下！诸君其善为计！"言讫，跃入水中，随流而逝。将士齐声道："相公能死，难道我辈不能么？"由是参政富珠哩、洛索以下，共五百余人，统望水中投入，与河伯结伴去了。承麟退保子城，闻金主自尽，偕群臣入哭，因语众道："先君在位十年，勤俭宽仁，图复旧业，有志未就，终以身殉，难道不是可哀么？宜谥曰哀！"史家因称为金哀宗。哭奠甫毕，子城又陷。遂举火焚金主尸。霎时间刀兵四至，杀人如麻，可怜受禅一日的金元帅承麟，亦死于乱军中，连尸骸都无着落！金自阿骨打建国，传六世，易九君，凡百二十年而亡。

蒙古将布展与宋将孟珙扑灭余火，检出金主守绪余骨，析为两份，一份给蒙古，一份给宋。此外如宝玉法物，一律均分。遂议定以陈、蔡西北地为界，蒙古治北，宋治南，两军分道而回。

约过半年，忽南宋会兵攻汴，窝阔台汗怒道："汴城分为我属，宋兵何故犯我，自败前盟？"遂欲下令伐宋。王族扎拉呼请行，遂发兵数万，使他统率南下。

时宋将赵范、赵葵，拟收复三京，因请调兵趋汴。宋臣多言非计，不见从，竟命赵葵统淮西兵五万人，会同庐州全子才，会攻汴城。蒙古方盛，非屏宾敌，是谓之不量力；贪利忘义，败盟挑衅，是谓之不度德。汴京都尉李伯渊素为崔立所侮，密图报怨。闻宋兵将至，通使约降，佯邀崔立商议守备，崔立至，伯渊即阴出匕首，刺入立胸，立猛叫而死。从骑为伏兵所歼。伯渊把立尸系着马尾，出徇军前道："立杀害劫夺，烝（zhēng）淫暴虐，大逆不道，古今无有，是否当杀？"大众齐声道："把他寸磔，还未蔽辜！"乃枭斩立首，先祭哀宗，嗣把尸首陈列市上，一任军民脔割，须臾而尽。叙崔立伏辜事，所以正贼子之罪。

宋兵既入汴，师次半月，赵葵促子才进取洛阳。子才以粮饷未集，尚拟缓行，葵督促益急，乃檄淮西制置司徐敏子，统兵万人趋洛阳。登程时仅给五日粮，别命杨谊统庐州兵万五千，作为后应。徐敏子至洛，城中毫无兵备，一拥而入。既入城，只有穷民三百余户，毫无长物。宋兵一无所得，自顾粮食又尽，不得已采蒿和面，作为军食。杨谊军至洛阳东，方散坐为炊，突闻鼓角喧天，喊声动地，蒙古大帅扎拉呼竟领军杀到！杨谊仓猝无备，哪里还敢抵敌，只好上马逃走，军遂溃散。扎拉呼进薄城下，徐敏子却出城迎战，厮杀一番，倒也没有胜负。无如粮食已罄，士卒呼饥，没奈何班师东归。赵葵、全子才在汴，所复州郡，统是空城，无食可因，屡催史嵩之运粮济军，日久不至。蒙古兵又来攻汴，决河灌水，宋军多被淹溺，遂皆引师南还。于是一番计议，都成画饼。蒙古使王楫至宋，严责负约，河淮一带，从此无宁日了！咎由自取，于敌何尤。

窝阔台汗七年，命皇子库腾及塔海等侵四川，特穆德克及张柔等侵汉阳，琨布哈及察罕等侵江淮，分道南下。师方进发，忽接东方探报，高丽国王杀死使臣，遂又派撒里塔为大将，统兵东征。原来高丽国在蒙古东，本为宋属，辽兴，屡寇高丽，高丽不能御，转服于辽。及辽亡，复属于金。至蒙古攻金的时候，故辽遗族乘隙据辽东，入侵高丽，高丽北方尽陷。会蒙古部将哈真东来，扫平辽人，把高丽故土仍然给还，高丽因臣服蒙古。窝阔台汗遣使征贡，时值高丽王瞮嗣位，夜郎自大，竟思拒绝蒙古。使臣与他争辩，他却恼羞变怒，杀死来使，因此构怨开衅。迨至蒙古兵到，居然招集军马，与他开仗。看官，你想一个海东小国，向来为人役使，至此忽思发愤，欲与锐气方张的蒙古军争一胜负，岂不是螳臂当车，自不量力么？后来屡战屡挫，终弄得兵败地削，斗大的高丽城也被撒里塔攻入。国王瞮带领家眷，遁匿江华岛，急忙遣使谢罪，愿增岁币。撒里塔报捷和林，且请后命。窝阔台汗以西南用兵，无暇东顾，乃允高丽的请求，命他遣子入质，不得再叛。高丽王瞮只得应命，才算保全残喘，幸免灭亡。

话分两头，且说蒙古兵东征的时候，西域亦扰乱不靖，倡乱的人，就是前次凫水西遁的札兰丁。札兰丁自逃脱后，溃卒亦多渡河，沿途掠衣食以行。嗣闻八剌渡河追来，复避往克什米尔西北，及八剌军还，成吉思汗亦退兵，乃回军而西，复向北渡河，收拾余众，占据义拉克、呼罗珊、马三德兰三部。复北入阿特耳佩占部，逐其酋鄂里贝克，将他妃子蔑尔克掳了回来，作为己妻。又北侵阿速、钦察等部，未克而回。适邻部凯辣脱人侵入阿特耳佩占属地，并挟蔑尔克而去。札兰丁大愤，遂纠众围凯辣脱城。城

主阿释阿甫因其兄谟阿杂姆在达马斯克地病殁，往接兄位，留妃子汤姆塔及部众居守，相持数年，竟被攻陷，部众多半溃逃。只汤姆塔不及脱逃，被札兰丁截住，牵入侍寝。*去了蔑尔克，来了汤姆塔，也算损害赔偿。*阿释阿甫闻故部陷没，竟邀集埃及国王喀密耳、罗马国王开库拔脱，联兵东来攻击札兰丁。札兰丁寡不敌众，竟致败走，载汤姆塔回原部。阿释阿甫不欲穷追，反遣使报札兰丁，令其东御蒙古，毋再相扰，此后各罢兵息民。*想是得了蔑尔克，不欲汤姆塔回去，因有此举。*

札兰丁许诺，甫欲议和，忽报蒙古窝阔台汗遣将绰马儿罕，统三万人到来。*此处叙蒙古遣将，从札兰丁处纳入，免与上文重复。*时适天寒，札兰丁方在饮酒，*想是汤姆塔作陪。*闻了军报，毫不在意，只道是天气凛冽，敌军不能骤进，因此酣饮如故，饮毕鼾睡。到了次日，蒙古前锋已到，未及调兵，只好舍城远遁。汤姆塔不及随去，以其城降。札兰丁奔至途中，拟西入罗马，乞师御敌，不意蒙古兵又复追至，被杀一阵，只剩了一个光身，逃入库尔忒山中，为土人劫住，送至头目家，结果是一刀两段！相传札兰丁身材不逾中人，寡言笑，饶胆略，临阵决机，虽当众寡不敌，也能意气自如。只自恃勇力过人,好示整暇,往往饮酒作乐,以致误事,而且驭下太严,将士多怨,因此转战数年,终致败没。**断制谨严。**

绰马儿罕既平札兰丁,飞章告捷,由窝阔台汗优词嘉奖,并令他留镇西域,后来绰马儿罕荡平各部,并遣汤姆塔及各部降酋入朝。窝阔台汗以他知礼,厚抚令归,且谕绰马儿罕尽返侵地,每岁除应贡岁币外,不得额外苛敛。于是里海、黑海间,统已平定了,惟钦察以北,尚未归服。

窝阔台汗欲乘机进讨,遂复起兵十五万,令拔都为统帅,速不台为先锋,继以皇子贵由,皇侄蒙哥等,陆续进发。拔都系术赤次子,与兄鄂尔达相友爱,从父驻西北军中。术赤既殁,鄂尔达以才不如弟,情愿让位,乃定拔都为嗣。**补前文所未及。**拔都既受命,俟大军齐到,即遣速不台前行,自率军继进。速不台至不里阿里城,其城昔已降服,至此复叛,经速不台一到,众不能御,复缴械乞降,转攻钦察。遇别部酋八赤蛮屡次抗拒,与速不台战了数仗,杀伤相当。蒙哥等率军大进,乃败走。追军分道搜捕,他却狡猾得很,一日数迁,往避敌踪。蒙哥令众军兜围,仍然不能捕获。嗣搜得病妪一名,讯问八赤蛮下落,方知他已逃入海中去了。

当下麾军亟追,南至宽甸吉思海,擒得八赤蛮妻子,又不见八赤蛮,料他必避匿近岛。正苦海面镜平,茫无涯岸,忽觉大风刮起,水势奔流,海中陡浅数尺,连海底的蕴藻都望得明明白白。蒙哥令军士试涉,仅没半身,不禁大喜道:"这是上天助我,替我开道呢!"便即麾兵徒涉,去捉八赤蛮。正是:

　　　　河伯效灵应顺轨,悍渠奔命且成擒。

毕竟八赤蛮曾受擒否? 试看下回便知。

南宋约元灭金,与北宋约金灭辽相类,史家早有定评,无庸絮述,且本书以元史为主脑,故于宋事从略,宋人攻汴一段,不过为崔立伏诛,藉以声罪耳。看下文蒙古攻宋,都约略叙过,可知本书之或详或简,自有深意,非徒事补叙也。至若征高丽,灭札兰丁,非一二年间事,第为便利阅者起见,不得不事从类叙。证诸正史,或年限稍有参差,亦不应指为疵累也。

第十八回

阿罗思全境被兵　欧罗巴东方受敌

却说八赤蛮避匿海岛，总道可以安身，谁知蒙古军又复追到，他只赤手空拳，何能抗拒，生生的被他擒去。到了蒙哥前，立而不跪。蒙哥喝他跪下，八赤蛮笑道："我也是一国的主子，兵败被擒，一死罢了；且身非骆驼，何必跪人。"

蒙哥见他倔强，遂令絷入囚车，饬部卒监守。八赤蛮语守卒道："我窜入海岛，与鱼何异，不意仍然被擒，料是天意绝我，我死无恨，只风力一息，海水便回，你等若不早归，也要被水淹没哩！"八赤蛮之意，欲藉是言以冀赦宥，非惊服蒙古之得天助也。守卒传报蒙哥，蒙哥道："杀了八赤蛮，当即旋师！"遂命将八赤蛮斩讫，率军离了宽甸吉思海，复北向攻入阿罗思部，直至也烈赞城。《元史》作额里齐。城主幼里，急着人至首邦乞援，自率子妇出战。蒙哥躬亲督阵，与幼里战了半日，不能取胜，便即收兵。

次日复战，蒙哥令速不台接仗。两下酣斗，速不台见幼里背后立着一位年少妇人，身长面白，跨着征鞍，眉目间隐带杀气，私下夸美不已。便麾兵猛斗，自辰至午，竟将幼里兵杀败，退入城中。速不台心思美妇，恨不得立时踏破，黉夜进攻。三日未下，复佯诱幼里出降，令出民赋十分之一，作为岁贡，幼里不从。速不台愤极，纠军合围，亲自督兵猛攻。城内待援不至，未免惊惶，略一疏懈，竟被速不台攻入，把幼里的儿子拿住，幼里逃入土阍(yīn)，登楼固守。速不台审问幼里子，才知前日所见的美妇，乃是他的妻室，便向幼里子道："你去叫你妻出来，我便饶你。"幼里子无法，只好至土阍下叫他妻室。速不台在后待着，好一歇，见楼上有美妇出现，双眉耸竖，凛若寒冰，俯视幼里子道："你叫我做甚么？你殉城，我殉夫罢了！"速不台道："你若出来谒我，我总恕你夫妇，且叫你得着好处！"有什么好处？我要问速不台。那妇却冷笑道："鞑狗！你当我作甚么看？

别人由你凌辱,我却不能,我死也要杀你鞑子!"速不台大怒,把刀一挥,竟把幼里子杀死。猛听得扑塌一声,那美妇亦从楼上跃落,跌得碧血模糊,芳容狼藉,一道贞魂,已随那丈夫同逝了。烈哉西妇,宜亟表扬。

幼里见子妇俱死,也即自刎。速不台因欲壑难偿,愤无从泄,竟下令屠城,将城内所有兵民,一律杀尽。为一妇人故,致全城被屠。复攻邻近的克罗姆讷城,城主罗曼阵殁。阿罗思首邦攸利第二汗遣子务赛服洛特来援,正遇着蒙古军。一阵截杀,务赛服洛特大败逃归。蒙古兵长驱前进,至莫斯科城,城建甫百年,守具未备,攸利第二汗的长孙正在城中,被蒙古兵突入,将他拿住。移军趋阿罗思首都,攸利第二汗令子务赛服洛特及木思提思拉甫守城,自引兵北驻锡第河,招集各部,准备抵御。蒙古兵到城下,令攸利第二汗长孙招降。城中不肯听命,蒙古军将他研死,便合力围城。数日城陷,两王子巷战而死,妃嫔官绅统入礼拜堂拒守,礼拜堂颇坚固,经蒙古军纵火焚烧,烟焰熏天,墙垣尽赤。看官!你想堂内的居人,还能苟延残喘么?未经烧着,已先熏死。差不多做了烧烤。

蒙古军复分着数道,攻掠附近各部落,又合兵趋锡第河,正值攸利第

二汗纠集各部兵马,来敌蒙古军。那蒙古军煞是厉害,不管什么死活,总是碰着就砍,见着就杀,一味的横冲直撞。等到败军溃乱,他却变了战式,套成一个圆圈儿,把敌军团团围住。攸利第二汗从没有见过这般凶勇,忙带了两个侄儿突出重围。行不到数十步,却被蒙古军射倒,眼见得丧了性命。攸利第二汗,《元史》作也烈班。

蒙古兵再向北进发,只见林木荫翳,道路泥泞,骑兵步兵,统不便行走。于是中道折回,转入西南,至秃里思哥城。城主瓦夕里倒是个血性男儿,他闻蒙古军将到,早已广浚城濠,增筑城堞,安排着强弓毒矢,秣马以待。至蒙古兵已逼濠外,他便带兵冲出城来,不待蒙古兵接近,就令弓弩手一齐放箭,箭头有毒,射入肌肤,凭你是条铁汉,也落得一命身亡。速不台兵先到,被城卒一鼓射退;蒙哥兵继至,又遇着这条老法儿,仍被射退。各军只好筑起长围,堵住他的出入,令他自乱。约已过了两三旬,那城中依然镇静,毫不见有恐慌情状,蒙哥欲退军他去,速不台不从,复督军逾濠力攻。谁料城上掷下大石,每块约重数十斤,杂以火箭,把逾濠的蒙古军都打得伤头烂额。速不台料难攻入,急忙鸣金,已伤亡了一二千人。

话休叙烦。惟自围城起手,一日过一日,此攻彼守,已五六十日,蒙古军约死了七八千名。速不台很是郁愤,一面向大营乞援,一面与蒙哥定计,引军骤退。瓦夕里见敌军退去,出城追赶。那蒙古兵如风扫残云,瞬息百里,凭他如何力追,总是赶他不上。没奈何返入城中。过了两日,蒙古兵又到城下。瓦夕里忙登城守御,望将过去,兵马比前时尤多。他知敌人得了援兵,又来攻城,且恐城中有歹人混入,饬兵民小心防备。也是乖刁。接连守了三日,蒙古兵虽然来攻,恰幸守备无疏,不曾失手。到了夜间,因两宵未睡,觉着疲乏,略思休息一时。方欲就寝,忽城内火起,连忙出来巡阅,不意城门大启,蒙古兵已蜂拥进来。当下拦阻不及,只好拼命死斗。杀到天明,部众已是零落,举目四望,血流成渠。正思跃马逃走,猛听得弓弦一响,躲闪不及,已被中肩,便翻身落马。来了一蒙古兵头目,将他擒住,他却突出刺刀,戳入敌手,竟尔挣脱。至蒙古兵一齐追上,自知不免,便投入血渠,死于非命!死有余勇,不愧血性男儿。

小子于上文中,曾叙过速不台乞援,及与蒙哥定计,此处再行补入。原来拔都未曾亲到,因速不台乞援,令合丹不里率兵往助,途中与速不台军会合,速不台恰先令军士易装,混入城中。只因城内昼夜严查,不便下手,过了三日,城守渐懈,遂纵火开城,放入蒙古军。《元史》所以有三日下城之语。

屠城已毕,复南下钦察。时霍都思罕已还,一闻蒙古军至,遁入马加部。马加即今之匈牙利。余众多降,遂平撒耳柯思、阿速等部,并拔灭怯思城,直至高加索山西北地。大众休养一月,进略南俄。计掇甫系南俄大城,先时曾建都于此,历三百年,乃以物拉的迷尔为首邦。攸利第二汗既战殁,计掇甫城主雅洛斯拉甫往援不及,乘蒙古军南下,入首都为酋长,扯耳尼哥城主米海勒转据计掇甫城。蒙古军先攻扯耳尼哥,守卒用沸汤泼下,攻城人多被泡伤。退谕计掇甫城,令其速降,不意去使被杀。惹得拔都恼恨,驱动全军,昼夜围攻。米海勒料不能守,逃往波兰,留部将狄米脱里居守。狄米脱里出战受伤,乃乞降。拔都因他忠勇可嘉,免他死罪。狄米脱里遂献议拔都,劝他西征。速不台道:"他恐我蹂躏这处,所以劝我西行。"狄米脱里意旨,就速不台口中叙出,可见他为国尽忠。

拔都道:"霍都思罕逃入马加,米海勒逃入波兰,我何妨乘胜长驱,声罪致讨哩。"当下议定,于是派速不台军入波兰,自率军入马加。速不台有子兀良合台,骁勇不亚乃父,自请为前锋。当由速不台允从,攻入波兰。

波兰时分四部:一部名撒洛赤克,酋长叫作康拉忒;一部名伯勒斯洛,酋长叫作亨力希;一部名克拉克,酋长叫作波勒司拉弗哀;一部名拉低贝尔,酋长叫作米夕司拉弗哀。蒙古军先薄克拉克城,波勒司拉不能御,遂遁去,城被焚毁。进攻拉低贝尔城,米夕司拉亦望风北遁。亨力希闻两部败溃,急邀集各部,来拒敌军,共得三万人,分作五军。第一军系日耳曼人,第二、第三军统系波兰人,第四军亦日耳曼人,亨力希自统所部,作为第五军。

日耳曼人恃勇轻进,至勒基逆赤城,遇着兀良合台。兀良合台未与交锋,先登高遥望,见前面来兵甚多,络绎不绝,他便下山收军,向后倒退。一面遣人飞报速不台。速不台引军趋前,兀良合台麾军退后,父子会着,两下定计,速不台自去。那边日耳曼军还道兀良合台怯敌,争先追来。兀良合台恰勒马待着,一俟追军近前,便奋呼搏战。此时日耳曼军锐气正盛,也各上前奋斗,彼此搅作一团,约有两小时,蒙古兵弃甲抛戈,一哄而逃,兀良合

台也落荒走了。明明是诈。日耳曼军如何肯舍，自然尽力追上，蒙古军走
得很快，日耳曼军亦追得起劲。约行数十里，速不台从旁杀到，放过兀良
合台军，竟与日耳曼军厮杀。日耳曼军虽然惊愕，却还有些余勇，兀自招架
得住。不意战了片刻，兀良合台已绕出背后，所率铁骑，横厉无比，与前次
大不相同，杀得日耳曼人没处躲闪。忽觉炮声迭响，四面都是大石飞来，日
耳曼人走投无路，霎时间尽殁阵中。速不台父子，整军复进，巧值波兰军又
到。兀良合台乘他初至，忙麾骑突入，大众一齐随着，将波兰军冲作数段。
波兰军向北败走，天色已晚，前面正撞着第四军日耳曼人，两边不及招呼，
竟自相厮杀起来，迨至彼此说明，蒙古军已经杀到。那时日耳曼军闻得前
队战没，统已魂飞天外，还有何心对仗，自然纷纷逃去。亨力希带着后军，
因天时昏黑，不敢骤进，只探听前军下落。及得败溃消息，方拟退回，已被
蒙古军赶到。勉强前来抵敌，哪禁得蒙古军的势力，荡决无前，不到半时，
已被杀得人仰马翻，零零落落。亨力希知是不妙，亟思逃走，身上中着一
矛，顿时昏晕坠地，残众欲来救护，怎奈蒙古军东驱西逐，无从下手。突然
间火炬齐明，仰见蒙古军的大纛旗上，悬着一颗血淋淋的首级。看官不必

细猜，便可晓得是亨力希头颅。万众骇逃，五军齐没。叙述五军战事，逐段变化，便似五花八门，不致呆板。只米海勒查无去向。

蒙古军复分掠四乡，连下各寨，遂向东南远行，去接应拔都军。是为承上起下之笔。拔都将入马加部，先遣使谕降，并教他执送霍脱思罕，免得进兵。马加部长贝拉《元史》作恢怜。正容纳霍脱思罕，得了四万户人民，勒令改从天主教，方自以得众为幸，哪里肯归附蒙古，当下拒绝来使，遣将士守住山隘，伐木塞途。拔都闻马加抗命，遂令军士斩木开路，顺道而入。守兵闻风溃去，贝拉亟下令征兵，兵尚未集，蒙古军头哨已到城下。天主教士乌孤领请命贝拉，愿率教徒及兵士出战。贝拉不允，乌孤领自恃勇敢，竟出城开仗，被蒙古军迫入淖中，教徒尽殪，只乌孤领遁归。

城内兵民大哗，统归咎贝拉纳降构衅。贝拉不得已，将霍脱思罕处置狱中。嗣又把他处死，遣告拔都。拔都军只是不退。贝拉坚守数日，兵已渐集，便来战蒙古军。蒙古军屡胜而骄，不免疏忽，骤遇贝拉出来，一时未及招架，竟被贝拉冲破阵角，杀毙多人。拔都亟引兵东退，贝拉又大驱人马，追杀过来。看官须知行军的道理，总要随时小心，有备无患；若一经挫退，如水东流，断没有挥戈再奋的情事。至理名言，颠扑不破。拔都军正在危急，忽东北角上击着鼓鼙，扬着旌纛，又是一彪军驰到，吓得拔都叫苦不迭。及瞧着旗上大字，才知是速不台父子的兵马。从此处接入速不台父子，也有声色。心中大喜，便驱军杀回，贝拉见拔都得援，也收兵归去。拔都也不追赶，与速不台父子会叙，彼此谈及兵事。拔都道："贝拉兵势方强，未可轻敌。"速不台道："待我去窥度形势，再定行止。"

翌日，速不台挈数骑出营。约半日，方回见拔都道："此去有漷（Huǒ）宁河，上流水浅可渡，中复有桥，若渡过此河，便是马加城。我军不若诱敌出来，佯与上流争杀，我恰从下流结筏潜渡，绕出敌后，绝他归路，他既腹背受敌，哪得不败！"拔都点头道："这计甚善，明日即行！"速不台道："事不宜迟，我去黄夜结筏便是，大约明日下午，上流也好进兵了。"拔都应允，速不台引兵自去。

翌晨，拔都即升帐点兵，未午饱食，便出军至漷宁河。贝拉得了侦报，果然发兵来争，此时蒙古兵见他中计，越发耀武扬威，乱流争渡。到了桥边，贝拉兵杂集如蚁，枪刀并举，弓箭齐施，蒙古兵连番夺桥，统被杀退。

恼动猛将八哈秃,左手持盾,右手执刀,大声喝道:"有胆力的随我来!"声甫绝,得敢死士百人,跟着八哈秃上桥,只向敌兵多处杀入。余众亦从后随上。待杀过了桥,八哈秃身上,矢如猬集,狂叫而死,敢死士亦亡了三十名。*一将功成万骨枯*。贝拉退回城中,速不台方才渡河。拔都恼怅异常,便欲还军。速不台道:"王欲归自归,我不拔马加城,誓不收兵!"遂引兵进攻马加城,拔都不欲同往,便在河滨扎营。惟诸将争请进攻,乃拨兵相助。贝拉自争桥后,颇畏蒙古军凶猛,及速不台兵到,益加恂惧。嗣见蒙古兵越来越多,竟从夜间潜遁,城遂陷。速不台及诸将返报拔都。拔都尚有余愤,语诸将道:"漷宁河战时,速不台误约迟到,致丧我良将八哈秃!"速不台道:"我曾说下午发兵,乃午前已经进攻,彼时我结筏未成,何能渡河相救?"诸将亦各为解免,且谓现已夺得马加城,不必追忆前事,拔都方才无言。

越数日,复分军追贝拉,闻贝拉逃入奥斯,蹑迹而进,所过杀掠,欧罗巴洲全土震动,捏迷思*即今之德意志*。诸部民均欲荷担远遁。忽蒙古军中传到急讣,乃是窝阔台汗逝世,第六后乃马真氏称制了。拔都急遣贵由先归奔丧,一面部署军马,班师东还。小子有诗咏蒙古西征道:

> 欧亚风原等马牛,兵锋忽及尽成愁。

> 若非当日鼎湖讣,黄祸已教遍一洲!

欲知窝阔台汗临殁情形,且从下回说明。

拔都西征钦察,即今俄罗斯东部,至分军入波兰,入马加,则已在东欧地矣。波兰近为俄、奥、德三国所分(近自欧洲大战,德败俄乱,欧洲各国始许波兰独立),马加即匈牙利也,匈牙利之北,即奥地利国,亦称奥斯,向与匈牙利国或合或分,今则合为一国,故又名奥斯马加。蒙古军亦曾至奥斯地,奥斯马加之西,即德意志联邦,日耳曼与捏迷思,皆德国联邦之一部分也。明宋濂等修《元史》,因欧、亚间之地理未明,故于拔都西征事,多略而不详。近儒所译西史,亦人地杂出,名称互歧,本回参考中西史乘,两两对勘,择要汇叙;而于烈妇之殉夫,猛将之死义,且裒辑遗闻,力为表彰,是足以补中西史乘之阙,不得以小说目之!

第十九回

姑妇临朝生暗衅　弟兄佐命立奇功

　　却说窝阔台汗晚年溺情酒色，每饮必彻夜不休。耶律楚材屡谏不从，至持酒槽铁口以献，且进言道："这铁为酒所蚀，尚且如此，况人身五脏，远不如铁，宁有不损伤的道理？"忠言逆耳利于行。窝阔台汗虽亦觉悟，然事过情迁，总不免故态复萌。即位至十三年二月，因游猎归来，多饮数觥，遂致疾笃。召太医诊治，报称脉绝，六皇后不知所为，急召楚材入议。楚材推"太乙数"，谓主子命数未终，只因任使非人，卖官鬻爵，囚系无辜，因干天谴，宜颁诏大赦，以迓天庥。六皇后亟欲颁敕，楚材道："非主命不可！"少顷，窝阔台汗复苏，后以为言，乃允下赦旨。既而疾愈，楚材奏言此后不宜田猎，窝阔台汗倒也静守数旬。

　　转瞬隆冬，草萎木枯，又欲乘时出猎，只恐旧疾复作，未免踌躇。左右道："不骑射何以为乐？况冬狩本系旧制，何妨循例一行！"窝阔台汗遂出猎五日，还至谔特古呼兰山，在行帐中纵情豪饮，极夜乃罢。次日迟明，尚未起床，由左右进视，已不能言。亟舁（yú）还宫中，已是呜呼哀哉！

　　窝阔台汗初政时，颇能励精图治，勉承先业，及夏、金灭亡，渐成荒怠。七年时曾大兴土木，筑和林城，并建万安宫；九年时筑璊（suǒ）林城，并建格根察罕殿；十年时筑托斯和城，并建迎驾殿。于是广采美女，贮入金屋，后宫妃嫔，不下数百，称皇后者六人。第六后乃马真氏，貌既绝伦，才尤迈众，蛾眉不肯让人，狐媚偏能惑主。用徐敬业檄中语，颇合身分。因此窝阔台汗很是宠信，宫中一切，都由乃马真氏主持，别人不得过问。她生下一子，名叫贵由，就是随军西征，尚未归国。乃马真后便与耶律楚材商议立后事宜，楚材道："这事非外姓臣子，所敢与闻！"乃马真后道："先帝在日，曾令皇孙失烈门《元史》作锡哩玛勒。为嗣，但失烈门年幼，嗣子贵由，在军未归，一时却难定议。"楚材道："先帝既有遗命，应即遵行。"言未已,忽闪出一人道:"嗣子未归,皇孙尚幼,何不请母后称制!"楚材视之,乃是窝阔台汗生前嬖臣,名叫奥都剌合蛮。一作谔多拉哈玛尔。楚材道:"这事还须审慎!"乃马真后笑道:"暂时称制,谅亦无妨!"楚材尚欲再谏,只见奥都剌合蛮怒目而视,便也默然。

看官!欲知奥都剌合蛮的来历,待小子补叙明白。原来奥都剌合蛮是回回国商人,从前窝阔台汗西征掳获回来。因他心性敏慧,善于推算,特命为监税官。嗣复擢掌诸路税课,置诸左右,他便曲承意旨,日夕逢迎,尝侍窝阔台汗作长夜饮,窝阔台汗固非他不欢,就是六皇后乃马真氏也爱他便佞,异常信任。曾否与为长夜欢?至是创议母后称制,耶律楚材不敢与辩,只好办理国丧,再作计较。窝阔台汗在位十三年,享寿五十六,庙号太宗。

丧葬事毕,乃马真后遂临朝听政,擢奥都剌合蛮为相国,无论大小政务,悉听裁决。还有一个西域回妇,名叫法特玛,亦由窝阔台汗西征所得,选入后宫,作为役使,乃马真后也很宠爱。奥都剌合蛮与她勾通,遇有反对的官僚,辄令法特玛从旁进谗,内外蒙蔽,斥贤崇奸,以此朝中旧臣黜去大半。也好唤作回回国。

耶律楚材很是郁闷,有时入朝谏争,听者一二,不听者八九。一日,闻乃马真后以御宝空纸付奥都剌合蛮,令他遇事自书,遂勃然进谏道:"天下是先帝的天下,朝廷诏敕,自有宪章,奈何得以御宝空纸,竟畀相臣!臣不敢奉诏!"乃马真后虽命收还,心中很是不乐。过了数日,又降下懿旨,凡奥都剌合蛮所建白,令史若不为书,罪应断手。时楚材为中书令,又进谏道:"国家典故,先帝悉委老臣,于令史何与?且事若合理,自当奉行,如不可从,死且不避,何况截手呢!"乃马真后不禁气愤,喝令退出。楚材大声道:"老臣事太祖、太宗三十余年,无负国家,后岂能无罪杀臣么?"言毕,免冠自去。奥都剌合蛮在旁,即语乃马真后道:"躁妄如此,理应加罪。"乃马真后道:"他是先朝功臣,我所以格外优容,今日且再行恕他,日后再说。"

自是楚材常称疾不朝,乃马真后也乐得清静。忽接东方密报,帖木格大王带兵来了。时成吉思汗兄弟皆殁,惟帖木格尚存,先曾封镇东方,至是闻权奸蠹国,因率兵西来。乃马真后不禁大骇,忙召奥都剌合蛮商议。

奥都剌合蛮道："可战便战，不可战便守；不可守，便西迁，怕他甚么！"
开口便想西奔，真是一个好相国！

乃马真后闻言，暗令左右甲士预备西迁，心中恰未免徬徨。猛然记起耶律楚材，遂饬内臣宣召。楚材既至，便与述及西迁事。楚材道："朝廷乃天下根本，根本一摇，天下将乱。臣观天道，当无他虞，若恐帖木格大王入京，何不令他子前往诘问，教他留兵中道，入朝面陈？"乃马真后道："他子曾在都内么？"楚材答一是字。乃马真后道："你替我传敕，遣他子速往何如？"楚材即前去照行。

帖木格在途中，闻皇子贵由带领西北凯旋军将到和林，又经自己的儿子奉敕诘问，乐得顺水推船，便道："我来视丧，没有他意！"饬子归报，自率兵东归。贵由既至，乃马真后欲立他为汗。独奥都剌合蛮及法特玛两人，以新君嗣立，定失权势，便在乃马真后前，说要俟拔都回国，方可定议，免有后言。乃马真后听信了他，促召拔都还朝，偏偏拔都心怀不平，只是托故推病，屡愆行期。奥都剌合蛮权势益盛，招摇纳贿，无所不至，耶律楚材竟以忧卒。他既知太乙数，为何不谢职归隐？ 乃马真后以旧勋谢世，例加

赙赠。奥都剌合蛮以为未然，并说楚材历事两朝，全国贡赋，半入伊家，还要甚么抚恤？乃马真后将信将疑，命近臣麻里札往视，只有琴玩十余，及古今书画金石遗文数千卷，乃据实还报，才给赙赠如例。后到至顺元年，方追封广宁王，赠太师，予谥文正。意在尚贤，所以备录。这且按下不提。

且说乃马真后临朝，倏忽间将及四年，西征军早已尽归，独拔都不至。会后罹重疾，几致不起，乃亟召集诸王大臣，开库里尔泰会，立贵由为大汗。即位之日，边远属国，多来朝贺，所得赏赐，备极优渥。贵由汗在位一月，已查悉海内炀蔽，夤缘为奸，只因母后尚在，不便骤发。过了数月，乃马真后竟病逝了，奥都剌合蛮方才倒运，被贵由汗执置诸狱，加以大辟。嗣又查得回妇法特玛，行巫蛊术，害皇弟库腾，遂把她裹入毡内，投诸河中。随从妇女多处死，惟拖雷妃唆鲁禾帖尼，向在宫中静居，不作私弊，贵由汗遂敬礼有加。所有内外事宜，亦时与商议，拖雷妃遂渐渐干政。

贵由汗在位二年，除整饬宫禁外，无甚大政，且因手足有拘挛病，尝不视事。秋间西巡，至叶密尔河，沿路犒赏无算。居西数月，自谓西域水土与身体相宜，颇有恋恋不舍的意思。拖雷妃唆鲁禾帖尼还道贵由汗与拔都有隙，久停西域，必有他图，遂遣心腹密告拔都，令他善自为备。谁知贵由汗并无意见，不过在外养疴。一过残年，病竟大渐，遽尔去世。

皇后斡兀立海迷失曾随驾西幸，至此秘不发丧，先遣人赴告拖雷妃及拔都处，自请摄国以待立君。拔都得拖雷妃密报，正启程东行，来见贵由汗，剖明心迹。途次接着耗闻，并皇后摄国的意旨，权词应允。于是皇后乃发丧回宫，号贵由汗为定宗，自抱犹子失烈门，临朝视事。

是年国内大旱，河水尽涸，野草自焚，牛马多死亡，民不聊生。诸王及各部，群言失烈门无福，不宜为汗，因此人人觖(jué)望，咸怀异心。拔都在阿勒塔克山待着，拟召集诸王，开库里尔泰大会。迨及会期，只术赤、拖雷后裔赴议，他如察合台已死，其子也速、蒙哥未到，窝阔台汗诸子也都裹足不前，仅由皇后海迷失遣使巴拉与会。各人都依次坐定，巴拉起坐道："从前太宗在日，命以皇孙失烈门为嗣，谅诸王百官亦曾闻着，今由皇后抱失烈门听政，实是遵着太宗遗嘱，诸王百官应无异议。"正说着，忽听有一人高声道："太宗既欲立失烈门，应该早立，何故太宗崩后，别立定宗，难道也有太宗遗命么？"巴拉视之，乃是拖雷子忽必烈。便道："太宗崩逝，失烈门甚幼，国家不可无长君，所以改立定宗；今定宗复崩，失烈门稍长，自应遵着太宗遗命！"言至此，拖雷第二子末哥失笑道："太宗遗命，何人敢违？只六皇后乃马真氏及汝等大臣，前时立定宗，已违遗嘱，今日反教我等遵着，岂不是自相矛盾么？"一唱一和，无非为自己兄弟计。大众鼓掌如雷，弄得巴拉面红颊赤，无词可答。这使本是难为，何故独来献丑。

是时速不台亦已殁世，其子兀良合台在会，亦起座道："据巴拉说，国不可无长君，我意亦是云然；现在年长望重，诸王中莫如拔都，何不推他继立呢！"又是一派。拔都道："我无才德，不愿嗣位！"大众齐声道："王既不自立，惟王审择一人，早决大计！"拔都道："我国幅员甚广，若非聪明睿智，似太祖一般人物，不能继立，我意不如蒙哥！"推重蒙哥，殆隐受拖雷妃之运动耶！大众道："就此定议！"蒙哥起座固辞，末哥道："大众都要拔都选择。哥哥前无异言，今选了哥哥，奈何不从！"拔都道："末哥言是！"

议既定，巴拉返报，皇后海迷失及诸子等很是不悦。复遣使告拔都，以会议应在东方，不应在西土；且宗王未集，议不能从。拔都复称祖宗大业，未可轻授，今已推立蒙哥为主，请屈意相从；如必须开会东方，亦可照允等语。遂令蒙哥东行，由拔都弟伯尔克率着大军拥卫。拔都仍自驻西方，作为外援。于是东方又拟开会，由拖雷妃唆鲁禾帖尼为主，再召诸王大臣与议。奈太宗、定宗后裔，仍然未至，拔都着人往劝，亦不见答。当下拔都大愤，申令各地，决立蒙哥为主，宗亲中如或梗议，有国法在，不得相贷。诸王大臣惧拔都威势，再开大会于斡难河，除太宗、定宗子孙，及察合台后王不至外，统推戴蒙哥，择日即位。即位之日，亲王列右，妃主列左，末哥、忽必烈等列前，武臣以忙哥撒儿为首，文臣以孛鲁合为首。孛鲁合一作博勒和。礼成，追尊拖雷为皇帝，庙号睿宗，命大众均筵宴七日。

正宴飨时，忽有御者克薛杰告变，说是失骒出觅，途中遇有来车，一乘折辕，露出兵械，恐来车不怀好意，特来预告云云。忙哥撒儿闻言道："待我出去查问，便可分晓。"蒙哥汗允着，便令忙哥撒儿去讫。过了半日，忙哥撒儿带着二十人进来，由蒙哥汗问悉，为首的名叫按赤台，系奉失烈门命，特来谒贺。内有几名武士，据说是也速蒙哥遣至，也是谒献贡物的。

蒙哥汗笑着道："既蒙兄弟们雅谊，所来人士，统应令他与宴。"忙哥撒儿答道："来人不止此数，我叫他留着一大半，在途候着。"蒙哥汗复笑道："你何不叫他同来！"暗中已是窥破，看官莫被瞒过。忙哥撒儿无言。

　　及至宴罢，蒙哥汗即与忙哥撒儿密谈数语。忙哥撒儿应着，当夜即将二十名拿下，并遣兵将途中卫士，尽行捉到。次日由蒙哥汗亲鞫，按赤台等俱连声呼冤，再令忙得撒儿审讯，加以严刑。失烈门的差官不堪受虐，遂放声痛骂，自刭以死。

　　蒙哥因新近践祚，不欲多行杀戮，大众多以为未然。正犹豫间，有西域人牙刺挖赤立在门外，向在蒙哥麾下，服役甚勤，蒙哥汗便问道："你是个老成人，阅历已多，可为我解决疑团！"牙刺挖赤道："我是西域人，只晓得西域故事：从前希腊王阿来三得已灭波斯。欲入印度，将领中多异议，令出不行。阿来三得遣使咨其傅阿里斯托忒尔，阿里斯托忒尔并不回答，只与差人游园中，遇着荆棘当道，悉令从人芟刈无遗，另种新株。差人已悟，即返报阿来三得，乃将异议的将领尽行诛逐，立发兵平定印度。主子可照此参观哩！"蒙哥汗点头称善，遂命将按赤台等一律枭首，复查出那知情不报的官吏,杀死数人。于是改更庶政,分命职官,禁诸王征求货财,驰使扰民,免耆老丁税,及释道等教徒服役,所有蒙古汉地民户,就令忽必烈领治,乃乘辇赴和林,和林官民,多来迎接。

及入城,复查究定宗党派,或杀或逐。定宗后海迷失及失烈门生母,系太宗侄库春之妃。在宫中怀着愤恨,时有怨言。蒙哥汗就命忙哥撒儿带兵入宫,将她两人拖出,尽法鞫治。忙哥撒儿何苦专作虎伥。可怜这两人蓬头跣足,熬受苦刑,结果是屈打成招,只说是有心厌禳,置定宗后于死罪。将失烈门生母裹毡投河,失烈门兄弟等,悉加贬置,移至摩多齐处禁锢,不准居住和林。连太宗故后乞里吉帖忽尼,也徙出宫中,令居和林西北。凡太宗后妃家资,尽行抄没,分赐诸王,并遣贝喇往察合台藩地,严究违命诸臣。自是太宗子孙与拖雷子孙,永成仇敌,一个蒙古大帝国,就不免隐生分裂了。为后文埋根。

且说忽必烈以佐命大功,得受重任,总理漠南军事。开府金莲川,召用苏门隐士姚枢、河内学子许衡,及辉和尔部人廉希宪,讲求王道,体恤民艰。京兆的劝农使委任姚枢,宣抚使委任廉希宪,提学使委任许衡。三人皆一时名宿,感怀知己,各展才能,京兆大治。一统之基亦兆于此。忽必烈乃一意略地,命兀良合台统辖诸军,分三道攻大理。大理即唐时的南诏,国王段智兴偏据一方,与中原不通信问。至是遇蒙古兵三路夹攻,吓得脚忙手乱,不知所为,勉强召集数千兵民,出城抵敌,被蒙古兵一扫而空。智兴愈加惶急,再四踌躇,毫无良策,只落得肉袒牵羊,出城乞降。

蒙古兵分略鄯善、乌爨等部,进入吐蕃。吐蕃即今西藏地,唐时曾与中原和亲,宋以后亦间或入贡,惟俗尚佛法,尊信喇嘛。喇嘛二字,指高僧言,乃无上的意义。其祖师名巴特玛撒巴巴,当唐玄宗时,自北印度入吐蕃,倡行喇嘛教,风靡全土,嗣是喇嘛势力凌驾国王。蒙古兵入吐蕃,所向无敌,且随地颁谕,降者免死,所有旧教,概行仍旧。喇嘛扮底达迎谒蒙古军,兀良合台以礼相待,扮底达遂导入都城,谕酋长唆火脱降。唆火脱一作苏固图。唆火脱不得已归命。

是时忽必烈自为后应,亦驱军入吐蕃,与扮底达相见,优礼有加。扮底达有从子拔思巴,一作帕思巴。年甫十五,善诵经咒,忽必烈爱他颖慧,命侍左右。会蒙哥汗有敕召还,乃令兀良合台进军西南,自挈拔思巴北旋，后来忽必烈即位，拜拔思巴为帝师。小子有诗咏道：

> 建牙开府耀雄威，转战西南血染衣。

> 不解枭雄何佞佛？偏教释子北随归。

欲知忽必烈归后情事，且至下回分解。

"牝鸡司晨，惟家之索"，古人之所以垂戒者，非他，由妇人心性专图近利，未识大局，不至乱家败国不止也。观太宗、定宗两后，相继临朝，卒至奸邪用事，宗亲构衅，乃马真后尚获幸免，而定宗后则不得令终，戚本自贻，咎由己取，不得专为他人责也。惟蒙哥汗自戕宗族，亦属太过，作法于凉，弊将若之何！厥后同族阋墙，始终为患，兵争凡数十年，而国家之元气敝矣！忽必烈开府漠南，用姚枢、许衡、廉希宪诸贤，似属究心治道；而信任释教，挈释子拔思巴北归，后且尊为帝师，酿成末世演揲（dié）之祸，贻谋不臧，卒致荒亡。观此回，可知祸为福伏，福为祸倚之渐，而世之为子孙谋者应知所审慎矣！

第二十回

勤南略赍志告终　据大位改元颁敕

却说忽必烈奉敕北归,至京兆地方,闻有阿拉克岱尔及刘太平二人,奉蒙哥汗命,钩考诸路财赋,京兆所属官吏相率得罪。忽必烈道:"此处官属,归我管辖,大半是我所派遣,难道都贪婪不成? 这是我出师西南,距主太远,朝右定有谗佞说我短处,我却要入朝辩白,力除奸弊哩!"适勃农使姚枢进见,闻忽必烈言,遂进谏道:"大王虽为皇弟,究竟是个人臣,不应与主子争辩。现不若挈王邸妃主,尽归朝廷,示无他意,庶几谗间无从,疑将自释!"调停骨肉,无逾此言。忽必烈道:"你言亦是。"及归入和林,谒见蒙哥汗,遂将姚枢所说的大意,约略禀陈。蒙哥汗道:"我恐皇弟远征,日久身劳,是以召归休养,此外别无他意。"忽必烈又欲续陈,只见蒙哥汗目中含泪,也不觉悲从中来,为之涕下。两人对泣了一回,彼此不作别语。

到了次日,兄弟复会,蒙哥汗欲另建城阙宫室,作一都会,忽必烈遂保荐一人,叫作刘秉忠。秉忠邢台人,英爽不羁,因家贫为府令史,嗣即弃业为僧。会忽必烈召僧海云,邀秉忠与俱,应对敏捷,尤长易理及邵康节经世书,大得忽必烈称赏,因此忽必烈就事举荐。随命秉忠相度地宜,择定桓州东面、滦州北面的龙冈作为吉地,督工经营,定名开平府。蒙哥汗尝移居于此,免不得采选妃嫔,增修朝市。国家方隆,喜气重重,兀良合台的捷书又奏闻阙下,还有皇弟旭烈兀前时奉命西征,也驰书报捷。所有战胜情形,待小子叙明大略。兀良合台自吐蕃进攻白蛮、乌蛮及鬼蛮诸部,皆在今云南省境。所过风靡,罗罗斯及阿伯两国,统大惧乞降。又乘胜攻下阿鲁诸酋,西南夷悉平。复南下侵入交趾。交趾即安南地,唐时曾设安南都护府,故名安南,世为中国藩属。蒙古兵南下,其主陈日煚(jiǒng)防战不利,走入海岛,都城被屠。陈日煚遣使议和,蒙古兵亦患天热，乃约定岁币若干，准他和议，留九日而还。其时西域适有回乱，皇弟旭烈兀自和林发兵，沿天山北麓，经阿力麻里，直至阿母河畔，招致西域诸侯王，合军西进，侵入木乃奚国。木乃奚在宽甸吉思海南，前时拖雷引军过境，只在城外大掠一番，应第十三回。未曾侵入城内。此次旭烈兀以回徒所集，实在该城，因分军三路，同时进攻。左军命布喀帖木儿、库喀伊而喀统带，右军命台古塔儿、怯的不花统带，旭烈兀自将中军，杀奔木乃奚城。木乃奚主兀克乃丁遣弟萨恒沙至军前，情愿求和。旭烈兀谓须尽隳城堡，亲来归降，方可恕罪等语。萨恒沙归去数日，未见动静，乃驱军捣入，连下数堡。兀克乃丁复遣使求宽限一载，当自来谒。旭烈兀不从，且语来使道："你主愿降，速即遵约，待以不死！"来使去后，仍复杳然，恼得旭烈兀性起，饬三路大军，昼夜围攻。兀克乃丁无法延宕，乃出降，即将城外五十余堡，尽行毁去。旭烈兀因兀克乃丁诱约多端，不无反侧，意欲将他诛戮，奈已有约在前，未便食言，遂劝令入朝，就途中刺死。且下令屠城，无论少长，一概杀死。于是木乃奚都内，变作一个血肉模糊的枉死城。有几个死里逃生的人，潜出城外，联络回教徒，逃往八哈塔等国。八哈塔在今阿剌伯东岸，系回教祖谟罕默德降生地，著有《可兰经》，为人民所信仰，夙称天方教。嗣后教旨盛传，主教的人叫作哈里发，译以华文乃代天治事的意义。至蒙古平西域，哈里发属地所存无几。其时正当木司塔辛嗣位，庸懦无能，只喜听乐观剧，国事皆由臣下主持。旭烈兀乘势进军，先贻木司塔辛书，责以延纳逃人，能战即来，不能战即降。木司塔辛复书不逊，旭烈兀遂西渡波斯湾，遇八哈塔军，前锋少挫，后军继进，背水列阵，竟日无胜负。两军分驻河滨，蒙古军夜决河堤，灌水敌营，复引兵进袭。八哈塔军未曾防着，蓦闻敌至，急起捍御，不料脚下统是大水，霎时间半身淹没，溺毙大半，就是逃脱的人也被蒙古军杀尽。旭烈兀又合军攻城，城甚坚固，旭烈兀命军士筑垒，四面合围，撤民居屋甓（pì），遍设炮台，上面密布巨炮，向城弹放，劈劈拍拍的声音昼夜不绝，木司塔辛惧甚，遣使乞降。何前倨而后恭。旭烈兀不从，只令猛攻，木司塔辛又遣长子、次子出见，皆被拒绝，不得已自缚出降。旭烈兀入城屠戮，凡七日，始下令停刃。被杀者约八十万人，惟天主教徒及他国人居屋不入。哈里发宫内，金宝充斥，悉数被掠。还有妇女七百人，内监千人,杀的杀,留的留,回民已尽成鬼莽,蒙古军反喜跃异常。无恻隐之心,非人也! 旭烈兀以城中伏尸积秽,移驻乡间,命军士将木司塔辛推至,责他傲慢不恭,词甚严厉,木司塔辛自知不免,请沐浴后乃毕命。已经就死,还要沐浴何益? 还有长子及内监五人,亦愿从死,旭烈兀命将数人同裹毡内,置诸大路,驱战马往来蹴踏,辗转就毙。

次日复将木司塔辛次子及他亲族故旧,尽行杀死。只幼子谟拔来克沙,总算蒙恩赦宥,后娶蒙古女,生二子,保存一脉,不没宗祀。想是教祖有灵,所以孑遗。 遂一面飞章告捷,一面分军为二,遣大将郭侃东略印度,自率军西略天方即阿剌比亚。去了。

蒙哥汗闻西南连捷,心中甚慰,遂欲大举灭宋。先是乃马真后称制时,曾遣使月里麻思,一作伊拉玛斯。赴宋议和,至淮上,为守将所因。于是蒙古兵又尝侵宋,淮蜀一带,兵革不息。只因蒙古屡有内讧,未发大军,所以宋将尚能守御。迨蒙哥汗嗣位,闻月里麻思已死,早思内侵,至是遂举军而南,留少弟阿里不哥守和林。是时川陕一带,虽有宋将蒲择之、刘整、杨立、张实、杨大渊等,据险防守,奈遇着蒙古军马,无不披靡。蒙哥汗南渡嘉陵江,入剑门,守将杨立战死,张实被擒,蒲择之、刘整等守成都,亦被蒙古前锋纽璘一作掠垮。攻陷,择之等败溃。及蒙哥汗入阆州,守将杨大渊以城降。进围合州,先遣宋降将晋国宝招谕守将王坚,坚不从。国宝还次峡口,被王坚遣将追还,执至阅武场,说他负国求荣,罪在不赦,当即传令斩首。便涕泣誓师,开城出战,将士无不感奋,争出死力相搏,战至天晚,蒙哥汗不能取胜,退军十里下寨。阅数日,复进薄城下,又被坚军击退。自是一攻一守,相持数月不下。蒙古前锋将汪德臣挑选精锐,决计力攻,当下缮备攻具,誓以必死,遂于秋夜督兵登城,王坚亦饬军力御。鏖战一夜,直至天明,城上下尸如山积。汪德臣愤呼道:"王坚快降!"语未毕,猛见一大石从顶击下,连忙将首一偏,这飞石已压着右肩,连手中所握的令旗都被击落。蒙古军见主将受伤,自然缓攻,适值大雨倾盆,攻城梯折,只好相率退去。是夕,汪德臣毙命。适应前誓。

蒙哥汗因顿兵城外将及半年,复遇良将伤毙,郁怒中更带悲伤,遂致成疾。合州城外有钓鱼山,蒙哥汗登山养病,竟致不起。左右用二驴载尸,蒙以绘帱(huì),北行而去,合州解围。

勤南暑賞志告終

　　蒙哥汗在位九年，沉毅寡言，不乐宴饮，宫禁亦严，虽后妃不得过制。遇有诏敕，必亲自起草，数易乃定，因此群臣不得擅政。素精骑射，好畋猎，只酷信卜筮，不无缺点，庙号宪宗。

　　亲王末哥等遂以凶闻讣中外。时忽必烈方将兵渡淮，直至黄陂，接着宪宗死耗，诸将请北还。忽必烈道："我前时受先皇敕命，东西并举，今已越淮南下，岂可无功即还？从忽必烈口中叙出宪宗敕命，亦是补前文之阙。况兀良合台已平交趾，应前文。正好约他夹击；就使不能灭宋，也好叫他丧胆呢！"正说着，旁有人进言道："长江向称天险，宋恃此立国，势必死守，我军非破他一阵，不足扬威，末将愿当此任！"忽必烈视之，乃是大将董文炳。便道："很好！你就引左哨军前去。"文炳领命，与弟文用等去讫。

　　忽必烈乃遣人赍书，往送兀良合台，一面统带全军，出应董文炳。文炳令弟文用等驾着艨艟大舰，鼓棹渡江，自率马军在岸搏战。宋军沿江扼守，倒也不少，江中亦有大舟扎住，奈都是酒囊饭袋，遇着蒙古军来，未战先怯，就使勉强接仗，也没有一些勇气。文炳兄弟，水陆大进，杀得宋军东倒西歪,望风股栗。至忽必烈驱军进发,文炳军已过江了。

次日全师毕济,破临江,入瑞州,合军围鄂。南宋大震,用了一个奸邪贪佞的贾似道,集军汉阳,为鄂州援,似道毫无胆略,逗留中道,诸将亦不遵约束。会闻鄂州守将张胜败死,城中死伤至万三千人,似道大惧,密遣心腹将王荛,诣蒙古营,请称臣纳币。忽必烈不许,部下郝经谏道:"今国遭大丧,神器无主,宗族诸王,孰不窥伺,倘或先发制人,抗阻大王,势且腹背受敌。不如与宋议和,即日北归,别遣一军迎先帝灵舆,收取帝玺,召集诸王会丧,议定嗣位,那时大王应天顺人,自可坐登大宝了。"忽必烈之得嗣为君,恃此一谏。

忽必烈大悟,遂与宋京定议,令纳江北地,及岁奉银绢各二十万,乃退兵北旋。兀良合台方东应忽必烈军,引师攻潭州,嗣得议和消息,移师而东,及至鄂,闻忽必烈已还,遂亦北去。贾似道反令夏贵等,杀他殿卒百余人,诈称诸军大捷,献俘宋廷。昏头磕脑的宋理宗竟信他有再造功,召使还朝,封卫国公,大加宠眷,真正奇事! 不是奇事,实是呆鸟。

话分两头,且说忽必烈北还燕京,闻途中方括民兵,托词宪宗遗命。忽必烈道:"我兵已足,何用括民。此必和林阴图变乱,所以有此创举。"随出示纵还民兵,人心大悦。进至开平,诸王末哥、哈丹、塔齐尔等俱来会,愿戴忽必烈为大汗。忽必烈辞不敢受,嗣接西域旭烈兀来书,内称西征军已振旅班师,应上文。并殷勤劝进。忽必烈遂允所请,不待库里尔泰会推许,竟登大位。是时姚枢、廉希宪等,方膺重任,上马杀贼,下马能文,乃承旨草诏,颁告天下道:蒙古文与汉文不同,在忽必烈即位前,惟太祖与汪军书载史乘中,然亦不甚雅驯,至此始尚文律,故特录之。

朕惟祖宗肇造区宇,奄有四方,武功迭兴,文治多缺,五十余年于此矣。盖时有先后,事有缓急,天下大业,非一圣一朝所能兼备也。先皇帝即位之初,风飞雷厉,将大有为。忧国爱民之心,虽切于己,尊贤使能之道,未得其人。方董夔门之师,遽遗鼎湖之泣。岂期遗恨,竟勿克终。肆予冲人,渡江之后,盖将深入焉。乃闻国中重以金军之扰,黎民惊骇,若不能一朝居者。予为此惧,骠骑驰归。目前之急虽纾,境外之兵未戢,乃会群议,以集良规。不意宗盟辄先推戴,左右万里,名王巨臣,不召而来者有之,不谋而同者皆是。咸谓国家之大统,

不可久旷,神人之重寄,不可暂虚,求之今日太祖嫡孙之中,先皇母弟之列,以贤以长,止予一人。虽在征伐之中,每存仁爱之念,博施济众,实可为天下主。天道助顺,人谋与能,祖训传国大典,于是乎在,孰敢不从! 朕峻辞固让,至于再三,祈恳益坚,誓以死请。语太过分。于是俯顺舆情,勉登大宝。自惟寡昧,属时多艰,若涉渊冰,罔知攸济。爰当临御之始,宜新弘远之规。祖述变通,正在今日,务施实德,不尚虚文。虽承平未易遽臻,而饥渴所当先务。呜呼! 历数攸归,钦应上天之命;勋亲斯托,敢忘列祖之规? 体极建元,与民更始,朕所不逮,更赖我远近宗族,中外文武,同心协力,献可替否之助也! 诞告多方。体予至意!

此旨下后,又仿中夏建元的体例,定为中统元年。其敕文云:

祖宗以神武定四方,淳德御群下。朝廷草创,未遑润色之文;政事变通,渐有纲维之目。朕获缵旧服,载扩丕图,稽列圣之洪规,讲前代之定制。建元表岁,示人君万世之传;纪时书王,见天下一家之义。法《春秋》之正始,体太易之乾元,炳焕皇猷,权舆治道,可自庚申年五月十九日建元为中统元年。惟即位体元之始,必立经陈纪为先，故内立都省以总宏纲，外设总司以平庶政。仍以兴利除害之事，补偏救弊之方，随诏以颁。於戏！秉箓握枢，必因时而建号；施仁发政，期与物以更新。敷宣恳恻之辞，表著忧劳之意。凡在臣庶，体予至怀！

建元既定，乃敕修官制。先是成吉思汗起自朔方，部落野处，设官甚简，最重要的叫作断事官，兼掌政刑，统兵官叫作万户，余无别称。后仿金制置行省，及元帅、宣抚等官。至忽必烈即位，命刘秉忠、许衡酌定内外官制。总政务的叫作中书省，握兵权的叫作枢密院，司黜陟的叫作御史台，其次有寺、监、院、司、卫、府。外官有行省、行台、宣抚、廉访，牧民长官，有路有府，有州有县；官有常职，食有常禄，大约以蒙古人为长，汉人南人为副，一代规模，创始完备。此段文字似无关紧要，不知下文叙述各官，便可就此分晓。正在百度纷纭的时候，忽报少弟阿里不哥，也居然称帝和林了。原来阿里不哥闻宪宗已殂，遂分遣心腹，易置将佐，并联络宪宗诸子及定宗察合台子弟，开库里尔泰会，自称大汗。命部下刘太平、霍鲁怀等，乘传至燕京。不意廉希宪已先至京兆，遣人诱执太平、鲁怀，毙诸狱中。六盘守将浑塔噶正举兵应和林，希宪不待请旨，即遣总帅汪良臣率秦、巩诸军往讨。忽必烈亦遣诸王哈丹，率军来会，击毙浑塔噶。希宪乃自劾擅命遣将诸罪。忽必烈下敕嘉奖，反赐他金虎符，行省秦蜀，自统军攻阿里不哥，与战于锡默图地方。阿里不哥败遁，忽必烈乃引军还，嗣从刘秉忠请迁都燕京，在位五年，复改中统为至元。后又建国号曰元，也是秉忠所拟定的。曾记得有一敕云：

> 诞膺景命，奄四海以宅尊；必有美名，绍百王而纪统。肇从隆古，匪独我家。且唐之为言荡也，尧以之而著称；虞之为言乐也，舜因之而作号。驯至禹兴而汤造，互名夏大以殷中，世降以还，事殊非古。虽乘时而有国，不以利而制称。为秦为汉者，著从初起之地名；曰隋曰唐者，因即所封之爵邑。且皆徇百姓见闻之偶习，要一时经制之权宜，概以至公，不无少贬。我太祖圣武皇帝，握乾符而起朔土，以神武而膺帝图，四震天声，大恢土宇，舆图之广，历古所无。顷者耆宿诣庭，奏草申请，谓既成于大业，宜早定于鸿名。在古制以当然，于朕心乎何有！可建国号曰大元，盖取《易经》乾元之义，兹大冶流形于

庶品，孰名资始之功。予一人底宁于万邦，尤切体仁之要，事从因革，道协天人。於戏！称义而名，固非为之溢美；孚休惟永，尚不负于投艰。嘉与敷天，共隆大号！

小子此后叙述，称蒙古为元朝，又因至元十六年，忽必烈汗灭宋，奄有中国，殁后庙号世祖，所以后文亦竟称元世祖。阅者不要误会，说我称号两歧。爰系以七绝一首道：

　　华夏由来属汉家，何图宋后偏胡笳？

　　史官据事铺扬惯，我亦随书不避瑕。

欲知元朝混一情形，请看官续阅下回。

　　本回叙蒙哥、忽必烈之绝续，而首插两军远征一段，所以承前回之末，接入本回正传，非好为芜杂也。有兀良合台之平西南，有旭烈兀之平西域，于是蒙哥汗决意侵宋。著书人详于西征，略于南下，盖因《宋史》当自成演义，不必琐述，蛮戎各方，他处罕见，即《元史》亦多从略，悉心衰录，正所以示特长耳。忽必烈班师称汗，改元立号，虽隐启纷争之祸，而化野为文，入长中原，实于此基之。迭录原敕，未始非保存国粹之意。主非汉人，而文则从汉，故宋亡而文不亡，用夏变夷，此之谓欤？

第二十一回

守襄阳力屈五年　覆厓山功成一统

却说元世祖即位，曾遣翰林侍读学士郝经为国信使，翰林待制何源、礼部郎中刘人杰为副，赴宋修好。宋少师卫国公贾似道，以前时称臣纳币，乃是权宜的计策，未曾禀闻理宗，此次北使到来，定要机关败露，瞒了一日好一日，不如将来使幽禁，省得漏泄奸谋，掩耳盗铃，终归失败。遂将郝经等数人，幽住真州忠勇军营。郝经屡上书宋帝，极陈和战利害，且请入见及归国，统被贾似道一手抹煞，并不见报。元世祖待使未归，复遣人质问宋帅李庭芝。庭芝据实奏闻，也似石沉东海，毫无声响。于是元世祖拟举兵攻宋，颁谕各路将帅道：

> 朕即位之后，深以戢兵为念，故前年遣使于宋，以通和好。宋人不务远图，伺我小隙，反启边衅，东剽西掠，曾无宁日。朕今春还宫，诸大臣皆以举兵南伐为请，朕重以两国生灵之故，犹待信使还归，庶有悛心，以成和议。留而不至者，今又半载矣，往来之礼遽绝，侵扰之暴不已，彼尝以衣冠礼乐之国自居，理当如是乎？曲直之分，灼然可见！今遣王道贞往谕卿等，当整尔士卒，砺尔戈矛，矫尔弓矢。约会诸将，秋高马肥，水陆分道而进，以为问罪之师。尚赖宗庙社稷之灵，其克有勋！卿等当宣布腹心，明谕将士，各当自勉，毋待朕命！曲直有归，故全录诏敕。

是时阿里不哥虽已败遁，尚有余党未靖，且因元江淮都督李檀居心反复，尝把恫疑虚吓的言词入奏世祖，因此攻宋的诏敕颁发于中统二年，各路兵马，尚未大举。三年春季，李檀竟以京东降宋。世祖大怒，立遣史天泽总诸道兵，攻李檀于济南，长围数月，破城擒檀，支解以徇。五年，世祖复改元，称为至元。阿里不哥率众来降，世祖以兄弟至亲，格外赦宥，免他罪名。由是内讧悉平，一意对外。

适宋潼川副使刘整为贾似道所嫉忌，籍泸州十五郡，归降元朝。又是贾贼驱使。整系南宋骁将，且尽知国事虚实，至此为元所用，授夔路行省，兼安抚使。整遂与元帅阿术同心筹画，议筑白河口城，断宋饷道，进规襄阳。宋四川宣抚使吕文德，阿附似道，好为大言，闻刘整筑城消息，毫不介意。且谓襄阳城池坚深，兵储可支十年，元兵即来，亦不足惮。襄阳守将吕文焕，遣人报知文德，请先事预防，反见斥责。待刘整筑城已就，遂与阿术合兵攻襄阳。文焕登陴固守，数月未下，元世祖复遣史天泽等，督师援应。天泽到襄阳，见城高濠阔，料非旦夕可破，遂筑起长围，联络诸堡，把一座襄阳城，围得铁桶相似，水泄不通。

那时宋理宗已经归天，太子禥（qí）循例嗣统，号为度宗。度宗昏庸，过于乃父，一经登基，便封贾似道为太师，倍加宠眷。似道入朝，度宗必答拜，有所咨询，必称师相。因此这位贾太师，越加尊严，一班蝇营狗苟的贼臣，且拍牛吹马，称似道为周公。似道益发刁狡，屡求辞职，甚至度宗拜留，为之泣下。且恐他不别而去，令卫卒夜卧第外，监住行踪。后复命他三日一朝，治事都堂，且就西湖中的葛岭，替他筑起大厦，以资休养，总道他是擎天柱石，保国元勋。若不如此，赵氏何致即亡。他遂颐指气使，无论军国重事，总须先行关白，方可举行，朝中大臣，偶或龃龉，立加窜逐；或因度宗稍有可否，即称疾求去，以故言路壅塞，苟且公行。这度宗也全然昏迷，镇日里宴坐深宫，与妃嫔等饮酒调情，乐得将国家政务付与师相。师相恰日居葛岭，起楼阁亭树，作半闲堂，筑多宝阁，取了一个宫人叶氏作为己妾。他尚嫌不足，常令手下密访美姝，如果姿色可人，任她是娼妓，是尼觋，一古脑儿招入宅中，日夕肆淫。这叫作瞎子吃蟹，只只道鲜。还有一桩最喜欢的事情，乃是与群妾斗蟋蟀儿，大约是寓意教战。自是累日不出，有诏令六日一朝，继复令十日一朝，他还是不能遵旨，阳奉阴违。那时襄阳日危，吕文焕连岁支持，很是惶急，一面向吕文德乞援，一面请贾似道济师。吕文德疽发背死，女夫范文虎代任，与乃翁同一糊涂，哪里肯发兵往援。贾似道没有别策，总教瞒着一个主人翁，便算妙计。

一日入朝，度宗问道：“襄阳被围，已是三年，如何是好？”似道怫然道：“北兵已退，这语从何处得来？”度宗道：“日前有女嫔言及，因此怀疑。”似道问女嫔姓氏，度宗不答。似道又要求去，经度宗固留不从。度宗没法,只好将女嬊遣出,活活赐死。可怜这红粉佳人,只为了一句话儿,平白的丧了性命!冤乎不冤。廷臣见这般情形,哪个敢再言边事!

　　既而似道良心发现,饬李庭芝往援襄阳,又被这范文虎从旁阻挠,多方牵掣。后来文虎奉旨促师,没奈何督兵十万,进至鹿门,被元将阿术截杀一阵,吓得心胆俱裂,连忙逃走。李庭芝闻文虎败还,特遣勇将张顺、张贵,率锐卒往襄阳。两将乘汉水方涨,鼓舟而进,至高头港口,满江扎着敌舰,几乎无缝可钻。张贵冒险杀入,张顺后继,竟冲开一条走路,直抵襄阳城下。城卒出来接应,把张贵迎入,独不见张顺,过了数日,江上始浮出顺尸,身中四枪六箭,怒气勃勃如生,方知张顺已死了。张贵见城中大困,募死士二人,遣赴范文虎处乞援。返报如约,贵遂辞别文焕,突围东行。既出险地,已是天晚,望见前面来了无数军舰,总道是援军过来,急忙欢迎。谁知来舟统是元军,一时不能趋避,被他困在垓心,杀伤殆尽。张贵身受数十创,力尽被执,不屈而死。嗣是襄阳绝援。

　　未几,樊城又失。樊城与襄阳为犄角,守将范天顺、牛富,本与吕文焕誓约死守。至是两将战死,襄阳益孤,元兵复用西域人所献新炮,攻破襄

阳外郭，内城益急。文焕每一巡城，南望恸哭而后下。元将阿里海涯复招谕城中道："尔等拒守孤城，至今五年，为主尽忠，也是应分的事情；但势孤援绝，徒害生灵，尔心何忍？若能纳款归降，悉赦勿治，且加迁擢，凭你等酌择！"又折矢与文焕为誓，文焕乃出降。偕阿里海涯朝燕，元主以文焕为襄、汉大都督，与刘整一体重用。文焕之罪，似减于整。

襄樊既失，江南失险，警报连达宋廷。给事中陈宜中上疏，归咎范文虎，乞即行正法。贾太师暗中庇助，止降一官。就是度宗优礼似道，也始终勿衰。似道母死，诏用天子卤簿饰葬，并令似道墨绖(dié)还朝。师相的气焰未衰，主子的福寿已尽。度宗病逝，子㬎(xiǎn)立，年仅四龄，由太后谢氏临朝听政，仍把那元恶大憝(duì)，倚作长城。想尚有一块干净土耳。惹得元主连番下诏，数贾似道背盟拘使的罪名，饬史天泽、伯颜总诸道兵，与阿术、忙兀、逊都思塔出等，及降将刘整、吕文焕，大举南侵。途次天泽遇病，有旨召还，饬各军统归伯颜节制。伯颜遂分各军为两道，自与阿术由襄阳入汉济江，以吕文焕将舟师为前锋；别命忙兀东出扬州，以刘整将骑兵为先行，旌旗招飐(zhǎn)，戈戟纵横。看官！你想这区区南宋还能保持得住么？伯颜军顺汉水南下，屠沙洋镇，擒守将王虎臣；破新郢城，杀都统边居谊；进拔阳逻堡，走淮西置制使夏贵；取鄂州，降城守张晏然、程鹏飞。

宋廷大惧，只得请出这三朝元老，督领诸路军马，抵御元军。可奈诸路将士，统已离心，陈弈以黄州叛，吕师夔以江州叛，都奉款降元，连贾太师极力庇护的范文虎，也居然反颜迎敌，叩首阿术军前。这等小人最不足恃，然安富尊荣，偏在若辈，令人恨煞！元朝虽亡了史天泽，死了刘整，锐气仍然未衰。贾似道闻刘整死，还自称天助，调集精兵十三万人，陆续起行。前哨委了孙虎臣，中权委了夏贵，自己带着后军，出驻江上。元伯颜率同阿术，渡江南来，与虎臣军遇着，两下接战，炮声如雷，虎臣惧甚，忙过其妾所乘舟。出战时带着美妾，究属何用？岂亦学韩蕲王之挈梁夫人耶！大众疑他遁走，顿时散乱。夏贵以虎臣新进，权出己上，本已事前观望，此时亦不战而奔。剩了似道一军，还有什么能耐，索性也走了他娘，管什么国计民生！

元兵趁势残杀，江水尽赤。于是镇江、宁国、江阴守臣，皆弃城遁去，上行下效，捷如影响。太平、和州、无为军，俱相继降元。似道还想奉币请和,遣使至元军,被伯颜拒绝。奔至扬州,束手无策,只上书请迁都。太皇太后谢氏不许。廷臣窥见微旨,遂连劾似道,陈宜中初得似道援,骤登政府,至是也奏请诛逐。乃罢似道平章都督,并遣元使郝经等北归。已无及了。一面下诏勤王,诸将多不至。只鄂州都统张世杰率师入卫;江西提刑文天祥起兵赴难;湖南提刑李芾也募壮士三千人,令将吏统带,东出勤王。无如大势已去,无可挽回。建康守将赵溍弃城先遁,元伯颜安然入城。宋江淮招讨使汪立信,闻建康被陷,料知宋不可为,扼吭而死。宋吭已被元扼,汪公也只好绝吭了。元兵遂长驱入常州,下无锡,宋廷亟命张世杰总统人马,分道拒敌,稍稍得手。

元世祖复遣尚书廉希贤、工部侍郎严忠范,奉国书南来,还有意与宋议和。希贤至建康,与伯颜会晤,请兵自卫。伯颜道:"行人在言不在兵,兵多反招疑忌。"嗣经希贤固请,发兵五百名送行。到了独松关,宋将张濡部曲,不分皂白,竟袭杀忠范,执希贤送临安。及伯颜遗书诘责,宋廷遣使答报,只说是边将所为,未曾禀报。伯颜再遣议事官张羽,同宋使返临安,不意到了平江,又被杀死。还要乱杀使人,真是坏事!

元兵愈加气愤,直逼扬州。李庭芝遣将苗再成、姜才等,率兵阻截,皆败绩。接连是荆南被陷,嘉定诸城叛去。军报日紧一日,于是张世杰大出舟师,与刘师勇、孙虎臣等屯驻焦山,连舟为垒,示以必死。元阿术登高遥望,想了一个火攻的计策,遂精选弓弩手,载舸直进,连发火箭,迭射宋军。霎时间烟焰蔽江,篷樯俱焚,宋军进退两穷,相率赴水,师勇、虎臣等都截舟自遁。单剩了张世杰,已不能军,只得奔回圌(Chuí)山,再请济师。坚壁中流,并非万全之策,即非火攻,亦难持久,张世杰殆忠有余,而识不足者。

是时王爚(yuè)、陈宜中并为丞相,意见不协,各自求去。至世杰败溃,王爚以二相在朝,反多顾忌,不如遣一人出督吴门。太后不从,爚遂乞罢,因免相,未几遂卒。还是死得干净。文天祥到临安,上疏请分建四镇,各专责成,亦不报。此时虽有明主,亦未必能转败为胜,况妇人秉国乎!只把贾似道贬置循州,被监押官郑虎臣拉死,总算为天下雪愤! 罪不容于死。嗣是泰州失守,孙虎臣自杀,常州被屠,知州姚訔(yín)等战死,刘师勇逸去,独松关也被残破,张濡不知去向。既而知州李芾复殉难潭州,都统密佑又遇害抚州。湖南、江西,尽为元有。宋廷又遣工部侍郎柳岳,赴元军请和。伯颜愤然道："汝国执戮我行人，所以兴师问罪。从前钱氏纳土，李氏出降，统是汝国祖制。汝国何不遵行？况汝国得天下于小儿，今亦由小儿失国，天道不爽，何必多言？"柳岳不得已还朝。复遣宗正少卿陆秀夫再至元军，求称侄纳币。伯颜不从。降称侄孙，亦不见许。陆秀夫还，陈宜中奏白太后，请再使元军，求封为小国。太后依议，仍令柳岳赍表前行。到高邮，被民人嵇耸所杀。太后妇人，尚不足责，陈宜中堂堂宋相，厚颜如此，实是可杀。

元兵进降嘉兴，陷安吉，直捣临安。文天祥、张世杰请移三宫入海，自率众背城一战。陈宜中不以为然，商诸太后，遣监察御史杨应奎，奉了传国玺印，出降元军。伯颜受玺，并召宜中出议降事，宜中惶惧，夜遁温州。张世杰愤甚，与刘师勇、苏刘义等率所部入海。只文天祥尚是留着，太后令为右丞相，与元军议降。天祥辞去相职，竟赴元军面责伯颜。伯颜将他拘住，遂遣将入临安府，封府库，收图籍符印，并胁宋太皇太后手诏谕降。

过了数日，遂掳帝㬎及皇太后全氏、福王与芮等北去。只太皇太后谢氏因疾暂留，后来亦被元兵舁出，送至燕都。惟度宗尚有二子，长名昰(shì)，封益王，年十一岁；次名昺(bǐng)，封广王，年六岁。当临安紧急时，与母杨淑妃潜行出城，奔至温州。陈宜中迎着，同航海赴福州，奉为嗣皇帝，尊杨淑妃为太后，同听政。张世杰、苏刘义、陆秀夫等继至，复组织朝堂，仍命陈宜中为左丞相，都督诸路军马。还要用他，可笑可恨。张世杰等任官有差。那时文天祥亦自镇江逃归，浮海至闽，杨太后令为右丞相。嗣与宜中议事未协，出督南剑州。

元兵一面入广州，摧锋军将黄俊战死。一面破扬州，宋右丞相李庭芝、指挥使姜才被执，劝降不从，俱被害。闽中因此被兵，任你文天祥开府招军，张世杰传檄勤王，都弄得落花流水，不见成功，帝昰与太后杨氏舍陆登舟，今日走这里，明日走那里，受尽惊风骇浪，支持到两年有余，可怜那十余岁的小皇帝已受了急惊病，到了碙(Gāng)州，一命呜呼！再立这幼弟昺，年仅八龄。陈宜中遁死海南，用陆秀夫为左丞相，与张世杰共秉朝政。秀夫正笏垂绅，犹把那大学章句，训导嗣君。未免迂腐。

嗣闻元兵又至，复逃至厓山。元将张弘范潜师至潮阳，先袭执了文天祥，复进兵厓山。张世杰又用这联舟为垒的法儿，守住峡口，复用水泥涂舰,防备火攻。张弘范倒也没法,只遣人招降,世杰不许。弘范分兵堵截,断宋军樵汲孔道,宋军大困。元兵复四面攻击,不由宋军不走,就是赤胆忠心的张世杰,也只好断维突围,带着十六舟,夺港自去。陆秀夫先驱妻子入海,自负幼帝同溺。太后杨氏抚膺大恸道:"我忍死至此,无非为了赵氏一块肉,今还有什么望头?"也赴海死。世杰至海陵山下,适遇飓风大作,遂焚香祷天道:"我为赵氏,也算竭力,一君亡,又立一君。今又亡了,我尚未死,还望敌军退后,别立赵氏以存宗祀。若天意应亡赵氏,风伯有灵,速覆我舟!"言已,舟果覆,世杰亦溺死。

　　宋自太祖至帝昺,共三百二十年,若从南渡算起,共一百五十二年。小子走笔至此,也觉满腹凄怆,欲做一首吊宋诗,想了半晌,竟无一字,只记得文信国<u>文天祥封信国公</u>。目击厓山诗,很是沉痛。诸君试一阅看,其诗曰:

> 长平一坑四十万,秦人欢忻赵人怨,大风吹砂水不流,为楚者乐为汉愁。兵家胜负常不一,干戈纷纷何时毕? 必有天吏将明威,不嗜杀人能一之;我生之初尚无疚,我生之后遭阳九,厥角稽首二百州,

正气扫地山河羞！身为大臣义当死,城下师盟愧牛耳。间关归国洗
日光,白麻重拜不敢当！出师三年劳且苦,咫尺长安不可睹！非无
虓虎士如林,一日不戒为人擒。楼船千艘下天角,两雄相遭相喷薄。
古来何代无战争,未有锋镝交沧溟。游兵日来复日往,相持一月为鹬
蚌。南人志欲扶昆仑,北人气欲河带吞。一朝天昏风雨恶,炮火雷飞
箭星落。谁雄谁雌顷刻分,流尸浮血洋水浑。昨朝南船满崖岸,今朝
只有北船在。昨夜两边桴鼓鸣,今夜船船鼾睡声。北家去军八千里,
椎牛酾(shī)酒人人喜。惟有孤臣泪两垂,明明不敢向人啼。六飞杳
霭知何处,大水茫茫隔烟雾。我期借剑斩佞臣,黄金横带为何人？
欲知文信国后事,试看下回便知。

　　本回叙南宋亡国,独于攻守襄阳事,叙述较详,盖襄阳为南宋咽喉,襄
阳一失,南宋之亡,可翘足待也。外此俱从简略,随笔叙上,此由《宋史》
当有专属,不必于《元史》中详述。惟于贾似道、陈宜中之误国,文天祥、
张世杰、陆秀夫之尽忠,仍行表白。彰善瘅(dàn)恶,史家之责,著书人夙
存此志,不嫌烦复也。且观其全回用笔,一气赶下,"嘈嘈切切错杂弹,大
珠小珠落玉盘",此文似之。

第二十二回

渔色徇财计臣致乱　表忠流血信国成仁

却说元将张弘范既破厓山，置酒大会，邀文天祥入座，语他道："汝国已亡，丞相忠孝已尽，若能把事宋的诚心，改作事元，难道不好作太平宰相么！"天祥流涕道："国亡不能救，做人臣的死有余辜，况敢贪生事敌么！天祥不敢闻命！"弘范也称他忠义，遣使送天祥赴燕，弘范亦率军北还。只有一个西僧杨琏真珈，曾掌教江南，借了元兵势力，到处奸淫妇女，并发掘宋朝陵寝及大臣坟墓，凡一百余所，陵墓里面的金玉，尽行掠取，不必说了，他还想将诸陵尸骨，与牛马枯骼，聚作一堆，作为镇南浮屠。亏得会稽人唐珏，目不忍睹，典鬻借贷，凑得百金，阴召诸恶少饮酒，席间泣语道："你我皆宋人，坐看陵骨暴露何以为情？我拟窃取陵骨，易以他骨，望诸君助我臂力！"诸恶少许诺，乃于夜间易取陵骨，邀与唐珏。珏已造石函六具，刻纪年一字为号，随号收殡，瘗（yì）葬兰亭山后；又移宋故宫冬青树，植立冢上，作为标识，后人才晓得宋帝遗骸，不与畜类为伍，这也可谓宋祖有灵了。*皇帝尸骸，几侪牛马，后世枭雄，何苦再作皇帝梦耶！*

张弘范北还后，未几病卒，此外开国功臣，或亦因百战身疲，相继谢世。还有一位贤德皇后，也于灭宋后两年，抱病而终。后弘吉剌氏系德薛禅的孙女，父名按陈，从前太祖后孛儿帖与按陈为姊弟行。太宗时，曾赐号按陈为国舅，封王爵，令统弘吉剌部，且约生女为后，生男尚公主，世世不绝，所以有元一代的皇后，多出自弘吉剌氏。世祖后天性明敏，晓畅事机，宋帝㬎被虏，入朝燕都，宫廷皆欢贺，惟后不乐，世祖道："我今平江南，从此不用兵甲，众人皆喜，尔何为独无欢容？"后跪奏道："从古无千年不败的国家，我子孙若能幸免，方为可贺！"世祖默然，又尝把南宋珍宝聚置殿廷，令后遍视，后一览即去。世祖徐问所欲，后复答道："宋祖历年积蓄，留与子孙，子孙不能守，为我朝有，难道我忍私取吗？"是时宋太后全氏至京，不服水土，后尝代她乞奏，遣回江南。世祖不允，且语道："你等妇人，没有远虑，今日若遣她南归，倘或浮言一动，反令我没法保全，倒不如留她在此，时加存恤，令她安养便罢。"后闻言，格外厚待全太后。外此如婉言进谏，随时匡正，恰非小子所能尽述。

自后殁后，继后系故后从侄女，仍是弘吉剌氏，虽史家也称她贤德，究竟不及故后；且因世祖年迈，辄预闻朝政，未免贻诮司晨。世祖待遇继后，亦不及从前的爱敬，所以采选民女，时有所闻，又尝游幸上都，托词避暑，其实是纵情声色，借此图欢。上都就是开平府，世祖称燕京为中都，所以号开平为上都。上都里面，旧有妃嫔等人未曾南徙。蒙俗本没甚廉耻，做阿弟的可收兄妻，做儿子的可烝父妾，就是淫奔苟合、易妻掠妇的事情，大都数见不鲜，无所顾忌。这元世祖粗豪豁达，哪里愿作柳下惠、鲁男子，看了前朝的妃嫔，多半年轻守孀，寂寂寡欢，乐得与之解闷，做一个风流天子。这妃嫔们见主子多情，自然顺水使舟，迎云作雨，还管什么名分不名分，节烈不节烈，所以羊车望幸，百转柔肠，麀（yōu）聚为欢，五伦废置。古人说得好，上行下必效！元世祖既这般同乐，那皇亲国戚，公主驸马，文臣武将，怎么不相率尤尤，上烝下淫，习成风气！民间有奸淫等情，有司也不欲过问，且闻于岁首元宵，纵民为非，淫污宸极，秽渎闺门，自古以来，也是罕见呢！始谋不臧，奚怪子孙。

还有一桩连带的关系，好色的人主，大率好财。世祖在位三年，就用了回人阿合马专理财赋。阿合马竭智尽能，想出了两条计策：一条是冶铁，一条是榷盐。从前河南钧、徐等州，俱有铁矿，官吏随铁多寡，作为税额。阿合马欲大兴鼓铸，遂括民三千，日夕采冶，每岁输铁，定要他一百三万七十斤，不准短少。于是冶铁的民工，无论曾否如额，只好照数补足，这叫作整顿铁冶的效果。河东素多盐池，小民越境私贩，价值较廉，竞相买食，以此官盐滞销，岁课短绌，每年止七千五百两。阿合马请岁增五千两，不问诸色兵民，皆要出税，这叫作加增盐课的效果。名为理财，实是硬派，且恐贪吏中饱尚是不少，历代财政，多蹈此弊，可叹！

世祖称他为能，遂擢为平章政事。阿合马得势益横，竟欲罢御史台及诸道提刑司，还是廉希宪面折廷争，方才罢议，嗣复添立江南榷官，什么榷茶运司，什么转运盐使司，什么宣课提举司，多至五百余人，大半是阿合马的爪牙。他的子侄，不做参政，就做尚书，恼了廷臣崔斌，把他参奏一本，说他设官害民，一门悉处要津，有亏公道。世祖虽略加采纳，裁并冗吏，奈始终宠信阿合马，不以为罪。寻迁斌为江淮行省左丞，阿合马遂乘机报复，遣使清算江淮钱谷，捏称左丞崔斌与平章阿里伯、右丞燕铁木儿，私自勾结，盗取官粮四十万，及擅易命官八百余员，应命官查勘治罪。世祖准奏，令都事刘正往验，查无实证，参政张澍等，奉旨再往，迎合阿合马微意，竟将崔斌等锻炼成狱，置诸死刑。

皇太子真金一作精吉木。素怀仁孝，闻崔斌等已定死罪，方食投箸，急遣快足止住，已是不及。于是远近咸愤，民怨沸腾，益都千户王著密铸大锤，与妖人高和尚谋，拟击杀阿合马。适皇太子从帝赴上都，留阿合马守燕京，著遂遣二僧至中书诈称太子还都作佛事。被禁卫高觿（xī）、张九思盘诘，仓猝失对，遂将二僧拘讯，尚未得供，不意枢密副使张易又受了伪太子命，率兵至东宫。高觿问他来意，易与附耳道："太子有敕，速诛左相阿合马。"这语一传，弄得各人似信非信，不得不遣使出迎。王著令党人冒称太子，见一个，杀一个，夺马驰入建德门。时已二鼓，至东宫前，传呼

渔色徇财计臣致乱

百官，阿合马扬鞭而来，被王著手下的党羽推坠马下，责他欺君害民，立出铜锤，击他脑袋，甫一下，即脑浆迸出，仆地死了。民脂民膏，吸得太多，所以叫他迸出。又杀死中书郝镇，拘执右丞张惠。顿时禁中大闹，秩序紊乱。高觿、张九思开门呼道："这是贼人倡乱，哪里是真皇太子！"便叱卫士速捕乱党。留守布敦持梃击倒伪太子，乱党遂奔，被擒数十名。高和尚逃去，惟著挺身请囚。高觿等亟遣报上都，世祖闻报，立命和尔郭斯驰归讨逆，拿住高和尚及张易与王著，皆弃市。著临刑大呼道："王著为天下除害，今日虽死，他日必令人纪念，我死也值得了！"王著虽自称除害，然矫令擅杀，不为无罪。

乱已定，世祖已返燕都，还道阿合马等冤死，拟加抚恤。枢密副使孛罗一作博罗历陈阿合马罪状，方大怒道："该杀！该杀！只难为了王著。"复命剖棺戮尸，纵犬拖食，人民聚观，无不称快。阿合马家产，籍没充公，复逮其子忽辛一作湖逊至。忽辛时为江淮右丞，既被逮，敕廷臣杂问，忽辛历指道："汝等曾受我家钱财，怎么问我？"嗣至参知政事张雄飞，先问忽辛道："我曾受过你家钱财否？"忽辛答称没有，雄飞道："如此说来，我应当问你！"遂审实忽辛的罪名，正法伏辜。世祖复闻郝镇党恶，亦令戮尸。还有右丞耿仁，与郝镇同罪，下狱论死。其余奸党，一律罢黜，并汰冗官七百十四人，罢官署二百余所，内外总算一清。

世祖乃加意求治，遣都实一作笃什穷探河源，命郭守敬定授时历，焚毁道书，创始海运，诏诸路岁举儒吏，蠲免燕南、河北、山东逋赋。召衍圣公孔洙，为国子祭酒，提举浙东学校，统是一时美政，传播人口。

忽有闽僧上言，报称土星犯帝座，防有内变。世祖本尊崇僧侣，曾拜拔思巴为帝师，皈依释教。至是闻闽僧告变，自不免迷信起来。且因平宋以后，江南多盗，漳州民陈桂龙及兄子陈吊眼，起兵据高安寨。建宁路总管黄华，叛据崇安、浦城等县，自号头陀军，称宋祥兴年号，福州民林天成也揭竿相应。又有广州民林桂方、赵良钤等，拥众万余，号罗平国，称延康年号。虽经诸路元帅剿抚兼施，或杀或降，然大势尚未平定。各处小丑未为小害，故随笔略过。自闽僧告变后，复闻有中山狂人，自称宋主，有众千人，欲取丞相。京城亦得匿名揭帖，内言某日烧蓑城苇，率两翼兵起事，定卜成功，愿丞相无忧等语！先是帝㬎被虏，至燕京，降封瀛国公，令与宋宗室大臣寓居襄城苇。既得揭帖,乃将襄城苇撤去,迁瀛国公及宋宗室至上都。疑丞相为文天祥,有旨召见。

天祥初入燕,至枢密院,见使相孛罗。孛罗欲使拜,天祥长揖不屈,仰首自言道:"天下事,有兴有废,自帝王以及将相,灭亡诛戮,何代没有,天祥今日,愿求早死!"孛罗道:"汝谓有兴有废,试问从盘古至今,有几帝几王?"天祥道:"一部十七史,从何处说起? 我今日非应考博学鸿词,何必泛论?"孛罗道:"汝不肯说兴废事,倒也罢了,但汝既奉了主命,把宗庙土地与人,何故复逃?"天祥道:"奉国与人,是谓卖国,卖国的人,只知求荣,还愿逃去么? 我前除宰相不拜,奉使军前,即被拘执,已而贼臣献国,国亡当死;但因度宗二子,犹在浙东,老母亦尚在粤,是以忍死奔归!"侃侃而谈,纯是忠孝。孛罗道:"弃德祐嗣君,德祐系帝㬎年号。别立二王,好算得忠么?"天祥道:"古人有言,'社稷为重,君为轻',我别立君主,无非为社稷计算! 从怀、愍(mǐn)而北,非忠,从元帝为忠;从徽、钦而北,非忠,从高宗为忠。"孛罗几不能答。忽又道:"晋元帝、宋高宗,皆有所受命,你立二王,并非正道,莫不是图篡不成?"天祥大声道:"景炎帝昰年号。乃度宗长子,德祐亲兄,难道是不正么? 德祐去位,景炎乃立,难道是图篡么? 陈丞相承太皇命,奉二王出宫,难道是无所受命么?"说得孛罗面赤颊红,变羞成怒道:"你立二王,究有何功?"遁辞知其所穷。天祥道:"立君所以存宗社,存一日,尽臣子一日的责任,管什么有功无功?"孛罗复道:"既知无功,何必再立?"天祥亦愤愤道:"汝亦有君主,汝亦有父母,譬如父母有疾,明知年老将死,断没有不下药的道理! 总教吾尽吾心,才算无愧,若有效与否,听诸天命! 天祥今日,一死报国,便算了事,何必多言!"义正词严,足愧孛罗。

孛罗即欲杀天祥,还是世祖及廉、许各大臣悯他孤忠,不欲用刑。至谣言迭起,召谕天祥,要他变志事元,即拜丞相,天祥答道:"天祥系宋朝宰相,不能再事二姓,请即赐死,便算君恩!"世祖心犹未忍,麾之使下,经孛罗等进谏,不如从天祥志,免生谣诼,世祖乃下诏杀天祥。

天祥被押至柴市,态度从容,语吏卒道:"吾事毕了。"南向再拜,乃就刑,年四十七岁。忽又有诏救传到,令停刑勿杀,事已无及。返报世祖,并呈天祥衣带赞,大书三十二字,分作八句。看官记着,首二句是:孔曰成

仁,孟曰取义。中二句是:惟其义尽,是以仁至。末四句是:读圣贤书,所学何事? 而今而后,庶几无愧! 世祖连读连叹,且太息道:"好男子! 好男子! 可惜不肯为我用,现已死了,奈何!"能令雄主赞惜,毕竟忠义动人。乃赠天祥卢陵郡公,谥忠武。命王积翁书神主,设坛祭酹(zhuì)。饬孛罗行奠礼。孛罗方临坛奠爵,忽然狂飙大作,烛灭烟销,上面摆着的神主,好似生有两翼,陡然腾起,卷入云中。此事见诸正史,并非作者捏造。孛罗大惊,乃令改书神主,写着前宋少保右丞相信国公数字,仓皇祭毕,天始开霁。燕京人民,相率骇异。

　　天祥卢陵人,所居对文笔峰,因自号文山。平生作文,未尝属草,一下笔便数千言。流离中感慨悲悼,一发于诗,阅者见之,莫不流涕。其妻欧阳氏收天祥尸,面色如生,义士张毅甫给资归葬,适母夫人曾氏遗柩亦由家人自粤奉归,同日至城下,相传为忠孝的报应。后儒有挽文丞相诗二首道:

　　　尘海焉能活蛰舟? 燕台从此筑诗囚。雪霜万里孤臣老,光岳千年正气收。诸葛未亡犹是汉，伯夷虽死不从周。古今成败应难论，天地无穷草木愁。

徒把金戈挽落晖，南冠无奈北风吹。子房本为韩仇出，诸葛安知汉祚移？云暗鼎湖龙去远，月明华表鹤归迟。何人更上新亭饮？大不如前洒泪时。

天祥一死，谣言渐靖。不意辽东来一警报，说是十多万大兵，俱死在日本海中了。是何原因，请看下回。

读元奸臣阿合马传，令人生恨，莫不欲举刀斫之。读宋忠臣文天祥传，令人起敬，莫不欲顶礼奉之。可见天道虽或无凭，人心尚有公理。是回前叙阿合马事，后叙文天祥事，一则显揭其奸，一则详述其忠，语浅意深，老妪都解，较诸史传之饷人，为益尤大。史传非尽人能读，且非尽人得读，获此一编，非举两弊而悉去之耶！此外杂以他事，有美有恶，虽循史家依事毕书之例，而盛衰之感，隐寓其中，不特简略之分已也。

第二十三回

征日本全军尽没　讨安南两次无功

却说中国海东，有一日本国，与高丽国仅隔海峡，以其地近日出，故名日本。唐时曾遣使入贡，至元代征服高丽，与日本尚未通使。世祖至元二年，高丽人赵彝等来元修好，奏称日本可通，请世祖遣使东往。世祖本是个好大喜功的雄主，*好大喜功四字，是世祖一生注脚。*一闻赵彝等言，自然乐从。当于次年秋季，命兵部侍郎赫德充国信使，礼部侍郎殷弘为副，赍国书东行。至高丽，国王王禃(zhí)亦遣使为导，航海至日本。既抵岸，未见有人出迎，只得西归。世祖又命起居舍人潘阜等，持书复往，留居日本六月，全然不得慰问，也只好回来。

至元六年，高丽权臣林衍作乱，倡议废立，国王禃情急入朝，乞为援师。世祖乃发兵万人，送禃回国。会林衍已死，乱党闻元军大至，相率远窜。禃复王位，高丽无事。乃复命秘书监赵良弼东往，并饬高丽王禃派人送至日本，期在必达。良弼到了日本，始终不见国王，只与日本官吏弥四郎相见，弥四郎引他至太宰府西守护所。据守吏言及，从前被高丽所绐(dài)，屡云上国要来伐我，所以不接来使。今闻上国好生恶杀，实出意料。可惜我国王京，去此尚远，只好先遣人从使回报，他日再当通好等语。良弼无奈，乃遣从官张锋，先偕日使二十六人，驰还燕京。世祖召姚枢、许衡等入见，并问道："日使此来，恐是受主差遣，来窥我国强弱，他称由守护所差来，不尽确实，卿等以为何如？"姚枢、许衡齐声道："诚如圣虑，现不应准他入见，只宜待他宽仁，看他以后作何对待，再作计较。"*以人治人，计非不是，然怀柔之道究不在此。*世祖点头称善。

姚、许退后，留日使居住客舍，兼旬不得召见。日使索然无味，即乞归。赵良弼闻日使返国，也即启程回来，嗣后良弼复往返一次，仍是徒劳跋涉。看官！这日本是东方旧国，也有君主臣民，为什么元朝行人往来如织,他竟置诸不理,似痴聋一般哩! 我亦要问。说来话长,小子不遑细叙,只好略说数语,令看官粗识原因。原来日本当日,藩臣擅权,方主闭关政策,首藩北条时宗尤为顽固,无论何国使臣,一概拒绝。元使入境,还算格外客气,任他来去自由。至若遣使偕行,虚与周旋,是第一等好意。偏偏元主不明情由,硬要向他絮聒,反令他恼恨起来,决计谢绝。

至元十一年,高丽王王禃殂,世子睶(chǔn)袭爵。世祖以高丽归顺有年,把皇女忽都鲁揭里迷失遣嫁嗣王,并命他发兵五千,助征日本。于是命凤州经略使实都,及高丽军民总管洪茶邱,率大小舟九百艘,载水师一万五千,会同高丽兵士,航海入日本境。日本闻元兵到来,也不遣将出战,只令兵民守住要隘,坚壁以待。元兵路陌生疏,不敢卤莽进攻,耽延了好几日,费了若干粮饷,若干弓箭,迨至矢尽粮竭,不得已掳掠四境,捉住几个日人,夺了一些牛马,便算了事,回来报命。日境虽是难攻,元将恰也没用。

越年,世祖又遣礼部侍郎杜世忠、兵部侍郎何文著等,往使日本,被他拒绝。到了至元十七年春间,再命杜世忠等东行,只知遣使,何益于事,反要送他性命。所赍国书,未免说得严厉,恼动了日本大臣,竟将杜世忠等杀死。那时世祖闻报,自然大怒,遂命右丞相阿喇罕、右丞范文虎,及实都、洪茶邱等,调兵十万,浩荡东征。

阿喇罕年老力衰,无志远行,只因君命所委,不敢推辞,没奈何硬着头皮,率师东指。途中屡次延宕,及到高丽,竟逗留不进,只说是风水不利,未便行军。嗣后接连会议,或说宜进兵壹歧岛,可扼日本要口;或说宜先取平壶岛,作屯兵地,然后转攻壹歧。阿喇罕茫无头绪,未免心绪不宁,自是食不安,寝不眠,遂致老病复发,拜表辞职。未几死于军中。

世祖令左丞相安塔哈往代,尚未到军,范文虎志欲图功,从前受制阿喇罕,不能自专,尝讥他老朽无用,至阿喇罕死后,军中要推他为统帅,一朝权在手,便把势来行,当下出令发兵,竟往平壶岛进发。平壶岛四面皆水,日本人称为悬海,四面有五岛相错,叫作五龙山。元兵既到平壶岛,一望无垠,方拟觅地寄泊,俄觉天昏地黑,四面阴霾,那车轮般的旋风从海面腾起,顿时白浪翻腾,啸声大作。各舟荡摇无主,一班舵工水手齐声呼噪,舟内的将士东倒西歪,有眩晕的,有呕吐的,就是轻举妄动的范文虎也觉支持不定。当下各舟乱驶,随风飘漾,万户厉德彪、招讨王国佐、

水手总管陆文政等，统是逃命要紧，不管什么军令，竟带着兵船数十艘，乘风自去。

　　范文虎见各船散走，心中焦急起来，忙饬大众趋避五龙山。既到山下，检点各舟，十成中已散去三四成。留着的兵舰，多半是帆折樯摧，篷倾舵侧。可见海军不可不练，轮船不可不制。叹息了一回，只得令兵士休息数天，将船中所有器械渐渐修整。可奈海上的风势，接连不断，稍静片刻，又是怒号。况此时正值凉秋天气，商飙司令，不肯遽停。到了仲秋朔日，飓风复至，范文虎以下各将，惩着前辙，统吓得魂不附体，三十六计，走为上计，慌忙拣择坚船，解缆西遁。虎是文的，无怪外强中干。

　　军中失了主帅，又没有完善的舟楫，进退无据，只有一个张百户，算做最高的官长，当由军士推戴，号为张总管，听他约束。张总管乘风势少铩，令军士登山伐木，修造船只，意图归还。不料日本兵舰，竟从岛中驶出，来杀元军。看官！你想元军虽有数万，到此还能厮杀么？你推我让，彼惊此骇，结果是上天无路，入地无门，有二三万人丧身刃下，有二三万人溺毙海中，还有二三万人，作日本俘囚。日本问是蒙古兵、高丽兵，尽行杀死。惟赦南人万余名，令作奴隶，后来逃还中国，只有三人。中国向迷信星命，未知这三人命中究属何如？那时这位张总管不知下落，想总是与波臣为伍了。

范文虎逃归后，报称败状，并归咎厉德彪、王国佐等，先自遁还，不受节制。诿过于人，庸夫长技。嗣经安塔哈调查，厉德彪等逃至高丽，将部兵遣散，自己也隐姓埋名，避匿他方，一时捕获不着，遂成悬案。世祖复命安塔哈为日本行省丞相，与右丞彻尔特穆尔、左丞刘二巴图尔，募兵造舟，再图大举。中丞崔彧及淮西宣慰使昂吉尔都上书谏阻，世祖不从，可巧占城抗命，有事南征，只好将东征问题，暂时搁起一边。

且说占城在交趾南方，旧称占婆国。自兀良合台征服交趾后，曾遣使招致占城，未得实报。世祖令右丞唆都，一作索多。引兵南下，就国立省。占城王子补的，负固不服，遂命唆都进讨。唆都率战船千艘，道出广州，浮海至占城。占城发兵迎战，号称二十万，两军在南海中鏖斗起来，鱼龙避匿，鲸鳄潜踪，自辰牌杀到午牌，未分胜负。唆都大愤，带着敢死士数百名，鼓舟直进，各军亦不敢怠慢，鱼贯而入，顿将敌舰冲开，趁势掩杀。占城兵不能抵御，立刻奔溃，被杀及被溺的兵卒，共五万人。唆都复进兵大浪湖，与占城兵再战，又斩首数万级，遂乘势薄城。王子补的遁入山谷，城中乞降。

唆都入城抚民，拟穷追补的，忽来了占城大吏，名叫宝脱秃花，说是奉王子命，纳款输诚。唆都道："既愿归降，应即来见！"宝脱秃花只称贡品未备，须延期数日，唆都照允，遣他归去，转瞬经旬，杳无音信。唆都方知是诈，引兵深入。转战至木城下，四面都是堡寨，不由唆都不惧，下令还军。行未数里，斜刺里忽闪出占城人马，来截归路，唆都猝不及防，几乎被他蹂躏。亏得众军死战，方得走脱。检点军士，已是一半伤亡，只得退出占城，奏请济师。唆都亦非将材。

世祖封第九子脱欢为镇南王，令与左丞李恒领兵南下，往会唆都军。脱欢欲假道安南，乘便出占城，并命安南国王陈日烜接济军粮。去使还报，日烜愿随力助饷，不肯假道。脱欢不问允否，只管前进，行入安南，见境上俱有重兵扎住，拒绝元军。乃扎住大营，整备与战。安南管军官阮盝（lù）竟出兵接仗，不到数合，阮盝败走。元军奋勇驱入，杀得安南兵七零八落，擒住安南将杜伟、杜佑。当下审问，始知日烜从兄陈峻，职封兴道王，扼守界上，不许通道。脱欢遂行文招谕，教他退兵开路，未见答复。乃再麾兵深入，迭破要隘，获安南大将段台，兴道王陈峻遁走。

元军在途中拾得遗弃文字二纸，乃日烜致脱欢公文，内称"前奉诏敕，军不入境，今因占城抗命，大军经过本国，残害百姓，是太子所行违误，本国不能任咎。伏望仍遵前诏，勒回大军，本国当具贡物驰献"等语。脱欢阅毕，即令书状官复文，略说："我朝命讨占城，曾移文汝国，命汝开路备粮，不意汝违朝命，使兴道王等提兵迎敌，射伤我军。我军不得已接战，是祸及汝民，实由汝自己开衅。今与汝约，即日收兵开道，安谕百姓，各务生理，我军所过，秋毫无犯，否则蹂躏汝国，毋贻后悔云云。"恃强胁迫，未免不情。

这书方发，忽由侦探来报，安南王日烜调集军船千余艘，来助兴道王拒战了。脱欢道："他既如此倔强，不如从速进兵。"遂督师亲往，直抵富良江，只见江中排着一字儿战船，高悬兴道王旗帜，彩色鲜明。徒有形色。乃命将士驾筏前攻，大小并进，四面驶击，夺得敌船二十余艘，兴道王复败走。元军缚筏为桥，渡过江北，岸上统竖着木栅，由元军用炮猛攻，守兵亦发炮还击，声震天地。到了晚间，来了安南使臣阮效锐，奉书谢罪，且请班师。脱欢不允，次日复攻木栅，栅内已寂无一人。即令军士拆卸，通道进兵，径薄安南城下。日烜已弃城遁去，其弟益稷率属迎降。脱欢入城，搜查宫内，毫无珍物，只留文牍等件，亦尽行抹毁，料知日烜已尽室而去。亟遣将士追袭，获住官吏多人。惟日烜不知去向。是时唆都已引兵来会，奉脱欢命，亦究追日烜，向南去讫。

脱欢寓居安南城，无粮可因，军士亦多劳瘁，加以水土不服，瘴疠交侵，未免日有死亡，不得已议定退兵。于是出城北旋，仍抵富良江口，方登山伐木，以便筑桥通渡，不防山林里面，统是安南兵伏着，一声呼啸，伏兵四起，都恶狠狠的来杀元军。元军仓猝迎战，纪律不整，军械不全，眼见得为敌所乘，有败无胜。脱欢一面督战，一面令军役速筑浮桥，等到桥可通人，岸上的元军已有一半受伤。脱欢先自过桥，留李恒断后。顾己不顾人，好一个大元帅。那安南兵见元军渡江，索性用着毒箭，顺风四射。元军且战且行，桥狭人多，不堪普济。更兼毒矢飞来，左右闪避，就使幸免箭镞，也要失足落水。因此元军各队，不是中箭，就是被溺，好多时才得渡完。李恒亦带队过来,右颊已受箭伤,血流满面。安南兵尚思追逐,亏得元军手快,把桥拆断,方能止住追兵。这一番厮杀,元军吃亏不小,狼狈入思明州,李恒创重死了。还有唆都一军,与脱欢相去二百里,追寇不及,中道折回。总道脱欢尚在故处,仍由原路还军,谁知到了乾满江,前后左右,统是安南兵杀到。唆都无从趋避,拼着命与他奋斗。可奈杀开一重,又是一重,杀开两重,又有两重,等到杀透重围,手下已是零落,身上亦受重伤,看看前面又是江流,无桥可渡,后面的呼杀声,尚是不绝,进退无路,投江而死。残众亦都随着,扑通扑通的数十响,葬身鱼腹去了。统是枉死。

世祖闻报,愤急的了不得,更发蒙古军千人,汉军新附四千人,南往思明,归镇南王节制,再讨安南。复命左丞相阿尔哈雅等,大征各省兵,陆续接济。吏部尚书刘宣奏称安南臣事已久,岁贡并未愆期,似在可赦之列。且镇南王出兵方回,疮痍未复,若再令进讨,兵士未免寒心。况且南交一带,蛮瘴甚深,不如少缓时日,徐作后图。世祖览奏,乃遣使往谕脱欢,令其自筹行止。脱欢复称从缓进行,惟日烜弟益稷,为兄所逐,自

拔来归,应如何处置? 请旨遵行云云。世祖乃令脱欢还军,并居益稷于鄂州,容图后举。

至元二十三年,诏封益稷为安南国王。复命镇南王脱欢统率江淮、江西、湖广三省蒙古军,及汉军七万人,云南军六千人,海外四州黎兵万五千人,再伐安南,并纳益稷。所有右丞阿八赤、程鹏飞暨参政樊楫以下,统归镇南王调遣。于是水陆并举,分道南进。安南王陈日烜闻元兵大举,也分道防守。元兵锐气大张,逢关即破,遇险即登,大小十七战,都得胜仗,遂深入国都。日烜仍用旧法,弃城入海,脱欢再入城中,仍令将士航海追寻。看官! 你想,这大海茫茫,渺无津涯,凭你东寻西觅,哪里获得住日烜? 不过徒然跋涉,多劳军士罢了。前详后略,用笔得体。用兵数月,已是至元二十五年仲春,右丞阿八赤语脱欢道:"敌弃巢穴,远窜入海,意将待吾疲敝,再出争战。我军统是北人,到了春夏交季,瘴疠将作,何能支持! 敌弗就擒,吾粮且尽,不如退归为是! "脱欢迟疑未决,会日烜复遣使请降,仍是缓兵之计。乃顿兵待着。相持有日,仍无音耗。脱欢遣阿八赤等沿海巡查,返报海口有安南兵。正拟遣兵往攻,奈天气又炎,疫疠又作,所得险隘,连报失守,不得不率众退还。那陈日烜恰是厉害,从海上集众三十万,绕出安南国北方,到了东关,截住元军归路,连营以待。元军也自防着,步步为营。变换前文,不特免复沓之病,且揆情度理,亦应如此。不然脱欢为元帅,岂竟不戒覆辙耶!既近东关,侦知安南兵在前,各怀着小心,上前夺路。安南兵初次接战,倒也不甚起劲,只沿途散处,日与元军战数十合,他惟抢夺军械,任他自走。迨元军行至东关,面面皆山,安南兵都占住山脚,差不多如蚂蚁一般。元军正在骇愕,不期敌军队里,鼓声一响,千万杆箭镞,复扑面飞来。正是:

> 日暮途穷天地黑,风凄血薄鬼神愁。

毕竟元兵如何抵御? 且看下回便知。

元世祖即位以后,混一中原,宜乘此休养士民,修文偃武,古人放牛归马之风,何不可遵而行之? 况元自太祖称尊,至世祖灭宋,相传其屠戮人数,共一千八百四十七万有奇。既已统一海内,更宜止杀行仁,乃复穷兵东伐,黩武南征,天道恶盈,宁肯令其常胜耶? 故无论阿喽罕等之不足将兵,皇子脱欢等之未克料敌,而揆诸理数,亦断无永久不败之理。本回虽第述战事,而于篇首之"好大喜功"四字,已评定世祖人品。以下逐节写来,处处寓着讥刺,知寓戒之意深矣!

第二十四回

海都汗连兵构衅　乃颜王败走遭擒

却说元军至东关遇敌，被安南兵连放毒箭，将士又复遭伤，当下裹疮力战，还是杀不退敌兵。阿八赤、樊楫两人，保住脱欢先行，只望突过东关，便好脱险。那安南兵偏专望大纛杀来，势不可当，凭你阿八赤、樊楫等努力冲突，总是无路可走。阿八赤遂语脱欢道："王爷顾命要紧，须扮做兵士，莫令敌军注目，方可逃生。我等愿誓死报国了！"脱欢闻言，便卸下战袍，带着亲卒，混入各军队里，伺隙逃走。曹阿瞒割须弃袍，倒被他模仿得来。阿八赤、樊楫两人，竟尔战死。脱欢正偷出重围，安南兵又复追上。幸前锋苏都尔领了健卒，回身奋战，才将安南兵截住。可笑这位镇南王脱欢，穷极智生，不敢径行大道，只望僻处奔逃，亏此一着，保全性命。要算大幸。

到了思明州，败军始陆续奔来。仔细检查，十死五六，比前次损失还要加倍。脱欢恼丧异常，只好据实奏闻。世祖以脱欢两次败还，勃然震怒，便下诏切责，令他留镇扬州，终身不准入觐。一面拟另简良将，指日再征。

寻得安南来使，贡入金人一座，且卑词谢罪，方把南征事暂行搁置。是时连岁用兵，多半无功。只诸王相答吾儿一作桑阿克达尔。及右丞台布等，分道攻缅国，还算得手，收降西南夷十二部，直指缅城。缅国即今缅甸，与云南接壤，役属附近各部落，声焰颇盛。至是为元兵所败，遁入白古。嗣复遣人乞降，愿纳岁币，元军方还。所有印度、暹罗及南洋群岛诸部落，亦闻风入贡，元威算遍及西南了。

世祖雄心未已，复拟敛财储饷，再征日本及安南。卢世荣以言利邀宠，尝自谓生财有法，不必扰民，可以增利。因即擢他为右丞。他遂滥发交钞，妄引匪人，专权揽势，毒害吏民。嗣经陈天祥奏弹，方召世荣入朝对质，由世祖亲自鞫讯，一一款服，才命正法。

天下事福无双至,祸不单行。卢计臣方才伏辜,皇太子偏又病剧。这皇太子便是真金,起病的原因,自王著矫杀阿合马,真金心中已不自安。到至元二十二年,忽有南台御史奏请内禅。台臣以世祖精神矍铄,定不准奏,遂将原奏搁起。其时卢世荣未戮,引用阿合马余党,竟借公济私,奏称太子阴谋禅位,台臣擅匿奏章。那时世祖未免忿怒,只因太子素来尽孝,还算勉强容忍,不加诘责。嗣被太子闻知,忧惧成疾,医药罔效,竟与老父长别,仙逝去了。真金以仁孝闻,所以转笔加褒。

世祖方悲悼未休,忽西北一带,警耗迭传,竟有同族相残的祸案,酿成分裂。于是接连用兵,扰扰了好几十年。这乱源早已伏着,小子久思叙入,因恐文字夹杂,转眩人目,不如总叙一回,省得枝枝节节。看官阅着,由小子一一叙来。原来,元太祖即大汗位,至世祖统一神州,先后不过七十年,除亚细亚洲极北部,及亚细亚洲极南部外,全洲统为元有,就是欧洲东北土,亦为元威所及,真是一个大帝国,自中国黄帝以来,所绝无仅有的。当时蒙古诸王族,各有分土,最大者有四国,分述如下:

(一)伊儿汗国 自阿母、印度两河以西,凡西方亚细亚一带地,统归管领,亦称伊兰王国。旭烈兀子孙,君临于此,都城在玛拉固阿。

(二)钦察汗国 在伊儿汗国北方,东自吉利吉思荒原,西至欧洲马加境,举秃纳河即多瑙河。下流,及高加索以北地,统归管领,或称金党汗国。拔都子孙,君临于此,都城在萨莱。

(三)察合台汗国 阿母河东面,及西尔河东南,凡天山附近的西辽故土,统归管领。察合台子孙,君临于此,都城在阿力麻里。

(四)窝阔台汗国 凡阿尔泰山附近的乃蛮故土,统归管领。窝阔台即太宗。子孙,君临于此,以也迷里附近作为根据地。

这四汗国就封后,一切内政由他自理,名义上仍由元主统驭。世祖乃建阿母河行省,监制伊儿、钦察两汗国;置岭北行省,监制窝阔台汗国;设阿力麻里及别失八里两元帅府,监制察合台汗国。还有一班皇族宗亲,分镇满洲,因立辽阳行省,作为监督。总道是内外相维,上下相制,好作子孙帝王万世的基业。秦始皇以郡县治天下,元世祖以分封治天下,俱欲长治久安,后来都生祸乱,可知徒法不能自行。无如法立弊生,福兮祸倚。窝阔台汗国,自宪宗嗣位后,早怀不平。应第十九回。至世祖入继,阿里不

海都汗连兵构衅

哥构衅,太宗孙海都为窝阔台汗国首领,曾隐助阿里不哥,谋倾世祖。阿里不哥败亡,海都汗静蓄兵力,志图大逞。

是时察合台早死,其从孙亚儿古为察合台汗,与海都联盟。世祖探知底细,遣使至察合台汗国,黜逐亚儿古,别立察合台族曾孙八剌为汗。且命连结钦察汗国,与拔都孙蒙哥帖木儿彼此相倚,共制海都。谁知八剌不怀好意,反嗾使海都,合图钦察汗国。海都引兵入钦察境,蒙哥帖木儿已早闻知,潜出兵袭击海都后面。海都还军抵敌,八剌又背了海都,竟将海都所侵地,占据了去。杨畏三变,尚愧勿如。海都愤不可遏,卑辞向钦察汗乞和,且得钦察援兵,杀退八剌。八剌很是刁狡,贻书海都,只说要乞师燕都,与他拼命。海都正防这着,不得已与他讲和。由是三汗勾连,同会于怛罗斯河畔,模仿库里尔泰会,推海都为蒙古大汗。

海都传檄伊儿汗国,令他一同推戴,共抗燕都。伊儿汗国的始祖是旭烈兀,系世祖亲弟,向来服从世祖。旭烈兀殁后,他子阿八哈承父遗志,不肯附和海都。海都遂与八剌连兵,攻入伊儿汗国东境,一面约钦察汗、蒙哥帖木儿侵略伊儿汗国西北。阿八哈颇有父风,熟娴兵事,竟调集部众,逆击海都、八剌的联合军。两军相遇，阿八哈略战即退，诱敌兵深入险地，用四面埋伏计，冲破敌兵。海都、八剌几乎被擒，幸亏逃走得快，方得保命。

阿八哈既战退联合军，复去迎截钦察兵。这钦察兵颇是厉害，闻着阿八哈到来，他竟退归，至阿八哈回去，他复出来，弄得阿八哈疲于奔命，积成劳疾，未几身死。子阿鲁浑嗣立。阿八哈弟阿美德不服，屡与相争。阿鲁浑虽尚能支持，究竟内乱未平，不暇对外，所以海都的势焰愈加鸱张，竟欲入逼燕都。

元廷早议往讨，世祖以谊关宗族，不忍发兵，只遣使招谕。假惺惺。海都不肯应诏，乃遣皇子耶木罕为大帅，与宪宗子昔里吉，及木华黎孙安童，统兵防御。不意昔里吉反叛应海都，竟将耶木罕、安童两人拘禁营中。那时世祖闻报，急令右丞相伯颜率兵往救耶木罕等。伯颜兼程而进，闻昔里吉已导海都部众，将入和林。于是火速进兵，遇昔里吉于鄂尔坤河畔，麾众直前，攻破昔里吉营帐，救出耶木罕、安童。昔里吉遁走。正拟乘胜穷追，忽来了燕都钦使，促伯颜还朝。

伯颜班师南归，入见世祖，世祖语伯颜道："海都未平，乃颜一作纳延又复谋逆，所以促卿归来，商决军事。"伯颜道："乃颜也敢谋逆么？究竟有无实据？"世祖道："乃颜屡次征兵，朕命行省阇里帖木儿不得辄发，闻他时出怨言，将来必要为逆了。"伯颜道："西北诸王多得很哩，若乃颜一反，胁从王族，恐怕乱祸蔓延。现不如乘他未发，遣使宣抚为是。"世祖问何人可遣，伯颜自请一行，遂奉旨去讫。

看官，你道乃颜究属何人？原来就是太祖弟别勒古台的曾孙。别勒古台曾受封广宁路、恩州二城，以斡难、克鲁伦两河间为驻牙地，子孙世袭为王。传至乃颜，适海都倡乱，受他运动，遂思征兵助逆。叙述明晰。

伯颜既奉命北行，车中满载衣裘，每至一驿，辄把衣裘颁给，驿吏很是感激。为大事者，不惜小费。及与乃颜相见，反复慰谕，乃颜含糊答应。伯颜窥出私意，料非口舌所能挽回，竟不待告辞，黄夜出走。驿吏争献健马，遂得速遁。至乃颜发兵来追，已是驰出境外。

迨返报世祖，很是忧虑。宿卫使阿沙不花道："欲讨乃颜，须先安抚诸王，诸王归命，乃颜势孤，不怕不受擒了！"世祖称善，便命他往说诸王。阿沙不花有口辩才，一入西北境内，就扬言乃颜投诚。诸王闻言，为之气沮,自是所如无阻,把诸王说得屏足敛容,不敢抗衡。可见应对之长,断不可少。

至阿沙不花归还,世祖遂决议亲征,用桑哥一作僧格。为尚书,敛财助饷。桑哥本卢世荣余党,一握政权,免不得暴敛横征。世祖急于讨逆,哪里管得许多。将要启跸,先遣谕北京等处宣慰司,令与乃颜部民禁绝往来。所有京内兵吏,不得持弓挟矢,于是乘舆北发,肃静无哗。

既入乃颜境内,见麾下将校多与乃颜部兵,立马相向,释仗对语。世祖很以为忧。左丞叶李密启道:"兵贵奇不贵众,临敌当用计取。现看蒙古将士,与乃颜部多是亲昵,哪个还肯为陛下出力?徒然劳师糜饷,不见成功。臣请令汉军列前,用汉法督战,再用大军断他后路,示以死斗。乃颜玩视我军,必不设备,待我大军冲入,无虑不胜!"元代尝重用蒙古军,所以叶李有此计议。

世祖依言,谕左丞李庭等,部勒汉军,充作前锋。至撒儿都鲁地方,见前面尘飞沙起,料知叛兵到来,便下令布阵,列马以待。乃颜兵如排墙,号称十万,前哨头目名叫塔布台,随后的头目名叫金嘉努。乃颜自领中军,疾驰而至。世祖麾军与战,厮杀了一日,未分胜败,薄暮收军。

次日世祖再督军逆战,乃颜坚壁不出,当即还军。两下相持数日,彼此没甚动静,司农卿铁哥献议道:"乃颜不来出战,明是有意屯兵,他欲待我师老,方来邀击,若与他相持,正中诡计。现请布一疑阵,淆乱敌心,令他自行退去,才可用奇兵制胜哩。"世祖问计将安出,由铁哥附耳道:"如此如此!"世祖大喜,依计行事。

乃颜虽然坚守,每日侦探元军。一夕,得侦骑来报,说是元主据着胡床,张盖饮酒,态度很是从容,旁有大臣陪着,很是闲适,莫非长此驻扎不成。密计从侦骑叙出。乃颜忙与塔布台等商议,塔布台道:"元主如此闲暇,定是兵粮饶足,我若与他久持,反受牵制,不如乘夜退去,据险扼守罢了。"乃颜被他一语,倒也心动,便令部众潜退。部众得了归命,巴不得即日回去,顿时收拾行装,全营忙乱。

事被李庭探悉,即请世祖发令,引敢死士十余人,执着火炮,夜入敌阵。乃颜部众正要奔走,不防炮火射入,声如震雷,斯时大众无心恋战,便一哄儿地逃散。李庭遂率汉军奋击,继以玉昔帖木儿所领的蒙古军,先后追杀,如虎逐羊。汉军向被蒙古轻视,至此格外猛厉,显些威风。蒙古军见汉军奋勇,也有争功思想,顾不得什么情谊,况已得了胜仗,乐得乘势驱逐,杀个爽快。遣将不如激将,便是此意。只乃颜部众,确是晦气,走到东遇着汉军,跑到西碰着蒙古军,更且黑夜迷濛,辨不出道路高低,就是幸免锋刃,也因心慌脚乱,随地乱仆。塔布台受创身死,金嘉努不知去向。乃颜抱头乱窜,已达数里,正虑元军追着,喘吁吁的纵辔急逃。不意道路崎岖,马行未稳,猛觉得一声崩塌,那马足陷入泥淖中,竟将乃颜掀翻地下。残众只管自逃,一任元军追到,将他擒去。看官,你想叛逆不道的罪犯,还能保全性命么?枭首以后,还要分尸,这也毋庸琐述。

世祖班师而回,既到燕京,忽由辽东宣慰使塔出,飞驿驰奏,略说乃颜余党失都儿等入犯咸平,请速济师。世祖遂令皇子爱牙赤领兵万人,驰驿往援。时咸平东北一带,多与乃颜连结,塔出恐他蔓延,急与麾下十二骑,星夜前行,沿途征集数百人,直抵建州。适遇失都儿前军,约有数千名,头目叫作大撒拔都儿,来攻塔出。塔出毫不畏怯,当先陷阵,麾下数百人,也各自为战,以一当十,竟将大撒拔都儿杀退。

塔出两中流矢,仍指挥自如,与未受痛楚一般。忽得侦报,叛党从间道西出,将袭皇子爱牙赤军,遂又调兵千名,绕道遮截。至懿州附近,与叛党帖古歹相遇,两阵对圆,只见帖古歹执旗麾众,意气扬扬,塔出拈弓搭箭,飕的一声,穿入敌阵,不偏不倚的中了帖古歹口中,镞出项间,顿时坠马身死,余众不战自溃。塔出追至阿尔泰山,方才收兵。

回至懿州,懿州人民焚香罗拜道旁,都涕泣道:"非宣慰公到此,吾辈无噍类了!"塔出下马慰谕道:"今日逐出叛党,上赖皇帝洪福,下赖将士勇力,我有什么功绩,劳汝等敬礼?"劳谦君子有终吉。遂慰谕人氏,令他归去;一面露布告捷,世祖下诏嘉奖,赏他明珠虎符,充蒙古兵万户。皇子爱牙赤亦引还。无如乃颜余党,尚是未靖,海都又屡寇和林,于是令皇孙铁木耳,一作特穆尔。巡守辽河,右丞相伯颜,出镇和林。小子有诗叹道:

> 胡人好杀本无亲,构怨连年杀伐频。
> 为语前车宜后鉴,莫教骨肉未停匀!

毕竟叛党能否平靖?容俟下回续陈。

海都构乱,两汗响应,即西北诸王如乃颜者,亦起而响应,是为元代分裂之原因,即为蒙俗残忍之报应。宪宗蒙哥不经库里尔泰会通过,即窃据大位,妄肆杀戮。彼非应承大统之人,乃恃强称帝,自残同类,亦何怪宗族之解体乎?世祖得国,与乃兄无异,加以穷兵黩武,暴敛横征,外患未靖,而内乱迭作,谁为为之,以至于此!幸其时犹称全盛,不致遽亡;然履霜坚冰,其象已见,读此回应为之黯然!

第二十五回

明黜陟权奸伏法　慎战守老将骄兵

却说乃颜余党，尚出没西北，头目为火鲁火孙及哈丹等，攻掠边郡未下。经皇孙铁木耳北巡，遣都指挥土土哈等击破火鲁火孙，复战胜哈丹，收复辽左，置东路万户府，嗣是西北稍安。哈丹虽屡来扰边，终被守兵击退，只海都屡寇和林。伯颜尚未出发，世祖命皇孙甘麻剌一作葛玛拉，系铁木耳长兄。往征，会同宣慰使怯伯等军，共击海都，一面命土土哈移军接应。怯伯阳迓甘麻剌，阴与海都勾通，军至航爱山，怯伯反引海都部众，来击甘麻剌，将他困在垓心。甘麻剌左冲右突，卒不得脱，心中焦急万分。幸土土哈率军杀到，突入围中，将甘麻剌翼出，令他先行，自率军断后，敌众不肯就舍，统跨马追来。土土哈挑选精锐，依山设伏，俟追军将近，先与截杀，佯作败走形状，诱敌众入山，呼令伏兵齐起，一律杀出。敌兵腹背受敌，几乎败溃，亏得人数众多，分队抵敌。杀了一场，究竟有输无赢，只好夺路遁去。

世祖闻报，复议亲征，师至北方，土土哈率军来会，由世祖抚背慰谕道："从前我太祖经营西北，与臣下誓同患难，尝饮班珠尔河流水，作为纪念。今日得卿，不愧古人，卿其努力，毋负朕意！"应第九回。土土哈拜谢。海都闻世祖亲到，不战自退。

世祖回军，适福建参知政事，执宋遗臣谢枋得，送至燕京。枋得天资严厉，素负奇气，尝为宋江西招谕使。宋亡，枋得遁入建阳，卖卜驿桥，小儿贱卒，亦知他为谢侍御。至元二十三年，世祖遣御史程文海访求江南人才，文海博采名士，选得赵孟适、叶李、张伯淳及宋宗室赵孟頫等，赵孟頫字子昂，为宋秦王德芳后裔，善书画，冠以宋宗室三字，所以愧之。共二十人，枋得亦列在内。时枋得方居母丧，遗书文海，力辞当选。嗣宋状元宰相留梦炎亦已降元，复荐枋得，枋得复致书痛责，极言江南士人不识廉耻，非但不及古人，即求诸晚周时候，如瑕吕饴甥，及程婴、杵臼厮养卒，亦属没有，令人愧煞等语。梦炎见书，未免心赧，亏得脸皮素厚，乐得做我好官，由他笑骂。*谁要你做过前朝的状元宰相！此编大书前朝头衔，已足令羞。* 会天祐闻元廷求贤，佯召枋得入城卜易。既至，劝他北行。枋得不答，再三慰勉，乃嫚词谯诃。天祐曲为容忍，偏枋得愈加倨肆，令他难堪。*有意为此。* 遂反唇相讥道："封疆大臣，当死封疆。你为宋臣，何故不死？"枋得道："程婴、公孙杵臼，两人皆尽忠赵氏，程婴存孤，杵臼死义。王莽篡汉，龚胜饿死。汉司马子长尝云：死有重于泰山，或轻于鸿毛。韩退之亦云，盖棺方论定，参政何足语此？"天祐道："这等都是强辞！"枋得道："从前张仪尝对苏秦舍人云：'苏君得志，仪何敢言？'今日乃参政得志时代，枋得原不必多言了！"天祐愤甚，硬令役夫舁他北行，临行时，故友都来送别，赠诗满几。独张子惠诗最切挚，中有一联佳句道："此去好凭三寸舌，再来不值半文钱！"*确是名言。* 枋得览至此句，叹息道："承老友规我，谨当铭心！"遂长卧眠箦(jiào)中，任之舁行。途中有侍从进膳，他却不食半菽，饿至二十余日，尚是未死。既渡江，侍从屡来劝食，乃踌躇一番，*何故踌躇？看官试猜。* 复少茹蔬果。及到燕京，已是困惫不堪。勉强起身，即问故太后攒所及瀛国公所在地，*见二十二回。* 匆匆入谒，再拜恸哭，*所以踌躇者，只为此耳。* 归寓后，仍然绝粒。留梦炎使医持药，杂米饮以进。枋得怒，掷诸地上。过了五日，奄然去世。世祖闻枋得死节，很是叹息，命他归葬。其子定之遂往奉骸骨，还葬信州。*忠臣足以服枭雄。*

还有一位庸中佼佼的处士，姓刘名因，系保定容城人。他并未受职宋朝，只因蒙儿得国，不愿委赘，专力研究道学，笃守周、邵、程、朱学说，并爱诸葛孔明静以修身一语，表所居曰静修。嗣经尚书不忽术举荐，有诏征辟，乃不得已入朝。世祖擢为右赞善大夫。他敷衍了数日，奏称继母年老，乞归终养，遂辞职去。所给俸禄，一律缴还。后复征为集贤学士，仍以疾辞，世祖称他为不召之臣，由他归休。旋于至元三十年去世。赠翰林学士，封容城郡公，谥文靖。*刘因有知，恐不愿受。*

刘因以外，第二个要算杨恭懿，他籍隶奉元。至元初年，与许衡俱被召，屡辞不起。太子真金用汉聘四皓故事，延他入朝，与定科举制度，及考正历法。至历成，授他为集贤学士，兼太史院事。恭懿辞归，寻又召他参议中书省事，仍不就征，与刘因同年告终。

元初大儒，应推这两人为巨擘了。特别揄扬。此外要算国子监祭酒许衡。只许衡久食元禄，老归怀孟，至七十三岁寿终。尝语诸子道："我为虚名所累，不能辞官，死后慎勿请谥，勿立碑，但书许某之墓四字，使子孙知我墓所，我已知足了！"隐有愧意。及死后，世祖加赠司徒，封魏国公，谥文正。衡虽悔事元朝，究竟有功儒教，元制有七匠、八娼、九儒、十丐等阶级，幸有许衡维持，方将周、孔遗泽，绝而复续，略迹原心，功不可没，这且按下不提。

且说世祖自西北还师，驻跸龙虎台，忽觉空中有震荡声，地随声转，心目为之眩晕，不觉惊讶异常。越日得各处警报，地震为灾，受害最剧，要算武平路，黑水涌出地中，地盘突陷数十里，坏官署四百八十间，民居不可胜计。于是命左丞阿鲁浑涅里一作谔尔根萨里。召集贤翰林两院官，询及致灾的原因。各官都注意桑哥，只是怕他势大，不敢直言。地震之灾，未必由桑哥所致，然桑哥虐民病国，诸臣不敢直言，仗马寒蝉，太属误事。独集贤直学士赵孟頫，因桑哥钩考钱谷，有数百万已收，未收还有数千万，纵吏虐民，怨苦盈道，遂奏请下诏蠲除，藉弭天灾。世祖遂命草诏，适为桑哥所见，悻悻道："此诏必非上意。"孟頫道："钱谷悬宕，历征未获，此必由应征人民，死亡殆尽，所以不曾奉缴，若非及时除免，他日民变骤起，廷臣得便上书，怕不要归咎宰辅么？"桑哥嘿然无言，方得颁诏。

后来世祖召见孟頫，与言叶李、留梦炎优劣。孟頫道："梦炎是臣父执，操行诚实，好谋能断，有大臣风。叶李所读的书，臣亦读过，所知所能，臣亦自问不弱。"世祖笑道："你错了！梦炎在宋为状元，位至丞相，当贾似道执政时，欺君误国，他却阿附取容，毫无建白。李一布衣，尚知伏阙上书，难道不远胜梦炎么？"

孟頫撞了一鼻子灰，免冠趋出，乃与奉御彻里相遇，便与语道："上论贾似道误宋，责留梦炎不言，今桑哥误国几过似道，我等不言，他日定难逃责！但我是疏远的臣子，言必不听，侍御读书明义，又为上所亲信，何不竭诚上诉，拼了一人的生命，除却万民的残贼，不就是仁人义士么！"你于宋亡时何不拼命，至此却教人拼命，自己又袖手旁观，好个聪明人，我却不服。彻里不觉动容，答称如命。

注：图中所题回目名当为"明黜陟权奸伏法"

　　一日，世祖出猎滦北，彻里侍着，乘间进言，语颇激烈，世祖黜他诋毁大臣，命卫士用锤批颊，血流口鼻，委顿地上。少顷，复由世祖叫问，彻里朗声道："臣与桑哥无仇，不过为国家计，所以犯颜进谏。若偷生畏死，奸臣何时除？民害何时息？今日杀了桑哥，明日杀臣，臣也瞑目无恨了！"如彻里者，不愧忠臣。世祖大为感动，遂召不忽术密问，不忽术数斥桑哥罪恶多端，乃降敕按验。廷臣遂相率弹劾，你一本，我一折，统说桑哥如何不法，如何应诛。世祖召桑哥质辩。那时台臣百口交攻，任你桑哥舌吐莲花，也是辩他不过。况且事多实据，无从抵赖，没奈何俯伏请罪。世祖遂把他免职，一面命彻里查抄家产，所积珍宝，差不多如内藏一般。返奏世祖，世祖愤愤道："桑哥为恶，始终四年，台臣宁有不知的道理？知而不言，应得何罪？"御史杜思敬道："夺官追俸，惟上所裁！"你前时何亦溺职？于是台臣中斥去大半，阿鲁浑涯里与桑哥同党，亦夺职抄家。叶李同任枢要，一无匡正，亦令罢官。先是桑哥专宠，一班趋炎附势的官员称颂功德，为立辅政碑，奉谕俞允；且命翰林学士阎复撰文，说得非常赞美。至是已改廉访使,亦坐罪免官。未免冤枉。

世祖欲相不忽术,与语道:"朕过听桑哥,以致天下不安,目下悔之无及,只可任贤补过!朕识卿幼时,使从学政,正为今日储用,卿毋再辞!"不忽术道:"桑哥忌臣甚深,幸蒙陛下圣鉴,谅臣愚忠,得全首领。臣得备位明廷,已称万幸,若再不次擢臣,无论臣不敢当,就是朝廷勋旧,亦未必心服呢!"世祖道:"据你看来,何人可相?"不忽术道:"莫如太子詹事完泽。《元史》作旺札勒。曩时籍阿合马家,抄出簿籍,所有赂遗近臣,统录姓氏,惟完泽无名。完泽又尝谓桑哥为相,必败国事,今果如彼所料,有此器望,为相定能胜任了!"不忽术有让贤之美。世祖乃命完泽为尚书右丞相,不忽术平章政事,朝右一清。

会中书崔彧奏请桑哥当国四年,卖官鬻爵,无所不为,亲戚故旧,尽授要官,宜令内外严加考核,凡属桑哥党羽,统应削职为民云云。真是打落水狗。有旨准奏,遂彻底清查,把京内外官吏,黜逐无数。有湖广平章政事要束木,一作约苏穆尔。系桑哥妻舅,尤为不法,系逮至京,籍没家产,得黄金四千两,遂将他正法。今之官吏拥资数千万,比要束木为何如?自是穷凶极恶的桑哥,也被拘下狱,无可逃免,结果是推出朝门,斩首示众。贪官听着。嗣又有纳速刺丁、忻都、王巨济等亦被台臣纠参,说他党附桑哥,流毒江南,乞即加诛以谢天下。世祖以忻都长于理财,欲特加赦宥,经不忽术力争,一日连上七疏,乃一并伏罪,与桑哥的鬼魂,携手同去了。生死同行,可谓亲昵。

小子把朝事叙毕,又要回顾前文,把海都的乱事接续下去。世祖自亲征回跸后,因穷究桑哥余党,不遑顾及外务。且因江南连岁盗起,如广东民董贤举、浙江民杨镇龙、柳世英,循州民锺明亮,江西民华大老、黄大老,建昌民邱元,徽州民胡发、饶必成,建平民王静照,芜湖民徐汝安、孙惟俊等,先后揭竿,更迭起灭,看似随笔叙过,实是隐咎元朝。累得世祖宵旰勤劳,几无暇晷。还要开会通河,凿通惠渠,沟通南北,累兴大役,因此把北方军务都付与皇孙甘麻刺及左丞相伯颜。

伯颜出镇和林,威望素著,海都有所顾忌,不敢近边。会诸王明里铁木儿被海都唆使,来攻和林。伯颜出兵阻截,至阿撒忽突岭,已见敌军满布,倚险为营。当下举着令旗,当先陷阵,任他矢下如雨,只管冒险前进。

各军望风争奋,顿时闯入敌营。明里铁木儿忙来拦阻,看伯颜军似潮涌入,锐不可当,料知抵敌不住,索性回转营后,扒山逃去。伯颜令速哥梯迷秃儿等追杀敌军,自引兵徐徐退还。

到必失秃岭,夕阳下山,伯颜仰望岭上,飞鸟回翔,仿佛似怕惧蛇蝎,不敢投林,遂令军士向山扎营,严装待命。诸将入禀伯颜,愿即回军。伯颜道:"你等不见岭上的飞鸟么? 天色已晚,不敢归巢,岂不是内有伏兵! 若卤莽前进,正中他计! "老成持重,何至败衄。诸将道:"主帅既料有伏兵,何不上山搜寻,痛剿一番! "伯颜道:"夜色苍茫,不便搜剿。"诸将再欲有言,被伯颜叱退,并下令军中道:"违令妄动者斩! "成竹在胸。已而暮夜沉沉,连营寂寂,猛听岭上四起胡哨,不待侦卒还报,就令各营坚壁固守,遇有敌兵冲突,只准在营放箭,不得出营接仗,如有擅动,虽胜亦斩! 是谓军令如山。吓得将士战战兢兢,谨守号令,果然敌兵来袭数次,统被飞箭射退。守至天明,军令复下,饬各将士越岭速追,迟缓者斩! 叠写斩字,威声凛凛。当下将士遵令,立刻拔营登山,遥望敌兵,已向山后退去,便摇旗呐喊,纵辔奔驰。敌兵前行如飞,伯颜军后追如电。将要追着,只见敌兵后队停住,前队纷乱,便即乘势杀入。看官,你道敌兵何故失律? 原来速哥梯迷秃儿追赶明里铁木儿,未及而还,从间道来会伯颜军,巧遇敌兵遁走,就此截住。这时敌兵穷蹙异常,怎禁得两路夹攻,有几十百个生得脚长,还算侥幸逃生,此外都作刀头之鬼。

伯颜扫尽敌兵,当即收军。各将士都将首级报功,共得二千数百颗,遂打着得胜鼓,回至和林。会侦骑获到间谍一名,由伯颜召入慰问,赐他酒食。诸将争欲杀他,伯颜不许,放他归去。临行时,给发回书,并赏以金帛,谍使谢感而去。过了数日,得明里铁木儿复音,情愿率众归降,诸将方知伯颜妙用,胜人一筹。始惧以威,继感以德,确是大将权谋。

是时海都闻明里铁木儿败还,大举入寇,伯颜只令各处要隘严守不战。元廷还道伯颜怯敌,遂劾他久镇北方,观望迁延,无尺寸功,甚或说他通好海都。信而见疑,忠而被谤,无怪豪杰灰心。世祖半信半疑,遂诏授皇孙铁木耳军符,统握北方军务,以太傅玉昔帖木儿一作约苏特穆尔。辅行,召伯颜还居大同,静待后命。

伯颜闻旨,并无愠色,诸将却很是不平,咸请发兵对敌,先除海都,后接钦使。伯颜笑道："要除海都，也没甚难事，只恐诸君不听我命。"诸将齐声遵约，伯颜道："既如此，且遣人止住钦使，待我除灭海都。"诸将喜甚，遂遣使止住铁木耳等，一面麾军出境，既遇敌营，伯颜令各军往战，只准败，不准胜，违者斩。又出奇谋。诸将闻令，疑惑得很，奈因前誓遵令，不敢有违。便出与海都交绥，略略争锋，当即败退。伯颜亦退军十里下寨。次日便齐集听令，见伯颜号令如故，仍复照行。伯颜复退军十里下寨。一连五日，交战五次，连败五阵，退军至五十里。诸将忍耐不住，都交头接耳的谈论伯颜。到第六日，伯颜下令，仍然照旧。诸将遂齐声禀道："连日退兵，长他人锐气，灭自己威风，莫怪谗人鼓舌！还求改令方好！"伯颜道："我与诸君定有前约，如何违慢？多言者斩！"复出二斩字，煞是奇异。诸将忍气吞声，不敢不去，不敢不败。接连又是两日，复退军二十里，一边着着退步，一边着着进行，恼得诸将性起，不管甚么死活，又来与伯颜争辩。伯颜道："这便所谓骄兵之计，你等哪里知道！"诸将齐声道："战了七日，败了七阵，退了七十里，骄兵计也用得够了，难道还

要这般么！"伯颜不禁长叹。诸将复道："我等愿出灭海都，如或不胜，甘当重罚！"伯颜道："诸君少安，待我说明。"正是：

> 老将骄兵操胜算，武夫好斗骧奇功。

毕竟伯颜说出甚么话来？看下回明白交代。

谢枋得为宋尽忠，气节不亚文山，足为后人圭臬。刘因、杨恭懿等，未曾仕宋，亦能高尚志节，许莫庐对之，应有愧色，此著书人之所以亟亟表彰也。世祖名为重儒，实是好武，因用兵而敛财，因敛财而任佞，阿合马、卢世荣后，复有桑哥，三奸肆恶，元气斫丧，虽先后伏诛，而民已不胜困敝矣。伯颜为元室良将，匪特用兵如神，即谨守不战，亦为休养兵民起见，乃谗口嚣嚣，媒糵其短，卒至瓜代之使，奉敕遥来，雄主好猜，老臣蒙谤，乃知刘因、杨恭懿之屡征不至，固有特识，非第华黍之防已也。阅者于夹缝中求之，庶识著书人深意。

第二十六回

皇孙北返灵玺呈祥　母后西巡台臣匦奏

却说伯颜因诸将争议，复说明本意道："海都悬军入寇，十步九疑，我若胜他一仗，他即遁去。我拟诱他入险，使他自投罗网。然后一战可擒。诸君定欲速战，倘或被他逃走，哪个敢当此责？"诸将还是未信，复道："主帅高见，原是不错，但皇孙及太傅等，停止中道，彼未知我密计，又向朝廷饶舌，恐多未便，所以利在速战。主帅若虑海都脱逃，当由末将等任责！"伯颜复长叹道："这也是海都的侥幸，由你等出战罢！"一声令下，万众欢跃，便大开营门，联队出去。

海都因连日得胜，满怀得意，毫不防着。正在饮酒消遣，侦卒来报，敌军来了。海都笑道："不过又来串戏。"随即整队上马，出营督战，说时迟，那时快，伯颜军已踹入营盘，似生龙活虎一般，无人可当。海都部众，纷纷退下，究竟海都老于戎事，见伯颜军此次来攻，与从前大不相同，料得前番屡退，明是诱敌，遂招呼部众，且战且走。幸喜尚未入险，归路平坦可行，不过兵马受些损伤，自己还算幸脱。伯颜军力追数十里，只夺了些军械，抢了些马匹，杀伤了几百个敌兵，看着海都远扬，不能擒获，没奈何收军而回！伯颜道："我说何如？"诸将惶恐请罪。*徒勇无益。*伯颜道："此后你等出兵，须要审慎，有主帅的总须奉命；自己做了主帅，越宜小心。老夫年迈力衰，全仗你等努力报国，今日错误，他日可以改过，我也不愿计较了！"*言下感慨不尽。*诸将感谢。

伯颜遂遣人往迓钦使。俟铁木耳等到来，置酒接风，谈了一番国务。次日即将印信交与玉昔帖木儿，告别欲行。铁木耳亦还酒相饯，举杯问伯颜道："公去何以教我？"伯颜亦举杯还答道："此杯中物请毋多饮，还有一着应慎，就是女色二字！"*名论不刊。*铁木耳道："愿安受教！"*只恐受教一时，未必时时记着。*饮毕，伯颜自赴大同去讫。

　　是年已是至元三十年，安南遣使入贡，有旨拘留来使，再议南征。看官道是何故？原来至元二十八年，世祖曾遣吏部尚书梁曾出使安南，征他入朝。这时安南王陈日烜已死，其子日㷆（jùn）袭位，闻元使到来，拟自旁门接诏。梁曾以安南国原有三门，舍中就偏，明是怀着轻亵的意思，遂寓居安南城外，致书诘责。三次往还，始允从中门接入。相见毕，曾复劝日㷆入朝。日㷆不从，只遣臣下陶子奇偕曾入贡。曾进所与日㷆辩论书，世祖大喜，解衣为赐。廷臣见了，未免嫉忌，只说曾受安南赂遣。妒功忌能之臣何其多乎？世祖又召曾入问，曾答道："安南曾以黄金器币遗臣，臣不敢受，交与来使陶子奇。"世祖道："有人说你受赂，朕却不信；但你若禀过朕躬，受亦何妨。"恐亦是现成白话。廷臣又以日㷆终不入朝，请拘留陶子奇。世祖允他所请，复命诸王亦里吉觪（dǎi）等，整兵聚粮，择日南征。

　　师尚未发，忽彗星出现紫微垣，光芒数尺。似为世祖殂逝之兆。世祖颇为忧虑，夜召不忽术入禁中，问如何能弭天变。不忽术道："天有风雨，人有栋宇；地有江河，人有舟楫。天地有所不能，须待人为。古人与天地参，便是此意。且父母发怒，人子不敢嫉怨，起敬起孝；上天示儆，天子亦宜恐惧修省。三代圣王，克谨天戒，未有不终。汉文帝时，同日山崩，多至二十有九，就是日食、地震，也是连岁频闻，文帝求言省过，所以天亦悔祸，海内承平。愿陛下善法古人，天变自然消弭了！"善补衮阙！世祖闻言，不觉悚然，不忽术复诵文帝《日食求言诏》。世祖道："古语深合朕意。"复相与讲谈，直至四更方罢。是冬蠲赋赈饥，大赦天下。

　　越年元旦，世祖不豫，停止朝贺。次日，召丞相知枢密院事伯颜入京。越十日，伯颜自大同归。又越七日，世祖大渐。伯颜与不忽术等入承顾命。又三日，世祖崩于紫檀殿，在位三十五年，享寿八十。亲王诸大臣，发使告哀于皇孙。知枢密院事伯颜，总百官以听。兵马司请日出鸣晨钟，日入鸣昏钟，藉防内变。伯颜叱道："禁内何得有贼？难道你想作贼吗？"会有役夫至内库盗银，被执，宰执欲立置死地，伯颜道："嗣皇未归，禁中无主，理应镇静为是！寻常小窃，稍稍加惩，便可了事，不宜施用大刑，自示张皇！且杀人必须主命，目今何命可承？"可谓得大臣之度。说得宰执哑然无语，自是宫廷肃静，一如平时。过了数日，灵驾发引，葬起辇谷，从诸帝陵。总计世祖一生，功不补过，如迭任贪佞，屡兴师徒，尊崇僧

侣,污乱宫闱四大件,最为失德。史臣称他度量洪广,规模宏远,未免近于
谀颂,小子也不必细辩了。

且说皇孙铁木耳闻讣,从和林还朝,将至上都,遇着右丞张九思率兵
迎驾,并奉上传国玺一枚。这传国玺并非世祖御宝,乃是历代相传的玺
印。先是木华黎曾孙硕迪已死而贫,其妻出玉玺一枚,鬻诸市间,为中丞
崔彧所得。彧召秘书监丞杨桓辨认印文,说是"受命于天,既寿永昌"八
大篆字。彧惊异道:"这莫非是秦玺不成!"秦玺早付灰炉,如何复能出
现?况木华黎系元代世臣,既得此玺,安敢藏匿不献?这是明明赝鼎,藉
此以献谀耳。遂献诸故太子妃弘吉剌氏。皇孙铁木耳系故太子真金第三
子,是弘吉剌妃所生。妃得此玺,遂遍示群臣,丞相以下,次第入贺,俱称
世祖晏驾以后,方出此玺,明是上天留赐皇太孙,真可谓绝大喜事。乃遣
右丞张九思,率禁卒数百名,赍玺迎献。皇孙铁木耳受玺后,喜形于色,慰
劳有加。遂驰入上都,诸王宗亲,文武百官,同日毕至,议奉皇孙为嗣皇
帝。亲王中或有违言,时太傅玉昔帖木儿亦随皇孙同还,遂与晋王甘麻剌
道:"宫车宴驾,神器不可久虚,曩日天赐符玺,已有所归,王系宗亲首领,

何不早言？"甘麻剌点头，正欲发言，见伯颜带剑上殿，宣扬顾命，备述选立皇孙的意旨。甘麻剌遂乘势附和，决立皇孙铁木耳。诸王至此，不敢不从，遂皆趋殿下拜。铁木耳乃南面即尊，下诏大赦，其辞道：

> 朕惟太祖圣武皇帝，受天明命，肇造区夏，圣圣相承，光熙前绪。迨我先皇帝体元居正以来，然后典章文物大备，临御三十五年，薄海内外，罔不臣属，宏规远略，厚泽深仁，有以衍皇元万世无疆之祚。我昭考早正储位，德盛功隆，天不假年，四海觖望。顾维眇质，仰荷先皇帝殊眷，往岁之夏，亲授皇太子宝，付以抚军之任。今春宫车远驭，奄弃臣民，乃有宗藩昆弟之贤，戚畹官僚之旧，谓祖训不可以违，神器不可以旷，体承先皇帝夙昔付托之意，合词推戴，诚切意坚。朕勉徇所请，于四月十四日即皇帝位，可大赦天下，尚念先朝庶政，悉有成规，惟慎奉行，罔敢失坠。更赖祖亲勋戚，左右贤良，各尽乃诚，以辅台德。布告远迩，咸使闻知！

是诏下后，复上大行皇帝尊谥曰圣德神功文武皇帝，庙号世祖。追尊故太子真金为裕宗皇帝，生母弘吉剌氏为皇太后，改太后所居旧太子府为隆福宫。以玉昔帖木儿为太师，伯颜为太傅，月赤察尔一作伊彻察喇。为太保，并封赏各宗亲百官有差。又放安南使陶子奇归国，罢伐安南兵。朝政大定，乃移驾入燕都。铁木耳后号成宗，小子依前文世祖故例，以下就改称成宗了。

成宗即位后，河东守臣使献嘉禾，称为瑞征。平章政事不忽术问道：汝境内所产，是否皆同？"来使答道："只此数茎。"不忽术笑道："照此说来，于民无益，有甚么好处！"遂搁置不提。又西僧作佛事，每请释放罪囚，谓可祈福，梵语叫作"秃鲁麻"。豪民犯法，统纳赂西僧，乞他设法免罪；甚至奴仆戕主，妻妾弑夫，亦往往呼吁西僧，但教西僧答应，无论弥天罪恶，亦可邀免。有时西僧且为代请，被罪犯以帝后服，乘坐黄犊，款段出宫门，即谓增福消灾，得度一切苦厄，帝后亦深信不疑。据这般法制，无罪的人，不如有罪的好。不忽术恰愤愤道："赏善罚恶，是政治的根本，今第据西僧一言，便将罪犯赦免，就使逆伦伤化，也不足责，自古以来，无此法度呢！"成宗闻言，责丞相完泽道："朕尝有言戒汝，毋使不忽术知道，今他退有后言，转令朕生惶愧！"欲要不知，除非莫为，况王道荡荡，岂可无故纵恶,讳莫如深耶！成宗之所以为成者,恐第成人之恶,非成人之美也。又使人语不忽术道:"卿且休言,朕今听卿！"

未几有奴告主人,主已坐罪被诛,诏令将主人官爵,给奴承袭。不忽术又进奏道:"奴可代主,大坏天下风俗,将来连君臣上下,都可不管,请即收回成命！"成宗悔悟,乃将前旨取消。视国事如儿戏,元政之颠倒可知。完泽以不忽术位在己下,特膺宠眷,且遇事直言,不少回护,心中未免衔恨。不忽术曾保荐完泽,今反恨他直言,人心之难料如此！廷臣亦多与不忽术有嫌,悉恵完泽。直道难行,令人浩叹。完泽遂请不忽术外用,调授陕西行省平章政事,成宗亦以为然。无非恐他多言。诏已下,被太后弘吉剌氏闻知,呼帝入内,与语道:"不忽术系朝廷正人,先皇帝所付托,汝奈何令他外用？我实不解。"成宗乃留使在京,仍供原职。

是年十二月,有大星陨于西北,声如雷鸣。廷臣共以为不祥,但未知有何变故。越数日,忽报太傅知枢密院事伯颜病殁,备书官职,一如史家书法。成宗悲悼辍朝。伯颜智勇深沉,曾将二十万军伐宋,如将一人,诸将仰之如神明。元将最喜屠戮,伯颜亦时申禁令,还朝未尝言功,嗣后出御外务,入靖内讧,朝廷倚作长城,中外推为柱石,好算是一位出将入相的全材。卒年五十九,赠太师,谥忠武。

越年即成宗元年,年号元贞,寰宇承平,宫廷静谧,没有大事可表,惟授嗣汉三十八代天师张与材,为太素凝神广道真人,管领江南道教。信释及教,所以特书。又册立驸马托里斯女伯岳吾氏为皇后。伯岳吾一作巴约特。后有才略,册立后,成宗颇加敬惮,因此渐预外事,容后再表。暗伏下文。

元贞二年,赣州民刘六十,聚众万余,私立名号。成宗遣将往征,多半退缩不前,匪势益盛。亏得江淮行省左丞董士选亲自往讨。至兴国,距贼营百里,命将校分守待命,先把奸吏贪民查实正法。百姓很是感奋,争出投效,遂导兵入贼寨,一鼓荡平,六十就擒。士选拜表奏捷,但请黜赃吏数人,并不言杀贼功绩。舆论称他不伐,这也可谓元室良臣了。不没善人。

越年,复改元大德,五台山佛寺告成。山在山西五台县东北,五峰耸立,高出云表,山上无林木,状如台然,因名五台。先是世祖在日,深信佛教,尝推拔思巴为帝师,尊信备至。凡西域郡县土番地方,设官分职,尽归帝师管辖。每遇大朝会,百官班列,帝师独专席座旁,以此朝中大臣,莫

得与帝师敌体。甚且帝后妃主亦须向帝师前受戒，膜拜顶礼，帝师居然受拜。拔思巴又靠着些小才，创制蒙古新字，字仅千余，字母四十有一，世祖令颁行天下，与梵文并重。升号拔思巴为大宝法王。至拔思巴死，赠他嘉号，几乎记不胜记。看官记着，乃是"皇天之下，一人之上，宣文辅治，大圣至德，普觉真智，佑国如意，大宝法王，西天佛子，大元帝师"。奇称怪号，自古罕闻。其弟亦怜真嗣职，亦怜真夭逝，西僧答儿麻八剌乞列承袭，权力如故。

世祖殂后，宫廷中迷信益深，成宗母弘吉剌氏因饬建五台山佛寺，命司程陆信等董率工役，驱役民夫，冒险入山谷，伐木运石，压死至万余人。寺既成，弘吉剌太后备驾临幸，惹动了监察御史李元礼，竟草奏数百言，力为谏阻。中有扼要数语，录述如左道：

> 五台山创建寺宇，工役俱兴，供亿烦重，民不聊生。伏闻太后临幸五台，尤不可者有五：盛夏禾稼方茂，民食所仰，骑从经过，不无蹂躏，一也。亲劳圣体，经冒风日，往复数千里山川之险，万一调养失宜，悔之何及！二也。天子举动，必书简策，以贻万世，书而不法，将

焉用之，三也。财非天降，皆出于民，今日支持调度，百倍曩时，而又劳民伤财，以奉土木，四也。佛以慈悲为教，虽穷天下珍玩供养不为喜，虽无一物为献亦不怒，今太后欲为兆民求福，而亲劳圣体，使天子旷定省之礼，五也。伏望回辕中道，端处深宫，上以循先皇后之懿范，次以尽圣天子之孝诚，下以慰元元之望。如此，则不祈福而福自至矣！

奏上，中承崔彧见他言词鲠直，不敢上闻，遂将原奏搁起。于是慈舆西幸，千乘万骑，前后拥护，说不完的热闹，写不尽的庄严。所过地方，供张浩繁，有司一律跪迎，盛称太后仁慈，为民祈福。只河东廉访使王忱，独述建工时的损害；并谓建寺所以福民，福尚未及，害已先受，恐朝廷初意，未必如是云云。太后亦为动容，令颁给国帑，抚恤工役家属。迨到了五台，拈香已毕，赏赐僧侣也费了巨万，实则统是民膏民脂，为了泥塑木雕的佛像，吸尽万民血液，这又何苦呢！ 当头棒喝。

太后回銮后，忽侍御史万僧取元礼封章入奏，略称崔中丞私昵汉人，李御史大言谤佛，俱应坐罪。惹得成宗恼恨起来，令完泽、不忽术逮讯。完泽道："往时臣亦入谏，太后谓先皇帝已有此心，非臣所知。"不忽术恰云："他御史惧不敢言，独一元礼直谏，不特无罪，还当加赏！" 两人枉直，可于言下见之。成宗沉吟半响，瞿然道："御史元礼说的很是。"遂将元礼原任，万僧罢职。弄巧成拙，世之好讦人者，俱应如此处置。小子有诗咏道：

> 害人反把自身当，天道原来善恶彰。
>
> 我佛有灵应亦笑，痴迷唤醒即慈航。

五台事了，八邻又来警报，说是海都复猖獗得很，已由钦察都指挥使床兀儿领兵抵敌去了。事详下回，请看官续阅。

故太子真金已死，世祖之意，将递授皇孙，不应出使镇边，致有绝续之虑；况世祖年已八十，宁能长生不死乎？宫车晏驾，方遣使告哀，直至三月无君，幸有伯颜总己以听，方得无事，否则殆矣！然犹须假玺愚民，带剑宣命，以定策之大政，凭诸神道武力，侥幸成功，是固不足为后世训，宜乎后嗣之奇变迭出也。成宗嗣立，佞佛如故。太后虽贤，卒不能脱妇人之见，以致亲幸五台。李元礼一谏，千古不朽，崔彧之匦不上闻，果奚为者？元之兴不恃僧侣，元之衰亡，实自僧侣贻之。上昏下蔽，何以为国耶？惩前毖后，请鉴是书！

第二十七回

得良将北方靖寇　信贪臣南服丧师

却说海都被伯颜战退，两年不敢入寇。嗣闻世祖已殂，伯颜随殁，复乘隙进兵，即将八邻据去。八邻亦称巴林，在今阿尔泰山西北，势颇险要。钦察都指挥使床兀儿，一作绰和尔。系土土哈三子，曾以从征有功，封昭勇大将军，出镇钦察。既闻海都袭据八邻，遂一面驰驿奏闻，一面率北征军越过金山，即阿尔泰山。攻八邻地。

八邻南有答鲁忽河，两岸宽广，海都将帖良台阻水扎营，伐木立栅，把守得非常严密。俟床兀儿师驰至，命将士下马跪坐，持着弓矢，一排儿的待着。床兀儿本欲渡河，看他这般严备，不敢轻渡，但矢不能及，马不能前，如何可以进攻！他竟想出一法：命麾下吹起铜角，清音激越，又令举军大呼，声震林野。这也是疑兵计。帖良台部下大吃一惊，不知所措，相率起身上马。床兀儿趁他慌乱，立即麾军齐渡，涌水拍岸，木栅为之浮起。守军失恃，吓得脚忙手乱，所持弓矢，不是呆着，就是乱放，经床兀儿奋师驰击，已没有招架能力。帖良台拨马先逃，余众四散奔逸。床兀儿追奔五十里，不及乃还，把他人马庐帐，一律搬回。

行至雷次河，遥见山上有大旗招飏，料是海都遣来的援军，当下挑选精锐，作为前锋，由自己带着，径自渡河，奔山上冈。那山上的敌将，名叫孛伯，刚思下山对仗，不防床兀儿已经上山，执着令旗，舞着短刀，纵辔跃马而来。孛伯亦仗胆上前，与他接战，两马方交，床兀儿部下已大呼杀入。那时不及争锋，急忙领兵拦截，无如顾彼失此，阻不胜阻，未到一时，已是旗靡辙乱，无可约束。大众沿山奔窜，马多颠踬，被床兀儿痛杀一阵，十死八九。只无从追寻孛伯，想是乘间脱逃，穷寇勿追，收军回营，复遣使奏捷。成宗闻报，免不得有一番奖赏。

是时诸王也不干系太宗庶孙，也叛应海都。驸马阔里吉思袭父高唐王孛要合封爵,叠尚公主。至是自请往讨,成宗不许。三请乃允行,命大臣出都饯别。阔里吉思酹酒誓道:"若不平定西北,誓不南还!"又是死谶。遂慷慨北行。

至伯牙思地方,突遇敌军前来,差不多有数万人,即欲上前争杀。部将谓寡不敌众,应俟各军齐集,方可与战,阔里吉思道:"大丈夫矢志报国,临难尚且不避,况我奉军命北征,正为杀敌而来,难道定要靠人么?"语虽不错,然徒恃勇力,究嫌卤莽。当下激厉孤军,鼓噪前进,敌兵欺他兵少,未曾防备,被他杀得大败亏输。阔里吉思当即奏捷,由成宗赏他貂裘宝鞍,统是世祖遗物。

嗣至隆冬,诸王将帅谓去岁敌兵未出,不必防边。阔里吉思独毅然道:"宁可多防,不可少防,今秋敌中候骑来的很少,是如鸷鸟一般,将要击物,必先遁形,奈何不加防备!"此说很是。诸王将帅反以为迂。阔里吉思不暇与辩,只整顿兵备,严行防守。到了残腊,果然敌兵大至。阔里吉思即与接仗,三战三胜,乘胜追杀过去,直入漠北。道旁多山泽,坳突不平,各军随行稍缓,独阔里吉思策马当先,不管甚么利害,只自前进。谁知敌兵掘有陷坑,一不小心,竟尔失足,马颠身仆,被伏兵活捉了去。后骑赶紧驰援,已是不及。

敌兵执送也不干,也不干劝他归降。阔里吉思不答,也不干道:"你若肯投顺了我,我有爱女,愿给你为妻。"阔里吉思抗声道:"我乃天子婿,无天子命,令我再娶,岂可使得!况你身为王族,天子待你不薄,你何故背叛天子,私通海都?我今日被执,有死无降,你也不必笼络我了!"也不干怜他骁勇,不肯即诛,将他拘住别室。

成宗得知消息,令他家臣阿昔思特赴敌探视。阔里吉思只问两宫安否,次问嗣子何如,余不多言。次日复与相见,阔里吉思复语道:"归报天子,我捐躯报国了!"死得有名,但穷追致死,未免不智。

阿昔思特尚未归国,阔里吉思已经毕命。至阿昔思特返报,成宗追封为赵王。其子术安尚幼,令其弟木忽难袭爵。木忽难才识英伟,谨守成业,抚民御众,境内乂安。才过乃兄。至术安年已成人,即将王爵让还,孝友可风。术安尚晋王甘麻剌女,且请旨迎父尸归葬,这是后话不提。

且说海都频年寇边,互有胜负,未能得志,至此又欲再举,因察合台汗八剌去世,遂令其子都哇<u>一作都幹</u>。承袭为汗,并令他出兵为助,合军南侵。成宗命叔父宁远王阔阔出,<u>一作库克楚</u>。总兵北边,防御海都。阔阔出怯弱无能,只连日奏闻警耗,乃改命兄子海山<u>一作海桑</u>。往代。海山有智略,既至军,即简练士卒,壁垒一新。会闻海都军已至阔别列地方,忙督兵出战,奋斗一昼夜,竟杀退海都军。

海都回军休息,养足锐气,过了一年有余,复与都哇合兵,倾寨前来。海山早已探悉,急檄令诸王驸马各军会师迎敌。都指挥使床兀儿闻命来前,海山闻他智勇过人,即迎入帐下,慰劳毕,即与商军事。床兀儿道:"用兵无他道,只张吾锐气,毋先自馁,总可望胜。"言已,遂自请为先锋。海山应允,即令各军分为五队,向金山进发。时海都军已越山而南,至迭怯里古地,两军相遇,海都军倚山自固,声势锐甚。床兀儿引着精锐,向前突阵,左右奋击,所向披靡,海山麾军接应,海都收队退去。床兀儿奋勇欲追,由海山止住,方回军下寨。

次日,都哇引兵挑战,床兀儿复跃马出营。海山忙出督阵,见床兀儿挥刀前进,势不可当,约一时许,已连斩敌将数员,不禁惊叹道:"好壮士! 我自出阵以来,从没有见过这般力战。"方欲驱兵援助,那都哇兵已纷纷败去,乃鸣金收军。床兀儿还语海山道:"我正欲追杀都哇,王爷何故鸣金?"海山道:"海都此次入寇,闻他倾寨而来,其志不小,为甚么不耐久战? 想必别有诈谋!"<u>料事颇明</u>。床兀儿道:"王爷所虑甚是。"海山道:"我想明日出战,令诸王驸马先与接仗,我与你从后接应何如?"床兀儿应命。

翌晨,进兵合剌合塔,由诸王驸马各军前去攻击,与海都军混战一场,海都麾兵徐退,诸王驸马一齐追上。忽敌军分作两翼,海都率右,都哇率左,从两面包抄过来,将诸王驸马各军围住中心。顿时喊声震地,呼杀连天,几乎要把诸王驸马都吞将下去。诸王驸马知已中计,急欲突围逃命,偏偏敌军死不肯放,后来且箭如飞蝗,死伤甚众,任你如何能耐,一些儿都没用。方在惊慌失措,忽见敌军左翼,纷纷自乱,有一大将舞刀突阵,带着锐卒千名,随势扫荡,竟入垓心。大将非别,就是钦察亲军都指挥使床兀儿! <u>一语千钧</u>。诸王驸马大喜,便欲随他杀出。床兀儿道:"且慢!"言未已,敌军右翼复鼓噪起来,外面又闯入无数健卒,拥着一位大帅海山,联辔入阵,把敌军杀得东倒西歪。笔法又变。当下号召诸王驸马分队驰杀,大败敌军。海都、都哇统行逃去,海山方整军回营。

是晓复与床兀儿密议,守至黎明,即令各军出营攻敌,自与床兀儿领着精锐,从间道去讫。此处用虚写,待后叙明。各军与海都交战,只恐蹈着前辙,不敢奋勇争先,海都军反得乘间掩杀,恃众横行。正在兴高采烈的时候,忽后面有两军杀到,一是元都指挥使床兀儿,一是元帅海山。海都见前后受敌,知难取胜,忙督军夺路,向北遁去。都哇迟了一步,被海山部将阿什发矢中膝,号哭而逃。海山追了一程,夺得无数辎重,方才班师。这一次大战,方将海都的雄心收拾了一大半,怅怅的回至本国去了。都哇亦负创自去。

海山连章报捷,盛称床兀儿战功,并使尚雅思秃楚王女察吉儿。成宗亦非常欣慰,遣使赐以御衣。嗣因海都积郁病亡,乃征使入朝。成宗亲谕道:"卿镇北边,累建大功,虽以黄金周饰卿身,尚不足尽朕意,况穷年叛逆,赖卿得除,不惟朕深嘉慰,就是先帝亦含笑九泉了。"遂赐以衣帽金珠等物,拜骠骑卫上将军,仍使回镇钦察部。

海都死后，子察八儿嗣，一作彻伯尔。都哇因惩着前败，劝察八儿降成宗。察八儿不得不从，遂与都哇同遣使请降。钦察汗忙哥帖木儿势孤，也束手听命。于是西北四十余年的扰攘，总算暂时安靖，作一段大结束。

后事慢表，且说缅国服元后，岁贡方物。大德元年，缅王的立普哇拿阿迪提牙，遣子僧合八的奉表入朝，并请岁增银帛。成宗嘉他恭顺，赐以册印，并命僧合八的为缅国世子，给赏虎符。未几，缅人僧哥伦作乱，缅王发兵往讨，执其兄阿散哥也，系诸狱中。寻将他释出，不复问罪。阿散哥也偏心中怀恨，竟归结余党，突入缅都，将缅王拘禁豕牢。旋且弑王，并害世子僧合八的，独次子窟麻剌哥撒八逃诣燕京。成宗乃命云南平章政事薛绰尔，发兵万二千人往征。

薛绰尔奏报军务，言缅贼阿散哥也倚八百媳妇为援，气焰颇盛，应再乞济师。云南行省右丞刘深且贻书丞相，备言八百媳妇应讨状。是时不忽术已卒，完泽当国，以刘深言为可信，遂入朝劝成宗道："世祖聪明神武，统一海内，功盖万世。今陛下嗣统，未著武功，现闻西南夷有八百媳妇叛顺助逆，何不遣兵往讨，彰扬休烈！"言未毕，中书省臣哈喇哈孙出班奏道："山峤小夷，远距万里，若遣使招谕，自可使之来庭，何必远勤兵力！况目今太后新崩，大丧才毕，尤宜安民节饷，毋自贻忧。"从哈喇哈孙奏中归结太后，亦是省文。成宗不从，竟发兵二万，属刘深节制，往征八百媳妇。御史中丞董士选复入朝力谏，大略谓轻信一人，劳及兆民，实是有损无益。成宗变色道："兵已调发，还有何言？"说罢，即麾他出朝。士选快快趋出。

看官，你道八百媳妇究属何国？相传是西南蛮部，为缅国东邻，其酋有妻八百，各领一寨，因名八百媳妇。荒诞无稽，不能尽信。刘深既奉命南征，取道顺元。时适盛暑，蛮瘴横侵，士卒死丧，十至七八，驱民运饷，跋涉山谷，一夫负米数斗，数夫为辅，历数十日乃达，死伤亦数十万人。于是中外骚然。刘深复发奇想，欲胁求蛮妇蛇节作为己妾。蛇节系水西土官妻，素有艳名，且矫健多力，喜著红衣，土番号为红娘子。大约是美女蛇所变。土官闻刘深硬索己妻，哪里就肯缴出？遂去连结蛮酋宋隆济，抗拒元军。

隆济捏词谕众道："官军将征发尔等，剪发黥面，作为兵役，身死行阵，妻子为虏，尔等果情愿否？"大众齐称不愿。隆济道："如果不愿，如何对付官军？"大众呼嚷道："不如造反！"正要他说此语。隆济道："造反如何使得？"大众道："同是一死，如何不造反！"隆济道："造反须有头领。"大众道："现在眼前，何必另举？"遂推隆济为头目，隆济复令水西土官去挈蛇节。至蛇节到寨，果然美貌绝伦，武艺出众。名不虚传。隆济遂拨众千名，令她带着。夜间却召入蛇节，只说是密商兵事，谁知他已暗地勾通，肉身演战。水西土官因要靠着隆济，不敢发言，隆济反得坐拥娇娃，先尝滋味。世之娶美妇者其慎诸。

　　不到数日，已胁从苗、僚诸蛮数千人，破杨、黄诸寨，进攻贵州。知府张怀德力战败死。刘深闻警赴援，巧巧狭路逢着冤家。看官道是何人？就是朝思暮想的红娘子。那时刘深拼命与战，恨不得立刻抱来，同她取乐，偏偏这个红娘子，狡猾异常，出阵打了个照面，偏回马逃走。刘深哪里肯舍，下令军中生擒蛇节者赏金千两。于是各军力追，直至深山穷谷中，转了几个弯头，蛇节不知去向。偏来了数千名土番，面目狰狞，状貌可怖。一班罗刹鬼。他却不知阵法，一味的跳来跳去，乱斫乱砍，弄得军士手足无措，左支右绌。正惊愕间，蛮酋宋隆济复率众驰到，将刘深军拦入

洞壑，四面用蛮众围住。刘深陷入绝地，只好束手待毙。还是此时死了，省得后来枭首。亏得镇守云南的梁王阔阔恐刘深穷追有失，率兵接应，方杀退隆济，将他救出。

隆济复进围贵州，刘深整兵再战，只是不能取胜。相持数月，粮尽矢穷，引兵退还，反被隆济追击，把辎重尽行委弃，又丧失了数千兵士，狼狈逃归。败耗传至燕京，成宗乃改遣刘国杰为帅，杨赛因不花原名汉英，其先太原人，自唐时平播州，世有其地，元时其父纳土，乃赐名杨赛因不花，一作杨赛音布哈。为副，率四川、云南、湖广各省兵，分道进讨诸蛮。

是时征缅统帅薛绰尔亦受缅人金赂，率兵遽退。元廷尚未闻知，封窟麻剌哥撒八为缅王，赐以银印，令他回国。方要出发，缅贼阿散哥也已遣弟者苏入朝，自陈弑主罪状，乞加宽宥，并愿奉窟麻剌哥撒八回缅。至此讯悉征缅军已退回云南。

那时薛绰尔奏报亦到，只托词炎暑瘴疠，不便进兵，还师时反被金齿蛮邀击，士多战死等语。成宗大愤，遣吏按验，查得薛绰尔围缅两月，缅城薪食俱尽，将要攻陷，云南参知政事高庆，及宣抚使察罕，受纳缅金，怂恿薛绰尔还军，以致功败垂成。于是高庆、察罕正法，免薛绰尔为庶人。独刘深受完泽庇护，未曾加罪。南台御史陈天祥遂抗词上奏，大旨是参劾刘深殃民激变，非正法无以弭祸。小子阅着原奏，不禁技痒起来，即信笔成诗道：

> 尧阶干羽化苗日，元室兵戈酿乱时。
> 谁是圣仁谁是暴？兴衰付与后人知。

欲知原奏详细，请看下回叙明。

海都肇乱四十年，战杀相寻，几无宁日，幸出镇有人，或善攻，或善守，以此北方千里，尚未陷没。海都不获逞志，抑郁以死。自是都哇倡议归降，察八儿等同时听命，三汗投诚，兵祸少弭；然劳师靡饷，已不知几许矣！为成宗计，当口不言兵，专谋富教，庶乎承平之治，可以期成。乃复征缅国，征八百媳妇，愤兵不戢，必致自焚。追悍首妖妇，连结构兵，扰扰云、贵者有年，刘深之肉，其足食乎？本回于北方之战，归功床兀儿，南征之役，归罪刘深，而隐笔仍注意成宗，皮里阳秋，可与言史矣。

第二十八回

蛮酋成擒妖妇骈戮　藩王入觐牝后通谋

却说御史陈天祥因刘深未曾加遣,抗疏严劾,说得洋洋洒洒,为《元史》中仅见文字。小子不忍割爱,节录如左:

> 臣闻八百媳妇乃荒裔小夷,取之不足以为利,不取不足以为害。而刘深欺上罔下,远劳大众,经过八番,纵横自恣,中途变生,所在皆叛,不能制乱,反为乱众所制,食尽计穷!仓皇退走,丧师十八九,弃地千余里,朝廷再发四省之兵,以图收复。比闻从征者言经过之地,皆重山复岭,陂涧深林,其窄隘处仅容一人一骑,贼若乘险邀击,我军虽众难施。或诸蛮远阻险隘,以老我师!进不能前,退无所掠,将不战自困矣!且自征伐诸夷以来,近三十年,未尝有尺土一民之益,计其所费,可胜言哉!去岁西征,及今此举,何以异之?乞早正深罪,乃下明诏招谕,彼必自相归顺,不须远劳王师,与小丑争一朝之胜负也。苟谓业已如此,欲罢不能,亦当详审成败,算定后行。彼诸蛮皆乌合之众,必无久能同心捍我之理。但急之则相救,缓之则相疑,以计使之互相仇怨,待彼有隙可乘,徐命诸军数道俱进,服从者怀之以仁,抗敌者威之以武,恩威兼济,功乃可成。若复舍恩任威,深蹈覆辙,恐他日之患,有甚于今日者也!谨奏。

奏入不报。只缅国嗣王许者苏奉回为主,把征缅事搁置不提。于是天祥托病辞去,成宗也不慰留。

忽西南紧报,杂沓而来,如乌撒、乌蒙、东川、芒部及武定、威楚、普安诸蛮,统托辞供亿烦劳,不堪虐苦。这边发难,那边响应,攻掠州县,焚烧堡寨,几乎闹得一团糟。成宗乃急命陕西行省平章政事伊逊岱尔,统师往讨,并令会同刘国杰,以资策应。国杰方讨宋隆济等,不及来会。成宗命他兼顾,原是无谓。伊逊岱尔督军前进,分道驱杀,那蛮民本系乌合,趁着一时愤激，遂尔倡乱，一闻官军骤至，既无统领，又无机谋，仓猝对敌，被官军杀得大败。顿时逃的逃，降的降，不到一月，已奏报肃清了。

只蛮酋宋隆济已猖獗年余，集党数万人，肆行无忌，他竟自称为王，每日驱众四掠，自己恰与蛇节宣淫，蛇节妖媚得很，一心一意的从着隆济，要他封为王妃。水性杨花。隆济因她有夫，倒也碍着面目，不好发表。偏蛇节设心狡毒，竟唆隆济杀死土官，实足副名。那时隆济受她蛊惑，只说水西土官违命，将他斩首。家家床头有蛇节，幸勿轻意。越宿，遂命蛇节正式为妃。这一宿间兴味何如？

嗣是朝欢暮乐，两口儿非常愉快。忽闻元将刘国杰带领数省大兵，前来征剿，不免忧虑起来。蛇节道："无妨，只教给我五千人，便杀他片甲不回。"恃有前胜。隆济大喜，便整备兵械，着于次日起程。是夜把蛇节竭力奉承，不消细说。翌晨，便拨众万名，令蛇节带着，先行起马，自率万人为后应。

蛇节闻官军自广西进兵，遂向东进发，行至播州，方遇着官军，她即抖擞精神，来与官军接战。刘国杰前军接着，望见敌队中的大旗随风飘荡，露着数个大字，什么南蛮王妃字样。各军早闻蛇节美名，都睁着眼望那蛇节，但见蛇节跨着绣鞍，裹着铁甲，面上不涂脂粉，自然白中带红，兼且眉似初月，唇若朝霞，妖艳中露出三分杀气，越觉宜笑宜嗔，蛮妇中有此艳妇，真是尤物。顿时齐声喝采，不由得目眙神呆。执意蛇节竟挥着鸾刀，驱杀过来，官军无心恋战，竟被冲动阵角，往后倒退。蛮众个个奋勇，愈逼愈紧，有好几个晦气的官军，早已身首分离。幸刘国杰督军继至，一阵力战，才把蛮众驱退。收军后，察知前队情形，即把将士训斥一番，令他见敌即杀，不得为色所迷。

是夕无话。越日，两军复战，国杰令兵士不得退后，只向前进。蛇节不能抵御，败退十里。越日又战，蛇节复败走，官军追将过去，偏值隆济杀到，蛇节亦转身前来，合力奋斗，杀败官军。国杰忙鸣金收军，亲自断后，才得徐徐退回。入营检查，已伤亡千人。

当下与杨赛因不花共同商议，想了一策：令军士各在盾上加钉，准备要用。军士得令，统摸不着头脑，只能遵令办就。翌日，军士将盾献上，国杰传令道："今日出战，前队携盾对敌，稍战即走，将盾弃地，不得取回；后队整械听令！"军士承命，即如法施行。将近敌营，隆济、蛇节并辔出来，蛮骑争先驰突，官军弃盾即走。隆济见部众得胜，忙令他前追，谁知地上都是弃盾，盾上有钉，马足蹀躞不稳，多半颠踬，骑马的人自然随仆。原来如此，的是奇想。国杰麾军齐上，如削瓜砍菜一般。隆济、蛇节慌忙走脱，部众已死了一半。

国杰得胜回营，只令坚壁弗动，过了数日，隆济、蛇节又邀合蛮众，复来攻击。国杰仍令固守，不准出阵。隆济、蛇节无可奈何，收众回去。接连数日，不发一兵。隆济、蛇节更迭挑战，只是不应。国杰又要作怪。军士也不知何故，惟有严装待命。

一夕见侦骑入营密报，即由国杰发令，教杨赛因不花率军五千，黉夜去讫。越日仍无动静，直到天晚，方下令夜薄敌营。时至三更，淡月迷濛，国杰令军士出营，亲自押队，衔枚疾走。行近隆济寨前，突发火炮，麾军直入。那时隆济正抱着蛇节，酣寝帐中，蓦闻炮声震天，方才惊醒，还道营内失火。揭帐一望，只闻一片喊杀声，吓得心惊胆落，连忙扯起蛇节，连外衣都不及穿着，飞步逃至寨后，觅得战马两匹，与蛇节跨鞍逃走。营内的蛮众都从梦内惊醒，伸了足即被斫去，展了手又被戳断，大家是亲亲昵昵，同赴鬼门关。只营后守卒数百名，还有逃走工夫，拼命奔去。国杰扫尽敌营，天已黎明，即下令回军。

将士因渠魁脱走，禀请追赶。国杰道："不必，自有人擒来！"妙极！回营甫一小时，果有军士入见，已将蛮妇蛇节擒到。国杰问道："杨副帅来未？"军士答道："隆济涉河遁走，杨副帅追觅去了。"

看官，你道这蛇节如何得擒？原来国杰计获叛蛮，先时曾遣人探路，料知隆济杀败，必往墨特川，方可归巢。因先命杨赛因不花率军绕道，截住川滨。隆济、蛇节果然中计，奔至川旁，被杨军截杀，隆济投入水中，凫水逃生。偏蛇节不能泅水，单身孤骑，如何对仗，只好下马乞降，所以先被拿到。国杰即命推入，军士见蛇节只着衵(rì)衣，云鬟半坠，面色微青，睡容中又带惊容，好一幅美人图。喘呼呼地下跪案前。国杰拍案道："你是妖妇蛇节么？"蛇节凄声答道："是！"国杰复怒道："你擅拒天讨，加害生灵，曾否知罪？"蛇节复流泪答道："已经知罪！若蒙赦宥，恩同再造，就是收为奴妾，也所甘心！"国杰厉声道："好没廉耻的蠢妇！左右与我

斩讫！"你若不要她作妾,何不送与刘深？将士闻了这令,都想求他释
放,赏做小老婆,怎奈国杰满面杀气,不敢率请,眼见得一个美妇,倏忽间
化作两段了。实是可惜。

又过一天,杨赛因不花回营,已将隆济获到,说是由他兄子宋阿重絷
送,当问了数语,囚入槛车,一面请旨处置,旋奉诏就地正法。蛮境敉(mǐ)
平,云、贵总算安靖,连八百媳妇也不再征。惟刘深免官,嗣被哈喇哈孙再
行奏弹,说他徼名首衅,丧师辱国,非正法不可,乃将刘深伏诛,南征事因此
结局。暂作收束。

完泽也为台官所劾,且有纳赂嫌疑,几乎被谴,成宗格外包庇,释置不
问。独冥官不肯饶他,偏叫二竖为灾,一病长逝。嗣职的便是哈喇哈孙。
副相令阿忽台继任。阿忽台一作阿呼岱。两相为武宗继统所系,故特表
明。且复征召陈天祥,授集贤院大学士。天祥再起就职,怀着一片忠心,
屡欲畅陈时弊,偏成宗燕昵宫闱,常不视朝,后且时患寝疾,内政决于皇
后,外政委诸廷臣。惹起天祥烦恼,忍不住意中郁勃,便极陈阴阳反复,天
地易位,是今时大弊。且因宗庙被火,两浙大饥,河东地震,太白经天,种

种灾祲(jìn)，统陈列在内，说是咎由人致，很为切直。看官，你想这道奏疏，明明是内讥牝后，外斥权臣，难道能邀批准么？果就奏入留中，付诸冰搁，天祥复谢病去了。

大德九年，成宗以寝疾难瘳，立子德寿为太子。德寿非元后亲出，乃是次后弘吉剌氏所生。元室宫闱，并后匹嫡，成为常例，所以皇后不止一人。弘吉剌氏性安简默，一切政务，俱由元后伯岳吾氏主持。太子德寿，立未数月而卒。或言由伯岳吾后暗中谋害，事无左证，不便直指。惟成宗从子爱育黎拔力八达，一作阿裕尔巴里巴特喇。及其母弘吉剌氏，为伯岳吾后所忌，令他出居怀州。爱育黎拔力八达，就是海山的母弟。海山时封怀宁王，出镇青海，闻知此事，颇怀不悦。奈因道途险阻，鞭长莫及，不得已静待后命。

是冬，成宗老病复发，且比从前加甚，伯岳吾后恐有不测，密令心腹去召安西王阿难答，一作阿南达。及诸王明里帖木儿。阿难答系世祖庶孙，与成宗为兄弟行，接着密使，遂于次年正月，偕明里帖木儿入朝。伯岳吾后即阴令进见，与语道："皇帝病日加重，恐不日就要宾天，我召你等来京，无非为嗣位问题，须要密商。现在太子已逝，爱育黎拔力八达从前颇觊觎神器，我所以令他出居怀州。若召立海山，他必为弟报怨，诸多不利。你等试为我一决！"明里帖木儿素与阿难答莫逆，便接着道："何不就立安西王？"伯岳吾后以目视阿难答，端详一回，恰故作踌躇状。明里帖木儿复道："皇后莫非虑嫂叔的嫌疑么？须知嫂溺援手，道贵从权，若安西王得立，想必感恩图报，皇后尽可临朝称制呢！"黜去从子，偏立皇叔，就是愚妇人亦不至出此，此中或有暧昧，何怪致人借口！伯岳吾后尚在沉吟，阿难答也说道："这事恐怕未便。"明里帖木儿道："有了，皇后临朝，皇叔摄政，还有何人可说？"伯岳吾后道："此议甚是，你去预告宰辅罢。"二王便辞别出宫。

越数日，成宗病殂，在位十二年，寿四十二。伯岳吾后即下敕垂帘，命安西王阿难答辅政。右丞相阿忽台奉敕，集群臣商议祔(fù)庙及摄政事。太常卿田忠良、博士张昪道："先帝祔庙，神主上应书嗣皇帝名，今书谁人？"一语便即驳煞，如何可以有成。阿忽台道："他日续书，有何不可？况先帝即位时，非亦三月无君么？"亏他寻出故例。御史中丞何玮

道："世祖驾崩，中外属意先帝，祔庙时已书就嗣君，何尝是没有呢？"阿忽台变色道："法制并非天定，全由人事主张，你等独不怕死么？敢沮国家大事！"何玮道："不义而死，恰是可怕；若舍生取义，怕他何为！"倒是硬汉。

是时右丞相哈喇哈孙未至，不好率行定议，当即散会。随由内旨去召哈喇哈孙，他却收拾百司符印，封储府库，自己守宿掖门，只是称疾未赴。阿忽台与明里帖木儿等密议，想寻隙谋害哈喇哈孙，然后奉皇后正式临朝。哈喇哈孙早已防着，适怀宁王遣康里脱脱在京，急命返报，一面遣使至怀州，迎爱育黎拔力八达入都。

爱育黎拔力八达闻报，怀疑未决，询其傅李孟。李孟道："支子不嗣，系世祖遗典，今宫车宴驾，怀宁王远居万里，请殿下急速入宫，藉安众心。"爱育黎拔力八达乃奉母返燕都。行至中道，先遣李孟问哈喇哈孙。正要进去，不防有人兜头出来，见了李孟，停足不行。李孟面不动容，反上前问讯，那人说是奉后所遣，来此视疾。李孟道："丞相安否？我正为诊疾而来。"妙有急智。便即趋入，见了哈喇哈孙，长揖不拜，即引哈喇哈孙右手，作诊脉状，哈喇哈孙觑破情形，自然与他谈病，不及国政。至后使去后，乃与密言宫禁事，且令促爱育黎拔力八达入都。李孟返报，爱育黎拔力八达尚欲问卜，经李孟暗语卜人，教他言吉不言凶。卜人入筮，果得吉爻，李孟道："筮不违人，是谓大同。"遂拥爱育黎拔力八达上马，驰至燕京。诸臣皆步从，入临帝丧，哭泣尽哀，复出居旧邸。

伯岳吾后闻知，忙与安西王阿难答、右丞相阿忽台密商。阿忽台道："闻得三月三日，系爱育黎拔力八达生辰，可托词庆贺，逼他出见，凭老臣一些手力，立可扑杀此獠，并可除他党羽。"原来阿忽台素有勇力，人莫敢近，因此自信不疑。计划已定，便遣人通知哈喇哈孙，预约届期同往，庆贺生辰。

哈喇哈孙满口答应，密遣使报爱育黎拔力八达，并函授秘计。爱育黎拔力八达阅函毕，忙令都万户囊加特去邀诸王秃剌。一作图剌。秃剌系察合台四世孙，力大无穷，见了囊加特，叙谈一番，允为臂助。囊加特归报。于是先二日率卫士入内，诈称怀宁王有使到来，请安西王、右丞相入邸议事。

安西王颇怀疑惧，阿忽台道："不妨，有我在此！"复邀同明里帖木儿，并马偕行。既至爱育黎拔力八达邸中，甫行交谈，那爱育黎拔力八达忽拂袖起坐，抢步出外，大呼道："卫士何在？"言未已，外面走进如虎如狼的卫卒，来拿安西王等。阿忽台亦即离座，扬眉大呼道："来！来！你等莫非来送死么？"旁有一人接着道："你自来送死！还敢妄言！"阿忽台瞧将过去，便失声叫着："不好了！安西快走！"正是：

弄巧不成翻就拙，恃强无益适遭殃。

毕竟阿忽台瞧见何人？容俟下回续叙。

隆济一蛮酋，蛇节一番妇，何敢叛？乃以苛求胁迫故，揭竿而起，猖獗异常。可见怨不可丛，丛怨必生祸；戎不可启，启戎必罹殃。微刘国杰，云、贵陆沉矣！然因蛇节而隆济致叛，因隆济而刘深伏诛，妇人之害，一至于此，可胜慨哉！下半回叙牝后称制事，亦由妇人生事，蔑祖制，蓄异谋，酿成巨衅，故天下不能无妇人，而断不能授权于妇人。妇祸之兴，人自启之耳，于妇人乎何诛？

第二十九回

诛奸慝怀宁嗣位　耽酒色嬖幸盈朝

　　且说阿忽台正欲抵敌，猛见一起赳赳武夫，才知不是对手。这人为谁？就是诸王秃剌。秃剌指挥卫士，来擒阿忽台。阿忽台只怕秃剌，不怕卫卒，卫卒上前，被他推翻数人，即欲乘间脱逃。秃剌便亲自动手，把他截住。阿忽台至此，虽明知不敌，也只好拼命与斗。俗语说得好，棋高一着，缚手缚脚，况武力相角，更非他比，不到数合，已被秃剌掀住，饬卫士用铁索捆好。那时安西王阿难答，及诸王明里帖木儿，向没有甚么本领，早被卫士擒住。缚扎停当，押送上都，一面搜杀余党，一面禁锢皇后。

　　事粗就绪，诸王阔阔、一作库库。牙忽都一作呼图。入内，语爱育黎拔力八达道："罪人已得，宫禁肃清，王宜早正大位，安定人心！"现成马屁。爱育黎拔力八达道："罪人潜结宫闱，乱我家法，所以引兵入讨，把他伏诛，我的本心，并不要作威作福，窥伺神器呢。怀宁王是我胞兄，应正大位，已遣使奉玺北迎。我等只宜静等宫廷，专待吾兄便了。"

　　当下哈喇哈孙议定八达监国，自统卫兵，日夕居禁中备变，并令李孟参知政事。李孟损益庶务，裁抑侥幸，群臣多有违言。于是李孟叹息道："执政大臣，当自天子亲用，今銮舆在道，孟尚未见颜色，原不敢遽冒大任。"遂入内固辞，不获奉命，竟挂冠逃去。

　　是时海山已自青海启程，北抵和林，诸王勋戚，合辞劝进。海山道："吾母及弟在燕都，俟宗亲尽行会议，方可决定。"乃暂行驻节，专候燕都消息。

　　先是海山母弘吉剌氏，尝以两儿生命付阴阳家推算。阴阳家谓"重光大荒落有灾""旃蒙作噩长久"。小子尝考据《尔雅》，大岁在辛曰"重光"，在巳曰"大荒落"，是重光大荒落的解释，就是辛巳年。又在乙曰"旃蒙"，在酉曰"作噩"，是旃蒙作噩的解释，就是乙酉年。海山生年建辛巳，爱育黎拔力八达生年建乙酉。弘吉剌妃常记在心,因遣近臣朵耳往和林,传谕海山道:"汝兄弟二人,皆我所生,本无亲疏,但阴阳家言,运祚修短,不可不思!"

海山闻言,嘿然不答。既而召康里脱脱进内,语他道:"我镇守北方十年,序又居长,以功以年,我当继立。我母拘守星命,茫昧难信,假使我即位后,上合天心,下顺民望,虽有一日短处,亦足垂名万世。奈何信阴阳家言,辜负祖宗重托!据我想来,定然是任事大臣,擅权专杀,恐我嗣位,按名定罪。所以设此奸谋,藉端抗阻。你为我往察事机,急速报我!"星命家言原难尽信,但也未免急于为帝。

康里脱脱奉命至燕,禀报弘吉剌妃。弘吉剌妃愕然道:"修短虽有定数,我无非为他远虑,所以传谕及此。他既这般说法,教他赶即前来罢。"

当下遣回脱脱,复差阿沙不花往迎。适海山率军东来,途次遇着两人。阿沙不花具述安西谋变始末,及太弟监国,与诸王群臣推戴的意思。脱脱复证以妃言。海山大喜,即与二人同入上都,命阿沙不花为平章政事,遣他还报母妃及母弟。爱育黎拔力八达遂奉母妃至上都,诸王大臣亦随至,当即定议,奉海山为嗣皇帝。

海山遂于上都即位,追尊先考答剌麻八剌为顺宗皇帝,母弘吉剌氏为皇太后。一面宣敕至燕京,废成宗后伯岳吾氏,出居东安州,又将安西王阿难答,及诸王明里帖木儿,与左丞相阿忽台等,一并处死。嗣以安西王阿难答与伯岳吾后同居禁中,嫂叔无猜,定有奸淫情弊,所以不立从子,反欲妄立皇叔,业已秽乱深宫,律以祖宗大法,罪在不赦,应迫她自尽。诏书一下,伯岳吾后无术可施,只好仰药自杀了。垂帘亦无甚乐趣,为此妄想,弄得身名两败,真是何苦!

海山后号武宗,因此小子于海山即位后,便称他为武宗。当时改元至大,颁诏大赦。其文道:

> 昔我太祖皇帝以武功定天下,世祖皇帝以文德治海内,列圣相承,丕衍无疆之祚。朕自先朝肃将天威,抚军朔方,殆将十年,亲御甲胄,力战却敌者屡矣,方诸藩内附,边事以宁。遽闻宫车晏驾,乃有宗室诸王,贵戚元勋,相与定策于和林,咸以朕为世祖曾孙之嫡,裕宗正派之传,以功以贤,宜膺大宝。朕谦让未遑,至于再三,早已蓄谋为帝,

偏说谦让再三，中国文字之欺诈，多半如此，可叹！还至上都，宗亲大臣，复请于朕。间者奸臣乘隙，谋为不轨，赖祖宗之灵，母弟爱育黎拔力八达禀命太后，恭行天罚。内难既平，神器不可久虚，宗祚不可乏嗣，合词劝进，诚意益坚，朕勉徇舆情，于五月二十一日即皇帝位。任太守重，若涉渊冰，属嗣服之云初，其与民更始，可大赦天下，此诏。

　　嗣是驾还燕京，论功封赏，加哈喇哈孙为太傅，答剌罕一作达尔罕。为太保，并命答剌罕为左丞相，床兀儿、阿沙不花并平章政事。又以秃剌手缚阿忽台，立功最大，封为越王。哈喇哈孙谓祖宗旧制，必须皇室至亲方可加一字的褒封，秃剌系是疏属，不得以一日功，废万世制。武宗不听，秃剌未免挟恨，暗中进谗，说是安西王谋变，哈喇哈孙亦尝署名，自是武宗竟变了初志，将哈喇哈孙外调，令为和林行省左丞相，仍兼太傅衔，阳似重他，阴实疏他。浸润之谮，肤受之愬。一面立弟爱育黎拔力八达为皇太子，授以金宝，以弟作子，煞是奇闻。在武宗的意思，还道是酬庸大典，格外厚施。既欲酬庸，不妨正名皇太弟，何必拘拘太子二字耶！又令廷臣议定祔庙位次，以顺宗为成宗兄，应列成宗右，乃将成宗神主，移置顺宗下。成宗虽为顺宗弟，然成宗为君时,顺宗实为之臣,兄弟不应易次,岂君臣独可倒置耶? 胡氏粹中谓如睿宗,裕宗,顺宗,皆未尝居天子位,但当祔食于所出之帝,其说最为精当。配以故太子德寿母弘吉剌后,因后亦早逝,所以升祔,这且不必细表。

单说武宗初,颇欲创制显庸,重儒尊道,所以即位未几,即遣使阙里,祀孔子以太牢,且加号"大成至圣文宣王",敕全国遵行孔教。中书右丞孛罗铁木儿,用蒙古文译《孝经》,进呈上览,得旨嘉奖,并云《孝经》一书,系孔圣微言,自王公至庶人,都应遵循,命中书省刻版模印,遍赐诸王大臣。宫廷内外,统因武宗尊崇圣教,有口皆碑。既而武宗坐享承平,渐耽荒逸,每日除听朝外,好在宫中宴饮,招集一班妃嫔,恒歌酣舞,彻夜图欢。酒色二字,最足蛊人。有时与左右近臣,蹴踘击毬,作为娱乐,于是媚子谐臣,陆续登进,都指挥使马诸沙一作茂穆苏。善角觝,伶官沙的一作锡迪。善吹笙,都令他平章政事。角觝吹笙的伎俩,岂关系国政乎? 乐工犯法,刑部不得逮问;宦寺干禁,诏旨辄加赦宥。而且封爵太盛,赏赉过隆,转令朝廷名器,看得没甚郑重。

当时赤胆忠心的大臣,要算阿沙不花,见武宗举动越制,容色日悴,即乘间进言道:"陛下身居九重,所关甚大,乃惟流连曲蘖(niè),昵近妃嫔,譬犹两斧伐孤树,必致颠仆。近见陛下颜色,大不如前,陛下即不自爱,独不思祖宗付托,人民仰望,如何重要! 难道可长此沉湎么?"武宗闻言,倒也不甚介意,反和颜悦色道:"非卿不能为此言,朕已知道了! 卿且少坐,与朕同饮数杯。"大臣谏他饮酒,他恰邀与同饮,可谓欢伯。

阿沙不花顿首谢道:"臣方欲陛下节饮,陛下乃命臣饮酒,是陛下不信臣言,乃有此谕,臣不敢奉诏!"武宗至此,方沉吟起来。左右见帝有不悦意,遂齐声道:"古人说的主圣臣直,今陛下圣明,所以得此直臣,应为陛下庆贺!"言未毕,都已黑压压的跪伏地上,接连是蓬蓬勃勃的磕头声。绘尽媚子谐臣的形状。武宗不禁大喜,立命阿沙不花为右丞相,行御史大夫事。阿沙不花道:"陛下纳臣愚谏,臣方受职。"武宗道:"这个自然,卿可放心!"

阿沙不花叩谢而出,左右又奉爵劝酒。武宗道:"你等不闻直言么?"左右道:"今日贺得直臣,应该欢饮,明日节饮未迟!"明日后,又有明日,世人因循贻误,都以此言为厉阶。武宗道:"也好!"遂畅怀饮酒，直至酩酊大醉，方才归寝。越日，又将阿沙不花的言语，都撇在脑后了。**可谓贵人善忘。**

太子右谕德萧斪（jū），前曾征为陕西儒学提举，固辞不至。武宗慕他盛名，召侍东宫，乃扶病至京师。入觐时，奉一奏折，内录《尚书·酒诰》一篇，余无他语。**别开生面。**斪因武宗未严酒禁，谢病乞归。或问故，萧斪道："朝廷尊孔，徒有虚名，以古礼论，东宫东面，师傅西面，此礼可行于今日么？"遂还山。斪奉元人，操行纯笃，教人必以小学为基，所著有《三礼说》诸书。斪病殁家中，赐谥贞献。**元代儒臣，多不足取，如萧斪者亦不数觏，故特书之。**过了数月，上都留守李璧驰至燕都，入朝哭诉。由武宗问明原委，乃是西番僧强市民薪，民至李璧处诉状，璧方坐堂审讯，那西僧率着徒党，持梃入署，不分皂白，竟揪住璧发，按到地上，捶扑交下。打到头开目肿，还将他牵拽回去，闭入空室，甚至禁锢数日，方得脱归。李璧气愤填胸，遂入朝奏报武宗。武宗见他面有血痕，倒也勃然震怒，立命卫士偕璧北返，逮问西僧，械系下狱。孰意隔了两日，竟有赦旨到上都，令将西僧释出。李璧不敢违命，只好遵行。

未几僧徒龚柯等，与诸王合儿八剌妃争道，亦将妃拉堕车下，拳足交加。侍从连忙救护，且与他说明擅殴王妃，应得重罪等语。龚柯毫不畏惧，反说是皇帝老子也要受我等戒敕，区区王妃，殴她何妨！这王妃既遭殴辱，复闻讥詈，自然不肯干休，遣使奏闻。待了数日，并不见有影响。斪至宣政院详查，据院吏言，日前奉有诏敕，大略谓殴打西僧，罪应断手，詈骂西僧，罪应断舌，亏得皇太子入宫奏阻，始将诏敕收回等语。

看官阅此，总道武宗酒醉糊涂，所以有此乱命，其实宫禁里面，还有一桩隐情，小子于二十六回中，曾叙及西僧势焰，炙手可热，为元朝第一大弊。然在世祖成宗时代，西僧骚扰，只及民间，尚未敢侵入宫壸（kǔn）。至武宗嗣位，母后弘吉剌氏建筑一座兴圣宫，规模宏敞得很，常延西僧入内，讽经建醮，祷佛祈福，不但日间在宫承值，连夜间也住宿宫中。那时妃嫔公主及大臣妻女，统至兴圣宫拜佛，与西僧混杂不清。这西僧多半淫狡，见了这般美妇，能不动心？渐渐的眉来眼去，同入密室，做那无耻勾当。渐被太后得知，也不去过问，自是色胆如天的西僧越发肆无忌惮，公然与妃嫔公主等裸体交欢，反造了一个美名，叫作"舍身大布施"。**元宫妇女最喜入寺**

烧香,大约是美慕此名。自从这美名流传,宫中旷女甚多,哪一个不愿结欢喜缘? 只瞒着武宗一双眼睛。武宗所嗜的是杯中物,所爱的是床头人,灯红酒绿之辰,纸醉金迷之夕,反听得满座赞美西僧,誉不绝口,都受和尚布施的好处。未免信以为真。谁知已作元绪公。所以李璧被殴,及王妃被拉事,统搁置一边,不愿追究。就是太后弘吉剌氏,孀居寂寞,也被他惹起情肠,后来忍耐不住,也做出不尴不尬的事情来。为下文伏脉。

　　武宗忽明忽暗,宽大为心,今日敕造寺,明日敕施僧,后日敕开水陆大会,西僧教瓦班,善于献谀,令他为翰林学士承旨。并儒佛为一涂,也是创闻。还有宦官李邦宁,年已衰迈,巧伺意旨,亦蒙宠眷。他的出身,是南宋宫内的小黄门,从瀛国公赵㬎北行,得入元宫。世祖留他给事内庭,至此已历事三朝,凡宫廷中之大小政事,他俱耳熟能详。武宗嘉他练达,命为江浙平章。邦宁辞道:"臣本阉腐余生,蒙先朝赦宥,令承乏中涓,充役有年,愧未胜任。今陛下复欲置臣宰辅,臣闻宰辅的责任,是佐天子治天下,奈何以刑余寺人,充任此职,天下后世,岂不要议及圣躬么! 臣不敢闻命!"武宗大悦,擢他为大司徒,兼左丞相衔,仍领太医院事。邦宁竟顿

首拜谢,受职而退。江浙平章与大司徒同为重任,辞彼受此,何异以羊易牛,此皆小人取悦惯技,武宗适堕其术耳。

越王秃剌自恃功高,尝出入禁中,无所顾忌,就是对着武宗,亦惟以尔我相称。武宗格外优容,不与计较,后来益加放肆,尝语武宗道:"你的大位,亏我一人助成;倘若无我,今日阿难答早已正位,阿忽台仍然柄政,哪个来奉承你呢?"武宗不禁色变,徐答道:"你也太啰唆了,下次不要再说!"秃剌尚欲有言,武宗已转身入内,那时秃剌恨恨而去。

后来武宗驾幸凉亭,秃剌随着,将乘舟,被秃剌阻住,语复不逊,自此武宗更滋猜忌。及宴万岁山,秃剌侍饮。酒半酣,座中俱有醉意,秃剌复喧嚷道:"今日置酒高会,原是畅快得很,但不有我,哪有你等。你等曾亦忆及安西变事么?"念兹在兹,可见小人难与图功。武宗怫然道:"朕教你不要多言,你偏常自称功。须知你的功绩,我已酬赏过了,多说何为?"秃剌闻言,将身立起,解了腰带,向武宗面前掷来,并瞋目视武宗道:"你不过给我这物,我还你便罢!"言毕大着步自去。

武宗愤甚,便语左右侍臣道:"这般无礼,还好容他么?"侍臣统与秃剌有嫌,哪里还肯劝解,自然答请拿问。当即命都指挥使马诸沙等,率着卫士五百名,去拿秃剌。好在秃剌归入邸中,沉沉的睡在床上,任他加械置锁,如扛猪一般,舁入殿中。迨至酒醒,由省臣鞫讯,尚是咆哮不服。省臣乃复奏秃剌不臣,阴图构逆,宜速正典刑,有诏准奏,秃剌遂处斩。一道魂灵,驰入酆都,与阿忽台等鬼魂,至阎王前对簿去了。小子有诗咏道:

> 褒封一字费评章,祖制由来是善防。
> 谁谓滥刑宁滥赏,须知特宠易成狂!

欲知后事如何?且看下回分解。

本回全为武宗传真,写得武宗易喜易怒,若明若昧,看似寻常叙述,实于武宗一朝得失,俱隐(yǐn)括其间,较读《元史本纪》,明显多矣。夫以武宗之名位论,孰不谓其当立,然吾谓其得之也易,故守之也难。嗣位未几,即耽酒色,由是嬖幸臣,信淫僧,种种失政,杂沓而来。书所谓位不期骄,禄不期侈者,匪特人臣有然,人主殆尤甚焉!故武宗非一昏庸主,而其后偏似昏庸,为君诚难矣哉!读史者当知所鉴矣。

第三十回

承兄位诛逐奸邪　重儒臣规行科举

却说元武宗至大八年，复议立尚书省，分理财用。先是世祖嗣位，审定官制，以中书省为行政总枢。长官称中书令，副以左右二丞相。中书令不常置，往往以右丞相兼摄。自阿合马、桑哥等相继用事，恐中书干涉，故特立尚书省，专握政柄。自是廷臣保八、乐实等，请复立尚书省，旧政从中书，新政从尚书，并推举乞台普济脱、一作奇塔特伯奇。脱虎脱一作托克托。为丞相。武宗准奏，乃命乞台普济脱为右丞相，脱虎脱为左丞相，三宝奴、一作三布幹。乐实为平章政事，保八为右丞，蒙哥铁木儿为左丞，王罴参知政事。这一班新任大臣，统是阿合马、桑哥流亚，好言理财，其实并没有甚么妙法，只管从交钞上着想，滥发纸币，充作银两。从前中统交钞及至元交钞，统由计臣创议，颁行天下，民间只有纸币，并没有现银，以致物价日昂，民生日困。行钞无准备金，必受其弊，元代覆辙，今又将蹈之矣。乐实言旧钞未良，应改用新钞，方昭画一。乃改造至大银钞，凡十三等，每一两准至元钞五贯，白银一两，黄金一钱，随路立平准行用库，及常平仓以权物价，毋令沸腾。元代钞法，经此三变，无如有钞无银，总难信用，难道改造至大二字，便可作为金钱么？那计吏上下其手，从中刻削盘剥，却中饱了不少，只百姓又重重受苦了！言之痛心。

武宗反以脱虎脱、三宝奴两人，格外出力，加脱虎脱为太师，封义国公，三宝奴为太保，封楚国公。嗣又以乐实为尚书左丞相，封齐国公，这也不在话下。只武宗嗣位数年，已当壮岁，六宫妃嫔，罗列数百，却未曾正式立后，这也是史鉴上所罕闻的。想因妃嫔统得宠幸，一时难分差等耳。会皇太子举荐李孟，遣使访求，得孟于许昌陉山，征为中书平章事，集贤大学士。孟入见，首请立后以正阴教，乃立真哥皇后。后亦弘吉剌氏所出，才色轶群。真哥有从妹，名速哥失里，亦得武宗宠幸，武宗又称她为后。不立后则已,立后则必使匹嫡,元制之不经可知。还有妃子二人,一系亦乞烈氏,一系唐兀氏。亦乞烈氏实生和世㻋,后为明宗,唐兀氏实生图帖睦尔,后为文宗,后文再表。

单说太后弘吉剌氏,颐养兴圣宫,除饬行佛事外,没甚事情,未免安闲得很。她忽然动了一种邪念,暗想妃嫔公主等人,多与僧徒结欢喜缘,只自己身为帝母,不便舍身布施,欲保全名节,又是意马心猿,按捺不住。武宗年已及壮,太后应亦将半百矣,乃犹图逸思淫,求逞肉欲,此逸豫之萌所以最足误人也。她本是青年守孀,顺宗于二十九岁去世,其时两孤尚幼,嫠妇在帏,孤帐凄清,韶光辜负。亏得同族周亲,有个铁木迭儿,常相往来,随时抚恤,每当花晨月夕,独居无聊时,得铁木迭儿与为谈心,倒也解闷不少。恐不止谈心而已。后为成宗后伯岳氏所忌,出居怀州,遂与铁木迭儿疏远。嗣成宗复令铁木迭儿为云南行省左丞相,路隔万里,一在天涯,一在地角,就是忆念着他,也只好付诸长叹,无可奈何。此次长子为帝,尊作太后,一切举动,无人监制,正好召幸故人,重寻旧约。当下遣一密使,遥征铁木迭儿。看官,你想这铁木迭儿得此机会,哪有不来之理?一鞭就道,两月至京,太后已待得不耐烦,迨见了面,如获异珍。既见君子,我心则降。那铁木迭儿向来巧佞,善承意旨,至此越发效力,竟在兴圣宫中盘桓了好几天,杜门不出。云南行省,不见了铁木迭儿,遂禀报政府,说他擅离职守,应加处分。尚书省即据实奏陈,武宗尚莫明其妙,将奏牍批发下来,令尚书省访查下落,以便定罪。谁知他早入安乐窝中,穿花度柳,快活得很。吕不韦故事复见元宫。过了数日,尚书省复接诏敕,说是奉皇太后旨意,援议亲故例,赦铁木迭儿罪名。亲若皇父,安得不赦。尚书省中,统是一班狐群狗党,管甚么宫内勾当,自然搁起不提。武宗还想恣意游幸,令筑城中都,饬司徒萧珍监工,调发兵役数万名,限五阅月告竣,逾期加罪。无如福已享尽,天不假年,至大四年正月元旦,百官俱入殿朝贺,待了半日,竟由宫监传旨,帝躬不豫,免行大礼。廷臣始知武宗有疾,相率退班。过了七日,武宗竟崩于玉德殿,在位五年,寿只三十一。先是宦官李邦宁曾乘间入告武宗,谓陛下春秋日富,皇子渐长,自古以来,只有父作子述,未闻有子立弟,应酌量裁断等语。武宗不悦,并叱邦宁道:"朕志已定,你不必与我多言,可自去禀闻东宫。"武宗友于之心,也不可没。

　　邦宁碰了这大钉子，自然不敢再说。皇太子爱育黎拔力八达方得保全储位。至武宗殂后，遂入理大政，第一着下手，便饬罢尚书省，把丞相脱虎脱、三宝奴、平章乐实、右丞保八、左丞蒙哥帖木儿、参政王罴，一律免官，逮禁狱中。命中书右丞相塔思不花知枢密院事，铁儿不花等参鞫。讯得脱虎脱等殃民误国，种种不法等情，遂命将脱虎脱、三宝奴、乐实、保八、王罴诸人，即日正法；蒙哥帖木儿犯罪较轻，杖了数百，充戍海南。第二着下手，罢城中都，追夺司徒萧珍符印，把他拘禁起来。凡中都所占民田，尽行发还。第三着下手，召还先朝通达政务及素有闻望的老臣，如前平章程鹏飞、董士选，前太子少傅李谦、少保张闾，右丞陈天祥、尚文、刘正，前左丞郝天挺，前中丞董士珍，前太子宾客萧𣂏，前参政刘敏中、王思廉、韩从益，前侍御赵君信，前廉访使程文海，前杭州路达鲁噶齐等十六人，统令诣阙议政。只陈天祥、刘敏中、萧𣂏不至。一面重用李孟欲授为中书右丞相，偏皇太后已经降旨，将中书右丞相的职任付与铁木迭儿。皇太子不便违命，只好顺从母意。*敝笱（gǒu）之诗，宁尚未读。*太后且信阴阳家言，命太子即位隆福宫。御史中丞张珪，以嗣君正位，应在正殿，乃于大明殿

即皇帝位，受诸王百官朝贺。并下诏大赦道：

> 惟昔先帝事皇太后，抚朕藐躬，孝友天至，由朕得托，顺考遗体，重以母弟之嫡，加有削平内难之功，于其践阼，曾未逾月，授以皇太子宝，领中书令枢密使，百揆机务，听所总裁，于今五年。先帝奄弃天下，勋戚元老，咸谓大宝之承，既有成命，非与前圣宾天，而始征集宗亲，议所宜立者比，当稽周、汉、晋、唐故事，正位宸极。朕以国恤方新，诚有未忍，是用经时。今则上奉皇太后勉进之命，下徇诸王劝戴之情，三月十八日，于大都大明殿即皇帝位，凡尚书省误国之臣，先已伏诛，同恶之徒，亦已放殛，百司庶政，悉归中书，命丞相铁木迭儿、平章政事李道复等，从新拯治，可大赦天下。此诏！

诏中所言李道复，就是李孟。孟字道复，因前时朔戴功深，并调停母子兄弟间格外尽力，所以特别推重，称为道复而不名。即位礼毕，复谕以次年改元，议定皇庆二字。小子披览元史，武宗以后，就是仁宗，仁宗即爱育黎拔力八达的庙号，因此小子于他嗣位后，仍循例称作仁宗了。仁宗以脱虎脱等虽已伏诛，党羽尚多，拟尽加鞫讯。延庆使杨朵儿只一作杨多尔济。上书谏阻，大旨以帝王为治，不嗜杀人，今当嗣服初年，尤以省刑为要，应寓恩于威，以敦治道等语。仁宗感悟，乃改从宽大，只拟用陕西平章孛罗铁木儿、江浙平章乌马儿、甘肃平章阔里吉思、河南参政塔失铁木儿、江浙参政万僧，俱由台官纠参，奉旨罢黜，不准再举。

于是尊重文教，优礼师儒，先命释奠先师孔子，行祭丁制，只主祭的人，却遣了一个宦官李邦宁。邦宁曾在武宗前劝易皇太子，至仁宗登基，左右亦奏述前言，请即加罪。还是仁宗宽洪大量，谕以帝王历数，自有天命，不足介懔（lǐn），乃置不复问。此次命他为集贤院大学士，且饬释奠先师，亵圣甚矣。那邦宁竟尔受命，摆着仪仗，入大成殿行礼。看官，你想大成至圣文宣王，愿受他拜跪么？太牢方设，鼎俎杂陈，邦宁整肃衣冠，向案前就位。忽然狂风大起，卷入殿中，两庑烛尽吹灭，烛台底下的铁镈（zūn）陷入地中尺许，吓得邦宁魂飞天外，慌忙屈膝俯伏，执事诸人统伏地屏息。约过了几小时，风始停止，才勉强成礼，邦宁惭悔数日。就是仁宗闻知，也悚然起敬，由是益敬礼儒臣。

平章政事李孟幼擅文名，博学强记，贯穿经史，尝开门授徒，远近争至。嗣入东宫为太子师傅，与仁宗很是契合。至此君臣相得，如鱼投水，尝谕他道："卿系朕的旧学，朕有不及，全仗卿忠心辅佐。"孟受命后，也感深知遇，力以国事为己任，节滥费，汰冗员。贵戚近臣，多言不便，奈因帝眷方隆，无隙可乘，也只好忍耐过去。君子小人，总不相容。

孟又因大德以后，封拜繁多，释道二教，俱设官统治，权抗有司，扰乱政事，大为时害，遂奏请信赏必罚，赏善惩恶，并罢免僧道各官。至若风俗日靡，车服僭拟，上下无章，尊卑无别，孟复请严加限制。仁宗一一准奏，且与之立约道："朕在位一日，卿亦宜在中书一日。"遂赐爵秦国公，命画师图像，词臣加赞。入见必赐坐，与语必称卿，或称字，一面增国子生，为三百人，令孟督率。孟因上言老成凋谢，亟应求材。四方儒士，如有德成艺进，请擢任国学翰林秘书太常，或儒学提举职，以昭激劝。且谓人材所出，不止一途，汉、唐、宋、金，尝行科举，得人称盛，今欲兴贤举能，不如用科举取士，较诸多门干进，似胜一筹。惟必先德行经术，次及文辞，然后可得真才。仁宗乃决意进行，命中书省臣规定条制。

先是世祖尝议立科举法，未及举行。至是乃由中书省颁定科条，科场每三岁一次，以皇庆三年八月为始，从士人本籍官司，于诸色户内推举，年及二十五，有孝行可称，信义足述，以及经明行修的士子，以次敦遣。其或徇私滥举，并应举不举的有司，监察御史肃政廉访司应体察究治。考试程式，蒙古色目人，第一场经问五条，《大学》《论语》《孟子》《中庸》内设问，用朱氏章句集注，遇有义理精明，文词典雅，乃算中选。第二场，策一道，以时务出题，限五百字以上。汉人南人第一场，明经经疑二问，《大学》《论语》《孟子》《中庸》内出题，并用朱氏章句集注，结以己意，限三百字以上。经义一道，各治一经，《诗》以朱氏为主，《尚书》以蔡氏为主，《周易》以程朱为主，以上三经，兼用古注疏，《春秋》许用三传及胡氏传，《礼记》用古注疏，限五百字以上，不拘体格。第二场，古赋，诏诰，章表。内科一道，古赋、诏诰用古体，章表四六，参用古体。第三场，策一道，经史时务内出题，不矜浮藻，惟务直述，限一千字以上。蒙古色目人，愿试汉人南人科目，中选者加一等注授。蒙古、色目人作一榜，汉人南人作一榜，第一名赐进士及第，从六品。第二名以下，及第二甲，皆正七品，三甲皆正八品，两榜并同，乃即下诏道：

　　惟我祖宗以神武定天下,世祖皇帝设官分职,征用儒雅,崇学校为育材之地,议科举为取士之方,规模宏远矣。朕以眇躬,获承丕祚,继志述事,祖训是式,若稽三代以来,取士各有科目,要其本末,举人宜以德行为首,试艺则以经术为先,词章次之,浮华过实,则所不取。爰命中书参酌古今,定其条制,其以皇庆三年八月为始。天下郡县,兴其贤者能者,充试有司。次年二月,会试京师,中选者朕将亲策焉。

　　到了皇庆三年,改元延祐,八月开试举人,至次年廷试,赐护都沓儿、张起岩等五十六人及第出身有差,分为两榜。蒙古色目人为右,汉人南人为左,嗣是垂为常例。元代之有科举,自延祐始,故详纪之。仁宗复用齐履谦、吴澄为国子司业。履谦字伯恒,汝南人,幼习推步星历诸术,及稍长,读洙泗、伊洛遗书,穷理格物。至元二十九年,授为星历教授,大德二年,擢任保章正,至大三年,升授侍郎,兼领冬官正事。仁宗即位,以履谦学行纯笃,命教国学子弟。与吴澄并司教养。每五鼓入学,风雨寒暑,未尝少息。

　　吴澄字幼清,抚州人,宋末举进士不第,隐居布水谷,读书著述,夙负盛名。至元中曾召至燕京,欲授以官,澄乞归养母,遂辞去。至大元年,复召为国子监丞,皇庆元年,授为司业,澄用宋程颢学校奏疏,胡瑗六学教法,朱熹学校贡举私议,约为教法四条:一经学,二行实,三文艺,四治事。逐条规勉,不惮求详。嗣因履谦改金太史院事,澄以同学乏人,托病归籍,学制稍废。

仁宗复调履谦为司业。履谦律己益严,教道益张,尝立升斋积分等法。每季考生徒学行,以次递升,既升上斋,逾再岁,始与私试。词理俱优为满分,词平理优为半分,岁终积至八分,得充高等,以四十人为额,然后集贤院及礼部岁选六人,充作岁贡。三年不通一经,及在学不满一年,定章黜革,所以人人励志,士多通材。元朝学术,惟皇庆延祐时推为极盛。*师道立则善人多,观此益信。*

仁宗又尝将《贞观政要》《大学衍义》,并程复心所著《四书集注》,陆淳所著《春秋纂例》《辨微疑旨》,及《资治通鉴》《农桑集要》等书,悉令刊布,颁行学宫。复以宋儒周敦颐、程颢、程颐、张载、邵雍、司马光、朱熹、张栻(shì)、吕祖谦,暨元儒许衡、学宗洙泗,令从祀孔子庙廷,兴儒尊道,也可谓元代第一贤君了。小子有诗咏道:

> 大元制典太荒唐,竟把儒生列丐倡!

> 幸有后王能干蛊,莘莘学子尚成行。

仁宗方有心求治,雅意得人,偏偏铁木迭儿得宠太后,从中播弄,举佞斥贤,这也是元朝的气数。欲知详细,下回再述。

武宗在位四年,秕政甚多,惟孝友性成,不私天下,较之曹丕、萧绎,相去远矣! 仁宗嗣服,首斥憸壬,召用老臣,并尊师重儒,兴学育才,不愧为守文之主。至若科举一端,以一日之长,即第其高下,似不得为良法。然旷观古代,因选举之穷,继以科举,殆亦有不得已之意,存于其间者。况科目亦曷尝不得人乎! 即如今日之废科目,复选举,弊端百出,罄竹难书,是选举且不科目若也。元素贱儒,惟仁宗始注意及此,善善从长,故本回特备录之。

第三十一回

上弹章劾佞无功　信憸言立储背约

却说铁木迭儿奉太后弘吉剌氏敕旨，得居相位，起初还算守法，没甚举动。惟仁宗巡幸上都，留铁木迭儿等留守，铁木迭儿援丞相留治故例，出入张盖，颇为烜赫。廷臣不甚注目，统以为故例如此，不足为怪。越年，铁木迭儿偶然得病，自请解职，*昼值朝房，夜值宫禁，宜其劳病。* 乃以秃忽鲁代相。至延祐改元，秃忽鲁免官，仁宗拟命左丞相哈克繖（sǎn）继任，哈克繖自言非世勋族姓，不足当国，请再任铁木迭儿。仁宗乃复拜他为开府仪同三司，录军国重事。居数月，仍进为右丞相，他即想出一条理财政策，毅然上奏道：

> 臣蒙陛下垂怜，复擢首相，依阿不言，诚负圣眷。比闻内侍隔越奉旨者众，倘非禁止，致治实难，请敕诸司，自今中书政务，毋辄干预。又往时富民往诸番商贩，率获厚利，商者益众，中国物轻，番货反重，今请以江、浙右丞曹立领其事，发舟十纲，给牒以往，归则征税如制，私往者没其货，又经用不给，苟不豫为规画，必至窳误。臣等集诸老议，皆谓动钞本则钞法愈虚，加赋税则毒流黎庶，增课额则比国初已倍五十矣，惟预买山东河间运使来岁盐引，及各冶铁货，庶可以足今岁之用。又江南田粮，往岁虽尝经理，多未核实，可始自江浙以及江东西，宜先事严限格，信罪赏，令田主手实顷亩状入官。诸王附马学校寺观，亦令如之，仍禁私匿民田，贵戚势家，毋得阻挠，请敕台臣协力以成，则国用足矣。谨奏。

据奏中所言，不过清厘宿弊，澈查私贩，有益国用，无损平民，看似正当不易的政策。无如中国官吏，多是贪财黩货，凡遇计臣当道，变更旧制，往往被贪官污吏乘间营私，无论若何良法，总归弊多利少，结果是民生受苦，国库仍枵，所得金钱，都入一班狗官的囊橐。*历代以来，俱蹈此辙，惟*

前代贪官中饱之资，尚在本国流通，所谓楚得楚失，把彼注兹，犹不足患，今则多寄存外国银行，自涸财源，其患益甚。做皇帝的身居九重，哪里晓得许多弊窦，即如元代仁宗，好算一个明主，览了铁木迭儿奏牍，也道是情真语当，立准施行。铁木迭儿遂分遣属吏，循行各省，括田增税，苛急烦扰，江西使臣昵匝马丁酷虐尤甚，信丰一县，撤民庐千九百区，夷墓扬骨，作为所增田亩，居民怨恨入骨。

赣州土豪蔡五九，素有武力，且颇任侠，乡民推为首领，抗拒官长。一夫作难，万众响应，顿时汀漳诸路，四起为乱，蔡五九乘此机会，占夺汀州宁化县，戕杀有司，居然称王建号，号令四方。夺了一县，就想为王，器量如此，安能成事。江浙行省平章张间奉旨往剿，五九也率着众人，前来抵敌，究竟一时乌合，敌不住多大官军，战了数次，弄得十人九死，那时五九势穷力蹙，逃入山谷，被官军蹑迹追寻，生生拿住，讯实正法，做了无头之鬼。

张间上章奏捷，仁宗才觉心慰。惟台臣上言五九作乱，由括田增税所致，乞罢各省经理，有旨准奏。只铁木迭儿揽权如故，反且贪虐加甚，凶秽愈彰，朝野虽然侧目，可奈铁木迭儿气焰熏天，欲要把他弹击，好似苍蝇撞石，非但不能动他，而且还要灭身，大家顾命要紧，自然相率钳口。

寻复由太后下旨，令铁木迭儿为太师。中书平章政事张珪向来嫉恶如仇，至此不禁进言道："太师论道经邦，须有才德兼全的宰辅方足当此重任，如铁木迭儿辈，恐不称职！"仁宗本器重张珪，奈因迫于母命，不便违悖，只好不从珪言，以铁木迭儿为太师，兼总宣政院事。中国古典，夫死从子，况仁宗身为人主，岂可依徇母后，专擅权奸，是殆徒知有顺不知有孝者。会仁宗如上都，徽政院使失列门一作锡哩玛勒。传太后旨，召珪切责。珪抗论不屈，惹得失列门性起，竟喝令左右加杖，可怜这为国尽忠的张平章，平白无辜的受了一顿杖责！古时刑不上大夫，张珪身为平章，乃遭幸臣杖责，可叹可恨！皮开血出，奄奄归家。次日即缴还印信，挈了家眷，径出国门。珪子景元，随驾掌玺，宿卫左右，闻父因杖创乞休，遂奏请父病垂危，恳即赐归。仁宗惊问道："卿别时，卿父无病，怎么今称病笃了？"景元顿首涕泣，不敢言父被杖事。仁宗心知有异，乃遣使赐珪酒，进拜大司徒。珪已回籍养疴，上表陈谢便罢。

至仁宗还都，并未追究失列门，廷臣心益不平。会上都富人张弼杀人系狱,纳贿铁木迭儿,铁木迭儿遂密遣家奴,胁上都留守贺巴延,令他释弼。巴延不肯,据实陈奏。侍御史杨朵儿只已升任中丞,与平章政事萧拜住蓄志除奸,遂邀同监察御史四十余人,联衔抗奏道:

> 铁木迭儿桀黠奸贪,阴贼险狠,蒙上罔下,蠹政害民,布置爪牙,威詟(zhé)朝野,凡可以诬害善人,邀功利己者,靡所不至。取晋王田千余亩,兴教寺后堧(ruán)园地三十亩,卫兵牧地二十余亩,窃食郊庙供祀马,受诸王哈喇班第使人钞十四万贯,宝珠玉带氍毹币帛,又值钞十余万贯,受杭州永兴寺僧章自福赂金一百五十两,取杀人囚张弼钞五万贯。且既已位极人臣,又领宣政院事,以其子巴尔济苏为之使。诸子无功于国,尽居贵显,纵家奴凌虐官府,为害百端,以致阴阳不和,山移地震,灾异数见,百姓流亡。已乃恬然略无省悔,私家之富,在阿合马、桑哥之上,四海疾怨已久,咸愿车裂斩首,以快其心,如蒙早加显戮,以示天下,庶使后之为臣者,知所警戒,臣等不胜迫切得命之至!

仁宗览了这奏,震怒有加,立即下诏,逮问铁木迭儿。铁木迭儿至此,也不免惶急起来,忙跑到兴圣宫内,向太后下跪,磕着响头,如同捣蒜。*如摇尾乞怜一般。*太后惊问何事,铁木迭儿道:"老臣赤心报国,偏遭台臣嫉忌,诬臣重罪,务乞太后为臣剖白,臣死且感恩!"*赤体报后则有之,赤心报国则未也。*太后道:"皇儿难道不知么?"铁木迭儿道:"皇上已有旨,逮问老臣。"太后道:"何故这般糊涂!"*如非糊涂,恐不令太后胡行。*铁木迭儿道:"台臣联衔奏请,怪不得皇上动怒。"太后道:"你且起来,无论甚么大事,有我作主,怕他甚么!"铁木迭儿碰头道:"圣母厚恩,真同再造,但老臣一时无可容身,奈何?"太后笑道:"你这老头儿,也会放刁,你在宫中时常进出,今日便住在宫内,自然没人欺你。"铁木迭儿道:"明日呢?"太后道:"明日也住在这里,可好么?"铁木迭儿道:"老臣常住宫中,不更要被人议论么?"太后把他瞅了一眼,便道:"你怕议论,快些出去,休来惹我!"那时铁木迭儿故作惊慌,抱住太后玉膝,装出一副泪容,*夫是之谓奸臣。*果然太后俯加怜恤,用手把他扶起,并命贴身侍女整备酒肴,替他压惊,是夕,命铁木迭儿匿宿兴圣宫。*一语够了。*

越日,杨朵儿只复入朝面奏,略说铁木迭儿匿居禁掖,非皇上亲自查拿,余人无从逮问,说得仁宗动容。退了朝,竟踱入兴圣宫来,侍女得知消息,忙去通报太后。太后即命铁木迭儿避匿别室。待仁宗进来,佯若无事,仁宗谒母毕,由太后赐坐,略问朝事,渐渐说到铁木迭儿。仁宗遂启奏道:"铁木迭儿擅纳贿赂,刻剥吏民,御史中丞杨朵儿只等,联衔奏劾,臣儿令刑部逮问,据言查无下落,不知他匿在何处?"太后闻言,怫然道:"铁木迭儿是先朝旧臣,现在入居相位,不辞劳怨,所以我命你优待,加任太师。自古忠贤当国,易遭嫉忌,你也应调查确实,方可逮问,难道凭着片言,就可加罪么?"仁宗道:"台臣联衔,约有四十余人,所陈奏牍,历叙铁木迭儿罪名,想总有所依据,不能凭空捏造。"太后怒道:"我说的话,你全然不信,台臣的奏请,你却作为实据,背母忘兄,不孝不义,恐怕祖宗的江山,要被你送脱了!"强词夺理。说至此,便扑簌簌的流下泪来。老妇也会撒娇。仁宗素具孝思,瞧这形状,心中大为不忍,不由的跪地谢罪。太后尚唠唠叨叨的说了许多,累得仁宗顿首数次,方才趋出。

越日诏下,只罢铁木迭儿右相职,令哈克繖代任,又迁杨朵儿只为集贤学士,台臣相率叹息,无可如何。

　　会接陕西平章塔察儿急奏，报称周王和世㻋勾结陕西，变在旦夕了。原来和世㻋系武宗长子，从前武宗嗣位，既立仁宗为太子，丞相三宝奴欲固位邀宠，曾与康里脱脱密谈，拟劝武宗舍弟立子。康里脱脱道："太弟安定社稷，已经正式立储，入居东宫，将来兄弟叔侄，世世相承，还怕倒乱次序么？"持正不阿，难为脱脱。三宝奴道："今日兄已授弟，他日能保叔侄无嫌么？"康里脱脱道："古语尝云：'宁人负我，毋我负人！'我不负约，此心自可无愧；人若失信，自有天鉴。所以劝立皇子，我不便赞成！"三宝奴嘿然而退。

　　至延祐改元，欲立太子，仁宗颇觉踌躇，以情理言，当立和世㻋，何待踌躇。铁木迭儿窥透上旨，便密奏道："先皇帝舍子立弟，系为报功起见，若彼时陛下在都，已正大位，还有何人敢说！就是先皇帝亦应退让。今皇嗣年将弱冠，何不早日立储，免人觊觎呢？"仁宗道："侄儿和世㻋，比朕子年龄较长，且系先帝嫡子，朕承兄位，似宜立侄为嗣，方得慰我先帝。"铁木迭儿道："宋太宗舍侄立子，后世没有訾议，况宋朝开国，全由太祖威德，太宗无功可录；加以金匮誓言，彼此遵约，他背了前盟，竟立己子，尚是相安无事。今如陛下首清宫禁，继让先皇，以德以功，应传万世，难道皇侄尚得越俎么？"仁宗闻言，尚是沉吟，铁木迭儿又道："陛下让德，即始终相继，恐后代嗣君，亦未必长久相安。老臣为陛下计，并为国家计，所以不忍缄口，造膝密陈。"仁宗不待说毕，便问道："你说舍子立侄，不能相安，莫非是争位不成？"铁木迭儿道："诚如圣论！自古帝王，岂必欲私有天下！特以储位未定，往往有豆萁相煎、骨肉相残的祸端。即如我朝开国，君位相传，非必父子世及，所以海都构衅，三汗连兵，争战数十年，至今尚未大定，陛下何不惩前毖后，妥立弘规，免得后嗣争夺呢？"佞臣之言，最易入耳，非明目达聪之圣主，鲜有不堕入彀中。试观铁木迭儿之反复陈词，何一非利害关系，动人听闻，此谗口之所以可畏也。仁宗矍然道："卿言亦是，容俟徐图。"已入迷团。铁木迭儿乃退。

　　静候年余，未见动静，不免暗中惶急，遂私与失列门商议。看官，你道失列门是何等人物？就是前日传太后旨，擅杖张珪的徽政院使。原来太后老而善淫，因铁木迭儿年力垂衰，未能逞欲，有时或出言埋怨。铁木迭儿善承意旨，遂荐贤自代。仿佛吕不韦之荐嫪毐(Lào' ǎi)。太后得了失列门,甚为合意,大加宠幸。因此失列门的权势不亚铁木迭儿。铁木迭儿与他晤谈,叙述前日密陈事,失列门笑道:"太师的陈请,还欠说得动人!"铁木迭儿道:"据你的意思,应如何说法?"失列门道:"太师才高望重,难道不晓得釜底抽薪的计策么? 目今皇侄在都,无甚大过,你教主子如何处置! 在下恰有一法,先将他调开远道,那时疏不间亲,自然好立皇子了。"铁木迭儿喜动颜色,不禁拱手道:"这还要仰仗你呢!"失列门道:"太师放心! 在下有三寸舌,不怕此事不行。"一蟹胜似一蟹。果然过了数日,有旨封和世㻋为周王,赐他金印,出镇云南。失列门之入谗用虚写。

过了一年,复立皇子硕德八剌一作硕迪巴拉。为太子,兼中书令枢密使。和世㻋在云南,已置官属。闻仁宗已立太子,颇滋怨望,遂与属臣秃忽鲁、尚家奴及武宗旧臣釐(xī)日、沙不目丁、哈八儿、秃教化等会议。教化即常侍嘉珲。道:"天下是我武宗的天下,如王爷出镇,本非上意,大约由谗构所致。请先声闻朝廷,杜塞谗口,一面邀约省臣,即速兴兵,入清君侧,不怕皇上不改前命!"密谋胁君,亦非臣道。大众鼓掌称善。教化复

道：“陕西丞相阿思罕前曾职任太师，被铁木迭儿排挤，把他远谪；若令人前去商议，定可使为我助。”和世㻋道：“既如此，劳你一行。”

教化遂率着数骑，驰至陕西，由阿思罕问明情形，很是赞成。当下召集平章政事塔察儿、行台御史大夫脱里伯、中丞脱欢，共议大事。塔察儿等闻命后，口中甚表同情，还说得天花乱坠，如何征兵，如何进军，不由阿思罕不信。议定发关中兵卒，分道自河中府进行，谁知他暗地里写了奏章，飞驿驰报，俗语说得好：

> 画虎画龙难画骨，知人知面不知心。

未知元廷如何宣敕，请看下回表明。

铁木迭儿之奸，中外咸知，仁宗亦岂不闻之？况台官劾奏，至四十余人之众，即贤明不若仁宗，亦不至袒庇权奸，违众愎谏如此；就令重以母意，不忍遽违，而左迁杨朵儿只，果胡为者，读史者或以愚孝讥之，实则犹未揭仁宗之隐。迨观舍侄立子之举，出自铁木迭儿之密陈，乃知仁宗之心，未尝不以彼为忠。私念一起，宵小得而乘之，是殆所谓木朽而虫生者。然则仁宗之心，得毋谓妇人之仁耶！前回叙仁宗之善政，不忍没其长；此回叙仁宗之失德，不敢讳其短。瑕不掩瑜，即此可见矣。

第三十二回

争位弄兵藩王两败　挟私报怨善类一空

却说陕西平章塔察儿驰奏到京,当由仁宗颁发密敕,令他暗中备御。塔察儿奉旨遵行,佯集关中兵,请阿思罕、教化两人带领,先发河中,去迎周王和世㻋,自与脱欢引兵后随,陆续到河中府。待与周王相遇,托词运粮犒云南军,求周王自行检查,周王偏委着阿思罕、教化两人,代为察收。不防车中统藏着兵械,一声暗号,军士齐起,都在车中取出凶器,奔杀阿思罕等。阿思罕、教化手下,只有随骑数十名,哪里抵敌得住,一阵乱杀,将阿思罕、教化两人已剁作数十段。塔察儿遂麾军入周王营,谁知周王命不该绝,已得逃卒禀报,从间道驰去。后来入都嗣位,虽仅半年,然究系一代主子。所以得免于难。塔察儿搜寻无着,还道他奔回云南,饬军士向南追赶,偏周王往北急奔,待至追军回来,再拟转北,那时周王已早远扬了。塔察儿一面奏闻,一面再发兵北追,驰至长城以北,忽遇着一支大军,把他截住,以逸待劳,竟将塔察儿军杀死了一大半,剩得几个残败兵卒,逃回陕西。

看官!你道这支军从何而来?原来是察合台汗也先不花遣来迎接周王的大军。也先不花系笃哇子。笃哇在日,曾劝海都子察八儿共降成宗,事见前文。应二十七回。嗣后察八儿复蓄异谋,由笃哇上书陈变,请元廷遣师,夹击察八儿。时成宗已殂,武宗嗣立,遣和林右丞相月赤察儿发兵应笃哇,至也儿的石河滨,攻破察八儿,察八儿北走,又被笃哇截杀一阵,弄到穷蹙无归,只好入降武宗。窝阔台汗国土地,至是为笃哇所并。笃哇死后,子也先不花袭位,又反抗元廷。初意欲进袭和林,不料弄巧成拙,反被和林留守,将他东边地夺去。他失了东隅,转思西略,方侵入呼罗珊,适周王和世㻋奔至金山,驰书乞援。于是返旆东驰,来迎和世㻋。即与和世㻋相会,遂驻兵界上,专待追军,果然塔察儿发兵驰至,遂大杀一

争弄兵两
位权藩王
　　　　败

阵,扫尽追兵,得胜而回。和世瑓随他入国,与定约束,彼此颇是亲昵,安居了好几年。元廷也不再攻讨,总算内外静谧。

　　无如一波未平,一波又起。周王和世瑓已经北遁,魏王阿木哥却又东来。这阿木哥是仁宗庶兄。顺宗少时,随裕宗*即故太子真金*。入侍宫禁,时世祖尚在,钟爱曾孙,特赐宫女郭氏,侍奉顺宗。郭氏生子阿木哥,顺宗以郭氏出身微贱,虽已生子,究不便立为正室,乃另娶弘吉刺氏为妃,便是武宗仁宗生母,颐养兴圣宫中,恣情娱乐的皇太后。*屡下贬辞,惩淫也。*仁宗被徙怀州时,阿木哥亦出居高丽,至武宗时,遥封魏王。到了延祐四年,忽有术者赵子玉,好谈谶纬,与王府司马脱不台往来,私下通信,说是阿木哥名应图谶,将来应为皇帝。脱不台信为真言,潜蓄粮饷,兼备兵器,一面约子玉为内应,遂偕阿木哥率兵,自高丽航海,通道关东,直至利津县。途次遇着探报,子玉等在京事泄,已经伏法,于是脱不台等慌忙东逃,仍至高丽去了。

　　仁宗因两次变乱,都从骨肉启衅,不禁忆起铁木迭儿的密陈,还道他能先几料事,思患预防,幸已先立皇子,方得臣民倾响,平定内讧,事后论功,应推铁木迭儿居首,因此起用的意思,又复发生。这铁木迭儿虽去相位,仍居京邸,与兴圣宫中嬖幸时通消息。大凡谐臣媚子,专能窥伺上意,仁宗退息宫中,未免提起铁木迭儿的大名。那班铁木迭儿的旧党,自然乘机凑合,撺掇仁宗,复用这位铁太师。仁宗尚有些顾忌,偏偏这兴圣宫中的皇太后又出来帮忙,可谓有情有义。传旨仁宗,令起用铁木迭儿再为右相。仁宗含糊答应,暗思复相铁木迭儿,台臣必又来攻讦,不如令为太子太师,省得台臣侧目。主意已定,便即下诏。

越日即有御史中丞赵世延呈上奏章,内陈铁木迭儿从前劣迹,凡数十事,仁宗不待览毕,就将原奏搁起。又越数日,内外台官陆续上奏,差不多有数十本,仁宗略一披览,奏中大意,无非说铁木迭儿如何奸邪,不宜辅导东宫,当下惹起烦恼,索性将所有各奏,统付败纸篓(lǒu)中。适案上有金字佛经数卷,遂顺手取阅,展览了好几页,觉得津津有味,私自叹息道:"人生不外生老病苦四字,所以我佛如来,厌住红尘,入山修道。朕名为人主,一日万机,弄到食不得安,寝不得眠,就是任用一个大臣,还惹台臣时来絮聒,古人说得天子最贵,朕想来有甚么趣味! 倒不如设一良法,做个逍遥自在的闲人罢。"说毕,复默默的想了一番,又自言自语道:"有了,就照这么办。"便掩好佛经,起身入寝宫去了。故作蓄笔。

小子录述至此,又要叙那金字佛经的源流。这金字佛经,就是《维摩经》。仁宗尝令番僧缮写,作为御览,共糜金三千余两。一部《维摩经》,需费如此,元僧之多财可知。此时已经缮就,呈入大内,所以仁宗奉若秘本,敬置览奏室内,每于披览奏牍的余暇,讽诵数卷,天子念佛,实是多事。这且不必细表。

且说仁宗有心厌世,遂诏命太子参决朝政。廷臣见诏,多半滋疑,统说皇上春秋正富,为何授权太子,莫非铁木迭儿从中播弄不成? 当下都密托近侍,微察上旨。侍臣在仁宗前,尝伺候颜色,一时恰探不出甚么动静。只仁宗常与语道:"卿等以朕居帝位,为可安乐么? 朕思祖宗创业艰难,常恐不能守成,无以安我万民,所以宵旰忧劳,几无暇晷,卿等哪里知我苦衷呢?"仁宗之心,不为不善,但受制母后,溺爱子嗣,终非治安之道。侍臣莫明其妙,只好面面相觑,不敢多言。过了数天,复语左右道:"前代尝有太上皇的名号,今太子且长,可居大位,朕欲于来岁禅位太子,自为太上皇,与尔等游观西山,优游卒岁,不更好么?"想了多日,原来为此。左右齐声称善,只右司郎中月鲁帖木儿道:"陛下年力正强,方当希踪尧舜,为国迎麻,为民造福,若徒慕太上皇的虚名,实属无谓。如臣所闻,前代如唐玄宗、宋徽宗皆身罹祸乱,不得已禅位太子,陛下为甚么设此念头?"这一席话,说得仁宗瞠目无词,才把内禅的意思打消净尽。嗣是复勤求治道,所有一切佛经,也置诸高阁,不甚寓目。

会皇姊大长公主祥哥剌吉令作佛事,释全宁府重囚二十七人,事为仁宗所闻,怫然道:"这是历年弊政,若长此不除,人民都好为恶了。"想是回光返照,所以有此清明。遂颁发严旨,按问全宁守臣阿从不法,仍追所释囚,还置狱中。既而中书省臣奏请白云宗总摄沈明仁,强夺民田二万顷,诳诱愚俗十万人,私赂近侍,妄受名爵,应下旨黜免,严汰僧徒,追还民田等语。仁宗一一准奏,并诏沈明仁奸恶不法,饬有司逮鞫从严,毋得庇纵,违者同罪。这两道诏敕,乃是元代未曾见过的事情,不但僧侣为之咋舌,就是元廷臣僚,亦是意不及料。

到了延祐七年元旦,日食几尽,仁宗斋居损膳,命辍朝贺。甫及二旬,仁宗不豫,太子硕德八剌,焚香祷天,默祝道:"至尊以仁慈御天下,庶绩顺成,四海清晏。今天降大厉,不如罚殛我身,使至尊长为民主。天其有灵,幸蒙昭鉴!"叙及此语,不没孝思。祝毕,又拜跪了好几次。次夕,拜祝如故。无如人生修短,各有定数。既已禄命告终,无论如何祈祷,总归没有效验,太子祷告益虔,仁宗抱病益剧。正月二十一日驾崩光天宫,寿三十有六,在位十年。元世祖殂于正月,成、武、仁三宗亦然,这也是元史中一奇。史称仁宗天性慈孝,聪明恭俭,通达儒术,妙悟释典,不事游畋,不喜征伐,不崇货利,可谓元代守文令主。小子以为顺母纵奸,未免愚孝;立子负兄,未免过慈;其他行迹,原有可取,但总不能无缺点呢!得春秋责备贤者之义。

仁宗已殂,太子哀毁过礼,素服寝地,日歠(chuò)一粥。那时太后弘吉剌氏,便乘机宣旨,令太子太师铁木迭儿为右丞相。越数日,复命江浙行省黑驴一作赫噜。为中书平章政事,黑驴平时没甚功绩,且亦未有令望,只因族母亦列失八,在兴圣宫侍奉太后,颇得宠信,因此黑驴迭蒙超擢,骤列相班。为下文谋逆张本。自是铁木迭儿一班爪牙又复得势。

参议中书省事乞失监素谄事铁木迭儿,至是倚势鬻官,被台臣劾奏,坐罪当杖,他即密求铁木迭儿到太后处说情。太后召太子入见,命赦乞失监杖刑。太子不可,太后复命改杖为笞。太子道:"法律为天下公器,若稍自徇私,改重从轻,如何能正天下!"卒不从太后言,杖责了案。

徽政院使失列门复以太后命,请迁转朝官。太子道:"大丧未毕,如何即易朝官!且先帝旧臣,岂宜轻动,俟即位后,集宗亲元老会议,方可任贤黜邪。"失列门惭沮而退。

于是宫廷内外,颇畏太子英明。独铁木迭儿以太子尚未即真,应乘此报怨复仇,藉泄旧恨。当下追溯仇人,第一个是御史中丞杨朵儿只,第二个是前平章政事萧拜住,第三个是上都留守贺巴延,第四个是前御史中丞赵世延,第五个是前中书平章政事李孟。上都距京稍远,不便将贺巴延立逮,赵世延已出为四川平章政事,李孟亦已谢病告归,独杨朵儿只、萧拜住两人,尚在都中供职。遂矫传太后旨,召二人至徽政院,与徽政使失列门、御史大夫秃秃哈,坐堂鞫问,责他前违太后敕命,应得重罪。杨朵儿只勃然大愤,指铁木迭儿道:"朝廷有御史中丞,本为除奸而设,你蠹国殃

民，罪不胜言，恨不即斩你以谢天下！我若违太后旨，先已除奸，你还有今日么？"铁木迭儿闻言，又羞又恼，便顾左右道："他擅违太后，不法已极，还敢大言无忌，藐视宰辅，这等人应处何刑？"旁有两御史道："应即正法。"朵儿只唾两御史道："你等也备员风宪，乃做此狗彘事么？"萧拜住对朵儿只道："豺狼当道，安问狐狸？我辈今日，不幸遇此，还是死得爽快。只怕他也是一座冰山了！"两御史不禁俯首。

铁木迭儿怒形于色，顿起身离座，乘马入宫。约二时，即奉敕至徽政院，令将萧拜住、杨朵儿只二人处斩。左右即将二人反绑起来，牵出国门。临刑时，杨朵儿只仰天叹道："天乎！天乎！我朵儿只赤心报国，不知为何得罪，竟致极刑？"萧拜住也呼天不已。元臣大率信天。

既就戮，忽然狂飙陡起，沙石飞扬，吓得监刑官魂不附体，飞马逃回。都人士相率叹息，暗暗称冤。

杨朵儿只妻刘氏颇饶姿容，铁木迭儿有一家奴，曾与觌（dí）面，阴加艳羡，至此禀请铁木迭儿，愿纳为己妇。铁木迭儿即令往取。那家奴大喜过望，赶车径去，至杨宅，假太师命令，胁刘氏赴相府。刘氏垂泪道："丞相已杀我夫，还要我去何用？"家奴见她泪珠满面，格外怜惜，便涎着脸道："正为你夫已死，所以丞相怜你，命我来迓，并且将你赏我为妻，你若从我，将来你要什么，管教你快活无忧。"此奴似熟读嫖经。

刘氏不待言毕，已竖起柳眉，大声叱道："我夫尽忠，我当尽义，何处狗奴，敢来胡言？"说至此，急转身向案前，取了一剪，向面上划裂两道，顿时血流满面。复将髻子剪下，向家奴掷去，顿足大骂道："你仗着威势，敢来欺我！须知我已视死如归，借你的狗口，回报你主，我死了，定要伸诉冥王，来与你主索冤，教老贼预备要紧！"骂得痛快，我亦一畅。家奴无可奈何，引车自去，既返相府，适铁木迭儿在朝办事，便一口气跑至朝房，据实禀陈。铁木迭儿大怒道："这般贱人，不中抬举，你去将她拿来，令她入鬼门关，自去寻夫便了。"旁有左丞张思明闻着这言，便向铁木迭儿道："罪人不孥，古有明训。况山陵甫毕，新君未立，丞相恣行杀戮，万一诸王驸马等因而滋疑，托词谋变，丞相还能诿咎么？"铁木迭儿沉吟半响，方悟道："非左丞言，几误我事。"遂叱退家奴，家奴怏怏自回，杨妻刘氏才得守节终身。张左丞保全不少。

铁木迭儿毒心未已,复奏白太后,捏造李孟从前过失,诽谤宫闱,不由太后不信,遂命将前平章政事李孟封爵,尽行夺去,并将李孟先人墓碑一律仆毁,总算为铁师相稍稍吐气。只赵世延出居四川,一时无隙可寻,他就百计图维,阴令党羽贿诱世延从弟,前来诬告世延。世延从弟胥益儿哈呼利令智昏,竟诣刑部自首,只说世延如何贪婪,如何诞妄,其实统是无中生有,满口荒唐。刑部早承铁木迭儿微意,据词陈请,诏旨不得不下,饬缇骑至四川,逮问世延。小子有诗刺铁木迭儿道:

贤奸自古不相容,欲吁君门隔九重!

尤恨元朝铁师相,贪残已甚且淫凶。

未知世延曾否被害,且至下回表明。

仁宗本一守文主,其不能无失德者,类由铁木迭儿一人炀蔽而成。大奸似忠,大诈似信,非中智以上之君,末由烛其奸诈。仁宗第一中智者耳! 故一用不已,至于再用;再用不已,犹且令为太子太师。虽曰太后之主使,要亦仁宗之偏听不明,有以致之也! 两藩之变,幸而即平,否则喋血宫门,宁俟他日耶! 至仁宗崩逝,铁木迭儿更出为首相,睚眦必报,妄戮忠良,英宗虽明,内迫于太后,外制于师傅,且因居丧尽礼,无暇顾及,是英宗之纵奸,情可曲原,而仁宗之贻谋不臧,未能诿咎可知也,读此回犹慨然于仁宗之失云。

第三十三回

隆孝养选呈册宝　泄逆谋立正典刑

却说赵世延为四川平章政事,虽经逮问,究竟燕蜀辽远,往返需时,未能刻日到京。京中帝位已虚,太子应承大统,自然择日登陛,遂于三月十一日即帝位于大明殿。循例大赦,当即颁诏道:

> 洪维太祖皇帝,膺期抚运,肇开帝业;世祖皇帝,神机睿略,统一四海,以圣继圣;迨我先皇帝至仁厚德,涵濡群生,君临万国,十年于兹。以社稷之远图,定天下之大本,协谋宗亲,授予册宝。方春宫之与政,遽昭考之宾天,诸王贵戚,元勋硕辅,咸谓朕宜体先帝付托之重,皇太后拥护之慈,既深系于人心,讵可虚于神器?合词劝进,诚意交孚,乃于三月十一日即皇帝位于大明殿,可大赦天下,咸与维新!此诏。

即位后,追号先帝为仁宗皇帝,尊皇太后弘吉剌氏为太皇太后,皇后鸿吉哩氏为皇太后。先是皇太后拟专国政,以和世㻋少有英气,恐不易制,不若太子硕德八剌较为谦和,因此亦劝仁宗舍侄立子。仁宗既受权奸的怂恿,复承母后的劝告,所以决定主意,立硕德八剌为太子。

至仁宗殂后,太子居丧,所有政务,太后拟专任铁木迭儿,独断独行,偏太子尝出来干涉,免不得有些介意。到了即位的日子,太后也算来贺。太子见了太后,词色少严。太后回至兴圣宫,暗自悔恨道:"我不该命立此儿!"死多活少,亦可少休。嗣是太后变喜成忧,渐渐的酿成疾病了。惟太皇太后册文,元代未有此举,乃由词臣珥笔,敬谨撰成。其文云:

> 王政之先,无以加孝,人伦之本,莫大尊亲,肆予临御之初,首举推崇之典。恭维太皇太后陛下,仁施溥博,明烛幽微,爰自居渊潜之宫,已有母天下之望。方武宗之北狩,适成庙之宾天,旋克振于乾纲,谅再安于宗祏,虽有在躬之历数,实司创业之艰难,仪式表于慈闱,动

协谋于先帝,莫究补天之妙,尤如扶日之升。位履至尊,两翼成于圣子;嗣登大宝,复拥佑于藐躬。矧(shěn)德迈涂山,功高文母,是宜加于四字,或益衍于徽称。谨奉玉册玉宝,加上尊号,曰:仪天兴圣慈仁昭懿寿元全德泰宁福庆徽文崇佑太皇太后。於戏! 兹虽涉于虚名,庶庸申于善颂。九州四海,养未足于孝心;万岁千秋,愿永膺于寿祉。录太皇太后册文,所以愧之也。

又有皇太后册文一篇,亦写得玉润珠圆。其文云:

　　坤承乾德,所以著两仪之称;母统父尊,所以崇一体之号。故因亲而立爱,宜考礼以正名。恭惟圣母温慈惠和淑哲端懿,上以奉宗祧(tiāo)之重,下以叙伦纪之常,恢王化于二南,嗣徽音于三母。辅佐先考,忧勤警戒之虑深;拥佑眇躬,抚育提携之恩至。迫于今日,绍我丕基,规模一出于慈闱,付托益彰于祖训。致天下之养以为乐,未足尽于孝心;极域中之大以为尊,庶可尊其懿美。式遵贵贵之义,用馨亲亲之情,谨遣某官某奉册上尊号曰皇太后。伏维周宗绵绵,长信穆穆,备洛书之锡福,粲坤极之仪天,启佑后人,永锡胤

祚！元代之立皇太后，莫如仁宗后之正，且亦获令终，故亦举册文并录之。

太皇太后及皇太后递受诸王百官朝贺，说不尽的繁文缛节，小子也不必细叙。

单说太子硕德八剌既已嗣位，因身后庙号英宗，小子此后遂沿称英宗二字。英宗大赦后，复封赏群臣，特进铁木迭儿为上柱国太师，并诏中外毋沮议铁木迭儿敕令。铁木迭儿愈加横行，降李孟为集贤侍讲学士，召他就职。在铁木迭儿的意思，逆料李孟必不肯来，就好说他违旨不臣，心怀怨望，大大的加一罪名。不料李孟闻命，欣然就道。途次遇着翰林学士刘赓，正来慰问，遂与偕行至京，立赴集贤院中。

宣徽使以闻，并奏请李孟到任，例应赐酒。英宗愕然道："李道复乃肯俯就集贤么？"适铁木迭儿子巴尔济苏在侧，便与语道："你等说他不肯奉命，今果何如？"巴尔济苏俯首无言。英宗复召见李孟，慰劳有加，由是谗不得行。李孟尝语人道："老臣待罪中书，无补国事，圣恩高厚，不夺俸禄，今已老了，欲图报称，恐亦无及了！"英宗闻言，格外称善。未几卒于官，御史累章辨诬，有旨复职，寻复追赠太保，进封魏国公，谥文忠。史称皇庆延祐时，每一乱命，人必谓由铁木迭儿所为，得一善政，必归李孟，所以中外知名。可奈母后擅权，金人用事，以致怀忠未遂，赍志以终，这也真是可惜呢！究竟流芳百世，不同遗臭万年，人亦何苦为铁木迭儿，不为李道复耶。

是年五月，英宗幸上都，铁木迭儿随驾同去，他想中害留守贺巴延，使人往报，故意迟延一日。巴延计算道里，须五日方到，不料第四日午后，车驾已抵上都，累得巴延手忙脚乱，不及衣冠，先迎诏使，随后方穿了朝服，出迎英宗。俟英宗入居行宫，铁木迭儿即劾奏巴延便服迎诏，坐大不敬罪，请即严惩。英宗不欲究治，偏铁木迭儿抗声道："如此逆臣，还好姑息么？此时不严行究办，将来臣工玩法，如何处治？"说得英宗不能不从。遂将贺巴延褫职，下五府杂治。铁木迭儿密嘱府吏，令将巴延置死，可怜秉正不阿的贺留守，为了张弼一案，触怒权奸，竟被他倾陷，冤冤枉枉的惨毙狱中。府吏报称巴延病死，由铁木迭儿作证，就使英宗知他舞弊，也只好模糊过去。

嗣铁木迭儿闻知赵世延已械系至都，飞饬刑部从严审讯。刑部又暗嘱世延从弟，教他坚执前言，不得稍纵，于是世延从弟胥益儿哈呼与世延对簿，全不管弟兄情谊，一味瞎造，咬定世延罪状。货利之坏人心术，至于如此！世延先与争辩，嗣见刑部左袒从弟，转怒为笑道："我的弟兄，从前还是安分，不敢如此撒谎，今日骤然昧良，必是有人导坏。我想你等官吏，也须存点公道，明察曲直，不要专附权奸，构陷善类。须知天道昭彰，报应不爽，一时得势，能保得住将来么？"刑部犹大声呵叱，世延道："何必如此！铁太师仇我一人，只教我死便休，必导人为非，嗾吏作奸，计亦太拙呢！"胥益儿哈呼闻着兄言，倒也自知理屈，寂然无语，偏刑部锻炼成狱，奏请置诸极典。会英宗已返燕都，览刑部奏牍，批谕世延犯法，已在赦前，现经大赦，毋庸再议等语。

看官！你想这铁木迭儿，用尽心思，想害世延，如何就肯干休？当下入奏英宗，以世延罪符十恶，不应轻赦。英宗不从，铁木迭儿复命刑部属吏，威吓世延，逼令自裁。世延道："我若负罪，应该明正典刑，藉伸国法，何必要我自尽！"刑部亦弄得没法，寻思暗杀世延，偏英宗下诏刑部，饬他慎重羁囚，不得私自用刑。想亦由巴延毙狱之故。世延乃得安住狱中。铁木迭儿复令侍臣伺间奏请。会英宗出猎北凉亭，台官或上书谏阻，英宗不允。侍臣遂乘间进言道："猎狩是我朝祖制，例难废辍。台臣无端谏阻，借此邀名，此风殊不可长，即如前御史中丞赵世延，遇事辄言，朝中都称他敢谏，其实都是沽名钓誉，舞文弄法呢。"英宗道："你等为铁木迭儿作说客么？世延忠诚，先帝尚敬礼有加，只铁木迭儿与他有嫌，定欲加他死罪，朕岂肯替铁木迭儿报复私仇？你等亦不必向朕饶舌！"英宗不愧英明，但既明知世延无罪，何不即为昭雪，立命释放，想是明哲有余，刚断不足，所以后卒遇弑。侍臣被英宗窥破私情，不禁面颊发赤，忙跪下叩首，齐称万岁。借此遮羞，亦是一法。

嗣后世延从弟自思言涉虚诬，不敢再质，竟尔逃去。后来世延尚囚系两年，至拜住入相，代他伸冤，方得释放，这且按下。

再说铁木迭儿欲杀世延，始终不得英宗听信，心中很是愤闷，随入见太皇太后，适太皇太后抱病，奄卧在床，由铁木迭儿慰问一番。太皇太后也无情无绪的答了数语。铁木迭儿复与谈起朝事，太皇太后长叹数声。铁木迭儿道："嗣皇帝很是英明，慈躬何故长叹？"太皇太后道："我老了，你亦须见机知退，一朝天子一朝臣，休得自罹罗网！"为铁木迭儿计，恰是周到。铁木迭儿闻了这语，恍似冷水浇头，把身上的热度降至冰点以下，顿时瞠目无言。

忽闪出一老妇道："太皇太后慈体不宁，正为了嗣皇帝！"语未说完，已被太皇太后听着，便瞋目视老妇道："你亦不必多说了，我病死后，你等不必入宫，大家若有良心，每岁春秋，肯把老身纪念，奠杯清酒，算不枉伴我半生！"言至此，潸然下泪。这等情形，都是激动人心，后来谋逆，不得谓非彼酿成。那老妇亦陪着呜咽。铁木迭儿也不知不觉的凄楚起来。看官欲知老妇名氏，由小子乘暇补出，此妇非他，就是上文叙过的亦列失八。

亦列失八呜咽了一回，便对着铁木迭儿以目示意，铁木迭儿即起身告别。亦列失八也随了出来，邀铁木迭儿另入别室，彼此坐定。亦列失八道："太皇太后的情状，太师曾瞧透么？"铁木迭儿无语，只用手理须，缓缓儿地拂拭。绘出奸状。惹动亦列失八的焦躁，不禁冷笑道："好一位从容坐镇的太师！事近燃眉，还要理须何用？"铁木迭儿道："国家并没有乱事，你为何这般慌张？"亦列失八道："太皇太后的病源，实从嗣皇激成。太皇太后要做的事，嗣皇帝多半不从，太师身秉国钧，理应为主分忧，奈何袖手旁观，反不若我妇人小子呢？"亦列失八也是一长舌妇。铁木迭儿道："据你说来，教我如何处置？"亦列失八道："这是太师故作痴呆哩。"再激一语。铁木迭儿道："我并非痴呆，实是一时没法。既蒙指示，还须求教！"亦列失八道："我一妇人，何知国计！就使有些愚见，太师亦必不见从。"又下激语。铁木迭儿道："古来智妇，计画多胜过男子，彼此相知，何必过讳！"亦列失八欲言又默，沉吟了好一歇，铁木迭儿起坐，密语亦列失八道："有话不妨直谈，无论甚么大事，我誓不漏风声！"亦列失八道："果真么？"铁木迭儿道："有如天日！"亦列失八正要吐谋，复出至门外，四顾一周，然后转入室内，与铁木迭儿附耳密语。铁木迭儿先尚点首，继即摇头，又继即发言道："我却不能！"亦列失八道："太师不泄秘谋，料可行得。"铁木迭儿道："我已宣誓，你休疑心！只我不便帮忙，你等须要谅我！"置身局外，刁狡尤甚。亦列失八道："事若得成，太师亦与有力，但未知天意何如？"铁木迭儿道："我不任咎，何敢任功！"随即辞出。

亦列失八遂与平章政事黑驴、徽政使失列门，及平章政事哈克繖、御

史大夫脱武哈，密议了许多次，专待机会到来，以便发作。不意英宗运祚
未终，偏出了一位开国元勋的后裔，翊佐新君，窥破奸谋，令一场弑逆大案
化作雾尽烟消。这人为谁？ 名叫拜住，乃是木华黎后嗣安童之孙。每叙
大忠奸，必郑重出名。此是作者令人注目处。

　　拜住五岁丧父，赖母教养成人。母怯烈氏年二十二，寡居守节，拜
住有所动作，必禀承母训，偶一越礼，母即谯诃不少贷，以此饬躬维谨，炼
达成材。不没贤母。初袭为宿卫长，寻进任大司徒，熟谙掌故，饶有声
望。英宗在东宫时，已闻拜住名，遣使召见。拜住道："嫌疑所关，君子宜
慎！ 我掌天子宿卫，私自往来东宫，我固得罪，皇太子亦干不便，请为我善
辞！"来使返报英宗，英宗称善不置。

　　既即位，即擢拜住平章政事，且随时召见，令他密访奸党。拜住日夕
留意，既略闻黑驴等事，便入奏英宗。英宗命内外官吏设法侦查，果得黑
驴等谋变详情。原来英宗有心报本，拟四时躬享太庙，命礼部与中书翰林
等集议典礼。议毕覆奏，无非踵事增华，所有法驾祭服，应格外修备，先祭
三日，宜出宿斋宫，表明诚洁等情，英宗自然准奏。黑驴等既已闻命，便与

泄逆谋立正典刑

失列门商议,将乘英宗出宿斋宫,遣盗入刺。会英宗复擢拜住为左丞相,把哈克繖罢职,命出任岭北行省。哈克繖悻悻不平,走告失列门,失列门即引为同志,复阴报亦列失八,决议提早行事,改图废立,谁知谋变益亟,漏泄愈快。

英宗既知此事,立召拜住入议。拜住道:"这等奸人,擅权已久,早应把他诛黜;今幸上天瘅恶,得泄逆谋,及此不除,更待何时!"英宗尚未及答,拜住复道:"当断不断,反受其乱。万一奸党生疑,弄兵构祸,恐怕都门以内,必致大乱。"英宗动容道:"朕志已决,卿为我效力,擒此奸邪!"拜住即退,召集卫士千名,四处擒拿,不到一日,已将黑驴、失列门、哈克繖、脱忒哈等,一律拿到,复把亦列失八亦擒出宫中。罪人既得,即复奏英宗,请交刑官鞫问。英宗道:"他若借太皇太后为词,朕反措词为难,不如速诛为是!"此言甚是。拜住领命,即饬将四男一妇,如法捆绑,推出国门外,斩首伏法。小子有诗咏此事道:

上苍覆帱(dào)本无私,莫谓天心不一知!

祸福惟凭人自召,及身戮没悔嫌迟。

五犯伏法以后,未知铁木迭儿有无获罪!容至下回叙明。

本回赓续前文,仍是叙述奸党肆行不法事。开首录太皇太后册文,所以明祸阶之有自。太皇太后为顺宗正妃,母以子贵,筑宫颐养,二子一孙,皆为天子,自来后妃之极遇,鲜有逾此者。乃东朝既正,淫恣无忌,内则亦列失八用事,外则铁木迭儿、失列门、哈克繖等,朋比为奸,至于宫廷谋变,几成大逆,微丞相拜住,不待南坡之弑,而英宗已饮刃矣。故本回为群奸立传,实不啻为太后立传,宫闱浊乱之弊,固有若是其甚者!

第三十四回

满恶贯奸相伏冥诛　进良言直臣邀主眷

却说铁木迭儿于黑驴等谋变事，本是置身局外，坐观成败。因此黑驴等同日授首，铁木迭儿不遭牵累，反得了许多赏赐。这赏赐从何而来？因黑驴、失列门、哈克繖家产，尽付查抄，不得藏匿。各家拥资甚富，失列门平日仗着太后宠幸，所有内府珍玩统移置家中。*最宝贵的禁脔，犹令尝试，何况珍玩。*此外如金银钞币，裘马珠宝，几不胜数。此次经拜住督率卫士，一律抄出，半充国帑，半给功臣。铁木迭儿身居首辅，所得赏给自然较多。*又是他的运气。*拜住以下，颁赐有差，奸党失势，正士扬眉，这也不在话下。

到了冬季，英宗始被服衮冕，亲祀太庙，先期斋戒，临事裕（yù）皇，这是元代第一次盛典。礼毕还宫，鼓吹交作，道旁人民，莫不耸观，英宗即下诏改元，年号至治。其文道：

> 朕祇裕贻谋，获承丕绪，念付托之维重，顾继述之敢忘，爰以延祐七年十一月丙子，被服衮冕，恭谢于太庙。既大礼之告成，宜普天之均庆，属兹逾岁，用协纪元，于以导天地之至和，于以法春秋之谨始。可以明年为至治元年，特此布敕，宣告有众。*特录英宗改元诏，因其在亲祀宗庙之后，报本反始，嘉其知礼也。*

至治元年元旦，英宗御大明殿，受诸王百官朝贺。越日，即令僧侣在文德殿修佛事。朝右诸臣，已有遗议，只因元代素重佛教，不便奏阻。兼且英宗嗣位，曾饬各郡建帝师拔思巴殿，规制视孔庙有加，大家微窥上意，哪个肯来抗争！转瞬间已近元宵，英宗欲张灯禁中，叠成鳌山，于是礼部尚书兼参议中书省事张养浩，忍耐不住，缮具奏疏，亲至左丞相拜住宅中，托拜住入陈，拜住先展开奏牍，略去起首套语，览读要文道：

> 世祖临御三十余年，每值元夕，闾阎之间，灯火亦禁，况阙庭之严，宫

披之邀，尤当戒慎！

读至此，顾张养浩道："你思奏阻张灯么？闻主子已命筹办，恐怕未必照准。"随又读下道：

今灯山之构，臣以为所玩者小，所系者大，所乐者浅，所患者深。

伏愿以崇俭虑远为法，以喜奢乐近为戒，国家幸甚！臣民幸甚！

拜住又道："说得痛切！"张养浩接着道："大事多从小事起，今日张灯，明日酣歌，色荒酒荒，不期自至。公为大臣，蒙主亲信，所以养浩特来亲托。若主子肯纳刍言，就是杜渐防微的至计。公意以为何如？"拜住道："此等美举，自当玉成，我当即刻进去，奏闻主子便了。"养浩称谢而别。

拜住果即袖疏入宫，由英宗特别召见，问他何事，拜住即陈上养浩奏章。经英宗览毕，勃然道："朕以为什么要政？区区张灯的事情，也来谏阻，难道做主子的只可日日愁劳，连一日消遣，都动不得么？"拜住免冠叩首道："孔子说的为君难，为君有甚么难？只因一举一动，史官必书，宁善毋恶，宁得毋失，所以称作难为。张灯虽是小事，怎奈一夕消遣，千载遗传，倘后王因此借口，以致纵欲败度，岂不是贻讥作俑么？还求陛下明察！"英宗乃改怒为喜道："非张希孟不敢言，非卿亦不能再谏，朕即命他停办罢！"拜住复叩首而退。希孟系养浩字，呼字不呼名，系特别敬重的意思。

越宿，又诏赐张养浩尚服金织币帛各一袭，旌他忠直。君明臣良，故特书之。未几，复饬改建上都行宫。拜住又进谏道："北地苦寒，入夏始种粟麦，陛下初登大宝，未曾轸恤民瘼，先自劳动大役，恐妨害农务，致失民望，不如宽待数年，再议兴工。"英宗点首称善，亦命停止工役。惟敕建万寿山大刹，驱役数万人，并治铜五十万斤，铸造佛像。

监察御史观音保、锁咬儿哈的迷失及成珪、李谦亨等，上书直谏，大旨以连岁涝(jiàn)饥，宜休民力，且时当春季，东作方兴，更不应病民动众。这书入奏，偏恼动英宗性子，把书驳斥。适铁木迭儿次子锁南为治书侍御史，与观音保等有隙，密奏他讪上沽直，坐大不敬罪。英宗便饬逮观音保等，亲加鞫讯，观音保道："谏诤是人臣的职务，臣甘为龙逢、比干，不愿陛下为桀纣！"锁咬儿哈的迷失道："辇毂以下，僧侣横行，陛下还要这般迷信，难道靠着这班秃头，果可治国安家么？如治御史锁南劾臣等讪上不敬,锁南专逢君恶,臣等愿格君非,孰为有罪? 孰为无罪? 就使一时不明,后世自有公论呢。"英宗道:"你等谤朕犹可,诋僧及佛,实是有罪,朕不便宽恕!"*僧徒比皇帝尤大,无怪不宜谤毁*。便命交刑部谳罪,刑部复称应加大辟,遂诏杀观音保及锁咬儿哈的迷失,只成珪、李谦亨两人罪从末减,杖徙辽东奴儿干地。

铁木迭儿以锁南得宠,自己亦好乘此图谋笼络英宗。左思右想,复将从前做过的把戏,再演一出。看官曾记忆周王和世㻋么? 仁宗为了铁木迭儿一言,把和世㻋调往云南,激成变衅,逐出漠北。还有和世㻋胞弟图帖睦尔,安居燕都,未曾受累。偏铁木迭儿暗里藏刀,又想将他驱逐出去,当下与中政使咬住商议,咬住本是个蔑片朋友,见了铁木迭儿,非常奉承。至谈及图帖睦尔事,咬住道:"不劳师相费心,但教晚辈一言,包管他徙谪远方。"铁木迭儿大喜,拱手告别。

咬住即密上奏疏,果然一牍甫陈,诏书即下,命图帖睦尔出居琼州。琼州系南海大岛,属粤东管辖,与京师相距七千余里,地多蛮瘴,炎熇(hè)逼人。廷右诸臣尚不知图帖睦尔犯了何罪,充放到这般远地,嗣复接读诏敕,系禁术士交通诸王驸马,并掌阴阳五科吏士,不得妄泄占候,大众才有些觉悟起来。嗣复侦得咬住密奏,系说图帖睦尔与术士往来,恐将谋为不轨,魏王覆辙,可为前鉴。*应三十二回*。请先事预防,毋致噬脐等语。看官! 你想九五之尊,谁人不欲? 英宗的位置,本是从武宗两子中攘夺而来,他在位一日,防着一日,此次得咬住密疏,比枪矢还要厉害,不论他是真是假,究不若先发制人,因此把图帖睦尔充发远方,免得他在京作梗。这是人情同然,不要怪这英宗呢! *讽刺得妙*。

铁木迭儿以事事得手,复思专宠,并引参知政事张思明为左丞,作为臂助。思明忌拜住方正,每与党人密谋,设计构陷。或告拜住预为戒备,拜住慨然道:"我祖宗为国元勋,世笃忠贞,百有余年,我今年少,叨受宠命,无非因皇上念我祖功,俾得相承勿替。每念国家大利,莫如大臣协和。今若因相仇我,我便思报,是朝局水火,自召纷争,非但吾两人不幸,就是国家亦必不利。我惟知尽我心力,上不负君父,下不负士民,此外一切功怨,非我思存,死生凭诸命,祸福听诸天,请你等不必多言!"*言固甚是*,然杀机已伏于此。自是拜住愈加效力,张思明等亦无隙可乘。

会铁木迭儿奏请杀平章王毅、右丞高昉。英宗密问拜住，是否当诛。拜住惊问何事。英宗道："据原奏言在京诸仓，粮储亏耗，王、高两臣责任清理，负恩溺职，罪在不赦，所以应加严刑！"拜住道："平章、右丞统是宰臣的副手，宰相应论道经邦，不应责他钱谷琐务。况且王、高二臣，曾由右相奏委，莫非他不善逢迎，因成嫌隙，否则，何故出尔反尔，前日奏委，今日奏诛？"料事如见。英宗沉思良久道："卿言亦是！"遂不从铁木迭儿言。

铁木迭儿大为失望，便奏请病假，数日不朝。英宗亦未尝慰问，只册立皇后亦启烈氏，命他持节往迎，专授册宝。立后礼成，铁木迭儿仍称疾不出。会拜住奉旨，回范阳原籍，为祖安童立忠宪王碑。铁木迭儿竟乘舆入朝，至内门，英宗遣左丞速赐以酒道："卿年老，宜自爱重！待新年入朝，亦未为晚。"铁木迭儿怏怏退出。

是时奸党布满朝端，遇有政务，必至铁木迭儿家，禀陈底细，铁木迭儿屡思倾陷拜住，无如拜住方得嚮（xiǎng）用，任他百计营谋，终不得遂，因此这位铁师相，也弄得神志懊丧，咄咄书空。不到数旬，竟尔疾病缠身，卧床不起。假病弄成真病。偏偏不如意事，杂沓而来，他的心腹张思明随英宗至上都,被拜住奏了一本,杖责数十,逐回原籍。铁木迭儿闻着,已经不安,不意拜住又叠奏两案,都牵连铁木迭儿,那时铁太师不是病死,也要气死。一案是司徒刘夔夔买田数千亩,赂宣政使八剌吉思,托词买给僧寺,矫诏出库钞六百五十万贯,偿付田值。八剌吉思免不得与铁木迭儿商量,铁木迭儿父子及御史大夫铁失,共得赃巨万,经拜住讦发,刘夔夔、八剌吉思自然坐罪,不得复活,只赦了铁失一人。何不将他并诛。一案是术士蔡道泰私通良家妇女,妒奸杀人,狱已备具,道泰论抵,他偏私赂铁木迭儿,打通关节,运动狱官,改供缓狱,又经拜住讦发,立诛道泰,狱官亦坐罪。铁木迭儿虽未曾拿问,毕竟贼胆心虚,又惊又愧,又恨又悔,恹恹床箦,服药无灵,结果是一命呜呼,魂登鬼箓!不服明刑,难逃冥戮。

事有凑巧,那太皇太后弘吉剌氏亦病势沉重,奄然逝世。距铁木迭儿病死,不过一二十日。总算亲昵。原来太皇太后自英宗即位后,便已得病,接连是失列门伏诛,失了一个贴肉的幸臣,亦列失八骈戮,又少了一个知情的伴媪,一枕凄凉,万般苦楚,且又不便说明,好似哑子吃黄连,只有自知,无人分晓,亏得参苓等物,朝晚服饵,总算勉勉强强的拖了一年。嗣复闻得铁木迭儿身死,不禁唏嘘道:"痴儿负我! 痴儿负我! "嗣是病益加重,困顿了十数日,也即告终。英宗仍照例举丧,追谥昭献元圣皇后。特录谥法,与上叙述册文意同。

礼官以十月有事太庙,奏请国哀期以日易月,待旬有二日后,乃举祀事。英宗道:"太庙礼不可废,迎香去乐便了。"冬祭后,特授拜住为右丞相,兼监修国史。拜住辞不敢受,英宗道:"卿佐朕二年,不避权贵,敢任劳怨,朕看满廷王公,无出卿右,意欲授卿公爵,为卿酬劳,至若右相一职,除卿外还有何人? 卿毋再辞! "拜住顿首道:"陛下必欲以右相授臣,臣敢不祗遵上命,若三公秩位,所以崇德报功,臣无功德,何堪当此? "英宗道:"朕知道了。"

越日,即以立右丞相拜住,颁诏天下。惟左丞相一缺,不另设人。在英宗的意见,实是倚畀独专,不使掣肘,拜住亦感激图报,首荐张珪,令复为平章政事,并召用旧臣王约、韩从益等,令他食禄家居,每日一至中书省议事。又起吴澄为翰林直学士。澄年已老,因闻拜住求贤若渴,乃杖策入朝。

会英宗命写金字藏经,令左丞速速代传诏旨,饬澄为序,澄瞿然道:

"主上写经，为民祈福，原是盛举，若用以追荐，臣所未解。如佛氏好言轮回，不过谓善人死去，上通高明，光齐日月；恶人死去，下沦污秽，微等虫沙。徒侣不明此旨，反谓诵经设醮，可以超荐灵魂。试思我朝的列祖列宗，功德盖世，何用荐拔？且自国初以来，写经追荐，已不知若干次，若谓未效，是为蔑佛，若谓已效，是谓诬祖，是此两难，教臣如何下笔？就使遵旨撰就，也是一时欺人，不能示后，请右丞为我复奏罢！"至理名言。

速速据实奏陈，适拜住在侧，便道："吴学士的言语很是有理，从古以来，帝王得天下，总以得民心为本，失民心便失天下，若徒索虚无，何关实际？梁武帝以佞佛亡国，愿陛下详察！"英宗道："近有人谓佛教可治天下，难道此言不确么？"拜住道："清净寂灭，只可自治；若要治天下，除仁义道德外，殊无他法！陛下试想佛教宗旨，无君臣，无父子，无兄弟夫妇，天下若照此通行，人种都要灭绝，还有什么纲常呢！"剀切详明。英宗道："唐太宗时有魏征，不愧谏臣，卿亦可算一魏征了！"拜住道："盘圆水圆，盂方水方，有纳谏的太宗，自有敢谏的魏征，陛下能从谏如流，台官中不乏忠臣，何止一臣呢！"英宗道："卿言甚善！朕当听卿，所有政务,亦愿卿熟虑慎行!"拜住遵旨而退。

越数日,监察御史盖继元、宋翼,奏言铁木迭儿奸贪负国,生逃显戮,死有余辜!应追夺官爵,籍没家资等语。英宗复问拜住,拜住道:"诚如御史等言。"英宗便诏夺铁木迭儿原官,并一切封赠,又令卫士查抄家产,金珠玉帛,价值累万。于是铁木迭儿的遗党,人人自危,朝思夜想,彼筹此画,遂闹出一场天大的逆案。小子有诗咏道:

> 芟恶宜如芟草严,胡为奸党未全歼?

> 须知蜂螫犹留毒,一误何堪再误添!

欲知逆案详细,请看下回便知。

英宗之失德,莫如杀观音保等一事。然观音保等之死,实铁木迭儿父子构成之。元自世祖以来,阿合马、卢世荣、桑哥等,相继为奸,累遭显戮。至如铁木迭儿之贪淫恮(zhì)虐,较阿合马等为尤甚,而乃权宠终身,安死牖下,后虽夺官籍产,而放恣一生,竟逃国法,未始非仁、英二宗之失刑也!拜住专任相职,不可谓不得君,观其任贤去邪,陈善纳诲,亦不可谓不尽忠,然朝中奸党,未尽戮逐,死灰尚且复燃,能保奸党之不肆反噬乎?故本回为英宗君相合传,而褒中寓贬,自有微意,读者可于言外见之,毋徒视作断烂朝报也!

第三十五回

集党羽显行弑逆　扈銮跸横肆奸淫

　　且说御史大夫铁失本是铁木迭儿的走狗，尝拜铁木迭儿为义父，自称干儿。至铁木迭儿夺官籍爵，其子锁南亦免职，两人很是怨愤，恨不得将英宗、拜住两人，立刻捽去。无如君臣相得，如漆投胶，拜住说一事，英宗依一事，拜住说两事，英宗依两事，铁失、锁南只恐拜住再行奏劾，重必授首，轻必加谴，因此日夜筹谋，时思下手。还有如枢密院事也先铁木儿，大司农失秃儿，前平章政事赤斤铁木儿，前云南平章政事完者，典瑞院使脱火赤，枢密院副使阿散，金书枢密院事章台，卫士秃满，及诸王按梯不花、孛罗月鲁不花、曲吕不花、兀鲁思不花，及铁失弟索诺木等，统联结一气，伺机待发。巧值英宗幸上都，拜住随去，奸党或从或不从，内外煽谋，势愈急迫。

　　一夕，英宗在行宫，忽觉心惊肉跳，坐立欠安，上床就寝，仿佛似有神鬼在侧，倏寐倏醒。为被弑预兆。自思夜睡不宁，莫非有魔障不成，遂于次日起床，饬左右传旨，命作佛事。拜住闻命，即入奏道："国用未足，佛事无益，请陛下收回成命。"英宗迟疑半响，方道："不作佛事，也属无妨。"拜住退后，不到半日，又有西僧进奏，略言陛下惊悸，国当有厄，非大作佛事，及普救罪囚，恐难禳灾邀福。英宗道："右相说佛事无益，所以罢休，你去与右相说知，再作计较。"

　　西僧奉旨，即往与拜住商议。拜住瞋目道："你等专借佛事为名，谋得金帛，这还可以曲恕；惟一作佛事，便赦罪犯，你想朝廷宪典，所以正治万民，岂容你僧徒弄坏？纵庇一囚，贻害数十百人，以此类推，酿恶不少，你等借此敛财，佛如有灵，先当诛殛！我辅政一日，你等休想一日，快与我退去，不必在此哓舌！"

　　西僧撞了一鼻子灰，便出去通知奸党。原来西僧进言，实是奸党主使,意欲借此赦罪,免得谴戮。偏偏拜住铁面无私,疾词呵斥。那时奸党愤不可遏,齐声呼道:"不杀拜住,誓不干休!"铁失时亦在场,便道:"你等亦不要瞎闹,须计出万全,方可成功。今日的事情,只杀一个拜住,也恐不能成事,看来须要和根发掘呢!"恶人除善,唯恐不尽,故小则废主,大则弑君。大众连声道:"甚好!这等主子,要他何用?不如并杀了他。"铁失道:"去了一个主子,后来当立何人?"这一语却问住众口。铁失笑道:"我早已安排定当了!晋王现镇北边,何妨迎立?"大众都齐声赞成。铁失道:"晋王府吏倒刺沙,与我往来甚密,他子哈散,曾宿卫宫中,我前已令哈散回告乃父,继复使宣徽使探试密语晋王,诸已接洽,总教大事一成,便可往迎。"大众道:"嗣皇已有着落,大事如何行得?"铁失道:"闻昏君将回燕京,途次便可行事。好在我领着阿克苏卫兵,教他围住行幄,不怕两人不入我手,就使插翅也难飞去!"言毕,呵呵大笑。大众道:"好极!好极!但也须遣人密报,免得临事仓皇。"铁失道:"这个自然,我便着人去报便了。"当下派遣斡罗思北行。

斡罗思即日趱程,一行数日,方到晋王府中。闻晋王出猎秃剌,只探试留着,两人接谈。探试道:"我与倒刺沙已议过数次,倒刺沙很是赞成。只王意尚是未定。"斡罗思道:"倒刺沙内史,想伴王同去。"探试道:"是的!"斡罗思道:"事在速行,我与你同去见王,何如?"探试应着,便跑至秃剌地方,入见晋王。

晋王问有何事,斡罗思道:"铁御史令我前来,致词王爷,现已与也先铁木儿、失秃儿、哈散等,谋定大事。若能成功,当推立王爷为嗣皇帝!"这语说出,总道晋王笑脸相迎,不意晋王颜色骤变,大声叱道:"你敢教我谋死皇侄么?这等奸臣,留他何用,快推出斩讫!"斡罗思被他一吓,身子似杀鸡般抖将起来,但见旁边走过一人,跪禀晋王道:"王爷如诛斡罗思,转使皇帝疑为擅杀,不如因解上都,使证逆谋,较为妥当。"晋王视之,乃是府吏别烈迷失,便道:"你说得很是!便命你押解去罢。"于是命左右抬过槛车,把斡罗思加上镣铐,推入车内,由别烈迷失带了卫卒百名,解送上都。

看官欲知晋王为谁?待小子补叙详明。晋王名也孙铁木儿。一作伊逊特穆尔。系裕宗真金长孙,晋王甘麻剌嫡子。甘麻剌曾封镇漠北,管辖

太祖发祥的基址,领四大鄂尔多地,蒙语称为四大斡耳朵。世祖殂时,甘麻剌闻讣奔丧,至上都,拥立成宗。大德二年,甘麻剌殁,子也孙铁木儿袭位,仍镇北边,武宗、仁宗先后嗣位,也孙铁木儿统共翊戴,立有盟书。至是不愿附逆,因囚遣斡罗思赴上都。偏值英宗南还,祸机已发,好好一位英明皇帝及一个忠良右相,竟被铁失兄弟等害死南坡。*一声河满子。*

　　原来南坡距上都约百余里,英宗自上都启跸,必至南坡暂驻。这日夜间,铁失已密命阿克苏卫兵守住行幄,他即率领奸党持刀而入。拜住正要就寝,蓦听外面有喧嚷声,即持烛出来,只见铁失弟索诺木执着明晃晃的刀,首先奔至。拜住厉声喝道:“你等意欲何为?”言未已,索诺木已抢前一步,手起刀落,将拜住持烛的右臂剁落地上,拜住大叫一声,随仆于地,逆党乘势乱砍,眼见得不能活了。拜住已死,铁失复带着逆党,闯入帝寝。英宗时已就卧,闻声方起,正在披衣下床,逆党已劈门而入。英宗忙叫宿卫护驾,谁知卫士统不知去向,那罪大恶极的铁失居然走至榻前,亲自动手,把刀一挥,将英宗杀死。英宗在位三年,年仅二十一,天姿明睿,史称他刑戮太严,奸党畏诛,因构大变。小子以为铁失、锁南,早罹罪案,若英宗先已加诛,便是斩草除根,难道还能图变么? 这是史官论断太偏,不足凭信。小说中有此评笔,方合历史演义本旨。

这且休表,且说铁失等已杀了拜住,杀了英宗,便推按梯不花、也先铁木儿为首,奉着玺绶,北迎晋王也孙铁木儿。也孙铁木儿闻着此变,一时不好究治逆党,就在龙居河 即克鲁伦河。旁,设起黄幄,受了御宝,先即皇帝位,布告天下。这次却用蒙文,很足发噱,抄录如下道:

薛禅皇帝! 蒙语尊称,世祖为薛禅皇帝,薛禅云者,聪明天纵之谓。可怜见嫡孙裕宗皇帝长子,我仁慈甘麻剌爷爷,根底封授晋王,统领成吉思皇帝四个大斡耳朵,及军马达达 达达即鞑子。国土都付来,依着薛禅皇帝圣旨,小心勤慎。但凡军马人民的,不拣甚么勾留里,遵守正道行来的,上头数年之间,百姓得安业,在后完泽笃皇帝,蒙语称成宗为完泽笃皇帝,完泽笃者,有寿之谓。教我继承位次,大斡耳朵里委付了来,已委付了的大营盘看守着。扶立了两个哥哥,曲律皇帝,蒙语称武宗为曲律皇帝,曲律者,杰出之谓。普颜笃皇帝,蒙语称仁宗为普颜笃皇帝,普颜笃者有福之谓。侄硕德八剌皇帝。我累朝皇帝根底,不谋异心,不图位次,依次本分,与国家出气力行来。诸王兄弟每,众百姓每,也都理会的也者。今我侄的皇帝,生天了也么,道迤南诸王大臣军士的,诸王驸马臣僚达之百姓每,众人商量着大位次不宜久虚,惟我是薛禅皇帝嫡派,裕宗皇帝长孙,大位次里合坐体例有,其余争立的哥哥兄弟也无有。这般晏驾,其间比及整治以来,人心难测,宜安抚百姓,使天下人心得宁,早就这里即位。提说上头,从着众人的心,九月初四日,于成吉思皇帝的大斡耳朵里大位次里坐了也,交众百姓每心安的,上头赦书行有。此诏录诸《元史》,系是蒙文,原底未曾就译,故有数语在可解不可解之间,中国近日欲通行白话,恐其弊亦必至此,迁乔入谷,令人不解!

是日,即命也先铁木儿为中书右丞相,倒剌沙为中书平章政事,铁失知枢密院事,余如失秃儿、赤斤铁木儿、完者、秃满等,俱授官有差。晋王初因斡罗思,遣别烈迷失首告逆谋,可谓守正不亏,及闻英宗遇弑,不思入朝讨贼,即受玺践位加封逆党,是毋亦利令智昏耶! 当下遣使赴上都,祭告天地宗庙社稷;一面令右相也先铁木儿准备法驾,调集侍从,择日启程,向京师进发。

也先铁木儿自恃功高,又得大位,心中欣慰异常,便致书铁失,教他前来迎驾。铁失以京师重地,不便轻离,彼非有意留守,实是固位希宠。只遣完者、锁南、秃满等,驰奉贺表,且表欢迎。完者等到了行在,谒见嗣皇,奉谕优奖,喜得心花怒开,欢跃得很!慢着!至与也先铁木儿相见,彼此道贺,大家都说铁失妙策,赞扬不尽。也先铁木儿掀着短须道:"老铁的功劳,原是不可没的;但非我帮助老铁,恐怕老铁也不能成事的。况现在的嗣皇帝,前已因解斡罗思,拟告逆谋,后来我奉着玺绶,驰到此处,他还出言诘责,亏我把三寸妙舌,说得面面俱到,方得他应允即位,各给封赏。列位试想,我的功绩,比老铁何如?"言毕,呵呵大笑。完者等本是拍马长技,至此见也先铁木儿位居首辅,权势烜赫,乐得见风使帆,曲意奉承,且齐声说的是"全仗栽培"四字。那时也先铁木儿笑容可掬道:"诸君是我知己,我在位一日,总冀诸君安乐一日,富贵与共,子女玉帛亦与共,诸君以为好否?你的相位,不过数日可保,奈何?完者等复连声称谢。也先铁木儿便命摆酒接风,大家吃得酩酊大醉,方才散去。

越数日,车驾扈从等都已备齐,就裹闻嗣皇帝,启跸登程。沿途侍卫人员统归也先铁木儿节制,跋山涉水,不在话下。只也先铁木儿行辕,比嗣皇帝的行幄,几不相上下。所有命令,反较嗣皇帝为尊严。看官试想:这时的也先铁木儿,你道他荣不荣呢,乐不乐呢?层层翻跌,亦文中蓄势之法。

既到上都,留守官吏都出城迎接,谒过嗣皇帝,复谒右丞相,也先铁木儿只在马上点首。写尽骄态。入城后,免不得有一番筵宴。嗣拟留驻数日,再行启銮。上都旧有行宫,及中书行省各署,彼此都按着职掌,分班列居。是时正当秋暮,气候本尚未严寒,偏是年格外凛冽,朔风猎猎,雨雪霏霏,官吏拥着重裘,尚觉冷入肌骨。大宁、蒙古等地方,尤为奇冷,牛羊驼畜等大半冻毙。疑是小人道长之兆。嗣皇帝念切民依,令发京米赈饥。朔方正在施赈,南方又报水灾,漳州、南康诸路,霪雨连旬,洪波泛滥,庐舍漂没,不计其数。当由中书省循例请赈,即奉旨照准,帝泽虽是如春,百姓终难全活。独也先铁木儿意气自豪,毫不把民生国计系在心上,镇日里围炉御冷,饮酒陶情。

一日，天气少暖，与完者、锁南等，并仆役数人，出门闲逛。只见盈山皆白，淡日微红，一片萧飒景象，无甚悦目。约行里许，愈觉寒风侵袂，景色苍凉。也先铁木儿便道："天寒得很，不如回去罢！"完者等自然遵谕，便循原路回来。

将到门首，忽有两舆迎面而至，当先的舆内坐着一位半老佳人，红颜绿鬓，姿色未衰，也先铁木儿映入眼波，已是暗暗喝彩。随后的舆中，恰是一个娉婷妙女，艳如桃李，嫩若芙蕖，望将过去，差不多是破瓜年纪，初月丰神。便失声道："好一个女郎！不知是谁家掌珠？"

锁南道："何不问他一声！"完者即命仆役询问舆夫，舆夫答是朱太医家眷。也先铁木儿闻着，也只好站住一旁，让他过去。一面低语完者道："想他总是母女，若得这般佳人，作为眷属，也不枉虚过一生了！"完者道："相爷的权力，何事不可行？"也先铁木儿道："难道去抢劫不成？"完者道："这亦何妨！"也先铁木儿道："她是宦家妻女，比不得一个平民，如何可以抢劫？难道平民的妻女，便可抢劫么？锁南道："朱太医是一个微员，相爷若取他女为妾，还是把她赏收哩！"完者道："我却去

问她允否？再作计较。"也先铁木儿道："也好！"

完者即领着仆役，抢前数步，喝舆夫停舆。舆夫尚不肯从，偏如虎如狼的仆役将舆揪住，口称相爷有命，教你回舆，你敢不从么？舆夫无奈，把舆抬转至中书省门前，勒令停住，叫妇女二人下舆，吓得朱家母女呆坐无言，只簌簌的乱抖。完者道："装什么妇女腔？相爷要女郎为妾，你等快即下舆！"二人仍是坐着，完者叱仆役道："快拽她出来！"仆役闻言，就一齐动手，把母女两人拽出，送入也先铁木儿寝所。也先铁木儿并未命他强取，由完者等助成之，可见助纣为虐，罪尤甚于桀也。遂随也先铁木儿入门，并拱手作贺道："相爷今日入温柔乡，明日要赏我等一杯喜酒哩！"

也先铁木儿道："事已如此，倘她母女不从，奈何？"完者、锁南齐声道："相爷这么权力，不能制此妇女，如何可以制人？"说得也先铁木儿无词可答。二人遂告别欲行，也先铁木儿道："且慢，你等且为我劝此母女，何如？"完者奉命入也先铁木儿寝室，好一歇，方出来道："他母女并不发言，想已是默许了！我等且退，何必在此观戏。"当下挈锁南手，与也先铁木儿告别。

也先铁木儿送出两人，竟入寝室，来视朱太医妻女。但见她二人相对坐着，玉容惨澹，珠泪双垂，不由的淫兴勃发，竟去抱这少女。谁知少女未曾入怀，面上已扑的一声，竟着了一掌。正是：

　　　　弑逆已难逃史笔，奸淫尚不顾刑章。

毕竟掌声从何而来？且至下回续叙。

　　英宗之被弑，人以为英宗之过严，吾以为英宗之过宽，其评已见上回。惟晋王即位，不先声明讨贼，且令也先铁木儿为首相，试思彼能弑英宗，独不能弑自己乎？且自漠北入上都，一切命令，皆出也先铁木儿之手，以致威权愈甚，肆意妄行，甚至太医家眷，亦可强拽入门，恣情奸宿，前如阿合马、卢世荣等，尚不若此凶横。国家愈衰，奸恶愈滋，读史者能无废书三叹乎！虽然，弑君之罪，尚可幸逃，强奸之罪，亦奚悼乎？大憝不诛，天下固无宁日也。

第三十六回

正刑戮众恶骈诛　纵奸盗百官抗议

　　却说也先铁木儿欲拥着少女寻欢，面上忽被击一掌。这掌非少女所击，乃是这半老佳人旁击过来的。当下恼了也先铁木儿，出外呼婢媪多人，将她母女褫去衣裳，赤条条的系住床上，覆以重衾。一面煨着炉炭，借御寒气，一面煮着春酒，狂饮了几大觥。乘着酒兴，揭被探娇。朱家母女没法可施，口中虽是痛詈，奈身子不得动弹，只好任他淫污。事毕，就覆衾拥卧，呼呼的睡去了。令人发指。

　　次日起床，仍把她母女系住不放，只令侍媪强给饮食。到了晚间，依着昨夕的老法儿，复去奸淫两次。可怜这家母女，求生不得，求死不能，满望朱医设法救她，谁知望眼将穿，毫无音耗。只见这穷凶极恶的奸贼，日夕淫嬲（niǎo），直至三日将尽，方有侍媪进来，令母女穿好衣服，把她梳洗，拥出省门，勒上便舆，由舆夫抬还朱家去了。看官，试想朱家母女得邀释放，不是朱太医从中运动，哪里有这般容易？原来朱太医闻妻女被留，早知情势不佳，先至中书省中浼（měi）人设法，一些儿没有效果，转身去吁请留守。留守以新皇继统，方宠任也先铁木儿，不便在虎头搔痒。况他是随驾大臣，扈从人员，统归节制，亦非留守所得越俎劻奏，因此反劝朱太医得休便休，省得弄巧成拙。此何事也，乃便休乎！朱太医焦急万分，抓头挖耳的思想，竟没有头路可钻。哪里晓得天道祸淫，奸人数绝，竟来了一个大大的救星，不但拔出朱太医妻女，并且将元恶大憝，及一班狐群狗党，尽行伏法！这也是绝大的快事。好笔仗。那位救星恰是何人？乃是元朝宗室中一位王爷，名叫买奴。一作满努。这买奴前曾随着英宗，自上都扈跸还京。至南坡变起，买奴孤掌难鸣，竟奔投晋邸，愿效力讨逆。偏晋王急于嗣位，将讨逆事暂搁不提，且命他在晋邸中收拾简牍等件，自己启跸先发。及新皇帝寓上都，他方趱程到京。朱太医曾与相识，忙去谒见,求他怜救妻女。买奴闻言,不由得怒发冲冠,指天示朱太医道:"我誓不与逆贼共戴此天! 你回去候着消息,待我入见新帝,总有回报。"朱太医拜谢欲去,买奴复道:"奸淫事尚小,弑逆事实大,我为你计,亦不应说及奸淫,且与你面子上亦过不下去,不如仍从讨逆入手,方好一网打尽哩。"*买奴计画,很是妥当。*朱太医道:"全凭大力!"于是朱医归家,买奴入觐。经新皇帝慰劳毕,买奴乞屏去左右,以便密陈。新帝照准,立命侍从退出,买奴遂密启道:"陛下嗣位,应天顺人,奈何命也先铁木儿作为首相呢?"新帝道:"他有奉玺的功劳,所以命为右相。"买奴道:"他若可自立为帝,早已黄袍加身了,还肯来奉玺么? 他与奸贼铁失,合谋图逆,共弑英宗,陛下首宜把他正法,方觉名正言顺哩!"新帝默然不答,买奴道:"逆贼等忍弑先帝,岂真愿事陛下? 他因陛下前镇漠北,恐声罪致讨,无术自全,所以奉上玺绶,请驾入都。若权归他手,陛下转成傀儡,此后一举一动,反被逆党所制,他得安享荣利,陛下反蒙恶名,天下后世将疑陛下为篡国哩!"*理正词醇,真好口才。*新帝愕然道:"朕何尝有心篡逆? 据汝说来,是朕且为彼受过,朕亦不得不急图讨逆了!"买奴道:"前后左右,多是逆贼心腹,陛下既决意讨逆,事不宜迟,便在今夕,休使他狗急跳墙!"新帝道:"甚善,劳汝替朕斩斩逆党。"买奴请即书诏。新帝即手写数行,给了买奴,并命遣晋邸卫兵,即夕前拿也先铁木儿等。买奴趋出,立即召集卫士,至中书省。此时也先铁木儿,已有人报知买奴密奏状,他只道是奸淫事泄,但发放朱医妻女,勒令归家,便好消灭证据,洗释罪恶;且可劾奏买奴诬妄,反坐罪名。因此将朱家母女逼归后,把酒浇愁,从容自在。*偏偏不由你算,奈何?*买奴率着卫士,急驰而入,见他兀坐自斟,便笑着道:"右相在此独酌么? 何不令朱医妻女陪饮,格外欢畅哩!"也先铁木儿起座,佯作惊讶道:"王爷说甚么? 何来朱医妇女,休要含血喷人!"买奴道:"朱家事不遑追究,有旨拿你逆贼!"也先铁木儿道:"我是保主功臣,何贼可言! 敢是你思谋逆么?"买奴道:"我不暇与你辩论,叫你去见先皇罢!"随喝令卫士快行动手。也先铁木儿尚欲拒,怎禁得卫士齐上,把他反剪起来,上了镣械,牵出省门,一面将完者、锁南、秃满等尽行拿到。也先铁木儿请入见嗣皇,面陈委曲。买奴道:"你是先皇的旧臣,应在先皇前自伏,何必再觐新帝!"当下设着御案,上供先皇帝灵牌，令也先铁木儿等，就案跪着，然后由买奴朗声宣诏道：

> 也先铁木儿、完者、锁南、秃满等，合谋弑逆，神人共愤，饬王买奴带领卫卒，即夕密拿。该逆等凶恶昭彰，罪在不赦，拿住后，着即斩首以谢天下，毋庸再鞫！

宣诏毕，即将也先铁木儿等绑出，一声炮响，刽子手刀随声落，统是身首两分！何苦为恶。当下奏闻新帝，遂改命宣政院使旭迈杰为中书右丞相，陕西行中书左丞秃鲁及通政院使纽泽，并为御史大夫，速速为御史中丞，并令旭迈杰、纽泽率兵至京师，搜除逆党。旭迈杰恐铁失在京，抗命作乱，遂夤夜前进。既到京城，先遣使人报铁失，暨失秃儿、赤斤铁木儿、脱火赤、章台等，令他出城迎驾。铁失等曾邀封赏，至此不防有诈，便坦然出迎。旭迈杰、纽泽早已密嘱兵士，令他列队站着。待铁失等下骑相见，便命跪听诏敕。当由旭迈杰宣诏道：

> 先皇帝御宇三年，未闻失德，而铁失、也先铁木儿等，敢行大逆，竟有南坡之变，骇人听闻！朕因诸王大臣推戴，嗣登宸极，若非首除奸恶，既无以安先帝之灵，并无以泄天下之愤，为此甫抵上都，即将也先铁木儿等，声罪正法。惟在京逆党，如铁失辈，尚逍遥法外，特命中书右丞相旭迈杰、御使大夫纽泽，率兵到京，立将铁失、失秃儿、赤斤铁木儿、脱火赤、章台等，拿下正法，余如逆党爪牙，亦饬令旭迈杰、纽泽彻底查拿，毋得瞻徇，应加刑法，候覆奏定议。

铁失等听着旭迈杰宣诏，开口便抬出先皇帝三字，已是魂魄飞扬；及读到"拿下正法"四字，越吓得心惊胆战。意欲起身逃窜，只见两边排着卫士，好似天罗地网一般，插翅难飞。旭迈杰读罢诏敕，即叫卫士过来，将铁失等除去冠带，命即正法。霎时间头都落地，数道灵魂入阿鼻地狱中去了。若有地狱，当为此辈特设。

铁失等既伏诛，旭迈杰即刻进城。搜拿诸王月鲁不花、按梯不花、曲吕不花、孛罗、兀鲁思不花及铁失弟索诺木，一并发交法司，并查得御使台经历朵儿只班，御史撒儿塔罕、兀都蛮郭、也先忽都等，素依附铁失，朋比为奸，遂并行奏覆。月鲁不花等拟赐死，朵儿只班等拟充戍，至覆诏到来，俱减罪一等，拟赐死的减为充戍，拟充戍的减为免官。

时中书平章政事张珪闻得此诏，独勃然道："国法上强盗不分首从，

发冢伤尸者亦死；索诺木尝从弑逆，亲斫丞相拜住右臂，乃反欲保他生命
么？"遂缮就奏牍，遣陈行在，略称贼党不宜逭（huàn）诛，索诺木加刃故相，
亲与逆谋，乞速付显戮以快人心等语。于是新帝准奏，即将索诺木枭首，流
月鲁不花于云南，按梯不花于海南，曲吕不花于奴儿干，孛罗及兀鲁思不花
于海岛，朵儿只班等皆褫职为民。一场逆案，总算处置明白，内外肃清。

新帝乃启驾入京，亲御大明殿，受诸王百官朝贺。礼成，追尊皇考晋
王为皇帝，庙号显宗，皇妣弘吉剌氏为宣懿淑圣皇后。嗣复上先皇尊谥为
睿圣文孝皇帝，庙号英宗。拟定次年改元，号为泰定元年。

台官复奏言曩时铁木迭儿专政，诬杀杨朵儿只、萧拜住、贺伯颜、观音
保、锁咬儿哈的迷失，杖审李谦亨、成珪，罢免王毅、高昉、张志弼，天下咸
知蒙冤，请旨昭雪。随即颁诏，命存者召还录用，死者赠官有差。旭迈杰
又上言逆党作乱，诸王买奴赶赴晋邸，愿效死力，且言不除元凶，陛下美名
不著，天下后世，无从察知。圣衷嘉纳，屡承奖谕。令臣等考查懿戚，能自
拔逆党，为国效忠，莫如买奴一人，应加封赏以示激励。因此买奴得赏泰
宁县五千户，受爵泰宁王。又颁赏讨逆功臣，赐旭迈杰金十锭，银三十锭，

钞七十锭；倒剌沙为中书左丞相；倒剌沙曾与铁失密议，理应加罪，胡反得迁擢，其私可知！ 知枢密院事马某沙，御史大夫纽泽，宣政院使锁秃，应加授光禄大夫，各赐金银钞有差；追赠故丞相拜住为太师，爵东平王，谥忠献，称为清忠一德功臣，授其子答儿麻失里为宗仁卫亲军都指挥使。赏功录旧，恤死褒生，泰定初政，人民称美。转瞬间已是元年，小子因新帝殁后，未得立谥，史家亦称为泰定帝，所以后此称帝，我亦云然。上文统称新帝，与前数帝继位时名号不同，即是此意。元夕御殿，朝贺礼仪，悉如旧制，不必赘述。惟敕诸王各还本部，并召还图帖睦尔于琼州，阿木哥于大同。会浙江行省左丞赵简，能开经筵，及择师傅，令太子及诸王大臣子孙受学，泰定帝乃命平章政事张珪、翰林学士承旨忽都儿都鲁迷失、学士吴澄、集贤直学士邓文原，以《帝范》《资治通鉴》《大学衍义》《贞观政要》等书，指日进讲。一面册定皇后弘吉剌氏，名叫巴巴罕。特书其名，一正《元史本纪》误名为氏之讹，一正后来下嫁燕帖木儿之罪。并立皇子阿速吉八一作阿苏奇布。为皇太子。册立之日，天大风雨，四面晦霾，官民颇为惊愕。已兆不祥。泰定帝不以为意，复选了两个丽姝作为妃嫔，一名必罕，一名速哥答里，皆出弘吉剌氏，且系一对姊妹花。父名买住罕，曾封兖王，这且按下慢表。都为后文埋根。

且说泰定帝即位改元后，有事太庙，忽然庙内神主失去两座，一是仁宗神主，一是仁宗后神主。先是太常博士李好文曾建议，在庙神主应用木制，不宜金饰，所有金玉祭器须贮诸别室，免致遗失等语。无如元代定制，神主概制以金，当时以李博士议论近迂，不足采用，况且宗庙社稷，各有守官，何人敢来盗窃，因此率由旧章，并未改革。至此竟有神主被盗一事，当令守京各官派捕缉获，偏偏追索十日，毫无赃证，监察御史宋本、赵成庆、李嘉宾等，奏言盗窃太庙神主由太常守卫不谨，应即议罪。奏入不报。是时参知政事马剌兼领太常礼仪使，且有升迁左丞消息，恼动了平章政事张珪，抗言太常奉守宗祧，责有攸归，今神主被窃，应待罪而反迁官，赏罚不明，纪纲倒置，上何以谢祖灵，下何以惩盗风，应持以宸断，严核功过，方可报本追远，黜贪惩邪。这数语说得详明痛切，总道泰定帝准词究办，不料待了数日，也无批敕，只马剌升迁事，才算打消。

还有武备卿即烈、故太尉不花，受家吏撒梯贿托，强收寡妇古哈。古

哈系郑国宝妻,曾为命妇。国宝死后,遗产颇多,撒梯阴加艳羡,且见古哈尚在中年,自己又值丧偶,遂浼人往讽古哈,劝她再醮。古哈以门阀相沿,颇欲守节,拒绝不从。偏这撒梯贪财恋色,定欲取她到手,就去请托即烈、不花两人,硬行出头,逼她改嫁撒梯。古哈仍不肯允,即烈等骑虎难下,诈称奉旨令古哈再嫁。逼令再嫁之旨,虽是诈传,然亦由元代之不尚节烈,致有此弊。看官!你想古哈是一介孀妇,哪里抗得过圣旨?只好除了丧服,改着艳装,乘舆至撒梯家,与他成婚。何不就死,但死节最难,到欢娱时,或亦感念帝德。撒梯得了古哈,欢爱非常,并将她家人畜产,一并取来。偏台官不肯玉成,竟尔据实陈奏,殊杀风景。并劾即烈、不花矫旨的罪状,有旨令刑部讯鞫。即烈、不花无从图赖,暗中恰向左丞相倒剌沙处,奉送金银钞若干,托他挽回。果然钱神有灵,可以买命,不消两日,竟下了一道赦诏,只说是世祖旧臣,加恩贷罪。

又有辽王脱脱,镇守辽东,乘泰定帝新立,颁诏大赦以前,竟报复私仇,妄杀亲王妃主百余人,占夺羊马畜产。经台官奏请废徙,亦不见报。会值山崩地震,雷迅风烈诸灾异,泰定帝只令番僧大作佛事,以期禳解。

且令在寿安山寺,集僧讽经,约以三年,自己却巡幸上都,备驾前去。于是平章政事张珪,邀集枢密院御史台、翰林集贤两院官,会议时弊,决计谏诤。适上都亦有诏到来,戒饬百官,并命大都守臣详言利病,各官遂公推张珪主稿。珪正满怀痛愤,即草就数千言,成了一篇旷前绝后的大奏章,拟亲至上都面奏。大众见了,无不称为大手笔,小子有诗咏道:

> 事君无隐由来久,千古争传谏士言。

> 留得一编遗草在,大元久邈直声存。

欲知奏疏中如何措词,待下回軨(luó)缕陈明。

　　泰定帝至上都,从买奴之请,诛也先铁木儿等,看似锄凶罚恶,足快人心,实则仍为一己计,欲自免助逆之名,不得不讨除逆党。《春秋》之法在诛心,桃园之弑,史书赵盾,泰定帝虽稍差一间,其心固不可问也。况倒剌沙亦与逆谋,卒因前时私宠,不加其罪,反擢其官。盗神主者得逃法外,逼再嫁者且恕罪名,藩王有辜不之问,佛事屡修不之省,种种失政,安知不由倒剌沙辈从中蛊惑乎? 是回叙述,已将泰定帝之心迹揭明纸上,史称其能守祖宪,号称治平,其然岂其然乎?

第三十七回

众大臣联衔入奏　老平章嫉俗辞官

却说平章政事张珪既拟就奏稿，出示百官，由员外郎宋文瓒代读奏稿，其词云：

国之安危，在乎论相。昔唐玄宗前用姚崇、宋璟则治，后用李林甫、杨国忠，天下骚动，几致亡国。虽赖郭子仪诸将，效忠竭力，克复旧物，然自是藩镇纵横，纪纲亦不复振矣。良由李林甫炉害忠良，布置邪党，奸惑蒙蔽，保禄养祸所致，死有余辜。如前宰相铁木迭儿，奸狡险深，阴谋丛出，专政十年，凡宗戚忤己者，巧饰危间，阴中以法，忠直被诛，窜者甚众。始以赃败，谄附权奸失列门及嬖幸也里失班之徒，苟全其生。寻任太子太师。未几仁宗宾天，乘时幸变，再入中书。当英庙之初，与失列门等恩义相许，表里为奸，诬杀萧、杨等以快私怨，天讨元凶，失列门之党既诛，坐邀上功，遂获信任。诸子内布宿卫，外据显要，蔽上抑下，杜绝言路，卖官鬻狱，威福己出，一令发口，上下股栗，稍不附己，其祸立至，权势日炽，中外寒心。由是群邪并进，如逆贼铁失之徒，名为义子，实其腹心，忠良屏迹，坐待收系。先帝悟其奸恶，仆碑夺爵，籍没其家，终以遗患，构成弑逆。其子锁南，亲与逆谋，所由来者渐矣。虽剖棺戮尸，夷灭其家，犹不足以塞责。今复回给所籍家产，诸子尚在京师，夤缘再入宿卫。世祖时，阿合马贪残败事，虽死犹正其罪，况如铁木迭儿之奸恶者哉！臣等宜遵成宪，仍籍铁木迭儿家产，远窜其子孙于外郡，以惩大奸。

君父之仇，不共戴天，所以明纲常，别上下也。铁失之党，结谋弑逆，君相遇害，天下之人，痛心疾首，所不忍闻。比奉旨以铁失之徒，既伏其辜，诸王按梯不花、孛罗、月鲁不花、曲吕不花、兀鲁思不花，亦已流窜，逆党胁从者众，何可尽诛，后之言事者，其勿复举。臣等议古法弒逆,凡在官者杀无赦,圣朝立法,强盗劫杀庶民,其同情者犹且首从俱罪,况弒逆之党,天地不容,宜诛按梯不花之徒以谢天下。

书曰:惟辟作福,惟辟作威,臣无有作福作威。臣而有作福作威,害于而家,凶于而国。盖生杀予夺,天子之权,非臣下所得盗用也。辽王脱脱,位冠宗室,居镇辽东,属任非轻。国家不幸有非常之变,不能讨贼,而乃觊幸赦恩,报复仇怨,杀亲王妃主百余人,分其羊马畜产,残忍骨肉,盗窃主权,闻者切齿。今不之罪,乃复厚赐放还,仍守爵土,臣恐国之纪纲,由此不振,设或效尤,何法以治。且辽东地广,素号重镇,若使脱脱久居,彼既纵肆,得无忌惮;况令死者含冤,感伤和气。臣等议累朝宪典,闻赦杀人,罪在不原,宜夺削其爵土,置之他所,以彰天威。

刑以惩恶,国有常宪。武备卿即烈、前太尉不花,以累朝待遇之隆,俱致高列,不思补报,专务奸欺,诈称奏旨,令撒梯强收郑国宝妻古哈,贪其家人畜产,自恃权贵,莫敢如何,事闻之官,刑曹逮鞫服实,竟原其罪,辇毂之下,肆行无忌,远在外郡,何事不为!夫京师天下之本,纵恶如此,何以为政? 古人有言:一妇衔冤,三年不雨。以此论之,即非细务。臣等议宜以即烈、不花,付刑曹鞫之。中卖宝物,世祖时不闻其事,自成宗以来,始有此弊。分珠寸石,售值数万,当时民怀愤怨,台察交言。且所酬之钞,率皆天下穷民膏血,锱铢取之,从以箕挞,何其用之不吝! 夫以经国有用之宝,而易此不济饥寒之物,是皆时贵与斡脱中宝之人,妄称呈献,冒给回赐,高其值且十倍。蚕蠹国财,暗行分用,如沙不丁之徒,顷以增价中宝事败,具存吏牍。陛下即位之初,首知其弊,下令禁止,天下欣幸。臣等比闻中书,乃复奏给累朝未酬宝价四十余万锭,较其原值,利已数倍。有事经年远者,计三十余万锭。复令给以市舶番货。计今天下所征包银差发,岁入止十一万锭,已是四年征入之数,比以经费弗足,急于科征。臣等议番舶之货,宜以资国用,纾民力,宝价请俟国用饶给之日议之。

太庙神主,祖宗之所妥灵,国家孝治天下,四时大祀,诚为重典。比者仁宗皇帝皇后神主,盗利其金而窃之,至今未获,斯乃非常之事,而捕盗官兵,不闻杖责。臣等议庶民失盗,应捕官兵,尚有三限之法,监临主守,倘失官物,亦有不行知觉之罪。今失神主,宜罪太常,请拣其官属免之。

国家经费,皆出于民,量入为出,有司之事。比者建西山寺,损军害民,费以亿万计,刺绣经幡,驰驿江浙,逼迫郡县,杂役男女,动经年岁,穷奢致怨。近诏虽已罢之,又闻奸人乘间,奏请复欲兴修,流言喧播,群情惊骇。臣等议宜守前诏,示民有信,其创造刺绣事,非岁用之常者悉罢之。

人有怨抑,必当昭雪,事有枉直,尤宜明辨。平章政事萧拜住、中丞杨朵儿只等,枉遭铁木迭儿诬陷,籍其家以分赐人,闻者嗟悼。比奉明诏,还给原业,子孙奉祀家庙,修葺苟完,未及宁处,复以其家财仍赐旧人,止酬以值,即与再罹断没无异。臣等议宜如前诏,以原业还之,量其值以酬后所赐者,则人无冤愤矣。

德以出治,刑以防奸,若刑罚不立,奸宄(guǐ)滋长,虽有智者,不能禁止。比者也先铁木儿之徒,遇朱太医妻女,过省门外,强拽以入,奸宿馆所。事闻有司,以扈从上都为解,竟勿就鞫。元恶虽诛,羽翼未戢。臣等议宜遵世祖成宪,凡助恶为虐者,悉执付有司鞫之。臣等又议天下囚系,不无冤滞,方今盛夏,宜命省台选官审录,结正重刑,疏决轻系,疑者申问详谳。

边镇利病,宜命行省行台体究兴除。广海镇戍卒更病者给粥食药,力死者人给钞二十五贯,责所司及同乡者归骨于其家。岁贡方物有常制,广州东莞县大步海,及惠州珠池,始自大德元年,奸民刘进、程连言利,分蜒户七百余家官给之粮,三年一采,仅获小珠五六两,入水为虫鱼伤死者众,遂罢珠户为民。其后同知广州路事塔察儿等,又献利于失列门,创设提举司监采。廉访司言其扰民,复罢归有司。既而内正少卿魏暗都剌,冒启中旨,驰驿督采,耗廪食,疲民驿,非旧制,请悉罢遣归民。

善良死于非命,国法当为昭雪。铁失弑逆之变,学士不花、指挥不颜忽里、院使秃古思,皆以无罪死,未得褒赠。铁木迭儿专权之际,御史徐元素以言事锁项死东平,及贾秃坚不花之属,皆未申理。臣等议宜追赠死者,优叙其子孙,且命刑部及监察御史体勘,其余有冤抑者具实以闻。

政出多门，古人所戒。今内外增置官署，员冗俸滥，白丁骤升，出身入流，壅塞日甚，军民俱蒙其害。夫为治之要，莫先于安民，安民之道，莫急于除滥费，汰冗员。世祖设官分职，俱有定制。至元三十年以后，改升创设，日积月增，虽尝奉旨取勘减降，近侍各私其署，夤缘保禄，姑息中止。至英宗时，始锐然减罢崇祥寿福院之属十有三署，徽政院断事官江淮财赋之属六十余署，不幸遭罹大故，未竟其余。比奉诏凡事悉遵世祖成宪，若复寻常取勘调虚文，延岁月必无实效，即与诏旨异矣。臣等议宜敕中外军民，署置官吏，有非世祖之制，及至三十年已后，改升创设员冗者，诏至日悉减除之。

自古圣君，惟诚于治政，可以动天地，感鬼神，初未尝邀福于僧道，以厉民病国也。且以至元三十年言之，醮事佛事之目，止百有二，大德七年，再立功德使司，积五百有余。今年一增其目，明年即指为例，已倍四之上矣。僧徒又复营干近侍，买作佛事，自称特奉传奉，所司不敢致问，供给恐后。夫佛以清净为本，不奔不欲，而僧徒贪慕货利，自违其教，一事所需，金银钞币，不可数计，岁用钞数千万锭，数倍于至元间矣。凡所供物，悉为己有，布施等钞，复出其外，生民脂膏，纵其所欲，取以自利，畜养妻子，彼既行不修洁，适足亵慢天神，何以邀福？比年佛事愈繁，累朝享国不永，致灾愈远，事无应验，断可知矣。臣等议宜罢功德使司，其在至元三十年以前，及累朝忌日醮祠佛事名目，止令宣政院主领修举，余悉减罢。近侍之属，并不得巧计擅奏，妄增名目。若有特奉传奉，从中书复奏乃行。

古今帝王治国理财之要，莫先于节用。盖侈用则伤财，伤财必至于害民。国用匮而重敛生，如盐课增价之类，皆足以厉民矣。比年游惰之徒，妄投宿卫部属，及官者女红太医阴阳之属，不可胜数。一人收籍，一门蠲复，一岁所请衣马刍粮，数十户所征入，不足以给之，耗国损民，莫此为甚。臣等议诸宿卫宦女之属，宜如世祖时支请之数给之，余悉简汰。

阔端赤牧养马驼，岁有常法，分布郡县，各有常数。而宿卫近侍，委之仆御，役民放牧，始至即夺其居，俾饮食之，残伤桑果，百害蜂起，其仆御四出，无所拘钤，私鬻刍豆，瘠损马驼。大德中始责州县正官监视，盖暖棚团糟枥以牧之。至治初复散之民间，其害如故。监察御史及河间路守臣屡言之。臣等议宜如大德团糟之制，正官监临，阅视肥瘠，拘钤宿卫仆御，著为令。

兵戎之兴，号为凶器，擅开边衅，非国之福。蛮夷无知，少梗王化，得之无益，失之无损。至治三年，参卜郎盗劫杀使臣，利其财物而已，至用大师，期年不戢，伤我士卒，费国资粮。臣等议好生恶死，人之恒性，宜令宣政院督守将，严边防，遣良使抵巢招谕，简罢冗兵，明敕边吏，谨守御，勿生事，则远人格矣。天下官田岁入，所以赡卫士，给戍卒。自至元三十一年以后，累朝以是田分赐诸王公主驸马，及百官宦者寺观之属，遂令中书酬直海漕，虚耗国储。其受田之家，各任土著，奸吏为赃官，催甲斗级，巧名多取，又且驱迫邮传，征求饩廪，折辱州县，闭偿逋负。至仓之日，变鬻以归，官司交忿，农民窘窜。臣等议惟诸王公主驸马寺观，如所与公主桑哥剌吉，及普安三寺之制输之公廪，计月值折支以钞，令有司。兼令输之省部，给之大都。其所赐百官及宦者之田，悉拘还官著为令。

国家经费，皆取于民。世祖时，淮北内地，惟输丁税，铁木迭儿为相，专务聚敛，遣使括勘两淮、河南田土，重并科粮，又以两淮、荆襄沙碛，作熟收征，邀名兴利，农民流徙。臣等议宜如旧制，止征丁税，其括勘重并之粮，及沙碛不可田亩之税悉除之。世祖之制，凡有田者悉役之民，典卖田随收入户。铁木迭儿为相，纳江南诸寺贿赂，奏令僧人买民田者，毋役之以里正主首之属，逮今流毒细民。臣等议惟累朝所赐僧寺田，及亡宋旧业，如旧制勿征；其僧道典买民田，及民间所施产业，宜悉役之著为令。

僧道出家，屏绝妻孥，盖欲超出世表，是以国家优视，无所徭役。且处之官寺，宜清净绝俗为心，诵经祝寿。比年僧道，往往畜妻子无异常人。如蔡道泰、班讲主之徒，伤人逞欲，坏教干刑者，何可胜数？俾奉祠典，岂不亵天渎神！臣等议僧道之畜妻子者，宜罪以旧刑，罢遣为民。

赏功劝善，人主大柄，岂宜轻以与人？世祖临御三十五年，左右之臣，虽甚爱幸，未闻无功而给一赏者。比年赏赐泛滥，盖因近侍之人，窥伺天颜喜悦之际，或称乏财无居，或称嫁女娶妇，或以技物呈献。殊无寸功小善，递互奏请，要求赏赐，奄有国家金银珠玉，及断没人畜产业。似此无功受赏，何以激劝？既伤财用，复启幸门。臣等议非有功勋劳效，著明实迹，不宜加以赏赐，乞著为令。

臣等所言弑逆未讨，奸恶未除，忠愤未雪，冤枉未理，政令不信，赏罚不公，赋役不均，财用不节，民怨神怒，感伤和气，惟陛下裁择以答天意，消弭灾变。臣等不胜翘切待命之至！

宋文瓒一气读毕，枢密院、御史台、翰林集贤两院官，统鼓掌道："近今弊窦，统由张平章说尽。若此奏上去，能邀圣上允准，一一施行，乃是国家的大幸了！"张珪道："我拟亲至上都，面陈此疏，免得内臣沮格。"宋文瓒道："晚生愿随老平章同去，何如？"张珪道："好极！但缮录奏稿，还仗大笔！我已老朽，不愿作蝇头小楷了。"文瓒道："晚生理当效劳。"

当下百官散归，文瓒亦回寓，把奏稿恭楷录正，差不多至半日余，方才告竣。并将会议各官，联衔署名。到了次日，便偕张珪赴上都。珪即入觐

泰定帝，递上奏疏。泰定帝展览多时，似乎有些讨厌的神气。张珪呕尽心血，不值泰定帝一顾，奈何？ 淡淡的答道："朕知道了！ 卿自京至此，未免劳顿，且在行辕休息，再作区处。"张珪叩谢而出。

　　待了两日，并不见有诏敕下来，转增烦闷。适宋文瓒亦来谒谈，张珪道："我等奏议，共有数条，偏似大石沉海，一条未蒙敕行，难道就此过去，便好治国么？"文瓒道："老平章何不再行谒奏？ 总要宸衷酌行，方可渐除时弊。"张珪点头。次晨复至行宫朝泰定帝，行礼毕，复启奏道："臣闻日食修德，月食修刑，应天以实不以文，动民以行不以言。目今刑政失平，所以天象垂变，陛下仰承天心，务乞矜察，臣等逐条奏议，即请施行！"泰定帝答道："待朕返京师后，择要施行便了。"珪不便再陈，只得告退。

　　既而御史台臣秃忽鲁、纽泽等，复奏陈灾异屡见，宰相宜避位以应天变，可否仰自圣裁。且言臣等为陛下耳目，不能纠察奸吏，慢官失守，宜先退避以授贤能。泰定帝览了此奏，便批谕："御史所言，失在朕躬，卿等不必辞职。"台官等无可奈何。只丞相旭迈杰、倒剌沙两人，心中未安，也递呈一疏。略说天象告儆，陛下以忧天心为心，反躬自责，谨遵祖宗圣训，修德慎行，饬臣等各勤乃职。手诏至大都，居守省臣皆引罪自劾，臣等为左右相，才下识昏，当国大任，无所襄赞，以致灾祲迭见，罪在臣等，理应退黜。外此诸臣，各勤职守，无罪可言！语中带刺。泰定帝仍批谕道："卿等若皆辞避，国家大事，谁与共理？总教靖供尔职，勉迪百工，自可徐回天变，不必再辞！"嗣是以后，不闻再诏，连回跸京师的期限，也悬宕过去。

张珪愤闷得很，遂托称老病，上表辞职。有诏常见免拜跪，并赐小车，得乘至殿门下。珪复请克日还京，总算邀准。回銮后，只望泰定帝践着前言，如议施行，偏诏旨下来，一道是禁言赦前事，一道是将赦前籍没的家产，如数给还。看官，你想此时的张平章，还肯在朝委蛇么？当下奏陈病势日剧，非扶掖不能行，恳即日放归，得返首丘，死且感恩云云。小子有诗咏张平章道：

　　　　忠臣不肯效阿容，可奈良言未见从！

　　　　从此挂冠林下隐，白云深处住行踪。

未知泰定帝曾否允准，且至下回叙明。

　　张珪一疏，为《元史》中仅见之文，列传中备录无遗。本回亦就此采入，一以扬张平章之忠，一以明泰定帝之失。泰定以旁支入承大统，龙飞九五，仰荷天休，不于此时从贤纳谏，除害兴利，何以孚舆望而贻孙谋乎？卒致晏驾以后，即滋内变，生无德政，殁无美谥，一代嗣君，反成闰位，是不得谓非咎由自取也！张珪屡谏不从，即托病乞归。古人云，以道事君，不可则止，吾于珪殆遇之焉。

第三十八回

信佛法反促寿征　迎藩王入承大统

却说张珪辞职甚力，泰定帝尚是未允，只命养病西山，并加封蔡国公，知经筵事，别刻蔡国公印作为特赐。不听良言，留他何用？张珪移居西山，过了残腊，复上疏乞归，乃蒙允准，解甲归里，还我自由。未几复接朝旨，召他商议中书省事。珪不肯就征，引疾告免，至泰定四年卒于里，遗命上蔡国公印。珪系弘范子，字公端。少时从父灭宋，宋礼部侍郎邓光荐将赴水死，为弘范所救，待以宾礼，命珪就学。光荐乃以平生所得，著成相业一书，授珪熟读，珪因此成文武材。元朝中叶，要推这位老平章是一位纯臣了。补叙履历，所以旌善，且亦是文中绵密处。

这且休表。单说张珪回籍，朝右少一个直臣，泰定帝朝罢无事，一意佞佛。每作佛事，辄饭僧数万人，赐钞数千锭，并命各处建寺，雕玉为楹，刻金为像，所费以亿万计，毫不知惜。泰定帝又亲受佛法于帝师，连皇后弘吉剌氏以下，也都至帝师前受戒。这时候的帝师，名叫亦思宅卜，每年所得赏赐，不可胜计。帝师弟衮噶伊实戬，自西域远来，诏令中书持酒郊劳，非常敬礼。帝师兄索诺木藏布，领西番三道宣慰司事，封白兰王，赐金印，给圆符，使尚公主。僧可尚主，大约亦舍身大布施耳。僧徒多号司空、司徒、国公，佩带金玉印章，因此气焰薰灼，无所不为。在京尚敢横行，出都愈加恣肆，见有子女玉帛，无不喜欢，所求不遂，即大肆咆哮。西台御史李昌，尝痛心疾首，据实抗奏道：

臣尝经平凉府、静会、定西等州，见西番僧佩金字圆符，络绎道途，驰骑累百。传舍至不能容，则假馆民舍，因而迫逐男子，奸污妇女。奉元一路，自正月至七月，往返百八十五次，用马至八百四十余匹，较之诸王行省之使，十多六七，驿户无所控诉，台察莫得谁何。且国家之制圆符，本为边防警报之虞，僧人何事而辄佩之？乞更正僧人给驿法，且得以纠察良莠，毋使混淆。是所以肃僧规，即所以遵佛戒也，伏乞陛下准奏施行！

奏入不报，后闻僧侣扰民益甚，乃颁诏禁止，其实仍是一纸空文，敷衍了事。未几又命建显宗神御殿于卢师寺。这卢师寺在宛平县卢丘山，向称大刹，此次奉安御容，大兴土木，役卒数万人，糜财数百万两，装饰得金碧辉煌，一时无两。然后另建显宗神主，奉置殿中，悬额署名，号为大天源延圣寺。赐住持僧钞二万锭，并吉安、临江二路田千顷。中书省臣未免看不过去，又联名奏道：

> 臣等闻养给军民，必藉地利。地之所生有限，军民犹惧不足，况移供他用乎？昔世祖建大宣文、弘教等寺，赐僧永业，当时已号虚费。而成宗复构天寿万宁寺，较之世祖，用增倍半。若武宗之崇恩、福元，仁宗之承华、普庆，租榷所入，益又甚焉。英宗凿山开寺，损兵伤农，而卒无益。夫土地祖宗所有，子孙当共惜之，臣恐兹后藉为口实，妄兴工役，邀福利以逞私欲，福未至而祸已集矣。唯陛下察之！

泰定帝得此奏后，却也优诏旌直。但心中总是迷信，遇着天变人异，总令番僧虔修佛事，默祈解禳。番僧依着故例，请释赦囚，所以赦诏叠见。凡有奸盗贪淫诸罪，统得遇赦邀恩，一律洗刷；就是出狱重犯，再被逮系，转瞬间又得释放。看官试想，天下有几个悔过的罪人？愈宽愈坏，辇毂之下，尚无王法，外省更不必论了。<u>屡言佞佛之弊，是为痴人说法。</u>

泰定帝始终未悟，并因次子诞生，疑为佛佑，甫离褓褓，即令受戒。为了拜佛情殷，反把郊天禘（dì）祖的大礼，搁过一边。监察御史赵思鲁以大礼未举，奏言天子亲祀郊庙，所以通精诚，迎福釐，生蒸民，阜万物，历代帝王，莫不躬亲将事，应讲求故例，虔诚对越，方可隐格纯嘏（gǔ）。泰定帝不以为然。<u>有了佛佑，自可不必郊祀。</u>全台大哗，复入朝面陈。泰定帝道："世祖成宪，不闻亲祀郊庙。朕只知效法世祖，世祖所行的事件，朕必遵行；世祖未行的事件，朕也不愿增添。此后郊天祭庙，可遣大臣恭代便了。"台官还想再陈，泰定帝竟拂袖退朝。

嗣因帝师圆寂，大修佛事，命塔失铁木儿、纽泽监督，召集京畿僧侣，诵经讽咒，差不多有数十天；一面另延西僧藏班藏卜为帝师，赉奉玉印，诏谕天下。又命作成宗神御殿于天寿万宁寺，一切规模，与显宗神御殿相似。

正在百堵皆兴的时候,忽由太常入奏,宗庙中的武宗金主及所有祭器,统被盗窃去了。前时盗窃仁宗神主,至此又窃武宗神主,堂堂太庙,窝留盗贼,令人不解。泰定帝命再作金主,奉安庙中,应行捕盗等情也模糊过去。后复因台官劾奏,才酌斥太常礼仪等官,只神主不翼而飞,终无下落。

会扬州路崇明州海门县海溢,汴梁路抉(xuǎn)沟、兰阳河溢,建德、杭州、衢州属县水溢,还有真定、晋宁、延安、河南等路屯田遇了旱灾,大都河间、奉元、怀庆等路遇了蝗灾,巩昌府通漕县山崩,碉门地震,有声如雷,昼色晦暝,天全道山亦爆裂,飞石毙人,凤翔、兴元、成都、峡州、江陵同日地震。各处警报络绎,泰定帝只与西僧商量,教他朝唪(fěng)梵语,暮鼓钟钹,膜拜顶礼,祈福消灾。且遍饬京内外各官,恭祀五岳四渎名山大川。总道是神佛有灵,暗中庇佑,谁料旱荒水荒,虫灾风灾,种种状况,杂沓而来。百姓报官长,官长报皇上,弄得泰定帝胸无定见,却想了一个法儿,下诏改元! 祈佛无益,改元更属无谓。当由廷臣议定"致和"二字,于泰定五年春季,改泰定为致和。且仍诏告帝师,命各僧佛事加度;并饬于沿海各地,建造浮屠二百一十六座,镇压海隘。真是捣鬼。

帝师藏班藏卜上言,皇帝虽已受佛法,但欲增福延寿,还须亲受无量寿佛戒,泰定帝当即允准,择日御兴圣殿,邀请帝师到来,督设经坛,上供无量寿佛金牌,下设幢幡宝盖,乐虡(jù)钟悬。当由帝师座下的僧徒吹起法螺,摇动金铃,接着大锣大钹,敲击起来。帝师着红衣,戴毗卢帽,先至坛前焚香祷告,口中不知念着什么番语,嘛咪叭吽的说了一回,然后导引泰定帝至坛前跪着,帝师在旁虔诵祝词,复念了无数佛号,方令泰定帝学着僧规,膜拜受戒。是时后妃人等,亦群集坛前,兴圣殿内外,拥挤得什么相似。那一班僧侣,多是张头探脑,摇目擦睛,你说是那个美丽,我说是这个妖娆,彼此评头品足,觑艳偷香,就是口中所念的波罗密多、阿弥陀佛,也觉颠倒错乱,语无伦次。无量寿佛未曾请到,女观音等先已值坛,安得不令僧侣动心? 至受戒礼毕,泰定帝出殿,大众散去,帝师亦回寺,僧徒等也都退归,饮酒拥娇去了。乐得过。

次日,由宫中发出金银钞,赏给僧徒,又费了若干万两。泰定帝以福寿双增,非常欣慰。会出猎柳林,偶受感冒,不怿累日,遂思巡幸上都,游春解闷。当命西安王阿剌忒纳失里及签书枢密院事燕帖木儿,一作雅克特穆尔。留守京师,自率皇后、皇太子及丞相倒剌沙等,命驾北去。自春至夏,留寓行宫,镇日里流连酒色,不闻朝政。

会殊祥院使也先捏自建康北来,密语丞相倒剌沙,以怀王将有他变,不可不防。倒剌沙立即奏闻,请旨徙怀王居江陵。这怀王却是何人?就是武宗次子图帖睦尔。先是泰定帝即位,召诸王还邸,图帖睦尔亦自琼州召归,见三十六回。受封怀王。泰定二年,命出居建康,以也先捏为怀王卫士。也先捏与怀王不协,乃私至上都,密进谗言。泰定帝不遑查察,竟照倒剌沙奏议,遣宗正扎鲁忽赤、雍古台南下,命怀王徙居江陵。怀王遵旨西迁,扎鲁忽赤等回报。时泰定帝已遘疾病,日甚一日,竟于七月新秋,晏驾上都,寿仅三十六。无量寿佛戒之效何如?

丞相倒剌沙利太子年幼,不即拥立,竟擅权自恣,独行独断,于是天怒人怨,众叛亲离,国家大变,又复从此发生。倡难的人,便是留守京师的燕帖木儿。燕帖木儿是元季大蠹,所以特别点醒。

燕帖木儿是从前的钦察都指挥使床兀儿第三子,武宗镇朔方时,已备列宿卫,深得宠幸。床兀儿殁,承袭左卫亲军都指挥使。泰定二年,加授

太仆卿,致和元年,进签书枢密院事,留守京都,实掌枢密院符印。自闻泰定帝罹疾,遂怀异谋,自思身受武宗宠遇,不能辅他二子,入承帝位,未免有负主恩。泰定帝亦擢你高官,何不自思图报? 因此与继母察吉儿公主、族党阿剌帖木儿,及密友孛伦赤等商议,将乘泰定帝病殂后,迎立怀王图帖睦尔,篡承武宗遗统。

至泰定帝崩,皇后弘吉剌氏遣使诣京,命平章政事乌都伯剌,一作额卜德呼勒。收掌百司印章,谕安百姓。燕帖木儿知势难再缓,即进语西安王道:"故主已殂,太子尚幼,国家须择立长君,乃可无虑。况天下正统,应属武宗嗣子,英宗已不当立,大行皇帝,更出旁支,益加淆杂,今日宜正名定分,迎立武宗嗣子,时不可失,功在速成,王爷以为何如?"无非希定策功耳,遑期忠义。西安王阿剌忒纳失里道:"言固甚是,但周王远居漠北,奈何?"燕帖木儿道:"怀王曾居江陵,何不先行迎立?"西安王道:"弟不先兄,此处还须商酌!"燕帖木儿道:"先迎怀王入都,安定人心,然后再迓周王,仁宗故事,何妨踵行。"西安王道:"上都方有命令,饬乌都伯剌收集印章,我欲举事,彼竟不从,这又未免为难了!"燕帖木儿道:"昔人有言,先发制人,王爷果允行义举,只教募赏勇士,立可成功!"西安王点头道:"你去妥行布置,我总无不赞成。"

燕帖木儿趋出,即日召集心腹,准备停当。翌日黎明,由西安王下令,召集百官至兴圣宫,会议要事。平章政事乌都伯剌、伯颜察儿,偕官属先到,西安王亦乘车而来。

既入座,乌都伯剌正要宣布后敕,令百官齐缴印章,忽见燕帖木儿率着阿剌铁木儿、孛伦赤等十七人,带刀奔入,外面并有勇士数百人,趋立门外。乌都伯剌料知有变,遂叱问道:"签书意欲何为?"燕帖木儿厉声道:"武宗皇帝有子二人,孝友仁文,播名远迩,今乃一居朔漠,一处南陲,武宗有知,亦当深恫,况天下系武宗的天下,一误宁可再误? 今日正统,应归还武宗嗣子,敢有再紊邦纪,不从义举,是与乱贼相等,例当处斩!"言毕,拔刀出鞘,怒目而立。仿佛强盗。

乌都伯剌、伯颜察儿两人,欲抗词答辩,偏燕帖木儿不容分说,竟令阿剌铁木儿、孛伦赤等,一齐动手,将他二人拿下。中书左丞朵朵等道:"签书莫非造反不成?"言未已,已被燕帖木儿砍倒,顿时阖座大乱。燕帖木儿指挥勇士，缚住朵朵，并执参知政事王士熙，参议中书省事脱脱、吴秉道，侍御史铁木哥、邱士杰，治书侍御史脱欢，太子詹事丞王桓等，概置狱中，自与西安王入守内廷，分布腹心于枢密院，自东华门夹道，重列军士，使人传命往来，严防他变。一面再召百官，入内听命。即令前河南行省参知政事明里董阿，前宣政院使答剌麻失里，乘着快驿，迎怀王图帖睦尔于江陵。且使嘱河南行省平章伯颜，选兵扈驾，不得有误。

明里董阿等既去，遂封府库，拘百司印，遣兵守诸要害，推前湖广行省左丞相别不花为中书左丞相，詹事塔失海涯为平章，前湖广行省右丞速速为中书左丞，前陕西行省参政王不怜台吉为枢密副使，萧忙古解仍为通政院使，与中书右丞赵世延等，分典庶务。于是募死士，买战马，运京仓米，饷输士卒，复遣使至各行省征发钱帛兵器。

当时有卫军失统，暨谒选与罢退军官，俱发给符牌，静候调遣。诸人受命后，未知所谢，各瞪目立着。当由中书省官指使南向拜谢，大众惊悚，毛发凛然，方知内廷意属怀王了。极写秘密。

燕帖木儿宿卫禁中，一夕数徙，莫如所处，有时或坐以待旦。你亦怕

死么？暗思母弟撒敦、子唐其势，尚在上都，因密遣塔失帖木儿召使归京。两人都弃了家眷，星夜奔还。是时京内无主，群议沸腾，燕帖木儿恐人心未安，诈令塔失帖木儿充作南使，只云怀王旦夕且至，民勿疑惧；又令乃马台诈为北使，称周王亦已南来。用心亦苦。复命撒敦率兵守居庸关，唐其势率兵屯古北口，抗御上都。一面再遣撒里不花、锁南班，往江陵促驾早发。

时董里明阿等早至河南，晤着平章伯颜，与语密谋，伯颜告知平章曲烈，右丞别铁木儿，令发兵南迎。偏两人不识时务，硬行阻捺，伯颜叹道："我本受武皇厚恩，委以心膂，今爵位至此，还有何望？只因大义相临，不敢推诿，所以为此转告，愿两公不要阻挠。"曲烈仍是不从，惹得伯颜性起，竟将两人杀毙，遂别募勇士五千人，令蒙哥不花带着，驰迎怀王。自己亦秣马厉兵，严装以俟。参政脱别台进谏道："今蒙古兵马，与卫卒同在上都，内地诸隘，守兵单弱，恐此事不易成功哩。"伯颜怒叱道："你敢挠乱士心么？违令者斩！"脱别台慌忙退出。是夕竟怀刃入刺伯颜，被伯颜察觉，拔剑砍死，并夺他所部军器，收马千二百骑。会怀王在江陵，经撒里不花等催促，即日动身。先令撒里不花往报伯颜，封为河南行省左丞相。至怀王到河南，伯颜属櫜（gāo）鞬，擐甲胄，率百官父老，肃迎郊外。既导入，复俯伏称万岁，并上前叩首劝进，怀王解金铠御服宝刀，亲赐伯颜，又命他扈从北行。正是：

> 万骑遥从南陆发，六飞快向北郊来。

欲知入京后如何情状，容待下回表明。

元代之佞佛，自世祖始，后世子孙，益增迷信，此创业垂统之君，所由贵慎自贻谋者也。本回于泰定佞佛事，慨乎言之，至受无量寿佛戒一段，尤写出僧侣情弊。禹鼎铸奸，神犀照怪，无逾于此。此非著书人好为描摹，实因淫僧贼秃大都尔尔，奉劝世间善男信女，速即回头，毋为若辈播弄，其苦心固可见也。且泰定帝在位五年，乏善可述，所诛逆党，亦非本心，至其后好作佛事，意者其恐逆党之冥中报复，姑借此为忏悔计乎？晏驾以后，即生内变，佛其果有灵耶？抑无灵耶？彼如燕帖木儿之图立怀王，抗拒上都，尤足以见佞佛之主，非徒无益，反且速祸，读史者当亦知所戒矣。

第三十九回

大明殿称尊颁敕　太平王杀敌建功

却说怀王图帖睦尔既至河南,令伯颜从行,以前翰林学士承旨阿不海牙,继伯颜后任,遣前万户孛罗等将兵守潼关;并分道遣使,召宣靖王买奴,镇南王铁木儿不花,威顺王宽彻不花,高昌王铁木儿补化等,率属来会。诸王陆续到来,然后整驾北发。是时上都诸王满秃、阿马剌台、宗正扎鲁忽赤、阔阔出,前河南平章政事买闾、集贤侍读学士兀鲁思不花、太常礼仪院使哈海赤等十八人,已得燕帖木儿密函,令他即日起事,响应京师,正在暗中安排。不料事机漏泄,被倒剌沙闻知,竟亲率卫兵,各处搜拿,不到一日,竟将十八人捉住九双,请了泰定皇后命令,斥他谋逆,个个处斩。

倒剌沙自思逾月无主,究竟不妥,遂入谒泰定皇后,愿拥立皇太子阿速吉八为帝,克期登位。泰定皇后自然乐从,遂于致和元年八月,召集梁王王禅、一作旺辰。辽王脱脱、右丞相塔什特穆尔、旧作塔失铁木儿,因与前大都使臣名重复,故用新名。太尉不花、御史大夫纽泽等,奉皇太子阿速吉八即位上都,尊皇后弘吉剌氏为皇太后,拟定次年改元天顺。泰定帝在位五年,其子已早为储贰,依父终子及之例,则阿速吉八之嗣位,亦属正当,故特书改元,以存书法。天顺帝年才九龄,书天顺帝,亦有微意。朝贺时统由倒剌沙护持,方得终礼。遂命诸王失剌、平章政事乃马台、此乃马台与上文异人同名。詹事钦察,率兵袭京畿。巧值阿速卫指挥使脱脱木儿由上都自拔来归,奉京师命令,驻守古北口。他已预知失剌等潜师进袭,遂领兵出据宜兴,四面埋伏。

失剌分军三队,先后南下。第一队归乃马台统率,第二队归钦察统率,第三队方由自己领着,乘着锐气,倍道而来。前军甫到宜兴,扎营造饭,炊烟甫起,号炮骤闻。大众正在四望,蓦见敌军蜂拥来前,连忙上马截杀。说时迟,那时快,众军未曾排齐,敌兵已经杀入,眼见得辙乱旗靡,人

仰马翻,乃马台措手不及,被脱脱木儿刺落马下,生擒活捉去了。第一队
已了。

脱脱木儿已扫尽前队,便趁着现成的饭锅,令军士饱餐一顿,前驱疾
进。那边第二队兵士,由詹事钦察押队前来,途次接得溃卒败报,忙上前
来援,未达数里,已与脱脱木儿军相遇。脱脱木儿握着一柄大刀,当先突
阵,麾下军士,随势冲入,钦察不知好歹,也拨马舞刀,来战脱脱木儿,才数
合,忽听脱脱木儿喝声道着,那钦察的头颅不知不觉的滚落地上。奇语。
俗语说得好,蛇无头不行,钦察已身首两分,还有何人敢来抵敌?霎时间
纷纷逃溃,走得慢的一大半都做了矮脚鬼,暴骨沙场。第二队又了。

还有失剌所领的后军,惘惘南来,接连得着两队败耗,料知不能抵
挡,忙令后队变作前队,前队变作后队,向北退还。待脱脱木儿赶去,失剌
已逃得很远,只有殿卒数百名,被脱脱木儿军屠杀净尽,其余统侥幸生免
了。失剌还算见机。

脱脱木儿追赶十余里,不及而还,当即报捷京师。燕帖木儿等属酒相
贺。方在满座庆宴的时候,忽见撒里不花驰入,报称怀王已自河南登途,
现距京师只百里了。燕帖木儿道:"甚好!"撒里不花道:"还有一事贺
公,已奉命升公知枢密院事了!"燕帖木儿大喜,便于席间派使远迎。至
宴飨毕后,即令太常礼仪使整备法驾。

越两日,闻怀王驾已抵郊,遂偕诸王百官,恭奉法驾,出迎郊外。怀
王慰劳有加,改乘法驾,驰入京师。燕帖木儿与西安王阿剌忒纳失里等,
立即劝进。怀王道:"大兄尚在朔方,我不得越次僭位,俟两都平靖,当
遣使迎兄。目下暂由我监国,愿卿等勿生异议!"初意原是不错。燕帖
木儿道:"大王让德,卓越古今,惟时势相迫,亦贵从权,既承钧命,容后再
议!"怀王乃入居宫中。

越宿命速速为中书平章政事,前御史中丞曹立为中书右丞,江浙行省
参知政事张友谅为中书参知政事,河南行省左丞相伯颜为御史大夫,中书
右丞赵世延为御史中丞,各官俱受职视事,不必细表。

又越两日,由侦骑入报,上都梁王王禅、右丞相塔什特穆尔、太尉不
花、御史大夫纽泽等,又兴兵南犯了。怀王召燕帖木儿,商议军务,燕帖
木儿自请效劳。怀王甚喜,遂发兵数万,供燕帖木儿调遣,命他便宜行事,

不为遥制。燕帖木儿遂带兵至居庸关，由其弟撒敦迎入。燕帖木儿道：
"闻北兵已发上都，吾弟何不率兵急进，反在此游疑观望？难道待他自毙
么？"撒敦道："闻兄奉命督师，所以静候调度，不敢妄进。"燕帖木儿道：
"我不害人，人将害我，你快率万人前去，截住北军，我当为你后应便了。"

撒敦依言，就率兵出关，浩浩荡荡的杀奔榆林。适值北军到来，也无
暇答话，即麾兵猛击。北军不及布阵，顿时被他踹入，乱砍乱戮，不消片
时，已将北军杀得七零八落，望北奔逃。

撒敦乘胜长驱，直到怀来，才见燕帖木儿督军到来。当下叩马报捷，
并请径攻上都。燕帖木儿道："且慢前进，回关再商。"撒敦道："兄前责
弟，今弟将诘兄：北军既已败去，不乘此入捣上都，还待何时？"燕帖木儿
道："吾弟有所未知，兵以气动，气盛乃胜，气馁必败。我前日并非责你，
实所以激动弟心，鼓气御寇。今已得胜，锐气将衰，若再进兵，顿师城下，
那时再衰三竭，不要进退两难么。"论兵却是有识。撒敦无言，乃随返关
中。燕帖木儿即驰书报捷。嗣得复命，令他即日还京，燕帖木儿乃留弟守
关，奉命还朝。入京后，把前时拿下的乌都伯刺，及擒住的乃马台，统置大
辟。一面约诸王大臣，伏阙上书，请早正大位以安天下。怀王尚是固辞。
燕帖木儿道："人心向背，间不容发，现在兵戈扰攘，非速正大名，不足以
系人心，万一中外失望，后悔何及？"怀王道："必不得已，亦须将我的本
意，明示天下，方可权摄帝位。"古时惟王莽称摄皇帝，怀王亦欲居摄，染
鼎之意已动矣。乃命中书省臣拟定诏旨，于九月十三日，即帝位于大明
殿，受诸王百官朝贺，颁诏天下道：

> 洪维我太祖皇帝，统一海宇，爰立定制以一统绪，宗亲各受分地，
> 勿敢妄生觊觎，此不易之成规，万世所共守者也。世祖之后，成宗、武
> 宗、仁宗、英宗，以公天下之心，以次相传，宗王贵戚，咸遵祖训。至于
> 晋邸，具有盟书，愿守藩服，而与贼臣铁失、也先铁木儿等，潜通阴谋，
> 冒干宝位，使英宗不幸罹于大故。朕兄弟播越南北，备历艰险，临御
> 之事，岂获与闻？朕以叔父之故，顺承惟谨。于今六年，灾异迭见，权
> 臣倒刺沙、乌都伯刺等，专权自用，疏远勋旧，废弃忠良，变乱祖宗法
> 度，空府库以私其党类。大行上宾，利于立幼，显握国柄，用成其奸。
> 宗王大臣以宗社之重，统绪之正，协谋推戴，属于眇躬。朕以菲德，宜

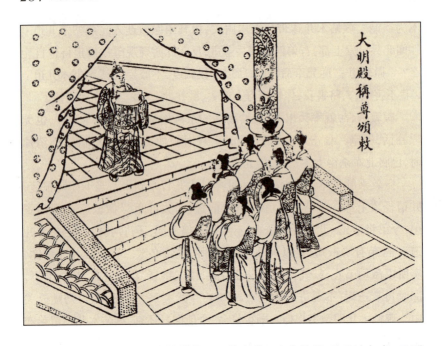

大明殿称尊颁敕

俟大兄,固让再三,宗戚将相,百僚耆老,以为神器不可以久虚,天下
不可以无主,周王辽隔朔漠,民庶皇皇,已及三月,诚恳迫切,朕固从
其请,谨俟大兄之至,以遂朕固让之心。已于致和元年九月十三日,
即皇帝位于大明殿,其以致和元年为天历元年,可大赦天下。自九月
十三日昧爽以前,除谋杀祖父母父母,妻妾杀夫,奴婢杀主,谋故杀
人,但犯强盗印造伪钞不赦外,其余罪无轻重,咸赦除之。於戏!朕
岂有意于天下哉!重念祖宗开创之艰,恐隳大业,是以勉徇舆请,尚
赖尔中外文武臣僚,协心相予,辑宁亿兆,以成治功,咨尔多方,体予
至意!

　是日封赏群臣,并赐上都将士金银钞,多寡有差。流朵朵、王士熙、伯
颜察儿、脱欢等于远州,各籍没家资,分给诸王大臣。忽警报自辽东传来,
平章秃满迭儿及诸王也先帖木儿等,率兵入迁民镇,进袭蓟州。怀王怀王
已即帝位,本文仍称怀王,一因天顺正位,国无两君,一因周王在北,怀王
暂摄帝位故也。乃封燕帖木儿为太平王,以太平路为食邑,并命为中书右
丞相,兼知枢密院事,赐黄金五百两,白金二千五百两,钞万锭,金素织缎

色缯二千匹,平江官地二百顷,即日诏促出师蓟州,拒辽东军。

燕帖木儿闻命即行,且调撒敦会师北进。方到三河,接着通州急报,梁王王禅等已入居庸关,不由得大惊道:"居庸被破,不特通州吃紧,连京师也要戒严。我军须回保京师,休被蹂躏为是!"乃留兵拒辽东军,自与撒敦星夜驰还。

既抵榆河关,闻怀王已出齐化门视师,益觉焦急万分。遂驱马直奔京城,谒见怀王,并面启道:"陛下何故亲自视师?"怀王道:"寇敌已入居庸关,将要来犯京师了。"燕帖木儿道:"陛下一出,民心必惊,凡剿寇事尽可责臣。陛下亟宜还宫,安定人民,请勿轻动!"此时燕帖木儿确是怀王忠臣。怀王道:"待卿未来,所以躬自督师,今已到此,朕心安了,军事由卿作主,朕当从卿言,还宫安民。"言毕,即与燕帖木儿别去。

燕帖木儿复还至军中。梁王王禅等亦乘胜进逼,与燕帖木儿军遇于榆河。燕帖木儿升座誓师道:"寇已深入,大都戒严,孰胜孰负,在此一举。将士等为国前驱,理宜奋力杀敌,若有退避不前,本爵帅只有军法从事,休得后悔!"将士等唯唯听命,燕帖木儿遂命开营逆战。

两下里交锋起来,正是棋逢敌手,将遇良材,一边是誓扶幼主,期立大功,一边是力保长君,目无全房,足足战了三四个时辰,不分胜败。燕帖木儿执旗当先,引军突阵。部下见主帅奋勇,格外效力,无不以一当十,以十当百,北军渐渐败却,退至红桥。

燕帖木儿步步进逼,一些儿不肯放松,恼动了梁王部将。一名阿剌帖木儿,曾为枢密副使,一名忽都帖木儿,曾为上都指挥,两人素称骁勇,至此气愤填胸,挺身还战,竟攻入燕帖木儿阵中。燕帖木儿正挥刀前进,适值阿剌帖木儿突至马前,挺戈刺来,亏得燕帖木儿眼明手快,将身闪过一边,右手用刀格住戈铤,左手拔剑砍去,不偏不倚,正中阿剌帖木儿左臂。阿剌帖木儿狂叫一声,拨马就逃。燕帖木儿紧紧追去,又来了忽都帖木儿,接住厮杀,奋斗了数十合,彼此尚不相让,仍恶狠狠的搏战。燕帖木儿手下有一矮将名和尚,短悍绝伦,善使双锤,他恐主帅有失,忙拨马助战。忽都帖木儿欺他短小,不以为意,谁知这和尚煞是趫捷,左右驰击,防不胜防,忽都帖木儿方思退避,左臂上已着了一锤,几乎跌落马下,幸他将前来救护,才得走脱。两帖木儿不敌一帖木儿,无愧为太平王。北军见两将败

太平王杀敌建功

衄,人人夺气,遂驰过红桥,阻水而阵。燕帖木儿恐军士力疲,不欲再战,只命弓弩手用矢攒射,把北军一阵射退,然后收兵。

次日复分军为三队,令也速答儿率左,八都儿率右,进逼北军。时北军退至白浮,因燕帖木儿挑战,也出来对仗。燕帖木儿麾兵伴退,俟北军追来,命左右两队包抄过去。北军正杀得高兴,猛见也速答儿从右边杀来,忙分军抵敌。方在酣战,左边又遇着八都儿军,又分军敌住,不意燕帖木儿复转身杀到,所向披靡。那时北军招架不住,只好且战且走,复退十里下寨。燕帖木儿见北军虽败,行列尚是整齐,也即鸣金收军。

越宿复战,北军抖擞精神,前来冲突,燕帖木儿也不肯稍让,督军猛击,自辰至午,相持不下。暮见燕帖木儿阵中跳出锐卒数百名,由燕帖木儿亲自督领,冲杀过去。北军前来抵截,被燕帖木儿手刃七人,方才退却。燕帖木儿也即鸣金收军。

是夜二鼓,燕帖木儿召字伦赤、岳来吉入帐,密议道:"连日酣战,两军俱疲,长此坚持,何以退敌?"字伦赤道:"不如今夜发兵劫营,想寇兵应亦疲倦,定中我计!"燕帖木儿道:"我亦想及此着,但彼此对垒下营,岂有不防之理？从前甘宁百骑，夜劫曹营，我何不仿他一行，也可扰乱敌心，使他自退？"燕帖木儿想曾阅过《三国演义》。孛伦赤、岳来吉二人齐声道："末将等愿效死力！"燕帖木儿大喜，便调集锐卒百骑，令各带弓箭，并持战鼓，随孛伦赤、岳来吉二人同去。临行时又吩咐道："你等抵敌营时，只宜左右鼓噪，四面驰射，不必与他厮杀，但能使他惊扰，便算头功。"孛伦赤等领命去讫。燕帖木儿恰高枕自卧。

那边梁王王禅，正恐燕帖木儿劫营，令兵士小心严防。到了三鼓，突闻外面鼓声大震，忙令各营出战，兵士开营出去，只见来兵东驰西射，散无纪律。当下冒矢追杀，走到这边，他到那边；走到那边，他到这边。嗣后来兵越多，混战一回，互有杀伤。战到天明，彼此相见，才知所杀伤的统是自家人，不禁懊丧异常。这时的孛伦赤、岳来吉两人，早已收集百骑，回营报功去了。小子有诗赞燕帖木儿道：

> 力战何如智取工？榆关犹忆大王风。
>
> 须知兵事无嫌诈，燕邸当年固善攻。

毕竟北军曾否再退，请看官续阅下回。

怀王之立，不当立也。以泰定之正统言，则皇太子已即位上都，怀王固不当立；以武宗之正统言，则嗣位者应属周王和世㻋，怀王亦不当立也。燕帖木儿希宠取媚，南迎劝进；藉使怀王正言抗斥，则燕帖木儿之志不得逞，而兵祸可立弭矣。乃江陵遽发，飘然入都，御殿即真，封王拜爵，彼已南面称尊，讵尚肯北面为臣耶？让兄之言，徒虚文尔。然发难之首，实出自燕帖木儿，故本回中叙述各事，皆以燕帖木儿为前提，西安以下，概置后列。至如出师战胜之举，尤写得机变神智，非称美燕帖木儿，实隐诛燕帖木儿也。曹阿瞒以知兵闻，阿瞒得谓汉之忠臣否耶？吾于燕帖木儿亦云。

第四十回

入长城北军败溃　援大都爵帅驰归

却说宇伦赤、岳来吉等，回营报功，燕帖木儿时已起床，即将二人功绩书录簿上；并命撒敦带着偏师，出营巡哨。是日大雾迷濛，暝不见影，撒敦巡至敌营，已是空空洞洞，留着虚垒。走将进去，只有敌卒数名，尚在寨中收拾行李，见了撒敦等，一哄而逃，被撒敦兵追上，擒住二卒。经撒敦审讯，才知北军已窜匿山谷中。撒敦即将二卒带还，报知燕帖木儿。

燕帖木儿道："王禅未曾大挫，即行遁匿，我料他必有诈计，将乘我不备，前来掩击哩！"料事如神。便下令将士，教他裹粮坐甲，静待后命，不得私自出营，违令者斩！越夕，又命坚壁严装，如遇寇至，只准固守，不准出战，违令者斩！到了夜间，防备尤密，四面布着侦骑，探听消息。未几鸡声报晓，远远的接吹角声，燕帖木儿听着道："寇兵来了！"忙出升帐，见侦骑亦来禀报，说是北军成列出山，距此只数里了。燕帖木儿仍饬各军守着前令，不得有违。约一时许，北军鼓噪而至，冲突数次，坚不能入，没奈何退后下营。

燕帖木儿命撒敦、八都儿两人，各率一军，分授密计，命俟至天晚，分头趋出。两人依计而行。是夜天色愈暝，四面阴霾，北军也严行准备，不遑就寝。一更以后，但听后面有铜角声，吹得非常响亮，不由得慌忙起来，梁王王禅惩着前辙，只令各营静守，不敢出头。忽前面又起角声，亦觉激越异常。时值深秋，寨外草衰，正是风声鹤唳、草木皆兵的时候，加以角声震荡，前后相应，益令军心胆怯，不寒而栗。梁王王禅尚兀自守着，偏营内各兵自相骚扰，不肯镇定。至三鼓以后，角声越吹得厉害，仿佛有千军万马，四面杀来，那时军心益乱，情势仓皇，任你王禅如何禁遏，也是弹压不住，遂不禁叹息道："罢了！罢了！看来幼主无福，偏遇这燕帖木儿，不如就此退兵罢！"你自己无将帅才，不足胜敌，反说看幼主无福，是谓肚痛埋怨灶司。当下撤营遁去。

看官道这铜角声如何而来？就是撒敦与八都儿奉着燕帖木儿密计，虚吓敌兵。原来撒敦自营后出师，潜绕北军后部，吹角惧敌；八都儿自营前出师，直逼北军前面，鸣角相应。两军并不去厮杀，只仗这铜角为号，虚声恫吓，那北军竟堕计中，夤夜遁去。

撒敦等来报燕帖木儿，燕帖木儿即命倾寨穷追，直到昌平州，方见北军还在前面。一声鼓号，驱马杀去，北军心胆俱裂，哪个还敢拦阻？你奔我溃，彼跌此仆，被燕帖木儿军乘势掩杀一阵，斩首约数千级，所有逃不及的北军，顾命要紧，管不得什么面子，只好匍匐乞降。燕帖木儿准他投降，收降至万余人。

正拟饬兵再追，适值钦使到来，忙下马接旨。诏中所说，略称丞相亲冒矢石，恐有不测，万一受伤，朕恃谁人？自今以后，但教凭高督战，视察将士，用命行赏，不用命行罚，毋得再自冒险，以滋朕忧！燕帖木儿谢旨毕，即语来使道："我非好死恶生，但猝遇大敌，不得不身先士卒，为诸将法。现在寇已败退，自当遵旨小心，请钦使转达御前，免劳圣虑为是。"钦使应着，即行别去。

燕帖木儿麾军再上，杀得王禅等弃甲抛戈，抱头窜逸。于是燕帖木儿勒马中途，但令也速答儿、也不伦及弟撒敦，率兵三万，再追北军，自率余军徐徐后行。将到居庸关，接也速答儿军报，北军已逃出关外去了。燕帖木儿即遣使上追，驰马入关，会也速答儿等亦已回军，遂命也速答儿居守，辅以佥院彻里帖木儿，并就他统卒三万名，留供驱遣，自率得胜军南还。

至昌平南，来了古北口急报，上都军已入古北口，进掠石漕。燕帖木儿愤愤道："居庸关才得收回，古北口又闻失守，如何是好！"撒敦即上前进言道："水来土掩，兵来将挡，怕他何为？弟愿前去，杀他片甲不回！"燕帖木儿道："吾弟前去，须要小心！"撒敦应命，即领着万人，倍道去讫。燕帖木儿率军后应，亦兼程而进。

撒敦驱军至石漕，不管什么利害，竟上前掩击，敌军正在午炊，仓猝遇敌，不及拦阻，便向北窜去。撒敦追击数十里，杀毙敌军无数。

正拟下营，燕帖木儿大军亦到，两下相会，当由撒敦报明胜仗。燕帖木儿问敌军主将系是何人。撒敦嘿然。燕帖木儿道："吾弟杀了一日，难道连敌将姓名,尚未查明么?"撒敦道:"问他何为? 我只知见敌就杀,得胜报功。"*是一员莽将口吻。*燕帖木儿微笑道:"幸你所遇的都是庸将,倘使遇着将材,恐怕有败无胜哩! "

当下令侦骑探明,返报敌将姓氏,一个是驸马亭罗帖木儿,一个是平章答失雅失帖木儿,一个是院使撒儿讨温。*此处叙敌将姓氏,恰从侦骑探报,无非避文笔复沓耳。*燕帖木儿道:"这等乳臭小儿,也来将兵,真是可羞! 待我用一条小计,便好擒住三人。"撒敦道:"用什么计? 小弟出去,包管擒来。"燕帖木儿道:"你只知力战,不知智取,难道他束着双手,任你擒获么? "言毕,便问侦骑道:"我见前面有一大山,此山叫作何名? "*为将须明地理,观此益信。*侦骑道:"名叫牛头山。"撒敦道:"哥哥专会使刁,查了敌将姓氏,还要问着山名,有何用处? "*燕帖木儿之狡,借撒敦口中叙出,映带无痕。*燕帖木儿怒道:"你不要瞎说! 我非顾着兄弟情谊,管教你一顿杖责。"*从燕帖木儿口中自陈私弊,用笔尤妙。*撒敦伸舌而退。燕帖木儿换了微服,带着侦骑数名,出营自去,直到天晚,方才回营。

次日升帐,召诸将面嘱道:"我昨晚登牛头山,望见敌营扎住山后,料他是倚山自固的意思。但山中有小路可通,我若乘高压下,便可踏破敌营,可奈敌营虽破,敌将必逃,若要追擒,也是难事。不若引他入山,使入陷阱,我却前后夹攻,令他无路可走,自然一鼓成擒了。"众将都拍手称善,燕帖木儿命八都儿道:"你今夜引兵千名,潜上牛头山,就小路中掘着陷坑,斩木掩覆,上表暗记,令我军便于趋避,敌兵易致误入,方好成功。至陷坑造就,你可越山劫营,准败不准胜,俟敌兵赶来,你却诱他入小路,我自有兵接应,休得违慢! "八都儿依令去讫。又命裨将亦讷思道:"你率兵千名,备着挠钩,就山上小路旁,左右伏着,待敌兵入阱,便好一一擒住哩。"亦讷思亦去。又命撒敦道:"你领兵万人,沿山绕转,就敌营左右埋伏,但听山上有号炮声,你便杀出,断他后路,不得有违! "撒敦亦领命去了。复命诸将道:"你等随我上山,视我大纛所向,奋力杀敌,明日可灭此朝食了。"众将唯唯听命。到了傍晚,命将士饱餐毕,随饬各带干粮火具,向牛头山进发。

是时八都儿已掘好陷坑,乘夜越山,去劫敌营。敌营中设有探马,侦得八都儿到来,便去禀报主将。驸马亭罗帖木儿年轻好胜,就上马领兵,出营搦战。八都儿上前对仗，略战数合，佯作慌张的形状，弃戈退走。孛罗帖木儿不知是计，即趋马奋追。平章答失雅失帖木儿与院使撒儿讨温，亦出营接应，撒儿讨温道："驸马追去，恐防有失，况夜色凄其，山岭狭隘，倘有不测，必致败挫，不如遣人禁他前进，方可无虞。"答失雅失帖木儿闻言，便遣使去讫，俄得去使回报，驸马言月色甚明，可以夜战，请平章院使速即接应，可以杀尽敌人。撒儿讨温复道："营寨亦是要紧，请平章守住勿动，我带兵接应便了。"撒儿讨温，亦颇仔细。答失雅失帖木儿应着，便分兵与撒儿讨温，长驱进发。

　　时孛罗帖木儿已被八都儿诱进山中，走入间道，猛听得一声鼓响，山冈上火炬齐明，竖着一面大纛，上书太平王右丞相等字样。孛罗帖木儿道："燕帖木儿在此，我等快上冈去，刺杀了他。"言未毕，山上已驰下将士，来敌孛罗帖木儿。孛罗帖木儿尚不畏怯，奈因岭路逼窄，不便战斗，只好勒马退回，不期扑拓（tà）一声，连人带马，跌入陷坑去了。亦讷思早已留意，便命军士钩起孛罗帖木儿，捆绑而去。

　　孛罗帖木儿部下士卒争思来救，无如走近一个，陷落一个，走近两个，陷落两个，那时也只好寻路逃走。偏偏燕帖木儿的将士四面杀来，心中一慌，足下更走立不稳，一半跌入陷坑，一半死于刃下。

　　此时的撒儿讨温尚未知前军败状，领兵入山，步步为营。一入间道，已望见大纛飞扬，料知孛罗帖木儿必遇伏兵，前去定必无幸。奈又不能不急急驰救，只好硬着头皮，驱马进去，一面令左右分射，以备不虞。谁知山上的喊杀声渐渐逼紧，虽是严行御备，究竟不免心虚。转瞬间敌已四至，任你如何放箭，总是射他不住。撒儿讨温命军士随射随退，未及数武，见军士多钻入地中，慌忙察视，自身亦随马而陷。几似《封神传》中的土行孙。两旁突出亦讷思军，又被他搭上挠钩，捆缚去了。余众走投无路，只得大呼乞降。

　　答失雅失帖木儿坐守营盘，专听军报。远远的闻有炮声，心中正忐忑不定，忽营外有兵到来，还道是撒儿讨温等回营。正欲出来探问，不意来兵很是凶猛，如搅海龙一般，捣入营中。答失雅失帖木儿急上马抵敌，凑巧遇着撒敦，一枪刺来，正中左腕，倒仆马下。撒敦麾下的军士便来抓住，拖了过去。

　　北军顿时骇散，由撒敦追击一阵，杀死多名。是时天尚未明，撒敦即缚送答失雅失帖木儿，上山报命。燕帖木儿复命他追赶溃卒，他即回马下山，逐溃卒出古北口，然后回军。

　　这边的燕帖木儿，收集各军，整辔回营。时方天晓，由军士推上孛罗帖木儿及撒儿讨温、答失雅失帖木儿。燕帖木儿拍案道："你等助逆叛顺，死有余辜，本爵帅不便饶你！"孛罗帖木儿等亦大声诟詈，即由燕帖木儿申明军法，喝令斩首。须臾，已将首级三颗，呈上帐前。

　　燕帖木儿方遣人奏捷，帐外又递到紧急文书，由燕帖木儿展阅一周，即语诸将道："叛王也先帖儿木与秃满迭儿，又陷通州，将到京师。京中已召我还援，我等勤王要紧，速即启程。此处北军借燕帖木儿叙明，又是一种笔法。诸将不敢有慢，当即随燕帖木儿拔营而南。趱途两日，即到通州，时已日色衔山，晚烟四起。诸将请择地立营，燕帖木儿道："寇敌将近，不驰去杀他一阵，还待何时！"说着，已挥兵疾进，约数里，即遇敌兵。敌兵未曾防备，狼狈奔趋，燕帖木儿追杀里许，因天色昏暮，才命下营。

　　次日黎明，复整兵追敌。西至潞河，见北军已在河北，列阵以待，人如排墙，燕帖木儿倒也不敢进逼。至夜间，欲渡河击敌，奈隔岸火光透澈，映入河流，好似掣电空中，群芒四射，因此按兵不动。待到黎明，遥望敌营中已无声响，只有人影模糊，尚是沿河立着。此时也无暇细辨，便麾兵结筏渡河，各军安然西渡。及达彼岸，各持刀砍人，不意统是黍稭做成，上披毡衣，地上积草，尚有余焰未熄，才晓得敌已夜遁，但放火植稭，作为疑兵罢了。燕帖木儿也有被欺之时。

燕帖木儿愤甚，复率兵穷追，将抵檀子山，四面都是枣林。这枣林中恰有敌兵伏着，陡从斜刺里杀出，亏得燕帖木儿军律素严，不为所迫，猛见也速帖木儿、秃满迭儿，纠合阳翟王太平、国王朵罗台、平章塔海军，踊跃前来，差不多有五六万人。燕帖木儿不敢轻敌，只先令军士列好阵势，前面持弓矢，后面执刀盾，又后面挺戈矛。直待敌兵逼近，一声令发，万矢齐射，势似飞蝗，偏敌兵持盾而前，冒死上来。燕帖木儿复令止射，驱刀盾、戈矛两队，直前抵格。两军混战一场，互有死伤，看看红日将落，敌兵毫不退怯，只管舍命相持。

燕帖木儿子唐其势见各军战敌不下，恼动性子，拨马临阵。阳翟王太平挺枪来战，唐其势大吼一声，吓得太平倒退。未及数步，已被唐其势用戈刺着，翻身落马。军士乘势蹴踏，把太平肉体变作烂屎相似了。敌兵见太平被杀，顿时惊溃。燕帖木儿就此赶上，杀得尸横遍野，血流成渠。方欲收军，巧值撒敦到来，得了一支生力军，便命引兵再追，自率大军南归。撒敦追了数十里，见敌兵四散逃去，杀毙了数百名，也即回来。

会上都诸王忽剌台指挥阿剌铁木儿及安童等，复攻入紫荆关，进犯良乡，游骑径逼京南。此处用直叙法，视前又变。燕帖木儿闻警，即循北山西行，令将士脱衔系囊，盛莝（cuò）豆饲马，且行且食。晨夜兼程，至芦沟河，并不见敌。嗣得探报，忽剌台等已闻风西窜了。

燕帖木儿因已抵京师，遂入觐怀王，甫至肃清门，都人焚香迎接，罗拜马前。燕帖木儿辞不敢受，都人齐声道："非王爷忠诚报国，民等何能更生？此恩此德，敢不拜谢！"燕帖木儿下马慰劳道："此皆天子威灵，我有何力可言？"此时的燕帖木儿，几似古之名将，无以加之。及至内城，怀王亲出迎师。燕帖木儿下马行礼，由御手扶起，相偕入城。随即赐宴兴圣殿，赏给无算，亲授太平王黄金印，尽欢乃散。燕帖木儿拟休息数日，再行

出兵,忽接撒敦军报,古北口又被陷了。正是:

> 两都军报无虚日,万里烽烟未靖时。

未知何人陷入古北口,且看下回分解。

　　本回纯叙燕帖木儿战事,见得上都各军,均不足与燕帖木儿相敌,燕帖木儿,信一元代之枭雄哉?读《元史·燕帖木儿列传》,未尝不胪叙战迹,而写生妙手,却不若此书之为良。盖彼第直录事实,而此且曲为描摹;不特渲染战争,并举燕帖木儿之权诈,亦揭露纸上,吴道子之手笔,亦无以过之。且旋师入京时,卑以自牧,让美君王,处处似忠,实处处是诈。周公恐惧流言日,王莽谦恭下士时,读此益无限生感矣。

第四十一回

倒剌沙奉宝出降　泰定后别州安置

　　却说燕帖木儿得撒敦来文,报言古北口复陷,心中大愤,即日召集各军,出京北去。途次又接紫荆关急报,苦难分身,只得遣快足至辽东,飞调脱脱木儿西援。看官! 你道陷古北口及紫荆关的兵马,从何而来? 原来就是秃满迭儿及忽剌台、阿剌铁木儿等军。秃满迭儿等被燕帖木儿杀败,逃出口外,会集散卒,定议分攻,秃满迭儿自率一军袭古北口,忽剌台、阿剌铁木儿、安童、朵罗台、塔海等,联军袭紫荆关,意欲两面夹攻,令燕帖木儿无暇兼顾,可以转败为胜。计非不佳,奈庸驽何? 不意燕帖木儿煞是神勇,秃满迭儿方入古北口,燕帖木儿已到檀州,两军南北各进,即行对垒,一场大战,秃满迭儿复败,溃走辽东。后军被燕帖木儿截住,无处投奔,统军的头目,乃是东路蒙古万户哈剌那怀,看得兵势垂危,只好束手乞降。燕帖木儿收了降众,共得万人,也不暇悉心检查,只留部将数人,约束士卒,守住古北口,自率健卒兼程西进,去援脱脱木儿。余勇可嘉。

　　脱脱木儿前奉调发兵,只带着四千人,到紫荆关与忽剌台等对阵。两造人数,相去甚远,北军约三四万名,脱脱木儿与关上守将相合,尚不达万人。暗思众寡不敌,恐遭败仗,不如固关严守,还好勉力支持。至燕帖木儿星夜赶到,很是喜慰。燕帖木儿查明情形,便与脱脱木儿道:"我兵远来,敌人尚未知晓,你且开关搦战,诱他入关,我出大军伏在关内,他若冒昧进来,便好闭住关门,杀他一个精光哩。"

　　脱脱木儿领命,即率本部四千人,大开关门,来战北军。北军逗留关外,已是数日,猛见脱脱木儿出战,倒也吃了一惊;及见出关的兵士,不过数千人,顿觉胆大起来,当下分作两翼,来围脱脱木儿。脱脱木儿不及退还,已被敌军裹住,他本恃有后援,一些儿没有害怕,便奋起精神,驰突围中。

　　燕帖木儿在关内觑着,见脱脱木儿不能脱身,恰变了一计,令关上故意鸣金，促脱脱木儿退归，一面命关吏虚掩半扉，*照燕帖木儿原计故意参换，是文中化板为活法。* 敌军里面的阿剌铁木儿，望着关中的模样，大叫道："此时不急抢关，尚待何时？"言未毕，已挺戈跃马，奔入关中。*自来寻死。* 忽剌台、安童、朵罗台、塔海等，只恐阿剌铁木儿占着头功，也即策马随入。一入关门，见守卒在前散走，还道他是避锋逃命，又紧紧的追了一程。蓦然间四面八方，互发炮声，伏兵一时齐起，统行杀到。忽剌台、安童、朵罗台、塔海等，知事不妙，忙即退回，奈后面的兵士，相率入关。前后挤紧，运动不灵。待退近关门，已是多半被杀。那时忽剌台、安童等，如漏网鱼，如丧家狗，只想跑出关外，逃脱性命，偏偏关门已闭得很紧。这一吓非同小可，险些儿连三魂六魄，都飞至鬼门关！*如果吓死，或得保全首领。* 忙麾兵斩关欲遁，忽关门左右，又闪出无数健卒，大刀阔斧，前来阻住。背后又是燕帖木儿领军追来，忽剌台等只是哭不出的苦，勉强驰突，不消片刻，安童、塔海两人，马首被刺，俱堕马下，活活的被人擒去。忽剌台、朵罗台急得没法，左右乱撞，骤被流矢射着，一同坠马，也只得闭目就擒了。

是时的阿剌铁木儿，尚似疯犬一般，东冲西突。燕帖木儿知他骁悍，但令部将缠住了他，与他车轮般的厮杀。至忽剌台等俱已擒住，便一拥上前，任他力大如牛，也被众人牵倒。待捆缚停当，已是身受数创，奄奄一息。燕帖木儿宣令道："降者免死。"于是入关的北军，都做了矮人儿，情愿投诚。

当下重开关门，接应脱脱木儿，谁知关门外已虚无一人。*惊人之笔。* 看官道是何故？原来阿剌铁木儿等入关时，各军俱随着主帅，一同入关，外面与脱脱木儿相持，也不过数千人。脱脱木儿见北军中计，格外奋勇，一支大戟，随手飞舞，触着他原是丧生，让着他还要颠仆，敌军正支持不住，又见关门忽闭，越加惊慌，一古脑儿向北遁去。脱脱木儿驱军力追，复斩杀了一大半，只有寥寥数百人，命不该死，四散逃脱。*叙得明净。*

脱脱木儿已经回军，方遇着大军接应，彼此说明，统喜欢的了不得，大家奏着凯歌，陆续归营。燕帖木儿休兵两日，即亲押囚车，送至京师。怀王迎入，又有一番宴赏，无庸细说。

先是燕帖木儿曾遣人召陕西平章探马赤、行台御史马扎儿台，皆不至。及怀王即位，颁诏陕甘，复被他焚毁诏纸，执使送上都。既而浙江省臣，亦拒绝诏使。由使臣还报，怀王大怒，即与燕帖木儿商议，欲一律诛戮。燕帖木儿模棱两可，因此诏尚未下。左司郎中自当，闻着此信，谒见燕帖木儿道："云南、四川，今尚未定，若复杀行省大臣，转恐激变，不如俟大都平定，再议降罚未迟！"燕帖木儿尚沉吟未决，俄得河南警报，靖安王阔不花等，一作库库布哈。叛应上都，自陕西破潼关，克阌（Wén）乡、陕州，复分兵北渡河中，趋怀孟，南过武关，逼襄阳，猖獗的了不得了。燕帖木儿阅毕，便进谒怀王，详述河南军事，并把自当所说的言语，亦复陈一遍。怀王道："上都未平，原是可虑，看来又要劳卿一行。"燕帖木儿道："毋劳圣虑，臣已密令齐王月鲁帖木儿，及东路蒙古元帅不花帖木儿，进攻上都去了。"遣齐王等攻上都，原是燕帖木儿妙算，但怀王尚未闻知，已见燕帖木儿擅权之渐。怀王道："卿算无遗策，料必成功。"燕帖木儿谢奖而退。过了旬日，果然红旆报捷，上都已降服了。

自梁王王禅等败回上都，声势日衰，幸都城尚未被兵，所以残喘苟延。至齐王月鲁帖木儿、元帅不花帖木儿等，受燕帖木儿密令，举兵趋上都，于是都城受围。王禅等率兵出战，屡为所败，人心大骇。且因秃满迭儿逃还辽东，忽剌台等统已败没，城孤援绝，士无斗志。独倒剌沙谈笑自若，恰似没事一般。存心已坏，自可无忧。王禅与他会议数次，也不见有什么法儿，自思身陷围城，危险万状，不若乘夜逃走，还是三十六计中的上计。主意已定，便于夜间托词巡城，登陴四望，叹息了一口气，竟缒城自去了。

城中失了王禅，越加惶惧，倒剌沙竟暗中遣使，通款齐王，约定次日出降。齐王月鲁帖木儿自然准约。越日迟明，果见南门大启，任他进去。月鲁帖木儿等即麾兵入城，倒剌沙奉着御玺，伺候道旁，由齐王接着，他即屈膝请安，把玺呈上，且口称请死。齐王道："这事我难作主，须候大都裁夺！"遂令左右带着倒剌沙，一面将御玺藏好。方思驱马再进，忽见辽王脱脱领着数十骑，持刀前来。齐王望将过去，不是来降的情状，即整备迎敌。脱脱到了齐王马前，竟用刀刺入，亏得齐王早已防着，也用刀相抵，不到数合，齐王麾下的将士都上前效劳，你一枪，我一刀，兵锋环绕，将脱脱剁成数段，其余数十骑统死于乱军之中。脱脱还不愧为忠。齐王驰入行宫，查明后妃人等，俱还住着，只小皇帝阿速吉八不知去向。及诘问泰定

皇后，但有满面泪痕，呜呜哭泣，反令人厌烦得很，遂抽身出外，只命部兵监守宫门，盘查出入罢了。阿速吉八想为倒剌沙杀毙。

　　上都已定，当由齐王饬使赍奉御宝，及诸王百司符印，概携送入京。还有倒剌沙等一班俘虏，也派兵押解京师，怀王闻上都捷音，快慰异常，诸王百官等统上表庆贺。中书省臣且奏言上都诸王大臣，不思祖宗成宪，遽被倒剌沙所惑，屡犯京畿，幸赖陛下神武，王禅等相继败亡，今上都亦已平靖，所有俘囚，应明正典刑，传首四方，藉示与众共弃之意。奏入照准，先将阿剌帖木儿、忽剌台、安童、朵罗台、塔海等，斩首示众。一面御门受俘，命将倒剌沙等暂羁狱中，自登兴圣殿受了御宝，分檄行省内郡，罢兵安民。

　　是时靖安王阔不花，方大破河南守兵，获辎重数万，进拔虎牢，转入汴梁。忽闻上都被陷，咨嗟不已。嗣又得怀王诏谕，料知独木难支，乃逡巡引去。惟四川平章政事囊嘉岱，自称镇西王，以左丞托克托为平章，前云南廉访杨静为左丞，烧绝栈道，独霸一隅。其余行省各官，都随风转篷，但教禄位保存，无不拱手听命。一班饭桶。

　　怀王又封赏功臣，以燕帖木儿为首功，赐号答剌罕，子孙世袭，又赐他

珠衣两件，七宝带一条，白金瓮一，黄金瓶二，还有海东白鹘、青鹘，及白鹰
文豹等物，不计其数；寻设大都督府，令他统辖，饬佩第一等降虎符，并命
他驱至上都，迁置泰定后妃，并料清军务。

至燕帖木儿出发后，又下诏悬赏，购缉逃犯。于是王禅、纽泽、撒的迷
失、也先铁木儿及倒剌沙兄马某沙等，尽被拿到。还有湘宁王八剌失里，
曾附和忽剌台等南侵冀宁，至是被元帅也速答儿捕获，械送京师。怀王命
将倒剌沙磔死，王禅赐自尽，纽泽、撒的迷失、也先铁木儿、马某沙等皆弃
市。倒剌沙最不值得，若早知此，想亦不愿奉宝出降了！并将罪犯的妻孥
家产，分给功臣。只八剌失里，罪从末减，留锢狱中，总算还保全首领，九
死一生，这且慢表。

且说燕帖木儿到了上都，由齐王月鲁帖木儿及元帅不花帖木儿，出城
迎入，彼此叙过寒暄，方谈及迁置后妃的命令。月鲁帖木儿道："我早已
饬兵守宫，除阿速吉八不知下落外，所有泰定后妃以下，尽行锢着，一个儿
不曾放脱。"燕帖木儿点首称善。随即起离座道："我且入宫传旨，令他整
备行装，以便迁置。明日就可要他动身了。"月鲁帖木儿道："甚好！请公
自便。"

燕帖木儿别了齐王，遂入行宫，早有宫女报知泰定后妃，泰定后闻知
此信，恐有不测的命令，急得面色仓皇，形神黯淡。还有妃子必罕及速哥
答里两姊妹，统是娇躯发颤，带哭带抖，缩做一团。燕帖木儿到了宫门，守
兵早已分队站着，让开正路，由燕帖木儿趋入。燕帖木儿一入宫中，见后
妃等并不相迎，未免怀着懊恼。方欲瞋目呵叱，忽眼帘中映入红颜，不觉
为之一迷。寻见泰定后欠身欲起，悲惨中带着数分袅娜，正是徐娘半老，
犹存丰韵，已令人怜惜不禁。背后又立着一对姊妹花，绿鬓高拥，粉颈低
垂，凤目中统含着一泡珠泪，尤觉楚楚可怜。是所谓尤物移人。

当下站着一旁，向泰定后道："皇后不必惊慌！大都也没有严命，不
过因皇后在此，殊多不便，所以暂令移居，一切服食，尽可照常，毋庸担
忧！"泰定后潸然道："先皇殁后，拥立皇子，统是倒剌沙的主意，我辈女
流，并无成见，目今嗣子已亡，大势一变，剩我嫠妇数人，备尝苦况，也是够
了，还要移居何处？"只诿罪倒剌沙，不用正词驳诘，已见其志在偷生。
燕帖木儿道："无非移居东安州，途程尚近，无虑艰阻，诸请放心！"泰定

后复道："今日要我迁居，他日即索我性命，始终总是一死，不如死在此处！"燕帖木儿不待说毕，忙婉言慰劝道："皇后后福正长，休要自寻烦恼，*将来要做太平王妃，自然有福*。若虑有意外情事，但教我燕帖木儿存着，都可挽回。明日请皇后暂赴东安，所有宫中侍从，尽可带去，途中自有妥卒保护；如有人敢来欺凌，我燕帖木儿誓不与他干休！"*独力爱护，泰定后妃应以身报德。*

　　泰定后方转悲为喜道："既有太平王照拂，我等如命起程便了。"一面说着，一面命两妃向前拜谢。此时一对姊妹花，也渐觉开颜，遵着泰定后嘱咐，分花拂柳的走近燕帖木儿前一同敛衽。急得燕帖木儿答礼不及，忙避开一旁，连称不敢。并将那一双色眼，细瞧两妃，两妃也似觉着，抬起头来，向他微笑。这样情景，几乎无可摹拟，只小子曾记有两句古诗，彼此凑合，颇得神似，其词云：

　　　　目含秋水双瞳活，心有灵犀一点通。

　　毕竟泰定后妃，何日登程，容待下回说明。

　　上都沦陷，天顺帝不知所终，著书人依史叙录，原不能凭空捏造，构一死证。但奉宝出降者为倒剌沙，则幼主之死出自倒剌沙之手，应无疑义。倒剌沙始以宠利自私，致偾国事，及势处穷蹙，乃戕主夺玺，出降军前，是殆人类所不齿，较诸王禅等之临难遁去，尤觉死有余辜！ 大都磔尸，身名两裂，后世臣子，可作炯戒！ 若夫泰定后之身遭忧危，稍具节烈，应即捐躯以殉。况移置东安之命，接踵而来；燕帖木儿又为发难之首领，平昔未曾厚遇，能望其竭诚保护，不作他想乎？ 是回叙移置后妃事，已将燕帖木儿心迹隐约表明，匣剑帷灯之妙，可即于本回中见之。迨阅至后文，图穷匕见，更知伏笔之不虚设矣。

第四十二回

四女酬庸同时厘降　二使劝进克日登基

　　却说泰定二妃与燕帖木儿打了照面，一笑传情，这时候的燕帖木儿，心痒难搔，恨不得将两个丽姝吞下肚去。只因众目共睹，不便动手蹑脚，没奈何定一回神，站定身躯。待两妃复了原处，方向泰定后道："明日后如动身，当备辇派兵，护送至东安州。"泰定后应着，燕帖木儿方出行宫。

　　是夕竟不成寐，默默筹画，想定了一个法儿，方才有些疲倦。朦胧片刻，便闻鸡声，当即披衣起床，俟盥洗进膳后，就跑入行宫，见过泰定后妃，复代为收拾行装，连脂盝粉函等件，无不凝神检点，亲手安排。至料理清楚，方出来面嘱亲兵，教他途中伺候后妃，须格外周到，不得有误。吩咐毕，再入宫导引后妃，出宫驾舆，自己亦上马扬鞭，送她们出城。

　　正启行间，对面来了京使，不得不下马相见。当由京使宣诏，命他即日入朝。燕帖木儿很是懊丧，奈不好当面直言，只得与京使敷衍数语，要他入城待着，以便偕行。

　　京使驱马自入，燕帖木儿加鞭疾出，赶至泰定后妃舆旁，和颜悦色的说道："今日后妃东去，本拟护送出境，奈大都又颁敕召回，不好迟慢，万望此去自爱，切勿苦坏玉躯！他日相见有期，决不负言！"好一个有情有义的真男子！泰定后也即称谢，两妃亦从旁插口道："王爷亦须珍摄！我姊妹二人，得仗庇护，也不忘恩！"此心已许君矣。说着，又觉得四目盈盈，泪珠欲下。燕帖木儿几不忍舍，无如此时只好暂别，乃凄然语着道："我去了！前途保重！"好似长亭送别。于是勒马而回。临别时，犹返顾去车，怅望不已，直至去车已远，才纵马入城。

　　是日午后，即与京使并辔还朝，入见怀王，报明迁置后妃事，并问怀王何故立召。怀王道："上都平定，余孽扫除，这般大功，统由卿一人造成，朕所深感。但朕的本意，帝位须让与长兄，所以召卿还商，即拟遣使北迎。"燕帖木儿闻言，一时竟难置词，*句中有眼*。好一歇不答怀王。怀王复道："卿意如何？"燕帖木儿道："自古立君，有立嫡、立长、立功三大例。以立长言，陛下应让位长兄；以立功言，陛下亦不妨嗣位。唐太宗喋血宫门，后世尚称为贤君呢。"*引唐太宗故事，直是教怀王杀兄*。怀王道："说虽如此，然朕心终属未安，宁可让位朕兄，兄如不受，再作计较！"*着眼在末二句*。燕帖木儿道："今岁已值隆冬，漠北严寒，未便行道，俟来春遣使未迟。"怀王道："朕兄还京师，不妨以来春为期；惟朕处遣使，应在今冬，免得朕兄怀疑。"燕帖木儿道："但凭陛下裁处！"

怀王道："社稷已安，宗庙无恙，朕与卿亦可稍图娱乐。闻卿家只有一妃，何勿再置数人？宗室中不乏良女，由卿自择，朕可即日诏遣。"燕帖木儿道："陛下念臣微劳，竟替臣想到这层，天恩高厚，何以为报？但陛下且未册定正宫，臣何敢竟尚宗女，请陛下收回成命！"怀王道："朕及大兄生母，尚未追尊，如何便可立后"？*怀王尚知有母，较燕帖木儿心术略胜一筹*。燕帖木儿道："追尊皇妣，原是要紧，册立皇后，亦难从缓。上承庙祀，下立母仪，两事并重，应请同日举行。"*怀王既欲让兄，何必骤立皇后，此由燕帖木儿乘隙蛊君，欲立后为内间耳，看官莫被瞒过*。怀王道："且待来春举行。"燕帖木儿才退。

过了一日，竟由怀王下诏，赐燕帖木儿以宗女四人。燕帖木儿道："我昨日已经面辞，如何今日邀赐？这事却使不得！我当入朝固谢。"*意中已有他人，所以欲去固辞*。便命役夫整舆，甫出大门，猛听得一阵弦管声，由风吹至，不禁惊讶起来。寻见有绣幰(xiǎn)四乘，导以鼓乐，护以侍从，车马杂沓，冉冉来前。不由得失声道："啊哟！公主等已来了，如何是好？"正说着，宣敕官已加鞭至门，下马与燕帖木儿相见。燕帖木儿不得不敛容迎入。当由宣敕官恭读诏书，令燕帖木儿接旨。燕帖木儿照例跪听，诏中无非是盛叙功劳，合颁优赐，特遣宗女四人，侍奉巾栉，并媵女若干名，该王毋得固辞！

燕帖木儿谢恩而起，接过诏轴，悬挂中堂，宣敕官又向他贺喜。燕帖木儿道："这事从何说起？我已陛辞盛赐，今反命尚四公主，自问何德何能，敢邀厘降！还请公传语折回，我即来朝面奏，断不使公为难！"宣敕官笑道："王爷未免太迂！圣旨岂可违得？况四位公主已经厘降，也不便

中道折回,请王爷不必迟疑! 今日系黄道良辰,即可谢恩成礼呢。"言毕,即命侍从等导入绣幰,停住大厅。一面令从人治外,媵女治内,所有铺设等件,除太平王邸现成布置外,其余尽出帝赐。

　　太平王邸本阔大得很。从前罪犯第宅,大半拨给,京师里面,几乎占了半城。邸中仆从如云,更兼四公主带来的侍从,又不下千名。内外陈设,众擎易举,不消一二时,即已措办整齐。当请燕帖木儿祭告天地,并向北阙谢恩,然后请四公主下舆,先行了君臣礼,后行了夫妇礼。此时的燕帖木儿,又惊又喜,又喜又忧,但已事到其间,无从趋避,乐得眼前受享,再作区处。夫妇礼成,又请出继母公主察吉儿,再行子妇相见礼,然后洞房合卺。此时的太平王妃不知哪里去了。诸王百官复陆续趋贺,绿酒红灯,大开绮席,琼浆玉液,尽是奇珍,说不尽的繁华,写不完的喜庆。

　　到了黄昏席散,宣敕官与贺客等俱已散去,那时燕帖木儿返入洞房,由四公主列坐相陪,霞筋对举,绮縠生香,酒不醉人人自醉,色不迷人人自迷,况燕帖木儿本是个色中饿鬼,见这如花似玉的佳人,哪有不移篙相接? 左拥右抱,解带宽衣,夜如何其,其乐无极! 设非有牛马精神,安能当此。

次日，复入朝面谢。退朝后，又与那四位公主把酒言欢。方在十目调情的时候，突见侍女中有一淡装妇人，年可花信，貌独鲜妍，比较四位公主，色泽不同，恰另有一种的天然丰韵。当下触目动心，未免呆定了神，连公主等与他谈话，也不暇理睬。公主等动了疑衷，殷勤动问，他自觉好笑，遂打着谎语道："我适记起一桩国事，拟于今晚草奏，适与公主等饮酒谈心，几致忘却，所以一经想着，不觉驰神。"四公主齐声道："王爷既有军国重事，何不早说？免得以私废公。"燕帖木儿道："不妨！晚间起稿未迟。现在有花有酒，不如再饮数樽。"于是复同酌了一回，始命撤席。乘着酒兴，别了绣闼，竟踉跄至书斋，密命心腹小厮潜召这淡装小妇。

不一时，小厮导着少妇，亭亭而至。见了燕帖木儿，便上前请安。燕帖木儿命她起立，仔细瞧着，眉不画而翠，唇不脂而红，颜不粉而白，发不膏而黑，秀骨天成，长短合度。*俗所谓本色货。*那少妇从旁偷觑，见燕帖木儿身材，长逾七尺，虎头猿臂，燕颔豹颈，精神充满，气宇深沉，似乎人间男子，要算他一时无两。*妇人窥男子，较诸男子窥妇人，尤进一层。*两下相对，脉脉含羞，又被这燕帖木儿盯住双目，顿觉桃花面上，愈映绯红，遂俯着首拈那腰带。燕帖木儿乃启口问道："你是何处人氏？"连询数声，竟不见答。

燕帖木儿不禁惊讶，猛见小厮尚站着一旁，就命他退去，然后再问少妇。只见少妇颦着双眉，呜呜咽咽的说道："承蒙见问，言之可愧，妾数年前亦为命妇，今则家亡身辱，充没官掖，随着公主前来，尚算皇恩高厚，命该如此，还有何说！"燕帖木儿见她愁容惨淡，口齿清明，益觉由怜生羡，由羡生爱，遂堆着满面笑容，婉词再诘。嗣经少妇说明，方知少妇不是别人，乃是前徽政院使失列门的继妻。*闻名之下，我亦一惊。*燕帖木儿太息道："宦途危险，家室仳(pǐ)离，失列门亦不必说了；累你青年少妇，寂守孤帏，岂不可痛？"少妇听了此言，禁不住泪下两行。燕帖木儿复语道："你既到了我家，我不愿辱没你！"*如何叫作辱没。*少妇道："全仗王爷庇护。"说至护字，已被燕帖木儿揽住娇躯，拟把她置诸膝上。看官！你想燕帖木儿膂力过人，虽明知少妇乏力，轻轻一扯，奈少妇已倒入怀中，仿佛如小儿吃奶一般，紧贴住燕帖木儿胸前。燕帖木儿替她拭泪，又温存了一番,情投意合,男女贪爱,竟携手入帏,同赴阳台去了。好一件军国重事。公主等只道出草奏牍,不去惊动,直至更深人静,方令侍女促眠。那时两人早云收雨散,一同起床,订了后约,各归内寝,这且慢表。

且说时光易过,残腊复催,转瞬间已是天历二年,怀王册妃弘吉剌氏为皇后。后名卜答失里,系鲁国公主桑哥吉剌女,曾与怀王出居建康,并徙江陵,至怀王入京,也随驾同行。怀王以艰苦同尝,应该安乐与共,因册立为后。为后文谋杀明宗后及安置东安州张本,所以特书其名。一面追尊生母唐兀氏,及兄母亦乞列氏,为武宗皇后。再遣使臣撒迪哈散等,驰赴漠北,恭迓周王。

撒迪等至周王行在,由周王召见,问明大都情状。撒迪一一陈明,并启周王道:"大王以德以长,应有天下;况臣奉命前来,原是请大王早正帝位,一则安天下的人心,二则成皇弟的让德,事机相迫,幸勿迟疑!"周王道:"平定上都,统是吾弟一手安排,且已称帝改元,君臣分定;我若再即尊位,岂不是多了一帝么?"周王自知亦明。撒迪道:"仁宗靖变,迎立武宗,至武宗宾天,仁宗始承大统,故例犹在,尽可踵行。"周王道:"据你说来,我即位后,可规仿前制,立朕弟为皇太子么?"撒迪道:"这个自然,兄弟禅让,仁德两全,颇不是追美尧舜么?"援仁宗故例,已是不符,又云可追美尧舜,尤属牵强。周王意尚未决,复集府吏等商议。府吏等侍从多年,遇着这桩绝大的喜庆,哪个不想攀龙附凤,做个册命功臣!既遇周王咨询,自然极力赞成,殷殷劝进。周王乃决计即位,遂于天历二年春正月,设帝幄于和宁北陆,礼仪仍旧,气象式新。漠北诸王大臣及撒迪、哈散等,相率入贺。大出怀王意料。越日,又有两使自燕都到来,系赍奉金银币帛,进供御用。两使为谁?一是前翰林学士不答失里,一是太府太监沙剌班。既到行幄,即入帐觐贺。是时周王和世㻋已即位为帝,小子不得不改称;因他后来庙号,叫作明宗,自然遵例称明宗了。明宗见过两使,慰问数言,当由两使赍呈贡物。明宗很是心喜,便命撒迪等还京师,并谕撒迪道:"朕弟向览书史,近时得毋废弃否?听政有暇,总宜与贤士大夫常相晤对,讲论史籍,考察古今治乱得失。卿等至京师,当将朕意转告,毋违朕命!"令尹子囹故事,明宗胡未之读,乃亟亟于为帝耶?撒迪等唯唯而返。

到了京师,即将明宗面命,传告怀王,怀王嘿然不答。已具异心。是夕，即召燕帖木儿入议。燕帖木儿进谈多时，左右大都屏退，无从闻悉秘言。**为下文伏线**。次晨，便遣燕帖木儿奉皇帝宝赴漠北，以知枢密院事秃儿哈帖木儿、御史中丞八即刺、翰林直学士马哈某、瑞典使教化的、宣徽副使章吉、金中政院事脱因、通政使那海、大医使吕廷玉、给事中咬驴、中书断事官忽儿忽答、右司郎中孛别出、左司员外郎王德明、礼部尚书八刺哈赤等从行。复命有司奉金千五百两，银七千五百两，币帛各四百匹，及金腰带二十，备行在赏赐之用。怀王又饬在京诸臣道："宝玺既已北上，继今国家政事，应遣人奏闻行在，我不便专擅了。"廷臣都赞扬怀王让德，冠绝古今，正是：

　　有口皆碑周泰伯，昧心谁识楚灵王？

欲知后事如何，请看下回分解。

　　读《燕帖木儿列传》，前后尚宗室女，至四十人，本回第称四公主，是举其最先厘降者而言。若失列门妻一段，观《文宗本纪》，亦曾有其事，并非著书人好为捏造。是燕帖木儿荒淫之渐，固自怀王导成之。其余所述

大政,概见正史,惟经著书人略为渲染,则当时所行之政迹,俱属有隙可寻,谓之演义也可,谓之评史,亦无不可也。夫怀王袭位,本其初志,所谓让兄者,特其矫情耳。燕帖木儿知之最深,故受赐最厚。周王和世㻋,未曾入京,遽正大位,曾不知他人已眈眈其旁,欲以之为尝试地,而在己且愿供玩弄而不之悟也。哀哉!

第四十三回

中逆谋途次暴崩　得御宝驰回御极

却说明宗即位后，饬造乘舆服御，及近侍诸服用，准备启行。且命中书左丞跃里帖木儿，筹办沿途供张事宜。行在人员俱忙个不了。*未曾讲求初政，但从外观上着想，即令为君得久，亦未必德孚民望*。适燕帖木儿奉宝来辕，率随员进谒明宗。明宗嘉奖有差，并封燕帖木儿为太师，仍命为中书右丞相，其余官爵，概从旧例。且面谕道："凡京师百官，既经朕弟录用，并令仍旧，卿等可将朕意转告。"燕帖木儿道："陛下君临万方，人民属望，惟国家大事，系诸中书省、枢密院、御史台三阶，应请陛下知人善任，方免丛脞（cuǒ）。"

明宗称善，乃用哈八儿秃为中书平章政事，伯帖木儿知枢密院事，孛罗为御史大夫。这三人统是武宗旧臣，明宗以为不弃旧劳，所以擢居要职。既而宴诸王大臣于行殿。特命台臣道："太祖有训：美色名马，人人皆悦，然方寸一有系累，即要坏名败德。卿等职居风纪，曾亦关心及此否？*恐非燕帖木儿所乐闻*。世祖初立御史台时，首命塔察儿、奔帖杰儿两人协司政务，纲纪肇修。大凡天下国家，譬诸一人的身子，中书乃是右手，枢密乃是左手，左右手有疾，须用良医调治，省院阙失，全仗御史台调治。自此以后，所有诸王百官，违法越礼，一听举劾，风纪从重，贪墨知惧，犹之斧斤善运，入木乃深；就使朕有缺失，卿等亦当奏闻，朕不汝责，毋得面从！"台臣等统齐声遵谕。

越日，又命孛罗传谕燕帖木儿等道："世祖皇帝，立中书省、枢密院、御史台，及百司庶府，共治天下，大小职掌，已有定制。世祖又命廷臣集议律令章程，垂法久远，成宗以来，列圣相承，罔不恪遵成宪。朕今承太祖、世祖的统绪，凡省院台百司庶政，询谋佥同，悉宜告朕；至若军务机密，枢密院应即上闻；其他事务，有所建白，必先呈中书省台，以下百司及近臣等，毋得隔越陈请，宜宣谕诸司，咸俾闻知。倘违朕意，必罚无赦！"注重中书省台，其如权臣雍蔽何？又越数日，遣武宁王彻彻秃及哈八儿秃至京，立怀王为皇太子。仍蹈武宗当日之弊。并命求故太子宝，缴给怀王。嗣闻故太子宝已失所在，乃申命重铸，姑不必细表。

且说彻彻秃等既到京师，传达行在诏命，怀王敬谨受诏。一面驰使行在，请明宗启跸。一面亲自出京，就中道恭迎。会陕西大旱，人自相食，太子詹事铁木儿补化等，请避职禳灾。太子亲谕道："皇帝远居沙漠，未能即至京师，所以暂摄大位。今亢阳为灾，皆予阙失所致，汝等应勉尽乃职，祗修实政，庶可上达天变，辞职何为？"乃起前参议中书省事张养浩，为陕西行台御史中丞，命往赈饥。先是养浩辞官家居，七征不起，至是闻命，登车即行，见道旁饿夫，辄施以米，沟前饿莩，辄掩以土，迨经华山，祷西岳祠，泣拜不能起。忽觉黑云四布，天气阴翳，点滴淅沥诸甘霖，一降三日。及到官，复虔祷社坛，又复大雨如注。水盈三尺，始见天霁，陕西自泰定二年，至天历二年，其间更历五六载，只见日光，不闻雨声，累得四野槁裂，百草无生。这时遇了这位张中丞，泣祷天神，诚通冥漠，居然暗遣了风师雨伯，来救陕民。那时原隰润膏，禾黍怒发，一片赤地，又变青畴。看官！你想这陕西百姓，还有不感泣涕零，五体投地么？其时斗米值十三缗，百姓持钞出籴，钞色晦黑，即不得用，诣库掉换，刁吏党蔽，易十为五，且累日不能得，人民大困。养浩洞察民艰，立检库中旧钞，凡字迹尚清，可以辨认的钞数，得一千零八十五万五千余缗，用另印加钤，颁给市中，以便通用。又刻十贯五贯的钱券，给散贫乏，命米商视印记出粜，诣库验数，易作现银。于是吏弊不敢行。又率富民出粟，请朝廷颁行纳粟补官的新令，作为奖励。因此富民亦慨然发仓，救济穷民。养浩又查得穷民乏食，至有杀子啖母的奇情，为之大恸不已。遂出私钱给济，且命出儿肉遍示属官，责他不能赈贷。到官四月，未尝家居，止宿公署，夜则祷天，昼则出赈，几乎日无暇晷，每念及民生痛苦，即抚膺悲悼，因得疾不起，卒年六十，陕民如丧考妣，远近衔哀，后追封滨国公，谥文忠。养浩为一代忠臣，所以始终全录。

话分两头，单说皇太子遣使施赈后，复将铁木儿补化辞职等情，报明行在。明宗谕阔儿吉思等道："修德应天乃君臣当尽的职务，铁本儿补化等所言，甚合朕意。皇太子来会，当与共议，如有泽民利物的事件，当一一推行,卿等可以朕意谕群臣,务期上下交儆,仰格天心。"

于是监察御史把的思,奏言"自去秋命将出师,戡定祸乱,凡供给军需,赏赉将士,所费不可胜计。若以岁入经费相较,所出已过数倍。况今诸王朝会,旧制一切供亿,俱尚未给,乃陕西等处,饥馑荐臻,饿殍枕籍,加以冬春交际,雨雪愆期,麦苗枯死,秋田未种,民庶皇皇。臣窃以为此时此景,正应勉力撙节,不宜妄费。如果有功必赏,亦须视官级崇卑,酌量轻重,不惟省费,亦可示劝。其近侍诸臣,奏请恩赐,当悉饬停罢,藉纾民力"云云。明宗览奏,为之动容,乃诏令上下节用,并启跸入京。所过地方,一切供张,俱宜从俭等语。有司虽都奉敕,究竟不敢过省,沿途供应,彼此争华。明宗虽明,仍是莫明其妙,无非以为例所当然,得过且过罢了。

这边按站登途,已到王忽察都地方,那边皇太子亦率着群臣,到了行辕。两下相见,握手言欢,名分上原隔君臣,情谊上终系骨肉。恐怀王不作是想。明宗格外欢慰,遂大开筵宴,畅谈了好多时,兴阑席散,大家归寝。只燕帖木儿来见太子,又密谈了半夜。到底为着何事。太子尚踌躇未决,一连三日,方才决议。天历二年八月六日,天已迟明,明宗尚高卧未

中逆谋
途次
暴崩

起。皇后八不沙只道明宗连日劳顿，不敢惊动，待到巳牌，尚不闻有觉悟声，才有些惊讶起来。近床揭帐，不瞧犹可，仔细一瞧，顿吓得面无人色。原来此时的明宗，已七窍流血，四肢青黑，硬挺挺的奄卧床中。八不沙皇后究系女流，被这一吓，连话语都说不出来。幸有侍女在旁，急报知近臣，令传太子入寝。

太子正与燕帖木儿同坐一室，静待消息。得了此信，即相偕趋入，见了明宗的死状，太子情不能忍，恰也恸哭起来。良心原是未泯。燕帖木儿恰从容说着道："皇帝已崩，不能复生，太子关系大统，千万不可张皇，现在回京要紧，倘一有不测，岂非贻误国家么？"说着，已向御榻间探望，见御宝尚在枕旁，便伸手取来，奉与太子道："这是故帝留着，传与太子，太子不妨速受。况皇后亲在此间，论起理来，亦应命交太子，责无旁诿，何庸推辞！"无非为了此着。此时的八不沙皇后，只知恸哭，管甚么御宝不御宝。就是燕帖木儿一派言语，亦未曾闻着。太子瞧这情形，料知皇后无能，遂老老实实的将御宝受了，并止住了哭，想去劝慰皇后。经燕帖木儿以目示止，遂也不暇他顾，径出行宫。燕帖木儿当即随出，扶太子上马，疾驰而去。途次传命伯颜为中书左丞相，并封太保，钦察台、阿儿思兰海牙、赵世延，并为中书平章政事，朵儿只为中书右丞，前中书参议阿荣、太子詹事赵世安，并为中书参知政事，前右丞相塔失铁木儿知枢密院事，铁木儿补化及上都留守铁木儿脱并为御史大夫。御玺到手，即易大臣，可谓如见肺肝。于是明宗所用的一班旧臣，又复束诸高阁，归去来兮。

及太子既到上都，监察御史徐奭遂上书劝进，略言天下不可一日无君，神器不可一夕虚悬，先皇帝奄弃臣庶，已逾数日，伏望皇上早正宸极，上奠宗社，下安兆民，俾中外有所依归等语。蓄志久矣！何庸尔请。乃复择吉登位，亲御大安阁，受诸王百官朝贺。免不得又有一道诏敕。其文云：

> 朕惟昔上天启我太祖皇帝，肇造帝业，列圣相承。世祖皇帝，既大一统，即建储贰，而我裕皇天不假年！成宗入继，才十余载，我皇考武宗，归膺大宝，克享天心，志存不私，以仁庙居东宫，遂嗣宸极。甫及英皇，降割我家。晋邸违盟构逆，据有神器，天示谴告，竟陨厥身。于是宗戚旧臣，协谋以举义，正名以讨罪，揆诸统绪，属在藐躬。朕兴念大兄播迁朔漠，以贤以长，历数宜归，力拒群言，至于再四。乃

曰：艰难之际，天位久虚，则众志勿固，恐隳大业。朕虽从请而临御，实秉初志之不移，是以固让之诏始颁，奉迎之使已遣。寻命阿剌忒纳失里、燕帖木儿奉皇帝宝玺，远迓于途。受宝即位之日，即遣使授朕皇太子宝。朕幸释重负，实获素心，乃率臣民北迎大驾。而先皇帝跋涉山川，蒙犯霜露，道里辽远，自春徂秋，怀险阻于历年，望都邑而增慨。徒御勿慎，屡爽节宣。信使往来，相望于道路。彼此思见，交切于衷怀。八月一日，大驾次王忽察都，朕欣瞻对之有期，独兼程而先进。相见之顷，悲喜交集，何数日之间，而宫车勿驾，国家多难，遽至于斯，念之痛心，以夜继旦。欺人乎！欺己乎！诸王大臣以为祖宗基业之隆，先帝付托之重，天命所在，诚不可违，请即正位以安九有。朕以先皇帝奄弃方新，摧怛何忍，衔哀辞对，固请弥坚。执谊伏阙者三日，皆宗社大计，乃以八月十五日，即皇帝位于上都。可大赦天下，自天历二年八月十五日昧爽以前，罪无轻重，咸赦除之。於戏！ 戡定之余，莫急乎与民休息；丕变之道，莫大乎使民知义。亦惟尔中外大小之臣，各究乃心，以称朕意！

即位诏下，又命中书省臣等议定先帝庙号，叫作明宗。可怜明宗称帝，只七阅月，连改元的诏旨都未及下，竟尔被人暗算，中毒身亡！年仅三十，空留了一个明字，作为尊号！其实这明字尚未切贴；若果甚明，何致为图帖睦尔及燕帖木儿两人一同谋毙呢？坐实两人谋毙，书法无隐。

话休叙烦，且说图帖睦尔既已正位，此次情形，与前次不同。前次犹称暂摄，此次正名定分，实行帝制，因他后来庙号，叫作文宗，小子不好仍称怀王，只得沿号文宗。划清眉目。文宗首命阿荣、赵世安两人，督建龙翔集庆寺于建康，又派台臣前往监工，南台御史恰联衔奏阻，说得剀切详明，不由文宗不从，其词道：

> 陛下龙潜建业，居民困于供给，幸而获睹今日，莫不跂望非常之恩。今夺民时，毁民居，以创佛寺，台臣表正百官，委以监造，岂其礼哉？昔汉高祖复丰沛两县，光武帝免南阳税三年，今不务此，而隆重佛教，何以慰斯民之望？且佛教慈悲方便，今尊佛氏而害生民，无乃违其教乎！臣等心以为危，故不避斧钺，惶恐上陈！

寻得诏旨，罢免台臣监役，台臣方免得往返，也算文宗肯纳嘉言了。但文宗的心中，总想皈依佛教，忏除一切罪厄。推刃同胞，宜乎自栗。所以余政未修，先已建寺。并因帝师圆寂，改立西僧辇真乞剌思为帝师。新帝师自西域到来，文宗命朝臣出迎，凡位列一品以下，俱应此役。帝师却大模大样，乘车入都。既登殿，文宗亦恭立门内，亲揖帝师，帝师傲睨自若，不过略略合掌，便算答礼。及入座，由文宗饬谕，命大臣俯伏进觞，帝师又傲然不为动。恼动了国子祭酒富珠里翀，大踏步走至帝师座前，满满的斟了一觥，递与帝师道："帝师祖奉释迦，是天下僧人的宗师，我祖奉孔子，是天下儒人的宗师，彼此各有所宗，各不为礼，想帝师亦应原谅！"帝师闻言，无从驳辩，却一笑起身，受觞卒饮，大众为之栗然。富珠里翀恰徐徐的退入班中去了。难倒帝师。

文宗也不加斥责，尽欢而罢。嗣以燕帖木儿功勋无比，追封三代。以他曾祖父班都察为溧阳王，曾祖妣王龙彻为溧阳王夫人；祖父土土哈为昇王，祖妣太塔你为昇王夫人；父床兀儿为扬王，母也先帖你及继母公主察吉儿并为扬王夫人。又命礼部尚书马祖常，铺张燕帖木儿功绩，制文立石，矗峙北郊。嗣复因种种赏赐，未足报功，特命专任宰辅，改伯颜知枢密院事,罢设左丞相,并颁诏以示宠眷道：

　　燕帖木儿勋劳惟旧,忠勇多谋,奋大义以成功,致治平于期月,宜专独运以重秉钧,授以开府仪同三司上柱国太师太平王答剌罕中书右丞相,录军国重事,监修国史,提调燕王宫相府事,大都督领龙翊亲军都指挥使司事。凡号令、刑名、选法、钱粮、造作一切中书政务,悉听总裁。诸王公主驸马近侍人员,大小诸衙门官员人等,敢有隔越奏闻,以违制论,特诏。

　　自是燕帖木儿权势日隆,凡所欲为无不如意,因此宫廷内外,只知有太平王,不知有文宗。正是：

　　拥戴功高无与匹,威权日甚易生骄。

　　欲知文宗此后行政,且从下回交代。

　　明宗即位和宁,观其所颁诏令,无非普通行政,并不闻有暴虐之行,致干民怨,而王忽察都之信宿,即致暴崩。值春秋鼎盛之时,遇此极大变故,而皇太子不加追究,右丞相亦未发言,且取得御宝,即上马南驰,此非太子、右相之暗中加毒,能如是之默尔而息乎？太子未曾登极,即易旧臣,机一至而即发,情欲盖而弥张。至于内省多疚,欲假佛事以忏过,佛果有灵,岂为乱贼呵护乎？获罪于天,祷亦何益,多见其不知量也。

第四十四回

怀妒谋毒死故后　立储君惊遇冤魂

却说文宗天历三年，改元至顺。其时明宗后自漠北返京，文宗迎居宫中，敕有司供币帛二百匹，作为资用，并命明宗子懿璘质班一作额林沁巴勒。为鄜王，懿璘质班年才五岁，系明宗嫡子，乃八不沙皇后所出。还有一子名妥欢帖睦尔，一作托叹特穆尔。比懿璘质班年纪较长，其母名叫迈来迪，相传迈来迪系北方娼妇，前宋恭帝赵㬎被掳至京，受封瀛国公，赵㬎安居北方，平日无事，未免寻花问柳，适见迈来迪姿容韶丽，遂与她结成外眷，产下一子，便是妥欢帖睦尔。嗣赵㬎病殁，迈来迪华色未衰，被明宗和世㻋所见，纳为侍妾，载与同归。妥欢帖睦尔随母入侍，子以母贵，居然为明宗长子。俗语所谓拖油瓶。因此明宗左右，啧有烦言，至是亦同入宫中。文宗却也不欲穷诘，待遇如犹子一般。任他出入宫禁，抚养成人。不过懿璘质班是嫡子，妥欢帖睦尔为庶子，嫡庶不能无别，所以一封王，一不封王，这且不必细表。

就中单说八不沙皇后，虽入宫中，受着文宗的敬礼，奈心中不无怨怼，有时暗中流泪，有时对人微言，文宗虽略有所闻，倒也不暇理睬。只文宗后卜答失里与八不沙本不相亲，此时同住宫中，面上似属通融，意中不无芥蒂。这是娣姒常态。彼此相见，免不得暗嘲热讽，冷语交侵。看官！你想这八不沙皇后，本是没甚材干，遇着这等尴尬的遭际，又不能处之泰然，每不如意，辄迁怒左右，侍女们有何知识，得着主宠，便是喜欢，逢着主怒，便是懊恼，哪个肯体心贴意，曲意奉承？况八不沙是个过去的皇后，留住宫中，好似一个寄生虫，怎及得卜答失里系当时国母，节制六宫？所以八不沙一言一动，统由侍女们传报，卜答失里遂无乎不知。非平时揣摩世态，不能如此详明。

冤家有孽，偏出了一个太监，与八不沙硬做对头，这太监的名字，与英宗时的贤相拜住同一大名。这正是名同心不同呢。某日太监拜住，在宫中往来，巧遇着八不沙皇后，他也不上前请安，反在旁边立着，指手画脚，与小太监调笑。八不沙皇后不禁气恼，便向他呵叱道："你是一个区区太监，也敢这般无礼！人家欺负我，是我命苦所致，似你这厮，也看我是奴仆一般！罢罢！你等仗着皇后威势，竟尔无法无天，须知我也是个皇后，不过先帝忠厚，不甚防着，反被那狗男女从中暗算，仓猝崩逝，难皇天无眼，作善罹殃，作恶反得祥祥？泰山有坍倒的日子，你等应留着余地，不要有势行尽呢！"妇女口吻，亏他描摹。说罢，负气竟去。

这太监拜住恰冷笑了几声，又慢腾腾的走入中宫，见了皇后卜答失里，便跪倒地上，呜呜咽咽的哭将起来。忽笑忽哭，写尽奸刁。卜答失里本宠爱拜住，瞧着这副情状，便问道："你受何人委屈，来到我处诉苦？"拜住道："奴婢不敢说！"卜答失里道："叫你说你却不说，你何为向我来哭？你莫非逞刁不成？"拜住磕头道："奴婢怎敢！只此事关系甚大，不说不可，欲说又不可。"卜答失里道："你尽管说来，有我作主何妨！"拜住才将八不沙皇后所言，转述一遍，且捏造几句訾词，惹动卜答失里盛怒，陡然起座，拟至八不沙皇后处，与她评理。拜住恰又劝阻。刁狡之极。

卜答失里顿足道："我与她势不两立，定要她死在我手，方出胸中恶气！"拜住道："这亦不难，总教禀明皇上，赐她自尽，便可了案。"卜答失里道："我也曾说过几次，奈皇上不肯见从，奈何！"拜住道："从太子入手，便好行事。"卜答失里沉吟道："你且起来，好好商酌为是。"拜住顿首起立。经卜答失里屏去侍女，密与拜住商量。

拜住道："皇子虽幼，然将来总是储君，现在鄜王已立，同处宫禁，势必从旁窥伺，倘或皇上舍子立侄，如皇子何！如皇后何！"卜答失里道："我亦防这一着，目今计将安出？"拜住道："只教禀闻皇上，但说明宗皇后潜结内外，谋立鄜王为太子，不怕皇上不信！"卜答失里道："皇上曾有立侄的意思，倘若弄假成真，如何是好？"拜住道："明宗暴崩，谣言蜂起，多说太平王燕帖木儿主谋，连皇上亦牵累在内，就是明宗皇后，也怀着疑心，所以语中含刺，我想皇上让德昭彰，断不如群情所料，若把此言一一奏闻，管教皇上动气，早些斩草除根，免得后患！"卜答失里尚在摇头，拜住道："再进一层，竟说她谋为不轨，将不利皇上，皇上莫非再让不成！"谗

后故死毒谋妃怀

人周极。

卜答失里不禁点首,便令拜住暂退,自己待文宗入宫,便一层一层的详告。文宗虽是动怒,然不肯骤用辣手,经卜答失里婉劝硬逼,弄得文宗心思亦被她摇惑起来。俗语说得好,枕席之言易入,况加以父子夫妇,关系生死,就是铁石人也要动心。不由得叹息道:"凡事不为已甚,我已为燕帖木儿所惑,做到不仁不义;目今又被势逼,教我再做一着,岂不是已甚么?但箭在弦上,不得不发,我只好将错便错罢了!"误尽世人,莫如此言。便语皇后卜答失里道:"据你说来,定要处死八不沙皇后,但我心终属未忍。宁可由别人去处置她,我却不好自行赐死!"分明是教她矫语。卜答失里无言。

到了次日,文宗自去视朝,卜答失里即召拜住密议,并将文宗语述毕。拜住道:"皇上太属仁慈,此事只可由皇后作主。"卜答失里道:"你叫我去杀她么?"拜住道:"请皇后传一密旨,只说皇上有命,赐她自尽,她向何人去说,只好自死罢了。"卜答失里道:"事果可行么?"拜住道:"何不可行?皇上决不为难。"卜答失里道:"你与我小心做去,何如?"

拜住遂出,拟好密旨,并亲携鸩酒,径向八不沙皇后处行来。八不沙皇后梳洗才毕，骤见拜住入内，令她跪读诏旨，不禁战栗起来。拜住怒目道："快请受诏，以便复命！"八不沙皇后无可奈何，只得遵命跪着，由拜住宣读诏敕，乃说她私图不轨，谋立己子，应恩赐自尽等语。八不沙抚膺恸哭道："既杀我先皇，又要杀我，我死，必作厉鬼以索命！"言至此，即从拜住手中夺过鸩酒，一饮而尽。须臾毒发，身仆地上，拜住由她暴毙，竟回报卜答失里。卜答失里很是快慰。及文宗闻知，只说八不沙皇后暴病身亡，文宗明知有变，但绝了后来的祸根，也是惬意的多，失意的少。既忍杀兄，遑问其嫂。

卜答失里遂欲正名定分，立子阿剌忒纳答剌一作喇特纳达喇。为太子，文宗倒也应允。先将八不沙皇后的丧葬草草理毕，然后安排册命。正拟命太常各官，议定册立太子礼仪，偏皇后卜答失里与太监拜住，计上生计，又复想出了一种毒谋。她想鄜王懿璘质班与妥欢帖睦尔尚处宫中，究竟不是了局，拟将他驱逐出外，拔去了眼中钉，庶几始终无患，遂日向文宗前絮聒，把祸福利害的关系，反复密陈。文宗以两人年尚幼弱，不便遣发，只说是从缓再商。文字尚有良心。卜答失里总不肯放手，暗中唆使妥欢帖睦尔的乳母，叫她告知其夫，入见文宗，略言妥欢帖睦尔实非明宗所出，娼妓杂种，如何冒充天潢，自乱血统？且明宗在日，已欲将他驱逐，此刻正宜慎重名义，休使一误再误呢。于是文宗下令，将妥欢帖睦尔母子逐出，东戍高丽，幽居大青岛中，不准与人往来。去了一个。

妥欢帖睦尔既去，只有一个懿璘质班，孤苦伶仃，无人抚字。卜答失里还想将他调开，偏偏文宗不从。拜住复献计道："一个小孩子，晓得甚么计策？只教糕饵中间，稍置毒药，便可将他鸩死。"言未毕，忽似有人从后猛击，竟致头晕目眩，跌仆地上。卜答失里大为惊讶，忙令侍儿搀扶拜住，不防拜住反瞋目怒叱道："哪个敢来救他？他是一个小太监，恃宠横行，谋死了我，还要谋死我子么？"这语一出，吓得卜答失里牙床打战，面色似灰。拜住又戟指痛詈道："都是你这狠心人，妄逞机谋，欲将我母子置诸死地，所以家奴走狗，亦得肆行无忌，巧图迎合。须知天下是我家的天下，你等害我先皇，夺我帝位，还嫌不足，又将我矫旨鸩死，我死得好苦吓！"说至此，槌胸大哭。嗣复惨然道："可怜我夫妇两人，俱遭你等毒毙，现只剩了一个血块，年只四五龄，你等亦应存点天良，好好顾全了他。

人生修短,就使有数,总不该死于你手! 此语为后文埋根。你道害了我子,你子便得长寿延命,万岁为君么? 你且看着,我先索了贼奴的性命,回去再说!"言毕,即寂然不动。至卜答失里渐定惊魂,再将拜住仔细一瞧,已经满口流血,嚼舌而死。厉鬼未尝无有,并非作者迷信。

自是六院深宫,常带阴气,一班宫娥彩女,互相惊吓,不是说有鬼啸声,就是说有鬼履痕。白昼时结侣呼群,方敢进出,夜静时关门闭户,尚觉阴沉。这是疑心生暗鬼。卜答失里由惊生畏,由畏生忧,遂与文宗商议,欲向帝师前亲受佛戒。文宗本已心虚,又闻宫中时常见鬼,也觉毛发森然。至此闻皇后言,自然满口应允,当下告知帝师辇真乞剌思,择日受戒。辇真乞剌思无不从命。届期请帝师入兴圣殿,由文宗率着皇后,及皇子阿剌忒纳答剌,俱到坛前行受戒礼。好在一切仪制都有成例可援,不过由太常官稍费手续,僧徒辈多念真言,便算大礼告成了。文宗又命懿璘质班也受了佛戒。满望慈航普渡,保合太和,宫内一切人等,也以为如来默护,可以消除魔障,纵有鬼物,不敢为殃,自此化怪为常,稍稍镇静。文宗遂封皇子阿剌忒纳答剌为燕王,立宫相府,命燕帖木儿总领府事。外无异议,内无妖孽,恰安安稳稳的度将过去。从此一心信佛,命西僧作佛事于明智殿,自四月朔日起,命至腊月方罢。

会故相铁木迭儿子锁住,复夤缘干进,得为将作使,他因将作使一职,位微秩卑,尚不满欲,因与弟观音奴,阴谋作乱。无如势孤力弱,一时无从发难,乃与姊夫太医使野理牙,暗谋镇魔。适闻宫中有鬼作祟,益滋迷信,以为乘机厌禳,应较灵验。野理牙姊阿纳昔木思,素信道教,遂向道教徒侣乞得符箓数张,在庭中设起神坛,上供北斗星君牌位,朝夕顶礼,口中所祝,无非祈君相速死,另易真命天子,制治天下等语。可谓愚甚。还有前刑部尚书乌马喇、前御史大夫孛罗,及前上都留守马儿,统失职闲居,各怀怨望,这数人平日,与锁住等很是莫逆,至此闻锁住得了此法,相率赞成。哪知事机不密,竟被别人举发,当由燕帖木儿奏报文宗。看官! 你想锁住等人还能幸免么? 缇骑一发,先将锁住、观音奴、野理牙三人逮问,中书省臣严刑审讯,后核得乌马喇、孛罗、马儿及野理牙姊阿纳昔木思等,一同与谋。随将他四人一并拿至,讯明属实,律以咒诅主上、大逆不道的罪名,便将他推出正法。

　　一波未了,一波已起,知枢密院事阔彻伯、脱脱木儿,通政使只儿哈郎,翰林学士承旨伯颜也不干,燕王宫相斡罗思,中政使尚家奴秃乌台,右阿速卫指挥使那海察拜住等,以燕帖木儿专权自恣,不忍坐视,意欲兴甲问罪,入清君侧,偏被燕帖木儿的爪牙,名叫也的迷失脱迷,洞察异图,先行密报。燕帖木儿先发制人,即率兵掩捕,共获住十二人,尽行弃市,并将他家产籍没充公。*螳臂当车,自不量力。*

　　诸王大臣等,以内乱叠平,统向太平王处贺喜。燕帖木儿也率文武百官,暨耆老僧道,伏阙上书,请文宗宏加尊号。文宗也觉增欢,俯允所请,遂亲御大明殿,由燕帖木儿等奉玉册玉宝,上尊号曰"钦天统圣至德诚功大文孝皇帝"。*弑兄杀嫂的美名,何不加入。*御史台臣又思踵事增华,请立燕王为皇太子。文宗道:"朕子尚幼,非裕宗为燕王时比,俟缓日再议。"

　　过了月余,复由诸王大臣吁请立储。文宗又道:"卿等所言,未尝不是,但燕王尚幼,恐他识虑未弘,不堪负荷,稍从缓议,当亦未迟。"廷臣以再请未允,不欲再言,奈皇后卜答失里急欲立子,暗中通知诸王大臣,令他续请,自己亦乘间力陈,请文宗速从群议,以餍舆望。*胆又放大了。*文宗

不好固执成见,乃先令太保伯颜祭告宗庙,然后立燕王阿剌忒纳答剌为皇太子,礼成逾日,忽皇太子生起病来,热了三日三夜,全身露出红斑,仿佛似痘疹一般,急得帝后日夕不安。正在床前视疾,蓦闻皇太子大叫道:"你想立太子么?我两人特来索命呢!"文宗闻着,不觉惊倒床上,小子有诗咏道:

> 弑兄杀嫂太无良,用尽机能反惹殃。
>
> 我劝世人休昧己,人谋不及鬼谋臧!

毕竟文宗性命如何,且从下回说明。

八不沙皇后之死,谁杀之?文宗后卜答失里,及宦者拜住杀之也。史家多归罪卜答失里;吾谓卜答失里之罪犹居其次,为罪首者实文宗耳。明宗后之为厉鬼,史笔虽无明文,然无辜被逼,饮鸩以终,鬼而有知,能不为厉乎!郑人相惊以伯有,子产明其为厉。夫伯有虽可死之罪,犹且如此,况饮恨如明宗后,必谓其无能为厉,识者亦知其未然也。若以本回为无端臆造,荒诞不经,试观文宗崩后,燕王虽殇,次子犹在,皇后卜答失里胡竟命立郎王,甘舍己子?及郎王骤薨,又命迎立妥欢帖睦尔,非彼此隐怀畏惧,能如是之改行为善乎?揆情度理,必由明宗帝后暗中为祟,有以慑其魄而禠其神耳。从无生有,即似寓真,是谓之善演史。

第四十五回

平全滇诸将班师　避大内皇儿寄养

却说文宗被冤魂一吓，惊倒床上，几乎晕厥过去。慌得皇后卜答失里没了主意，忙匍匐床前，口称该死，只求先皇先后休念前嫌，保护太子性命要紧。但听太子冷笑道："早知今日，何必当初？你夫妇瞒心昧己，毒死我等，今朝权在手，看你等再能害我么？"卜答失里又跪求道："如能保全太子，愿做佛事三年，超荐先灵。全然妇女口吻。太子又冷笑道："佛事么？只可欺人，不能欺鬼，我要索命，任你做佛事三十年，也无用处。"卜答失里又道："先皇后如不肯饶恕，宁可将我作代，皇子无知，还乞矜宥！"太子又道："似你狼心狗肺，自有现世的报应，不劳我辈出力。"隐伏后文。卜答失里还是磕头不已，太子复唏嘘道："你既撇不掉你子，且再宽假数日，再作区处。"言已寂然。

斯时文宗亦已起床，闻得一派鬼言，不禁自怨自悔。寻见卜答失里尚是跪着，乃流泪道："你可起来，前事已经做错，跪求亦恐无益。"卜答失里方才起身，瞧着文宗下泪，也觉满腹凄惶。转抚太子身上，仍同火炭一般，似醒非醒，似寐非寐，叫了数声，亦不见回答，急得无法可施，与文宗泪眼相对。文宗道："我初意原不欲立储，为了内外交迫，乃成此举。看来先兄先嫂不肯容我过去，我只好改立皇侄，隐妥先灵，或可保全儿命呢。"卜答失里道："如果皇子病愈，总可改易前议。"

正商议间，忽外面呈入奏报，乃是豫王从云南发来，详述军情。当由文宗披阅，军事甚是得手，请皇卜不必忧虑等语。文宗心下稍慰，遂嘱皇后善视病儿，自出宫视朝去了。

先是上都告变，各省多怀贰心，至燕帖木儿等战胜上都，内地方称平静。四川平章囊嘉岱，前曾僭称镇西王，四出骚扰。应四十一回。至明宗即位，由文宗遣使诏谕，囊嘉岱方束手听命，削王称臣。及明宗暴崩，文宗又复登极，闻囊嘉岱又有违言，乃召他入朝，诡称朝廷将加重任，囊嘉岱信为真言，动身离蜀。一出蜀道，便由地方官吏奉着密诏，将他擒住，槛送入都。由中书省臣案问，责他指斥乘舆，立即枭首，籍没家资。

这消息传到云南，诸王秃坚大为不服，遂与万户伯忽、阿禾等谋变。传檄远近，声言：文宗弑兄自立，及诱杀边臣等情弊；遂兴兵攻陷中庆路，将廉访使等杀死，并执左丞忻都，胁署文牍。一面自称云南王，以伯忽为丞相，阿禾等为平章等官，立城栅，焚仓库，拒绝朝命。

文宗闻警，乃以河南行省平章乞住，为云南行省平章八番顺元宣慰使，帖木儿不花为云南行省左丞，率师南讨，命豫王阿剌忒纳失里监制各军。

时有云南土官禄余，骁勇绝伦，名震各部，文宗令豫王妥为招徕，夹攻秃坚。禄余初颇听命，招集各部蛮军，效力出征，连败秃坚军，有旨授他为宣慰使，并云南行省参知政事。不防秃坚亦暗中行赂，买嘱禄余，教他背叛元廷。禄余贪利如命，竟归附秃坚，率蛮兵千人，拒乌撒、顺元界，立关固守。

是时重庆五路万户军，奉豫王调遣，入云南境，为禄余所袭，陷入绝地，死得干干净净。千户祝天祥本为后应，亏得迟走一步，得了前军败耗，仓猝遁还。事为元廷所闻，再遣诸王云都思帖木儿，调集江浙、河南、江西三省重兵，与湖广行省平章脱欢，合兵南下。诸路兵马，尚未入滇，帖木儿不花又被罗罗思蛮邀击途次，斩首而去，云南大震。

枢密院臣奏言秃坚、伯忽等势益猖獗，乌撒、禄余亦乘势连约乌蒙、东川、茫部诸蛮，进窥顺元，请严饬前敌各兵，兼程前进，并饬边境慎固防守云云。于是文宗又颁发严旨，命豫王阿纳忒剌失里等，亟会诸军进讨。且以乌蒙、乌撒及罗罗思地，近接西番，与碉门安抚司相为唇齿，应饬所属军民，严加守备。又命巩昌都总帅府分头调兵，戍四川开元、大同、真定、冀宁、广平诸路，及忠翊侍卫左右屯田。那时军书旁午，烽燧谨严，战守兼资，内外巩固。

云南茫部路九村夷人，闻大军陆续南来，料知一隅小丑，不足抵御，乃公推头目阿斡阿里，诣四川行省，自陈本路旧隶四川，今土官撒加伯与云南连叛，民等不敢附从，情愿备粮四百石，丁壮千人，助大军进征。当由四川省臣据实奏闻，文宗以他去逆效顺，厚加慰谕。

　　自此遐迩闻风，革心洗面，豫王阿纳忒剌失里及诸王云都思帖木儿，分督各军，同时并集。还有镇西武靖王搠思班系世祖第六子，亦领兵来会，差不多有十余万人，四面进攻。

　　先夺了金沙江，乱流而渡，既达彼岸，遇着云南阿禾军，并力冲杀，阿禾抵敌不住，夺路溃退，官军哪里肯舍，向前急追。弄得阿禾无路可逃，只好舍命来争，猛被官军射倒，擒斩了事。

　　进至中庆路，又值伯忽引兵来战，两军相遇于马金山，官军先占了上风，如排山倒海一般，掩杀过去。伯忽虽然勇悍，怎禁得大军压阵，势不可当。又况所统蛮军素无纪律，胜不相让，败不相救。看看官军势大，都纷纷如鸟兽散。剩得伯忽孤军，且战且行，正在势穷力蹙的时候，斜刺里忽闪出一支伏兵，为首一员大将挺枪入阵，竟将伯忽刺死马下。这人非别，乃是太宗子库腾孙，曾封荆王，名叫也速也不干，他与武靖王搠思班同镇西南。至是闻大军进讨，他竟带领亲卒，远出伯忽背后，静悄悄的伏着，巧巧伯忽败走，遂乘机杀出，掩他不备，刺死伯忽。

　　当下与豫王等相会，彼此欢呼，合军再进，直入滇中。秃坚走死，禄余

平全滇诸将班师

远遁。云南战事，无甚关系，所以随笔叙过。乃遣使奏捷，回应上文。且请留荆王镇守，撤还余军。

文宗视朝，与中书省臣等会议，金云南征将士，未免疲乏，应从豫王等言。乃命豫王等班师还镇，留荆王屯驻要隘，另遣特默齐为云南行省平章，总制军事。

特默齐抵任后，复遣兵搜剿余孽，适值罗罗思土官撒加伯，潜遣把事曹通，潜结西番，欲据大渡河，进寇建昌。特默齐急檄云南省官跃里铁木儿，出师袭击，将曹通杀毙。又一面令万户统领周戬，直抵罗罗斯部，控扼西番及诸蛮部。土官撒加伯无计可施，竟落荒窜去。

既而禄余又出招余党，进寇顺元等路。云南省臣以禄余剽悍异常，欲诱以利禄，招他归降。乃遣都事诺海至禄余寨中，授以参政制命。禄余不受，反将诺海杀死。都元帅怗烈素有勇名，闻诺海遇害，投袂奋起，黄夜进兵，击破贼寨，杀死蛮军五百余人。秃坚长弟必剌都古象失，举家赴水死，还有幼弟二人，及子三人，被怗烈擒住，就地正法。只禄余不知下落，大约是远奔西裔了，余党悉平，云南大定。了结滇事。

文宗以西南平靖，外患已纾，倒也可以放心。只太子阿剌忒纳答剌疹疾未痊，反且日甚一日，有时热得发昏，仍旧满口谵语，不是明宗附体，就是八不沙皇后缠身。太医使朝夕入宫，静诊脉象，亦云饶有鬼气，累得文宗后卜答失里祈神祷鬼，一些儿没有效验，她已智尽能索，只好求教帝师，浼她忏悔。帝师有何能力，但说虔修佛事，总可挽回，乃命宫禁内外，筑坛八所，由帝师亲自登坛，召集西僧，极诚顶礼。今日拜忏，明日设醮，琅琅诵经，嗫嗫说咒，阖宫男妇，没一个不斋戒，没一个不叩祷，吁求太子长生。连皇后卜答失里，时宣佛号，自昼至暮，把阿弥陀佛及救苦救难观世音等梵语，总要念到数万声。佛口蛇心，徒增罪过。怎奈莲座无灵，杨枝乏力，任你每日祷禳，那西天相隔很远，何从见闻。

卜答失里无可奈何，镇日里以泪洗面，起初尚求先皇先后保佑，至儿病日剧，复以祝祷无功，改为怨诅。一夕，坐太子床前，带哭带詈，忽见太子两手裂肤，双足捶床，怒目视后道："你还要出言不逊么？我因你苦苦哀求，留你儿命，暂延数天，你反怨我骂我，真是不识好歹！罢罢！似你这等狠妇，总是始终不改，我等先索你长儿的性命，再来取你次儿，教你看我等手段罢！"原来文宗已有二子，长子名阿剌忒纳答剌，次子名古纳答剌，两子都尚幼稚。此次卜答失里闻了鬼语，急得甚么相似，忙遣侍女去请文宗。

文宗到来，太子又厉声道："你既想做皇帝，尽管自做便罢，何必矫情干誉，遣使迎我？我在漠北，并不与你争位，你教使臣甘言谀词，硬要奉我登基。既已忌我，不应让我；既已让我，不应害我。况我虽曾有嗣，也不忍没你功劳，仍立你为皇太子，我若寿终，帝位复为你有，你不过迟做数年，何故阴谋加害？害了我还犹是可，我后与你何嫌？一个年轻孀妇，寄居宫中，任她有甚么能力，总难逃你手中。你又偏信悍妇，生生的将她鸩死，全不念同胞骨肉，亲如手足？你既如此，我还要顾着什么？"文宗至此，也不禁五体投地，愿改立鄜王为太子。只见太子哈哈笑道："迟了！你也隐受天谴了。善有善报，恶有恶报，积因成果，莫谓冥漠无知呢！"

暗伏文宗崩逝之兆，然借此以唤醒世人，恰也不少！

文宗尚欲有言，太子已两眼一翻道："我要去了！你子随了我去，此后你应防着，莫再听那长舌妇罢！"这语才毕，文宗料知不佳，急起视太子，已经喘作一团，不消半刻，即兰摧玉折了。看官！你想此时的文宗，及皇后卜答失里心下不知如何难过。呼吁原是没效，懊悔也觉无益，免不得抚尸恸哭，悲痛一回。

文宗以情不忍舍，召绘师图画真容，留作遗念。兄嫂也是骨肉，如何忍心毒死！一面特制桐棺，亲自视殓，先把儿尸沐以香汤，然后着衣含玉，一切仪式，如成人一般。后命宫内广设坛场，召集西僧百人，追荐灵魂。忙碌了好多日，乃令宫相法里，安排葬事。发纼（zhèn）时，役夫约数千名，单是舁送灵舆人夫，也有五十八人，差不多如梓宫奉安的威仪。俟祔葬祖陵后，又饬营庐墓，即嘱法里等守护。一面将太子木主供奉庆寿寺，仿佛与累朝神御相等。视子若祖考，慈孝倒置。

丧葬才毕，次儿古纳笃剌又复染着疹疾，病势不亚皇储。这一惊非同小可，不但文宗帝后，捏了一把冷汗，就是宫廷内外，也道是先皇先后不肯放手，顿时风声鹤唳，无在非疑，杯影蛇弓，所见皆惧。文宗图帖睦尔及皇后卜答失里凄凄惶惶，闹到发昏，猛然记起太平王燕帖木儿足智多谋，或有意外良法，乃亟命内侍宣召。燕帖木儿如命即至，由文宗帝后与他熟

商。奈燕帖木儿是个阳世权臣，不是冥中阎王，至此也焦思苦虑，想不出甚么法儿。及见帝后两人衔着急泪，很是可悲，乃委婉进言道："宫中既有阴气，皇次子不应再居，俗语有道，趋吉避凶。据臣看来，且把皇次子避开此地，或可化凶为吉。"文宗道："何处可避？"燕帖木儿道："京中不乏诸王公主，总教老成谨慎，便可托附。"皇后卜答失里即插口道："最好是太平王邸中，我看此事只可托付了你，望你勿辞！"燕帖木儿道："臣受恩深重，敢不尽力！但在臣家内，恐怕有亵，还求宸衷再酌！"文宗道："朕子即卿子，说甚么亵渎不亵渎！"燕帖木儿又道："臣家居比邻，有一吉宅，乃是诸王阿鲁浑撒里故居，今请陛下颁发敕令，将此宅作为皇次子居第，俾臣得以朝夕侍奉，岂不两便！"文宗道："故王居宅，未便擅夺，不如给价为是。"燕帖木儿道："这是皇恩周浃，臣当代为叩谢。"说罢，便跪地叩首。文宗亲手搀扶，叫他免礼，且面谕道："事不宜迟，就定明日罢。"燕帖木儿领旨而出，即夕办理妥当，布置整齐。次日巳牌，又复入宫，当即备一暖舆，奉皇次子古纳答剌卧舆出宫。小子有诗咏道：

　　频年忏悔莫消灾，无怪皇家少主裁。

幸有相臣多智略，奉儿载出六宫来。

毕竟皇次子能否病愈，容俟下回续叙。

　　云南之变，声讨文宗，可谓名正言顺。事虽未成，亦足以裖文宗之魄，故本回于秃坚等有恕词。惟禄余反复无常，心怀叵测，且系群蛮首领，有志乱华，所以特别加贬耳。至于太子殁后，次子复遇疹疾，史称市阿鲁浑撒里故宅，令燕帖木儿奉皇子居之，后儒不察，以为遣子寄养，蹈汉覆辙。夫文宗溺爱情深，观于太子之逝，丧葬饰终，何等郑重，顾肯以子遗之次子，寄养他家乎？揆其原因，必由宫中遇祟，连日未安，一儿已殇，一儿又病，不得已而出此，著书人从明眼窥出，既足以补史阙，复足以儆世人。是固有心人吐属，非好谈鬼怪也。

第四十六回

得新怀旧人面重逢　纳后为妃天伦志异

　　却说皇次子古纳答剌由燕帖木儿护送出宫，当至阿鲁浑撒里故第，安居调养。随来的宫女，约数十人，复从太平王邸中派拨妇女多名，小心侍奉，还有太平王继母察吉儿公主，及所尚诸公主等，也晨夕过从，问暖视寒，果然冤魂不到，皇子渐瘳。燕帖木儿奏达宫中，帝后很是心喜，立赐燕帖木儿及公主察吉儿各金百两，银五百两，钞二千锭。就是燕帖木儿弟撒敦，也得蒙厚赍。又赐医巫、乳媪、宦官、卫士六百人，金三百五十两，银三千四百两，钞三千四百锭。各人照例谢赏，正是天恩普及，舆隶同欢。

　　文宗又命在兴圣宫西南筑造一座大厦，作为燕帖木儿的外第，并在虹桥南畔建太平王生祠，树碑勒石，颂德表功。又宣召燕帖木儿子塔剌海入宫觐见，赐他金银无算，命为帝后养子。一面令皇次子古纳答剌，改名燕帖古思，与燕帖木儿上二字相同，表明义父义子的关系。父子应避嫌名，元朝定例，偏以同名为亲属，也是一奇。燕帖木儿入朝辞谢，文宗执手唏嘘道："卿有大功于朕，朕恨赏不副功；只有视卿如骨肉一般，卿子可为朕子，朕子亦可为卿子，彼此应略迹言情，毋得拘泥。"自己的亲兄，恰可毒死，偏引外人为骨肉，诚不知是何肺肝！燕帖木儿顿首道："臣子已蒙皇恩，不敢再辞，若皇嗣乃天演嫡派，臣何人斯，敢认作义儿？务请陛下收回成命！"文宗道："名已改定，毋庸再议，朕有易子而子的意思，愿否由卿自择。"燕帖木儿拜谢而出。

　　过了数日，太平王妃忽然病逝。文宗亲自往吊，并厚赠赙仪，丧葬才毕，复诏遣宗女数人，下嫁燕帖木儿，解他余痛。又因宫中有一高丽女子，名叫不颜帖你，敏慧过人，素得帝宠，至此也割爱相赠。何不将皇后亦给了他？燕帖木儿辞不胜辞，索性制就连床大被，令所赐美女相夹而睡，凭着天生神力，一夕御女数人，巫峡作云，高唐梦雨，说不尽的温柔滋味，把所有鼓盆余戚,早已撇过一边。但正室仍是虚位,未尝许他人承袭,大众莫明其妙,其实燕帖木儿恰有一段隐情,看官试猜一猜,待小子叙述下去。

小子前时叙泰定后妃事,曾已漏泄春光,暗中伏线。应四十一回。燕帖木儿本早有心勾搭,可奈入京以后,内外多故,政务倥偬,他又专操相柄,一切军国重事,都要仗他筹画。因此日无暇晷,连王府中的公主等,都未免向隅暗叹,辜负香衾。既而滇中告靖,可以少暇,不意皇子燕帖古思,又要令他抚养,一步儿不好脱离。至皇子渐痊,王妃猝逝,免不得又有一番忙碌。正拟移花接木,隐践前盟,偏偏九重恩厚,复厘降宗女数人;穿花蛱蝶深深见,点水蜻蜓款款飞,又不得不竭力周旋,仰承帝泽。可谓忙极。

过了一月,国家无事,公私两尽,燕帖木儿默念道:“此时不到东安州,还有何时得暇?”遂假出猎为名,带了亲卒数名,一鞭就道,六辔如丝,匆匆的向东安州前来。既到东安,即进去见泰定皇后。早有侍女通报,泰定后率着二妃,笑脸出迎,桃花无恙,人面依然。燕帖木儿定睛细瞧,竟说不出甚么话来。泰定后恰启口道:“相别一年,王爷的丰采,略略清减,莫非为着国家重事劳损精神么?”出口便属有情。燕帖木儿方道:“正是这般。”二妃也从旁插嘴道:“今夕遇着甚么风儿,吹送王爷到此?”燕帖木儿道:“我日日惦念后妃!只因前有外变,后有内忧,所以无从分身,直至今日,方得拨冗趋候。”泰定后妃齐称不敢,一面邀燕帖木儿入室,与泰定后相对坐下。居然夫妻。二妃亦列坐一旁。居然妾媵。

泰定后方问及外变内忧情状,由燕帖木儿略述一遍,泰定后道:“有这般情事,怪不得王爷面上,清瘦了许多。”燕帖木儿道:“还有一桩可悲的家事,我的妃子,竟去世了!”泰定后道:“可惜!可惜!”燕帖木儿道:“这也是无可如何!”二妃插入道:“王爷的后房,想总多得很哩。但教王爷拣得一人,叫做王妃,便好补满离恨了。”轻挑暗逗,想是暗美王妃。燕帖木儿道:“后房虽有数人,但多是皇上所赐,未合我意,须要另行择配,方可补恨。”二妃复道:“不知何处淑媛,夙饶厚福,得配王爷!”燕帖木儿闻了此言,却睁着一双色眼,觑那泰定后,复回瞧二妃道:“我意中恰有一人,未知她肯俯就否?”二妃听到俯就二字,已经瞧料三分。看那泰定后神色,亦似觉着,恰故意旁瞧侍女道:“今日王爷到此,理应杯酒接风,你去吩咐厨役要紧!”侍女领命去讫。

新得重怀
旧人逢面

燕帖木儿道："我前时已函饬州官，叫他小心伺候，所有供奉事宜，不得违慢，他可遵着我命么？"泰定后道："州官供奉周到，我等在此尚不觉苦。惟王爷悉心照拂，实所深感！"燕帖木儿道："这也没有甚么费心，州官所司何事？区区供奉，亦所应该的。"正说着，见侍女来报，州官禀见。燕帖木儿道："要他来见我做甚？"言下复沉吟一番，乃嘱侍女道："他既到来，我就去会他一会。"

侍女去后，燕帖木儿方缓踱出来。原来燕帖木儿到东安州，乃是微服出游，并没有什么仪仗。且急急去会泰定后妃，本是瞒头暗脚，所以州官前未闻知。嗣探得燕帖木儿到来，慌忙穿好衣冠，前来拜谒。经燕帖木儿出见后，自有一番酬应。州官见了王爷，曲意逢迎，不劳细说。待州官别后，燕帖木儿入内，酒肴已安排妥当，当由燕帖木儿吩咐，移入内厅，以便细叙。伏笔。

入席后，泰定后斟了一杯，算是敬客的礼仪，自己因避着嫌疑，退至别座，不与同席。燕帖木儿立着道："举酒独酌，有何趣味？既承后妃优待，何妨一同畅饮，彼此并非外人，同席何妨！"泰定后还是怕羞，踌躇多时，又经燕帖木儿催逼，乃命二妃入席陪饮。燕帖木儿道："妃子同席，皇后向隅,这事如何使得?"说着,竟行至泰定后前,欲亲手来挈后衣,泰定后料知难却,乃让过燕帖木儿,绕行入席。拣了一个主席,即欲坐下,燕帖木儿还是不肯,请后上坐。泰定后道:"王爷不必再谦了!"于是燕帖木儿坐在客位,泰定后坐在主位,两旁站立二妃。燕帖木儿道:"二妃如何不坐?"二妃方道了歉,就左右坐下。

于是浅斟低酌,逸兴遄飞,起初尚是若离若合,不脱不粘,后来各有酒意,未免放纵起来。燕帖木儿既瞧那泰定后,复瞧着二妃,一个是淡妆如菊,秀色可餐,两个是浓艳似桃,芳姿相亚,不禁眉飞色舞,目逗神挑。那二妃恰亦解意,殷勤劝酌,脉脉含情,泰定后到此,亦觉情不自持,勉强镇定心猿,装出正经模样。

燕帖木儿恰满斟一觥,捧递泰定后道:"主人情重,理应回敬一樽。"泰定后不好直接,只待燕帖木儿置在席上。偏燕帖木儿双手捧着,定要泰定后就饮,惹得泰定后两颊微红,没奈何喝了一喝。燕帖木儿方放下酒杯,顾着泰定后道:"区区有一言相告,未知肯容纳否?"泰定后道:"但说何妨!"燕帖木儿道:"皇后寄居此地,寂寂寡欢,原是可悯;二妃正值青春,也随着同住,好好韶光,怎忍辜负!"泰定后听到此语,暗暗伤心,二妃更忍耐不住,几乎流下泪来。

燕帖木儿又道:"人生如朝露,何必拘拘小节!但教目前快意,便是乐境。敢问皇后二妃,何故自寻烦恼?"泰定后道:"我将老了,还想甚么乐趣?只两位妃子,随我受苦,煞是可怜呢!"燕帖木儿笑道:"皇后虽近中年,丰韵恰似二十许人,若肯稍稍屈尊,我却要……"说到要字,将下半语衔住。泰定后不便再诘。那二妃恰已拭干了泪,齐声问道:"王爷要甚么?"燕帖木儿竟涎着脸道:"要皇后屈作王妃哩!"<u>满盘做作,为此一语</u>。泰定后恰嫣然一笑道:"王爷的说话,欠尊重了!无论我不便嫁与王爷,就使嫁了,要我这老妪何用?"<u>已是应许</u>。燕帖木儿道:"何尝老哩!如蒙俯允,明日就当迎娶哩。"泰定后道:"这请王爷不必费心,倒不如与二妃商量啰!"燕帖木儿道:"有祸同当,有福同享。皇后若肯降尊,二妃自当同去。"说着,见二妃起身离席,竟避了出去。那时侍女人等,亦早已出外。<u>都是知趣</u>。只剩泰定皇后,兀自坐着,他竟立将起来,走近泰定后旁,悄悄的牵动衣袖。泰定后慌忙让开,抽身脱走,冉冉的向卧室而去。

逃入卧房,分明是叫他进来。

燕帖木儿竟蹑迹追上,随入卧室,大着胆抱住纤腰,移近榻前。泰定后回首作嗔道:"王爷太属讨厌! 不怕先皇帝动恼么?"燕帖木儿道:"先皇有灵,也不忍皇后孤栖。今夕总要皇后开恩哩。"看官! 你想泰定后是个久旷妇人,遇着这种情魔,哪得不令她心醉! 当下半推半就,一任燕帖木儿所为,罗襦代解,芗泽犹存,檀口微开,丁香半吐,脂香满满,人面田田,谐成意外姻缘,了却生前宿孽。正在云行雨施的时候,那两妃亦突然进来,泰定后几无地自容。燕帖木儿却余勇可贾,完了正本,另行开场。二妃本已欢迎,自然次第买春,绸缪永夕。

自此以后,四人同心。又盘桓了好几天,燕帖木儿方才回京。临行时与泰定后及二妃道:"我一入京师,便当饬着妥役,奉舆来迎。你三人须一同进来,休得有误!"三人尚恋恋不舍。燕帖木儿道:"相别不过数日,此后当同住一家,朝欢暮乐,享那后半生安逸。温柔乡里,好景正多,何必黯然!"只恐未必。三人方送他出门,咛叮而别。

燕帖木儿一入京师,即遣卫兵及干役赴东安州,去迎泰定后妃,嘱以途次小心。一面就在新赐大厦中,陆续布置,次第陈设,作为藏娇金屋。小子前时曾表明泰定后妃名氏,至此泰定后已下嫁燕帖木儿,二妃也甘心作媵,自不应照旧称呼。此后称泰定后,就直呼她芳名八不罕,称泰定二妃,亦直呼她芳名必罕及速哥答里。称名以愧之,隐寓《春秋》书法。

八不罕等在东安州,日日盼望京使。春色未回,陌头早待,梅花欲放,驿信才来。三人非常欢慰,即日动身。州官亟来谒送,并献上许多赠仪。是否套仪。八不罕也道一谢字。鸾车载道,凤翟呈辉,卫卒等前后拥护,比前日到东安州时,情景大不相同。

不数日即到京师,燕帖木儿早派人相接迎入别第,京中人士尚未得悉情由,统是模糊揣测。只有燕帖木儿心腹,已知大概,大家都是蔑片,哪个敢来议长论短,只陆续入太平王府送礼贺喜,一传十,十传百,宫廷内外,都闻得燕帖木儿继娶王妃,相率趋贺。文宗尚未知所娶何人,至问及太保伯颜,才算分晓。蒙俗本没甚名节,况是一个冷落的故后,管她甚么再醮不再醮。当下也遣太常礼仪使,奉着许多赏品,赐与燕帖木儿。正是作合自天,喜从天降。

到了成礼的吉期,燕帖木儿先到新第,饬吏役奉着凤舆,及绣幰二乘,去迎王妃等人,八不罕等装束与天仙相似,上舆而来。一入新第中,下舆登堂,与燕帖木儿行夫妇礼,必罕姊妹,退后一步,也盈盈下拜。大家看那新娘娇容,并不觉老,反较前丰艳了些,莫不叹为天生尤物。大约夏姬再世。及与察吉儿公主相见,八不罕本是面熟,只好低垂粉颈,敛衽鸣恭。亏她有此厚脸。必罕姊妹,行了大礼,一班淫婢。方相偕步入香巢。

燕帖木儿复出来酬应一回,日暮归寝,八不罕等早已起迎。燕帖木儿执八不罕的手道:"名花有主,宝帐重春,虽由夫人屈节相从,然夫人性命,从此保全,我今日才得宽心哩!"八不罕惊问何故。燕帖木儿道:"明宗皇后,尚且被毒,难道上头不记着夫人么?我为此事,煞费周旋,上头屡欲加害,我也屡次挽回。只夫人若长住东安,终难免祸,现今做我的夫人,自然除却前嫌,可以没事哩。"占了后身,还想巧言掩饰,令她心感,真是奸雄手段。八不罕格外感激,遂语燕帖木儿道:"王爷厚恩,愧无以报!"以身报德,还不够么?燕帖木儿道:"既为夫妇,何必过谦!"复语必罕姊妹道:"你二人各有卧室,今夕且分住一宵,明日当来续欢罢了。"

二人告别而去。燕帖木儿乃与八不罕并坐,揽住鬌云,搵住香腮,先温存了一番,嗣后宽衣解带,同入鸳帏。褥底芙蓉,相证无非故物;巢间翡翠,为欢更越曩时。一夜恩爱,自不消说。次夕,与必罕姊妹共叙旧情,又另具一种风韵。小子有诗咏道:

> 纲常道义尽沦亡,皇后居然甘下堂。
>
> 万恶权臣何足责,杨花水性太荒唐!

未知后事如何,且至下回续叙。

　

本回表述风情,暗中恰深刺燕帖本儿及泰定后妃,泰定后虽迁置东安州,然名分犹在,不可得而污蔑也。燕帖木儿贪恋酒色,甚至占后为妻,任所欲为,而八不罕皇后等,亦甘心受辱,屈尊下嫁,虽畏其权势之逼人,要亦由廉耻之扫地。盈廷大臣,唯唯诺诺,不闻有骨鲠之士,秉直纠弹,元其能不亡乎? 故此回叙燕帖木儿事实,嫉其强暴,叙泰定后妃事实,恶其淫邪,幸勿视为香奁琐语也!

第四十七回

正官方廷臣会议　遵顾命皇侄承宗

却说燕帖木儿纳后为妃，又得了必罕姊妹，并有从前宗女等人，总计后房佳丽，已有二三十人，左拥右抱，夜以继日，正是快活得很。但女色一物，最足蛊人。寻常一夫一妇，尚宜节欲养精，不能旦旦而伐。况一个男子，陪着几十个妇人，若非自知节养，就使有牛马精神，也恐不能持久呢。至理名言。燕帖木儿日渐清羸，筋力已耗去大半，偏偏好色心肠，愈加炽张，得陇望蜀，厌故喜新，他若闻有美人儿，定要攫取到手。无论皇帝国戚，闺女媵妹，但教太平王一言，只可亲送上门，由他戏弄。自从至顺元年以及三年，这三年间，除所赐公主宗女，及婺纳泰定后妃外，复占夺了数十人，或有交礼三日，即便遣归。大众忍气吞声，背地里都祈他速死。他尚恃势横行，毫不知改，甚至后房充斥，不能尽识。天作孽，犹可违；自作孽，不可活。残喘虽尚苟延，死期已不远了。

话分两头。且说文宗登位以后，第一个宠臣是燕帖木儿，第二个就是伯颜。至顺元年，改任伯颜知枢密院事。应四十三回。文宗以未足酬庸，复命尚世祖子阔出女孙，名叫伯颜的斤，作为伯颜妻室。并赐虎士三百名，隶左右宿卫。嗣复给黄金双龙符，镌文曰："广宣忠义正节振武佐运功臣。"组以宝带，世为证券。又命凡宴饮视宗王礼。至顺二年，晋封浚宁王，加授侍正府侍正，追封其先三世为王，寻又加封昭功宣毅万户，忠翊侍卫都指挥使。三年拜太傅，加徽政使。是时燕帖木儿深居简出，每日与妻妾寻欢，不暇问及国事。因此朝政一切，多由伯颜主持；伯颜的权力，也不亚燕帖木儿。一个未死，一个又起。于是一班趋势的官儿，前日迎合太平王，此日迎合浚宁王，朝秦暮楚，昏夜乞怜，但蒙浚宁王允许，平白的亦可升官。就使遇着亲丧，不过休假数日，即可衰绖供职，且给以美名，称为夺情起复。监察御史陈思谦目击时艰，痛心铨法，因上言内外各官，若非文武全才，关系天下安危，尽可令他终丧，不许无端起复。文宗虽优诏允从，奈暗中有伯颜把持，总教贿赂到手，无人不可设法，陈思谦又抗词上奏道：

> 臣观近日铨衡之弊，约有四端：入仕之门太多，黜陟之法太简，州郡之任太淹，朝省之除太速。欲救四弊，计有三策：一曰，至元三十年以后，增设衙门，冗滥不急者，从实减并，其外有选法者，并入中书。二曰，宜参酌古制，设辟举之科，令三品以下，各举所知，得材则受赏，失责则受罚。三曰，古者刺史入为三公，郎官出宰百里，盖使外职识朝廷治体，内官知民间利病。今后历县尹有能声善政者，授郎官御史，历郡守有奇才异绩者，任宪使尚书。其余各验资品通迁，在内者不得三考连任京官，在外者须历两任，乃迁内职。绩非出类，守不败官者，则循以年劳，处以常调。凡朝缺官员，须二十月之上，方可迁除，庶仕路澄清，贤者益劝，而不肖者无从干进矣。臣为整顿铨法计，故冒昧上陈，伏乞采择！

其时河北道廉访副使僧家奴，亦遥上一疏，乞御史台臣代奏。略云：

> 自古求忠臣必于孝子之门，今官于朝者十年，不省觐者有之；非无思亲之心，实由朝廷无给假省亲之制，而有擅离官次之禁。古律诸职官父母在三百里外，三年听一给定省，假二十日；无父母者，五年听一给拜墓，假十日。以此推之，父母在三百里以至万里，宜计道里远近，定立假期。其应省觐，匿而不省觐者，坐以罪；若诈冒假期，规避以掩其罪，与诈奔丧者同科。则天下无背亲之人，亦即无背君之人！移孝作忠，端在此举，伏乞宸鉴！

御史台臣，恰也不好隐匿，便将原奏呈入，文宗与陈思谦奏折，一并发落，饬中书省、礼部、刑部、及翰林、集贤两院，详议以闻。各官明知所奏无私，因碍于伯颜情面，免不得模棱两可，参酌了一篇圆滑的奏章，复呈上去。文宗亦有诏下来，大旨须用人宜慎，临丧宜哀，说得理明词达，其实也是一纸具文，无补实际。下欺上，上欺下，此是中国积弊，不特元代为然。还有司徒香山，有意逢君，进陈符谶，援行陶弘景《胡笳曲》，有"负扆（yǐ）飞天历，终是甲辰君"二语，与皇上生年纪号，适相符合，足为受命的瑞征，乞录付史馆，颁告中外。有诏翰林、集贤两院及礼部会议。此时文宗早改元顺,如香山谰言,不值一辩,乃犹令群臣集议,真是好谀。嗣经翰林诸臣,以谓唐开元间,太子宾客薛让进武后鼎铭云:"上玄降鉴,方建隆基。"隐为玄宗受命的庆兆。姚崇表贺,请宣示史官,颁告中外。至宋儒司马光,斥他强词牵合,以为符瑞,小臣贡谀,宰相证成,实是侮弄君上。今弘景遗曲,虽于生年纪号,似相符合,但陛下应天顺人,绍隆正统,于今四年,薄海内外,无不归心,何待旁引曲说,作为符命。若从香山言,恐启谶纬曲谈,反足以乱民志,淆政体,请毋庸议等语。文宗乃把此事搁起。

未几江浙大水,坏民田十八万八千七百三十八顷。越年,江西饥,湖广又饥,云南又大饥;既而荧惑犯东井,白虹并日出,长竟天。京师及陇西地震,天鼓鸣于东北,文宗一面遣赈,一面饬修佛事。始终佞佛,至死不悟。迨至梧桐叶落,天下皆秋,文宗帝运已终,竟染了一种奇症,镇日昏昏,谵言呓语。皇后卜答失里,就榻侍疾,但听文宗所说,无非旧日阴谋,有时大声呼痛,竟似有人捶击一般。经医官朝夕诊视,也辨不出是甚么病症,所开药方,全是不痛不痒,无效可言。

一夕,卜答失里侍侧,忽被文宗牵住两手,大呼哥哥恕我!嫂嫂恕

我！吓得卜答失里毛发皆竖。急时抱佛脚，又只得在旁哀求，嗣见文宗神志稍清，才敢问明痛苦。文宗不禁叹息道："朕病将不起了，自思此生造了大孽，得罪兄嫂，目今悔不可追，惟朕殁后，这帝统须传与鄜王，千万勿可爽约！"卜答失里呜咽道："皇侄登基，皇子奈何？"文宗道："你还要顾全皇子么？恐你也保不住这性命！"卜答失里道："且召太平王商议何如？"文宗道："太平太平，害死朕了！他也死在目前，召他何为？"卜答失里唯唯听命。嗣令太监密召燕帖木儿，果然抱病在床，溺血不起，乃改召伯颜入议。

伯颜到了御寝，闻文宗喃喃谵语，倒也未免心惊。及见过卜答失里，叙谈片时，卜答失里提及文宗身后，拟立鄜王事。伯颜道："皇子年龄，也与鄜王相仿，何必另立皇侄？"卜答失里以手指床，似乎表明文宗的意思。伯颜不待明说，已经觉着，又悄语卜答失里道："圣上不豫，或致心烦意乱，始有此说。且待圣躬康泰，再行定议未迟。"言尚未已，忽闻文宗噫声道："你是太傅伯颜么？朕虽有疾，并不是时时昏乱，须知先皇即位，不过数月，我已御宇数年，倘有不讳，应把帝位传与鄜王，朕尚可见先皇于地下！你不要再生异议！"伯颜尚欲申说，文宗又向卜答失里道："朕已决定意见，此后倘有改议，无论先帝后不依，我也死难瞑目呢！"这却是临终忏悔。伯颜又启奏道："圣上春秋正富，稍稍违和，自能渐瘥（chài），何必耽忧！"文宗摇首道："朕已不济了！少年喜事，自悔已迟，今日天禄告终，无可挽回。太平亦应遭劫，将来国事，仗卿作主。卿须迁善改过，竭忠尽诚，莫效那贪淫狡诈哩！"人之将死，其言也善，可惜伯颜不遵。伯颜闻了此言，也觉为之悚然。继而告退出宫。

是夕，文宗病势骤剧，竟痰喘交作，一命呜呼。临终时，犹谆嘱皇后，毋忘遗嘱。统计文宗在位五年，寿只二十九岁。

燕帖木儿闻了这耗，也只得勉强起床，踉跄入宫。是时皇子燕帖古思，早召归宫内，倚榻送终。他本是乳臭小儿，晓得甚么悲戚！看看燕帖木儿到来，便跳跃而出，笑颜相迎。燕帖木儿便称他为小皇帝，拉住了手，入谒皇后。只见后妃以下，相率恸哭，不得已站住一旁，陪了数点眼泪。约一小时，后妃等哀尚未止，不禁烦躁起来，即大声道："皇上大行，应由皇子嗣位！此时请皇后即颁遗诏，传位皇子为要！"皇后卜答失里也不回答，越加号咷（táo）不止。燕帖木儿很是惊讶，又只好婉言劝慰，至皇后哀声少辍，复将传位的问题，重行提起。皇后卜答失里道："大行皇帝，已有遗嘱，命鄜王继承大统。"燕帖木儿顿足道："传位鄜王么？臣不敢与闻！"卜答失里道："这事不便改议。太傅伯颜，曾与先皇面洽，太平王可去问明，自然洞悉底蕴了。"燕帖木儿不好再说，就出宫而去。

当下安排丧葬，自有一番手续，不必细表。只是帝位虽定，鄜王年才七岁，不能亲听国政，当由太平王燕帖木儿召集诸王会京师，凡中书百司庶务，统须禀命中宫，方得决行。转瞬间已是十月，诸王毕会，由太师燕帖木儿及太傅伯颜奉鄜王即位于大明殿，大赦天下，循例下诏道：

洪维太祖皇帝，启辟疆宇，世祖皇帝，统一万方，列圣相承，法度明著，我曲律皇帝，*即武宗*。入纂大统，修举庶政，动合成法，授大宝位于普颜笃皇帝，*即仁宗*。以及格坚皇帝，*即英宗，详注俱见上*。历数之间，实当在我忽都笃皇帝，*忽都笃三字，蒙古语，有禄之谓，即明宗尊号*。札牙笃皇帝，*札牙笃三字蒙古语，谓有天命，即文宗尊号*。而各播越辽远。时则有若燕帖木儿建议效忠，戡平内难，以定邦国，协恭推戴札牙笃皇帝。登极之始，即以让兄之诏，明告天下，随奉玺绶，远迓忽都笃皇帝。朔方言还，奄弃臣庶，札牙笃皇帝，荐正宸极，仁义之至，视民如伤，恩泽旁被，无间远迩，顾育眇躬，尤笃慈爱。宾天之日，皇后传顾命于太师太平王右丞相答剌罕燕帖木儿，太傅浚宁王知枢密院事伯颜等，谓圣体弥留，益推固让之初志，以宗社之重，属诸大兄忽都笃皇帝之世嫡，乃遣使召诸王宗亲，以十月一日来会于大都，与宗王大臣同奉遗诏，揆诸成宪，宜御神器。以至顺三年十月初四日，即皇帝位于大明殿，可大赦天下。自至顺三年十月初四日昧爽以前，除谋反大逆谋杀祖父母父母，妻妾杀夫，奴婢杀主，谋故杀人，但犯强盗，印造伪钞，蛊毒魇魅犯上者不赦外，其余一切罪犯，咸赦除之。大都、上都、兴和三路，差税免三年，腹里差发，并其余诸郡，不纳差发去处税粮，十分为率免二分，江淮以南，夏税亦免二分。土木工役，除仓库必合修理外，毋复创造以纾民力。民间在前应有逋欠差税课程，尽行蠲免。监察御史肃政廉访司官，并内外三品以上正官，岁举才堪守令者一人，申达省部，先行录用。如果称职举官，优加旌擢，一任之内，

或犯赃私者,量其轻重,黜罚其不该。原免重囚淹禁三年以上,疑不能决者,申达省部详谳释放。学校农桑,孝弟贞节,科举取士,国学贡试,并依旧制。广海、云南梗化之民,诏书到日,限六十日内出官与免本罪,许以自新。於戏!肆予冲人,托于天下臣民之上,任大守重,若涉渊冰,尚赖宗王大臣百司庶府,交修乃职,思尽厥忠,嘉与亿兆之民,共保承平之治。咨尔多方,体予至意,故兹诏示,想知悉!

斯诏下后,又尊皇后卜答失里为皇太后,敕造玉册玉宝。又由皇太后降旨,命作两宫幄殿车乘供帐,一面告祭南郊,及社稷宗庙。至太后册宝告成,复敬奉如仪,太后御兴圣殿受朝贺。宫廷内外,赏赍有差。还有一桩咄咄怪事,七龄的幼主,居然立起一位皇后。这皇后名叫也忒迷失,也系弘吉剌氏,与幼主年龄也不相上下。小子有诗记此事道:

　　欲赋桃夭贵及时,成年方始叶婚期。

　　如何七岁冲人子,也咏周南第一诗?

欲知立后后如何情形,待至下回表明。

有元一代,权奸最多。至燕帖木儿之恃功专宠,可谓极矣;然继起者尚有伯颜。陈思谦等虽抗直敢言,然豺狼当道,安问狐狸。所传谏草,无非徒供后人之览诵,著书人不忍掩没,故特志之。至若鄜王之立,于伯颜无甚关系,而于燕帖木儿,则有所顾忌,舍子立侄之议,无怪其不乐赞成。而皇后卜答失里,必导扬末命,不从燕帖木儿之请,彼未能容明宗后,讵转能爱明宗子乎? 是必由明宗帝后,从中示儆可知也,证以四十五回,前后联贯,阅者应益恍然。

第四十八回

迎嗣皇权相怀疑　遭冥谴太师病逝

却说郿王于十月即位,阅十余日,即立了一个皇后。同处宫中,两小无猜,倒也是一段元史奇闻。是时天已隆冬,转眼间又要残腊,乃诏群臣会议改元,并先皇帝庙号神主,及升祔武宗皇后等事。议尚未定,小皇帝又罹着绝症,不到数日,又复归天。

诸王大臣统惊异不置,独燕帖木儿喟然道:"我意原欲立皇子,不知先帝何意,必欲另立郿王?太后又是拘泥得很,定要勉遵顾命。到底郿王没福,即位不过六七十日,便已病逝,此后总应立皇子了。"乃复入宫谒见太后,先劝慰了一番,然后提及继位问题。

太后道:"国家不幸,才立嗣君,即行病殁,真令人可悲可叹!"燕帖木儿道:"这是命运使然,往事也不必重提了!国家不可一日无君,今日正当继立皇弟呢。"太后道:"据卿所说,莫非是吾子燕帖古思么?"燕帖木儿应声称是。太后道:"吾子尚幼,不应嗣位,还宜另立为是。"燕帖木儿道:"前日命立郿王,乃是遵着遗嘱,化私为公。现在郿王已崩,自然皇子应立,此外还有何人?"太后道:"明宗长子妥欢帖睦尔,前居高丽,现在静江,今年已十三岁了,可以迎立。毕竟妇人畏鬼,还不敢立己子。燕帖木儿道:"先帝在日,曾有明诏,谓妥欢帖睦尔非明宗子,所以前徙高丽,后徙静江,今尚欲立他么?"太后道:"立了他再说,待他百年后,再立吾子未迟。"燕帖木儿道:"人心难料,太后优待皇侄,恐皇侄未必记念太后哩。"太后道:"这也凭他自己的良心,我总教对得住先皇,并对得住明宗帝后,便算尽心了。"燕帖木儿尚是摇首,太后道:"太平王,你忘却王忽察都的故事么?先皇帝为了此事,始终不安,我也吓得够了。我的长子,又因此病逝,现只剩了一个血块,年不过五六龄,我望他多活几年,所以宁立皇侄,无论妥欢帖睦尔是否为明宗自出,然明宗总称他为子,我今又迎他嗣立,阴灵有知,当不再怨我了！"燕帖木儿道："太后也未免太拘！皇次子出宫后，由臣奉养，并不闻有鬼祟，怕他甚么？"太后道："太平王，你休仗着胆力！先帝也说你不久呢。"燕帖木儿至此，也暗暗的吃了一惊，又默想了片时，方道："太后已决议么？"太后道："我意已决，不必另议！"燕帖木儿叹息而出。太后遂命中书右丞阔里吉思，速即驰驿，往广西的静江县，迎立妥欢帖睦尔。嗣主未来，残年已届，倏忽间已是元旦，仍依至顺年号，作为至顺四年。

　　过了数日，由阔里吉思遣使驰报，嗣皇帝将到京师了。太后乃命太常礼仪使整具卤簿，出京迎接。文武百官皆往。燕帖木儿病已早愈，亦乘马偕行。既至良乡，已接着来驾，各官在道旁俯伏，只燕帖木儿自恃功高，不过下马站立。妥欢帖睦尔年才成童，前时曾见过燕帖木儿的威仪，至此又复晤着，容貌虽憔悴了许多，但余威尚在，未免可怕，竟尔掉头不顾。嗣经阔里吉思在旁密启道："太平王在此迎驾，陛下应顾念老臣，格外敬礼。"妥欢帖睦尔闻言，无奈下马，与燕帖木儿相见。燕帖木儿屈膝请安，妥欢帖睦尔也答了一揖。阔里吉思复宣谕百官免礼，于是百官皆起。妥欢帖睦尔随即上马，燕帖木儿也上马从行。

　　既而两马并驰，不先不后。居然是并肩王。燕帖木儿扬着马鞭，向妥欢帖睦尔道："嗣皇此来，亦知迎立的意思，始自何人？"妥欢帖睦尔默然不答。燕帖木儿道："这是太后的意旨。从前札牙笃皇帝遇疾大渐，遗命舍子立侄，传位鄜王，不幸即位未几，遽尔崩殂。太后承札牙笃皇帝余意，以弟殁兄存，所以遣使迎驾，愿嗣皇鉴察！"妥欢帖睦尔仍是无言。燕帖木儿道："老臣历事三朝，感承厚遇，每思札牙笃皇帝，大公无我，很是敬佩，所以命立鄜王，老臣不敢违命；此次迎立嗣皇，老臣亦很是赞同。"借太后先皇折到自己，前是宾，此是主，无非为希宠邀功起见。语至此，眼睁睁的瞧着妥欢帖睦尔，不意妥欢帖睦尔仍然不答。燕帖木儿不觉动恼，勉强忍住，复语道："嗣皇此番入京，须要孝敬太后。自古圣王，统以孝治天下，况太后明明有子，乃廿心让位，授与嗣皇，太后可谓至慈，嗣皇可不尽孝么？"语带双敲，明明为着自己。说至尽孝两字，不由得声色俱厉，那妥欢帖睦尔总是一言不发，好似木偶一般。燕帖木儿暗叹道："看他并不是傀儡，如何寂不一言！莫非明宗暴崩，他已晓得我等密谋？看来此人居心，很不可测，我在朝一日，总不令他得志，免得自寻苦恼呢！"计非不

佳，奈天不假年何！乃不复再言，惟与妥欢帖睦尔并驾入都。

　　至妥欢帖睦尔入见太后后，燕帖木儿又复入宫，将途次所陈的言语，节述一遍，复向太后道："臣看嗣皇为人，年龄虽稚，意见颇深，若使专政柄，必有一番举动，恐于太后不利！"太后道："既已迎立，事难中止，凡事只由天命罢！"燕帖木儿道："先事防维，亦是要着。此刻且留养宫中，看他动静如何，再行区处。且太后预政有日，廷臣并无间言，现在不如依旧办理，但说嗣皇尚幼，朝政仍取决太后，哪个敢来反抗呢？"太后犹豫未决，燕帖木儿道："老臣并非怀私，实为太后计，为天下计，总应慎重方好。"总是欺人。太后尚淡淡的应了一声。燕帖木儿告退。

　　越日，由太史密奏太后，略言迎立的嗣皇，实不应立，立则天下必乱。太后似信非信，召太史面诘，答称凭诸卜筮。于是太后亦迟疑不决，自正月至三月，国事皆由燕帖木儿主持，表面上总算禀命太后。妥欢帖睦尔留居宫中，名目上是候补皇帝，其实如没有一般，因此神器虚悬，大位无主。燕帖木儿心尚未惬，总想挤去了他，方得安心，奈一时无从发难，不得已迁延过去。

　　前平章政事赵世延，平时与燕帖木儿很是亲昵，燕帖木儿亦尝以心腹相待，日相过从。至此见燕帖木儿愁眉未展，也尝替他担忧，因当时无法可施，只好借着花酒，为他解闷。

　　一日，邀燕帖木儿宴饮，并将他家眷也招了数人，一同列席。又命妻妾等亦出来相陪。男女杂沓，履舄交错，开琼筵以坐花，飞羽觞而醉月，任你燕帖木儿如何忧愁，至此也不觉开颜。酒入欢肠，目动神逸，四面一瞧，妇女恰也不少，有几个是本邸眷属，不必仔细端详，有几个是赵宅后房，前时也曾见过，姿貌不过中人，就使年值妙龄，毕竟无可悦目。忽见客座右首，有一丽姝，豆蔻年华，丰神独逸，桃花面貌，色态俱佳。当醉眼模糊的时候，衬着这般美色，越觉眼花撩乱，心痒难搔，便顾着赵世延道："座隅所坐的美妇，系是何人？"世延向座右一瞧，又指语燕帖木儿道："是否此妇？"燕帖木儿点首称是。世延不禁微笑道："此妇与王爷夙有关系，难道王爷未曾认识么？"这语一出，座隅妇人，已经听着，嗤嗤的笑将起来。就是列坐的宾主，晓得此妇的来历，大都为之解颐，顿时哄堂一笑。燕帖木儿尚摸不着头脑，徐问世延道："你等笑我何为？"世延忍着笑道："王爷若爱此妇，尽可送与王爷。"燕帖木儿道："承君美意，但不知此妇究竟是谁？"世延道："王爷可瞧得仔细么？这明明是王爷宠姬，理应朝夕相见，如何转不认识？"燕帖木儿闻言，复抽身离座，至少妇旁端详一番，自己也不觉粲然，便对世延道："我今日贪饮数杯，连小妾鸳鸯，都不相识，难怪座客取笑呢！"人而无目，宜乎速死。世延道："王爷请勿动气！妇人小子，哪里晓得王爷苦衷！王爷为国为民，日夕勤劳，虽有姬妾多人，不过后房备数，所以到了他处，转似未曾相识哩。"善拍马屁。燕帖木儿也对他一笑，尽欢而罢。便挈鸳鸯同舆，循路而归。

　　是夕留鸳鸯侍寝，自在意中，毋庸细说。名曰鸳鸯，自应配对。只燕帖木儿忧喜交集，忧的是嗣皇即位，或要追究前愆；喜的是佳丽充庭，且图眼前快乐。每日召集妃嫔，列坐宴饮，到了酒酣兴至，不管甚么嫌疑，就在大众面前，随选一妇，裸体交欢；夜间又须数人共寝，巫山十二，任他遍历。看官！你想酒中藏毒，色上藏刀，人非金石，怎禁得这般剥削！况且杀生害命，造孽多端，相传太平王厨内，一宴或宰十二马，如此穷奢极欲，能够长久享受么？俗语说得好，铜山也有崩倒的日子，燕帖木儿权力

虽隆,究竟敌不过铜山,荒淫了一二个月,渐渐身子尪(wāng)瘵,老病复发,虽有参苓,也难收效!运退金失色,时衰鬼来欺,燕帖木儿从未信鬼,至此也胆小如鼷(xī),日夜令人环侍,尚觉鬼物满前。

一日,方扶杖出庭,徐徐散步,忽大叫一声,晕倒地上。左右连忙扶起,舁入床中,他却不省人事,满口里胡言诞语,旁人侧耳细听,统是自陈罪状,悔泣不休。忙从太医使中,延请了数位名手,共同诊治。大众都是摇首,勉勉强强的公拟一方,且嘱王府家人道:"此方照饮,亦只可少延数日,看来精神耗尽,脉象垂绝,预备后事要紧,我等是无可为力了!"

王妃八不罕以下,俱惶急异常。俟进药后,却是有些应验,燕帖木儿溺了一次瘀血,稍觉神气清醒。但见妃姜等环列两旁,还有子女数人,一并站着,便喘吁吁道:"我与你等要长别哩。"八不罕接着道:"王爷不要这般说。"燕帖木儿道:"夫人!夫人!你负泰定帝,我负夫人!彼此咎由自取,尚复何言!"八不罕不禁垂泪,燕帖木儿复道:"人生总有一死,不过我自问生平,许多抱歉,近报在身,远报在子孙,这是不易至理,悔我前未觉悟哩!"晓得迟了。

正在诉别的时候,外面已有无数官员,统来问疾。由燕帖木儿召入,淡淡的谈了数语。惟问及太傅伯颜,未见到来,他却自言自语道:"一生一死,乃见交情,我前时尝替他出力,目今我病,他即视同陌路,可见生死至交,原是不易得呢!"暗伏下文。大众劝慰一番,告别而去。

燕帖木儿复召弟撒敦,乃子唐其势、塔剌海嘱咐后事,教他勤慎保家。寻又自叹道:"炎炎者灭,隆隆者绝。我、我……"说了两个我字,痰已壅上,竟接不下去。须臾面色转变,两目双睁,但听得二语道:"先皇先后恕臣,臣去,臣去!"言毕遂逝。远远听得一片呼喝声,号惨声,阴气森森,令人发竖。

八不罕等又悲又惊,待惊魂少定,阖家挂孝治丧,不必絮述。惟八不罕身为皇后,曾已母仪八方,为了情根未断,甘心受辱,竟嫁燕帖木儿为妃;乃历时未几,又复守嫠,总是一场别鹄离鸾,悔不该再行颠鸾倒凤!还有必罕姊妹,更不值得。可见妇人以守节为重,既以不幸丧夫,何必另图改醮呢!大声疾呼,有关名教。小子走笔至此,且暂作一束,缀以俚句一绝云:

> 国风犹忆刺"狐绥",一念痴迷悔莫追。
>
> 尽说回头便是岸,谁知欲海竟无涯!

燕帖木儿已死,那时妥欢帖睦尔方得乘势出头,由太后卜答失里召集群臣,奉他即位。欲知嗣位情形,且看下回便知。

燕帖木儿大诈似忠,始仇泰定而迎二王,继助文宗以戕明宗,一再弑立,视君如弈棋。董卓、曹操之所不能为者,而燕帖木儿敢为之,一代奸雄,绝无仅有。惟文后初立鄜王,继立妥欢帖睦尔,皆非燕帖木儿所赞成,彼挟震主之威,肆行无忌,讵不能抗违后命,另立嗣君乎?吾推其意,当鄜王嗣立时,利其年幼,姑暂听之。至鄜王夭逝,迎立妥欢帖睦尔,并马徐行,举鞭指示,而妥欢帖睦尔不答;燕帖木儿遂怀异志,暗中把持,三月无君,假使未死,则妥欢帖睦尔其能免彼暗算耶?乃溺之以酒,蛊之以色,俾其荒淫体羸,溺血以死,是殆天之福善祸淫,而阴夺其魄者?本书历叙权奸,而于燕帖木儿之生死,记载独详,其所以寓戒之意,昭然若揭,余事已见细评,要无非一微世也。

第四十九回

履尊择配后族蒙恩　犯阙称兵豪宗覆祀

　　却说妥欢帖睦尔留宫三月，因燕帖木儿已死，乃由太后与大臣定议，奉他即位，且约以万岁之后，传位燕帖古思，如武宗、仁宗故事。诸王宗戚，相率赞成，遂奉上玺绶，于至顺四年六月，赴上都即位，又有一道赦诏，其文云：

　　　　洪维我太祖皇帝，受命于天，肇造区夏。世祖皇帝，奄有四海，治功大备。列圣相传，丕承前烈。我皇祖武宗皇帝，入纂大统，及致和之季，皇考明宗皇帝，远居沙漠，札牙笃皇帝，戡定内难，让以天下。我皇考宾天，札牙笃皇帝，复正宸极，治化方隆，奄弃臣庶。今皇太后召大臣燕帖木儿、伯颜等曰："昔者阔彻、脱脱木儿、只儿哈郎等谋逆，以明宗太子为名，又先为八不沙，始以妒忌妄构诬言，疏离骨肉，逆臣等既正其罪，太子遂迁于外。札牙笃皇帝，后知其妄，寻至大渐，顾命有曰：朕之大位，其以朕兄子继之。"时以朕远征南服，以朕弟懿璘质班，登大位以安百姓，乃遽至大故。皇太后体承札牙笃皇帝遗意，以武宗皇帝之玄孙，明宗皇帝之世嫡，以贤以长，在予一人，遣使迎还，征集宗室诸王来会，合辞推戴。今奉皇太后勉进之笃，宗亲大臣恳请之至，以至顺四年六月初八日，即皇帝位于上都。於戏！惟天惟祖宗，全付予有家，栗栗危惧，若涉渊冰，罔知攸济。尚赖宗亲臣邻，交修不逮，以底隆平。其赦天下，俾众周知！

　　诏书一布，帝位既定，这便是元朝末代皇帝。后来明兵入燕都，元主北去，明太祖以他知顺天命，退避朔漠，特加号曰顺帝。小子沿例乘便，从此就称为顺帝了。

　　顺帝有亲臣，名阿鲁辉帖木儿，上言天下事须委任宰相，庶有专责，可望成功，若亲自听断，必负恶名。*恐由伯颜运动得来。*顺帝信为真言，遂命伯颜为太师中书右丞相，监修国史，兼奎章阁大学士，领学士院、太史院回回、汉人司天监事。复置左丞相，令撒敦充任，并加号太傅。唐其势为御史大夫。

燕帖木儿有一女，名答纳失里，太后以燕帖木儿遗功卓著，遂将答纳失里纳入后宫，命顺帝册立为后。顺帝此时不敢专擅，自然遵命而行，一切仪注，悉循旧制。册文有云：

天之元统二气，配莫厚于坤仪；月之道循右行，明同贞于乾耀。若昔帝王之宅后，居多辅相之世勋，盖选德于元宗，亦畴庸于先正：造周资任、姒之化，兴汉表马、邓之功。咨尔皇后钦察氏，雍肃慈惠，谦裕静淑，乃祖乃父，凤坚翼亮之心，于国于家，实获修齐之助，朕缵丕图之初载，亲承太后之睿谟，眷我元臣，简兹硕媛，相严裡（yīn）而率典，奉慈极以愉颜，用彰祎翟之华，式著旗常之旧，爰授玉册宝章，命尔为皇后，备成嘉礼，宏贲大猷。於戏！嵩高生贤，予笃怀于良佐；关雎正始，尔勉嗣于徽音。永锡寿康，昭示悠久。录册后文，为下文被鸩张本。

立后以后，锡类推恩，复封撒敦为荣王，食邑庐州；唐其势袭爵太平

王，进阶金紫光禄大夫。燕帖木儿的余荫，好算千古无两了。是谓天夺之鉴。又封伯颜为秦王，令与荣王左丞相撒敦，统理百官，总治庶政。一面定议改元，以至顺四年，改为元统元年。既而上札牙笃皇帝尊谥曰圣明元孝皇帝，庙号文宗，上鄜王尊谥曰冲圣嗣孝皇帝，庙号宁宗。鄜王庙号宁宗，特为补入，文笔不漏。惟升祔武宗皇后，议久未决。武宗正后真哥，未有子嗣；明宗母亦乞烈氏，文宗母唐兀氏，虽皆追尊为后，然原本返始，究系武宗妃嫔，太师右丞相伯颜亦怀疑莫释，左右两难，因问太常博士逯鲁曾道："先朝以真哥皇后无子，不为立主，目今定议配飨，应属明宗母呢？抑系文宗母呢？"逯鲁曾道："真哥皇后在武宗朝，已膺宝册，名分已定，非文、明二母所比。文、明二母，位居妃妾，若以真哥皇后无出的缘故，遂将她废黜，竟以妾母为正，是为臣的人，敢废先君的嫡母！为子的人，私尊先君的妾媵，何以正名？何以传世？"

伯颜频频点首，适集贤学士陈颢素与鲁曾未协，竟出来献议道："唐太宗时，尝册曹王明母为后，是古时亦有二后的成制；况文、明二母，各产英君，母以子贵，难道不可升祔么？"牵强得很。鲁曾正色道："尧母庆都，系帝喾庶妃，尧未尝以配喾，今不法尧舜，偏欲依唐太宗故例，殊不可解！"伯颜莞尔道："博士言是，我当依言奏闻，升祔真哥皇后便了。"

议既决，奏入照准。乃以真哥皇后，配飨武宗，立主升祔。复上皇太后尊号，再行大赦，并免民租之半。

会左丞相撒敦，因多病辞职，顺宗眷念后族，命唐其势代任，凡有中书省事，仍令撒敦会议。唐其势就任数日，屡与伯颜龃龉，奏乞罢职。顺帝慰留不允，只得仍召撒敦，再命为左丞相，并追赠燕帖木儿公忠开济弘谟同德翊运佐命功臣，仪同三司太师中书右丞相，加封德王，谥曰"忠武"。其余廷右各臣，亦多邀封赏。惟奎章阁侍书虞集，谢病乞归。

集学问赅博，有长者风。先是御史中丞马祖常，尝求集荐引乡人龚伯燧，集不从所请，因此挟嫌。顺帝赴上都时，曾召集随往，祖常使人告集道："御史已有后言，请公留意。"集知祖常有倾轧意，俟顺帝即位后，即托病谢归。看官！你道祖常如何寻隙，令集闻言即去？原来文宗尝命集书诏，言妥欢帖睦尔非明宗子，所以祖常乘隙而入，得肆挤排。不设暗箭，乃用明枪，令虞集归安故里，我谓马祖常还是好人。虞集去后，侍臣犹上启顺帝，谓虞集曾书旧诏，顺帝怅然道："此朕家事，与他何涉？"*顺帝初政，尚有一隙之明。*说得侍臣失色而退。寻遣使赐他酒币，召使还朝，集终不起。阅十五年，卒于临川原籍，赐谥文靖，学者称为邵庵先生。这且搁过不提。

且说顺帝嗣位以后，天灾人异，相逼而至。京畿大水，黄河泛滥，两淮亢旱，徽州、秦州、凤州的大山，相继崩裂。至元统二年元旦，汴梁雨血，着衣皆赤。嗣到春季，彰德路雨白毛，继续似线，土人相率惊诧，或呼作菩萨线，或称为老君髯。既而民间编成歌谣，分作四句：首二句是"天雨线，民起怨"，次二句是"中原地，事必变"。当时共议为不祥。未几水旱疾疫，及山崩地震诸怪异，所在迭见，太白屡昼见经天，经太史接连报闻，顺帝只知加恩肆赦，凡所有修省事宜，未闻举行。时光易过，又是元统三年。顺帝欲出猎柳林，御史台联衔进奏道："陛下春秋鼎盛，宜思文皇付托的重任，修德行仁，勉致太平。方今赤县民生，供给繁劳，农务方兴，日不暇给，陛下乃驰骋朔方，既需调发，又防衔橛，恐非上承宗庙、下奠黎庶的至意。"顺帝乃收回原议，罢猎不行。

会左丞相撒敦病殁，伯颜独秉政。唐其势心甚不平，尝语密友道："天下本我家的天下，伯颜何人，位置偏居我上，煞是可恨！"这语传入伯颜耳中，伯颜心甚不悦，遂缮疏入奏，请以右丞相职位，让与唐其势。*又是奸雄手段。*奉诏不允，只命唐其势为左丞相，唐其势仍是怏怏。

撒敦弟答里，曾封容容郡王，与诸王晃火帖木儿数相往来。唐其势贻书答里，极言伯颜专权，顺帝昏庸，应入清朝右，且行废立故事。*才力不及乃父，竟思效乃父故智，无怪弄巧成拙。*答里遂与晃火帖木儿商议，晃火帖木儿也蓄异图，竟劝答里备兵举行。答里乃复告唐其势，约以内外夹应，指日图功等语。唐其势遂决意发难。郯王彻彻秃伺得逆谋，首先密报。有诏召答里入朝，待久不至。顺帝乃密告伯颜，预行防备。

至六月晦日，唐其势伏兵东郊，自率勇士突进宫阙，甫入禁城，卫兵齐起，伯颜率着完者帖木儿等，大刀阔斧，前来掩杀。唐其势惘惘进来，总道是出人不意，可以唾手成功，谁知四面八方，统是敌兵，那时叫苦不迭，慌忙抵御，战了数合，毕竟寡不敌众，手下健卒，渐渐死亡。伯颜复下令道："生擒唐其势者赏万金，立即升官！"卫士闻得此令，没一个不奋力上前，把唐其势围住。唐其势只有进路，没有出路，也只好拼命死斗，怎奈双手不敌四拳，渐渐支持不住，竟被卫士扯落马下，七扛八抬的拖入宫中。也算阔绰。

伯颜扫清叛卒，复引兵驰往东郊，唐其势弟塔剌海尚未知乃兄被擒，竟挈着伏兵，前来对仗。无如伏兵也是不多，经伯颜麾兵猛击，一阵驱杀，已将塔剌海手下杀得东逃西溃。塔剌海也回马急奔，被卫士射倒马下，活擒过去。

伯颜既执住唐其势兄弟，复驰入宫中，请顺帝登殿审讯，顺帝道："逆谋已著，何庸再鞫，卿可照律惩办便了！"伯颜遂命卫士动手，将唐其势兄弟牵出。唐其势攀住殿槛，且朗声道："陛下曾有明诏，宥臣父子孙九死，为何今日食言？"补前阙文。顺帝怒叱道："谁叫你谋逆，兴兵犯阙，尚欲保全首领么？"卫士闻旨，都来牵扯唐其势，甚至殿槛攀折，方将唐其势曳出，一刀两段。还有塔剌海少年胆怯，竟避匿皇后座下，皇后以情关手足，牵裙遮蔽。伯颜喝令卫士，从皇后座下牵出塔剌海，自己拔剑出鞘，把手一挥，竟将塔剌海杀死，血溅后衣，吓得皇后答纳失里战兢兢的缩作一团。

伯颜复启奏道："皇后兄弟谋逆，皇后亦应有罪；况袒蔽兄弟，显系党恶，请陛下割情正法，为将来戒！"顺帝尚未回答，伯颜复叱卫士，牵皇后出宫。卫士未敢动手，伯颜大怒，竟走至后前，揪住皇后发髻，拖落座下。皇后号泣道："陛下救我！陛下救我！"顺帝至此，亦呜咽道："汝兄弟为逆，朕亦不能相救。"言未已，伯颜已将皇后牵去，交与卫士。伯颜可恶。卫士拥后出宫，到了开平民舍，暂令居住。伯颜不肯干休，竟遣人携了鸩酒，胁皇后饮讫。可怜皇后身入椒房，未满二载，为了兄弟谋逆，竟被伯颜鸩死！流水无情，落花有恨，这也由命数使然，徒令人叹息罢了！这是燕贴木儿害她，不专由她兄弟二人。逆党败奔答里，答里即举兵抗命。顺帝遣使臣哈儿哈伦阿鲁灰奉命招谕，答里不从，反将他捆缚起来，用以祭旗。顺帝再遣阿弼往谕，又被他杀死，于是命撅思监火儿灰、哈剌那海等，领兵前讨。答里亦率党和尚、剌剌等迎战，两军相遇，酣闹一场，和尚、剌剌等败走。答里亦遁，拟往投晃火帖木儿。不意行至中途，闪出了一支人马，主帅名叫阿里浑察，奉上都差遣，前来夹攻答里。答里正势穷力蹙，仓猝不及备战，被阿里浑察冲至马前，一戟刺下，把他擒住，押送上都，眼见得不能活了。

晃火帖木儿闻内外党羽，俱已败死，惊得甚么相似。忽又报元将孛罗晃火儿不花，引了万人，奔杀前来。不得已征兵数千，出去对阵，可奈兵心未固，遇了敌将，当即弃甲曳兵，纷纷溃散。晃火帖木儿自知难免，遂服毒自杀。

还有怯薛官阿察赤，也与唐其势勾连，欲杀伯颜。经伯颜调查确实，发兵掩捕，执付有司，统共伏辜。一场逆案，化作日出烟消。顺帝复将燕帖木儿及唐其势引用的人员，一并黜逐；并颁下一道谕旨，其文云：

> 曩者文宗皇帝，以燕帖木儿尝有劳伐，父子兄弟，显列朝廷，而辄造事衅，出朕远方。文皇寻悟其妄，有旨传次于予。燕帖木儿贪利幼弱，复立朕弟懿璘质班，不幸崩殂；今丞相伯颜，追奉遗诏，迎朕于南。既至大都，燕帖木儿犹怀两端，迁延数月。天陨厥躬，伯颜等同时翊戴，乃正宸极。后撒敦、答里、唐其势相袭用事，交通宗王晃火帖木儿，图危社稷。阿察赤亦尝与谋。伯颜等以次掩捕，明正其罪。元

凶构难,贻我皇太后震惊,朕用兢惕。永惟皇太后后其所生之子,一以至公为心,亲羁大宝,畀予兄弟,迹其定策两朝,功德隆盛,近古罕比,虽尝奉上尊号,揆之朕心,犹未为尽,已命大臣特议加礼。伯颜为武宗捍御北边,翼戴文皇,兹又克清大憝,明饬国宪,爰赐答剌罕之号,至于子孙,世世永赖,可赦天下,俾众咸悉!

嗣是秦王伯颜愈得宠任,遂命他独任中书右丞相,仿佛与前日燕帖木儿同一宠荣。一面将唐其势家产尽行籍没。小子有诗咏道:

追原祸始是骄盈,人事由来满必倾。

若使权奸生令子,怎教善恶得分明!

欲知元廷后事,且从下回交代。

燕帖木儿家族之亡,不由顺常之追究前嫌,而由唐其势之自行谋逆,是正燕帖木儿生时之所不料,实即天道之巧于报应也。燕帖木儿贪淫骄恣,得保全首领以殁,可谓幸矣。厥后子封王,女册后,烜赫尊荣,一时无匹,乃曾几何时,子弟族诛,女后被鸩,遗资宿产,悉数籍没。乃知天之所以福彼者,不啻所以加祸,愚者特不自觉耳!虽然,燕帖木儿之后,尚有伯颜,未鉴前车,复循覆辙,胁主掉后,任所欲为,是殆愚之又愚者。传曰:"其兴也暴,其亡也忽。"观于此文益信!

第五十回

辱谏官特权停科举　尊太后变例晋徽称

却说秦王右丞相伯颜，自削平逆党后，独秉国钧，免不得作威作福起来。小人通弊。适江浙平章彻里帖木儿，入为中书平章政事，创议停废科举，及将学校庄田，改给卫士衣粮等语。身非武夫，偏创此议，无怪后之顽固将官，痛嫉学校，动议停办。小子前述仁宗朝故事，曾将所定科举制度，一一录明，嗣是踔行有年，科举学校，并行不悖。彻里帖木儿为江浙平章时，适届科试期，驿请试官，供张甚盛。彻里帖木儿心颇不平，既入中书，遂欲更张成制。

御史吕思诚等，群以为非，合辞弹劾。奏上不报，反黜思诚为广西佥事。余人愤郁异常，统辞官归去。参政许有壬也代为扼腕。会闻停罢科举的诏旨，已经缮就，仅未盖玺，不禁忍耐不住，竟抽身至秦王邸中，谒见伯颜，即问道："太师主持政柄，作育人材，奈何把罢除科举的事情，不力去挽回么？"伯颜怒道："科举有什么用处？台臣前日，为这事奏劾彻里帖木儿，你莫非暗中同意不成？"确是权相口吻。有壬被他一斥，几乎说不出话来，亏得参政多年，口才尚敏，略行思索，便朗声答道："太师擢彻里帖木儿入任中书；御史三十人，不畏太师，乃听有壬指示，难道有壬的权力，比太师尚重么？"伯颜闻言，却掀髯微笑，似乎怒意稍解。奸相。

有壬复道："科举若罢，天下才人，定多觖望！"伯颜道："举子多以赃败，朝廷岁费若干金钱，反好了一班贪官污吏！我意很不赞成。"有壬道："从前科举未行，台中赃罚无算，并非尽出举子。"伯颜道："举子甚多，可任用的人材，只有参政一人。"有壬道："近时若张梦臣、马伯庸辈，统可大任，就是善文如欧阳元，亦非他人所及。"伯颜道："科举虽罢，士子欲求丰衣美食，亦能有心向学，何必定行科举？"有壬道："志士并不谋温饱，不过有了科举，便可作为进身的阶梯，他日立朝议政，保国抒才，都好

由此进行呢。"

伯颜沉吟半晌，复道："科举取人，实与选法有碍。"*本意在此，先时尚欲自讳，至此无从隐蔽，方和盘托出。*有壬道："今通事知印等，天下凡三千三百余名，今岁自四月至九月，白身补官，受宣入仕，计有七十三人，若科举定例，每岁只三十余人，据此核算，选法与科举，并没有什么妨碍；况科举制度，已行了数十年，祖宗成制，非有弊无利，不应骤事撤除。还请太师明察！"伯颜道："箭在弦上，不得不发，此事已有定议，未便撤销，参政亦应谅我苦心呢！"*遁辞知其所穷。*有壬至此，无言可说，只得起身告辞。

伯颜送出有壬，暗想此人可恨，他硬出头与我反对，我定要当着大众，折辱他一次，作为儆戒，免得他人再来掣肘。当下默想一番，得了计划，遂于次日入朝，请顺帝将停办科举的诏书，盖了御宝，便把诏书携出，宣召百官，提名指出许有壬，要他列为班首，恭读诏书。有壬尚不知是何诏，竟从伯颜手中接奉诏敕。待至眼帘映着，却是一道停办科举的诏书，那时欲读不可，不读又不可，勉勉强强的读了一遍，方将此诏发落。

治书御史普化，待他读毕，却望着一笑，弄得有壬羞惭无地。须臾退班,普化复语有壬道:"御史可谓过河拆桥了。"有壬红着两颊,一言不发,归寓后,称疾不出。原来有壬与普化,本是要好的朋友,前时尝与普化言及,定要争回此举。普化以伯颜揽权,无可容喙,不如见机自默,作个仗马寒蝉。保身之计固是,保国之计亦属未然。有壬凭着一时气恼,不服此言,应即与普化交誓,决意力争,后来弄到这般收场,面子上如何过得下去? 因此引为大耻,只好托称有疾罢了。

伯颜既废科举,复敕所在儒学贡士庄田租改给宿卫衣粮。卫士得了一种进款,自然感激伯颜,惟一般士子纷纷谤议,奈当君主专制时代,凡事总由君相主裁,就使士子交怨,亦只能饮恨吞声,无可如何。这叫作秀才造反。

这且慢表。惟天变未靖,星象又屡次示异,忽报荧惑犯南斗,忽报辰星犯房宿,忽报太阴犯太微垣,余如太白昼见、太白经天等现象,又连接不断。顺帝未免怀忧。辄召伯颜商议。伯颜道:"星象告变,与人生无甚关系,陛下何必过忧!"伯颜似预知西学。

顺帝道:"自我朝入主中夏以来,寿祚延长,莫如世祖。世祖的年号,便是至元,朕既缵承祖统,应思效法祖功,现拟本年改元,亦称作至元年号,卿意以为何如?"愚不可及。伯颜道:"陛下要如何改,便如何改,毋劳下问!"顺帝乃决意改元。

这事传到台官耳中,大众又交头接耳,论个不休。监察御史李好文即草起一疏,大意言年号袭旧,于古无闻,且徒袭虚名,未行实政,亦恐无益。正在摇笔成文的时候,外面已有人报说,改元的诏旨已颁下了。好文忙至御史台省,索得一纸诏书,其文道:

> 朕祗绍天明,入缵丕绪,于今三年,夙夜寅畏,罔敢怠荒。兹者年谷顺成,海宇清谧,朕方增修厥德,日以敬天恤民为务,属太史上言,星文示儆,将朕德菲薄,有所未逮欤? 天心仁爱,俾予以治,有所告戒欤? 弭灾有道,善政为先,更号纪元,实惟旧典。惟世祖皇帝在位长久,天人协和,诸福咸至。祖述之志,良切朕怀,今特改元统三年,仍为至元元年。遹(yù)遵成宪,诞布宽条,庶格祯祥,永绥景祚,可赦天下。

好文览毕,哑然失笑,即转身返入寓内,见奏稿仍摆在案头,字迹初干,砚坳尚湿,他凭着残墨秃笔,写出时弊十余条,言比世祖时代的得失,相去甚远，结束是陛下有志祖述，应速祛时弊，方得仰承祖统云云。属稿既成，从头至尾的读了一遍，自觉言无剩意，笔有余妍，遂换了文房四宝，另录端楷，录成后即入呈御览。待了数日，毫无音信，大约是付诸冰搁了。

好文愈觉气愤，免不得出去解闷。他与参政许有壬也是知友，遂乘暇进谒。时有壬旧忿已消，销假视事，既见了好文，两下叙谈，免不得说起国事。好文道："目今下诏改元，仍复至元年号，这正是古今未有的奇闻。某于数日间曾拜本进去，至今旬日，未见纶音，难道改了'至元'二字，便可与全盛时代，同一隆平么？"

有壬道："朝政煞是糊涂，这还是小事呢。"好文道："还有什么大事？"有壬道："足下未闻尊崇皇太后的事情么？"好文道："前次下诏，命大臣特议加礼，某亦与议一二次，据鄙见所陈，无非加了徽号数字，便算得尊崇了。"有壬道："有人献议，宜尊皇太后为太皇太后，足下应亦与闻？"此处尊皇太后事，从大臣口中叙出，笔法不致复沓。好文笑道："这等乃无稽谰言，不值一哂。"有壬道："足下说是谰言，上头竟要实行呢！"好文道："太皇太后，乃历代帝王尊奉祖母的尊号，现在的皇太后，系皇上的婶母，何得称为太皇太后？"有壬道："这个自然，偏皇上以为可行，皇太后亦喜是称，奈何！"

好文道："朝廷养我辈何为？须要切实谏阻。"有壬道："我已与台官商议，合词谏净，台官因前奏请科举，大家撞了一鼻子灰，恐此次又蹈覆辙，所以不欲再陈，你推我诿，尚未议决。"好文道："公位居参政，何妨独上一本。"有壬道："言之无益，又要被人嘲笑。"顾上文。好文不待说毕，便朗声道："做一日臣子，尽一日的心力；若恐别人嘲笑，做了反舌无声，不特负君，亦恐负己哩！"有壬道："监察御史泰不华也这般说，他已邀约同志数人，上书谏阻，并劝我独上一疏，陈明是非。我今已在此拟稿，巧值足下到来，是以中辍。"好文道："如此说来，某却做了催租客了。只这篇奏稿，亦不要什么多说，但教正名定分，便见得是是非非了。"有壬道："我亦这般想，我去把拟稿取来，与足下一阅。"言毕，便命仆役去取奏稿。不一刻，已将奏稿取到，由好文瞧着，内有数语道：从好文目中述及许有壬奏稿，又是一种笔法。

皇上于太后，母子也；若加太皇太后，则为孙矣。且今制封赠祖父母，降父母一等；盖推恩之法，近重而远轻，今尊皇太后为太皇太后，是推而远之，乃反轻矣！

好文阅此数语，便赞着道："好极！好极！这奏上去，料不致没挽回了。"说着，又瞧将下去，还有数句，无非是不应例外尊崇等语。瞧毕，即起身离座，将奏稿奉还有壬道："快快上奏，俾上头早些觉悟。某要告别了。"

有壬也不再留，送客后，即把奏稿续成，饬文牍员录就，于次日拜发。监察御史泰不华亦率同列上章，谓祖母徽称，不宜加于叔母。两疏毕入，仍是无声无臭，好几日不见发落。有壬只咨嗟太息，泰不华却密探消息，非常注意。

一日到台办事，忽有同僚入报道："君等要遇祸了，还在此从容办事么！"泰不华道："敢是为着太皇太后一疏么？"那人道："闻皇太后览了此疏，勃然大怒，欲将君等加罪，恐明日即应有旨。"言未已，台中哗然，与泰不华会奏的人员，更是惶急，有几个胆小的，益发颤起来，统来请教泰不华想一条保全性命的法儿。挖苦得很。泰不华神色如故，反和颜慰谕道："这事从我发起，皇太后如要加罪，由我一人担当，甘受诛戮，决不带累诸公！"于是大家才有些放心。

越日，也不见诏旨下来，又越一日，内廷反颁发金币若干，分赐泰不华等，泰不华倒未免惊诧，私问宫监，宫监道："太后初见奏章，原有怒意，拟加罪言官，昨日怒气已平，转说风宪中有如此直臣，恰也难得，应赏赐金币，旌扬直声，所以今日有此特赏。"泰不华至此，也不免上书谢恩。许有壬不闻蒙赏，未免晦气。只是太皇太后的议案，一成不变，好似金科玉律一般，没人可以动摇，当由礼仪使草定仪制，交礼部核定，呈入内廷，一面饬制太皇太后玉册玉宝。至册宝告成，遂恭上太皇太后尊号，称为赞天开圣徽懿宣诏贞文慈佑储善衍庆福元太皇太后，并诏告中外道：

> 钦惟太皇太后，承九庙之托，启两朝之业，亲以大宝付之眇躬，尚依拥佑之慈，恪遵仁让之训。爰极尊崇之典，以昭报本之忱，用上徽称，宣告中外。

是时为至元元年十二月，距改元的诏旨，不过一月。小子前于改元时，未曾叙明月日，至此不能不补叙。改元诏书，乃是元统三年十一月中颁发，史家因顺帝已经改元，遂将元统三年，统称为至元元年。或因世祖

尊太后赏例賠徽稱

年号,已称至元,顺帝又仍是称,恐后人无从辨别,于至元二字上,特加一"后"字,以别于前,这且休表。上文叙改元之举,不便夹入,至此才行补笔,亦是销纳之法。

且说太皇太后,于诏旨颁发后,即日御兴圣殿,受诸王百官朝贺,自元代开国以来,所有母后,除顺宗后弘吉剌氏外,见三十三回。要算这会是第二次盛举,重行旷典,增定隆仪,殿开宝翠,仰瞻太母之丰容,乐奏仙璈,不啻钧天之逸响。这边是百僚进谒,冠履生辉;那边是群女添香,佩环皆韵。太皇太后喜出望外,固不必说,就是宫廷内外,也没一个不踊跃欢呼,非常称庆。唯前日奏阻人员,心中总有些不服,不过事到其间,未便示异,也只有随班趋跄罢了。插写每为下文削去尊号,故作反笔。

庆贺已毕,又由内库发出金银钞币,分赏诸王百官,连各大臣家眷,亦都得有特赐。独彻里帖木儿异想天开,竟将妻弟阿鲁浑沙儿,认为己女,冒请珠袍等物。

一班御史台官,得着这个证据,乐得上章劾奏,且叙入彻里帖木儿平日尝指斥武宗为"那壁"。看官!你道"那壁"二字,是什么讲解?就是文言上说的"彼"字。顺帝览奏，又去宣召伯颜，问他是否应斥。伯颜竟说是应该远谪，乃将彻里帖木儿夺职，谪置南安。相传由彻里帖木儿渐次骄恣，有时也与伯颜相忤，因此伯颜袒护于前，倾排于后。正是：

   贵贱由人难自主，谄谀无益且招殃。

毕竟后事如何，且看下回分解。

  科举之得失，前人评论甚详，即鄙人于三十回中，亦略加论断，毋容赘说。惟伯颜之主停科举，实有别意。一则因彻里帖木儿之言，先入为主；二则朝纲独擅，无非欲揽用私人，若规规于科举，总不无掣肘之虞，故决议罢免之以快其私，非关于得失问题也。其后若改元，若尊皇太后为太皇太后，俱事出创闻，古今罕有，伯颜下行私，上欺君，逢迎蒙蔽，藉邀主眷，权奸之所为，固如是哉！此回叙元廷政事，除罢免科举外，似与伯颜无涉，实则暗中皆指斥伯颜。项庄舞剑，意在沛公，阅者体会入微，自能知之。

第五十一回

妨功害能淫威震主　竭忠报国大义灭亲

却说元顺帝宠用伯颜，非常信任，随时赏给金帛珍宝及田地户产，甚至把累朝御服，亦作为特赐品。伯颜也不推辞，惟奏请追尊顺帝生母，算是报效顺帝的忠忱。顺帝生母迈来迪，出自微贱，小子于前册中，已略述来历。见四十四回。此次伯颜奏请，正中顺帝意旨，遂令礼部议定徽称，追尊生母迈来迪为贞裕徽圣皇后。追尊所生，未始非报本之意，惟出自伯颜奏请，不免贡谀。顺帝以伯颜先意承旨，越加宠眷，复将"塔剌罕"的美名给他世袭，又敕封伯颜弟马扎尔台为王。马扎尔台夙事武宗，后侍仁宗，素性恭谨，与乃兄伯颜谦傲不同，此时已知枢密院事，闻宠命迭下，竟入朝固辞。顺帝问以何意，马扎尔台道："臣兄已封秦王，臣不宜再受王爵，太平故事，可作殷鉴，请陛下收回成命！"善鉴前车，故不俱亡。顺帝道："卿真可谓小心翼翼了！"马扎尔台叩谢而退。顺帝尚是未安，仍命为太保，分枢密院往镇北方。

马扎尔台只好遵着，出都莅任，蠲徭薄赋，颇得民心。惟伯颜怙恶不悛，经马扎尔台屡次函劝，终未见从，反且任性横行，变乱国法，朝野士民，相率怨望。广东朱光卿，与其党石昆山、锺大明聚众造反，称大金国，改元赤符。惠州民聂秀卿等，亦举兵应光卿。河南盗棒胡，又聚众作乱，中州大震。此为顺帝时代乱祸四起之肇始。元廷命河南左丞庆童往讨，获得旗帜宣敕金印，遣使上献。

伯颜闻报，即日入朝，命来使呈上旗帜宣敕等物。顺帝瞧着道："这等物件，意欲何为？"瘟皇帝。伯颜奏道："这皆由汉人所为，请陛下问明汉官。"参政许有壬正在朝列，听着伯颜奏语，料他不怀好意，忙出班跪奏道："此辈反状昭著，陛下何必下问，只命前敌大臣，努力痛剿便了！"顺帝道："卿言甚是！汉人作乱，须汉官留意诛捕，卿系汉官，可传朕谕，命所有汉官等人,讲求诛捕的法儿,切实奏闻,朕当酌行。"诛捕汉贼,责成汉官,若诛捕蒙逆,必责成蒙官,此乃自分畛域,适足召亡。许有壬唯唯遵谕。顺帝即退朝还宫。伯颜不复再奏,快快趋出。看官! 你道伯颜寓何意思? 他料汉官必讳言汉贼,可以从此诘责,兴起大狱;孰意被有壬瞧透机关,竟尔直认,反致说不下去,以此失意退朝。

嗣闻四川合州人韩法师,亦拥众称尊,自号南朝越王,边警日有所闻。当由元廷严饬诸路督捕,才得兵吏戮力,渐次荡平。各路连章奏捷,并报明诛获叛民姓氏,其间以张、王、刘、李、赵五姓为最多。伯颜想入非非,竟入内廷密奏,请将五姓汉人,一律诛戮。亏得顺帝尚有知觉,说是五姓中亦有良莠,不能一律尽诛,于是伯颜又不获所请,负气而归。

转眼间已是至元四年,顺帝赴上都,次八里塘。时正春夏交季,天忽雨雹,大者如拳,且有种种怪状,如小儿玦狮象等物,官民相率惊异,谣诼纷纷。未几有漳州民李志甫、袁州人周子旺,相继作乱,骚扰了好几月,结果是同归于尽,讹言方得少息。顺帝又归功伯颜,命在涿州、汴梁二处,建立生祠。嗣复晋封大丞相,加元德上辅功臣的美号,赐七宝玉书龙虎金符。元无大丞相名号,伯颜得此,可称特色。

伯颜益加骄恣,收集诸卫精兵,令党羽燕者不花作为统领,每事必禀命伯颜。伯颜偶出,侍从无算,充溢街衢。至如帝驾仪卫,反日见零落,如晨星一般。天下但知有伯颜,不知有顺帝,因此顺帝宠眷的心思,反渐渐变做畏惧了。

会伯颜以郯王彻彻秃,颇得帝眷,与己相忤,暗思把他摔去,免做对头,遂诬奏彻彻秃隐蓄异图,须加诛戮。顺帝默忖道:"从前唐其势等谋变,彻彻秃先发谋谍,彼时尚不与逆党勾结,难道今反变志? 此必伯颜阴怀嫉忌的缘故,万不可从。"乃将原奏留中不发。

次日伯颜又入内面奏,且连及宣让王帖木儿不花、威顺王宽彻普化,请一律诛逐。顺帝淡淡的答道:"这事须查有实据,方可下诏。"伯颜恰说了许多证据,大半是捕风捉影,似是而非,说得顺帝无言可答,只是默然。顺帝惯作此状。

伯颜见顺帝不答,忿忿的走了出去。顺帝只道他扫兴回邸,不复置念,谁知他竟密召党羽,捏做一道诏旨,传至郯王府中,把彻彻秃捆绑出

来，一刀了讫。复伪传帝命，勒令宣让王、威顺王两人，即日出都，不准逗留。待至顺帝闻知，被杀的早已死去，被逐的也已撵出，不由得龙心大怒，要将伯颜加罪，立正典刑。怎奈顺帝的权力，不及伯颜，投鼠还须忌器，万一不慎，连帝位都保不住，没奈何耐着性子，徐图良策。然而恶人到头，终须有报，任你位高权重的大丞相，做到恶贯满盈的时候，总有人出来摆布，教他自去寻死。微世名言。

这位大丞相伯颜的了局，说来更觉可奇，他不死在别人手中，偏偏死在他自己的侄儿手里，正是天网难逃，愈弄愈巧了。看官听着，他的侄儿，名叫脱脱，一作托克托。就是马扎尔台的长子。先是唐其势作乱时，脱脱尝躬与讨逆，以功进官，累升至金紫光禄大夫。伯颜欲令他入备宿卫，侦帝起居，嗣因专用私亲，恐干物议，乃以知枢密院事汪家奴，及翰林院承旨沙剌班，与脱脱同入禁中。脱脱得有所闻，从前必报知伯颜，寻见伯颜揽权自恣，也不免忧虑起来。

时马扎尔台尚未出镇，脱脱曾密禀道："伯父骄纵日甚，万一天子震怒，猝加重谴，那时吾族要灭亡了，岂不可虑！"马扎尔台道："我也曾虑及此事，只我兄不肯改过，奈何！"脱脱道："总要先事预防，方好哩。"马扎尔台点头称是。至马扎尔台奉命北去，脱脱无可禀承，越加惶急，暗思外人无可与商，只有幼年师事的吴直方，气谊相投，不妨请教。

当下密造师门，谒见直方，问及此事，直方慨然道："古人有言，大义灭亲，汝但宜为国尽忠，不要专顾甚么亲族！"脱脱拜谢道："愿受师教！"言毕辞归。

一日，侍帝左右，见顺帝愁眉不展，遂自陈忘家殉国的意思。顺帝尚未见信，私下与阿鲁、世杰班两人述及脱脱奏语，令他密查。阿鲁、世杰班，算是顺帝心腹，做了数年皇帝，只有两人好算心腹，危乎危乎！至此奉顺帝命，与脱脱交游，每谈及忠义事，脱脱必披胆直陈，甚至唏嘘涕泣，说得两人非常钦佩。遂密报顺帝，说是靠得住的忠臣。

会郯王被杀，宣让、威顺二王被逐，顺帝敢怒不敢言，只日坐内廷，咄咄书空。脱脱瞧着，便跪请为帝分忧。顺帝太息道："卿固怀忠，但此事不便命卿效力，奈何！"脱脱道："臣入侍陛下，总期陛下得安，就使粉骨碎身，亦所不恨。"顺帝道："事关卿家，卿可为朕设法否？"脱脱道："臣幼读古书，颇知大义，毁家谋国，臣不敢辞！"顺帝乃把伯颜跋扈的情迹，详述一遍，并且带语带哭，脱脱也为泪下，遂奏对道："臣当竭力设法，务报主恩！"顺帝点头。

脱脱退出。复去禀告吴直方，直方道："这事关系重大，宗社安危，在此一举，但不知汝奏对时，有无旁人听着。"脱脱道："恰有两人，一为阿鲁，一为脱脱木儿，想此两人为皇上亲臣，或不至漏泄机密。"直方道："汝伯父权焰熏天，满朝多系党羽，若辈苟志图富贵，竟泄秘谋，不特汝身被戮，恐皇上亦蹈不测了。"脱脱闻了此语，未免露出慌张情形。直方道："时刻无多，想尚不致遽泄，我尚有一计，可以挽回。"脱脱大喜，当即请教。直方与他附耳道："如此如此！"此处为省文起见，所以含浑。喜得脱脱欢跃而出，忙去邀请阿鲁及脱脱木儿至家，治酒张乐，殷勤款待，自昼至夜，始终不令出门。自己恰设词离座，出访世杰班，议定伏甲朝门，俟翌晨伯颜入朝，拿他问罪。当下密戒卫士，严稽宫门出入，螭坳统为置兵，待晓乃发。

脱脱暂归，天尚未明。伯颜已遣人召脱脱，脱脱不敢不去。及见伯颜,竟遭诘责,说是宫廷内外,何故骤行加兵? 消息真灵。那时脱脱心下大惊,勉强镇定了神,徐徐答道:"宫廷为天子所居,理宜小心防御;况目今盗贼四起,难保不潜入京师,所以预为戒严!"伯颜又叱道:"你何故不先报我?"脱脱惶恐,谢罪而去。料知事难速成,又去通知世杰班,教他缓图。果然伯颜隐有戒心,于次日入朝时,竟带卫卒至朝门外候着,作为保护。及退朝无事,又上一奏疏,请顺帝出畋柳林。

是时脱脱返家,已与阿鲁、脱脱木儿约为异姓兄弟,誓同报国。忽来宫监宣召,促脱脱入议,脱脱与二人相偕入宫。顺帝即将伯颜奏章,递与脱脱。脱脱阅毕,便启奏道:"陛下不宜出畋,请将原奏留中为是。"顺帝道:"朕意也是如此,只伯颜图朕日急,卿等务替朕严防!"言未已,宫监又呈进奏牍,仍是伯颜催请出猎。顺帝略略一瞧,即语脱脱道:"奈何?他又来催朕了。"脱脱道:"臣为陛下计,不妨托疾,只命太子代行,便可无虑。"顺帝道:"这计甚善,明晨就可颁旨,劳卿为朕草诏便了。"脱脱遵谕,即就顺帝前领了笔墨,写就数行,复呈顺帝亲览。由顺帝盖了御宝,于次日颁发出去。自此脱脱等留住禁中,与顺帝密图方法。三个缝皮匠,比个诸葛亮,这遭伯颜要堕入计中了。

伯颜接诏后,暗思太子代行,事颇尴尬,但诏中命大丞相保护,又是不好不去。默默的思索多时,竟想出废立的一条计策来,拟乘此出畋时候,挟了太子,号召各路兵马,入阙废君。又蹈唐其势覆辙,这正是暗中报应。计划已定,便点齐卫士,请太子启行,簇拥出城,竟赴柳林去讫。

看官!这太子却是何人,原来就是文宗次子燕帖古思。从前顺帝嗣位,曾奉太后谕旨,他日须传位燕帖古思,所以立燕帖古思为太子。应四十九回。

伯颜既奉太子出都,脱脱即与阿鲁等密谋,悉拘京城门钥。命所亲信布列城下,夤夜奉顺帝居玉德殿,召省院大臣,先后入见,令出五门听命。一面遣都指挥月可察儿,授以秘计,令率三十骑至柳林,取太子还都。又召翰林院中杨瑀、范汇二人,入宫草诏,详数伯颜罪状,贬为河南行省左丞相。命平章政事只儿瓦歹,赍赴柳林。脱脱自服戎装,率卫士巡城。俟诸人出城后,闭了城门,登陴以待。

说时迟,那时快,不到数时,月可察儿已奉太子回来,传着暗号,由脱脱开城迎入,仍将城门关住。原来柳林距京师只数十里,半日可以往返。月可察儿自二鼓起程,疾驰而去,至柳林,不过夜半。当时太子左右,已由脱脱派着心腹,使为内应,及与月可察儿相见,彼此不待详说,即入内挈了太子,与月可察儿一同入都。

　　伯颜正在睡乡,哪里晓得这般计划。至五鼓后,睡梦始觉,方由卫士报闻太子已归,急得顿足不已。正惊疑间,只儿瓦歹又到,宣读诏敕。伯颜听他读毕,还仗着前日势力,不去理睬,竟出帐上马,带着卫士,一口气跑至都门。

　　时已天晓,门尚未辟,只见脱脱剑佩雍容,踞坐城上,他即厉声喝着,大呼开城。威权已去,厉声何益! 城上坐着的脱脱,起身答道:“皇上有旨,黜丞相一人,诸从官等皆无罪,可各归本卫!”伯颜道:“我即有罪,被皇上黜逐,也须陛辞皇上,如何不令我入城?”脱脱道:“圣旨难违,请即自便!”伯颜道:“你是我侄儿脱脱么?你幼年的时候,我曾视若己子,如何抚养,你今日怎得负我?”脱脱道:“为国家计,只能遵着大义,不能顾着私恩;况伯父此行,仍得保全宗族,不致如太平王家,祸及灭门,还算是

万幸呢！"确是万幸。

伯颜尚欲再言，不意脱脱已下城自去。及返顾侍从，又散去了一大半，弄到没法可施，不得已回马南行。道出直定，人民见他到来，都说丞相伯颜也有今日。有几个朴诚的父老，改恨为悯，奉进壶觞。伯颜温言抚慰，并问道："尔等曾闻有逆子害父的事情么？"父老道："小民等僻处乡野，只闻逆臣逼君，不曾闻逆子害父！"伯颜被他一驳，未免良心发现，俯首怀惭。旋与父老告别，狼狈南下，途次又接着廷寄，略称伯颜罪重罚轻，应再行加罚，安置南恩州阳春县。看官！你想南恩州远在岭南，镇日里烟瘴熏蒸，不可向迩，如这位养尊处优的大丞相伯颜，此时被充发出去，受这么苦，哪里禁当得起！他亦明知是一条死路，今日挨，明日宕，及行抵江西隆兴驿，奄奄成病，卧土炕中。那驿官又势利得很，还要冷讥热讽，任情奚落，就使不是病死，也活活的气死了。争权夺利者，其鉴诸。

伯颜既贬死，元廷召马扎尔台还朝，命为太师右丞相，脱脱知枢密院事，余如阿鲁、世杰班等，俱封赏有差。嗣复加封马扎尔台为忠王，赐号答刺罕。马扎尔台固辞，且称疾谢职。御史台奏请宣示天下以劝廉让，得旨允从。台官又来拍马。乃诏令马扎尔台，以太师就第，授脱脱为右丞相，录军国重事。脱脱乃悉更伯颜旧政，复科举取士法，雪郯王彻彻秃冤诬，召还宣让、威顺二王，使居旧藩，又弛马禁，减盐额，蠲宿逋，并续开经筵，慎选儒臣进讲，中外翕然，称为贤相。小子也有诗咏脱脱道：

　　春秋书法本森严，公义私恩不两兼。
　　鸩死叔牙诛子厚，忠臣法古有谁嫌？

脱脱秉政后，元廷忽又发生一种奇闻。欲知详细情形，且待下回再表。

伯颜以平唐其势功，敢弑顺后，目无尊长，至专政以后，日益鸱张，生杀予夺，任所欲为，追弑郯王，逐宣让、威顺二王，矫制罪人，不法盖已极矣，仅加贬逐，尚为失刑。然非脱脱之以公灭私，恐贬逐犹非易事也。脱脱大义灭亲，为《麟经》所特许，固无待言；但天娖伯颜之专擅，独假手于其犹子以报之，何其巧欤！本回依次铺叙，好似无数精采，随笔而下，其实不过一叙事文而已。然读《元史》至伯颜、马扎尔台、脱脱诸传，不如读此一回文字，较有兴味，是非用笔之长，曷克臻此，阅者宁得徒以小说目之！

第五十二回

逐太后兼及孤儿　用贤相并征名士

却说顺帝既放逐伯颜，好似捽掉了一个大虫，非常喜悦，所有宫禁中一切近臣，俱给封赏，自不消说。惟顺帝是个优柔寡断的主子，每喜偏信近言，优柔寡断四字，是顺帝一生注脚。前此伯颜专政，顺帝无权，内廷一班人物，专知趋奉伯颜，买动欢心，每日向顺帝前，历陈伯颜如何忠勤，如何炼达，所以顺帝深信不疑，累加宠遇。到了伯颜贬死，近臣又换了一番举动，只曲意逢迎顺帝。适值太子燕帖古思不服顺帝教训，顺帝未免忿懑，近臣遂乘隙而入，都说燕帖古思的坏处，且奏称他不应为储君。顺帝碍着太皇太后面子，不好猝然废储，常自犹豫未决。偏近臣等摇唇鼓舌，助浪生风，更把那太皇太后故事，及文宗当日情形，一古脑儿搬将出来，又添了几句诬陷话儿，不由顺帝不信。但顺帝虽是信着近臣，终因太皇太后内外保护，得以嗣位，意欲宣召脱脱，与他解决这重大问题。近臣恐脱脱进来，打断此议，又奏请此事当由宸衷独断，不必与相臣商量。并且说太皇太后离间骨肉，罪恶尤重，就是太皇太后的徽称，也属古今罕有，天下没有婶母可做祖母的事情，陛下若不明正罪名，反贻后世恶谤。因此顺帝被他激起，竟不及与脱脱等议决，为脱脱解免，似有隐护贤相意。只命近臣缮就诏旨，突行颁发，宣告中外。其诏云：

> 昔我皇祖武宗皇帝，升遐之后，祖母太皇太后惑于憸慝，俾皇考明宗皇帝出封云南。英宗遇害，正统寖（jìn）偏，我皇考以武宗之嫡子，逃居朔漠，宗王大臣，同心翊戴。于是以地近先迎文宗，暂总机务。继知天理人伦所在，假让位之名，以宝玺来上。皇考推诚不疑，即授以皇太子宝。文宗稔恶不悛，当躬迓之际，乃与其臣月鲁不花、也里牙、明里董阿等谋为不轨，使我皇考饮恨上宾。归而再御宸极，又私图传子，乃构邪言，嫁祸于八不沙皇后，谓朕非明宗之子，遂俾出

居逼陬,祖宗大业,几于不继。内怀愧慊,则杀也里牙以杜口。上天不佑,随降殒罚,叔婶卜答失里,怙其势焰,不立明考之冢嗣,而立孺稚之弟懿璘质班。奄复不年,诸王大臣,以贤以长,扶朕践位。每念治必本于尽孝,事莫先于正名,赖天之灵,权奸屏黜,尽孝正名,不容复缓,永惟鞠育罔极之恩,忍忘不共戴天之义?既往之罪,不可胜诛,其命太常脱脱木儿,撤去文宗图帖睦尔在庙之主。卜答失里本朕之婶,乃阴构奸臣,弗体朕意,僭膺太皇太后之号。迹其闺门之祸,离间骨肉,罪恶尤重,揆之大义,削去鸿名,徙东安州安置。燕帖古思昔虽幼冲,理难同处,朕终不陷于覆辙,专务残酷,惟放诸高丽。当时贼臣月鲁不花、也里牙已死,其以明里董阿等,明正典刑,以示朕尽孝正名之至意!此诏。

这诏颁发,廷臣大哗,公举脱脱入朝,请顺帝取消前命。脱脱却也不辞,便驰入内廷,当面谏阻。顺帝道:"你为了国家,逐去伯父。朕也为了国家,逐去叔婶。伯父可逐,难道叔婶不可逐么?"数语调侃得妙,想是有人教他。说得脱脱瞠目结舌,几乎无可措词。旋复将太皇太后的私恩,提出奏陈,奈顺帝置诸不理!又做哑子了。脱脱只好退出,众大臣以脱脱入奏,尚不见从,他人更不待言,一腔热忱,化作冰冷。太皇太后卜答失里又没有甚么能力,好似庙中的城隍娘娘一般,前时铸像装金,入庙升殿,原是庄严得很,引得万众瞻仰,焚香跪叩,不幸被人侮弄,异像投地,一时不见甚么灵效,遂彼此不相敬奉,视若刍狗,甚至任意蹴踏,取快一时,煞是可叹!比附确切。且说文宗神主,已由脱脱木儿撤出太庙,复由顺帝左右奉了主命,逼太后母子出宫。太后束手无策,唯与幼儿燕帖古思相对,痛哭失声。怎奈无人怜惜,反且恶语交侵,强行胁迫,太后由悲生忿,当即草草收拾,挈了幼儿,负气而出。一出宫门,又被那一班狐群狗党扯开母子,迫之分道自去,不得同行。古人有言,生离甚于死别,况是母子相离,惨不惨呢!适为御史崔敬所见,大为不忍,忙趋入台署中,索着纸笔,缮就一篇奏牍。大旨说的是:

文皇获不轨之愆,已撤庙祀;叔母有阶祸之罪,亦削鸿名。尽孝正名,斯亦足矣。惟念皇弟燕帖古思太子,年方在幼,罹此播迁,天理人情,有所不忍;明皇当上宾之日,太子在襁褓之间,尚未有知,义当矜悯！盖武宗视明、文二帝，皆亲子也，陛下与太子，皆嫡孙也。以武皇之心为心，则皆子孙，固无亲疏；以陛下之心为心，未免有彼此之论。臣请以世俗喻之：常人有百金之产，尚置义田，宗族困厄者为之教养，不使失所，况皇上贵为天子，富有四海，子育黎元，当使一夫一妇，无不得其所。今乃以同气之人，置之度外，适足贻笑边邦，取辱外国！况蛮夷之心，不可测度，倘生他变，关系非轻，兴言至此，良为寒心！臣愿杀身以赎太子之罪，望陛下遣近臣迎归太后母子，以全母子之情，尽骨肉之义。天意回，人心悦，则宗社幸甚！

　　缮就后，即刻进呈，并不闻有甚么批答，眼见得太后太子流离道路，无可挽回。太后到了东安州，满目凄凉，旧有女侍，大半分离，只剩了老妪两三名，在旁服役，还是呼应不灵，气得肝胆俱裂，即成痨疾。临殁时犹含泪道："我不听燕太师的言语，弄到这般结果，悔已迟了！"嗣复倚榻东望道："我儿，我儿，我已死了！你年才数龄，被谄东去，料也保不全性命，我在黄泉待你，总有相见的日子！"言至此，痰喘交作，奄然而逝。阅至此，令人呜咽，然复阅四十四回鸩杀八不沙皇后时，则斯人应受此苦，反足称

快！此时的燕帖古思，与母相离，已是半个死去，并且前后左右，没人熟识，反日日受他呵斥，益发啼哭不休。监押官月阔察儿，凶暴得很，闻着哭声，一味威喝。无如孩童习性，多喜抚慰，最怕痛詈，况前为太子时，何等娇养，没一人敢有违言，此时横遭惨虐，自然悲从中来，月阔察儿骂得愈厉，燕帖古思哭得愈高，及行到榆关外面，距都已遥，天高皇帝远，可恨这月阔察儿，竟使出残酷手段，呵叱不足，继以鞭挞，小小的金枝玉叶，怎禁得这般蹂躏，几声长号，倒地毙命！惨极！月阔察儿并不慌忙，命将儿尸瘗葬道旁，另遣人驰报阙中，捏称因病身亡。顺帝本望他速死，得了此报，暗暗喜欢，还去究诘什么？从此文宗图帖睦尔的后嗣，已无子遗了。害人者必致自害，阅者其鉴诸！顺帝既逐去文后母子，并杀了明里董阿等人，尚是余怒未息，再将文宗所增置的官属，如太禧宗禋等院，及奎章阁艺文监，皆议革罢，翰林学士丞旨巙巙（kuí）一作库库。奏言人民积产千金，尚设有家塾，延聘馆师，堂堂天朝，一学房乃不能容，未免贻讥中外。顺帝不得已，乃改奎章阁为宣文阁，艺文监为崇文监，余悉裁去。褊窄至此，宜其亡国。一面追尊明宗为顺天立道睿文智武大圣孝皇帝，亲裸（guàn）太室。既而腊鼓频催，岁星又改，顺帝复想除旧布新，敕令改元。当由百官会议，把至元二字的年号，留一至字，易一正字。改元为正，有何益处？议既定，于次年元旦下诏道：

> 朕惟帝皇之道，德莫大于克孝，治莫大于得贤，朕早历多难，入绍大统，仰思祖宗付托之重，战兢惕厉，于兹八年。慨念皇考久劳于外，甫即大命，四海觖望，夙夜追慕，不忘于怀。乃以至元六年十月初四日，奉玉册玉宝，追上皇考曰顺天立道睿文智武大圣孝皇帝，被服衮冕，裸于太室，式展孝诚。十有一月六日，勉徇大礼庆成之请，御大明殿，受群臣朝贺。忆自去春畴咨于众，以知枢密院事马扎尔台为太师右丞相，以正百官，以亲万民，寻即陛辞，养疾私第。再三谕旨，勉令就位，自春徂秋，其请益固，朕悯其劳日久，察其至诚，不忍烦之以政，俾解机务，仍为太师。而知枢密院事脱脱，早岁辅朕，克著忠贞，乃命为中书右丞相；宗正扎鲁忽赤、帖木儿不花，尝历政府，嘉绩著闻，为中书左丞相，并录军国重事。夫三公论道，以辅予德，二相总政，以弼予治，其以至元七年为至正元年，与天下更始。前录改元诏，见顺帝之

喜夸；此录改元诏，见顺帝之无恒。

　　自是顺帝乾纲独奋，内无母后，外乏权臣，所有政务，俱出亲裁，起初倒也励精图治，兴学任贤，并重用脱脱，大修文事。特诏修辽、金、宋三史，以脱脱为都总裁官，中书平章政事铁木儿塔识、中书右丞太平御史中丞张起岩、翰林学士欧阳玄、侍御史吕思诚、翰林侍讲学士揭傒斯为总裁官。先是世祖立国史院，曾命王鹗修辽、金二史，及宋亡，又命史臣通修三史。至仁宗、文宗年间，复屡诏修辑，迄无所成。脱脱既奉命，饬各员搜检遗书，披阅讨论，日夕不辍。又以欧阳玄擅长文艺，所有发凡起例，论赞表奏等类，俱令属稿，略加修正，先成《辽史》，后成金、宋二史，中外无异辞。脱脱又请修至正条格，颁示天下，亦得顺帝允行。

　　顺帝尝幸宣文阁，脱脱奏请道："陛下临御以来，天下无事，宜留心圣学，近闻左右暗中谏阻，难道经史果不足观么？如不足观，从前世祖在日，何必以是教裕皇！"顺帝连声称善。脱脱即就秘书监中，取裕宗所受书籍，进呈大内，又举荐处士完者图、执理哈琅、杜本、董立、李孝光、张枢等人，有旨宣召。完者图、执理哈琅、董立、李孝光就征到京，诏以完者图、执理哈琅为翰林待制，立为修撰，孝光为著作郎。唯杜本隐居清江，张枢隐居金华，固辞不至。不没名儒。顺帝闻二人不肯就征，很加叹息。

　　既而罢左丞相帖木儿不花，改用别儿怯不花继任，别儿怯不花与脱脱不协，屡有龃龉，相持年余，脱脱亦得有羸疾，上表辞职。顺帝不许，表至十七上，顺帝乃召见脱脱，问以何人代任。脱脱以阿鲁图对。阿鲁图系世祖功臣博尔术四世孙，曾知枢密院事，袭爵广平王，至是以脱脱推荐，乃命他继任右丞相。另封脱脱为郑王，食邑安丰，赏赉巨万，俱辞不受。阿鲁图就职后，顺帝命他为国史总裁，阿鲁图以未读史书为辞，偏顺帝不准所请。幸亏脱脱虽辞相位，仍与闻史事，所以辽、金、宋三史，终得告成。

　　至正五年，阿鲁图等以三史进呈，顺帝与语道："史既成书，关系甚重，前代君主的善恶，无不俱录。行善的君主，朕当取法；作恶的君主，朕当鉴戒。这是朕所应为的事情。但史书亦不止儆劝人君，其间兼录人臣，卿等亦宜从善戒恶，取法有资。倘朕有所未及，卿等不妨直言，毋得隐蔽！"如顺帝此言，虽历代贤君无以过之，奈何有初鲜终，行不顾言耶！阿鲁图等顿首舞蹈而出。

用贤相益徵名士

会翰林学士承旨巙巙卒于京,顺帝闻讣,嗟悼不已。巙巙幼入国学,博览群书,尝受业于许衡,得正心修身要旨。顺帝初年,曾为经筵官,日劝顺帝就学。顺帝欲待以师礼,巙巙力辞不可。一日,侍顺帝侧,顺帝欲观画,巙巙取比干剖心图以进,且言商王纣不听忠谏,以致亡国。顺帝为之动容。又一日,顺帝览宋徽宗画图,一再称善。巙巙进奏道:"徽宗多能,只有一事不能。"顺帝问是何事,巙巙道:"独不能为人君!陛下试思徽宗当日,身被虏,国几亡,若是能尽君道,何致如此!可见身居九五的主子,第一件是须能为君,外此不必留意。"*巙巙随事箴规,可谓善谏,其如顺帝之亦蹈前辙何?* 顺帝亦悚然道:"卿可谓知大体了。"*后来如何失记?* 至正四年,出拜江浙平章政事,次年,复以翰林院承旨召还。适中书平章阙员,近臣欲有所荐引,密为奏请。顺帝道:"平章已得贤人,现在途中,不日可到了。"近臣知意在巙巙,不敢再言。巙巙到京,遇着热疾,七日即殁。旅况萧条,无以为殓,顺帝闻知,赐赙银五锭,并令有司取出罚布,代偿巙巙所负官钱,又予谥文忠,这也不在话下。

且说左丞相别儿怯不花与阿鲁图同掌国政,彼此很是亲昵,有时随驾出幸，每同车出入。时人以二相协和，可望承平，其实统是别儿怯不花的鬼计。别儿怯不花欲倾害脱脱，不得不联络阿鲁图作为帮手。待至相处既洽，遂把平日的私意告知阿鲁图。阿鲁图偏正色道："我辈也有退休的日子，何苦倾轧别人！"这一语，说得别儿怯不花满面怀惭，当下恼羞成怒，暗地里风示台官，教他弹劾阿鲁图。阿鲁图闻台官上奏，即辞避出城，亲友均代为不平。阿鲁图道："我是勋臣后裔，王爵犹蒙世袭，偌大一个相位，何足恋恋！去岁因奉着主命，不敢力辞，今御史劾我，我即宜去。御史台系世祖所设，我抗御史，便是抗世祖了。"言讫自去，顺帝也不复慰留，竟擢别儿怯不花为右丞相。所有左丞相一职，任用了铁木儿塔识。别儿怯不花也伪为陛辞，至顺帝再行下诏，乃老老实实的就了右相的位置。大权到手，谗言得逞，故右相脱脱一家，免不得要遭祸了。正是：

> 黜陟无常只自扰，贤奸到底不相容。

欲知脱脱等遭祸情形，待小子下回续表。

　　是回叙顺帝故事，活肖一庸柔之主，忽而昧，忽而明，明后而复昧。庸柔者之必致覆国，无疑也！太后卜答失里，虽未尝无过，然既自悔前愆，舍子立侄，又始终保护顺帝，俾正大位。人孰无良，乃竟忘德思怨，骤行迁废耶！且上撤庙主，下戮皇弟，反噬不仁，莫此为甚，其所为忍而出此者，由有浸润之谮，先入为主也。改元至正，与民更始，观其任贤相，召儒臣，勉阿鲁图之交徹，惜巘巘之遽殁，亦若有一隙之明。乃天日方开，阴霾复集，可见小善之足陈，卒无补于大体，特揭录之以垂炯戒，俾后世知一节之长，殊不足道云。

第五十三回

宠女侍僭加后服　闻母教才罢弹章

　　却说别儿怯不花执政,以与脱脱有宿憾,遂一意排挤,屡入内廷,密陈脱脱过失。顺帝尚疑信参半。嗣由别儿怯不花,陈请脱脱父马扎尔台,佯称就第养疾,意实结党营私,暗图不轨。于是顺帝转疑为信,竟下了一道严谕,放逐马扎尔台,安置西宁州。马扎尔台奉诏欲行,脱脱愿随父同往,即拜疏上陈,力请与俱。得旨准奏,乃整装出都,时马扎尔台已老,状态龙钟,起居服食,随在需人,亏得脱脱随着,寸步不离,朝视寒,夕问暖,一切供应,俱小心监察,极至膏车秣马,亦亲自检点,因此出都以后,沿途奔走,虽未免风雨交侵,独马扎尔台一人,毫不觉苦,竟安安稳稳的到了西宁。书此以见脱脱之孝。

　　别儿怯不花闻马扎尔台父子安抵戍地,心中尚是未快,复唆使省台各员上书告变,牵及马扎尔台。顺帝时已着迷,不辨真伪,竟接连下诏,徙马扎尔台至西域,地名撒思,乃是一个著名的苦地。马扎尔台父子不敢违旨,又只好冒险起行! 到了途中,复接诏召回甘州,免他远戍。原来别儿怯不花专政后,河决地震的变异,时有所闻;河南、山东,盗贼蔓延;江淮一带,亦多暴徒,四出劫掠;湖广又遭瑶乱。有几个刚正不阿的台官,劾奏宰辅非人,以致调燮失宜,乱端屡见等语,别儿怯不花也觉不安,入朝辞职。有诏令以太师就第,御史大夫亦怜真班趁着这个机会,保奏脱脱父子,略称马扎尔台谦让可风,脱脱为国宣劳,有功无过,奈何谪戍远方,迫入险地! 于是顺帝稍稍觉悟,又有召回甘肃的谕旨。孱主寡断,于此益见。

　　马扎尔台从中道折回,途次不免受些感冒,及抵甘州,病日加剧,脱脱衣不解带,服侍了好几日,毕竟天定胜人,寿难再借,苟延数夕,竟尔去世。脱脱经此变故,悲愤交集,恨不得将朝右佞臣,一概除灭,抵那老父的生命。暗伏后来报怨事。

可巧别儿怯不花又遭台官弹击,贬戍渤海,得病而死。这也是冥中报
应。左丞相铁木儿塔识也殁于任中,元廷用了朵儿只一作多尔济。为右
丞相,太平为左丞相。朵儿只系元勋木华黎六世孙,即故丞相拜住从弟,
初为御史大夫,因铁木儿塔识病殁,升任左丞相,旋即调任右丞相,性颇宽
简,务存大体。太平本姓贺,名惟一,至正四年,为中书平章政事,六年,超
拜御史大夫。元制重蒙轻汉,凡省院台三署正官,非国姓不得授,惟一援
例固辞,顺帝不允,特赐国姓,并改名太平。太平与脱脱父子,本来是没甚
友谊,因闻马扎尔台身死甘州,不能归葬,未免存一兔死狐悲的观念,遂
上疏力请,令脱脱奉枢归都,以全孝道。疏入不报,太平竟入廷面奏道:
"脱脱尽忠王室,大义灭亲,今父已病殁,不许归葬,将来忠臣义士,宁不
灰心! 乞陛下特恩赦还,为善者劝! "顺帝踌躇不答,太平又道:"陛下曾
亦记及云州故事么? "顺帝不待说毕,便道:"非卿言,朕几忘怀。脱脱确
系忠臣,卿即传朕面谕,遣使召归。"太平叩谢而出。

看官! 这云州故事,前文未曾叙及,此次突由太平口中说出,转令阅
者无从捉摸,诸君不要性急,待小子补叙出来。借此一段文字补叙宫闱事
实,即是文中销纳处。原来至元元年,顺帝后钦察氏答纳失里,因兄弟谋
逆,被迁出宫,鸩死民舍。应四十九回。答纳失里无出,越二年,改册皇后
弘吉剌氏,名伯颜忽都,系真哥皇后侄孙女,父名孛罗帖木儿,曾封毓德
王。后既册立,旋生一子,名真金,二岁而夭。

先是徽政院使秃满迭儿,曾进高丽女子奇氏入宫,作为服役。奇氏名
完者忽都,秀外慧中,善伺主意,顺帝爱她秀媚,又因她善于烹茗,命司饮
料,好似一个党家奴。她遂日夕侍侧,眉目传情,引得顺帝欲心渐炽,竟与
她同入龙床,做一对鸾交凤友。酒色二字,本系相连,不意司茶女亦邀主
眷。事为正宫皇后钦察氏所悉,怒召奇氏,箠辱了好几次。答纳失里之不
得令终,于此事亦有关系。至后被鸩死,顺帝已欲立奇氏为继后。大约是
怜她箠辱耳。偏偏大丞相伯颜硬行谏阻,又是一个奇氏对头。弄得顺帝
没法,只得改立弘吉剌后。这位弘吉剌后与前后大不相同,性本节俭,量独
宽宏,不愿与奇氏争夕,所以奇氏仍得专宠。时来福凑,又产下一个麟儿,
取名爱猷识理达腊,一作阿裕锡哩达喇。益得顺帝欢心。那时奇氏因宠
生骄,因骄成妒,除皇后弘吉剌氏无所嫌怨,不与计较外,凡内如太后母子,

宠女侍並加后服

外如权相伯颜，俱视若眼中钉，尝在顺帝前说他短处。后来伯颜被黜，太后母子被逐，虽有种种原因牵涉，然大半由奇氏暗中媒蘖，所以先后发生变端，几致出人意外。**加罪奇氏，不特补前文所未及，且足发正史所未明。**

奇氏私愿既偿，遂与嬖臣沙剌班秘密商量，欲乘此升为皇后。不过因皇后待她有恩，恩将仇报，未免心怀不忍，因此不能决议。**奇氏还是好良心。** 沙剌班情急智生，猛记起先代皇后曾有数人，此时援着祖制，奏请一本，何人敢有异言！**祖宗贻谋不臧，转使若辈藉口。** 当下禀知奇氏，奇氏大喜，便命他即日上奏。果然数语入陈，纶音立下，即命册立奇氏为第二皇后。大礼已成，奇氏居然象服委佗，安居兴圣西宫。

转眼间，皇子爱猷识理达腊已离怀抱，渐渐的长大起来。顺帝爱母及子，辄令皇子随侍，凡有巡幸，亦令偕行。时脱脱尚秉国钧，为顺帝所亲信，所以脱脱入内廷时，顺帝曾饬皇子拜他为师，并命他随时教育。脱脱受命不忘，格外注意，有时皇子出游脱脱家，一留数日，稍遇疾病，脱脱即亲为煎药，先尝后进。

一日，顺帝幸上都，皇子随行，脱脱亦从驾。道过云州，猝遇烈风暴雨,山水大至,车马人畜,多被漂溺。顺帝不及提携皇子,只顾着自己性命,即登山避水。脱脱见顺帝自去,忙涉水至御辇旁,抱出皇儿,负在背上,跣着足奔上山冈。顺帝正系念皇子,在山盼望,但见脱脱负子而来,好似得了活宝贝一般,即趋前抱下皇子,一面慰抚脱脱道:"卿为朕子,勤劳至此,朕必不忘!" *未必未必。* 脱脱当即谢恩,谁知过了一两年,顺帝竟信了谗言,将脱脱父子谪戍,所以太平为之不平,提出云州故事,教顺帝自己反省。顺帝被他一说,也自悔食言,遂命脱脱奉父柩还葬。

　　脱脱既还京师,葬父毕,拜表谢恩,复得旨命为太子太傅,综理东宫事宜。脱脱受命后,默念此次起复,定是有人从中调停,不可不密图酬报。凑巧来了侍御史哈麻, *一作哈玛尔。* 由脱脱延入,与谈年余阔别情状,甚是欢洽。看官! 你道这哈麻是何等人物? 他是宁宗乳母的儿子,父名图噜,受封冀国公。哈麻与母弟雪雪,早备宿卫,两人均得主宠,唯哈麻口材尤捷,益为顺帝所褒幸,累次超擢,得任殿中侍卫史。 *亡元者哈麻之力,故出名时不嫌求详。* 当脱脱为首相时,哈麻日事过从,曲意趋附。至脱脱罢职,随父出戍,哈麻在顺帝前,稍稍替他缓颊。至是与脱脱叙旧,自然把前日营护的功劳,一一说明,且添了许多诡话,说是如何纪念,如何排解。 *小人专会捣鬼。* 脱脱秉性忠厚,总道他语语是真,非常感激。哈麻说一句,脱脱谢一声,至哈麻去后,脱脱还称他是第一个好人。独太平秉公办事,把保奏脱脱的事情从未提起,所以脱脱全然不知。

　　会太平以哈麻在宫,导帝为非,意欲将他驱逐,商诸御史大夫韩嘉纳。嘉纳很是赞成,便授意监察御史沃呼(liè)海寿,教他弹劾哈麻,历陈罪状。第一款,是在御幄后僭设帐房,犯上不敬。第二款,是出入明宗妃子脱忽思宫闱,越分无礼。还有私受馈遗,妄作威福条诸款,亦列入奏中。尚未拜发,偏已漏泄消息,传入哈麻耳中,哈麻即至顺帝前哭诉,略称太平、韩嘉纳有意构陷,唆使海寿出头,将臣劾奏,即乞解臣职以谢二人等语。顺帝摸不着头脑,只说是并无奏章,何必着急,哈麻复称海寿已缮就奏牍,明日即要进呈。看官! 你想台官的疏奏尚未上陈,那哈麻已先闻知,预为哭诉。若使明白的主子,见哈麻如此狡黠,定要疑他潜布爪牙,暗通声气,所以事前侦悉,先使机诈。这种鬼蜮伎俩,一加斥责,便无遁形。怎奈顺帝昏愦得很,平时甚宠爱哈麻,掷骰击毬,联为狎侣,此次闻他辞职,如何肯依,免不得温语慰留。

次日视朝,果然由韩嘉纳代呈奏章,内系沃呀海寿署名,劾哈麻数大罪,顺帝不待瞧毕,便掷诸案上,悻悻退朝。韩嘉纳料知不佳,忙与太平计议。太平到了此时,也不禁气愤道:"有哈麻,无太平;有太平,无哈麻。明晨当入朝面奏。"

翌日昧爽,即偕韩嘉纳入朝,俟顺帝登殿,便直陈哈麻兄弟,盘踞宫禁,权倾内外的罪状。顺帝徐徐答道:"哈麻罪状,当不至此。"太平道:"历代以来的奸臣,若非显行构逆,定是献媚贡谀,表面上很是爱君,暗地里都是罔上。齐桓公宠用三竖,终致乱国;宋徽宗信任六贼,遂以丧身。陛下试借鉴前车,便可知哈麻兄弟,实兆祸阶,理应即日黜逐!"太平有识。顺帝默然不答,韩嘉纳复出班叩首道:"左相太平的奏请,关系国家兴亡,幸陛下采纳施行。"顺帝艴(bó)然道:"卿何量狭,不肯容这哈麻兄弟!"明是左袒哈麻,偏说的量狭难容,令人一叹。嘉纳复顿首道:"臣非为一身计,实为天下国家计;似哈麻兄弟欺君误国,所以请陛下斥逐。陛下果立斥哈麻兄弟,臣亦甘心受罪,以谢哈麻!"嘉纳有胆。顺帝尚是不悦,太平复启奏道:"陛下如信用哈麻兄弟,臣愿解职归田!"顺帝道:"朕知道了,卿毋多言!"说毕,拂袖还宫。

是时哈麻已详闻消息,复至顺帝前吁请罢官,惹得顺帝厌烦起来,索性一概黜退。当命侍臣拟定两道诏旨,一道是免哈麻及雪雪官职,出居草地;一道是罢左丞相太平,降为翰林学士承旨,出御史大夫韩嘉纳,为江浙行省平章政事,谪沃呀海寿为陕西廉访副使。诏既下,朵儿只亦不安于位,奏请免官。顺帝准奏,遣他出镇辽阳。仍任脱脱为右丞相,赐上尊名马,袭衣玉带,复令他管理端本堂事。端本堂系皇子肄业处,顺帝曾命李好文为谕德,归旸为赞善,教导皇子,开堂授书。

脱脱既兼握大权,尊荣如旧,闻哈麻兄弟被黜,未免代为扼腕。脱脱丞相,私心萌矣。适哈麻至脱脱处辞行,并诉太平攻讦状,脱脱劝慰道:"我若在朝,必不使若辈得志!你且出居数日,得有机会可乘,便当代请复官,幸勿过忧!"哈麻欢谢而去。脱脱遂将中书省内属员,一一稽考,查得参政孔思立等,俱由太平荐拔,竟不问贤否,坐罪黜退,改用乌古孙良桢、龚伯遂、汝中柏等为僚属。汝中柏系左司郎中,素与太平有隙,至是即入语脱脱，捏称太平罪恶，并言太平子也先忽都，僭娶宗女，勾结诸王，觊觎要职等情。

　　脱脱正私憾太平，遂将汝中柏所言，列入奏稿。正待拜发，适为老母蓟国夫人所见，即语脱脱道："我知太平是好人，你何故谎言诬奏，指善为恶？"脱脱道："是由郎中汝中柏所言，想系调查确实，不致说谎。"蓟国夫人道："无论是真是假，尽可听他自由，他与你何嫌何怨，必欲将他加害！"脱脱被母一诘，转有些嗫嚅起来。蓟国夫人怒道："你如不听吾言，从此休认母了！"脱脱本具孝思，见老母含有怒色，忙跪称不敢。蓟国夫人复取了奏稿，信手撕毁，于是一场弹案，化作冰消。**不没贤母。**

　　不意太平、嘉纳等人，正交晦运，一降一谪，尚似未足，不到半年，又有严谕颁下，削沃呼海寿官，流韩嘉纳于尼噜罕，并放太平归里。太平即襆（fú）被出都，故吏田复劝他自裁，太平道："我本无罪，当听天由命；若无故自尽，转似畏罪而死，死亦蒙羞。"言已，即踽踽而去，径归奉元原籍。韩嘉纳秉性刚直，未免丛怨，被成诏下，又经仇人诬奏赃罪，加杖一百，才令起行，途中受了无数苦楚，杖疮复溃烂不堪，竟致殒命。小子

有诗咏道：

> 千秋忠骨瘗荒原，地下犹含不白冤。
>
> 休怪盈廷多仗马，由来乱世莫危言。

当时廷臣等还疑脱脱主使，其实内中尚有隐情，不得归咎脱脱。欲知详细，请阅下回。

　　元季贤相，莫若脱脱，著书人于脱脱多誉辞，非轻袒脱脱也。自古忠臣必出于孝子之门，脱脱随父出戍，尽心侍奉，其孝可知；厥后拟劾奏太平等人，卒以老母一言，撤消奏牍，非夙具孝思者其能若是乎？或谓哈麻为佞人之尤，而脱脱信之；汝中柏为谗夫之尤，而脱脱昵之。至若皇子爱猷识理达腊，为奇氏所出，脱脱乃竭力保护，取悦宠妃。是而谓贤，孰非贤臣？不知贤者未尝无过，观过益足以知仁。脱脱之信哈麻，昵汝中柏，实为老父被戍而起，父谪远方，因而病殁，脱脱以为终天之恨，而太平等适当其冲。太平有德于脱脱，脱脱固未之闻也，未闻太平之有德，反疑太平之不仁，于是哈麻之佞，汝中柏之谗，得以乘隙而入。虽曰比之匪人，然略迹原心，尚堪共谅。若谓皇子为宠妃所出，不应视若储君，似矣；然钦察后无子，弘吉剌后有子而夭，当时顺帝膝下，只有此儿，奉命教养，自应效忠，安能遽论嫡庶乎？故本回所叙，实以脱脱为主，余人皆宾也，借宾定主，而他事皆藉此销纳。尤见其天衣无缝云。

第五十四回

治黄河石人开眼　聚红巾群盗扬镳

却说太平归田，韩嘉纳贬死，沃咿海寿削职为民，这事从何而起？原来由脱忽思皇后泣诉帝前，致有此诏。脱忽思皇后，系明宗妃，即顺帝庶母。顺帝嗣位，尝尊称脱忽思为皇后，海寿奏劾哈麻时，曾说他出入无忌，越分无礼，应上回。此语被脱忽思皇后闻知，想是由哈麻报闻。哪里禁受得起，况哈麻复被迁谪，更觉与之有嫌，卿试自问，曾与哈麻相昵否？当下入白顺帝，只说海寿等挟嫌诬控，含血喷人，一面说着，一面流泪。妇人常态。顺帝见她凄楚情状，自然怒上加怒，遂颁发一道严厉的诏敕，这且按下不提。

且说右丞相脱脱仍执朝政，复经顺帝亲信，其弟也先帖木儿亦得任御史大夫。兄弟同据要津，一班大小臣工，免不得又来迎合。适中统、至元等钞币，流通日久，致多伪钞，脱脱欲另立钞法，吏部尚书偰(xiè)哲笃，遂建言更造至正交钞，以钞为母，以钱为子。是之谓巧于迎合。脱脱集台省两院诸臣，共议可否，众皆唯唯命。独国子祭酒吕思诚道："钱为本，钞为辅，母子并行，奈何倒置？且人民皆喜藏钱，不喜藏钞，今如历代钱，为至正钱，及中统钞，至元钞，交钞分为五项，钱钞相等，民尚喜钱恶钞；如更增新钞一种，钞愈多，钱愈少，下必病民，上必病国。"偰哲笃道："至元钞多伪，所以改造。"思诚道："至元钞何尝是伪？乃是奸人牟利仿造，以致伪钞日多。公试思旧钞流通有年，人已熟睹，尚有伪钞搀杂，若骤行新钞，人未及识，伪且滋多，岂不可虑！"偰哲笃道："钱钞兼行，便无此弊。"思诚正色道："钱钞兼行，轻重不论，何者为母？何者为子？汝不明财政，徒然摇唇鼓舌，取媚大臣，如何使得！"议正词严，为《元史》中所仅见。偰哲笃被他驳斥，由羞成愤道："汝有何议？"思诚道："我只知有三个大字。"偰哲笃复问何字。思诚却厉声道："行不得！行不得！"脱脱在座，见两人争论起来，便出为解劝，但说是容后缓图，思诚乃退。

　　脱脱弟也先帖木儿道："吕祭酒的议论，也有是处；但在庙堂中厉声疾色，未免失体。"脱脱也为点头。台官瞧着脱脱情形，遂于会议散班后，草就一篇奏牍，竟于次日进呈，奏劾思诚狂妄。毕竟直道难行。有旨迁思诚为湖广行省左丞。未几，即造至正新钞，颁行全国。钞多钱少，物价腾踊，至逾十倍，所在郡县，均以物质相交易，由是公私所积的钞币，一律壅滞，币制大坏，国用益困。近今亦有此弊，恐将循元覆辙。

　　会黄河屡决，延及济南、河间，大为民害。脱脱复集群臣会议。大众议论纷纷，莫衷一是，独工部郎中贾鲁，方授职都水监，探察河道，留意要害，至是便议称塞北疏南，使复故道，方可无虞。看官！这贾鲁所说的黄河故道，究在何处？小子欲详叙巅末，很觉烦杂，只好胪举大略，俾人人一览了然，方不至辞烦义晦，取厌诸君呢。原来黄河发源昆仑山，曲折东流，入中国甘肃境，道出长城，由北趋东，由东折南，成一大曲，名为河套。自是南下，行壶口、龙门两山谷中，为山西、陕西两省的界线，复东折入潼关，经砥柱山麓，直入河南省，始由高地陡落平原，地势散漫，迁流无定。从古时大禹治河以后，河不为患，约八百年，殷代已屡有河患，嗣后屡次横决，忽北忽南，总计自殷、周起，至元朝顺帝年间，河流变迁，不可胜纪，惟大变迁共有五六次。大禹治水，就大陆以北，分为九河，合于天津入海。大陆即今直隶省西北的宁晋泊。至周定王五年河徙，由运河达天津入海。新莽始建国三年又徙，由徒骇达利津入海。宋仁宗庆历八年又徙，又由今运河达天津入海。金章宗明昌五年又徙，分为南北两派，北派合济水入海，南派合淮水入海。元世祖至元二十五年又徙，两派河流，总合淮水入海，就是今江苏省内的淤黄河。以上所述今字，俱就著本书时立说，盖至清季咸丰五年，河道又徙入山东，合大清河入海，咸丰以前之河流出海，实在江苏省东北旧淮安府境内，至今陈迹犹留，称为淤黄河。世祖后，河又屡决，累岁筑防，终乏成效。顺帝至元元年，河决开封，至正四年，河决曹州，未几又决汴梁，五年又决济阴，乃立山东、河南等处行都水监，一意治河。贾鲁所说的塞北疏南，使复故道，就是要河流仍合淮水，照前出海的意思。元元本本，殚见洽闻。但欲依议而行，必须大兴工役，方可成事。脱脱令贾鲁估算，需用兵民二十万人，倒也未免吃惊。遂遣工部尚书成遵，与大司农秃鲁，先行视河，核实以闻。成遵等自京出发，南下山东，西入河南，沿途履勘，悉心规划，所有地势的高下，与水量的浅深，统已测量明白，绘就略图，附加臆说，于是相偕还都，径入相府，来见脱脱。脱脱立即延入，问明河道情形。成遵开口便说河流故道，断不可复，贾鲁计议，断不可行。脱脱问是何故。成遵即将图说呈上，由脱脱阅了一周，置诸案上，大约是莫明其妙。淡淡的答道："汝等沿途辛苦，且休息一天，明日至中书省中核议便了。"两人辞去。翌晨，即赴省署中候着，不一时，脱脱到来，贾鲁亦随入，余如台省两院各官，亦先后会集。当下开议，成遵与贾鲁两人，意见互歧，彼此各主一说，免不得争论起来。各官吏等未曾亲历，兼以平日在都，也不暇留意河防，只好眼睁睁的看他辩论。一班行尸走肉的人物，乐得揶揄数语。自辰至午，两人争议未决，方由各官劝解，散坐就膳。膳毕，复行核议，仍是双方扞(hàn)格。脱脱乃语成遵道："贾友恒的计划，实为一劳永逸起见，公何固执若是？"成遵道："河流故道，可复不可复，尚不暇辩；据国计民生上立论，府库日虚，司农仰屋，若再兴大工，尤恐支绌！是顾及国计。且如山东一带，连岁歉收，百姓困苦已极，倘调集二十万众，骚扰民间，是顾及民生。将来祸变纷乘，比河患还怕加重哩！"脱脱变色道："汝谓百姓将反么？"成遵道："恐防难免！"半语不让，恰也倔强。各官见成遵执性，竟与丞相斗起嘴来，未免不雅，遂将成遵劝开，令他归去。秃鲁何在，如何噤不一言。脱脱余怒未息，复语众官道："主上视民如伤，做大臣的应为主分忧。明知河流湍急，最不易治，但或迁延过去，他时为祸尤大；譬如人有疾病，迁延不治，终致毙命。黄河为中国大病，我欲将它治愈，偏有人硬来拦阻，奈何！"众官闻言，齐声答道："傅相首秉国钧，这事但凭钧裁，何庸他顾！"脱脱又道："好在今日得了贾友恒，使他治河，必能奏功。"原来友恒系贾鲁别字，脱脱契重贾鲁，所以称字不称名。补笔不漏。众官又齐声赞成。乐得逢迎。贾鲁独上前固辞。脱脱道："此事非汝不办，明日入奏便了。"言已，命驾而去，众官陆续散归。

次日入朝，成遵亦到，有几个参政大员与遵为友，密语遵道："丞相已决计修河，且已有人负责，公此后幸毋多言。"成遵道："腕可断，议不可易！"硬头子。既而随班入朝。及顺帝升殿，脱脱即奏言贾鲁才可大用，

注：图中所题回目名当为"治黄河石人开眼"

令他治河，必能胜任。顺帝大悦，便宣召贾鲁。鲁奏对称旨，当命他退朝候敕。成遵不便出奏，只好一同退班。越宿有诏颁发，罢成遵官，出为河间盐运使，特授贾鲁为工部尚书，充总治河防使，进秩二品，赏给银章，发大河南北兵民十七万，令归节制，便宜兴缮。原来脱脱退朝后，又将贾鲁计画，详奏一本，并有成遵恇（kuāng）怯无能，大非鲁比等语，所以有此诏旨。

　　成遵奉诏，交卸原职，出都就任，自不消说。惟贾鲁受职治河，倒也竭诚行事，不敢少懈，当日出都就道，到了山东，一面征集工役，一面巡视堤防，某处派万人缮修，某处派万人增筑，统是主张障塞，不使泛滥。是塞北河。自山东驰入河南，由黄陵冈起，南达白茅，直抵黄固、哈只等口，见有淤塞地方，浚之使通，遇有曲折地方，导之使直，随地派工，锹锸兼施。又自黄陵冈西至杨青村，在北加防，在南施凿，通计修治地段，共二百八十里有奇。这位敏达干练的贾尚书，镇日里往来跋涉，仆仆道旁，入夜又估工考绩，阅簿稽财，真是耐劳任怨，不惮勤劳。元廷虽派了中书右丞玉枢虎儿吐华，与知枢密院事黑厮，率兵弹压，作为贾尚书帮手，怎奈若辈只袖手旁观，不能为力，所以一切兴缮，全要贾尚书主持。归功贾鲁，亦是平允之论。至正十一年四月兴工，七月疏凿告竣，八月决水故河，九月舟楫通行。十一月诸埽堤亦成，河复故道，南汇淮水，东流入海。贾鲁以河平入告，顺帝欢慰异常，即遣使报祭河伯，并召鲁还都。鲁至京入朝，由顺帝温言慰谕，面授鲁为集贤大学士。并因脱脱荐贤有功，赐号答刺罕，令他世袭。他如从鲁治河各官，俱特旨迁赍。复敕翰林学士承旨欧阳玄，制河平碑，旌扬脱脱丞相，及贾尚书鲁功绩。真是一夫创议，万夫胪欢。

脱脱方私下告慰，不意河流方顺，兵变迭兴，有元一百数十年江山，一百数十年，指自太祖开国而言。竟从此土崩瓦解，化作乌有子虚。说也奇怪，那元代灭亡的应兆，偏似从贾鲁治河开衅起来。语有分寸。先是至正十年，河南北已有童谣道："石人一只眼，挑动黄河天下反！"当时有人闻着，大都不解所谓。及贾鲁治河，督工开凿黄陵冈，果从地下掘起一个石人，眼睛只有一只，作启视状，役夫相率惊讶，报知贾鲁，鲁出瞧石人，也觉暗暗称奇。只面上恰毫不动容，命役夫用锄击碎，搬开了案。嗣后功成返京，全未提及，偏偏汝、颍乱起，应着童谣。小子欲历叙乱事，因头绪纷烦，只好编列一表，说明如左：

（一）颍州人刘福通奉韩山童子林儿为主，倡乱颍州。

> 韩山童系栾城人，其祖父以白莲会烧香惑众，谪徙永平，传至山童，诡言天下大乱，弥勒佛出世，河南及江淮间愚民信为真言。颍州人刘福通，与其党杜遵道、罗文素、盛文郁、王显忠、韩咬儿等，复诡称山童系宋徽宗后裔，当为中国主，乃集众设誓，起乱京畿。地方官即饬兵搜捕，擒住山童，福通挈山童妻杨氏，及其子林儿，遁入河南，号召党羽，至数万人，均以红巾为号，称为红巾贼，横行河南。

（二）萧县人李二，倡乱徐州。

> 李二亦一无赖子，尝烧香聚众，联结党人赵均用、彭早住等，攻陷徐州，作为盘踞地。李二绰号芝麻李。

（三）罗田人徐寿辉，倡乱蕲水。

> 徐寿辉系一商人，素贩布。有僧莹玉，好言妖异，见寿辉以状貌魁奇，称为贵相，遂与党人邹普胜、倪文俊等奉寿辉为主，攻陷蕲水及黄州路，亦以红巾为号，时人也称为红军。

这三路寇乱,骚扰河南及江淮间,《元史》上称为汝、颍妖寇。还有先时发难的方国珍,后时响应的郭子兴、张士诚,倒也鼎鼎有名,小子也应把他来历,略述于下。

(一)台州人方国珍作乱,在至正八年十一月间。

方国珍素贩盐,浮海为业。时有蔡乱头为海盗,经有司缉捕,或告国珍亦尝通寇,国珍惧,遂航海为乱,劫掠漕运,执江、浙参政朵儿只班,胁使奏闻元廷,赦罪授官。诏授国珍为定海尉,国珍嫌官卑禄微,不肯受命,寻进攻温州,猖獗日甚。

(二)定远人郭子兴作乱,在至正十二年二月间。

郭子兴少有侠气,喜与壮士结交,及见汝、颍兵起,亦与其党孙德崖等,举兵作乱,自称元帅,攻陷濠州。

(三)泰州人张士诚作乱,在至正十三年三月间。

张士诚与弟士德、士信等,皆以操舟运盐为业,富家多视为贱役,动加侮弄,弓手邱义,窘辱尤甚。士诚大怒,率壮士十八人,杀邱义,及诸富家;遂招集盐丁,占据泰州。嗣复陷高邮,戕知府李齐,自称诚王。

寇氛扰扰,战鼓冬冬,警报似雪片般飞达元廷,顺帝大惊,连忙调发兵马,分道出征。正是:

　　　　胜广揭竿秦社覆,窦杨起衅隋廷亡。

毕竟胜败如何,容俟下回再表。

　　秦亡于渔阳之戍,唐亡于桂林之卒,元亡于开河之役,论者多归咎贾鲁及脱脱,其实未然! 元之乱,由上下宴逸所致,并不系于河之开不开。且治河所以保民,贾鲁塞北疏南之议,亦非全无识见,惟当时山东一带,连岁饥馑,何弗以工代赈,为一举两得之计,而乃徒发兵役,多至十七万人,未苏民困,转耗民食,此不得为无咎,而治河之得失无与焉。石人开眼,童谣本属无稽,贾鲁凿河,适与童谣相应,安知非草泽之徒隐为埋藏,藉此以图煽惑耶? 本回叙治河事,词不厌详,而下语多有分寸,至于群盗之起,仅列表以明之,盖前应化简为繁,后应删繁就简,作者之着意在此,阅者之醒目亦在此,毋视为寻常铺叙也!

第五十五回

失军心河上弃师　逐盗魁徐州告捷

却说顺帝迭闻警报，很是焦灼，忙与首相脱脱商议。脱脱道："中州为全国腹心，今红巾贼起，适在中州，中州即河南。实是腹心大患。臣拟先发大兵，剿红巾贼，肃清腹地，然后依次进兵，讨平余寇。"顺帝道："各处亦统来告急，奈何！"脱脱道："各地非无守将，请陛下分道颁诏，令他就近赴援，剿抚兼施，一俟中州平定，余寇自然瓦解。这是目前最要的计策。"顺帝道："何人可遣？"脱脱道："臣受恩深重，督师平寇，报答皇恩。"顺帝道："卿系朕股肱耳目，不可一日相离，朕闻卿弟亦有才名，何妨遣他讨贼？"脱脱道："臣弟可去，但必须添一臂助。"顺帝道："卫王宽彻哥何如？"脱脱道："宸衷明鉴，谅必得人。"脱脱议先剿河南，计非不是，惟乃弟素不知兵，如何说是可去？

计议已定，便命御史大夫也先帖木儿知枢密院事，与卫王宽彻哥，率诸卫兵十余万，出讨河南妖寇，一面颁诏各路就近剿抚。也先帖木儿奉命，即日会同卫王，调兵出都。

他本是个矜才使气的人物，握着了这么大权，益发趾高气扬，目无全房。反射下文。到了上蔡，城已为寇党韩咬儿所据，当即在城下扎营，安排攻具，昼夜围城。韩咬儿登陴守御，见元兵四面攒聚，好似蜂蚁一般，顿吃了一大惊，怎奈事已到此，无可如何，只得带领党羽，勉强守着。元兵围了好几日，尚是不能攻入，也先帖木儿大怒，严申军令，限日破城，逾限立斩。将士闻命，相率惊惶，幸上蔡城池卑狭，寇党不过数千人，城外又无余寇接应，但教合力进攻，不难得手。当下将士效命，互约进行，四面布着云梯，冒死登城。韩咬儿顾此失彼，顿被元兵杀入，劈开城门，招纳大兵，与韩咬儿巷战起来，两下厮杀多时，把寇党大半屠戮，剩了韩咬儿孤身，还有什么伎俩，自然被元兵擒住。

也先帖木儿大喜,便遣使报捷,并将韩咬儿囚解至京。顺帝诛了韩咬儿,传旨奖赏,颁给钞币数千锭。也先帖木儿得此快事,越加骄倨,小小一个孤城,且围攻了多日,方得幸胜,如何便骄倨起来? 不但虐待军士,就是同行的卫王,也看他与傀儡相似,不屑协议,所有一切军政,统是独断独行。卫王以下,无人敬服,不过因受了主命,一时不便解散,没奈何随他前进。

刘福通闻咬儿被擒,忙分派死党,严守所得要害,阻住元兵。也先帖木儿麾下,虽有十多万人,大都观望不前,任你也先帖木儿如何严厉,总是不肯出力,或且潜行逃避,因此也先帖木儿无威可逞,只好逗留中道,待贼自毙。

偏偏杀运方开,寇焰愈炽,刘福通猖獗如故,固不必说,他如芝麻李等,亦相率横行,最厉害的莫如徐寿辉。寿辉据蕲水后,居然自称皇帝,僭号天完国,改元治平。以邹普胜为太师,出兵江西,攻陷饶州、信州,另派部将丁普郎等,溯江而上,连陷汉阳、兴国、武昌等处,威顺王宽彻普化及湖广平章政事和尚,弃城遁去。转陷沔阳,推官俞述祖被擒,怒骂寿辉,被他磔死。复陷安陆府,知府丑驴阵亡。寿辉又派别将欧祥等寇九江,沿江各兵,闻风宵遁。江州总管李黼,传檄兵民,募集丁壮,与寇众血战数仗,水陆获胜,嗣因附近城堡多被陷落,寇众四集城下,昼夜环攻,平章秃坚不花又缒城潜走,中外援拒,势难再守,李黼犹力捍数日,至寇入东门,尚挥剑斫数十人,与从子秉昭一同殉难。不没忠臣。

江州既陷,袁州、瑞州等,接连失守,元廷连日闻警,免不得又开廷议。当由脱脱等议定各路进兵,责成统帅,以觇后效。其时授诏讨贼的官员,约有数处:

四川行省平章政事咬住,率兵徇荆襄。 江西行省左丞相亦怜真班,率兵守江东西关隘。 知枢密院事也先帖木儿,与陕西行省平章政事月鲁帖木儿,讨南阳、襄阳贼。 刑部尚书阿鲁,讨海宁贼。 江西右丞火你赤,与参知政事朵解讨江西贼。 江西右丞兀忽失等,讨悦信等处贼。

分派既定,宫廷少安。嗣闻方国珍兄弟,忽降忽叛,浙东道宣慰使都元帅泰不华战殁,泰不华见第五十回。乃复饬江浙左丞左答纳失里往讨国珍。

原来国珍入海,攻掠沿海州郡,官军多不战自溃。元廷遣大司农达什帖木儿等,南下黄岩,招之使降,国珍居然受命,挈二弟登岸罗拜道旁。达什帖木儿喜甚,遽授以官,国珍兄弟欢跃而去。独浙东宣慰使泰不华料其狡诈,夜访达什帖木儿,拟命壮士袭杀国珍。达什帖木儿不从,且斥泰不华违诏喜功,计遂不行。及达什帖木儿还都,国珍果复率党羽,入海剽掠。泰不华遣义士王大用往谕,被国珍羁住,另遣戚党陈仲达报闻,如约愿降。泰不华乃率部下数十人,偕仲达乘舟,张受降旗,乘潮而前。舟触沙不能行,猛见国珍鼓棹前来,急呼仲达与伸前议,仲达目动气索,泰不华知有异谋,手刃仲达,即前搏国珍船,射死贼目五人。国珍船中尽藏伏兵,至是齐起,跃登泰不华舟,泰不华夺刀乱挥,复毙贼数人。贼攒槊竞刺,中泰不华颈,鲜血直喷,犹直立不仆,卒被贼投尸海中,余众皆战死。事闻于朝,追封魏国公,谥忠介,命左丞左答纳失里克日进讨,不得违慢。左答纳失里也奉命去讫。此段为说明文,亦为销纳文,因欲明泰不华之忠,方国珍之狡,所以插入。

元廷又颁下诏旨,令各路统帅,便宜行事。满望他旗开得胜,马到成功,不意第一路注意人马,竟无端溃散,自沙河退驻朱仙镇,几不成军。看官欲问这统帅姓氏,就是脱脱丞相的母弟,叫作也先帖木儿。加入脱脱丞相母弟六字,句中有刺。他自上蔡得胜后,进至沙河,驻扎了两三月,未曾对仗。忽军中自起讹言,竟称刘福通纠合众寇,前来劫营,累得也先帖木儿日夕防备,连寝食都是不安。忙乱了好几日,并不见有一寇到来,顿时懊恼得很,把所有军官斥辱一番,并令此后不得妄言,违令者斩。不把军官立斩,还算仁恕,但也亏有此着,才得逃命。一班军官,本已心怀怨望,又被他严加训斥,索性一哄而散,乘夜逃去。也先帖木儿并未预闻,到了日上三竿,升帐检阅,只有亲兵数百名,兀自守着,其余不知去向。慌忙去请卫王,卫王也骑马走了。那时也先帖木儿仓皇失措,也只好上马急奔,行了三十六策中的第一策。奔至朱仙镇,方遇卫王宽彻哥,带着一半散卒,在镇扎营。他尚莫明其妙,及与卫王相见,欲问底细,卫王又模模糊糊的说了数语,没奈何上书奏闻。嗣得诏敕,遣中书平章政事蛮子一作曼济。代为统帅,召他还京。他即将兵符缴与卫王,即日北归。

既到京师,仍受命为御史大夫。西台御史范文抱着一腔忠愤,联络刘希曾等十二人,上书奏劾,说他丧师辱国,罪无可原。中台御史周伯琦反劾范文等越俎上言,沽名钓誉。两篇奏章,先后进呈。顺帝竟从伯琦言,斥责范文等十二人,统降为各郡判官。又加罪西台御史大夫朵尔直班,说他授意属僚,好为倾轧,外徙为湖广平章政事。真是愦愦。朵尔直班素感风疾,及出都门,老病复发,行至黄州,又奉诏令他司饷,各路统帅,日来絮聒,总是迎合当道。卒至忧愤填胸,呕血而死。脱脱不能辞其咎。

盈廷人士,从此噤不敢言。惟脱脱虽多蒙蔽,心终忧国,默念各路已有重兵,只徐州被李二占据,尚未克复,决意自请出征,规复徐州。遂入朝面请,奉旨特许,命以答剌罕太傅右丞相,分省于外,总制各路军马,爵赏诛杀,悉听便宜行事。并命知枢密院事咬咬、中书平章政事搠思监、也可扎鲁忽赤此六字系元代官名。福寿,坊间小说有赤福寿,想系福寿以上误添一赤字,遂致以讹传讹。从脱脱出师。脱脱临行时,复奏请哈麻兄弟,可以召用。恩怨太明,反致自误。顺帝自然准奏,立召哈麻为中书右丞,雪雪为同知枢密院事。两人星夜进京,来送脱脱,脱脱以国事相托,教他尽职效忠。看错了人。两人唯唯听命。脱脱便麾兵出都,渡河而南,直抵徐州，于西门外安营。

李二本是剧盗，闻丞相脱脱亲自到来，便号召群盗，一齐杀出，冲突过去；亏得脱脱军律严明，一些儿不见慌忙，各自携械抵御。正交战间，但听李二阵内，梆声一响，飞箭便应声射来。元兵前队未曾预防，被射死了数十名。脱脱恐中军惊退，忙策马向前，领兵杀上，说时迟，那时快，脱脱所乘的马首已中着一箭，箭镞甚长，饰以铁翎，这马负着痛楚，几乎支持不住，卫士忙来扶住脱脱。脱脱叱开卫士，下马易骑，仍旧麾旗前进。麾下见主帅拼命，哪个还敢退后，一阵冲杀，竟将李二部众逼回城中；李二忙令闭城，方阖半扉，元兵已如潮涌入，势不可当。幸徐州尚有内城，外郭虽破，内城尚可自保。李二急呼众奔入，闭门固守。

脱脱乘胜攻城，城上矢石如雨，眼见得一时难下，方命各军休养一宵，越日复督军围攻，喊声如雷，震动天地。那李二恰也厉害，把平日积贮的守具，尽行取出，对付元兵。一连数日，相持未下，脱脱以李二负隅，持久非计，遂令军士撤退西南，专攻东北，日间命他猛击，夜间更迭退休。城内的赵均用、彭早住二人，见元兵如此举动，遂向李二献计道："元兵远来，攻战数日，必致疲乏，所以锐气渐衰，撤围自固。我等可乘夜出兵，掩杀过去，必可获胜。"李二道："今夜已来不及了，明天夜半，我率众出南门，你两人率众出西门，左右夹攻，尤为妙计。"赵、彭二人鼓掌称善。计固妙矣，奈城内无人何。

到了次日，城上下攻守如旧，二更时候，李二与赵、彭二人，分头出城，竟来掩袭元营。营外有元兵站着，见李二等并力杀来，一声呐喊，纷纷四走，李二等便捣入营中，来擒脱脱，谁知营内只有灯烛，并无人马。至此才知中计，忙令退兵，忽听炮声四响，元兵尽行杀到，把李二等困在垓心。李二此时，也顾不及赵、彭二人，只好拼命杀出，奔回南门，举头一望，叫苦不迭。看官，你道何故？原来城楼上面，万炬齐明，火光中现出一位紫袍金带，八面威风的元丞相。突如其来，令人叫绝。惊得这个芝麻李，魂飞天外，回马急逃。元兵又复追至，杀得李二手下七零八落，李二已无心恋战，只管夺路奔走。元军尚欲追赶，但闻城内已经鸣金，遂相率勒马，由他自去。此时彭、赵二盗，料无可归，早杀开血路，逃出外城，向濠州去讫。至李二出外城，二人已去得很远。李二垂头丧气，径投沔阳，后来不知下落，想是穷途致死了。芝麻变油，成了流质，所以无从稽考。天已大明，各元将入城献功，斩首约数千级，并获得黄繖旗鼓等。由脱脱一齐检阅，录功行赏有差。脱脱复下令屠城，福寿上前谏阻道："剧盗如李二等，傅相尚不欲穷追，百姓何辜，偏令屠戮？"脱脱道："汝但知其一，不知其二。我围城数日，但见盗贼人民，齐心守御，料是不易攻入，所以我撤围西南，故意示懈，令他前来掩袭。我先授诸将密计，四处埋伏，截住他的归路，以便我乘隙入城。我入城时，百姓还来抗拒，被我杀退，嗣见李二等出走，尚有百姓随着，我恐城中再扰，所以鸣金收军。看来此等顽民，不便再留，一律屠戮，才无后虞。"攻城之计，从脱脱口中自叙，又开一补述文法。福寿不便再言，当由众将奉令，把城中老少男女，尽行杀讫。然后上书告捷。脱脱之罪，莫如此举。

顺帝闻报，立遣平章政事普化等，颁赏至军，且加封脱脱为太师，召使还朝，并改徐州为武安州，立碑表功。脱脱班师北归，由顺帝遣使郊迎，入见后，赏给上尊珠衣白玉宝鞍，一面赐宴私第，命皇太子亲去陪宴，这正是异数宠荣，一时无两。盛极必衰。

注：图中所题回目名当为"逐盗魁徐州告捷"

脱脱因东南盗起,漕运为难,复请于京畿立分司农司,自领大司农事,令右丞悟良哈台、左丞乌克孙良桢兼大司农卿,作为襄办。西至西山,东至迁民镇,南至保定、河间,北至檀顺州,均导引水利,立法耕种,不到一年,居然禾麦芃芃(péng)。收入京仓,可充食俸。顺帝以宰辅得人,一切国政,委他处理,自己恰日居宫中,恣情酒色。于是贡谀献媚的哈麻,又在宫中日夕伺候,想出了一条极乐的法儿,导帝肆淫。小子有诗咏道:

得人兴国失人亡,况复宫廷已色荒。

莫谓误君由嬖幸,君昏何自望臣良?

欲知哈麻所献何术,容待下回表明。

本回叙写战事,独于脱脱兄弟之出征,演述较详,其他随笔叙过,概行从简。非详于此而略于彼也,文法有宾主,上文已备言之。若不问主宾,依事类叙,徒使阅者眩目,毫无兴味,何足观乎?且不特法分宾主已也,又有宾中主,主中宾之法。如本回前半,叙也先帖木儿事,主中宾也,而脱脱实为宾中主;后半叙脱脱事,似为主文,然亦一主中宾,所足称宾中主者,实为顺帝。由是类推,则虽为夹叙之文,亦有主宾之分,与主中宾、宾中主之分,在阅者默揣而得耳。若论脱脱兄弟之战略,则乃弟远不及乃兄,文已叙明,毋庸赘说。惟著书人颇重视脱脱,故虽不掩脱脱之短,而独喜述脱脱之长。意者其亦善善从长之意乎?然元代贤相,绝无仅有,如脱脱者,固不容尽没其功也。

第五十六回

番僧授术天子宣淫　嬖侍擅权丞相受祸

却说哈麻兄弟得脱脱荐引，复召回重用，适顺帝厌心国事，寻乐解忧，哈麻遂引进一番僧，日侍左右。这番僧无他技能，只有一种演揲儿法，独得秘传。什么叫作演揲儿？译作华文，乃是大喜乐的意义。大喜乐三字，尚是含糊，小子从《元史》上考查，实是一种运气的房术。顺帝正考究此道，得了番僧，如获圣师，当即授职司徒，令他在宫讲授，悉心练习，到了实地试行的时候，果然比前不同，就是六宫三院的妃嫔，也暗中欣慰。

哈麻有一妹婿，名叫秃鲁帖木儿，曾为集贤院学士，出入宫禁，甚得帝宠，至是亦密奏顺帝道："陛下虽贵为天子，富有四海，其实不过一保存现世罢了。臣闻黄帝以御女成仙，彭祖以采阴致寿，陛下若熟习此术，温柔乡里，乐趣无穷，并且上可飞升，下足永年。"顺帝不待说毕，便道："你难道不闻演揲儿么？朕已粗得此诀了。"秃鲁帖木儿道："尚有一双修法，比演揲儿尤妙，演揲儿仅属男子，双修法并及妇女，陛下试想房中行乐，阳盛阴不应，上行下不交，还是没甚趣味。双修法得此解释，足补《元史》音注之阙。顺帝喜道："卿善此术否？"前称汝，后即称卿，其意可知。秃鲁帖木儿道："臣且不能，现有西僧伽璘真，一作结琳沁。颇善此术。"郎舅俱能荐贤，好算是顺帝功臣。顺帝道："卿速为朕宣召，朕当拜他为师。"可谓屈尊尽礼。

秃鲁帖木儿奉旨，立召伽璘真入宫。顺帝接见毕，敬礼有加，便命他传授秘诀。伽璘真道："这须龙凤交修，方期完美。"顺帝道："朕的正后，素性迂拘，不便学习，忽都皇后，史称其贤，所以借顺帝口中代为解免。其他后妃，或可勉学，但一时也恐为难呢。"伽璘真道："普天下的子女，何一非陛下的臣妾，陛下何必拘定后妃，但教采选良家女子，入宫演习，自多多益善了。"顺帝大喜，便面授为大元国师。一面亲授秘传，一面命秃鲁帖

木儿督率宦官,广选美女入宫,演习种种秘术。

伽璘真一团和气,蔼然可亲,入宫数日,宫娥彩女们,无不欢迎。是谓无量欢喜佛。就是前次入宫的西番僧,也与他往来莫逆,联为知交。顺帝各赐他宫女三四人,令供服役,称作供养。二僧日授秘密法,夜参欢喜禅,无拘无束,逍遥自在。他又想出一法,令宫女学为天魔舞。每舞必集宫女十六人,列成一队,各宫女垂发结辫,首戴象牙佛冠,身披璎珞大红销金长裙,云肩鹤袖,锦带凤鞋,手中各执乐器,带舞带敲,逸韵悠扬,仿佛月宫雅奏,霓裳荡漾,浑疑天女散花。临舞时先宣佛号,已舞后再唱曼歌,乐得顺帝心花怒开,趁着兴酣的时候,就随抱宫女数人,入秘密室,为云为雨,亲试这演揲儿法及双修法。佛法无边,乐何如之。两僧也乐得随缘,左拥右抱,肉身说法。还有一个亲王八郎,是顺帝兄弟行,乘这机会,也来窃玉偷香。又由秃鲁帖木儿联结少年官僚八九人,入宫伺候,分尝禁脔。秃鲁帖木儿也来偷香,不怕哈麻妹子吃醋么?顺帝赐他美号,叫作"倚纳"。倚纳共有十人,连八郎在内。得入秘密室。秘密室的别名,叫作"色济克乌格"。一作皆即儿该。色济克乌格五字,依华文译解,系事事无碍的意思。后来愈加放恣,不论君臣上下,统在一处宣淫,甚至男女裸体,公然相对,艳话淫声,时达户外。两僧又私引徒侣,出入禁中,除正宫皇后外,统是一塌糊涂,不明不白。佛经所谓"皆大欢喜"者意在斯乎?

顺帝复敕造清宁殿,及前山、子月宫诸殿宇,令宦官留守也速迭儿,及都少水监陈阿木哥等监工。日夕赶造,穷极奢华。工竣后,遂于内苑增设龙舟,自制样式,首尾长一百二十尺,广二十尺,上有五殿,龙身并殿宇俱五彩金装,用水手二十四人,皆衣金紫,自后宫至前宫,山下海子内,往来游戏。舟一移碇,龙首及口眼爪尾,无不活动,栩栩如生。又制宫漏高六七尺,阔三四尺,造木为匮。藏壶其中,运水上下,匮上设西方三圣殿,匮腰设玉女,捧腰刻筹,时至辄浮水上升,左右列二金甲神,一悬钟,一悬钲,夜间由神人司更,自能按更而击,不爽毫厘。鸣钟钲时,左狮右凤,自能翔舞。匮东西又有日月宫,设飞仙六人,序立宫前,遇子午时,又自能耦进,度仙桥,达三圣殿,逾时复退立如前,真是穷工极巧,异想天开。目今西人虽巧,尚不能有此奇制,不知顺帝从何处学来? 岂西僧所教如演撰儿法及双修法中亦有此秘传耶? 皇子爱猷识理达腊日渐长成,见宫中如此荒淫,恨不将这班妖僧淫贼立加诛逐,可奈权未到手,力不从心,镇日间志忑不定,乃潜出东宫,往访太师脱脱。适脱脱自保定还京,得与皇子相见,叙过寒暄,即由皇子谈及宫闱近况。脱脱叹息道:"某为屯田足食起见,往来督察,已无暇晷;近且寇氛不靖,汝、颍、江、淮,日见糜烂,每日调遣将士,分守各处,尚且警报频来,日夜焦烦,五中如焚,所以并宫禁事情,无心过问了。"皇子道:"现在乱事如何?"脱脱道:"刘福通出没汝颍,徐寿辉扰乱江淮,方国珍剽掠温台,张士诚盘踞高邮,剧盗如毛,剿抚两难。近闻池州、太平诸郡,又被贼党赵普胜等陷没,江西平章星吉与战湖口,兵败身死。赵普胜作乱,星吉殉节事,从脱脱叙出,亦为省文计耳。某正拟上奏,再出督师,如何宫禁中闹得这般情形,难道哈麻等日侍皇上,竟不去规谏么?"皇子道:"太师休提起哈麻,他便是祸魁乱首哩。"脱脱大为惊异,复由皇子申述淫乱原因。脱脱道:"哈麻如此为恶,不特负皇上,并且负某,某当即日进谏,格正君心。"皇子道:"全仗太师!"脱脱道:"食君禄,尽君事,这是人臣本分呢。"脱脱著名元史,恃有此心。皇子申谢而别。脱脱还未免怀疑,再去私问汝中柏。汝中柏极陈哈麻不法,恼动了脱脱太师,立即命驾入朝。原来汝中柏得脱脱信用,由左司郎中入为中书省参议。*应五十三回。*他仗着脱脱权力,遇事专断,平章以下,莫敢与抗,独哈麻不为之下,屡与龃龉。*一恃相权,一恃主宠,安能协和?* 汝中柏衔恨已久,遂乘机发泄,极力指斥哈麻,这且不必絮述。

且说脱脱盛气入朝,至殿门下舆,大着步趋入内廷,不料被司阍的宦官出来阻住。脱脱怒叱道:"我有要事奏闻皇上,你为何阻我进去?"宦官道:"万岁有旨,不准外人擅入!"脱脱道:"我非外人,不妨入内。"宦官再欲有言,被脱脱扯开一旁,竟自闯入。这时候的元顺帝正在秘密室演法,忽由秃鲁帖木儿报道:"不好了!丞相脱脱来了!"顺帝喘着道:*用一喘字妙。*"我、我无暇见他!司阍、司阍何在?如何令他擅入!"*顺帝行淫,秃鲁帖木儿得以入报,是回应事事无碍语。*秃鲁帖木儿道:"他是当朝首相,威焰熏天,何人敢来拦阻?"*只此三语,脱脱已是死了。*顺帝道:"罢了!罢了!我便出来,你速去阻住,教他在外候着!"秃鲁帖木儿出去,顺帝方收了云雨,着了冠裳,慢腾腾的出来。只见脱脱怒目立着,所有秃鲁帖木儿以下,俱垂头丧气,想已受脱脱训责,所以致此。当下出问脱脱道:"丞相何事到此?"脱脱听着,便收了怒容,上前叩谒。顺帝命他立谈,脱脱起身,谢过了恩,遂启奏道:"乞陛下传旨,革哈麻职,逐西番僧及秃鲁帖木儿等,以杜淫乱!"顺帝道:"哈麻等有何罪名?"脱脱道:"古时所说的暴君,莫如桀纣,桀宠妹(mò)喜,祸由赵梁,纣宠妲己,祸由费仲,今哈麻等导主为非,也与赵梁、费仲相类,若陛下还要信任,不加诛逐,恐后世将比陛下为桀纣哩。"顺帝道:"哈麻系卿所举荐,如何今日反来纠劾?"*此语颇问得厉害。*脱脱道:"臣一时不明,误荐匪人,乞陛下一律加罪!"顺帝道:"这却不必!朕思人生几何,不妨及时行乐,况军国重事,有卿主持,朕可无虞,卿且让朕一乐罢!"脱脱道:"变异迭兴,妖寇日炽,非陛下行乐之时,陛下亟宜任贤去邪,崇德远色,方可拨乱致治,易危为安,否则为祸不远了!"顺帝道:"丞相且退,容朕细思。"脱脱乃趋出内廷,守候数日,并不见有什么诏旨。只各省警报,复陆续到来。先是张士诚据高邮,脱脱命平章政事福寿发兵招讨,嗣得福寿禀报,士诚负固不服,且转寇扬州,杀败达什帖木儿军。于是脱脱上疏自请出兵,并再劾宫中嬖幸,冀清君侧。顺帝只左调哈麻为宣政使,余人不问。一面下诏命脱脱总制各路军马,克日南征。脱脱奉命即行,途次会齐各路来兵,次第南下。这番出师,比前番还要烜赫,所有省台院部诸司听选官属,一律随行,禀受节制。还有西域西番,亦发兵来助,旌旗蔽天,金鼓震野,数百里卷云扫雾,十万众掣电追风,真个是无威不扬,无武不耀。全为下文反射。脱脱到了济宁,遣官诣阙里祀孔子,过邹县又祀孟子。及达高邮,张士诚已遣兵抵御,两下不及答话,便即开仗,脱脱的兵将,仿佛如虎豹出山,蛟龙搅海,任你百战耐劳的强寇,也是抵挡不住,战了数合,士诚兵已是败退。脱脱率军进逼,直抵城下,士诚复自行出战,奋斗半日,也不能支持,退守城中。脱脱一面攻城,一面分兵西出,规复六合,绝他援应。士诚恐城孤援绝,如入阱中,千方百计的谋解重围,或率锐出斗,或缒师夜袭,都被脱脱麾兵杀退,急得士诚惊惶万状,无法可施。

脱脱正拟策励将士,指日破城,忽闻京中颁下诏敕,命河南行省左丞相太不花、中书平章政事月阔察儿、知枢密院事雪雪,代统脱脱所部兵。脱脱正在惊异,帐外守卒又报宣诏使到来,军中参议龚伯遂料知此诏必加罪脱脱,忙向脱脱密禀道:"将在外,君命有所不受,丞相只管一意进讨,休要开读诏书;若诏书一开,大事去了!"脱脱道:"天子有诏,我若不从,便是抗命;我只知有君臣大义,生死利害,在所不计。"言毕,遂延入宣诏使,跪听诏命。与宋时之岳忠武大致相同。诏中略称丞相脱脱劳师费财,不胜重任,着即削去官爵,安置淮安。将吏闻诏皆惊,独脱脱面不改色,且顿首道:"臣本至愚,荷天子宠爱,委臣军国重事,早夜兢兢,惧弗能胜,今得释此重负,皇恩所及,也算深重了!"言毕而起,送归宣诏使。

当下召集将士,令各率所部,听后任统帅节制。又命出兵甲及名马三千,作为分赐。各将士一律垂泪,客省副使哈剌答奋身跃起道:"丞相此行,我辈必死他人手中,今日宁死相公前,藉报知遇。"言至此,即拔剑在手,向颈上一横。脱脱忙出座拦阻,已是不及,只见颈血四溅,倒仆地上。脱脱抚尸大恸,众将亦不胜悲感,哭声如雷。读至此我亦泪下。

嗣命将尸首安葬,并把军符封固,遣送太不花,自率数十骑径赴淮安。途次闻母弟也先帖木儿也削职出都,安置宁夏,虽是意料所及,究不免愁上加愁,况复时当岁暮,四野萧条,寒风惨惨,雨雪霏霏,百忙中叙入景色,殊有关系,不应作闲文看。脱脱被贬在至正十四年十二月中,故特

受丞擅娶
祸相权伴

书以揭之。人孰无情,谁能遣此!驿馆中过了除夕,至正月初始到淮安,才阅数日,又接到廷寄,命徙甘肃行省亦集乃路。脱脱又不能不行,甫启程,复来了一道严厉的诏敕,不但命他转徙云南,并将他弟也先帖木儿移徙四川,他长子哈剌章充戍肃州,次子三宝奴充戍兰州,所有家产,尽籍没入官。脱脱闻命太息道:"罢罢!哈麻,哈麻!你也太恶毒了。"就脱脱口中叙出哈麻,是行文过脉处。原来哈麻左迁,闻系由脱脱劾奏,气得三尸暴跳,七窍生烟,暗思脱脱如此可恶,定要将他处死,才肯干休。于是一面联结宠后奇氏,一面嘱托台官袁赛因不花,教他内外交谮,构陷脱脱全家,顺帝沉湎酒色,已是昏迷得很,且因前次脱脱强谏,暗怀忿怒。打断欢情,宜乎动气。至此内惑女蛊,外信憸言,如火添油,越加沸烈,遂不问是非,迭下乱命。补叙情由,言简而赅。

脱脱转徙云南,行次大理腾冲,遇着知府高惠,殷勤接见,盛筵款待,酒过数巡,高惠启口道:"公系国家柱石,偶遭晦塞,转瞬间就要光明,还请勿忧。"脱脱道:"某无状,已负国恩,皇上不赐某死,令某安置此方,尚称万幸。"高惠道:"这是太谦了。"

正谈话间，忽屏后有一妙年丽姝冉冉出来，柳眉半蹙，杏脸微酡，*此八字含有无数情绪，阅者接读下文，自知妙处。* 缩缩捏捏的，至高惠座旁站住。高惠命拜见脱脱，惊得脱脱连忙离座，答了半礼，一面忙问高惠道："这是公家何人？"高惠道："就是小女，因公不是常人，所以令小女拜谒。"脱脱愈觉怀疑，口中只连称不敢。

高惠乃令女入内，复请脱脱就座，再行斟酒道："公此来不挈眷属，一切起居，诸多不便，小女蓬门陋质，虽不值一盼，然奉侍巾栉，倒还可以使用，鄙意拟即献纳，望勿却为幸！"脱脱惊答道："某一罪人，何敢有屈名媛！"高惠不待说毕，便道："公今日到此，明日即当起复，此后鸿毛遇顺，无可限量，鄙人等俱要托庇哩。"*原来为此，不然，一知府女儿，何必下嫁罪人耶！*

脱脱摇首道："某自知得罪当道，区区生命，尚恐难保，还望甚么显荣？"高惠道："不妨！当为公筑一密室，就使有人加害，有我在此，定可无虞。"脱脱只是固辞。*教他金屋藏娇，尚不肯允，毋乃太愚。* 高惠不禁愤愤，俟脱脱别后，竟派铁甲军监察行踪，至阿轻乞地方，竟将他驿舍围住，*是不中抬举之故。* 脱脱心中已横一死字，倒也没甚惊慌，怎禁得都中密诏又飞驿递到云南，这一番有分教：

> 巨栋自摧元室覆，大星陨落滇地寒。

欲知密诏内容，且看下回分解。

番僧进，房术行，上下宣淫，恬不知耻，脱脱在朝，宁无闻知，而《元史·脱脱列传》中，不闻其有进谏之举，是脱脱固未足道者，何以死后留名，即乡曲妇孺，亦啧啧称道之？且《列传》言脱脱信汝中柏之谮，改哈麻为宣政使，若仅缘此生隙，哈麻虽恶，度亦不过排挤出外，至于安置远方而止，胡心置诸死地，且敢冒大不韪之举，竟传矫诏乎？本回演述史事，已觉渲染生妍，至插入脱脱进谏一段，尤足补史之阙。揆情度理，应有此文，不得以虚伪少之。

第五十七回

朱元璋濠南起义　董搏霄河北捐躯

却说脱脱流徙滇边，忽又接到密诏，竟是要他的性命，还有一樽特赐的珍品。看官道是何物？乃是加入鸩毒的药酒，原来这道诏敕，实是哈麻假造出来，他此时已接连升官，进为左丞相，因脱脱未死，总是不安，所以大着胆子，假传上命，赐脱脱鸩酒，令他自尽。余少时阅坊间小说，至英烈传中载脱脱自尽事，由丞相撒敦及太尉哈麻主使，其实当时只有哈麻，并无撒敦，正史俱在，不应臆造一人。脱脱只知君命，辨什么真伪，竟遥向北阙再拜，接过鸩酒，一饮而尽，须臾毒发，呜呼哀哉！年仅四十二。强仕之年，正可为国出力，乃为贼臣害死，令人愤叹。

脱脱仪状雄伟，器宇深沉，轻货财，远声色，好贤下士，不伐不矜，且始终不失臣节，尤称忠荩，惟为群小所惑，急复私仇，报小惠，后来竟被构陷，流离致死，都人士相率叹惜。逮至正二十三年，监察御史张冲等上书讼冤，乃诏复脱脱官爵，并给复家产，召哈剌章、三宝奴还朝，只也先帖木儿已死，无从召归。至正二十六年，台官等复上言奸邪构害大臣，以致临敌易将，我国家兵机不振从此始，钱粮耗竭从此始，盗贼纵横从此始，生民涂炭从此始；若使脱脱尚在，何致大乱到今，乞加封功臣后裔，并追赐爵谥，以慰忠魂。顺帝闻言，也觉追悔，立授哈剌章、三宝奴官职，且命廷臣拟谥。事尚未行，明师已至，连逃避都来不及，还有何心顾着此事，所以脱脱丞相的谥法，竟无着落！著书人深惜脱脱，所以详述始末。

闲文休题。单说河南行省左丞相太不花，本无军事知识，至代为统帅，尤骄蹇不遵朝命。部下兵士看主帅如此怠玩，乐得四出劫掠，抢些子女玉帛，取快目前，还想夺甚么徐州。台官因劾他慢功虐民，应即黜退，另易统帅。顺帝乃命平章政事答失八都鲁，往代太不花，又削太不花官职，令他在军效力。军中一再易帅，头绪纷繁，自然无心攻贼，外如各路招讨的大员,也大半胆小如鼷,一些儿没有功绩。于是乱党愈炽,势益燎原。

河南盗刘福通居然奉韩林儿为小明王,僭称皇帝,建都亳州,国号宋,改元龙凤,以林儿母杨氏为太后,自为丞相。当下分兵四出,焚掠河南郡县,大为民害。元廷即命答失八都鲁引军往援。答失八都鲁奉命西行,驰至许州,适遇刘福通派来的兵队,一阵厮杀,竟大败亏输,逃得无影无踪。

答失先已遁去,到了中牟,溃卒方稍稍还集,忽又有一路兵马到来。慌忙着人探听,乃是都中遣来的援师,统领叫作刘哈剌不花。还好,还好。答失方才少慰,出营接见,叙及败溃情状。刘哈剌不花颇有些忠勇气象,便道:"连年征战,并没有一处平靖,我辈身为将帅,宁不羞死! 明日决去一战,我为前茅,公为后劲,若得着胜仗,还可为我辈吐气哩。"答失八都鲁也只好依从。

翌晨,刘哈剌不花誓师出营,仗着一股锐气,往扑敌寨。敌寨不及防备,猛被元兵杀入,车驰马骤,扫了一个精光。答失八都鲁麾军趋至,已是不见一敌,只觉水碧山清。当下两军并进,从汴梁直达太康,刘福通自行出战,又被刘哈剌不花杀退,乘胜抵亳州,昼夜攻击,吓得韩林儿魂胆飞扬,与刘福通僭开后门,遁走安丰。

刘哈剌不花等入城,即飞章告捷。元廷以亳州既破,召刘哈剌不花还都,猛将既去,寇众复张,刘福通又四处驰檄,勾结各路枭雄,作为犄角。于是潜龙起蛰,鸣凤朝阳,濠州大陆,竟出了一位不文不武、亦文亦武的真人,拨乱致治,诞膺天命。这位真人姓甚名谁? 就是大明太祖朱元璋。叙明太祖,下笔不苟。

元璋先世居沛,再徙泗州,及父世珍复徙濠州,居锺离县。至元璋年十七,父母相继去世,孤苦无依,乃入皇觉寺为僧,游食诸州,寻复还寺。至郭子兴起兵濠州,民间不得安居,相率趋避。元璋亦思避难,卜诸神,去留皆不吉,不禁嬉笑道:"莫非要我做皇帝不成? "再卜得吉占,遂决意弃僧投军。径入濠州谒郭子兴。子兴见他状貌魁奇,留为亲兵。会元将彻里不花引兵来攻,元璋随子兴出战,格外奋勇,竟将元兵杀败。嗣元廷复遣贾鲁进围,城几被陷,亏得元璋募集死士,出城冲杀,才把贾鲁击退。子兴大喜,署为镇抚,复将养女马氏给与元璋为妻。后来妻随夫贵,竟做了明朝第一代的皇后,这真所谓天生佳偶了。同是出身微贱,所以称为佳偶。

时李二余党赵均用、彭早住,奔投子兴,所部暴横,几乎喧宾夺主。元璋以子兴懦弱,不足与共大事,乃自率里人徐达、汤和等,南略定远,计降驴牌寨民兵三千。复东行,夜袭张知院于横冈山,收降卒三万人,道遇定远人李善长,与语大悦,遂用为谋士,进拔滁州。旋闻子兴为赵均用所困,以计救免,迎子兴入滁。另遣将张天佑攻陷和州,子兴即命元璋往守,总制诸军。

既而子兴病殁,子天叙嗣,得刘福通檄文,令为都元帅,张天佑及元璋为左右副元帅,元璋不受。继念伪宋主韩林儿气焰方盛,暂可倚藉,乃用龙凤年号,号令军中。就刘福通事折入朱元璋,就朱元璋事带过郭子兴,此是文中绾合法。惟元璋为开国英雄,而叙次如此简略,盖由详细情形,应入《明史演义》中,故本文只从简略而已矣。忽闻怀远人常遇春来归。元璋忙令延入,见他燕颔豹额,相貌堂堂,立擢为帐下总兵。接连复报闻巢湖渠帅,有书到来,愿率水师千艘,前来投诚。元璋阅书毕,大喜道:"我正虑渡江无舟,今巢湖帅廖永忠、俞通海等,愿来归附,真是天赐成功了!"当下率兵至巢湖,与廖、俞等人相见,推诚接待,彼此欢洽。留驻三日,扬帆出发,至铜城闸,遇元中丞蛮子海牙军,阻住要口,舟不得出。会天雨水涨,得从小港纵舟,出袭元兵,一鼓退敌,遂顺风直抵牛渚。牛渚南岸有采石矶,向称要隘,与牛渚为犄角,两岸统有元兵扎住,刀枪森列,壁垒谨严。元璋命先攻牛渚,后攻采石矶,众将士应声齐出,争登牛渚渡。元兵也齐来抵御,禁不住这边奋勇,渐渐倒退。常遇春徒步挥戈,杀死元兵无数,元兵遂一律逃去。牛渚既下,复攻采石,采石矶高出水面,约有丈余,众将士舣(yǐ)舟进攻,都被矢石击退。常遇春左手持盾,右手持矛,一跃而登,刺死守矶头目老星卜剌,单身直入。各将士见遇春登矶,自然随势拥上,霎时间攻破采石,扫荡元兵,遂乘胜进拔太平,元总管靳义赴水死节。众将迎元璋入城,乃置太平兴国翼元帅府,自领元帅事。召当涂人陶安参议戎幕,进耆儒李习为知府,揭榜安民,严申军禁,民心大悦。太平路真太平了。

休息数月,复率兵进侵集庆,连破元将大营,直逼城下。此时元将福寿为江南行台御史大夫,奉命守集庆路,屡督兵出战,终未获胜。至城陷,百司皆溃,福寿独踞床高坐,为乱兵所杀。不没忠臣。

元璋入城,慰抚吏民,改集庆路为应天府,自称吴国公。一面遣将四出,分徇邻郡,镇江、广德等处,相继攻下。

这时候的刘福通,招集亡命,势焰日张,分兵略地。遣毛贵出山东、李武、崔德出陕西,关先生、破头潘、冯长舅、沙刘二、王士诚出晋、冀,白不信、大刀敖、李喜喜出秦陇,自居河南调度,节制各军。毛贵颇有智勇,率众东趋,连陷胶州、莱州、益都、般阳诸郡县。济南路飞章告急,顺帝遣知枢密院事卜兰奚,率同董搏霄等,兼程往援。

援军既发,御史张桢上书陈十祸,语语剀切,字字苍凉,好算元末一位大手笔。小子曾阅《元史·张桢列传》,尚能约略记述。所说根本上祸端,记有六条:一曰轻大臣,二曰解权纲,三曰事安逸,四曰杜言路,五曰离人心,六曰滥刑狱,这统是根本上的关系。所说征讨上祸端,计有四条:一是不慎调度,二是不资群策,三是不明赏罚,四是不择将帅,这统是征讨上的关系。他又逐条分释,每条数百言,内有事安逸的祸源,及不明赏罚的祸源,最说得淋漓痛快,小子试略录如下:

> 臣伏见陛下以盛年入纂大统,履艰难而登大宝。因循治安,不预防虑,宽仁恭俭,渐不如初。今天下可谓多事矣,海内可谓不宁矣,

天道可谓变常矣,民情可谓难保矣,是陛下警省之时,战兢惕厉之日也。陛下宜卧薪尝胆,奋发悔过,思祖宗创业之难,而今日坠亡之易,于是而修实德,则可以答天意,推至诚,至可以回人心。凡土木之劳,声色之好,宴安鸩毒之戒,皆宜痛撤勇改,有不尽者,亦宜防微杜渐,而禁于未然。黜宫女,节浮费,畏天恤人,而陛下乃安焉处之,如天下太平无事,此所谓根本之祸也。以上言事安逸。臣又见调兵六年,初无纪律之法,又无激劝之宜,将帅因败为功,指虚为实,大小相谩,上下相依,其性情不一,而邀功求赏则同。是以有覆军之将,残民之将,怯懦之将,贪婪之将,曾无惩戒;所经之处,鸡犬一空,货财俱尽,及其面谀游说,反以克复受赏。今克复之地,悉为荒墟,河南提封三千余里,郡县星罗棋布,岁输钱谷数百万计,而今所存者,封邱、延津、登封、偃师三四县而已;两淮之北,大河之南,所在萧条。夫有土有人有财,然后可望军旅不乏,馈饷不竭。今寇敌已至之境,固不忍言,未至之处,尤可寒心,即使天雨粟,地涌金,朝夕存亡,且不能保,况以地方有限之费,供将帅无穷之欲哉!颍上之寇,始结白莲,以佛法诱众,终饰威权,以兵抗拒,视其所向,骎骎可畏,其势不至于亡吾社稷,烬吾国家不已也。堂堂天朝,不思靖乱,而反阶乱,其祸至惨,其毒至深,其关系至大,有识者为之扼腕,有志者为之痛心,此征讨之祸也。

以上言不明赏罚。

奏入不省,权臣恨他多言,反劾他市直沽名,出为山南道廉访佥事。看官,你想顺帝如此糊涂,还能保得住一座江山么。

卜兰奚到了山东,遣董搏霄援济南,自赴益都路。搏霄提兵急进,连败寇众于济南城下。寇众却退,诏命为山东宣慰使都元帅。此时太尉纽的该,方总诸军守御东昌,闻济南已靖,促搏霄从征益都。搏霄道:"我去,济南必不保;且我适有疾,不如令我弟昂霄前往。"乃将此意奏闻元廷,顺帝准奏,授昂霄为淮南行院判官,调赴益都。

未几复有朝旨,命搏霄移守长芦,搏霄不得已北行,谁知毛贵已乘隙而入,进陷济南,且率精锐蹑搏霄后。搏霄才到南皮县,望见毛贵率大队赶来,红巾迷目,铁骑扬氛。搏霄部下的将士惊告搏霄道:"彼众我寡,营垒未完,奈何!"搏霄道:"我受命到此,只有以死报国,此外尚有何

言！"遂拔剑出营,督军奋战,杀死敌众多名。怎奈敌人前仆后继,反张
了两翼,围裹搏霄,自午至暮,搏霄兵伤亡过半,寇众突至搏霄前,刺搏霄
下马,叱问道:"汝系何人？"搏霄瞋目道:"我就是董老爷！汝何为？"
言未毕,寇众用矛攒刺,但见数道白气冲入空中,凝作一团,向天而去。尸
身上并不见有血迹,连寇众都是骇愕,惊以为神。是日,益都兵亦败,昂霄
亦战死。<u>不求同年同月同日生,但愿同年同月同日死,可为董氏兄弟注
脚。</u>事闻于朝,追封搏霄为魏国公,谥忠定,昂霄为陇西郡侯,谥忠毅。

　　毛贵已破董军,遂由河间趋直沽,陷蓟州,略柳林,逼畿甸。枢密副
使达国珍战殁,元廷大震,廷臣纷议迁都。<u>只有此策。</u>亏得同知枢密院
事刘哈剌不花,<u>又复出现。</u>督率禁军,直趋柳林,与毛贵酣斗一场,杀得毛
贵大败而逃,逐出畿辅,京师稍安。毛贵退回济南,气焰渐衰,后被赵均用
杀死。均用又被续继祖所杀。<u>了毛贵。</u>惟李武、崔德趋陕西,破商州,攻
武关,直逼长安,分掠同、华诸州。白不信、李喜喜等趋秦陇,据巩昌,陷兴
元,入围凤翔。关先生、破头潘等趋晋、冀,分兵二道:一出绛州,一出沁
州,逾太行山,焚上党郡,攻破辽州,专掠辽阳,进陷上都,把元朝祖宗历代

经营的宫阙,付诸一炬,尽变作乌焦巴弓! 趣语! 刘福通乘这机会,攻入汴梁,逐去守将竹贞,迎伪宋帝韩林儿居住,大河南北,袤延万里,几无一块干净土。那时复出了一个著名人物,为元效力,转战东西,竟将所失各地,克复了一大半。想是回光反照。正是:

> 八方抢攘无宁日,一将驰驱得胜时。

未知此人为谁,待小子下回声明。

是回前叙朱元璋事,后叙刘福通事,两两相对,似元璋之势力远不及福通,不知真人出世,必别有二三揭竿之徒,为之先驱:秦无胜、广,不足以亡秦而启汉;隋无窦、李,不足以亡隋而启唐;韩、刘揭竿,正为朱氏先驱之兆,犹之胜、广、窦、李等也。惟叙朱元璋事,概从简略,已见细评。至于毛贵陷山东时,独录入张桢奏疏,百忙中叙及此奏,所以明元季之失政,以致将骄卒惰,盗贼四起,祸由自召,一疏尽之。若董搏霄之殉难,独有白光之异,且兄弟同日战死,尤难为得。故叙述亦较他人为详,可见下笔时具有斟酌,非率尔操觚者比也。

第五十八回

扫强虏志决身歼　弑故主行凶逞暴

却说刘福通奉了韩林儿，分道出兵，正在猖獗得很，其时有一颍州沈邱人，名叫察罕帖木儿，募集子弟，仗义讨贼。他本是阔阔台后裔，阔阔台收河南时，留家颍州，所以子孙相传，未尝他徙。会颍州盗起，遂募子弟数百人，与罗山人李思齐同设奇计，袭破寇众，平定罗山。元廷闻报，授察罕帖木儿为汝宁府达鲁花赤，达鲁花赤系元代官名。李思齐知府事。于是所在义士统率兵来会，得万余人，自成一军，转战而北，所向无前，颍上群盗，与战辄败，因此威名大震，莫敢争锋。

嗣因刘福通遣兵西出，攻据陕州，知枢密院事答失八都鲁方入河南，节制诸军，见上回。闻陕州被陷，急檄察罕帖木儿、李思齐赴援。察罕帖木儿闻命独行，至陕州，见城坚不可拔，便想了一计，就营中焚着马矢，如炊烟状，作为疑兵，自率军夜袭灵宝。灵宝与陕州倚为唇齿，此时亦被寇所陷，守城的寇党毫不防备，被察罕帖木儿驱众登城，逐去守贼，还攻陕州。陕寇闻风远扬，复由察罕帖木儿追杀数十里，毙贼无算，以功加河北行枢密院事。

至寇党李武、崔德等逼长安，分掠同、华诸州，陕西行台长官为豫王阿剌忒纳失里，用侍御史王思诚言，移书察罕帖木儿，求发援兵。察罕帖木儿新复陕州，得书大喜，遂提轻兵五千，与李思齐倍道往援。李武、崔德等已闻察罕帖木儿大名，不敢轻敌，当下挑选健卒，前来对垒。察罕帖木儿与李思齐分队夹攻，人自为战，如鹰驱雀，似獭祭鱼，当锋者死，逃命者生，霎时间寇卒四散，李武、崔德阻遏不住，只得败阵退走。察罕帖木儿与李思齐追至南山，杀获无数，方才回军。豫王忙拜表告捷，归功两人，诏擢察罕帖木儿为陕西左丞，李思齐为四川左丞，协守关陕，并许便宜行事。了李武、崔德。

过了数月，白不信、李喜喜等，复自巩昌窥凤翔。察罕帖木儿侦悉，先分兵入守凤翔城，俟白不信等进薄城下，立率铁骑数千，夤夜趋至。将近敌营，分军为左右两翼，掩杀过去，城中守兵亦鼓噪出来，内外合击，呼声震天地，吓得白不信等抱头鼠窜，不知下落。余党自相践踏，死伤数万人，只有命不该死的几个毛贼逃生去了。了白不信、李喜喜等。

关陇方定，四川复乱。随州人明玉珍初投徐寿辉部下，随寿辉党倪文俊攻破沔阳，留守城中。嗣见蜀中空虚，遂率舟师五十艘，进袭重庆，右丞完者都出走，城被陷没。完者都走至嘉定，会集平章朗华歹、参政赵资，招集散卒，谋复重庆，不期玉珍兵又复猝至，三人措手不及，各被擒去。玉珍胁降，皆不屈遇害，蜀人称为三忠。自是蜀中郡县，多为玉珍所据。随手叙入明玉珍及四川乱事，亦一销纳法也。

察罕帖木儿得知此信，拟开关西出，往讨玉珍，忽接京中飞敕，因毛贵内犯京畿，命他入卫，他即遣部将关保等，分屯关陕要口，自率重兵东行。至山西，闻关先生、破头潘等，正从塞外大掠，饱载而归，不禁忠愤填膺，投袂而起，忙麾兵趋闻喜、绛阳，截住关先生等归路，并遣别将伏南山要隘，堵塞间道。两下里安排妥当，专待寇至，好来祭刀。所谓磨厉以须。关先生等却也小心，侦得察罕帖木儿兵屯要路，不敢前来冒犯，只得舍了大道，潜行僻径。方入南山，炮声四响，前后左右统竖起陕西左丞的旗帜，一队队的雄师猛将分头杀来。关先生忙令部众弃去辎重，遁入山谷。这辎重真是不少，遗弃道旁，阻碍出入，伏兵虽是得势，未免为所牵羁，只杀了数百人，即便休战，各搬辎重而回。察罕帖木儿闻寇党入山，恐他复出，急分军三道，阻住贼踪：一军屯泽州，塞碗子城；一军屯上党，塞吾儿谷；一军屯并州，塞井陉口。果然寇兵屡出，血战了五六次，统由屯兵杀败，斩首数万级，余党远遁，河东又平。了关先生、破头潘等。

顺帝闻他连捷，擢为陕西行省右丞，兼行台侍御史，扼守关陕、晋冀，镇抚汉沔、襄阳，便宜行阃外事。统录头衔，名副其实。察罕帖木儿益练兵训农，志平中原，休养了半年，即大发秦、晋人马，直捣汴梁。

是时韩林儿自安丰入汴，名目上算作皇帝，却事事为刘福通所制，在外诸将，又不服刘福通，弄得上下解体，内外离心，各路兵马，多半败没，河南诸郡，旋得旋失，因此汴梁一城，已陷入孤危。蓦闻察罕帖木儿提着大兵，水陆齐下，韩林儿等都抖作一团。还是刘福通有些胆力，招集全城丁壮，登陴守御，自督军出城迎战，列阵以待。察罕帖木儿麾兵驰至，迎头痛击，差不多似泰山压顶，所当辄碎。福通勉强支持，杀了数十回合，究竟敌他不过，只好勒马退回。察罕帖木儿见福通败退，忙跃马前进，紧追福通。福通方入城门，策马回顾，收束部队，不防察罕帖木儿也到门限，那时闭城不及，只好舍命相搏，再行厮杀。可奈察罕帖木儿的兵将一拥齐上，眼见得门不能闭，战亦无益，忙命兵民弃了外城，驰入内城。察罕帖木儿尚欲追入，内城门已经阖住，不能进去。于是环城设垒，悉力围攻，刘福通婴城固守。察罕帖木儿督攻数日，终不能下，乃夜于城南设伏，至天明，遣苗军略城而东。守卒出追，伏发多死，又佯令老弱立栅外城，守卒复出城来争，因纵铁骑突击，把守卒悉数擒住。嗣是屡诱不出，相持多日，城中粮食将尽，刘福通正拟出走，猛听得城头鼎沸，喊杀连天，料知外兵已入，忙挈伪主韩林儿，从东门窜去，复返安丰，守卒不及随逃，多弃械乞降。福通亦未了将了。

　　察罕帖木儿下令安民，即驰书奏捷，诏进察罕帖木儿为河南平章兼知行枢密院事。察罕帖木儿再修车船，缮甲兵，厉兵秣马，谋复山东，忽由冀宁递到急报，大同镇将孛罗帖木儿，自石岭关进兵，径来攻城了。此孛罗帖木儿与忽都皇后父同名异人，阅后便知。察罕帖木儿道："冀宁一带，由我手定，何物孛罗，敢来掩击！"当下调遣人马，倍道往援。看官到此，必要问这孛罗帖木儿究系何人。小子查明《元史》，就是答失八都鲁的儿子。答失八都鲁在河南统军，屡战屡败，元廷颇加诘责，答失忧愤而死。其子孛罗帖木儿，曾任四川左丞，随父在军，父殁后所遗部众，归他代领，颇得胜仗，克复曹、濮诸州。至察罕帖木儿移军河南，孛罗帖木儿恰奉命移镇山西，驻扎大同，令卫京师，他想并据晋冀，扩充权力，所以发兵掩击冀宁，坐实孛罗帖木儿罪状。察罕帖木儿怎肯干休，自然调兵拒战。为将帅不和之始。元廷闻两帅互争，忙遣参知政事也先不花等，往与调停，令孛罗帖木儿守石岭关以北，察罕帖木儿守石岭关以南，两下各遵约退兵。不意隔了数日，又有旨命孛罗守冀宁，真是愦愦。孛罗帖木儿即出兵趋冀宁城下，守兵不纳，察罕帖木儿亦派兵往袭孛罗帖木儿，彼此混战一场，互有杀伤。自残同类，适以召亡。嗣是构兵数月，又经元廷遣使谕解，方各

罢兵还镇。

　　察罕帖木儿以宿怨已解，一意东征，自陕抵洛，大会诸将，与议师期。
发并州兵出井陉，辽沁军出邯郸，泽潞兵出磁州，怀卫军出白马，汴洛军
出孟津，五道并进，水陆俱下。当时山东群盗，自相攻杀，惟伪宋将田丰
据守济宁，王士诚据守东平，最称强悍。察罕帖木儿渡河而东，大纛所经，
相率披靡，复了冠州，降了东昌，将乘势攻济宁、东平。养子扩廓帖木儿，
一作库库特穆尔。凡《元史》上所称帖木儿三字，《通鉴辑览》俱改作特
穆尔。请诸父前，以大军攻济宁，自率偏师捣东平。察罕帖木儿即拨兵
五万，佐以关保、虎林赤等良将，令扩廓帖木儿统兵自行。扩廓本姓王，小
字保保，系察罕帖木儿的外甥，察罕帖木儿爱他骁勇，养为己子，时已受职
为副詹事。他领着五万人马，勇跃前进，途次遇着敌众，奋力冲杀，如拉枯
摧朽，斩首万余级，直抵城下。王士诚出战又败，势渐穷蹙，忙遣人求救田
丰，谁知田丰已归降察罕帖木儿。那时士诚孤立无援，也只好开城请降。
原来察罕帖木儿因田丰久据济宁，颇得民心，先贻书详陈利害，劝他投诚，
田丰料知难敌，所以出降。

济宁、东平既复，只有济南、益都一带，尚有悍寇占住。察罕帖木儿遂自将大军逼济南，另派别将攻益都。济南城守坚固，经察罕帖木儿费尽心力，至三阅月乃下。濒海诸郡，望风送款，独益都孤城不能拔。元廷进察罕帖木儿为中书平章政事，余职如故。察罕帖木儿复移兵围益都，大治攻具，诸道并进，寇众悉力拒守。忽天空白气如索，长五百余丈，自危宿起，直扫紫微垣，军中相率惊异，察罕帖木儿毫不为意，降将田丰请他阅营，诸将以天象示做，争来谏阻。察罕帖木儿慨然道："吾推心待人，人将自服；若变生意外，也是命数使然，何能预防？"诸将复请多带卫士，察罕帖木儿又不许，只命十一骑从行，甫入丰营，帐下伏甲突出，一将挺枪猛刺，贯入察罕帖木儿腹中。察罕帖木儿从马上跃起，大叫一声而亡。悲哉痛哉！

这行刺的将官，究是何人？乃是降将王士诚。原来益都贼目叫作陈猱须，本与田丰、王士诚等一气勾通，及城围已急，复遣人密来引诱，啖以重贿，田丰、王士诚利令智昏，又复谋变，遂设计刺死察罕。察罕既殁，全军失主，幸有扩廓帖木儿代为支持，军心复固。扩廓帖木儿含哀举丧，正在发讣，京使已到，赍传诏旨，说是天变恐应在山东，戒勿轻举。扩廓奉诏大恸，当与京使说明祸变，京使匆匆去讫。

越数日，又有诏敕颁到，追封察罕帖木儿为颍川王，谥忠义，所有各军，令扩廓代父职守，袭有全权。扩廓拜命后，誓师复仇，攻城益急。田丰、王士诚已入城中，助贼协御。城外百计攻扑，城内亦百计守备，相持数月，仍不能下。扩廓大愤，密令人掘穿地道，以重赏募死士，从地道入城，自率大军从城外猱登，守贼只防外敌，掷射矢石，不意城中钻出健卒，纵起火来。若在《封神传》中，定说是土行孙、哪吒等举法。顿时全城骇乱，大军一半登城，一半尚在外兜围，登城的军士，杀入城内，擒住贼目陈猱须，并其下悍寇二百余人。兜围的军士，正在城门旁伏着，巧遇田丰、王士诚两人出逃，一声鼓响，奋起兜拿，两人中捉住一双。设伏袭人，自己亦中伏被擒，正是天道好还。扩廓扫尽贼寇，便设起香案，供父牌位，推田丰、王士诚至案前，沈剥上衣，剖心致祭。祭毕，复将陈猱须等二百余人，槛送阙下，然后再遣兵略定余邑。山东悉平，乃引兵归河南去了。

这是至正十六年起，至二十一年间事。点醒岁月，万不可少。惟这四五年间，北方一带，原是兵戎倥偬，南方一带，恰亦扰乱不已。小子只有

一枝笔,不能并叙,所以将北方事总叙一段,稍有眉目,才好说到南方。南
方的徐寿辉,自僭据江西后,遣倪文俊陷沔阳,应五十五回及本回全文。
进破中兴路。元统帅朵儿只班战死。文俊复转拔汉阳,迎寿辉入居,据为
伪都。沔阳人陈友谅,粗知文墨,初投文俊麾下,为簿书掾,寻亦自领一
军,几与文俊相埒。文俊佯奉寿辉,暗思行逆,被友谅察觉,袭杀文俊,并
有其众,自称平章政事。盗贼行径,大率类是。一面亲督水师,顺流而下,
直捣安庆。淮南行省左丞余阙,正奉诏守安庆城,号令严明,防戍慎固,江
淮推为保障。至是督军堵御,屡败友谅军。友谅忿甚,飞召饶州党魁祝
寇、巢湖党魁赵普胜,水陆毕集,直逼城下。阙徒步提戈,开城血战,杀毙
敌兵无数,阙亦身中十余枪,方入城暂憩,西门已被攻入,火焰冲天,自知
事不可为,引刀自刭。妻耶卜氏,子德生,女福童,皆赴井死。守臣韩建,
亦阖门被害。居民誓不从贼,多被焚死。友谅又进陷龙兴,杀死平章政事
道童,再派悍将王奉国引兵寇信州。江东廉访副使伯颜不花的斤,自衢州
往援,与守兵内外夹击,战退奉国,既而友谅弟友德,又前来接应奉国,再
行攻城,日夜鏖战,不分胜负。嗣因城中食尽,至杀老弱以饷士卒,军心虽

未涣散,卒因乏力支持,竟被奉国等攻入,伯颜不花的斤及守将海鲁丁等,皆战死。死事诸臣多半录入,以表孤忠。

友谅既略地千里,亦思南面自尊,称孤道寡,适寿辉欲徙都龙兴,引兵东下。至江州,友谅设伏城西,自服囊鞬出迎。及寿辉入城,门闭伏发,竟将寿辉所部亲兵,尽行杀死。只饶了寿辉,及文吏数人与之东行,仗着战舰数十艘,攻入太平。太平系朱元璋所略地,留守花云,及养子朱文逊等,力战被擒,不屈而死。

友谅志益骄纵,急谋僭窃,进据采石矶,募壮士数人,佯使白事寿辉前,俟寿辉接见,由壮士袖出铁锤,奋力猛击,扑拓一声,寿辉的头颅,化作两截,脑浆迸流,死于非命。想做皇帝的趣味。友谅遂以采石五通庙为行殿,称皇帝,国号汉,改元大义,仍以邹普胜为太师,张必先为丞相。方拟排班行礼,忽然天昏似墨,石走沙飞,似车轮般的旋风,从大江吹来,小子有诗咏道:

> 莫言天命本无常,盗贼终难作帝王。
>
> 试看飙风江上卷,怒威我已仰穹苍。

欲知后事如何,且至下文说明。

察罕帖木儿起自颍邱,仗义讨贼,一战而破罗山,二战而定河北,三战而复陕州,四战而下汴梁,五战而入山东,出奇制胜,所向必克,何其智且勇也! 虽与孛罗互斗,似犯鹬蚌相争之忌,然孛罗实为祸始,不得尽为察罕咎。惟田丰诈降,祸生不测,以智勇之察罕帖木儿,竟为小丑谋毙,良将亡,胡运终矣! 若徐寿辉僭号蕲水,起讫共十年,卒毙命于陈友谅之手,盗性靡常,何知仁义,以视田丰、王士诚辈,狡黠相似,而凶暴尤过之。然察罕帖木儿之死,似属可悲;徐寿辉之死,殊不足惜。观此回之用笔,不特一详一略,隐寓机缄,而一可悲一不足惜之意,亦流露于楮墨间。文生情耶! 情生文耶! 即文见情,是在阅者。

第五十九回

阻内禅左相得罪　入大都逆臣伏诛

却说陈友谅僭称帝制,适狂风骤至,江水沸腾,继以大雨倾盆,连绵不已,弄得这班亡命徒,统是拖泥带水,狼狈不堪。大众在沙岸称贺,不能成礼,连友谅一团高兴,也变作懊丧异常。忽接朱元璋麾下康茂才来书,促他速攻应天,愿为内应。茂才与友谅相识有年,至是奉元璋命,来诱友谅。友谅大喜,遂引兵东下,到江东桥,四面伏兵齐起,杀得友谅落花流水,单舸遁还。元璋复进兵夺江州,降龙兴,略定建昌、饶、袁各州,声势大震,自称吴王。

友谅遁至武昌,日渐衰敝。明玉珍本事徐寿辉,闻寿辉为友谅所害,未免愤恨,遂整兵守夔关,拒绝友谅,不与交通,因此友谅益成孤立。玉珍复遣兵陷云南,据有滇、蜀,僭称帝号,立国号夏,改元天统。朱元璋、明玉珍事,俱从陈友谅事带出。减赋税,兴科举,蜀民咸安。元末盗贼横行,专事淫掠,彼此比较,还算明玉珍稍得民心,惟偏据一方,已断胡元左臂。还有方国珍、张士诚等,出没江浙,元廷屡遣使招抚,毕竟狼子野心,反复无常,忽降忽叛,始终不服元命。其余跳梁小丑,乘乱四出。江西平章政事星吉,战死鄱阳湖,江东廉访使褚不华,战死淮安城,二人系元朝良将,身经百战,毕命疆场,于是东南半壁,捍守无人,只有那草泽英雄,自相争夺。南方一带,亦大略表明,下文接叙内政。

元廷虽时闻寇警,反若习以为常,顺帝昏迷如故,任他天变人异,杂沓而来,他是个全然不管,一味荒淫,所有左右丞相,不是谄佞,就是平庸。所以外患未消,内乱又炽。健笔凌云。

先是哈麻为相,其弟雪雪,亦进为御史大夫,国家大柄,尽归他兄弟二人。哈麻忽以进番僧为耻,何故天良发现,想是要变死耳。告父图噜,谓妹婿秃鲁帖木儿在宫导淫,实属可恨。我兄弟位居宰辅,理应劾佞除奸,且主上沉迷酒色,不能治天下,皇子年长聪明,不若劝帝内禅,尚可易乱为治云云。图噜也以为然,适其女归宁,遂略述哈麻言,并嘱她转告女夫,速令改过。

秃鲁帖木儿得了此信,暗思皇子为帝,必致杀身,忙去报知顺帝。顺帝惊问何故,秃鲁帖木儿道:"哈麻谓陛下年老,应即内禅。"顺帝道:"朕头未白,齿未落,何得谓老?谅是哈麻别有异图,卿须为朕效劳,除去哈麻!"秃鲁帖木儿唯唯而出,即去授意御史大夫搠思监,教他劾奏哈麻。搠思监自然乐从,即于次日驰入内廷,痛陈哈麻兄弟罪恶。顺帝偏说哈麻兄弟侍朕日久,且与朕弟宁宗同乳,姑行缓罚,令他出征自效。隔了一宵,又变宗旨,极写顺帝昏庸。搠思监默念道:"这遭坏了!"飞步退出,奔至右丞相第中。

是时右丞相为定住,见他形色仓皇,问为何事,搠思监道:"皇上欲除去哈麻,密令秃鲁帖木儿授意与我,教我上书劾奏。我思上书不便,不如入内面陈,谁知皇上偏谕令缓罚,倘被哈麻闻知,岂不要挟嫌生衅,暗图陷害?我的性命,恐要送掉了!"定住笑道:"你弄错了主见,没有奏章,如何援案处罚?"顺帝之意,未必如是。搠思监道:"如此奈何?"定住道:"你不要怕,有我在此,保你无事!"搠思监还要细问,经定住与他密谈数语,方喜谢而去。定住遂与平章政事桑哥失里,联衔会奏,极言哈麻兄弟不法状。果然奏牍夕陈,诏书晨下,将哈麻兄弟削职,哈麻充戍惠州,雪雪充戍肇州。两人被押出都,途次忤了监押官,活活杖死。宫廷不加追究,想总是相臣授意,令他如此。上文密谈二字,便已寓意,然亦可为脱脱泄愤。

顺帝即拜搠思监为左丞相,已而定住免官,搠思监调任右相,这左丞相一职,仍起复故相太平,令他继任。搠思监内媚奇后,外诣皇子,独太平秉正无私,不肯阿附。时皇子爱猷识理达腊已正位青宫,因见顺帝昏迷不悟,常以为忧,前闻哈麻倡议内禅,心中很是赞成,及哈麻贬死,内禅辍议,不禁转喜为悲,密与生母奇皇后商议,再图内禅事宜。奇皇后恐太平不允,乃遣宦官朴不花,先行谕意,令他勉从,太平不答,嗣又召太平入宫中,赐以美酒,复申前旨。可奈太平坚执如前,虽经奇皇后晓谕百端,总是拿定主意,徒把那依违两可的说话,支吾过去。奇后母子,缘是生嫌,左丞成遵、

参知政事赵中，皆太平所擢用，皇太子令监察御史买住等，诬劾他受赃违法，下狱杖死。太平知不可留，称疾辞职，顺帝加封太保，令他养疾都中。

会阳翟王阿鲁辉帖木儿拥兵抗命，将犯京畿，顺帝命少保鲁章，引兵截击，未分胜负。皇太子禀诸顺帝，请饬太平出都督师，顺帝照准。太平知皇子图己，立即奉命出都，可巧阳翟王兵败，其部将脱欢缚王以献，太平不受，令生致阙下，正法伏诛，于是太平幸得无事。嗣后上表求归，顺帝命为太傅，赐田数顷，俾归奉元就养，太平拜谢而归。

既而顺帝欲相伯撒里，伯撒里面奏道："臣老不足任宰相，若必以命臣，非与太平同事不可。"顺帝道："太平方去，想尚未到原籍，卿可为传密旨，饬他留途听命。"伯撒里连声遵旨，退朝后，亟遣使截住太平，太平自然中止。不料御史大夫普化，竟上书弹劾太平，说他在途观望，违命不行。这位昏头磕脑的元顺帝，也忘却前言，竟下诏削太平官。并非贵人善忘，实系精血耗竭，因此昏昏。搠思监又受奇后密敕，再诬奏太平罪状，有旨令太平安置土蕃。太平被徙，行至东胜州，复遇密使到来，逼他自裁，太平从容赋诗，服药而死，年六十有三。太平之死与脱脱相类。

　　太平子也先忽都，尚为宣政院使，搠思监阳为劝慰，阴谋加害，遂酿成一场大狱，闯出漫天祸祟，扰得宫阙震惊，一古脑儿送入冥途，连有元百年的社稷，也因此灭亡。*一鸣惊人。*原来奇后身边，有一宦官，与奇后幼时同里，及奇后得宠，遂召这宦官入宫，大加爱幸，如漆投胶。这宦官叫作何名，就是上文所说的朴不花。朴不花内事嬖后，外结权相，气焰熏灼，炙手可热，宣政院使脱欢，*与上文脱欢异。*曲意趋附，与他同恶相济，为国大蠹。监察御史傅公让等，联衔奏劾，被奇后母子闻知，搁起奏折，把傅公让等一律左迁，恼动了全台官吏，尽行辞职。*仿佛同盟罢工。*

　　治书侍御史陈祖仁上书太子，直言切谏，太子虽是不悦，奈已闹成大祸，不得不据实奏闻。顺帝方才得悉，令二人暂行辞退。祖仁犹强谏不已，定要将二竖斥逐，同台御史李国凤，亦言二竖当斥，顺帝接连览奏，怒他絮聒，竟欲将陈、李二人加罪。御史大夫老的沙，系顺帝母舅，力言台官忠谏，不应摧折，乃仅命将二人左调。惟奇后母子，怀恨不已，竟潜及老的沙。顺帝尚不忍加斥，封为雍王，遣令归国。*尚有渭阳情。*一面命朴不花为集贤大学士。老的沙愤愤西去，知枢密院事秃坚帖木儿，素与老的沙友善，且与中书右丞也先不花有隙，至是亦随了老的沙西赴大同。

　　大同镇帅孛罗帖木儿与秃坚帖木儿，又是故友，遂留他二人在军。搠思监侦知消息，竟诬老的沙等谋为不轨，并将太平子也先忽都也加入在内。*注意在此。*此外在京人员，稍与未协，即一网牵连，锻炼成狱。也先忽都等贬死，又遣使至大同，索老的沙等。孛罗帖木儿替他辩诬，拒还来使，搠思监与朴不花遂并劾孛罗帖木儿私匿罪人，逆情彰著，顺帝头脑未清，立下严旨，削孛罗帖木儿官爵，使解兵柄归四川。

　　看官！你想孛罗帖木儿，本是个骄恣跋扈的武夫，闻着这等乱命，哪里还肯听受，当下分拨精兵，令秃坚帖木儿统领，驰入居庸关。知枢密院事也速等，与战不利，警报飞达宫廷，皇太子率侍卫兵出光熙门，拟去邀击。行至古北口，卫兵溃散，无颜可归，只得东走兴松。秃坚帖木儿乘势直入，竟至清河列营，京城大震，官民骇走。顺帝遣国师达达，驰谕秃坚帖木儿，命他罢兵。秃坚帖木儿道："罢兵不难，只教奸相搠思监、权阉朴不花，执送军前，我便退兵待罪。"达达回报，急得顺帝没法，不得已如约而行。此时的奇皇后，也只有急泪两行，不能保庇两人，眼见他双双受缚，出界外军。谋及妇人，宜其死也。秃坚帖木儿见此两人，不遑诘责，立命军士将他剁死。死有余辜。乃引兵入建德门，觐顺帝于延春阁，伏哭请罪。顺帝慰劳备至，赐以御宴，并授为平章政事，且复孛罗帖木儿官爵，并加封太保，仍镇大同，秃坚帖木儿乃驱军退还大同去了。

顺帝以外兵已退，召还太子。太子还宫，余恨未息，定要除孛罗帖木儿，遂遣使至扩廓帖木儿军前，命他调兵北讨，扩廓素嫉孛罗，便即应命发兵。孛罗帖木儿察知此事，不待扩廓兵到，先与老的沙、秃坚帖木儿两人，率兵内犯，前锋入居庸关。皇太子又亲督卫兵，守御清河，军士仍无斗志，相率惊溃。太子孤掌难鸣，遂由间道西去，往投扩廓帖木儿。孛罗等长驱并进，如入无人之境，既抵建德门，大呼开城。守吏飞奏顺帝，顺帝又束手无策，忙与老臣伯撒里商议。伯撒里拟出城抚慰，并自请一行，顺帝喜甚。忽忧忽喜，好似黄口小儿。当日伯撒里出城，会晤孛罗帖木儿，表明朝廷调遣，事由太子，非顺帝意。孛罗因请入觐。伯撒里请留兵城外，方可偕入。孛罗应允，只与老的沙、秃坚帖木儿二人，随伯撒里入朝。既见帝，并陈无罪，且诉且泣，顺帝也为泪下。尝谓妇人多泪，不意庸主逆臣，亦复如是。当下赐宴犒军，并授孛罗帖木儿为左丞相，老的沙为平章政事，秃坚帖木儿为御史大夫。寻复进孛罗为右丞相，节制天下军马。

孛罗既专政，将所有部属，布列省台，逐宫中西番僧，诛秃鲁帖木儿等十余人。此举差快人心。且遣使请太子还京，并赍诏夺扩廓官。扩廓拘留京使，奉太子名号，檄召各路人马，入讨孛罗帖木儿。孛罗大怒，带剑入宫，硬要顺帝缴出奇后。顺帝只是发抖，不能出言。孛罗仿佛曹阿瞒，顺帝仿佛汉献帝。惹得孛罗性起，指挥宦官宫女，拥奇后出宫，幽禁诸色总管府，并调也速御扩廓军。也速以孛罗悖逆不法，阳为奉命，阴遣人连结扩廓，并及辽阳诸王。待至安排妥当，竟声明孛罗罪状，倒戈相向。

孛罗帖木儿闻警，忙遣骁将姚伯颜不花，出拒通州，适遇河溢，留驻虹桥。不意夜间河水灌入，仓猝惊醒，几已不及逃生，姚伯颜还恃着骁勇，凫水出营。突来了许多小筏，分载军士，首先一筏，上立大将，挺枪来刺姚伯颜。姚伯颜忙躲入水中，谁知下面已伏着水手，竟将他一把抓住。看官！你道这大将为谁？就是知院也速。他乘着水涨，来袭姚伯颜营，顺流决灌，淹入营中，以致姚伯颜中计，被他擒去，受擒以后，哪里还能活命！孛罗帖木儿愤甚，自将兵出通州，途遇大雨，三日不止，只得还都。

　　凑巧来了一个宦官，带着美女数人，入府进献。孛罗瞧着，统是亭亭弱质，楚楚丰姿，不由得喜笑眉开，忙问宦官道："何人有此雅意，送我许多美姬？"宦官答说，是由奇皇后遣送，为丞相解忧。孛罗大悦道："难得奇后这般好心，你去为我代谢，且致意奇后，尽可即日还宫。"奸雄如曹阿瞒犹悦张济之妻，何况孛罗。宦官受命去讫。孛罗帖木儿忙去邀请老的沙，来府宴饮，老的沙即刻赴召，主宾入席，美女盈前，正是花好月圆，金迷纸醉。迨至半酣，那美女起座歌舞，珠喉宛转，玉佩铿锵，差不多与飞燕、玉环一般神妙。怕就是学天魔舞的宫女。待酒阑客去，孛罗帖木儿任意交欢，自不必说。嗣是连日沉迷，厌闻外事，到了警报四至，乃遣秃坚帖木儿出御，自己仍淫乐如常。一日奉到急诏，促他入宫，不得已跨马驰入，甫到宫门，放缰下马，猛见数勇士持刀出来，方欲启问，刀锋已刺入脑中，脑浆直流，倒地而亡。作恶多端，总难逃过此关。原来威顺王子和尚，恨孛罗无君，密禀顺帝，结连勇士上都马、金那海、伯达儿等，暗伏宫门，一面召他入宫，乘便下手。孛罗果然中计，遂被斫死。老的沙闻孛罗被杀，急至

孛罗家中，挈他眷属，出都北遁。伯达儿等复奉旨赶杀，中途追及，一阵乱剁，不分男女老幼，尽行杀死，连老的沙也化作肉糜。老的沙等不必惜，只惜美女数人，也同受死。秃坚帖木儿接着京报，引兵自遁，到八思儿地方，亦为守兵所杀。

顺帝乃函孛罗首，遣使赍往冀宁，召太子还，扩廓帖木儿扈从至京师，途次忽接奇后密谕，令他率兵拥太子入城，胁帝内禅。奇后又出风头。扩廓意不谓然，将到京城，即遣还随军，只带数骑入朝。奇后母子，复怨及扩廓，独顺帝见了太子，很是喜欢。尚在梦中。并嘉谕扩廓，令为右丞相，扩廓面辞，乃以伯撒里为右丞相，扩廓为左丞相。伯撒里是累朝老臣，扩廓系后生晚进，两下意见，未能融洽。过了两月，扩廓即请出外视师。是时江、淮、川蜀，已尽陷没，皇太子屡拟往讨，为帝所阻，至扩廓奏请视师，遂加封太傅河南王，总制关、陕、晋、冀、山东诸道，并迤南一应军马，所有黜陟予夺，悉听便宜行事。扩廓拜辞去讫。

会皇后弘吉剌氏去世，顺帝即册立次皇后奇氏为皇后。又因奇氏系出高丽，立为正后，未免有背祖制，当由廷臣会议，于没法中想出一法，改奇氏为肃良合氏，算作蒙族的遗裔，仍封奇氏父以上三世，皆为王爵。小子有诗咏奇后道：

> 果然哲妇足倾城，外患都从内衅生。
> 我读残元奇氏传，悍妃罪重悍臣轻。

奇氏既立为正后，母子权势益盛，免不得愈闹愈坏。有元一代，从此收场，请看下回交代。

女宠也，宦官也，权臣也，强藩也，此四者，皆足以亡国。顺帝之季，盖兼有之，而祸本则基于女宠！看此回陆续叙来，有宦官朴不花，有权臣搠思监，有强藩孛罗帖木儿及扩廓帖木儿，彼此迭起，如层峦叠嶂，目不胜接，而最要线索，则觑定奇后母子。奇后母子谋内禅，于是朴不花、搠思监，表里为奸，乘间希宠；于是孛罗、扩廓，先后入犯，藉口诛奸。倘非顺帝之素耽女宠，何自致此奇祸耶？哲妇倾城，我亦云然！

第六十回

群寇荡平明祖即位　顺帝出走元史告终

却说奇后母子,既怨恨扩廓,自然专伺扩廓的间隙,以便下手。扩廓尚不及防,出都南下,军容甚盛,卤簿甲仗,亘数十里。既到河南,便传檄各路将帅,会师大举。是时两河南北,总算平靖,前时受调的军马,多半还镇,如咬住、亦怜真班、月鲁帖木儿等,死的死,老的老,或内用,或罢官,收束第五十五回的将官。只关陕一带,尚有李思齐、张良弼、孔兴、脱列伯诸人,拥兵自固,隐蓄异图。会接扩廓帖木儿檄文,张良弼首先拒命。良弼曾为陕西参政,驻兵蓝田,当察罕帖木儿奉命总军,良弼已不受节制。察罕尝与李思齐联兵往攻,经元廷遣使调解,方才罢手。看官! 你想察罕是扩廓的父亲,良弼尚欲抗拒,况轮到扩廓身上,哪里肯低头忍受? 扩廓帖木儿以镇将未受调遣,不便讨贼,遂遣关保、虎林赤等,西攻良弼,一面遣人与李思齐联盟。思齐与察罕为老友,至是要受制扩廓,意亦不平。良弼又结欢思齐,愿遣子弟为质,连兵拒守,因此思齐却扩廓使,竟与良弼相连。统有私意用事,如何可以保国? 关保等进战不利,扩廓帖木儿遂亲自往攻,留弟脱因帖木儿驻济南,防遏南军。良弼闻扩廓自至,忙邀同孔兴、脱列伯等会议,推思齐为盟主,合兵防御。两下角逐,互有胜负,皇太子乘隙进言,谓扩廓奉命南征,反行西进,显有跋扈情状。顺帝乃遣使驰谕扩廓,令他速即罢兵,专事江淮,扩廓复奏,须平定关陕,然后东行,廷臣大哗。太子亦自请出征,遂由顺帝下诏道:

> 曩者障塞决河,本以拯民昏垫,岂期妖盗横造讹言,簧鼓愚顽,涂炭郡邑。前察罕帖木儿仗义兴师,献功敌忾,迅扫汴洛,克平青齐,为国捐躯,深可哀悼。其子扩廓帖木儿,克继先志,用成骏功,皇太子爱歈识理达腊,计安宗社,累请出师,朕以国本至重,讵宜轻出。遂授扩廓帖木儿总戎重寄,畀以王爵,俾代其行。李思齐、张良弼等,各怀异

见，构兵不已，以致盗贼愈炽，深贻朕忧。询诸众谋，佥谓皇太子聪明仁孝，文武兼资，聿遵旧典，奚命以中书令枢密使，悉总天下兵马，一应军机政务，如出朕裁。其扩廓帖木儿总领本部军马，自潼关以东，肃清江淮，李思齐总统本部军马，自凤翔以西，进取川蜀，以少保秃鲁为陕西行省左丞相，总本部及张良弼、孔兴、脱列伯各支军马，进取襄樊。诏书到日，宜洗心涤虑，共济时难，毋负朕命！

此诏下后，扩廓帖木儿及李思齐、张良弼等，俱不受诏，仍是互相残杀。皇太子亦留都不行，但遣人运动扩廓麾下，阴使脱离关系，自归朝廷。于是关保、貊高等，都叛了扩廓，愿从朝命。皇太子禀准顺帝，罢扩廓兵柄，削太傅左丞相职衔，仍前河南王，食邑汝州，所有前统各军，概派别将分领。扩廓帖木儿仍不受命，惟退军还泽州。顺帝又命李思齐、张良弼等，东向出关，关保、貊高等，西向进逼，两路夹攻扩廓。扩廓大愤，竟引兵据太原，尽杀元廷所置官吏，居然行逆。坐实一个逆字，书法谨严。顺帝再削他爵邑，令诸军四面进蹙，扩廓也觉势孤，由太原退守平阳。

正在难解难分的时候，忽然霹雳一声，各军瓦解，把纷纷扰扰的江山，尽行扫净，发现一个大明帝国出来！又作惊人之笔。原来河北诸将，自相争战，无暇顾及南方。那时吴国公朱元璋，搜集人材，招募兵士，武有徐达、常遇春、胡大海、俞通海、李文忠等，文有李善长、刘基、宋濂、叶琛、章溢、王祎等，先略浙东，次平江表，所经各地，秋毫无犯，人心相率归向，望风投诚。帝王之师，比众不同。

元廷曾遣户部尚书张昶至江东，授元璋为江西平章政事，元璋极陈元廷失政，难与共事，说得张昶亦被感动，竟留住元璋营中，愿佐戎幕。就是海上魔王方国珍，也因他威德服人，遣使奉书，愿献温、台、庆元三郡，只陈友谅与张士诚勾结，共抗元璋。士诚遣将吕珍，攻入安丰，杀刘福通，拘韩林儿。元璋率徐达、常遇春等，倍道赴援，击走吕珍，迎林儿归居滁州。友谅闻元璋救安丰，大兴水师，来围洪都。洪都系龙兴改名，元璋留从子文正，及偏将邓愈等协守。至友谅进攻，一面率兵备御，一面飞书告急。元璋亲率大兵往援，师至湖口，友谅亦撤围东行，渡鄱阳湖，至康郎山，遇着元璋军。元璋督兵死战，纵火焚友谅舟，友谅大败，中矢而死。是战为朱氏兴亡关键，因与《元史》无甚关系，应另详《明史演义》中，故叙述从略。

友谅骁将张定边,挟友谅次子陈理,遁还武昌。元璋遣常遇春督军进攻,自还应天,称为吴王,复率军自捣武昌,降陈理及张定边,湖广、江西诸郡县,次第荡平。友谅了。

再下令讨张士诚,时士诚所据地,南至绍兴,北有通、泰、高邮、淮安、濠泗,直达济宁。徐达、常遇春等,奉元璋命,攻取淮安诸路,连败士诚军,濠、徐、宿诸州,相继攻下。又分兵徇浙西,拔湖州、嘉兴、杭州,东入绍兴。会韩林儿死,乃除去龙凤年号。韩林儿了。建国号吴,立宗庙社稷。复命徐达等进逼平江,士诚固守数月,援尽力穷,城遂陷没,执士诚归应天,士诚自缢死。士诚了。

方国珍前降元璋,后又据境称雄,经元璋将汤和、廖永忠等,水陆夹攻,国珍乃穷蹙乞降。汤和以国珍归应天,未几病殁。国珍了。

嗣是取福州,拔永平,杀福建平章陈友定,复进徇广州,降广东行省左丞何真,诛海寇邵宗愚,各郡县相继归降,连九真、日南、朱崖、儋耳诸城,亦俱纳印请吏,心悦诚服。于是南方大定,吴相国李善长等,连表劝进,奉吴王朱元璋为帝。当于元顺帝至正二十八年正月初四日,载明年月日,为

元明绝续之界限。行即位礼,国号明,建元洪武。**一个秃头和尚居然做到皇帝,可见天下无难事,总教有心人。**一班开国功臣,于是日辰刻,簇拥吴王朱元璋,出应天城,先至南郊,祭告天地,由太史官刘基,代读祝文。其文云:

> 惟大明洪武元年,岁次戊申,正月壬辰朔,越四日乙亥,皇帝臣朱元璋,敢昭告于皇天后土曰:伏以上天生民,俾以司牧,是以圣贤相承,继天立极,抚临亿兆,尧舜禅让,汤武吊伐,行虽不同,受命则一。今胡元乱世,宇宙洪荒,四海有蜂虿之忧,八方有蛇蝎之祸;群雄并起,使山河瓜分,寇盗齐生,致乾坤弃灭。臣生于淮河,起自濠梁,提三尺以聚英雄,统一旅而救困苦。托天之德,驱陆军以破肆毒之东吴;仗天之威,连战舰以诛枭雄之北汉。因苍生无主,为群臣所推,臣承天之基,即帝之位,恭为天吏,以治万民。今改元洪武,国号大明,仰仗明威,扫尽中原,肃清华夏,使乾坤一统,万姓咸宁。沐浴虔诚,斋心仰告,专祈默佑,永荷洪庥。尚飨!

读祝毕,吴王朱元璋,率群臣行九叩礼。礼成,乃移就黄幄,南面称尊。文武百官,及都城父老,扬尘舞蹈,三呼万岁。但见天朗气清,风和景霁,居然现出一番升平气象。自是吴王朱元璋,便成了明太祖高皇帝。**标清眉目。**即位后,返都升殿,又受群臣朝贺,追尊列祖为皇帝。册马氏为皇后,世子标为皇太子,以李善长、徐达为左右丞相,诸功臣亦进爵有差。

越日即下诏伐元,命徐达为征虏大将军,常遇春为副将军,率师二十五万,即日北行。大军由淮入河,直趋山东,势如破竹,陷沂州,下峄州、般阳、济宁、莱州、济南、东平诸路,迎刃即解。转筛河南,入虎牢关,大破元将脱因帖木儿,**即扩廓弟。**乘胜攻入汴梁。元将李思齐、张良弼等,屡接顺帝诏敕,令出潼关御南军,他偏迁延不发,至明军已入河南,不得已率兵驻潼关。**渔人到了,蚌鹬危矣。**不防明军煞是厉害,数日即至,放起一把大火,将张良弼营兵,烧得焦头烂额。良弼遁去,思齐亦奔还凤翔。大好一座潼关,被明军占据去了。

扩廓帖木儿闻思齐等为明军所困,乘隙东出,来袭关保、貌高,两人不及防备,都被他生擒了去。还要驱兵内犯,险些儿逼入京畿。顺帝大恐,忙下诏归罪太子。复扩廓帖木儿官爵,仍前河南王左丞相,统军南下,截击明军。扩廓乃退屯平阳，逗留不发。

明将徐达，已连下卫辉、彰德、广平，进次临清，大会诸将，分道北攻。至德州，复合军长驱。元兵水陆俱溃，遂进陷通州。元知枢密院事卜颜帖木儿，力战被擒，不屈遇害，元廷大震。顺帝无法可施，只得集三宫后妃，及皇太子妃，同议避兵北行。左丞相失列门，暨知枢密院事黑厮、宦官赵伯颜不花等，极力谏阻，顺帝不从。伯颜不花恸哭道："天下系世祖的天下，陛下当以死守，奈何轻出？臣愿率军民出城拒战，请陛下固守京都。"元末有此宦官，可谓庸中佼佼。顺帝尚是沉吟，偏偏警信又到，报称明军将抵京城。那时顺帝手忙脚乱，急令后妃太子等，收拾行装，一面命淮王帖木儿不花监国，以庆童为左丞相，同守京师。挨过黄昏，便挈后妃太子等，开建德门北去，待明军抵齐化门，都中已仓皇万状，淮王率着残兵，守御数日，哪里当得住百战百胜的明军！至正二十八年八月二十日，明军入城，淮王帖木儿不花、左丞相庆童，及右丞相张康伯，平章政事迭儿必失、朴赛因不花，御史中丞满川，都路总管郭允中，皆死难。不没死事之臣。元亡，统计元自太祖开国，至顺帝北奔，共一百六十二年。自世祖混

一中原,至顺帝亡国,只八十九年。

徐达督诸军入城后,禁士卒侵暴,封府库及图籍宝物,令指挥张胜监守宫门,不得妄入。吏民安堵,市肆无惊,当下露布告捷,由太祖传旨奖赏,并命出师西略,徐达复率常遇春等,入山西,逐扩廓帖木儿,顺道趋关中,降李思齐等。寻闻元兵犹出没塞外,乃趋还燕都,准备北伐。至洪武二年,出师拔开平,元帝奔和林,三年复北伐,元帝奔应昌。未几元帝逝世,元人谥为惠宗。明太祖以元帝顺天退位,谥为顺帝。明军又进克应昌,元嗣君爱猷识理达腊,仓猝北窜,其子买的里八剌,及后妃诸王等,不及随行,皆被获。未知奇后亦受擒否。送至应天,明太祖下诏特赦,且封买的里八剌为崇礼侯。元参政刘益,亦以辽阳降。朔漠又定,颁诏天下。四年,复遣汤和、傅友德进军四川,时明玉珍已死,子昇袭位,发兵拒敌,屡战屡败,没奈何面缚舆榇(chèn),出降军前。明玉珍父子又了。明太祖封为归义侯。于是荡荡中华,尽入大明,《元史演义》,可从此告终了。惟还有一段尾声,不能不补叙出来,归结全书正传。

先是西域分封,共有四国,自察合台汗也先不花,并有窝阔台汗地,却成了鼎足三分。应三十二回。也先不花死后,国势渐衰,至元顺帝至正十九年,察合台后裔特库尔克嗣位,复简阅军马,征服叛乱。麾下有属酋帖木儿,系蒙古疏族,强健善战,所向有功。特库尔克死,子爱里阿司嗣,与帖木儿不协。帖木儿遂占据中央亚细亚,自行建国,奠都撒马儿罕。嗣复逐爱里阿司,并有察合台汗国全土。适伊儿国汗亚尔巴孔,系旭烈兀弟,阿里不哥远孙。庸弱不振,部下多分据独立,互争不已,帖木儿又代为讨平,乘势占领,两国并合为一。只有一钦察汗国,与他抗衡。钦察汗统辖阿罗思各部,威振西方,拔都远孙月即别汗,及子札尼别汗二代,驱役阿罗思诸侯,气焰尤盛。莫斯科大公宜万一世,最得钦察汗信任,藉势营殖,后来俄罗斯肇兴,实基于此。札尼别死,篡弑相继,国又大乱,阿罗思诸侯,亦各图分立。帖木儿引军入援,镇定全境,扶立脱克达米昔为钦察汗。及帖木儿还军,脱克达米昔别图拓地,侵入帖木儿境内。帖木儿怎肯干休!即亲率大军问罪,逐去脱克达米昔,另立一汗,叫作可里的克。表面上令他管辖,实际上仍归自己节制,仿佛近今国际法上,所称的被保护国。

帖木儿既并吞西域,复南略印度,侵母儿坦,陷叠尔黑。旋因突厥遗种阿斯曼国*即今土耳其国*。部长,名巴贾塞脱,连结阿非利加洲的埃及国,夹击帖木儿属地,帖木儿即还军拒战。一战破埃及军,再战擒巴贾塞脱,略定小亚细亚全境,兵威大震,遂招集蒙古各王族,大举而东,竟欲规复中原,混一区宇,仍追效那元太祖的雄图,元世祖的宏业。无如天已厌元,不使再振,这位大名鼎鼎的帖木儿,竟中道病亡,未损明朝片土。此事已在永乐年间,他日演述《明史》,再当详细交代,本书至元亡为止,不过应二十四回,及三十二回中,曾叙及西域四汗国事,若非补入此段,反似上文虚悬,无所归结。看官如嫌简略,请看日后出版的《明史演义》,自知分晓。小子欲就此搁笔,惟尚有俚句四首,录述于后,作为全书的总束,看官不要诮我画蛇添足哩!诗曰:

> 开疆容易守疆难,文治无闻运已残。
> 八十九年元社稷,徒留战史付人看!
> 累朝佞佛太无知,释子居然作帝师。
> 果有如来应一笑,百年幻梦被僧欺。
> 到底华夷俗不同,上烝下乱竟成风。
> 濠梁幸有真人出,才把腥膻一扫空。
> 大好江山付劫灰,前车已覆后车来。
> 须知殷鉴原非远,试看全书六十回。

　　本回为结束文字,故于元末各将帅,及东南诸寇盗,一齐叙过,如风扫残云,倏然而尽。至后段述及四汗国事,亦随叙随略,传所谓其兴也勃,其亡也忽者,文境殆似之矣。或谓如许大事,一回了毕,究嫌太简,不知朱明之平定南方,应属诸《明史》中,细评中已屡次说明。至若帖木儿之奄有西域,亦在元亡后数十年间,必欲于此详述,试问元、明两代,将从何处分界耶?故宜详者不厌其烦,宜简者不嫌其略,著书人固自有深意也。